KB082687

Letale Dosis

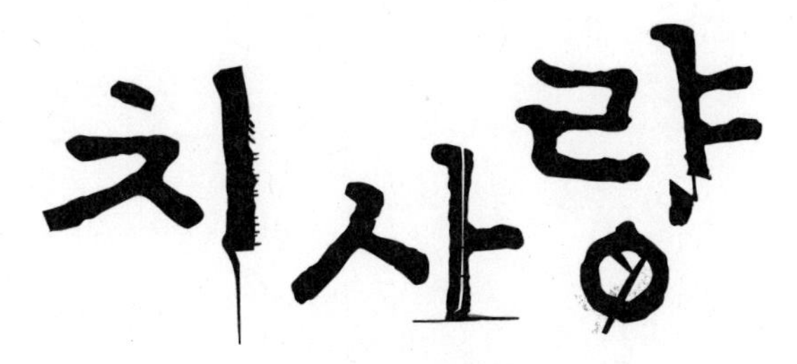

Letale Dosis

마지막 15분의 비밀—

안드레아스 프란츠 지음
김인순 옮김

…… 너희가 박하와 시라와 소회향은
십일조를 내면서, 의로움과 자비와 신의처럼
율법에서 더 중요한 것들은
무시하기 때문이다 ……

마태오 복음 23장 23절

프롤로그

그녀는 삐걱거리는 층계를 천천히 올라오는 발소리를 듣고서 이미 알았다. 또다시 때가 되었다는 것을 말이다. 그는 가능한 한 살며시 문을 열고서 번개처럼 빠르게 방 안으로 몸을 들이밀고 다시 번개처럼 빠르게 문을 닫으려 할 것이다. 몇 분 전까지만 해도 그녀는 라디오를 들으며, 아무도 찾지 못하도록 꼭꼭 숨겨둔 비밀 일기장에 몇 가지 일들을 기록하고 있었다. 일기를 쓰다 보면 자신에게 일어난 일을 조금이나마 극복할 수 있게 되었다. 4년 전부터 일기는 그녀에게 모든 분노와 절망과 무력감, 고통과 굴욕을 털어놓을 수 있는 삶의 동반자였다. 오늘은 별로 쓸 말이 없었다. 어렴풋이 예감되는 것에 대해 몇 줄 적었을 뿐이다. 하지만 다음번에는 눈물을 쏟으며 더 길게 기록하게 될 것을 알고 있었다. 볼을 타고 흘러내리는 눈물이 아니라 말없이 마음속으로 흐르는 눈물. 고통으로 얼룩진 깊은 호수를 그동안 가득 채운 눈물. 그녀는 그 호수가 서서히 마르는 날이 언제쯤 올 것인지 이따금 헤아려 보았다.

이 집안 모두가 하느님을 믿는다고 주장하듯, 그녀는 하느님을 믿었다. 그러나 다른 사람들은 단지 믿는 척 거짓말하고 속일 뿐이며 그들의 삶에서 하느님은 진정으로 아무런 역할을 하지 않는 것을 이제는 알았다. 하느님이 진정 중요한 역할을 한다면, 그들은 그 일을 용인하지 않았을 것이기 때문이다. 하지만 그녀는 하느님을 믿었으며, 하느님이 큰 곤경에 처한 자신을 도와주신 것을 알고 있었다. 비록 눈으로 보지 못하고 귀로 듣지는 못했지만, 하느님이 곁에 계시며 언제든지 하느님을 찾아갈 수 있고 자신의 모든 짐을 하느님에게 맡길 수 있음을 알고 있었다. 그리고 너무 슬프고 절망스러운 순간에 이따금 부드러운 손길이 자신을 어루만지는 것을 느꼈다. 그 손길은 그 모든 것을 참고 견딜 힘을 그녀에게 불어넣었다.

그녀는 다른 사람들이 전부 잠들면 무슨 일이 일어날지 이미 저녁 식사 자리에서 느꼈기 때문에 방문을 걸어 잠갔다. 그녀가 수없이 보아온 눈빛, 예리한 창끝처럼 그녀의 심장을 파고드는 눈빛으로, 그는 슬쩍 그녀를 바라보았다. 그는 그녀에게 방문을 걸어 잠그는 것을 금지했다. 그는 혹시 뭔가 숨길 일이 있는 게 아니라면 이 집안에서는 아무도 방문을 걸어 잠글 필요가 없다고 말했다. 그리고 뭔가를 숨기는 것은 좋은 일이 아니라고 덧붙였다. 하느님은 그런 일을 용납하시지 않기 때문이라는 것이었다.

그녀의 아버지가 한밤중 처음으로 그녀의 방에 슬며시 들어왔을 때, 그녀는 여덟 살이었다. 그녀는 그때 아버지에게 받은 고통, 그 말로 형용할 수 없는 고통을 결코 잊지 못할 것이다. 그때 그녀는 모든 사람의 귀에 들리도록 크게 소리 지르려고 했다. 그리고 실제로 크게 소리 질렀지만, 아버지는 난폭하게 그녀의 입을 틀어막았다. 이것은 다만 시작일 뿐이며 이 일에 대해 누구에게도 절대 발설해서는 안 된다고 아버지는 말했다. 그렇지 않으면 하느님의 무서운 심판을 받게 된다는 것이었다. *이 말이 무슨 뜻인지 잘 알지,* 아버지는 다짐을 주었다. 언젠가 하느님 곁에서 하느님의 영광과 전능한 은혜를 누리며 살 가능성이 사라진다는 뜻이었다. 그날 밤 그녀는 그 일에 대해 한 마디도 누설하지 않겠다고 아버지에게 약속해야 했다. 그리고 아버지의 뜻을 거스르고 싶지 않아서 실제로 그렇게 하겠다고 약속했다. 그런 밤들이 수도 없이 이어졌고, 그럴 때마다 그녀는 마음속으로 절규하고 애원했으며, 왜 자신이 이런 일을 당하게 허락하시는지 말씀해 달라고 하느님에게 간청했다. 하지만 자신에게 일어나는 일을 실제로 이해하기에 그녀는 너무나도 어렸다.

그녀는 침대 위에 책상다리를 하고 앉아 있었다. 침대 옆의 작은 전등만이 빛을 밝혔다. 그녀는 두 손을 모은 채, 시선을 문으로 향했다. 걸음 소리가 멈추고 삐걱거리는 소리도 멈췄다. 열한 시가 조금 넘은 시각이었고, 아까부터 졸리던 참이었다. 하지만 무슨 일이 벌어질지 정확히 알고 있었기 때문에, 그녀는 일부러 자지 않고 깨어 있었다. 문손잡이가 아래로 내려갔다가 다시 올라가는 것이 보였다. 그녀는 꼼짝하지 않고 오로지 문을 뚫어져라 응시했다. 문손잡이가 한 번 더 아래로 내려가고 밖에서 문을 미는 소리가 들렸다. 살그머니 문 두드리는 소리도 들렸다. 그녀는 움직이지 않았다. 그는 다시 문을 두드렸다. 이번에는 좀 더 크게 두드렸으며 화난 듯 들렸다. 하지만 집안의 다른 사람들에게는 들리지 않을 정도로 여전히 살그머니 두드렸다.

"얼른 문 열어." 그는 속삭이는 어조로 위협했다. "너도 알지, 내겐 다른 방법이 있어!"

"이제 잘 거예요." 그녀는 말했다. "늦었어요."

"정말 잘 생각이었다면 두 시간 전에 불을 껐어야지. 그러니까 문 열어!"

그녀는 그의 명령에 따르지 않는다면 다음번엔 더욱 곤란해질 것을 알고 있었다. 그녀는 침대에서 일어나서 마치 최면에 걸린 사람처럼 문으로 걸어가 열쇠를 돌렸다. 그러고는 재빨리 문에서 열쇠를 빼내어 바지 주머니에 집어넣었다.

그가 그녀 앞에 서 있었다. 키가 크고 강력한 남자, 그의 눈이 날카롭고 냉혹하게 그녀를 쏘아보았다. 그는 그녀를 방 가운데로 밀치고는 방문을 닫았다. 그가 특유의 걸음걸이로 가까이 다가와 그녀 바로 앞에서 걸음을 멈추었을 때, 그의 눈은 실눈으로 좁혀져 있었다.

"방문을 걸어 잠그지 말라고 벌써 수천 번도 더 말했을 텐데? 한 번만 더 이런 일이 있으면, 크게 혼날 줄 알아. 내 말 알아들었어?"

그녀는 간신히 고개만 끄덕였다.

"왜 아직 옷을 벗지 않았어? 잠자려고 한 줄 알았는데."

"지금 막 벗으려던 참이었어요." 그녀는 시선을 내리뜬 채 작은 소리로 대답했다.

"그러면 얘야, 어서 벗어라." 그는 갑자기 다정하게 말하며 손으로 그녀의 얼굴을 어루만졌다.

"네가 정말로 잠자리에 드는지 곁에서 지켜볼 생각이야. 자, 어서 옷을 벗으렴." 그는 침대에 걸터앉았다.

그녀는 순순히 그 말을 따랐다. 청바지의 단추를 푸르고 바지를 벗어서 의자 위에 올려놓았다. 그리고 탐스러운 갈색 머리카락 위로 티셔츠를 잡아 올려 벗었다. 이제는 러닝셔츠와 팬티에 흰 테니스 양말만을 신고 있었다.

“설마 양말을 신고 잘 생각은 아니지?” 그는 물었다. “그건 건강에 아주 나빠.”

“아니요.” 그녀는 기계적으로 대답하고 양말도 벗었다. 그러고는 침대로 걸어가 이불을 젖히고 침대에 누웠다. 그는 그녀 쪽으로 고개를 돌리고, 그녀가 이불을 어깨 위로 끌어올릴 때까지 기다렸다. 그런 다음 옆에 누워서 그녀의 얼굴을 어루만졌다. 그녀는 구역질이 치미는 것을 느꼈다. 그를 보지 않으려고 눈을 감았다.

“잘 알겠지만, 너는 나의 귀여운 공주님이야. 나는 언제나 너 같은 소녀를 바랐어. 이렇게 부드럽고 순수하고 티 없는 소녀를.”

그의 손이 아래로 미끄러져 내려와서는 그녀의 아직 작은 젖가슴을 쓰다듬었다. 그녀는 눈을 감은 채로 있었다. 그래야만 간신히 참아낼 수 있었다. 그가 그녀의 허벅지 사이를 만지고 그녀의 팬티를 내린 뒤 이어서 자신의 바지 지퍼를 내리는 것이 느껴졌다. 그러더니 단번에 그녀의 위로 올라왔다. 그의 성기가 불쑥 아프게 그녀 안으로 밀고 들어왔다. 처음에 그는 천천히 몸을 움직였지만 점점 더 빨라졌으며, 결국 사정을 하고서 옆으로 돌아누웠다. 그는 언제나처럼 숨을 가쁘게 몰아쉬었고 그녀를 곁눈으로 바라보며 말했다. “몸을 씻고 다시 옷을 입어라. 너는 내일 일찍 일어나야 해. 영어 시험이 있잖아.”

“네.” 그녀는 작은 소리로 대답했다.

“시험공부를 열심히 했겠지. 우리 집안에 낙오자가 있으면 안 돼. 하느님은 우리에게, 특히 너에게 많은 재능을 주셨어. 시험을 잘 보는 것은 네 의무야. 알지?”

“네.”

“좋아, 내 이름에 먹칠하지 마. 하필이면 네가……, 그럼 곤란할 거야.” 그는 손을 내젓고는 갑자기 미소 지었다. “아니, 내 딸이 내 이름에 먹칠을 할 리 없지. 그렇고말고. 네가 열심히 공부했다면, 하느님께서 모든 게 잘되도록 돌봐주시겠지.”

그는 조용히 나타났던 것처럼 조용히 사라졌다. 층계 삐걱거리는 소리만이 살짝 들렸다. 그녀는 욕실에 가서 더러움을 씻어냈다. 새 팬티를 입고 침대에 누웠다. 마침내 그녀가 잠들었을 때는 자정이 훌쩍 지나 있었다.

6월 14일 월요일

오후 8시 30분

그들은 저녁 식사를 하고서 월요일이면 늘 그렇듯이 널찍한 거실에서 성경낭독시간을 가졌다. 며칠 전부터 거대한 종처럼 도시를 뒤덮은 열기가 기승을 부리는데도, 냉난방시설을 완비한 집 안은 시원했다. 막내아들 요제프가 마태오 복음을 몇 구절 낭독했다. 예수님이 제자들에게 누구의 믿음이 겨자씨만 하냐고 물으며, 그런 사람은 이 산더러 '여기서 저기로 옮겨가라' 하더라도 그대로 옮겨갈 것이다(마태오 복음 17장 20-21절 —역주)라고 말하는 구절이었다. 그때 마침 전화벨이 울렸다. 벨이 세 번째 울린 후 아버지가 몸을 일으켜서 수화기를 들 때까지 모두들 눈길을 들어 바라보았다.

"로젠츠바이크입니다." 아버지는 전화를 받았다. 그는 잠깐 귀 기울여 듣더니 스위치를 누르고는 수화기를 내려놓았다. 그러고는 가족을 바라보며 말했다. "잠깐 서재에 올라가야겠어. 중요한 대화가 있어. 곧 돌아오마."

아버지는 신중한 걸음걸이로 느릿느릿 층계를 올라갔다. 키가 훤칠하게 크고 호리호리했으며, 숱이 많은 머리는 은발이었다. 그는 2층에 이르러서 복도 끝까지 걸어가 서재로 통하는 문을 열었다. 방 안으로 들어가 문을 닫고는 책상에 다가가서 수화기를 들었다. 그는 다만 "그래"에 이어서 "물론이지. 곧. 나도 마찬가지야" 그리고 "내일 봐"라고 말했을 뿐이었다.

그는 통화를 끝낸 후, 갈색 가죽의자에 앉아서 오른쪽 상단 서랍을 열고는, 주사기와 작은 유리병을 꺼내어 병뚜껑을 땄다. 주삿바늘을 밝은색의 불투명한 액체에 집어넣고서 주사기로 액체를 빨아들였다. 셔츠의 단추 두 개를 풀고 배 위쪽에 주삿바늘을 찌르고 주사기의 내용물을 주사했다. 주삿바늘을 빼고서 앉은 채로 유리병과 함께 주사기를 도로 서랍 안에 넣었다.

그는 셔츠 단추를 잠그려다 말고 별안간 가슴팍을 움켜쥐었다. 숨을 헐떡거리며, 소리를 지르려고 했다. 그의 심장이 몸뚱이를 떠나려 하는 것 같았고, 눈이 부자연스럽게 커졌다. 눈을 움직일 수도, 침을 삼킬 수도 없었다. 눈꺼풀이 말을 듣지 않았으며, 두 눈은 방의 한 지점을 멍하니 응시했다. 눈에 보이는 것이 두 겹으로 겹쳐 보였다. 입안 어딘가의 미세한 상처에서 흘러나오는 피맛이 느껴졌다. 코에서 책상으로 피가 뚝뚝 떨어지는 것이 보였다. 그는 일어나려고 했지만 두 다리가 말을 듣지 않았다. 전화기를 향해 손을 내밀려고 했지만 두 손도 마찬가지로 말을 듣지 않았다. 아무리 안간힘을 써도 숨을 쉴 수가 없었으며, 납처럼 무거운 벨트가 가슴을 점점 더 조여 왔다. 입안에 피 맛이 감돌았고, 피가 눈에 보였다. 내부의 모든 것이 서서히 해체되는 것이 느껴졌다. 그는 비명을 지르려 했다. 비명을 통해 숨 막히는 공포를 내뱉으려 했지만, 들릴까 말까 하는 그르렁거리는 소리 말고는 아무 소리도 목구멍에서 나오지 않았다. 그는 자신에게 끔찍한 일이 일어났으며 이제 죽음은 순간의 문제, 찰나의 문제라는 것을 알았다. 하지만 자신이 왜 죽는지, 왜 죽어야 하는지는 알지 못했다. 그는 다시 일어나려고 했으며 두 다리에게 자신을 지탱하라고 명령했다. 그러나 그 대신 그는 천천히 앞으로 고꾸라졌다. 머리가 책상에 부딪쳤으며, 그의 몸은 순간적으로 부르르 떨고 움찔거렸다. 숨을 쉬려는 최후의 절망적인 시도에 이어서 그의 심장은 박동을 멈추었다. 한스 로젠츠바이크는 숨을 거두었다.

15분이 지났는데도 그가 거실에 다시 모습을 나타내지 않자, 마리안네 로젠츠바이크는 남편이 뭐 하는지 살펴보려고 위층으로 올라갔다. 그녀는 문을 두드렸다. 아무 대답이 없자 방 안으로 들어갔다. 맨 먼저 그녀의 시야를 채운 것은 일그러진 얼굴, 초점 없이 크게 뜬 눈, 남편의 입과 코에서 흘러나와 책상 위로 번진 피였다. 그녀는 정신을 애써 가다듬고 책상 가까이 다가가 남편을 보았다. 그녀의 얼굴은 거의 미동이 없었다. 다만 어쩔 줄 모르고 나지막이 말했을 뿐이다. "세상에, 이게 무슨 일이지?"

그녀는 남편에게 감히 한 발자국도 더 다가갈 엄두를 내지 못하고, 오로지 꼼짝하지 않은 채 남편을 바라보기만 했다. 몸을 움직일 수가 없었다. 잠시 후, 마리안네 로젠츠바이크는 마비상태에서 벗어났다. 그녀는 아무것에도 손대지 않고서 다시 아래층으로 내려가 아들들 앞에서 걸음을 멈추었다. 그러고는 무거운 목소리로 신중하게 말했다. "얘들아, 너희는 이제 강해져야 한다. 아버지가 돌아가신 거 같아."

"뭐라고요?" 열세 살 먹은 요제프가 깜짝 놀라 물으며 성경을 탁자 위에 떨어뜨렸다. "아빠가 돌아가셨다고?"

"그런 거 같구나. 심근경색으로 쓰러지신 거 같아. 어서 핑크 자매님에게 전화해야겠어."

"우리 위층에 올라가서……."

"안 돼." 마리안네 로젠츠바이크는 단호하게 말했다. "너희는 위층에 올라가지 마라. 아버지는 돌아가셨어. 너희에게 그런 아버지 모습을 보이고 싶지 않아."

마리안네 로젠츠바이크는 전화기가 있는 곳으로 걸어가 수화기를 들고 주치의인 라우라 핑크의 전화번호를 돌렸다. 하지만 자동응답전화기가 켜져 있었고, 그날 밤 누가 응급의사로 일하는지만 알려주었다. 마리안네 로젠츠바이크는 자동응답전화기의 말이 끝나기도 전에 수화기를 내려놓고 갈색 전화번호부를 집어 들었다. 거기에 라우라 핑크의 개인 전화번호가 적혀 있었다. 그것은 몇몇 특별한 환자들만이 누릴 수 있는 특권이었지만, 그들은 이미 오래전부터 알고 지내는 사이여서 마리안네 로젠츠바이크는 주저 없이 전화를 걸었다. 전화벨이 세 번 울린 후, 라우라 핑크가 전화를 받았다.

"핑크입니다."

"안녕하세요, 라우라. 마리안네 로젠츠바이크예요. 실례지만……, 그러니까……, 가능한 한 서둘러 이곳으로 와 줄 수 있겠어요? 우리 남편이 숨을 거둔 것 같아요."

"남편분이요? 어떻게……. 잠깐만요, 얼른 옷만 걸치고 10분 내로 그곳에 도착할게요."

9시 직후, 라우라 핑크는 로젠츠바이크의 집에 도착했다. 18세의 아론과 요제프, 두 아들은 미라처럼 소파에 앉아서 도움을 바라는 눈길로 젊은 여의사를 바라보았다.

"남편분은 어디 있죠?" 닥터 핑크는 물었다. 중간 정도의 키에 별로 눈에 띄지 않는 수수한 모습이었다. 갈색머리를 짧게 자르고 거의 소년 같은 몸매를 티셔츠와 청바지, 그리고 천운동화 속에 숨기고 있었다.

"위층 서재에 있어요. 따라오세요."

마리안네 로젠츠바이크는 거실문을 닫고 닥터 핑크에게 2층으로 따라올 것을 청했다. 그녀는 서재 문을 열었고, 라우라 핑크는 잠깐 그대로 서 있었다. 두 눈을 꼭 감고 숨을 깊이 들이마시고 나서, 책상을 향해 천천히 걸음을 옮겼다. 책상 위는 절반이나 피로 흥건했다. 여의사는 말없이 가방을 열고 손전등을 꺼내었다. 죽은 자의 눈을 손전등으로 비춰보고는 고무장갑을 끼고서 이제 뛰지 않는 맥박을 찾았다.

"이상한데요." 여의사는 잠깐 생각에 잠기더니 고개를 저으며 말했다. 그리고 방 한가운데 꼼짝 않고 동상처럼 서서 무표정한 얼굴로 남편을 응시하고 있는 마리안네 로젠츠바이크를 바라보았다.

"잘 알고 있겠지만, 남편분은 일주일 전에 우리 병원에서 종합검진을 했어요. 당뇨병을 빼고는 신체적으로는 아무 문제 없었어요. 혈액수치도 정상이었고, 그 밖에 심장병 같은 신체적인 이상증세도 전혀 눈에 띄지 않았어요. 하지만 심전도 검사는 하지 않았어요. 그럴 만한 이유가 전혀 없었거든요." 여의사는 죽은 사람 옆에 서서 다시 고개를 저었다. "왜 이렇게 피를 많이 흘렸는지 아무리 생각해도 이해할 수 없어요. 이렇게 많은 출혈을 야기할 수 있는 희귀한 질병이 몇 가지 있긴 하지만, 남편분의 경우에는 해당되지 않아요. 좀 전에 말했듯이, 혈당치를 제외하고는 모든 혈액수치가 완전 정상이었거든요. 왜 이렇게 다량의 피를 흘렸는지 정말 수수께끼예요. 남편 시신을 언제 발견했어요?"

마리안네 로젠츠바이크는 퍼뜩 눈길을 들며 헛기침을 하고는 말했다. "뭐라고요? 아, 미안해요. 내가 좀 제정신이 아니에요. 한 20분 전쯤 발견했어요. 성경을 낭독하는데 전화벨이 울렸고, 남편은 잠깐 서재에 갔다 오겠다고 말했어요. 그런데 15분이 지나도 아래층으로 내려오지 않아서, 남편이 뭐 하나 그냥 한 번 둘러보려고 했어요……. 그런데 저러고 있더라고요."

"남편분이 여기서 뭘 했죠?"

"저녁 식사 후에 언제나 그렇듯이 인슐린 주사를 맞았다고 생각해요."

"인슐린 펜으로?" 라우라 핑크는 이마를 찌푸리며 물었다.

"아뇨. 남편의 인슐린 펜이 며칠 전에 망가졌어요. 새 펜을 살 시간이 없어서 다시 주사기를 쓸 수밖에 없었어요."

"인슐린은 어디에 있죠?"

"남편은 맨 위 오른쪽 책상 서랍에 인슐린을 보관했어요. 그런데 그건 왜요?"

라우라 핑크는 책상 서랍을 열고 불투명한 액체가 들어 있는 유리병을 두 손가락으로 집어 들어 냄새를 맡고는 고개를 가로저었다. 유리병을 책상 위에 놓고 이번에는 주사기를 들어 자세히 살펴보더니 결국 유리병 옆에 내려놓았다. 라우라 핑크는 당혹스러운 표정으로 마리안네 로젠츠바이크를 쳐다보았으며 고무장갑을 벗고는 물었다. "부인은 어때요? 필요한 거 없어요? 그러니까 진정제 같은 것 말이에요."

마리안네 로젠츠바이크는 보일 듯 말 듯 고개를 움직였다. 두 눈에 한없는 공허함이 담겨 있었다. "아뇨, 난 괜찮아요. 이제 이 사람은 어떻게 되죠?"

"사망진단서에 '사망 원인 불분명'이라고 쓰고 경찰에 전화하겠어요……."

"경찰요?" 마리안네 로젠츠바이크는 믿어지지 않는다는 듯 물었다. "경찰에는 왜요?"

"유감스럽게도 남편분의 사망 원인을 규명할 수 없어요. 그러려면 적어도 장비가 있어야 하거든요. 난 평범한 개업의에 지나지 않아요. 남편분의 사망 원인이 무엇인지 밝혀져야 해요."

"남편은 죽었어요. 그것으로 충분하지 않은가요?"

"유감스럽게도 아니에요. 부인도 직접 봐서 알겠지만, 이것은 절대 자연사가 아니에요. 사망진단서에 간단히 '심장기능장애 및 혈액순환장애'라고 쓸 수는 없어요. 그건 부차적인 사망 원인이죠. 모든 죽음은 결국 심장기능장애와 혈액순환장애의 결과거든요. 남편분의 주요 사망 원인이 무엇인지는 부검을 해봐야 알 수 있어요. 더군다나 남편분은 특이하게도 많은 출혈을 했어요. 무엇에 의해 이런 출혈이 야기되었는지 이제 법의학자가 밝혀내야 해요. 그 밖에 인슐린과 주사기도 검사할 거예요……."

"그 말은 이 사람이 해부된다는 뜻인가요?"

라우라 핑크는 바닥을 응시하며 어깨를 으쓱했다. 그러더니 결국 고개를 끄덕이며 말했다. "유감스럽게도 어쩔 수 없어요."

마리안네 로젠츠바이크는 고개를 돌려 문을 응시했다. 그녀는 별안간 나지막이 흐느끼기 시작했다. 여의사는 그녀에게 다가가 한 손을 어깨 위에 올려놓았다. "내 말 들어요, 부인에게 발륨(신경안정제의 일종 —역주)을 처방하는 게 좋겠어요. 그걸 먹으면 진정될 거예요. 무엇보다 오늘 밤 조금이라도 잠을 잘 수 있을 거예요."

"잠을 잔다고요!" 마리안네 로젠츠바이크는 씁쓸하게 웃으며 내뱉었다. "내가 어떻게 지금 잠을 자겠어요? 정확히 일주일 후면 우리의 결혼 20주년 기념일이에요. 그런데 이 사람은, 이 사람은 뭘 하고 있죠? 이 사람은 슬그머니 내뺐어요……! 아니, 미안해요. 그렇게 말할 생각은 아니었어요. 이 사람 탓이 아니에요. 이렇게 죽게 된 데에는 무슨 이유가 있을 거예요. 그 이유를 알아내주세요. 남편이 해부된다는 생각을 하면 마음이 불편하지만, 그래도 꼭 알아내 줘요."

"부인 마음은 충분히 이해해요. 하지만 어떻게 해도 남편분은 다시 살아나지 않을 거예요. 그리고 솔직히 말해서, 나도 부인의 남편이 무슨 이유로 죽었는지 알고 싶어요. 한 가지 물을게요, 남편은 보통 인슐린을 어떻게 주사했죠? 팔이나 다리에 주사했나요, 아니면 배에?"

"잘 모르겠어요. 한 번도 그 자리에 함께 있었던 적이 없어요. 대개는 배에 주사한다고 언젠가 한 번 지나가는 말로 이야기한 적은 있지만……. 직접 확인해 보세요."

"미안하지만, 경찰이 모든 흔적을 확보하기 전에는 남편분을 절대 움직여서는 안 돼요." 라우라 핑크는 다시 죽은 자에게로 다가가 몸을 굽히고는 죽은 자에게 손을 대지 않은 채 말했다. "부인 말이 맞아요. 셔츠의 단추들이 풀려 있군요."

"그래서요?" 마리안네 로젠츠바이크는 다시 돌아보며 물었다.

"이미 말했듯이, 법의학 쪽에서 부득이하게 조사할 수밖에 없겠어요."

"이이의 사망 원인인 무엇인 거 같아요? 짐작 가는 게 있죠, 그렇죠?"

"나로서는 지금 뭐라고 말하기 힘들어요. 하지만 독성 쇼크일 수 있어요."

"독성 쇼크라고요? 그게 무슨 뜻이죠?"

"독성물질, 그러니까 독극물하고 관계있을 수 있어요. 만일 그렇다면, 경우에 따라서는 출혈도 설명 가능해요. 하지만 사망 원인은 부검을 해봐야만 명확하게 알 수 있어요."

"독극물이라고요?" 마리안네 로젠츠바이크는 날카롭게 웃음을 터트렸다. "어떻게 한스가 독극물로 죽는단 말이에요?" 그녀는 믿기지 않는 눈초리로 물었다. "말도 안 돼요. 무슨 그런 해괴한 일이 있어요!"

"내가 잘못 생각할 수도 있어요……."

"틀림없이 잘못 생각한 거예요. 이 집 안에 무슨 독극물이 있겠어요. 잘 아시다시피, 이 집에는 담배도 알코올도 없다고요."

"그건 나도 물론 잘 알아요. 그냥 한번 추측해본 것뿐이에요." 라우라 핑크는 이렇게 말하고는 당황한 표정으로 헛기침했다. "솔직히 말해서, 사망 원인이 무엇인지 모르겠네요. 경찰에 전화하고 담당 경찰관들이 올 때까지 기다려야겠어요. 그 밖의 일들은 제 담당이 아니에요. 미안하지만 나로서는 지켜야 할 규정이 있어요……. 그 규정을 준수하지 않으면……. 그런데 부인은 정말로 진정제가 필요 없으세요?"

"네." 마리안네 로젠츠바이크는 대답했다. 갑자기 두 눈에 눈물이 그렁그렁하더니 천천히 볼을 타고 흘러내렸다. 시선은 바닥을 향했고, 마주 잡은 두 손은 꽉 움켜쥐고 있었다. "하느님께서는 내게 남편과의 아름다운 20년을 선사하시고 이제 남편을 당신 곁으로 부르셨어요……. 비록 한스가 한창나이긴 하지만……. 하지만 하느님의 행로는 우리 인간들로선 알 수 없는 것이에요. 나는 잘 참고 견딜 거예요. 이 세상을 하직하는 순간이 올 때까지 한스가 나를 기다리고 있을 것을 잘 알거든요. 언젠가 우리는 다시 하나가 될 거예요. 숭고하고 행복한 가족을 이룰 거예요. 한스는 좋은 남편이었고 자상한 아버지였어요." 마리안네 로젠츠바이크는 잠깐 말을 멈추고 라우라 핑크를 바라보더니 갑자기 미소를 머금고 물었다. "사후에 삶이 있다는 사실이 근사하지 않아요?"

이 질문을 받은 여자는 어깨를 으쓱했다. "물론이죠. 부인이 이 세상을 하직하기까지 얼마가 걸리든, 남편분은 부인을 기다릴 거예요. 처음 며칠 아니면 몇 주일은 부인에게 쉽지 않을 거예요. 하지만 잘 알잖아요, 부인이 이 힘든 시기를 무사히 견디도록 도와줄 사람들이 많이 있어요."

"그래요, 잘 알고 있어요. 그리고 언젠가는 한스를 다시 만나게 되리라고 굳게 믿어요. 믿는 사람에게는 불가능한 게 없어요."

"그렇고말고요. 이제 전화해야겠어요. 여기에서 전화해도 될까요?"

"그럼요, 저기 전화가 있어요."

라우라 핑크는 수화기를 들고 긴급전화번호 110을 돌렸으며 전화를 받은 사람에게 이렇게 말했다. "저는 닥터 핑크입니다. 진틀링겐 바인베르크 거리의 로젠츠바이크 박사 집으로 차를 보내주시길 부탁합니다. 이곳에 사망 원인이 불분명한 남자 시신이 하나 있습니다." 라우라 핑크는 통화를 짧게 끝내고서 수화기를 내려놓고 시계를 보았다.

"몇 분 후에 자동차가 도착할 거예요. 나도 그때까지 기다릴게요."

"우리 아래층으로 내려가죠." 마리안네 로젠츠바이크는 문을 향해 걸음을 옮기며 말했다. 젊은 여의사는 가방을 닫아 손에 들고는 마리안네 로젠츠바이크를 따라 거실로 내려갔다. 두 사람은 별다른 말 없이 자동차가 도착하길 기다렸다. 차는 10분 후 도착했고, 순찰경찰관 두 명이 집 안에 들어섰다. 서른다섯 살가량의 남자와 이십 대 후반의 여자였다. 라우라 핑크가 두 사람을 죽은 남자의 서재로 인도했다. 남자 경찰관이 머리를 긁적이며 쉰 목소리로 물었다. "어떻게 죽었죠?"

"지금으로서는 전혀 알 수 없어요. 그래서 경찰에 전화를 걸었어요. 사망 원인이 분명하지 않거든요. 로젠츠바이크 씨는 당뇨병을 앓고 있었고 그래서 아마 인슐린을 주사한 모양이에요. 하지만 인슐린은 이런 출혈을 야기하지 않아요."

"그렇다면 KDD 동료들을 불러야겠군요."

"KDD?" 닥터 핑크가 물었다.

"비상대기조 경찰 말입니다. 여기 손댄 곳 있습니까?"

"저는 전혀 손대지 않았어요. 그리고 제가 알기에는 로젠츠바이크 부인도 아니에요. 적어도 제가 처음 본 시신의 모양새로 보아서는 아무도 건드리지 않은 것 같았어요. 시신의 코와 입에서 나온 피의 흐름이 아주 균일하잖아요."

"좋습니다, 그렇다면 우리가 경찰청 형사과와 과학수사반에 전화하고 현장을 보전하죠. 우리도 그 이상은 할 수 없습니다. 하지만 동료들이 올 때까지 의사 선생님은 여기 계셔야겠습니다. 아마 이런저런 물음에 답변하셔야 할 겁니다." 그 남자는 여자 경찰을 돌아보며 말했다. "비상대기조에 연락해. 서두르라고 해."

젊은 여경이 방을 나가자, 경찰관은 물었다. "의사 선생님 생각은 어떻습니까?"

"경우에 따라서는 독살일 가능성이 있어요." 라우라 핑크는 어깨를 으쓱했다. "하지만 저로서는 판단할 수 없어요."

"좋아요, 그럼 다른 사람들이 올 때까지 일단 기다립시다."

20분 후 비상대기조 경찰과 과학수사반원, 사진사가 도착했다.

"알았습니다." 청바지와 반소매 셔츠 차림의 젊은 남자 경찰관이 여의사에게 순찰경찰과 거의 같은 질문을 던진 후 말했다. "그렇다면 먼저 방 안을 사진 찍도록 하죠. 그런 후 과학수사반원이 일을 처리할 겁니다. 제 생각에는 살인사건 수사반에도 연락해야 할 거 같습니다. 왠지 타살의 냄새가 물씬 나거든요. 굳이 살인의 악취라고까진 말하진 않겠습니다. 오늘 누가 당직인지 한번 봅시다."

젊은 경찰관은 자동차에 가서 본부에 무선연락을 취하고 살인사건 수사반의 도움을 요청했다. 그리고는 로젠츠바이크의 서재로 돌아와서 말했다. "살인사건 수사반이 20분쯤 후 도착할 겁니다. 그 전에 절대로 시신을 건드려서는 안 됩니다."

라우라 핑크는 아래층의 로젠츠바이크 부인에게 내려가 말했다. "남편분이 이런 불상사를 당하다니 정말 유감이에요. 살인사건 수사반 형사들도 곧 도착할 거란 말을 알려주려고 왔어요."

"그러겠죠." 마리안네 로젠츠바이크는 어깨를 으쓱하며 말했다. "도와줘서 고마워요. 우리 남편이 어떻게 죽었는지 언제 어떻게 알 수 있을까요?"

"사망 원인은 금방 알아낼 수 있을 거라고 생각해요. 아마 내일 아침이면 더 많은 걸 알 수 있을 거예요. 어쩌면 인슐린만 조사해도 사망 원인이 밝혀질지 몰라요."

"아빠가 왜 죽었어?" 두 아들 중의 맏이인 아론이 물었다.

"아직 모른단다." 어머니는 대답했다.

"당뇨병 때문이야?"

"엄마한테 묻지 마. 하지만 내일……."

"나는 아빠가 많이 보고 싶을 거야……."

"우리 모두 아빠를 보고 싶어 할 거야. 하지만 아빠를 언젠가 다시 만나리라는 건 너희들도 알지. 그렇구나, 쇠나우 형제에게 전화해서 무슨 일이 일어났는지 알려줘야겠어."

"엄마도 많이 슬프지, 그렇지?" 아론이 말했다.

"그럼, 슬프고말고. 아주 많이." 마리안네 로젠츠바이크는 아들의 머리를 다정하게 쓰다듬으며 대답했다. "그리고 앞으로 당분간은 더 슬플 거야. 이제 우리는 마음을 모아서 함께 이 슬픔의 길을 가야 해."

마리안네 로젠츠바이크는 두 아들을 부둥켜안고서 미소를 지으며 격려했다. 당장 목 놓아 엉엉 울고 싶은데도 전화기로 걸어가 쇠나우 형제의 전화번호를 돌렸다. 그녀는 15분쯤 쇠나우 형제와 통화했다. 쇠나우는 지금 찾아가겠다고 말했지만, 마리안네는 지금은 집 안에 경찰이 바글바글하니 찾아오지 말라고 말했다. 그리고 어쩌면 내일 아침은 괜찮을 거라고 덧붙였다.

오후 10시 15분

프랑크푸르트 경찰청의 율리아 뒤랑 형사는 한 여자 동료가 열렬히 권한 이른바 추리소설을 탁 소리 나게 덮어서 책상 위로 내던졌다. 그 지루하기 짝이 없는 물건에 44마르크나 지불하다니 분통이 치밀었다. 아무리 늦어도 50쪽쯤 이르면 어느 정도라도 흥미진진하고 스릴이 있어야지, 그렇지 않으면 나머지를 읽는 게 오로지 고역일 뿐이었다. 다른 사람들은 도대체 책을 고르는 기준이 무엇인지 알 수 없었다. 하지만 기준이 제각각 다른 것만은 확실했다. 율리아에게는 긴장감이 넘치고 인물들이 생생해야 했으며 줄거리를 귀리죽처럼 끈적끈적하게 억지로 짜 맞추어서는 안 되었다. 주인공들의 생각이나 감정 세계에 이입해서 마치 현장에 있는 듯 줄거리를 함께 체험할 수 있어야 했다. 하지만 지금까지 겨우 몇몇 책에서만 그런 것을 경험할 수 있었다. 시간 가는 줄 모르고 푹 빠져서 500쪽 후에 갑자기 소설이 끝나면 아쉽기 짝이 없는 책들.

율리아는 두 다리를 높이 올려놓고서 오른손에 리모컨을 들고 채널을 이리저리 돌려 보았다. 그러다 마침내 비바(독일 베를린에 위치한 텔레비전 방송국 —역주)를 틀어놓고 브라이언 애덤스의 생방송을 보았다. 그리고 필터 없는 골루아에 불을 붙이고 캔 맥주를 한 모금 마셨다. 맥주는 뜨뜻미지근하게 김이 빠져 있었다. 그녀는 몸을 일으켜 남은 맥주를 개수구에 부어 버리고 냉장고에서 새 맥주 캔을 꺼냈다. 뚜껑을 따서 맥주를 소파 옆에 내려놓고 담배를 한 모금 깊이 빨았다. 담뱃재를 재떨이에 톡톡 털고서 잠시 텔레비전을 보다가 창문을 바라보았다. 오늘은 별로 기분 좋은 날이 아니었다. 사무실에서 오랫동안 미루어 두었던 보고서를 작성하고 4시 반에 집으로 돌아왔다. 잠깐 시장을 보았으며, 이미 오래전부터 집 안 구석구석 먼지가 잔뜩 끼었는데도 대충 치우는 둥 마는 둥 했다. 창문들은 절실하게 물을 바랐고, 커튼을 마지막으로 빤 게 지난 가을이었다. 청소기를 손에 든지도 벌써 이삼 주가 되었다. 하지만 2주일 전부터 더위가 기승을 부리는 바람에 꼼짝도 할 수 없었다. 지금 이 시각까지도 집 안이 후덥지근하게 숨막혀서 오늘 밤 과연 잠을 잘 수 있을지 의심스러웠다.

아버지와 통화하려고 했지만 아버지는 또 집에 없었다. 남프랑스의 수잔네 톰린에게도 전화를 걸어보았지만, 거기도 전화를 받지 않았다. 그래서 마지막으로 베르너 페트롤의 전화번호를 돌렸는데, 이번에는 자동응답전화기가 전화를 받았다. 율리아는 왼쪽 관자놀이에 살짝 찌르는 듯한 통증을 느꼈다.

지난 6주 동안 흥분되는 일은 그다지 많이 일어나지 않았다. 몇 번의 정규 출동이 있었고, 중앙역 근처의 매춘 금지구역에서 매춘부 살인미수 사건이 있었다. 그 매춘부는 앞으로 결코 정상적인 삶을 살 수 없을 것이다. 범인은 매춘부의 얼굴과 가슴을 난도질했다. 그 밖에 83세 노부인의 강도 살인사건이 있었다. 노부인은 낡고 허름한 동네의 작은 집에서 혼자 살았는데, 지금까지 살인범에 대한 아무런 단서도 찾아내지 못했다. 노부인이 살해 직전 살인범에게 강간당한 사실로 인해 그 사건은 특히 잔인하고 무의미하게 생각되었다. 범죄심리학자의 의견에 따르면, 용의자는 극히 폭력적일 뿐만 아니라 극도의 성도착증 성향을 지닌 남자로 여겨진다는 것이었다.

첫 번째 사건은 거의 해결이 불가능했다. 자신들만의 규칙과 법칙에 의해 움직이는 환경에서 일어났기 때문이다. 율리아 뒤랑, 프랑크 헬머와 페터 쿨머 형사는 심문을 하면서 침묵의 벽에 부딪혔다. 오래전에 목숨은 건졌지만 나머지 인생 동안 그 범행의 뚜렷한 증거를 얼굴과 몸에 달고 살아야 할 젊은 여인조차 아무것도 기억나지 않는다고 둘러대었다. 그러니 그 사건은 곧 서류더미에 묻어두어야 할 판이었다.

율리아는 담배를 끝까지 피우고는 눌러 껐다. 맥주 캔을 들고서 활짝 열려 있는 창문으로 걸어갔다. 바람은 거의 불지 않았고 밤하늘은 구름 한 점 없었다. 나무 사이로 새들이 겁먹은 듯 지저귀는 소리가 간간이 들려왔다. 옆집에서 피아노 소리가 울려 퍼졌고, 어디선가 크게 말다툼하는 소리가 들렸다. 율리아가 맥주를 한 모금 마시려는데 전화벨이 울렸다. 전화벨이 세 번 울린 후, 그녀는 수화기를 들었다. 비상대기조의 말을 듣고, 15분쯤 후 동료와 함께 그곳에 도착하겠다고 말했다. 그녀는 맥주 캔을 절반쯤 마시고는 냉장고 안에 넣어두었다. 그리고 프랑크에게 짧게 전화했으며 청바지와 푸른색 블라우스를 입고 테니스화를 신었다. 소파 위의 핸드백을 들고 텔레비전을 끄고 집을 나섰다. "빌어먹을 당직." 층계를 내려가면서 짜증스럽게 중얼거렸다.

프랑크 헬머는 이미 현장에 도착해 있었다. 그는 근 1년 전부터 부인 나딘과 함께 하터스하임의 고급 빌라에서 살았는데, 그의 집은 범행 장소라고 추정되는 곳과 불과 몇 분 거리에 있었다. 그는 비상대기조 경찰과 함께 복도에 서 있었다.

"어때요?" 율리아는 프랑크에게 물었다. "무슨 일이죠?"

프랑크는 어깨를 으쓱했다. "그걸 알면 얼마나 좋겠어요. 어쨌든 자연사 같지는 않아요. 직접 눈으로 봐요."

율리아는 프랑크와 함께 방 안으로 들어갔다. 그곳에서는 이미 과학수사반원 세 명이 한창 작업 중이었다.

"누가 발견했대요?" 율리아는 책상 쪽으로 다가가며 물었다.

"부인이."

"언제?"

"약 한 시간 삼십 분 전쯤. 부인은 지체 없이 즉각 주치의에게 전화를 걸었고, 주치의는 물론 곧바로 경찰에 신고했어요. 나 참, 그래서 우리가 지금 이곳에 있는 거라고요."

"주치의는 어디 있죠?" 율리아는 이렇게 물으면서 시신에 오랫동안 눈길을 주었다. 시신의 얼굴은 굳은 피로 범벅이 되어 있었다. "저는 닥터 핑크입니다." 율리아 뒤편에 서 있는 여자가 말했다.

율리아는 몸을 돌려 그 젊은 여자를 유심히 훑어보았다. 예쁘지는 않지만 귀염성 있고 무척 인상적인 얼굴이었다. "아무 데도 손대지 않으셨죠?"

"네. 맥박 짚고 눈만 불빛에 비춰 봤을 뿐이에요. 그 밖에 나머지는 경찰에 맡길 생각이었어요."

"혹시 짐작 가는 게 있습니까? 그러니까 사망 원인이 무엇이라고 생각하시죠?"

"물론 짐작은 가지만 어디까지나 추정일 뿐이에요. 극도의 다량 출혈은 여러 가지 요인에서 기인할 수 있어요. 하지만 대략 '정상적인' 가능성은 로젠츠바이크 씨의 경우에는 해당하지 않아요……."

"왜 그렇게 생각하시죠?"

"로젠츠바이크 씨는 제게 치료를 받고 있었어요. 3년 전쯤부터 당뇨병 증세를 보여서 정기적으로 필요한 검사를 받아왔어요. 높은 혈당수치 말고는 지극히 건강한 사람이었어요. 지난주에도 우리 병원에 다녀갔고요. 그래서……."

율리아는 다시 그녀의 말을 끊었다. "이런 출혈을 야기하는 정상적인 요인들로는 무엇이 있죠?"

"여러 가지 원인이 있어요. 예를 들어 트롬보사이트, 즉 혈액 응고에 중요한 역할을 하는 혈소판의 극단적인 감소, 급성 췌장염, 백혈병 같은 경우들이 있죠. 하지만 지난번 검사에서 로젠츠바이크 씨의 혈액수치는 완전히 정상이었어요. 트롬보사이트 수치도 정상이었고, 심각한 내부 질환을 암시하는 어떤 징후도 없었어요. 그래서 출혈로 사망한 듯 보이는 게 참 이상해요. 평소의 혈액수치만 감안하면, 심근경색이나 뇌졸중의 가능성도 백 퍼센트 확실하게 배제할 수는 없어요. 하지만 로젠츠바이크 씨는 심근경색이나 뇌졸중으로 사망한 게 아니거든요."

"그렇다면 사망 원인이 무엇이라고 생각하세요?"

“이런 식의 출혈을 야기할 수 있는 특정 독극물 제재가 있어요…….”

“어떤 독극물이죠?”

“예를 들어 뱀독이 있어요. 특히 혈액응고에 깊이 개입해서 사실상 혈액을 응고 불가능하게 만드는 매우 독성 높은 뱀독이 몇 가지 있죠. 그런 경우에는 파종성 혈관내응고증에 걸리게 되는데, 눈에 거의 보이지 않는 극히 미세한 상처에도 갑자기 피를 흘리기 시작해요. 면도하다가 긁힌 아주 경미한 생채기나 현미경으로만 보이는 구강 점막의 작은 상처도 그런 증상을 일으킬 수 있어요. 하지만 여기 이 경우처럼 다량의 코피나 심한 내출혈을 일으킬 수도 있습니다. 로젠츠바이크 씨가 내출혈과 외출혈을 했다고 말할 수 있어요.”

율리아는 왼손으로 입을 살짝 문지르며 잠시 뜸을 들이더니 다음 질문을 던졌다. “그렇다면 로젠츠바이크는 지난주 정기검진을 받았고, 의사 선생님 말씀대로라면 특이한 점이 전혀 없었단 말이죠. 그리고 유일한 지병은 당뇨병이었고요, 맞습니까?”

“네.”

“좋아요, 그러면 이제 시신을 한번 가까이서 살펴보죠.”

여형사는 책상 뒤로 돌아가 무릎을 굽히고서 시신을 자세히 관찰했다. “셔츠 단추가 풀려 있어요.” 이 말에 라우라 핑크가 대답했다. “부인의 말에 따르면, 8시 반에 서재에 올라와 인슐린을 주사했대요. 그러고 나서 인슐린이 든 유리병과 주사기를 도로 책상 서랍에 넣었어요.”

“그런데 그 두 물건이 왜 지금 책상 위에 있는 거죠?” 율리아는 여의사를 똑바로 보며 물었다.

여의사는 좀 당황한 표정을 지었다. “제가 그것들을 꺼내서 냄새를 좀 맡아보았어요. 하지만 특이한 점은 발견하지 못했어요. 혹시 뭔가 실수했다면 미안해요. 하지만 형사님이 지문을 찾으신다면, 저는 물론 장갑을 꼈어요. 제 지문은 병에 남아 있지 않아요."

"됐어요. 저희가 유리병의 내용물과 주사기를 검사할 겁니다. 그리고 당연히 부검도 실시할 거고요." 율리아는 프랑크를 돌아보며 말했다. "시신을 똑바로 앉히게 도와줘요." 프랑크와 율리아는 시신의 어깨를 잡고서 똑바로 앉혔다.

"이게 뭐죠?" 율리아는 복부를 가리키며 물었다. 거기에는 직경 10센티미터 정도의 거무스름하고 둥근 반점이 보였다. 닥터 핑크는 가까이 다가와 그 부위를 만져보고는 고개를 저으며 간략하게 말했다. "바늘에 찔린 부위에서 조직 괴사가 진행되었어요."

"알기 쉽게 설명해 주시겠어요?"

"그 부위의 조직이 죽었다는 뜻이에요. 독극물이 의심된다는 제 이론을 원칙적으로 입증해주는 셈이네요. 그것도 독성이 아주 뛰어난 독극물. 제 생각에는, 로젠츠바이크 씨는 분명 인슐린이 아닌 다른 뭔가를 주사한 것 같아요."

"젠장!" 율리아는 이 사이로 내뱉었다. "자살일 가능성이 있습니까?"

"별로 없어요." 라우라 핑크는 고개를 내저으며 말했다. "로젠츠바이크는 자살할 위험이 없었어요. 스스로 목숨을 끊을 타입이 아니었어요. 그것도 이런 방식으로는 절대……."

"선생님은 심리학자 아니면 정신과의사이기도 한가요?" 여형사가 좀 퉁명스럽게 말을 끊으며 물었다.

"아니요." 라우라 핑크는 퉁명스러운 어조를 알아채지 못한 듯 침착하게 대답했다. "하지만 벌써 여러 해 전부터 저는 로젠츠바이크 씨와 알고 지냈어요. 로젠츠바이크 씨는 사회적으로 성공하고 명망 있는 사람이었으며, 제가 알기에는 부부 금실도 좋았어요. 교회활동도 무척 적극적이었죠. 게다가 정말 독극물이 의심된다면, 그런 사람이 어떻게 독극물을 구할 수 있었겠어요?"

"좋아요, 그렇다면 일단 자살은 배제합시다. 그러면 타살이군요." 율리아는 여의사를 바라보며 말했다. "협조해 주셔서 감사합니다. 나머지 일들은 전부 법의학자와 실험실에 맡겨야 할 것 같군요. 그다음은 저희 차례죠. 선생님은 가셔도 됩니다. 하지만 며칠 내로 몇 가지 질문을 더 드릴 수도 있어요."

라우라 핑크가 작별 인사를 하고 막 방을 나서려는데, 여형사가 다시 불러 세웠다. "잠깐만요," 율리아는 깊이 생각하는 표정으로 말했다. "저도 당뇨병에 걸린 사람들을 좀 아는데, 요즘에 이런 주사기를 사용하는 경우는 거의 없어요. 다른 기구가……."

"펜을 말씀하시는 거죠. 그래요, 저도 로젠츠바이크 씨가 펜을 사용하지 않아서 놀랐어요. 하지만 로젠츠바이크 부인 말로는 펜이 며칠 전에 망가졌는데 아직 새것을 마련하지 못했대요. 며칠 내로 새 펜을 구입하려고 했다나 봐요. 인슐린은 틀림없이 아직 남아 있었을 테고, 어쨌든 펜처럼 민감한 기구는 언제든 망가질 수 있어요. 일부러 위험을 무릅쓰려는 사람이 어디 있겠어요. 하지만 만일 이게 누군가의 범죄라면, 펜이 있었더라도 이런 식의 범죄는 얼마든지 가능했을 거라고 생각해요. 이 자리에서 이런 추론이 무슨 소용 있겠어요. 로젠츠바이크 씨는 죽었고, 자살인지 타살인지는 형사님이 알아내야겠죠. 안녕히 계세요."

"한 가지만 더 물을게요." 율리아는 말했다. "당뇨병 환자는 인슐린을 보통 한 번에 얼마나 주사 맞죠?"

라우라 핑크는 어깨를 으쓱하며 대답했다. "환자의 병세에 따라 다르죠. 하지만 대개는 약 1밀리리터에서 1.5밀리리터 정도예요. 그건 왜 물으시죠?"

"그냥 한번 물어봤어요. 이제 가셔도 됩니다."

율리아는 프랑크 헬머를 쳐다보았다. "그러면 이제 우리는 로젠츠바이크 부인에게 가보자고요." 그리고는 회색 옷차림의 두 남자를 돌아보며 말했다. "이제 시신을 내가세요. 목적지는 법의학 연구소입니다."

율리아는 입을 비죽거리며 방 안을 한 번 더 둘러보고는 말했다. "가보죠, 로젠츠바이크 부인에게 몇 가지 물어볼 게 있어요. 아 참," 율리아는 과학수사반원 한 명을 가리키며 말을 이었다. "인슐린 아니면 뭐가 들었는지 모르지만, 저 유리병은 오늘 밤 실험실에 도착해야 해요. 저게 뭔지 내일 아침에 알아야겠어요. 병하고 주사기의 지문은 벌써 채취했죠?"

"그야 물론이죠."

"지문은 몇 개나 발견되던가요?"

"병에서 발견했고, 두 사람의 것으로 보이는데요."

"두 개라고요? 로젠츠바이크의 지문만 나올 거라고 확신했는데. 그렇다면 당장 부인과 두 아들의 지문을 채취해야겠어요. 우리가 아래층에서 몇 가지 물어보기 전에 어서 서둘러주세요. 물론 약사나 직원의 지문일 수도 있지만 말이에요……." 율리아는 잠깐 말을 멈추고 생각해보더니 말했다. "모두들 잠깐 기다리세요. 오늘 밤 어떤 법의학자가 당직인지 우선 알아봐야겠어요." 그리고는 가방에서 휴대폰을 꺼내어 전화를 걸었다. 잠시 후 누군가가 전화를 받았다.

"봅스입니다." 무뚝뚝한 목소리가 말했다. 그 목소리를 듣는 순간, 율리아 뒤랑 형사의 얼굴이 밝아졌다.

"안녕하세요, 몹스 교수님. 여기는 K11의 뒤랑입니다. 공교롭게도 오늘 밤 교수님께서 당직이시라니, 단순한 우연이 아니네요. 여기에 지금 남자 시신이 하나 있는데, 사망 원인이 현재로서는 완전 오리무중이거든요. 인슐린 주사를 맞았다는데, 그 후 과다 출혈로 사망했어요. 이 집안 주치의 말로는, 독극물, 경우에 따라서는 뱀독이 문제 될 수 있답니다. 교수님께서 독극물, 특히 뱀독 분야의 전문가시잖아요. 그 분야에 대해 벌써 책도 여러 권 쓰셨고요. 직접 한 번 시신을 보시지 않겠어요?

"어떤 식으로 출혈했죠?"

"코, 입, 피부……. 아 참, 주삿바늘에 찔린 부위에서 괴사가 진행되었어요. 의사 말로는 그것도 마찬가지로 증거라던데……."

"그 의사 말이 맞을 가능성이 많아요." 몹스는 율리아의 말을 끊었다. "즉시 시신을 살펴볼 수 있도록 법의학연구소로 보내시오. 나도 금방 출발하겠소. 인슐린인지 뭔지 하는 게 아직 남아 있으면, 그것도 함께 보내요."

"그 말씀은 오늘 밤에……."

"무슨 생각을 하는 거요? 그것 말고 내가 무슨 할 일이 있겠소!"

"그러면 언제쯤 결과를 알려주실 수 있을까요?"

"난들 알겠소? 어쩌면 내일 아침, 아니면 모레, 아니면 일주일 후. 내가 일을 마칠 때까지 기다려야 할 거요. 그럼, 나는 출발하겠소." 몹스는 대답을 기다리지 않고 전화를 끊었다.

율리아는 프랑크를 보고 씩 웃었다. "우리의 독극물 전문가가 오늘 당직이에요. 이런 게 바로 긴밀한 협력관계 아니겠어요. 이제 아래층으로 내려가서 가족들에게 몇 가지 물어보자고요."

율리아는 프랑크와 함께 1층으로 내려갔다. 마리안네 로젠츠바이크와 두 아들은 거실에 앉아 있었다. 거실은 불빛이 간접적으로 부드럽게 비치는 널찍한 계단식 공간이었다. 푸른색 고급 가죽소파 세트가 놓여 있고, 길이 약 6미터, 높이 3미터에 이르는, 맞춤 제작한 붙박이 장롱이 오른쪽 벽면을 따라 이어졌다. 두툼한 양탄자가 거의 모든 발소리를 빨아들였다. 거실 가운데쯤 계단 두 개가 있었고, 계단 위에는 벽난로와 함께 율리아의 짐작대로 거장들의 진품 그림이 걸려 있었다.

"로젠츠바이크 부인," 율리아가 한 걸음 다가가며 말했다. "우리 아직 서로 인사를 나누지 않았군요. 저는 뒤랑 형사고 여기는 제 동료 헬머 형사입니다. 괜찮으시다면 부인께 몇 가지 묻고 싶습니다."

마리안네 로젠츠바이크는 몸을 일으켜 두 형사에게 가까이 다가왔다. 키가 작고 몸집이 아담했으며 수수하지만 우아한 여름 원피스를 입고 있었다. 미인은 아니었지만, 인상적인 얼굴 생김새, 살짝 곱실거리며 어깨까지 내려오는 갈색머리, 초록색 눈, 도톰하고 육감적인 입술이 시선을 끌었다. 보기 좋게 균형 잡힌 얼굴에서 눈에 거슬리는 것이 있다면, 그것은 다만 코 주변의 주름살과 약간 처진 듯한 입매였다. 그래서 좀 화난 듯 보였고 나이를 가늠하기 어려웠다.

"여기 앉으세요." 로젠츠바이크 부인은 소파 두 개를 가리키며 나지막이 말했다. "저하고만 이야기하길 원하시는지 아니면 아이들도 함께 있어야 하나요?"

"먼저 우리끼리 이야기하는 게 좋겠어요."

"아론, 요제프, 그동안 너희들 방에 가 있으렴……."

"아마 나중에 너희들에게도 몇 가지 물어볼 게 있을 거야." 율리아는 말했다. 아론과 요제프는 아무 말 없이 방을 나갔다. 율리아 뒤랑과 프랑크 헬머는 로젠츠바이크 부인 맞은편에 앉았다. 율리아가 질문하기 전에 먼저 로젠츠바이크 부인이 말했다. "왜 저와 우리 아이들 지문을 채취한 거죠?"

"과학수사반원들이 유리병에서 최소한 두 개의 지문을 확보했어요. 순전히 형식적인 절차입니다."

"경우에 따라서는 우리 아이들이나 제가 남편의 죽음과 관계있다고 의심한다는 뜻 아니겠어요. 아니면 제 생각이 틀렸나요?"

"로젠츠바이크 부인, 남편분의 죽음은 석연치 않은 부분이 아주 많아요. 그리고 우리의 임무는 그 병에 손을 댄 사람들을 전부 알아내는 겁니다. 물론 남편분을 빼고 말이죠. 부인도 오늘 그 병을 만지셨나요?"

"아니요, 저는 모르는 일이에요. 저는 인슐린하고 아무 상관이 없어요. 그런데 왜 그걸 만지겠어요?"

"좋습니다. 그것에 대한 질문은 일단 이 정도로 해두죠. 내일이면 지문 감식이 끝날 겁니다. 지금은 다른 문제에 대해 묻고 싶습니다. 로젠츠바이크 부인," 율리아는 말했다. "오늘 저녁 집에서 무슨 일이 있었는지 이야기해주시겠어요."

마리안네 로젠츠바이크는 무척 침착해 보였으며 고개를 조금 갸웃하고서 형사들을 바라보았다. 어깨를 으쓱하고 잠시 생각하더니 이윽고 대답했다. "그러니까 월요일엔 늘 그렇듯이 남편은 7시에 퇴근했어요. 저녁을 먹은 후 온 가족이 둘러앉아서 성경 공부를 했지요. 정확히는 모르겠지만, 아마 8시 반쯤 전화벨이 울렸을 거예요. 남편이 전화를 받았는데, 자기 서재로 전화를 돌렸어요. 그리고는 위층에 올라가 전화 통화를 하고 인슐린을 주사했어요."

"누구에게 온 전화였죠?" 프랑크가 궁금한 듯 물었다.

"모르겠어요. 남편은 아무 말도 하지 않았어요. 하지만 남편과 할 이야기가 있어서 전화하는 사람들이 많이 있었어요. 그리고 제가 번번이 누구냐고 물으면……. 하긴, 제 남편은 언제나 무척 바빴어요. 직장에서도 그랬고 교회에서도 그랬어요. 남편의 삶은 원칙적으로 일 그 자체였거든요."

"남편분의 직업이 무엇이었죠?"

"기업 컨설턴트예요. 아니, 기업 컨설턴트였죠. 하지만 정확히 무슨 일을 했는지는 제발 묻지 마세요. 솔직히 말해서, 저는 그 사람 일에 일체 관여하지 않았어요. 어차피 하나도 이해하지 못했을 거예요."

"남편분이 직접 기업을 운영하셨나요?"

"함께 회사를 운영하는 동업자가 있어요. 그리고 물론 직원도 삼사십 명 정도 있어요. 하지만 이미 말했듯이, 저는 그 사람 사업에 대해서는 잘 몰라요."

"좋아요. 그런데 좀 전에 교회 일이라고 말씀하셨죠? 그 부분에 대해 더 자세히 이야기해주시겠어요?"

마리안네 로젠츠바이크는 갑자기 미소를 지었다. "혹시 엘로힘 교회라고 아실지 모르겠지만, 우리는 그 교회에 다녀요. 우리 교회에서는 누구나 삶의 일부를 무보수 명예직으로 하느님을 위해 바치죠. 이 말은 누구에게나 특정한 소명이 있다는 뜻이에요."

"그 교회에 대해 들은 적이 있어요." 율리아는 말했다. "남편분이 거기서 무슨 직책을 맡고 계셨죠?"

"지역목자의 상담역이었어요."

"지역목자라고요? 좀 더 자세히 설명해주실 수 있겠어요?"

"지역목자는 카셀-프랑크푸르트-만하임 지역을 관할하는 최고 책임자예요. 다시 말해 카셀에서부터 프랑크푸르트를 거쳐 만하임에 이르기까지 모든 교구를 관장하죠. 숫자로 표현하면, 교인이 만 명가량 돼요."

"알겠습니다, 그 이야긴 그쯤하죠. 그보다는 남편분에게 적대적인 사람이 있었는지 알고 싶은데요."

"적대적인 사람이요? 모르겠어요. 직장에서는 혹시 있었을 수도 있어요. 본인은 힘들게 노력해서 얻은 것인데도 언제나 성공을 시기하는 사람이 있기 마련이잖아요. 하지만 제게서 이름을 듣기 기대하신다면 그 점은 도와드릴 수 없어요. 그리고 교회에는 그런 적대적인 사람이 없어요. 어디서나 그렇듯이 이단자들이 몇몇 있긴 하지만 좋은 사람들이에요. 대부분은 선량하고 독실해요."

율리아는 등을 뒤로 기대고 핸드백을 열었다. 골루아를 꺼내어 불을 붙이려는 찰나에, 로젠츠바이크 부인이 상냥하게 가로막았다. "실례지만 우리는 담배를 피우지 않아요. 그리고……."

율리아는 얼굴을 살짝 붉히고는 웅얼거리며 담배를 도로 집어넣었다.

"미안해요, 저는……."

"괜찮아요. 우리가 중요하게 여기는 몇 가지 원칙이 있어요. 알코올을 입에 대지 않고 담배 피우지 않고 일체의 향락수단을 포기하는 것도 거기에 속하죠. 형사님이 그걸 이해하길 바라지는 않아요. 하지만 우리 가운데 그 누구에게도 지금까지 해가 되진 않았어요."

율리아가 거기에 대해 뭐라고 논평하고 싶은 것을 꾹 눌러 참는 동안, 프랑크는 삐죽이 웃었다. 그 대신 율리아는 말했다. "좀 개인적인 질문으로 들리겠지만 부부생활은 어떠셨나요?"

순간적으로 마리안네 로젠츠바이크는 움찔했으며 눈빛이 차갑게 거부감을 드러내었다. 그녀는 힘주어 강조했다. "우리 부부는 무척 화목하게 살았어요. 그래요, 아주 화목했죠. 곧 있으면 결혼 20주년을 맞이할 참이었어요. 하지만 안타깝게도 이런 일이 생기고 말았어요. 인생은 예측할 수 없는 것이고 죽음의 시점도 마찬가지로 예측할 수 없어요. 하지만 형사님은 틀림없이 저보다 죽음에 대한 경험이 많으실 테죠. 저는 아직 사람들이 죽는 걸 많이 보지 못했어요."

"주치의가 남편의 가능한 사망 원인에 대해 말하던가요?"

"네, 물론 말했어요. 저는 너무 놀랐고 지금도 믿어지지 않아요. 제 남편이 왜 스스로 독극물을 주사했겠어요? 자살하려 했다면, 틀림없이 덜 고통스러운 방법을 택했을 거예요. 그렇지 않은가요?" 로젠츠바이크 부인은 자신의 곱고 늘씬한 손을 바라보며 물었다.

"남편분이 자살했을 거라고 믿습니까?" 프랑크가 마주앉아 있는 로젠츠바이크 부인을 똑바로 바라보며 물었다. 하지만 마리안네 로젠츠바이크는 그 시선에 대답하지 않았다.

"아니요, 그 사람이 그랬을 거라고 믿지 않아요. 그럴 이유가 없어요. 그럴 이유가 전혀 없다고요. 그 사람이 죽었다니 정말 믿어지지 않아요."

"로젠츠바이크 부인, 우리는 부검과 인슐린 분석결과가 어떻게 나오는지 기다리는 수밖에 없어요. 하지만 유리병에 인슐린이 아니라 강력한 독극물이 들어 있었던 것으로 판명되면, 자살인 경우에는 남편분이 어떻게 독극물을 입수하게 되었느냐는 문제가 제기되죠. 만약 타살인 경우에는, 누가 남편의 책상에 독극물을 갖다 두었으며, 또한 범인이 독극물을 어디서 조달했느냐는 것도 문제 됩니다. 그리고 왜 하필이면 인슐린 펜이 고장 나서 다시 평범한 주사기를 사용할 수밖에 없었던 시점에 불행한 사건이 일어났느냐는 것도 중요한 쟁점입니다. 남편의 책상에 누가 가까이 드나들었죠?"

마리안네 로젠츠바이크는 시선을 들었다. 찌푸린 눈이 프랑크를 지나 멀리 보는 듯했다. 그녀는 눈에 보일락 말락 고개를 가로저었다. "남편, 저, 아이들, 그리고 가정부. 하지만 저는 지난 몇 달 동안 그 사람 서재에 발을 들여놓지 않았어요. 그이에게 그곳은 일종의 피신처였어요. 거기서 전화통화를 하고 거기서 교회 일의 대부분을 했어요. 적어도 행정적인 일은 거기서 처리했죠. 그리고 또 쉬고 싶은 기분이 들면 남편은 거기로 피신했어요. 그런데 도대체 뭘 묻고 싶은 거죠?"

"저희는 남편분이 폭력 범죄에 희생되었다는 가정에서부터 시작해보려 합니다. 그리고 이 추측이 맞는다면, 부인에게 틀림없이 불편할 질문을 몇 가지 하지 않을 수 없어요. 지금 이 자리에서 좀 가혹하게 들리겠지만, 부인의 결혼생활에 대해 좀 더 묻겠습니다. 남편분에게 혹시 여자관계가 있었나요? 지금 아니면 과거 언젠가?"

마리안네 로젠츠바이크는 이 이례적인 질문에 처음에는 어리벙벙한 눈빛으로 율리아를 바라보았다. 그러더니 갑자기 눈빛이 냉랭해졌다. "이보세요, 우리의 결혼생활은 아주 화목했다고 벌써 말했잖아요! 남편에게 다른 여자는 없었어요. 제 말이 무슨 뜻인지 이해하실지 모르겠지만, 남편에게는 그런 게 필요 없었어요. 게다가 순결과 정절은 우리 교회의 최고 계명 중의 하나예요. 간음은 살인 다음으로 사악한 것이고, 간음을 저지른 사람이 자신의 행동을 뉘우치지 않으면 교회에서 무조건 제명당해요. 이제 충분한가요?"

"간음한 사람은 누구 앞에서 자신의 행동을 뉘우쳐야 합니까?

하느님 앞에서?"

"물론 하느님 앞에서죠. 하지만 사람들 앞에서도 뉘우쳐야 해요. 간음이나 성추행을 저지른 사람을 아예 제명할 것인지 아니면 다만 얼마 동안 교회의 공동체 삶에 불참하게 할 것인지 결정하는 교회재판소 비슷한 것이 있어요. 형사님에게는 시대에 뒤떨어진 진부한 소리로 들리겠지만, 하느님의 율법과 계명은 결코 변한 적이 없어요. 지금 우리는 매우 타락한 세계에 살고 있어요. 특히 오늘날에는 종종 사람들에게 유익한 것, 좋은 것으로 칭송되는 것을 과거 그 어느 때보다도 멀리할 필요가 있어요. 텔레비전으로 방영되는 영화들만 해도 그래요! 오로지 섹스와 살인뿐이죠." 로젠츠바이크 부인은 말을 잠시 멈추었다가 다시 이었다. "그래서 우리는 텔레비전을 없앴어요. 비뚤어진 세상을 날마다 집 안에 들일 필요는 없으니까요."

로젠츠바이크 부인이 신랄하게 말하는 바람에 율리아는 놀라서 주의를 기울였다.

"아니, 정말 그래서는 안 돼요. 우리 아이들은 오늘날 거의 중요하게 여기지 않거나, 아니면 어디서도 가르치지 않는 가치관을 배우며 자라야 해요. 그러니까 무엇보다도 도덕적인 가치관 말이에요."

"사람들 앞에서 어떻게 뉘우친다는 것인지 좀 더 자세히 설명해 주시겠어요. 자신의 죄를 모든 사람 앞에서 공공연하게 자백합니까? 아니면 그 말을 어떻게 이해해야 하죠?"

"상황에 따라 달라요. 때로는 그렇기도 하고 때로는 교회의 장로님들 앞에서만 고백하기도 하죠."

"그것은 돌로 쳐 죽이는 것과 같지 않을까요? 잘못을 저질렀다고 해서, 모든 사람 앞에서 말하자면 영혼 스트립쇼 같은 것을 하고 변명을 해야 하다니."

"하느님이 그렇게 말씀하셨고, 오로지 하느님 말씀만이 중요해요. 형사님은 우리 교회의 이름만 들어 알고 있지 교리에 대해서는 잘 모르세요. 형사님이 우리 교회의 교리를 알면 그것도 이해할 거예요. 하지만 그게 제 남편의 죽음과 무슨 관계가 있는지 모르겠어요."

"미안합니다, 그냥 관심 있어서 물었을 뿐이에요." 율리아는 말을 이었다. "로젠츠바이크 부인, 아마 내일 오전에 부검 결과가 나올 거라고 예상됩니다. 그러면 부인을 한 번 더 찾아뵐 생각이에요. 그리고 경우에 따라서는 아드님들에게도 질문할 수 있어요. 오늘은 일단 이것으로 마치죠. 남편 회사의 주소를 알려주실 수 있겠죠?"

"회사 이름은 '로젠츠바이크 앤 파트너'이고 메세투름(프랑크푸르트에 위치한 높이 256.5미터의 초고층건물 —역주)에 있어요."

"아 참, 깜박 잊을 뻔했군요. 남편분 나이가 어떻게 되죠?"

"쉰다섯이에요. 그리고 이제 제 나이를 물을 차례라면, 저는 서른아홉이고요. 우리가 결혼했을 때 저는 열아홉 살이었어요." 로젠츠바이크 부인은 냉정하게 말했다. "열아홉, 저는 아무것도 모르고 순진했어요." 이 말을 마친 후, 마리안네 로젠츠바이크는 입을 다물고서 당혹스러운 듯 잠깐 형사들을 바라보았다.

"아무것도 모르고 순진했다니, 그게 무슨 뜻이죠?" 율리아는 물었다.

"글쎄요, 그 질문에는 자세히 대답할 필요가 없다고 생각하는데요. 제가 그 대답을 아는 것으로 충분해요. 뭐 더 물어보실 말씀이 있으세요?"

"아니요, 오늘은 없어요. 시간을 내주셔서 감사합니다. 안녕히 계세요."

율리아 뒤랑과 프랑크 헬머는 자리에서 일어나 작별 인사를 했다. 로젠츠바이크 부인은 두 사람을 문까지 배웅했다. 자동차에 이르러, 율리아는 골루아에 불을 붙이고 말했다. "자살은 아니군요. 잔인하게 살해당했어요. 그게 아니라면 내 손가락에 장을 지지죠."

"동감이에요." 프랑크가 대답했다. "다만 그걸 증명하기가 지독히 어렵겠어요." 그러더니 잠시 후 덧붙였다. "저 부인, 좀 이상하지 않아요?"

"무슨 말이죠?"

"그 무슨 고상한 도덕적 가치관이나 교회 이야기를 할 때, 왠지 멍하고 세상과 동떨어진 사람처럼 보였어요. 그리고 잘은 모르겠지만, 남편이 결혼생활에 충실하다는 말을 할 때 순간적으로 묘하게 굴더라고요."

"어떤 점에서요?" 율리아는 시선을 바닥에 향한 채 담배를 길게 한 모금 빨면서 물었다.

"내 말이 미친 소리로 들릴지 모르지만, 나는 로젠츠바이크 부인이 화목한 결혼생활이니 뭐니 하며 늘어놓은 동화 같은 이야기 안 믿어요. 뭔가 아귀가 맞지 않아요."

"맞아요." 뒤랑이 미소를 지으며 말했다. "절대 미친 소리로 들리지 않는걸요. 나도 그 이야기를 듣는 순간, 비슷한 생각이 뇌리를 스치더라고요. 조금 뒤를 캐보면 그 말이 진짜인지 아닌지 알 수 있겠죠." 율리아는 담배를 신발로 비벼 끄면서 말을 이었다.

"오늘 밤 당장 그 문제를 밝힐 수는 없어요. 게다가 지금은 너무 피곤해서 아무 생각도 안 나네요. 내일 아침에 보자고요. 그럼 잘 가요."

율리아가 코르사(독일의 자동차 제조업체 오펠의 소형 자동차 —역주)에 올라타려고 하는데 프랑크의 목소리가 뒤에서 붙잡았다. 프랑크는 가까이 다가와서 걸음을 멈추고는 말했다. "뒤랑 형사의 직감은 뭐라고 말합니까? 부인이 살해했을 거 같아요?"

"모르겠어요. 그 여자, 상당히 의중을 알 수 없더라고요. 최소한 아직은 그래요. 누가 알아요, 혹시 자살일지도. 잘 가요."

프랑크도 집을 향해 출발했다. 그는 열린 차창 밖으로 왼팔을 내놓았다. 후덥지근한 밤이었고 하늘에는 별이 총총했다. 오크리프텔까지 들판 사이로 이어지는 진틀링거 가에서 자동차를 거의 한 대도 만나지 못했다. 왼쪽으로는 약 150미터 거리에서 마인강이 흘렀고, 오른쪽으로는 낮이면 완만하게 굽이치는 타우누스 산맥의 산봉우리들이 보였다. 집에 도착했을 때는 12시 반이 지나 있었다.

프랑크 헬머는 차를 차고 앞에 세우고 문을 잠근 후 집 안으로 들어갔다. 아내 나딘은 침대에 누워서 다리를 오그린 채 책을 읽고 있었다. 프랑크가 침실에 들어오자, 나딘은 눈길을 들어 남편을 말없이 바라보았다. 프랑크는 셔츠와 바지를 벗었다. 나딘이 물었다. "어땠어?"

"잘 모르겠어. 어쨌든 아주 특이한 사건이야. 지금 생각되는 것보다 훨씬 더 골머리 아픈 사건이 아닐까 싶어. 어서 샤워해야겠어. 금방 돌아올게."

나딘 헬머는 욕실로 사라지는 남편의 뒷모습을 보고는 다시 책으로 눈길을 돌렸다. 10분 후 남편이 돌아오자, 책을 나이트테이블 위에 올려놓고 얼굴을 남편에게로 향했다.

"뭐가 그렇게 특이해?" 나딘이 물었다.

프랑크 헬머는 팬티만을 입은 채 침대에 누웠다. "진틀링겐에서 어느 돈 많은 남자가 상당히 고약하게 죽었어. 주치의의 추측이 맞는다면, 인슐린 대신 뱀독을 제 몸에 주사했어. 피를 많이 흘렸더라고."

"그러면 당신 생각은 어때? 자살이야?"

프랑크는 고개를 가로저었다. "그럴 가능성은 별로 없어. 어쨌든 그런 식으로 제 목숨을 끊었다는 이야기는 아직 한 번도 들어보지 못했거든. 게다가 스스로 목숨을 끊을 만한 이유도 지금까지 전혀 나오지 않았어."

"그래, 어쩌겠어. 이제 자자. 팔베개해도 돼?"

"내가 언제 안 된다고 한 적 있어?" 프랑크는 빙긋이 웃으며 물었다.

나딘은 남편 옆으로 미끄러져 와서 몸을 바싹 붙이더니 조금 후 쌕쌕 깊이 숨을 쉬었다. 프랑크의 눈이 감기기까지는 조금 더 오래 걸렸다. 한스 로젠츠바이크의 죽음 배후에 지저분한 일이 잔뜩 숨어 있을 거라는 막연한 느낌이 들었다. 그리고 그의 죽음의 진상을 밝히는 일이 결코 간단하지 않을 거라는 예감도 들었다. 하지만 오늘은 더 이상 그것에 대해 생각하고 싶지 않았다. 그냥 잠자고 싶었다. 다시 사무실에 출근하기까지 겨우 몇 시간 남아 있을 뿐이었다.

화요일

오전 12시 55분

율리아 뒤랑은 집에 돌아오자마자 반쯤 남은 맥주 캔을 냉장고에서 꺼내어 단숨에 들이켰다. 자동응답전화기에 베르너 페트롤의 짧은 메시지가 있었다. 그는 낮에 전화하지 못한 것을 사과하고 일이 너무 많아서 전화할 여유가 없었다고 말했다.

율리아는 겉옷을 벗은 채 속옷 차림으로 손과 얼굴을 씻고 이를 닦았다. 몸은 피곤했지만 정신은 흥분해 있었다. 맥주 캔을 하나 더 꺼내어 뚜껑을 따고는 열린 창문 옆에 섰다. 도로의 소음은 잠잠해졌고, 하늘에는 구름 한 점 없었는데도 별이 겨우 몇 개 보였다. 그녀는 맥주를 조금씩 홀짝거리며 담배를 피웠다. 살인사건 수사반에서 일하게 된 후로 벌써 여러 차례 특이한 살인이나 사망 사건에 부딪혔지만, 그날 저녁 눈으로 본 것은 지극히 해괴한 범주에 속했다. 율리아는 맥주 캔을 비우고 거실 탁자에 내려놓은 다음 담배를 눌러 껐다. 불을 끄고 침대에 누워서 두 손으로 머리를 붙잡고 눈을 감았다. 또다시 혼자 잠들어야 한다는 생각이 들었다. 반년 전부터 사귀는 남자가 있었다. 결혼한 남자와 다시는 만나지 않겠다고 언젠가 굳게 맹세했었지만, 베르너 페트롤의 눈을 딱 한 번 깊이 들여다보는 것만으로 맹세를 깨기에 충분했다.

베르너는 엘트빌레에 가족이 사는 집이 한 채 있었지만, 프랑크푸르트에도 일주일에 삼사 일 머무르는 고급 펜트하우스를 소유하고 있었다. 그는 라인가우 엘트빌레 인근의 정신병원 성 발렌티우스의 병원장으로 명망 있는 사람이었다. 40대 초반의 나이에 키가 훤칠하게 크고 스포티했으며, 감미로운 꿀이 벌들을 사로잡듯 여자들을 사로잡는 카리스마를 발휘했다. 율리아는 육체가 남자를 원하고 집 안이 답답하게 느껴질 때마다 가는 단골 바에서 그를 만났다. 그날 밤 후로 그의 목소리를 다시 들으리라고는 전혀 예상하지 못했는데, 이튿날 뜻밖에도 그가 율리아에게 전화를 걸어 식사에 초대했다.

그 후로 두 사람은 종종 만났다. 대부분은 저녁 시간이었다. 주말에는 그가 가족에게 가야 했기 때문에 별로 만나지 못했다. 하지만 베르너가 처음 식사하는 자리에서 단언했듯이, 상황은 머지않아 달라질 것이었다. 그가 부인과 헤어질 생각이었기 때문이다. 그가 언젠가 부인 사진을 보여주었을 때, 율리아는 그 이유를 알았다. 부인은 가사에 충실한 가정주부처럼 보였다. 최소한 20킬로그램은 체중초과인 몸매에 어디에서도 눈에 띄지 않을 무표정한 얼굴. 베르너 페트롤은 자신의 결혼생활이 비참하며 이제는 부인에게 손도 대고 싶지 않다고 이야기했다. 그러나 다른 한편으로는 아직 학교에 다니는 세 아이가 있었다. 그중 막내는 이제 겨우 열 살이었다. 그는 부인과 헤어지는 일이 쉽지 않을 거라고 말했다. 무엇보다도 부인이 정신적으로 강인한 사람이 아니어서 아주 조심스럽게 문제를 해결해야 한다는 것이었다.

율리아 뒤랑의 마음속에서 뭔가가 베르너와의 관계를 거부했다. 하지만 이따금 특이한 것을 원하긴 했어도, 베르너는 환상적인 연인이었다. 율리아는 5년 전 이혼한 후로 남자와 깊이 사귄 적이 없었다. 그녀의 성생활은 일 년에 대여섯 번 하는 원 나이트 스탠드에 제한되어 있었다. 하지만 베르너 페트롤과는 좀 달랐다. 두 사람은 침대에서 아주 잘 통했을 뿐만 아니라 이따금 함께 극장이나 연주회에 가거나 길거리를 어슬렁거리며 산책했다. 그리고 무엇보다도 근사한 대화를 나눌 수 있었다. 율리아는 자신이 그에게 느끼는 감정이 사랑이라는 확신은 없었지만 최소한 좋아하는 마음은 있었다. 그리고 베르너가 부인과 헤어질 생각이라면서 왜 거의 모든 주말을 가족과 함께 보내는지 신경이 쓰였다. 그래서 벌써 몇 번 그에게 물어보았고, 심지어 한 번은 명확한 입장표명을 요구하기도 했다. 하지만 베르너가 번번이 설득력 있는 이유를 대는 바람에, 그를 믿는 수밖에 다른 도리가 없었다.

율리아의 머리는 베르너가 절대 부인과 이혼하지 않을 거라고 말했지만, 복부 아니면 그녀의 표현대로 아랫도리는 다르게 말했다. 그녀는 베르너 페트롤과의 관계가 언젠가 종말을 맞이할 것을 내심 알고 있었다. 그러나 그 문제에 대해 골똘히 생각하기보다는 그저 흘러가는 대로 내버려두었다. 그리고 베르너는 확고한 파트너 관계를 맺을 타입이 아니라는 생각도 이따금 했다. 율리아 뒤랑의 처음이자 마지막이었던 유일한 결혼 생활은 재앙이었다. 그녀는 어려서 사랑에 빠졌고, 전남편은 이미 여자 꽁무니를 쫓아다닌 경험이 많은 능구렁이였다. 율리아가 그의 본색을 알게 되기까지 어쨌든 7년이라는 시간이 걸렸다.

내일은 다시 베르너 페트롤을 만날 것이었다. 둘이 함께 밤을 보내고, 그러면 호르몬이 다시 정상을 찾을 것이다. 율리아는 침대에 누워서 얇은 이불을 배까지 끌어올리고 옆으로 돌아누웠다. 한순간 로젠츠바이크를 떠올리고 그의 죽음이 얼마나 비참했는지 생각했다. 하지만 그 생각을 다시 밀어내고는, 내일 그 사건을 다룰 시간이 충분히 있을 거라고 혼잣말했다. 율리아는 반시간쯤 이리저리 뒤척였다. 얇은 이불조차 너무 더웠다. 한참을 뒤척인 후에야 마침내 잠이 그녀를 포근히 감쌌다.

오전 1시 12분

경찰들이 가고 나서 마리안네 로젠츠바이크는 거실에서 얼마 동안 불안하게 이리저리 서성였다. 이미 자정이 지났는데도, 결국 친한 친구 비비엔 쇠나우에게 전화를 걸어서 한 시간 정도 이야기를 나누었다. 전화 통화 후, 거실을 빙 둘러보고 불을 끄고 욕실에 가서 몸을 씻었다. 그리고 잠옷을 입고 침실로 가서 침대에 누웠다. 별안간 침대가 너무 크게 느껴졌다. 마리안네는 남편이 항상 누웠던 쪽으로 미끄러지듯 옮아갔다. 남편의 냄새가 배여 있는 베개에 얼굴을 묻었다. 기도하고 싶었지만 아무런 생각도 나지 않았다. 머릿속이 멍했다.

마리안네 로젠츠바이크는 오랫동안 잠을 이루지 못했으며 옆으로 돌아누워서 갑자기 울기 시작했다. 그러다 먼동이 틀 무렵에야 간신히 잠이 드는가 싶었지만, 두 시간 만에 다시 깨어났다. 온몸이 녹초가 된 것 같았으며 속이 메슥거리고 머리가 지끈거렸다. 그녀는 욕실에서 끈적거리는 초록색 점액을 토했다. 거울에 비친 자신의 모습이 늙은 할머니 같았다.

오전 7시 45분

페터 쿨머와 프랑크 헬머가 앞서거니 뒤서거니 사무실에 나타났을 때, 살인사건 수사반의 베르거 반장은 이미 45분 전에 출근해 있었다.

"어서들 오게." 베르거는 의자 깊숙이 등을 기대며 말했다. 눈은 붉게 충혈되었고 이마에는 땀방울이 맺혀 있었으며 입에서는 술냄새가 풍겼다. 그는 머리 뒤로 팔짱을 끼며 프랑크를 바라봤다.

"어제저녁에 일이 있었다고 들었는데. 자, 이야기해보게."

프랑크는 베르거 맞은편 의자에 앉아서 말보로에 불을 붙이고는 담배 연기를 깊이 들이마신 다음 천장을 향해 내뿜었다. 그는 두 다리를 꼬고는 이마를 찌푸리며 말했다. "거 참, 희한한 사건이었어요. 뒤랑 형사하고 진틀링겐으로 오라는 호출을 받고서 가보니까, 로젠츠바이크인가 하는 남자가 인슐린 주사를 맞았다는데 출혈 과다로 사망했더라고요. 주치의 말로는, 모든 정황으로 보아서 그 남자가 치명적인 독약을 주사한 듯 보인다는 겁니다. 다행히도 몹스 교수가 당직이어서 어젯밤 즉시 시신을 검사하려고 했다는 것 말고는 지금으로서는 더 보고드릴 게 없어요. 몇 가지 상황이 로젠츠바이크가 인슐린 대신 뱀독을 주사했음을 암시합니다. 약병 분석과 부검 결과가 어떻게 나올지 기다려야 할 것 같습니다."

"자살인가?" 베르거는 자세를 흐트러뜨리지 않고서 물었다.

"그럴 가능성은 상당히 희박합니다. 자살하려고 하는 사람이 그런 독을 주사한다면, 온전한 정신상태가 아니죠. 주치의인 닥터 핑크나 로젠츠바이크 부인의 진술에 따르면, 절대 자살할 만한 사람이 아니었답니다. 위독한 질병도 없었고 경제적으로도 아주 잘 나갔는데다 또 부인 말대로라면 부부 사이도 금슬이 좋았고 그 밖에 신체적으로나 정신적으로도 전혀 문제가 없었어요. 그래서 근본적으로 살해당했다는 결론을 내릴 수밖에 없습니다."

"의심 가는 사람이 있나?"

"아직 없습니다. 그렇지만 인슐린을 독으로 바꿀 수 있는 사람은 많지 않습니다." 프랑크는 다시 담배를 한 모금 빨고 재떨이에 재를 털었다. 그때 마침 율리아가 문을 열고 들어왔다.

"좋은 아침입니다." 율리아는 웅얼거리듯 말하고 가방을 의자에 걸쳐놓고 담배를 꺼내 불을 붙였다. "몹스에게서 벌써 연락이 왔어요?" 그녀가 물었다.

"근사한 밤을 보낸 사람 얼굴이 왜 그래요." 프랑크가 씩 웃으며 말했다.

"아침부터 건드리지 마요! 지금은 어젯밤에 대해 말하고 싶은 기분이 아니니까. 몹스에게 벌써 연락이 왔어요? 아니면 아직인가요?"

"아직은 아무 연락 없었어요. 하지만 우리가 전화해서 상황이 어떤지 물어볼 수 있지 않겠어요."

"그러면 좋고요." 율리아는 말했다.

프랑크는 수화기를 들고 법의학연구소 전화번호를 돌렸다. 그리고는 모든 사람이 들을 수 있도록 스피커폰을 켰다. 몹스의 동료가 전화를 받았다.

"저는 살인사건 수사반의 프랑크 헬머입니다. 몹스 교수님과 통화할 수 있을까요?"

"잠깐 기다리세요. 전화 바꿔드리겠습니다."

1분가량 지난 후, 몹스가 전화를 받았다.

"전화 바꿨습니다."

"저는 헬머입니다. 로젠츠바이크의 사망 원인에 대해 좀 말씀해 주실 수 있겠습니까?"

"그야 물론이죠. 그렇지 않아도 막 전화 걸려던 참이었습니다. 그러니까 로젠츠바이크는 심한 외부 출혈과 특히 내부 출혈로 사망했어요. 그런 경우는 파종성 혈관내응고증이라고 불리는데 대부분 사망에 이르죠. 주치의의 말에 따르면, 사망자의 혈액수치가 일주일 전만 해도 완전 정상이었다니까, 출혈과 조직괴사로 보아서 무엇보다도 뱀독이 의심됩니다. 하지만 어떤 독이 사용되었는지는 아직 말할 수 없어요……."

"뱀독은 전부 같지 않습니까?" 프랑크가 몹스의 말을 끊었다.

"이봐요, 뱀독은 작용방식에 따라서 일반적으로 두 종류로 구분할 수 있어요. 하나는 혈액응고에 영향을 미치죠. 다시 말해 혈액을 응고하지 못하게 방해해서 이번 사건처럼 심한 출혈을 야기합니다. 다른 하나는 주로 중추신경계를 마비시키는 신경독에 근거하고 있죠. 또 독성이 매우 높은 독과 비교적 낮은 독을 다시 구분해야 합니다. 그리고 신경독을 내뿜는 변이형과 혈액응고를 방해하는 변이형, 이 두 가지 요인을 모두 갖춘 몇몇 독사가 있습니다. 특히 오스트레일리아에 많아요. 이런 뱀들은 사람에게도 극히 위험한 것으로 간주됩니다. 물론 주입된 독의 양에 따라 항상 다르긴 하죠……."

"그 말씀은 정확하게 무슨 뜻입니까? 그러니까 제 말은, 뱀 한 마리가 얼마나 많은 독을 내뿜을 수 있느냐는 뜻입니다."

"글쎄요, 형사님은 뱀에 대해 그다지 많이 아는 것 같지 않군요.

하지만 몇 마이크로그램만을 내뿜는 뱀들도 있습니다. 그것은 불과 백만 분의 몇 그램에 지나지 않지만, 경우에 따라서는 몸무게 75킬로그램의 사람을 몇 분에서 몇 시간 이내에 사망에 이르게 하기에 충분합니다. 그에 비해 일정 시간에 사람을 죽이려면 2에서 3밀리리터를 주입해야 하는 뱀들도 있죠. 병의 남은 내용물을 가지고 극소량으로도 순식간에 죽음에 이르게 할 수 있는 네 가지 특수한 독 검사를 해보았습니다. 먼저 톱비늘북살모사나 카펫독사 같은 사막 독사들의 독이 있는데, 이 독은 가장 독성이 강하고 잘 알려진 뱀독에 속합니다. 이런 독 성분은 로젠츠바이크에게서 나타난 증상들을 유발하죠. 그리고 마찬가지로 그런 식의 극심한 출혈을 야기할 수 있는 아시아 러셀살모사의 독과 덴드로톡신, 일명 맘바독, 오스트레일리아 타이판독사의 타이폭신이 있습니다. 덴드로톡신과 타이폭신, 이 두 가지 독은 치료하지 않으면 중추신경계를 치명적으로 마비시킵니다. 게다가 타이판독사의 독은 독특하게 그 독성이 중추신경계에 한정되지 않을 뿐만 아니라 혈액응고를 방해하는 인자도 함유하고 있어서 이미 말한 출혈을 야기할 수 있죠. 그 밖에 뱀이 정맥까지 물게 되면 뱀독은 특히 빠르게 확산돼서 순식간에 혈관에 이른다는 것도 중요한 사항입니다. 또는 인슐린처럼 피하에 주입되는 경우에도 마찬가지고요. 독이 근육 내로 주입되는 경우, 중요한 혈관이 타격을 입을 정도로 평균 이상의 많은 양을 투여하지 않는 한 그 정도로 치명적인 영향을 미칠 가능성은 별로 없습니다. 어쨌든 오늘 중으로 독 성분을 규명해서 정확히 어떤 독이 사용되었는지 오후 늦게까지는 알려드릴 수 있을 거 같습니다. 유감스럽지만 그때까지는 참고 기다리셔야겠습니다."

"그렇다면 교수님께서는 독살 가능성을 배제하지 않으시는 거죠?" 프랑크가 물었다.

"단순히 배제하지 않는 정도가 아니죠. 그 남자는 독으로 죽은 게 확실합니다. 건강한 사람의 혈소판 수치가 혈액 1제곱밀리미터당 약 15만에서 40만이라면, 그 남자는 실질적으로 0에 가깝다고 할 수 있어요. 형사님은 보지 못했지만, 로젠츠바이크는 전신에 엄청난 혈종이 생기고 위장과 창자는 피로 가득 차 있었습니다. 게다가 뇌출혈도 있었죠. 문제는 독으로 사망했느냐는 것이 아니라 어떤 독으로 사망했느냐는 것입니다. 지금 바로 그 점을 알아내기 위해 노력하고 있어요. 좀 전에 말했듯이, 보다 상세한 내용을 알게 되면 즉시 연락드리죠. 다른 질문이 더 있습니까?"

"아닙니다, 지금은 없습니다. 이렇게 저희를 위해서 밤을 새워가며 애써 주셔서 감사합니다."

"천만에요. 그럼 나중에 연락하죠."

프랑크는 수화기를 내려놓고 좌중을 돌아보며 씩 웃었다. "우리의 친애하는 몹스께서 물을 만난 물고기처럼 아주 살판나셨군. 어쨌든 잘 됐어요, 독에 대해서는 일가견이 있는 사람이니까. 물론 이제 자신이 얼마나 유능하고 특히 얼마나 빠른지 증명하고 싶겠죠."

"그러니까 독이란 말이죠." 율리아는 신중하게 고개를 끄덕이며 말했다. 그리고 등을 똑바로 펴고서 고개를 움츠린 채 잠시 눈을 감았다. "그렇다면 병과 주사기의 지문을 대조하고, 그 지문 가운데 하나가 가족들의 것과 일치하는지 알아봐야겠어요. 과학수사반은 어떻게 되었죠? 아직 연락 없었어요?"

베르거는 고개를 저었다. "지금까지는 없었네. 하지만 여기 전화기 있잖아. 걸어보게."

과학수사반에서는 벨이 두 번 울리자마자 전화를 받았다.

"살인사건 수사반의 뒤랑입니다. 진틀링겐의 로젠츠바이크 사건 때문에 전화했어요. 지문 대조 결과가 나왔나요?"

"잠깐만요. 담당 직원 바꿔드리죠."

율리아는 눈알을 굴리며 기다리는 사이 또다시 골루아에 불을 붙였다.

"오래 기다리게 해서 미안합니다……. 네, 로젠츠바이크 부인과 두 아들의 지문을 병의 지문과 대조해보았어요. 병에서는 로젠츠바이크 본인과 부인의 지문만이 발견되었습니다."

"감사합니다. 그거면 됐어요." 율리아는 수화기를 내려놓았다.

"젠장! 이런 빌어먹을 젠장! 어젯밤에 그 여자는 병에 손도 대지 않았다고 아주 완강하게 주장했어요. 그런데 뭐라고요?" 그녀는 어깨를 으쓱하며 말했다. "이제 좋든 싫든 그 여자를 심문하는 수밖에 없어요. 좋아요, 전 곧장 헬머 형사와 함께 진틀링겐에 가보죠. 거기서 돌아오는 즉시, 우리 셋이서 로젠츠바이크 회사를 둘러보도록 해요. 그러면 오늘 하루도 끝이겠군요."

주차장으로 가는 길에 프랑크가 물었다. "혹시 지금……."

"지금으로서는 아무것도 믿지 않아요. 그리고 그 부인이 병을 수천 번 만졌다고 하더라도 그건 증거가 안 돼요. 어제는 병에 손대지 않았다고 말했지만, 단순히 흥분해서 그렇게 말했을 수도 있죠. 의사도 장갑을 끼긴 했지만 어쨌든 병을 손에 들었고 나중에 책상에 내려놓았어요. 누가 알겠어요, 로젠츠바이크 부인이 아마 생각에 잠겨서 무심코 병에 손을 댔지만 기억하지 못했을 수도. 물론 그렇지 않을 가능성도 있고요. 무슨 말인지 알잖아요."

"뒤랑 형사의 생각이 틀리길 바랄 뿐이에요. 어쩐지 그 부인이 남편의 죽음과 관계있을 거라는 생각이 들거든요. 아무튼 그 부인에게 다시 한 번 물어보자고요."

오전 9시 10분

두 사람이 붐비는 아침 출근 시간대에 로젠츠바이크의 집에 도착하기까지는 30분 정도 소요되었다. 그들은 차창을 내린 채 달렸고, 구름 한 점 없는 연푸른색의 하늘에서는 벌써부터 햇볕이 가차 없이 내리쬐었다. 두 사람은 각자 자신의 생각을 쫓느라 별로 말이 없었다. 초인종을 울린 즉시 문이 열렸다. 맏아들 아론이 두 사람 앞에 서 있었다. 아론은 낯빛이 창백했으며 밤을 지새운 듯 보였다. 맨발에 티셔츠와 청바지 차림이었다.

"안녕. 어머니와 한 번 더 이야기하고 싶은데." 율리아가 말했다. 소년은 고개를 끄덕이고는 경찰들이 지나가도록 말없이 옆으로 비켜섰다. "어머니는 거실에 계세요."

남자 둘과 여자 하나가 마리안네 로젠츠바이크 맞은편에 앉아 있었다. 율리아와 프랑크가 방 안에 들어서자 그들은 고개를 들었다.

"안녕하세요, 로젠츠바이크 부인." 율리아가 말한 데 이어서, 방문객들이 자리에서 일어났다. 한 남자가 그녀에게 다가왔다.

"경찰에서 나오셨습니까?"

그는 이렇게 묻고는 먼저 율리아에 이어 프랑크에게도 손을 내밀어 악수했다. 그 키 작은 남자는 대답을 기다리지 않고 말을 이었다. 짙은 금발이 듬성듬성했으며 디자이너 브랜드 양복에 이탈리아제 구두를 신고 있었다. 율리아는 그 남자가 50대 초반 아니면 중반의 나이라고 추정했다.

"제 이름은 발터 쇠나우입니다. 저기 뒤편의 신사분은 하이만 씨이고 숙녀분은 라이히 씨입니다. 저희가 방해된다면 물론 그만 돌아가겠습니다."

"로젠츠바이크 집안의 친구분들이신가요?" 율리아가 물었다.

"네, 친구이면서 로젠츠바이크 부인과 같은 교회에 다니고 있습니다. 게다가 라이히 씨는 친구일 뿐만 아니라 로젠츠바이크 부인의 정신적인 조언자 역할도 하고 있죠."

마리안네 로젠츠바이크는 깍지 낀 두 손을 무릎 위에 올려놓은 채 무척 초췌한 모습으로 소파에 앉아 있었다. 그녀는 멍한 눈빛으로 경찰관들을 바라보았다. 눈 아래에 다크서클이 진하게 드리워져 있었다.

"굳이 가실 필요까지는 없습니다. 하지만 먼저 로젠츠바이크 부인과 이야기를 나누고 싶군요. 그런 다음 여러분들께서 잠깐 대화에 응해주신다면 고맙겠습니다."

"그야 물론이죠." 쇠나우는 찌르는 듯한 날카로운 회색 눈으로 냉정하게 바라보며 이렇게 말하고는 두 동행인에게 고개를 까닥였다. 그에 이어서 세 사람은 거실을 나가 문을 닫았다. 율리아 뒤랑과 프랑크 헬머는 안락의자에 앉았다. 율리아는 마리안네 로젠츠바이크가 말없이 눈물을 흘리고 있다고 생각했다.

"무슨 일로 오셨어요?" 로젠츠바이크 부인은 물었다. 그녀는 잠깐 시선을 들었다가 다시 손으로 떨구었다. "제 남편의 사망 원인을 알아내셨어요?"

"네, 그래서 이렇게 다시 왔습니다." 프랑크가 진지한 표정으로 말하고서 몸을 앞으로 숙였다. "어제 부인의 주치의가 추측한 대로, 남편분의 사망 원인은 독극물입니다……."

"독이라고요?" 로젠츠바이크 부인은 어이없다는 듯 날카롭게 웃음을 터트렸다. "정말인가요? 무슨 독이죠?"

"법의학자의 말에 따르면 현재로서는 뱀독만이 유력합니다. 남편분이 어떻게 그런 독을 입수했는지 설명하실 수 있겠어요?" 프랑크가 다시 물었다.

마리안네 로젠츠바이크는 믿어지지 않는 듯 프랑크를 바라보았다. "아니요." 그러고는 머리를 거세게 가로저으며 말했다. "그걸 제가 어떻게 알겠어요?" 그녀는 씁쓰름하게 웃으며 입을 삐죽이 찡그렸다. "뱀독이라고요! 말도 안 돼요, 무슨 그런 어처구니없는……. 너무 끔찍해요. 도대체 무슨 영문인지 모르겠어요."

"저희도 아직 모릅니다. 남편의 지문 이외에 왜 부인의 지문이 병에 묻어 있는지도 마찬가지고요. 그 이유를 설명해주실 수 있겠습니까?" 프랑크가 집요하게 물었다.

"아니요." 마리안네 로젠츠바이크는 떨리는 목소리로 대답했다. "제가 어떻게 그걸 설명하겠어요. 그 말은 제가 남편의 약에 독을 탔다는 뜻인가요? 말하자면 제가 남편을 살해했다고 의심하는 건가요? 맙소사, 지금 우리가 대체 어떤 세상에 살고 있는 거죠?"

"우리는 끔찍한 세상에 살고 있습니다, 부인. 어제저녁에 부인이 먼저 우리에게 그 세상에 대해 이야기하셨죠. 게다가 부인은 남편의 서재에 몇 달 전부터 들어가지 않았다고 말했어요. 남편은 평소에 펜을 사용했는데, 어떻게 부인의 지문이 병에 묻었죠? 인슐린 병에 손을 댈 기회가 며칠 동안 별로 없었을 텐데요."

"정말로 제가 남편을 살해했다고 생각하는 건가요?" 로젠츠바이크 부인은 조그맣게 말하며 믿을 수 없다는 눈빛으로 프랑크를 바라보았다. "저는 제 아이들에게도 지금까지 손을 들어본 적이 없어요. 하느님이 창조하신 피조물을 한 번도 괴롭힌 적이 없다고요. 남편의 죽음과 아무런 상관이 없다고 맹세할 수 있어요. 하지만 형사님 양심에 거리낌이 없다면, 저를 체포하세요."

율리아가 흥분한 부인의 말을 끊고는 진정시키며 말했다. "로젠츠바이크 부인, 부인을 체포하려고 온 게 아니에요. 다만 어떻게 부인의 지문이 병에 남게 되었는지 알고 싶을 뿐입니다."

"저도 몰라요. 어제저녁에 라우라가 왔을 때, 그러니까 그 의사 말이에요……."

"닥터 핑크하고 친하게 지내는 사이입니까?"

"라우라도 같은 교회에 다녀요. 우리는 오래전부터 아는 사이예요……. 어쨌든 라우라가 서랍에서 병을 꺼내어 책상 위에 놓았어요. 기억은 안 나지만, 아마 그때……. 그러니까 제 말은 그때 너무 충격을 받아서 병을 만졌을지도 모른다는 뜻이에요. 하지만 그랬다고 하더라도 일부러 의심을 사려고 한 건 절대 아니에요. 닥터 핑크에게 물어보세요, 제가 병을 만지는 걸 혹시 보지 않았을까요……. 아, 모르겠어요. 게다가 그건 새 병이 아니었어요. 펜이 망가질 경우를 대비해서 늘 예비로 갖고 있던 병이었어요. 혹시 그래서 제 지문이 남아 있는 게 아닐까요?"

"그럴 수도 있어요. 펜이 정확히 언제 망가졌죠?" 율리아가 물었다.

마리안네 로젠츠바이크는 어깨를 으쓱하며 대답했다. "목요일 저녁에 망가졌던 거 같아요. 맞아요, 그날 저녁 처음으로 다시 보통 주사기를 사용할 수밖에 없었어요. 남편은 금요일 아침부터 토요일 저녁까지 출장이었기 때문에 약국에서 새 펜을 사다달라고 제게 부탁했어요. 하지만 금요일에는 할 일이 많아서 깜박 잊었고, 토요일에 약국에 갔을 때는 약사가 새로 주문해야 한다더라고요. 이것저것 많이 갖추지 않은 작은 약국이거든요. 하지만 우리가 이곳에 이사 온 후로 죽 알고 지내는 사람들이에요…….
어제 저는 펜을 가지러 가지 못했고, 저녁에 남편은 오늘 출근하기 전에 직접 가지러 가겠다고 말했어요. 거기에 대해서는 더 말씀드릴 게 없어요."

"할 일이라면 주로 무엇을 말하죠?"

로젠츠바이크 부인은 그날 아침 처음으로 미소 지었다. "교회와 관련된 일도 있고 제 개인적인 일도 있어요."

"어떤 점에서 개인적인 일이죠?"

"이 질문에도 대답해야 하나요?"

"물론 반드시 대답하실 필요는 없어요. 하지만 대답하시는 편이 더 좋을 겁니다."

로젠츠바이크 부인은 다시 시선을 바닥으로 떨구었다. 한순간 망설이더니 결국 말했다. "저는 일주일에 두 번 정도 사람들을 만나요. 정확히 말하면 여자 친구들이죠. 한 번 만나면 대개는 몇 시간씩 같이 있어요. 그리고 이틀에 한 번씩은 어머니를 만나러 가요. 우리 어머니는 기센 근처의 양로원에 계세요. 또 우리 아버지 묘소도 돌아보고 남편의 첫 결혼에서 얻은 손자들도 이따금 돌봐요. 이 정도면 충분한가요?"

"남편께서 전에 한 번 결혼하셨다고요?"

"그래요, 하지만 벌써 이십 년도 더 된 일이에요. 그 사람에게는 짧고 끔찍한 시간이었어요."

"그러면 금요일에는 뭘 하셨죠?"

"우리 어머니에게 갔어요. 늘 월요일, 수요일, 금요일에 찾아뵙거든요."

"하지만 좀 전에 부인은 금요일에 할 일이 많았다고 말씀하셨습니다."

"사람 말을 항상 그렇듯 정확하게 들으시나요?"
"저희 직업이 그렇습니다."
"심리치료사에게도 다녀왔어요." 로젠츠바이크 부인은 이 말을 입에 올리기가 힘든 듯 보였다.
"왜 이제야 그 말을 하시죠?"
"왜냐고요?" 로젠츠바이크 부인은 어깨를 으쓱하며 당황한 표정을 지었다. "저처럼 하느님을 굳게 믿는 여자에게 무엇 때문에 심리치료사가 필요하냐고 틀림없이 형사님이 물으실 거라고 생각했어요. 하지만 제게는 상담사가 필요하고 또 도움이 돼요."
"심리적으로 도움을 필요로 하는 사람들은 많아요. 그러니까 부끄러워하실 것 없습니다."
"하지만 저는 부끄러워요. 저 자신의 삶과 제 결점을 스스로 다스릴 힘이 없다는 게요. 제 말이 무슨 뜻인지 이해하셨으면 좋겠어요."
"그 심리치료사 이름이 무엇이죠?" 율리아는 물었다.
"자비네 라이히. 밖에서 기다리는 젊은 여자예요."
"그러면 왜 치료를 받으시는지 물어도 될까요?"
"어차피 다 말했는데 무슨 상관이겠어요. 저는 몇 년 전부터 이유를 알 수 없는 불안장애를 겪고 있어요. 때로는 마음속에서 엄청난 힘이 솟구쳐서 저를 파괴할 것만 같은 느낌이 들어요. 그 불안을 극복하고 그 위력에 맞설 힘을 달라고 하느님에게 기도하고 간청했어요. 하지만 하느님이 제게 알려주신 유일한 길은 라이히 씨에게 가는 것이었어요. 그래서 저는 하느님이 때로는 다른 사람들을 통해서 힘을 발휘하신다고 생각해요. 라이히 씨는 제게 축복이에요."
"밖에서 기다리는 두 남자는 부인이 다니는 교회의 신도들이죠.

라이히 씨는 신도가 아닌가요?"

"라이히 씨도 우리 교회에 다녀요. 하지만 우리 교구에 산 지는 얼마 되지 않았어요. 제가 라이히 씨를 만난 것도 순전히 우연이라고 할 수 있어요. 어쨌든 저와 같은 교리를 믿는 심리치료사를 만나는 것보다 더 좋은 일은 있을 수 없다고 생각했어요. 이 정도면 형사님의 질문에 충분한 답변이 되었나요?" 로젠츠바이크 부인은 살짝 비꼬는 어조로 물었다.

율리아는 고개를 끄덕였다. "충분한 답변이 되었어요. 나중에 저희가 라이히 씨에게 몇 가지 질문을 하면 부인에게 폐가 될까요?"

"그게 무슨 말이죠? 치료 효과가 있었는지 그리고 어떤 효과가 있었는지 물으려는 건가요? 그래요, 폐가 돼요. 그것은 나와 라이히 씨 사이의 일이에요."

"부인은 불안장애에 시달리고 있다고 벌써 말씀하셨잖아요."

"맞아요, 그리고 그 문제에 대해 더는 말하지 않겠어요. 절대로……." 로젠츠바이크 부인은 말을 멈추고 망설이며 입술을 꼭 다물었다. 그리고는 침을 꿀꺽 삼키고는 두 형사를 바라보기만 했다.

"절대로 무얼 말입니까?" 이윽고 프랑크가 물었다.

"아무것도 아니에요. 더 물어보실 것이 있나요?" 마리안네 로젠츠바이크는 갑자기 거부적인 태도로 냉랭하게 물었다.

"아니요, 지금은 없습니다. 하지만 새로운 소식을 알게 되면 즉시 부인에게 알려드리죠."

"새로운 소식이라니요?"

프랑크가 고개를 조금 옆으로 숙이고서 말했다. "그러니까 예를 들어 남편분이 어떤 뱀독으로 목숨을 잃었는지……."

로젠츠바이크 부인은 고개를 저었다. "마치 제가 그런 일에 관심 있는 것처럼 말씀하시는군요! 이보세요, 제 남편은 죽었고, 그 사람이 무슨 독으로 죽었는지 저는 아무 관심 없어요. 살인범이 인슐린 병에 무슨 독을 넣었는지 안다고 해서 남편이 다시 살아 돌아오는 것도 아니니까요."

율리아는 프랑크를 흘낏 쳐다보았다. 그는 등을 뒤로 기대고서 방 안을 둘러보고 있었다.

"로젠츠바이크 부인, 혹시 남편분이 협박을 받은 적이 있습니까? 그러니까 남편분이나 부인이 알지 못하는 사람에게 수상한 전화가 걸려온 적이 있습니까? 아니면 발신인이 없는 협박장을 받았다든지."

마리안네 로젠츠바이크는 고개를 저었다. "아니요, 제가 알기에는 협박을 받은 적이 없어요. 이삼 년 전에 집으로 몇 번 전화해서 남편에게 욕한 사람이 하나 있긴 했어요……. 그 남자가 정확히 뭐라고 했는지는 몰라요. 남편이 말하지 않았거든요."

"그 사람이 남자였습니까?" 율리아가 재차 물었다.

"솔직히 말하면, 그 물음에도 대답할 수 없어요. 남편이 특별히 남자나 여자라고 말했던 기억이 전혀 없거든요. 남자일 수 있지만 여자일 수도 있어요."

"마지막으로 하나만 더 물을게요. 어제저녁처럼 지금도 여전히 남편이 자살했을 리 없다고 생각하시나요?"

"제가 보기에 자살할 것 같다고 생각되는 사람들이 많이 있어요. 하지만 제 남편은 아니에요. 그런 행동을 취할 이유가 없었어요. 그리고 작별 편지도 없이 그렇게 도망치듯 사라질 남자가 아니에요. 그 정도 품위는 있는 사람이었다고요. 그 사람은 살해당했어요. 한 가지 부탁이 있어요, 제발 누가 그랬는지 꼭 범인을 잡아주세요."

"로젠츠바이크 부인, 남편분은 어제저녁 사망했어요. 그리고 남편분 말고 집 안에는 부인과 두 아드님만이 있었어요. 남편에게 몰래 독을 주입한 자를 찾아내기는 매우 어려울 겁니다. 그 자신이 아니라면."

율리아와 프랑크가 몸을 일으키는 동안 마리안네 로젠츠바이크는 그대로 앉아 있었다.

"먼저 라이히 씨와 두 신사분하고 잠깐 이야기 나누고, 이어서 아드님들에게도 몇 가지 질문을 할 겁니다. 안녕히 계십시오."

로젠츠바이크 부인은 아무런 대꾸도 하지 않고서 멍한 눈빛으로 프랑크와 율리아를 바라보았다. 그리고는 고개를 끄덕였다.

쇠나우와 하이만, 그리고 라이히는 널찍한 복도에 앉아서 대화를 나누고 있었다. 두 아들 아론과 요제프의 모습은 보이지 않았다. 형사들이 복도에 나타난 즉시 대화가 멈추었다.

쇠나우가 일어서면서 물었다. "로젠츠바이크 씨가 어떻게 사망했는지 벌써 알아내셨습니까?"

"네, 하지만 여러분과 지금 잠깐 이야기하고 싶습니다. 여러분은 이 집안의 친구들이라고 들었습니다. 그 말은 로젠츠바이크 씨와 잘 안다는 뜻이겠죠?"

"그렇게 말하고 싶습니다. 제가 한스와 알게 된 지 곧 삼십 년이 될 겁니다." 쇠나우는 말했다. "제가 그 친구를 잘 알기 때문에, 어떻게 그 친구 인슐린에 독을 탄다는 미친 생각을 하게 됐는지 도무지 이해가 가지 않아요."

"쇠나우 씨의 말에 따르면 로젠츠바이크 씨를 미워할 만한 적이 없다는 뜻으로 받아들여도 될까요?" 율리아가 물었다.

쇠나우는 시선을 내리뜨고는 잠시 생각하더니 결국 대답했다.

"적이라고요! 맙소사, 적이 없는 사람이 대체 어디 있겠습니까? 시기하는 사람과 경쟁자는 늘 있기 마련이죠. 하지만 아무리 생각해도 그렇게 잔인한 짓을 할 만한 사람은 떠오르지 않아요."

"쇠나우 씨, 이 세상에는 불가능한 일이 없어요. 그리고 특정한 상황에 처해서 살인범이 되지 않을 사람도 없죠. 그런데 잠깐 둘이서만 방해받지 않고 이야기할 수 있을까요?" 율리아는 프랑크를 흘낏 바라보며 말했다. "헬머 형사는 그동안에 하이만 씨와……." 프랑크는 말없이 고개를 끄덕였다.

"물론이죠." 쇠나우는 이렇게 말하고 하이만과 라이히를 슬쩍 바라보았다. "그럼 정원으로 나가시죠."

두 사람은 정원으로 나가는 길에 아무 말도 하지 않았다. 여유 있게 설계되고 넓은 잔디밭이 있는 정원에 이르러서야 비로소 쇠나우가 입을 열었다. "좀 전에 로젠츠바이크 부인에게서 어제 일에 대해 이야기 들었습니다. 그 부인은 첫눈에 보이는 것처럼 그렇게 강한 분이 아닙니다. 그 일로 지금 몹시 지쳐 있어요. 저희가 앞으로 당분간 부인을 많이 보살펴야 할 것 같습니다. 부인은 이 일을 어떻게 받아들여야 할지 갈피를 잡지 못하고 있어요. 타살입니까, 아니면 스스로 인생에 끝을 내었습니까?"

율리아는 걸음을 멈추었고, 쇠나우는 몇 걸음 더 가다가 뒤돌아보았다.

"스스로 목숨을 끊을 이유가 있었을까요?" 율리아가 물었다.

"아니요." 쇠나우는 고개를 저으며 대답했다. "그럴 만한 이유가 없었어요. 독실한 기독교인이었으며 자상한 남편이고 아버지였어요. 물질적으로 풍족하게 살았지만 인생의 진실한 목표를 결코 잃은 적이 없는 친구입니다. 언제나 하느님의 존엄함을 주시했으며, 제가 실제로 높이 존중하고 존경하는 몇 안 되는 사람 중 하나였습니다. 어디에 있든 그리스도께서 우리에게 가르치신 복음을 실천했죠. 훌륭한 사람이었습니다."

율리아는 자신도 모르게 웃음이 나오는 것을 느끼고 입을 찡그렸다. 그러고는 쇠나우 가까이 다가가 바로 앞에서 걸음을 멈추었다. 쇠나우는 율리아보다 키가 조금 더 작았다. "그러니까 훌륭한 사람이었군요. 원성을 산 적도 없었고 전형적인 기독교인이었습니다. 제가 제대로 이해했습니까?"

"형사님 말에서 조롱하는 어조가 느껴지는군요." 쇠나우는 말했다. "하지만 형사님이 말한 그대로입니다. 기독교를 품위 있게 지지하는 사람이 있었다면, 그건 바로 로젠츠바이크였습니다. 정말 남다른 사람이었죠. 형사님 눈에는 제가 좀 미친 사람으로 보일지 모르지만, 저는 그렇게 생각합니다. 그 친구는 좀 특별했어요. 그리고 사람들이 도움을 필요로 하면 언제든 서슴없이 나섰죠."

"쇠나우 씨는 어떤 일을 하시나요?" 율리아는 이렇게 물으며 화제를 돌렸다.

"저는 은행가입니다. 그건 왜 물으시죠?"

"은행가시라고요. 그럼 쇠나우 은행을 소유하고 계신가요?"

"맞습니다. 쇠나우 은행은 4대째 우리 집안의 소유입니다. 그리고 5대째도 그 점은 변함이 없을 것이라고 생각합니다."

"로젠츠바이크 씨와는 직업상으로도 관계가 있었습니까?"

"이따금 그랬습니다. 하지만 우리의 관계는 대부분 교회에 국한되어 있었어요. 우리는 일요일마다 만났고 간혹 때로는 주중에도 만날 때가 있었죠. 엘로힘 교회는 모든 신도에게 하나의 도전입니다. 남자든 여자든 세례를 받고 과거의 삶을 뒤로 한 사람들은 모두 일종의 의무를 지죠. 그리고 죄를 용서받고 새로운 사람으로 다시 태어나기 위해서 물속으로 들어가기 전에, 무엇이 자신을 기다리고 있는지 이미 잘 알고 있습니다. 하지만 지금 우리가 교회 이야기를 하려고 이곳에 있는 것은 아니죠. 아마 경찰에서 일하면서 동시에 하느님을 믿을 수는 없을 겁니다……."

"제 아버지가 목사이십니다, 아니 과거에 목사이셨죠. 지금은 은퇴하셨어요. 저는 하느님을 믿으며, 우리의 정상적인 이성으로는 이해할 수 없는 일들이 하늘과 땅 사이에서 벌어지는 것을 압니다. 하지만 지금 그것이 중요한 게 아니죠. 로젠츠바이크 씨가 범죄에 희생되었다고 그렇듯 확신하신다면, 누가 범인일 거라고 생각하시죠? 로젠츠바이크 부인? 아니면 두 아들 중의 하나? 아니면 가정부? 또는 우리가 모르는 누구일까요?"

쇠나우의 목소리가 갑자기 날카로워졌다. "이보십시오, 형사님. 로젠츠바이크 부인과 아들들은 끌어들이지 마십시오! 그들에게는 남편이나 아버지를 제거해야 할 동기가 전혀 없어요. 그건 말도 안 되는 소리입니다. 보아하니 형사님 직업에서는 그런 식의 타락한 생각을 하는 것이 당연한가 보죠? 오로지 범인을 잡기 위해서 그런 허무맹랑한 가능성을 끌어들이고, 때로는 허술한 정황증거들을 얼기설기 짜 맞추나 보죠! 아니, 그런 생각일랑 얼른 갖다 버리십시오! 형사님이 지금 지목한 사람 가운데 그 누구도 절대 그런 사악한 행위를 했을 리가 없습니다. 저 가련한 부인을 좀 보십시오! 저 부인은 밤새도록 한숨도 눈을 붙이지 못했어요. 지금 완전히 녹초가 되었단 말입니다. 형사님이 오시기 전에 한 시간 내내 울기만 했어요. 결코 거짓눈물이 아니었다고 장담할 수 있습니다. 저는 부인의 그런 모습을 처음 보았어요. 부인은 조금도 부족함 없이 안락하게 살 수 있습니다. 그렇지만 인생의 전부를 의미하는 사람이 일순간에 사라졌다면, 어떻게 그것이 안락한 삶이겠습니까? 이십 년 동안 함께 침대를 쓰다가 그 침대에서 갑자기 혼자 잠들어야 한다면 말입니다. 아니요, 시간이 흐르면서 서서히 익숙해진다더라도 그것은 안락한 삶이 아닙니다. 우리는 이처럼 끔찍하게 남편을 잃은 부인의 고통을 가능한 한 줄일 수 있도록 최선을 다할 것입니다. 그러니 제게 더 물으실 게 없다면, 로젠츠바이크 부인에게 한 번 더 가봐야겠습니다." 쇠나우는 손목시계를 흘낏 바라보았다. "그런 다음 은행에 가야 합니다." 그는 양복 오른쪽 안주머니에서 명함을 한 장 끄집어내어 율리아에게 내밀었다. "혹시 정보가 더 필요하다면, 여기 제 주소와 전화번호가 있습니다. 물론 은행으로 찾아오셔도 괜찮아요."

"한 가지만 더 묻죠, 뱀에 대해 잘 아십니까?"

쇠나우는 거만하게 미소 지었다. "저는 성서의 뱀, 그러니까 아담과 이브를 유혹한 뱀만을 압니다. 그들은 그 때문에 낙원에서 쫓겨났죠. 전 뱀에는 관심 없습니다. 오로지 물고기에만 관심이 있어요. 그런데 그건 왜 물으시죠?"

"그저 한 번 물어보았어요. 지금까지의 모든 정황으로 보아서는 로젠츠바이크 씨가 뱀독으로 사망한 것 같습니다."

"그렇군요. 로젠츠바이크 부인이 그런 방향으로 조금 암시했어요. 부인 말로는 독이 ……. 그럴 가능성이 있다고 하더군요. 하지만 이론일 뿐이죠?"

"이론이 아니라 그동안에 사실로 증명되었어요. 이제 우리는 어떤 뱀의 독인지 밝혀내야 합니다."

"그거야 아무 상관 없지 않겠어요? 그러니까 제 말은 ……."

"그 문제는 이쯤 해두죠. 대화에 응해주셔서 감사합니다. 아마 한 번 더 연락드릴 겁니다."

두 사람이 집 안으로 들어갔을 때, 프랑크는 여전히 하이만과 이야기를 나누고 있었다. 율리아는 자비네 라이히에게 다가가 잠깐 대화를 나눌 것을 청했다. 라이히는 말없이 일어나 정원으로 율리아를 따라왔다.

그녀는 키가 율리아만 했으며, 햇빛을 받아 불그스름하게 빛나는 밤색 머리카락이 어깨까지 내려왔다. 크고 검은 눈에는 따사함이 어려 있었고, 입술은 부드러운 곡선을 그렸으며, 도톰한 아랫입술은 감각적이었다. 자비네 라이히는 짙은 파란색의 헐렁한 여름 블라우스와 청바지 차림이었는데, 스포티하면서도 여성적인 인상을 주었으며 로마 향수 냄새를 풍겼다. 율리아는 라이히가 서른 살가량 됐으리라 추정했다. 아주 예쁘고 젊은 여인이어서, 남자들에게 많은 매력이 있을 거라고 짐작되었다. 적어도 대부분의 남자들에게. 어쨌든 페터 쿨머에게는 그럴 것이었다.

"라이히 씨," 정원에 이르러 율리아가 말했다. "몇 가지만 물어볼게요." 그리고 가방에서 담배를 꺼내며 물었다. "담배 피워도 괜찮을까요?"

"그럼요." 자비네 라이히는 웃으며 대답했다. 편안하고 따사한 목소리였다. "저는 괜찮아요. 어떤 사람들은 좀 까다롭지만……. 그건 그렇고, 제게 뭘 묻고 싶으세요?"

"로젠츠바이크 부인을 치료하신다고 들었어요. 심리치료사이신가요?"

"네, 특히 그렇죠. 저는 정신분석을 하고 물론 심리치료도 해요. 하지만 로젠츠바이크 부인의 심리치료에 대해 알고 싶으시다면, 유감스럽게도 형사님을 실망시킬 수밖에 없어요. 아시다시피 제겐 환자들의 비밀을 지켜야 하는 의무가 있거든요. 물론 로젠츠바이크 부인이 동의하는 경우에는 예외이지만 말이에요."

율리아는 골루아에 불을 붙이고, 한 모금 빤 후에 말했다. "로젠츠바이크 부인은 불안장애에 시달리고 있어서 라이히 씨의 도움을 받고 있다고 말했어요. 어떤 종류의 불안장애이고 그 장애가 어디서 유래하는지 알았으면 해요."

"죄송해요, 그 물음에 대해서는 대답할 수도 없고 대답해서도 안 돼요."

"로젠츠바이크 씨도 부인이 치료받는 것을 알고 있었나요?"

"그건 모르겠어요. 하지만 그랬을 거라고 생각해요. 왜죠?"

"그냥 궁금해서요. 그러면 로젠츠바이크 씨도 언젠가 치료를 받은 적이 있나요?"

자비네 라이히는 크게 웃음을 터트리며 고개를 저었다. "그 사람이요, 절대 아니에요! 로젠츠바이크는 심리치료사를 찾아가기보다는 차라리 자기 머리에 총알을 날렸을 거예요. 하지만 굳이 그럴 필요도 없었다고 생각해요. 저는 그를 그다지 잘 알지 못했어요. 그저 일요일에 교회에서 잠깐 보았을 뿐이죠. 하지만 로젠츠바이크는 자신이 뭘 원하고 뭘 하는지 언제나 정확히 알고 있는 노련하고 반듯한 사람이라는 인상이 들었어요. 한 번쯤 치료를 받으면 좋겠다 싶은 사람들과는 달랐죠."

"그게 무슨 말이죠?" 율리아는 담배를 또 한 모금 빨고서 물었다.

두 사람은 어깨를 나란히 하고 천천히 잔디밭을 가로질렀다. 자비네 라이히는 양손을 뒷짐 지고 땅바닥을 바라보았다. "로젠츠바이크 부인만 불안장애에 시달리는 건 절대 아니에요. 불안, 우울증, 편집증, 심지어는 정신분열증에 시달리는 신도들이 많아요. 하지만 전문 교육을 받은 심리치료사에게 의지하는 건 용납되지 않죠. 그들은 그것을 신앙고백이라고 불러요. 신도들 대부분은 여전히 낡은 생각을 고수하고 있어요. 모든 문제를 오로지 하느님의 도움으로만 해결하려고 해요. 하느님은 항상 어디에나 계실 수 있는 게 아니라 아픈 사람들을 도울 가능성을 여기 지상에 만들어주셨는데, 이런 사실을 이해할 준비가 되어 있는 사람은 극소수에 지나지 않아요. 심지어는 몸이 아픈데도 의사에게 가기를 거부하는 사람들도 많고요. 그들은 몇몇 교우가 찾아와서 안수기도하는 것으로 충분하다고 생각해요. 그러면 모든 통증과 병이 사라질 거라고 믿죠. 교회에는 별난 타입의 사람들이 있어요. 하지만 모든 의사는 분야를 막론하고 이 지상에서 달성해야 하는 목적이 있다는 것을 그들에게 설득하기는 무척, 무척 어려워요. 그리고 무엇보다도 낡은 관념에 대항해 싸우기가 제일 어렵죠."

"그렇다면 왜 그 교회에 다니시죠? 그러니까 제 말은 ……."

"복음은 진실이에요. 사람들이 문제이고 또 사람들이 복음에서 만들어내는 것이 문제죠. 위선과 거짓이 문제예요. 일일이 열거하기에는 많은, 너무나 많은 문제가 있답니다. 이렇게 표현해도 된다면 말이죠." 자비네 라이히는 수수께끼 같은 미소를 지으며 율리아를 바라보더니 다시 말을 이었다. "교회에는 진보파, 보수파, 그리고 극단적인 보수파가 있어요. 저는 진보파에 속해요."

율리아는 담배를 마지막으로 한 번 더 빨고는 바닥에 떨어트렸다. 담배꽁초를 신발 끝으로 눌러 끄고는 물었다.

"그럼 로젠츠바이크는 어떤 파에 속했죠?"

자비네 라이히는 다시 미소를 머금고 잠시 뜸을 들이더니 대답했다. "보수파에 속했다고 할 수 있어요. 아마 몇몇 분야에서는 극단적인 보수파에 속했을 걸요. 그날그날의 컨디션에 따라 조금씩 달랐어요."

"그럼 쇠나우는요?"

"극단적인 보수파죠." 자비네 라이히는 여전히 미소를 머금은 채 말했다.

"라이히 씨, 로젠츠바이크 씨가 자살했을 가능성이 있다고 생각하세요?"

자비네 라이히는 한순간 생각에 잠겼다. 잠깐 입을 찡그리더니 고개를 저었다. "아뇨. 그럴 타입은 아니었어요. 근사하다고 할 만큼 무척 침착하고 안정된 사람이었어요. 저는 자살했을 가능성은 별로 없다고 생각해요. 그래서 누가 로젠츠바이크 씨를 죽음에 이르게 했을까 하는 의문이 들어요. 그의 사망 소식을 들은 다음부터 그 문제에 대해 골똘히 생각하고 있어요."

"로젠츠바이크 부인이 아닐까요?"

"아니에요." 자비네 라이히는 힘주어 말했다. "로젠츠바이크 부인은 조용하고 순종적인 가정주부예요. 교회의 착실한 여성 신도들은 대부분 그렇거든요."

"조용하고 순종적이라니, 무슨 뜻이죠? 남편에게 복종한다는 뜻인가요?"

"어쨌든 여자는 남자에게 순종해야 하거든요. 그래요, 로젠츠바이크 부인은 다르게 사는 법을 전혀 배우지 못했어요. 아무튼 부인의 집안은 4대째 아니면 5대째 우리 교회에 다니고 있어요. 그렇게 교육을 받았는데 어떻게 다른 걸 기대할 수 있겠어요? 하지만 상냥하고 선량한 부인이에요. 이것은 부인의 심리치료사로서 하는 말이에요. 그리고 교회에서도 다른 모습은 전혀 보지 못했거든요. 물론 집 안에서 정확히 무슨 일이 있었는지에 대해서는 말할 수 없어요."

"아들들은요?"

"요제프와 아론 말인가요? 그 아이들은 절대 아니에요. 둘 다 어머니를 닮았어요. 무척 조용하고 거의 내성적인 아이들이죠……. 그래요, 아주 조용해서 때로는 옆에 있는지조차 모를 때가 있어요. 아니, 아들들은 그랬을 리 없어요. 때로는 그 애들이 아버지를 거의 우상처럼 사랑한다는 생각이 들 정도였거든요. 로젠츠바이크 씨도 아들들을 그렇게 사랑했어요. 그리고 부인이나 아들들이 무엇 때문에 그런 짓을 저질렀겠어요? 제 생각에는 집 밖에서 범인을 찾아야 할 것 같아요. 하지만 어디서 찾을 것인지는 제발 저한테 묻지 마세요."

그들은 담장 역할을 하는 나무들에 이르러서 집 쪽으로 발걸음을 돌렸다.

"로젠츠바이크 부인 말고 라이히 씨에게 치료받는 신도들이 더 있나요?"

"물론 있죠. 대부분은 큰 수치심에 시달리긴 하지만요. 걱정이나 고민이 있어서 제게 조언을 구하러 오는 경우, 때론 마치 불법적이거나 비정상적인 일을 한다고 생각하는 것 같아요. 하지만 일단 그 심리적 장벽을 넘어서기만 하면, 그것이 불법적이거나 비정상적인 일도 아니고 교회의 교리와 모순되는 것도 아니라는 사실을 금방 깨달아요. 하지만 제 도움을 청하는 사람들은 사십세 이하의 젊은 세대가 99퍼센트예요. 나이 든 사람들은 별로 찾아오지 않아요. 하지만 그게 제 문제는 아니죠. 게다가 육칠십 대 노인들은 거의 치료할 수도 없고요."

"좋아요, 라이히 씨. 오늘은 이것으로 충분한 거 같아요. 도와주셔서 감사합니다. 앞으로 더 물어볼 게 있으면 연락드리죠."

"그러세요. 그런데 한 가지 궁금한 게 있어요. 로젠츠바이크 씨가 정확히 어떻게 사망했는지 자세한 내용을 알고 계세요? 독극물이 관련되었을 것이라는 말을 들었어요."

"맞아요. 로젠츠바이크 씨가 인슐린 대신 뱀독을 주사한 것 같아요."

"뱀독이라고요? 저는 뱀독에 대해서는 잘 몰라요. 그렇게 죽으면 무척 고통스러울까요?"

"고통스럽죠. 그리고 지금 전적으로 중요한 문제는 독이 어디서 왔고 누가 독을 병에 집어넣었거나 아니면 병을 바꿔치기했느냐는 거예요 쉽게 해답을 찾아낼 수 있는 문제가 아닌 듯싶어요."

"빠른 시일 안에 해결책을 찾아내길 바라요. 그리고 제가 어떤 식으로든 도움이 될 수 있다면……."

그들은 다시 집 앞에 이르렀다. 프랑크가 담배를 피우며 문 앞에서 기다리고 있었다. 자비네 라이히가 집 안으로 들어간 후, 율리아가 물었다. "뭐 도움이 될 만한 정보라도 있어요?"

"그 하이만이라는 남자와 이야기하고 아들들하고 몇 마디 나누어보았어요. 골치 아픈 사건이라는 생각이 드는군요."

"하이만은 어떤 타입이죠? 그다지 호감 가는 인상은 아니던데." 율리아는 말했다.

"제대로 봤어요. 약삭빠른 인간이라는 생각이 들더라고요. 시종일관 로젠츠바이크를 칭송하는 말뿐이었어요. 그 말이 맞는다면, 로젠츠바이크는 진짜 슈퍼맨이었지 싶더라니까요. 그쪽은 어땠어요?"

"마찬가지예요. 특히 쇠나우가 그렇더군요. 라이히는 그래도 조금 말이 통해요. 라이히 자신은 교회의 진보파에 속한다고 하더군요. 그런데 라우라 핑크를 포함해 모든 사람의 말을 믿을 수 있다면, 로젠츠바이크 가족은 이상적인 결혼생활을 했고 행복했어요. 로젠츠바이크는 성공한 사업가였고 절대 자살할 위험이 없었고 아주 안정된 사람이었고요. 그리고 물론 로젠츠바이크 부인도 전혀 의심받을 사람이 아니고, 아들들도 마찬가지란 말이죠. 젠장! 자, 자동차로 가자고요."

두 사람은 말없이 자동차로 향했다. 차에 올라탄 다음, 숨 막히는 무더운 공기를 내보내려고 차창을 내렸다. 율리아는 다시 담배에 불을 붙였고, 프랑크는 시동을 걸었다.

"그런데," 율리아가 운을 떼고는 혀로 입술을 핥았다. "다들 주장하는 대로 로젠츠바이크가 정말 슈퍼맨이었다면, 왜 누군가가 인슐린에 독을 탔을까요?"

"뒤랑 형사 직감이 오늘은 뭐라고 말합니까?" 프랑크가 씩 웃으며 물었다.

율리아도 씩 웃으며 대답했다. "내 직감도 말하길, 칭송도 거짓말이고 슈퍼맨도 거짓말이래요. 로젠츠바이크에게는 그 누군가가 꼭 제거해야 한다고 생각한 까만 얼룩, 그것도 어쩌면 아주 크고 새까만 얼룩이 있었을 거라는데요. 내 생각에는, 로젠츠바이크의 인생을 한 번 철저하게 점검해봐야 할 것 같아요. 진짜 아무것도 없는지 살펴보자고요. 시간을 두고 충분히 찾아보면 틀림없이 뭔가 나올 것이 확실해요. 잘 알잖아요, 번듯한 겉모습을 조금만 긁으면 이따금 신통하게도 효력이 있다니까요. 자, 일단은 우리의 사랑하는 경찰청으로 돌아가요. 그런 다음 간단히 요기하고 로젠츠바이크의 사무실을 좀 둘러봐야지 않겠어요. 거기서도 모두들 로젠츠바이크를 존경할 만한 슈퍼맨으로 여기는지 두고 보자고요. 지금 슈퍼맨으로 여기고 있을지, 아니면 과거에 여겼을지? 아무렴 어때요. 일단 이곳을 떠요."

오전 11시 15분

율리아와 프랑크가 사무실에 들어서자, 페터는 혼자 책상에 앉아 컴퓨터로 보고서를 작성하고 있었다. 그는 슬쩍 눈을 들더니 쓰던 보고서를 저장하고서 등을 뒤로 기대며 물었다. "그래, 어땠어요?"

"고약해." 프랑크가 자리에 앉으며 대꾸했다. "우리가 이야기를 나누어본 사람들 모두 엘로힘 교회의 신도더라고. 그 이야기를 전부 믿을 수 있다면, 로젠츠바이크라는 남자는 후광 없는 성자 같은 존재였어. 돈이 많지만 늘 이웃을 위해 봉사했다나. 젠장, 그런 말을 믿을 사람이 어디 있어! 엄청 구린 데가 없으면, 누가 그런 식으로 황천길로 보냈겠냔 말이야. 이따가 로젠츠바이크의 사무실을 돌아볼 생각이야. 그런데 반장님은 어디 계셔?"

페터는 등을 뒤로 기댄 채 껌을 입안에 밀어 넣었다. "잠깐 밖에 나가셨어요. 아마 곧 돌아오실 걸요. 그러니까 두 사람은 자살이 아니라 타살이라고 확신한단 말이죠?"

"그야 물론이지. 타살이라는 증거도 없지만, 자살이라는 증거도 없다고. 스스로 목숨을 끊으려고 황당무계한 일을 저지르는 변태적인 인간들도 있지만, 로젠츠바이크는 그런 부류가 아니야. 그 점은 확실해."

"오케이, 몇 분 전에 몹스가 전화했어요. 독 성분을 생각보다 빠르게 알아낼 수 있었대요. 반장님이 전부 기록해 두셨어요. 어쨌든 그다지 좋은 소식은 아닌 거 같더라고요."

"도대체 무슨 소식인데요?" 율리아가 물었다.

"나도 모릅니다. 무슨 뱀독이라나. 반장님한테 물어봐요. 그런데 로젠츠바이크 회사에는 언제 가죠?"

율리아는 시계를 쳐다보았다. 11시 반이었다. 율리아는 페터를 흘낏 바라보며 말했다. "우선 간단히 요기하고 12시 직후에 출발하죠."

율리아의 말이 끝나자마자 베르거가 모습을 나타냈다. 베르거는 육중한 몸을 의자에 밀어 넣으며 율리아와 프랑크를 바라보았다. "뭐 좀 알아냈나?" 이렇게 묻고는 담뱃불을 붙였다.

"로젠츠바이크 부인과 한 번 더 이야기하고, 뒤이어서 부인을 정신적으로 도와주려고 마침 그 집에 와 있던 교회 신도 세 명과 두 아들에게 이것저것 물어보았어요. 사실 특별히 알아낸 것은 없어요. 다만 로젠츠바이크가 완전무결한 사람이고 부인은 절대로 남편에게 미치지 못한다는 점만을 알아냈죠."

"그건 자네 의견인가, 아니면 자네 물음에 답변한 사람들의 의견인가?"

"물론 제 물음에 답변한 사람들의 의견이죠." 율리아도 의자에 앉으며 대답했다. "로젠츠바이크가 절대로 자살할 사람이 아니고 부인도 절대로 그런 짓을 할 사람이 아니라는 등등의 이야기를 완강하게 주장하더라고요. 반장님도 잘 아시잖아요."

"자네도 잘 알겠지만, 현재로서는 자살과 타살, 두 가지 가능성을 모두 염두에 둬야 해. 몇 분 전에 몹스가 전화해서 독 성분 분석 결과를 알려주었네. 잠깐, 여기 써두었어. 두 종류의 독이 의심된다는 게야. 정확히 말하면 오스트레일리아 타이판독사의 독과 사막독사의 독. 몹스 말로는, 그야말로 치명적인 조합이라고 하더군. 한편으로는 신경기능이 완전히 마비되고, 다른 한편으로는 혈액응고 기능이 정지된다고 했어. 물론 문제는 용의자가 이런 독을 어떻게 입수했냐는 것이지. 몹스는 독일에서 타이판독을 입수하기는 거의 불가능하다고 말했네. 이 뱀들을 사육하거나 판매

하는 동물원이나 동물가게가 없기 때문이지. 게다가 타이판독사는 보호종에 속해. 오스트레일리아에서 반출하면 처벌받게 되어 있어. 그에 비해 사막독사는 이따금 개인이 사육하는 경우도 있네. 하지만 어떤 사람들인지 하나하나 알아낼 수는 없어."

율리아는 골루아에 불을 붙이고 연기를 깊이 빨아들여서 천장을 향해 내뿜었다. 그러고는 시선을 베르거 쪽으로 향했다가 다시 창문으로 돌렸다. "몹스하고 직접 한 번 더 이야기해봐야겠어요. 그러니까 극도로 치명적인 두 가지 독이 의심된다는 말이죠. 다시 말해 타살이라고 가정하는 경우에 범인은 로젠츠바이크를 확실하게 죽이기 위해서 만반의 준비를 했다는 뜻이네요……. 이런 경우엔 뒈지다는 표현이 더 적절하겠지만 말이에요."

베르거는 마지막 논평에는 대꾸하지 않고 이렇게만 말했다.

"타살이라면 뒤랑 형사 말이 맞아."

율리아는 수화기를 들고 법의학자의 전화번호를 눌렀다. 몹스와 통화하고 싶다고 말하자, 조금 후 몹스가 전화를 받았다.

"몹스입니다." 그는 귀에 익은 무뚝뚝한 목소리로 말했다. "저는 뒤랑입니다. 몹스 교수님이 독약의 정체를 알아내셨다는 말을 방금 들었어요. 거기에 대해 좀 더 자세히 알려주실 수 있겠어요?"

"구체적으로 무엇을 알고 싶은지……."

"죄송합니다. 교수님은 타이판독과, 잠깐만요, 사막독사의 독을 알아내셨습니다. 이런 독들을 입수하기가 얼마나 어렵죠?"

"거의 불가능합니다. 적어도 타이판독은 그렇습니다. 물론 보호대상 동물을 불법적으로 반입하는 사람들은 항상 있어요. 하지만 타이판독사 같은 뱀의 경우에는 오스트레일리아에서 이곳까지 머나먼 길을 수송하기가 간단하지 않아요. 수송 온도가 일정 시간 섭씨 20도 아래로 내려가서는 안 되거든요. 만일 그렇게 되면 일종의 마비상태에 들어가고, 경우에 따라서는 죽습니다. 동료분에게 이미 말했듯이, 제가 알기에는 독일 국내에 타이판독사는 없습니다. 동물원에도 없고 동물가게에도 없어요."

"그렇다면 어떻게 그 독을 손에 넣었을까요?"

"누군가를 살해할 목적으로 확실하게 살해 계획을 세운 사람이 있다면, 거기에 필요한 살해도구를 입수할 가능성도 언제나 찾아내기 마련입니다. 이 경우에는 독이죠."

"교수님께서는 법의학자로서 이 경우에 자살했을 가능성이 있다고 보십니까?"

"아니요. 우리가 철저하게 부검을 실시했는데 예를 들어 신체적인 중병의 징후를 전혀 발견하지 못했어요. 그런 경우에 더 이상 고통받고 싶지 않아서 스스로 목숨을 끊는 일이 종종 있거든요. 뇌도 이상 소견이 없었어요. 로젠츠바이크는 당뇨병 말고는 건강했습니다. 내가 보기에, 그 남자는 매우 정교한 방법으로 살해당했어요. 내가 법의학자로서 삼십 년 가까이 일하는 동안 한 번도 보지 못한 방식으로 말입니다. 질문 더 있습니까?"

"하나만 더 묻겠습니다. 당뇨병 환자는 인슐린을 일반적으로 어느 정도 주사하죠? 주치의에게도 벌써 물었지만, 교수님에게 한 번 더 확인하고 싶어서 그래요."

"1밀리리터, 아마 1.5밀리리터일 때도 있을 겁니다. 병세에 따라 다르죠. 하지만 순수한, 그러니까 진공 건조하거나 냉동 건조한 타이폭신이나 사막독사의 독 1밀리리터를 피하주사하게 되면, 백 퍼센트 죽음에 이르죠. 신선한 상태의 뱀독은 약 50에서 90퍼센트까지 수분으로 이루어지기 때문입니다. 약 1에서 1.5밀리리터 안에는 농도에 따라 몇 밀리그램의 독이 함유되어 있어요. 톱비늘북살모사가 치명적인 미량의 독을 방출하는 경우, 그 미량에서 수분을 추출하고 남은 독소를 냉동 건조시키면, 겨우 1밀리그램이 어떤 효과를 일으킬지 상상할 수 있을 겁니다. 타이판독사의 경우도 비슷하죠. 타이판독사는 독니의 크기와 길이 때문에라도 더 많은 독을 내뿜을뿐더러, 그 독은 우리가 아는 뱀독 중에서 독성이 가장 강한 것에 속합니다. 사막독사는 길이가 50센티미터에서 최고 80센티미터밖에 안 되지만, 타이판독사의 경우는 3미터에 이르죠. 특히 강조하고 싶은 사실은, 타이판독사에는 두 종류가 있다는 것입니다. 오스트레일리아 북부나 북동부 지역, 북기니에 서식하는 보통 타이판독사 코스털타이판과 중앙오스트레일리아에 서식하는 사막타이판독사 인랜드타이판이 있죠. 인랜드타이판의 독은 독성이 몇 배 더 강하고, 그 정확한 성분이 오늘날까지도 명백히 밝혀지지 않았어요. 우리는 이 두 타이판독사 가운데 어느 것이 문제 되는지 아직 확실하게 알아내지 못했습니다. 다만 타이폭신에서 특히 신경독에 속하는 이른바 포스포리파아제A_2가 추출되었다는 점이 주목을 끌죠. 일단 포스포리파아제A_2를 주입하게 되면, 신경종판의 시냅스 전 세포막에 극도로 강한 영향을 미쳐서 결국 신체 근육조직 전체를 완전히 마비시키고 종내에는 호흡장애로 인한 사망에 이르게 됩니다. 하지만 결론적으로 말해서, 그런 종류의 독을 구하기는 간단하지 않아요. 그렇다고 완전히 불가능한 것도 아닙니다."

"마지막으로 한 가지만 더 묻겠습니다. 만일 로젠츠바이크가 해독제를 주사 맞았다면 살아날 수 있었을까요?"

"이 경우에는 그럴 가능성이 거의 없었습니다. 게다가 독일에는 타이판 항혈청이 없어요. 이미 말했듯이, 이번 사건에서는 완전히 다른 두 가지 독이 문제 되고 있어요. 그리고……. 이런, 아닙니다. 그럼 한시 빨리 살인범을 찾기를 바라겠습니다. 틀림없이 형사님에게도 간단한 일은 아닐 겁니다."

"그래도 우리는 살인범을 꼭 찾아낼 겁니다. 이렇게 도와주시고 또 결과를 빨리 알려주셔서 감사합니다. 안녕히 계세요." 율리아는 수화기를 내려놓고, 입술을 꼭 다물었다. 담배를 마지막으로 한 번 더 빨고는 재떨이에 눌러 껐다.

"자, 잘 들으셨죠. 몹스는 자살이 아니라고 봅니다. 그리고 솔직히 말하면 저도 그래요. 게다가 지금 우리는 뱀독의 성분과 작용방식에 대해 엄청 많이 알게 되었어요. 최소한 몇 가지 뱀독은 알게 되었죠." 율리아는 씩 웃으며 덧붙였다. "사실 몹스의 말은 들어도 무슨 뜻인지 잘 모르겠지만 말이죠. 포스포 뭐라 했더라……, 젠장!"

"자네 생각은 어떤가?" 베르거는 이 말에 대꾸하지 않고 프랑크에게로 시선을 돌렸다.

"저도 뒤랑 형사와 같은 생각입니다. 살인이라고 추정합니다. 냉혹하고 치밀한 살인. 다만 살인의 동기를 전혀 모르겠어요. 차차 알아내야죠. 어쩌면 오늘 오후 로젠츠바이크 회사 사람들을 만나보면 뭔가 나오지 않을까요."

베르거가 다시 뭔가를 물으려고 하는데 율리아의 휴대폰 벨이 울렸다. 율리아는 가방에서 휴대폰을 꺼내 전화를 받았다.

"여보세요. 나야, 베르너……."

"잠깐만요, 밖에서 잠시 전화받고 올게요." 율리아는 문을 닫고 복도로 나갔다. "무슨 일이야?" 그러고는 목소리를 낮추어 물었다.

"지금 많이 바빠?" 베르너 페트롤은 물었다.

"좀 바빠. 아주 기이한 사망사건이 터졌거든. 그래서 어제 밤늦게까지 일했어."

“그럼 오늘 밤 만남은 취소되는 거야?” 베르너가 물었다. 목소리에 실망한 기색이 역력했다.

“꼭 그런 건 아니야. 이따 6시쯤 다시 전화해. 오늘 저녁에 반드시 일할 필요는 없을 거 같아. 하지만 내가 당직인 것 알지.”

“그래그래, 알고말고. 나중에 다시 전화할게. 그럼 잘 있어. 내가 당신을 보고 싶어하는 거 잊지 마.”

“최소한 지난 주말은 가족과 함께 근사하게 지냈을 거 아냐?” 율리아는 이따금 슬쩍 내비치는 특유의 조롱 어린 고약한 어조로 물었다.

“아니, 근사하지 않았어. 나는 당신하고 같이 있을 때만 편안해. 당신을 이 세상 누구보다도 사랑해, 잘 알잖아.”

“정말로 그렇다면, 당신이 뭘 해야 하는지도 잘 알겠지. 베르너, 난 노리갯감이 아냐. 사실을 알고 싶어. 계속 질질 끌려다니고 싶지 않아.”

“어렵쇼, 오늘 왜 이렇게 예민해? 내가 뭘 잘못했어? 아니면 그 고약한 사건 때문이야?”

“나도 몰라, 아마 여러 가지 일들이 한꺼번에 닥쳐서 그런가 봐. 이따 봐.” 율리아는 통화종료 버튼을 눌렀다. 몇 초 동안 목을 움츠리고 눈을 감은 채 벽에 기대 서 있었다. 심장이 쿵쿵 뛰는 게 느껴졌다. 집에 가서 자고 싶었다. 왼쪽 관자놀이가 살짝 찌르는 듯 지끈거렸다. 통증이 심해지기 전에 아스피린을 먹어야겠다는 생각이 들었다. 율리아는 벽에서 몸을 떼었다. 두 다리가 무거웠다. 문을 열고 사무실에 들어갔다. 효과가 곧 나타나 두통이 심해지지 않기를 바라며 아스피린을 먹었다.

율리아는 말했다. “자, 어서 뭐든 먹고 로젠츠바이크 앤 파트너에 가보자고요. 직원들이 뭐라고 말할지 기대되는군요.”

오후 12시

페터가 물 한 잔에 햄버거를 먹는 동안, 율리아와 프랑크는 감자튀김을 곁들인 카레소시지를 먹고 콜라를 마셨다. 식사 후, 다 함께 로젠츠바이크의 회사가 있는 메세투름을 향해 출발했다. 경찰청에서 메세투름까지는 불과 몇백 미터 거리였고, 그들은 걸어서 갔다. 공화국 광장의 대형 온도계가 32도를 가리켰고 하늘은 청명했다. 가는 도중에 그들은 집중적으로 어떤 질문을 할 것인지 의논했다. 로젠츠바이크의 사무실은 24층에 있었다. 그들이 방문을 알린 후 엘리베이터를 타고 위로 올라가자, 이미 한 직원이 대기하고 있었다. 긴 금발머리에 짙푸른 색의 눈을 가진 매력적인 젊은 여자였다. 초록색 미니스커트와 속이 거의 비치는 베이지색 블라우스를 입고 있었는데, 블라우스가 크고 팽팽한 젖가슴에 살짝 밀착되어 있었다. 여직원은 호기심 어린 눈초리로 형사들을 바라보았다. 페터는 풍만한 젖가슴의 크고 검은 유륜에서 눈길을 떼지 못했다. 율리아는 그 모습을 보고 비시시 웃음이 배어 나왔지만 애써 참았다.

율리아가 자신과 동료들을 소개하자, 젊은 여자는 말했다. "저는 로젠츠바이크 박사의 비서 클라우디아 노이만입니다. 박사님의 변고 소식을 듣고 우리 모두 끔찍이 놀랐어요. 로젠츠바이크 박사의 파트너이신 퀼러 박사님은 오늘 유감스럽게도 회사에 안 계세요. 이번 주일 내내 런던에 머무르실 예정이었거든요. 하지만 소식을 듣고서 일정을 앞당겨 내일 돌아오실 거예요. 이리 들어오세요. 틀림없이 이것저것 물어보러 오셨을 텐데. 살인사건 수사반에서 나오셨다면……."

클라우디아 노이만은 말을 끝까지 마치지 않고 엉덩이를 흔들며 도발적이다시피 한 걸음걸이로 앞장서서 형사들을 안내했다. 그들은 유리문을 지나 널찍한 사무실에 이르렀다. 등 뒤에서 소리 없이 문이 닫혔다. 사무실 안은 쾌적하게 선선했다. 젊은 여자는 걸음을 멈추고 물었다. "제가 무엇을 도와드릴까요?"

"노이만 씨를 비롯해 회사 직원분들에게 몇 가지 물어보러 왔어요. 잠시 시간을 빼앗을 테지만 유감스럽게도 어쩔 수 없군요. 지금 곧바로 노이만 씨부터 시작하는 게 좋겠어요. 제가 노이만 씨하고 이야기하는 동안, 제 동료들은 지금 이 회사에 있는 모든 사람에게 차례로 질문할 겁니다. 저도 노이만 씨와의 이야기가 끝나면 거기에 합세할 거고요. 어디 방해받지 않고 조용히 이야기를 나눌 만한 곳이 있을까요?" 율리아는 물었다.

"제 사무실이 좋겠어요. 저를 따라오세요." 클라우디아 노이만은 율리아가 사무실 안으로 들어올 때까지 기다렸다가 문을 닫았다. 그러고는 책상 앞의 의자를 가리키고 자신도 책상 너머 의자에 앉았다. 율리아는 안락하게 꾸민 사무실을 둘러보았다. 큼직한 수경재배 식물 세 그루가 아늑한 분위기를 연출했다.

"담배를 피워도 될까요?" 율리아는 이렇게 묻고는, 오른쪽의 닫힌 문을 가리키며 즉시 덧붙였다. "저기가 로젠츠바이크 박사의 사무실인가요?"

"네. 그건 왜 묻죠?"

"제가 나중에 사무실을 둘러본 다음 폐쇄하겠어요. 내일 더 자세히 살펴볼 겁니다."

"꼭 그래야 하나요?" 클라우디아 노이만이 물었다.

"유감스럽게도 그래요. 범행의 의혹이 있으면, 범행 동기나 어쩌면 범인에 대한 단서를 찾아내기 위해서 즉각 사무실을 수색해야 합니다."

클라우디아 노이만은 고개를 끄덕이며 대답했다. “알겠어요. 그리고 여기선 안심하고 담배 피우셔도 돼요. 저도 피우는 걸요.”

“오케이.” 율리아는 담뱃불을 붙이고 말했다. “그러면 본론으로 들어갈까요. 그러니까 이름이 클라우디아 노이만이라고 하셨죠. 나이를 물어도 될까요?”

“서른한 살이에요. 왜죠?”

“그냥 통계를 위해 묻는 겁니다. 로젠츠바이크 박사 밑에서 일한 지는 얼마나 되었죠?”

“7년 가까이 되었어요. 저는 대학에서 경영학과 영어를 전공했고, 졸업과 동시에 이 회사에 입사했어요.”

“그러면 처음부터 로젠츠바이크 박사의, 말하자면 오른팔로 일했나요?”

“아니요. 처음 2년은 전적으로 영업부에서 일했고 이따금 외근도 했어요. 그러다 5년 전부터 로젠츠바이크 박사 옆에서 일하고 있어요.”

율리아는 담배를 한 모금 빨아서 폐 깊숙이 들이마셨다가 코로 연기를 내뿜었다. “이 회사 사장에 대해 뭐든 이야기해보세요. 어떤 사람이었죠? 사생활이나 좋아하는 것, 약점에 대해 뭘 알고 있죠? 노이만 씨가 보기에 공정한 사람이었나요? 이따금 욱하는 성질이 있었나요? 로젠츠바이크 씨가 어떤 사람이었는지 정확히 알고 싶어서 그래요.”

클라우디아 노이만은 등을 뒤로 기댄 채 두 손을 모아 무릎 위에 올려놓았다. 손톱에 짙은 빨간색 매니큐어가 칠해져 있었다. 그녀는 길고 늘씬한 손가락을 잠시 보더니, 결국 의자를 돌려 창문 밖을 바라보았다. 저 멀리 지평선에 타우누스 산맥이 희미하게 모습을 드러내었다.

"사장님이 어떤 사람이었느냐고요?" 클라우디아 노이만은 율리아의 첫 질문을 나지막하게 되풀이했다. 한숨을 내쉬고는 다시 몸을 돌려서 커다란 푸른 눈으로 율리아를 응시했다. "사장님은 흔히 말하는 일 중독자였어요. 사장님에게 일 없는 삶은 아무 의미가 없었죠. 다른 사람들에게 취미나 여가가 필요하듯 사장님에겐 일이 필요했어요. 그런 사람들의 경우에 흔히 그렇듯이, 실제로 아무도 사장님을 만족시킬 수 없었어요."

"그게 어떤 식으로 표현되었죠?"

"이따금 언성을 높이고 벌컥 화를 내셨어요. 하지만 저는 사장님 기분에 차츰 익숙해졌어요. 근본적으로는 대하기 아주 쉬운 분이셨어요. 그렇다고 사장님이 단순했다는 말은 아니에요. 퀼러 박사님은 완전히 달라요. 그분하고는 모든 이야기를 할 수 있어요. 퀼러 박사님은 상대방에게 열등하다는 느낌을 어떤 형태로든 절대 일깨우지 않아요. 로젠츠바이크 박사님의 경우에는 이따금 정반대였어요. 스스로 더 우월하게 여긴다는 느낌이 간혹 들었죠. 하지만 그건 제 문제가 아니라 사장님 문제였어요. 저는 맡은 일을 성심성의껏 했고, 사장님도 대체로 제게 상당히 만족해하셨다고 생각해요. 그렇지 않았다면 저를 이렇게 오래 이 사무실에 두지 않으셨을 거예요." 클라우디아 노이만은 미소를 머금고 말을 이었다. 그 미소에 녹아나지 않을 남자가 없을 듯싶었다.

"로젠츠바이크 박사의 사생활은 어땠나요? 뭘 알고 있죠?"

클라우디아 노이만은 어깨를 으쓱했다. "별로 없어요. 사생활에 대해서는 사실 한 번도 말씀하시지 않았거든요. 사모님이나 아드님들이 이따금 전화했지만, 저는 근본적으로 아는 게 없어요. 사장님의 사생활은 일종의 비밀 같았어요. 미안하지만, 그 점에서는 도와드릴 수 없어요."

율리아는 담배를 눌러 끄고 등을 뒤로 기댔다. "괜찮아요. 회사 분위기는 대체로 어떤가요? 혹시 로젠츠바이크를 싫어하거나 아니면 거꾸로 로젠츠바이크가 싫어한 사람이 있을까요?"

그 젊은 여인은 대답하기 전에 다시 잠시 침묵을 지켰다. 담뱃불을 붙여 두 모금을 빨고는 연기 사이로 율리아 뒤랑을 바라보았다.

"그 질문에 대답하기 전에 혹시 한 가지 물어도 될까요? 사장님은 어떻게 돌아가셨죠? 오늘 아침 그 끔찍한 소식을 접한 후로 회사 안에 터무니없는 소문이 나돌고 있어요."

"우리도 아직 자세한 사인은 모릅니다. 하지만 모든 정황으로 보아 살해당했다고 추정됩니다."

"어떤 방식으로요?"

"거기에 대해서는 유감스럽게도 아직 답변할 수 없어요. 자살인지 타살인지 정확히 알기 전에는 말이죠. 로젠츠바이크 씨가 자살할 만한 사람이라고 생각하나요?"

클라우디아 노이만은 고개를 가로저으며 말했다. "아뇨, 다른 사람들은 다 몰라도 사장님은 절대 아니에요. 물에 빠진 사람이 지푸라기 움켜쥐듯 사장님은 삶에 매달렸어요. 그럴 리 없어요. 자살과 타살 사이에서 선택해야 한다면 타살이에요."

"혹시 여기 회사 안에 누군가가……."

"무슨 말인지 알아요." 젊은 여인은 율리아의 말을 끊었다. "물론 로젠츠바이크 박사님을 싫어하는 직원들이 있어요. 그들은 사장님 방식, 그러니까 저녁 6시 아니면 그보다 더 늦은 시각인데도 오늘 안으로 무조건 일을 끝내라고 말할 때의 명령적인 어조를 견디지 못했어요. 그리고 사장님이 유난히 괴롭힌 사람들이 몇몇 있었고요."

"그 사람들 이름을 알 수 있을까요?" 율리아가 이맛살을 찌푸리며 말했다.

"제가 이름을 말하더라도, 그 사람들이 살인범이라는 뜻은 결코 아니에요. 제가 알려드리는 정보들을 절대 비밀에 부쳐주실 거라고 믿어요."

"그야 물론이죠. 로젠츠바이크 박사를 살해한 사람을 지금 당장에 찾아내려는 게 아니에요. 다만 로젠츠바이크가 어떤 사람인지 알아보고 싶을 뿐이죠. 그러려면 그의 긍정적이거나 부정적인 특성들을 알아야 하지 않겠어요. 그게 전부예요."

"사장님에게 유난히 불만이 많거나 아니면 과거에 불만 있었던 직원이 적어도 세 사람은 돼요. 먼저 경리과의 귄터 씨, 그리고 인사과의 카스트너 씨와 쾰러 박사의 비서 그뢰벤 부인. 그 사람들이 로젠츠바이크 박사님과 문제가 있었던 건 확실해요."

율리아는 다시 담배에 불을 붙이며 물었다. "어떤 종류의 문제들이었죠?"

클라우디아 노이만은 혀로 입술을 핥으며 어깨를 으쓱했다. "세세한 내용에 대해서는 저도 잘 몰라요. 다만 카스트너 씨의 경우 사장님의 인사정책에 불만이 있었다는 정도는 알아요. 아마 사장님이 이따금 드러내는 완고함도 못마땅했을 거예요. 두 사람이 격렬하게 부딪쳐서 언성이 심하게 높아진 일이 몇 번 기억에 남아 있어요. 한 번은 사장님이 카스트너 씨를 즉석에서 해고한 일도 있었죠. 그런데 무슨 이유인지는 모르지만 해고를 철회했어요. 아직 일 년도 안 된 일이에요. 또 사장님은 결코 남을 비판할 능력도 없으면서, 이따금 누군가를 너무 가혹하게 비판했어요."

"노이만 씨도 그렇게 비판하던가요?"

"물론이죠, 사장님이 기분이 좋지 않으면. 그런데 그런 날이 자주 있었거든요. 그러면 제가 종종 공격의 화살을 받았어요. 하지만 아까도 말했듯이, 저는 그러려니 하고 혼자 마음속으로 삭였어요. 저녁에 사무실을 나서면 직장 일은 잊어버리거든요. 저는 긍정적으로 생각해요."

율리아는 팔걸이에 왼팔을 괴고는 손으로 신중하게 턱을 쓰다듬었다. "이상하군요. 노이만 씨 말을 듣고 있으면, 로젠츠바이크가 전혀 성자처럼 생각되지 않거든요."

"성자라고요?" 클라우디아 노이만은 웃음을 터트리며 물었다.

"성자는 확실히 아니었어요. 산전수전 다 겪은 교활한 사업가였죠. 심지어는 상당히 냉혹하게 처신할 때도 있었어요. 성자라는 생각은 가능한 한 빨리 잊어버리시는 편이 좋을 거예요. 왜 그런 생각을 하게 되었죠?"

"로젠츠바이크가 다녔던 교회에 대해 좀 알아요?"

"어떤 교회를 다녔는데요?" 젊은 여인은 깜짝 놀라 물었다.

"엘로힘 교회라고 들어본 적 있나요?"

"물론이죠. 거기 신도였단 말인가요?"

"네, 그 교회 신도였어요. 오늘 아침 우리가 이야기를 나눈 사람들은 하나같이 로젠츠바이크에 대한 칭송만을 늘어놓더군요."

"그것참 우스운 일이군요! 한편으로는 사장님이 무슨 변덕이 나서 교회에 다녔는지 놀랍고, 다른 한편으로는 회사에서 아무도 그 사실을 몰랐다는 게 놀랍군요. 저는 철저한 무신론자인 줄 알았거든요. 하지만 제가 잘못 봤을 수도 있어요. 다만 성자는 백 퍼센트 아니었다는 것만 말할 수 있어요. 그러기에는 권력욕이 너무 강했거든요. 회사 이름만 봐도……."

"로젠츠바이크 앤 파트너요?"

"맞아요. 로젠츠바이크 앤 파트너. 로젠츠바이크와 쾰러가 각자

50퍼센트씩 출자했는데, 로젠츠바이크만 회사 이름에 거론되는 게 웃기잖아요."

"그러면 쾰러는 거기에 대해 어떻게 생각하죠?"

"제가 어떻게 알겠어요. 이 회사는 제가 입사하기 오래전부터 있었는걸요. 하지만 쾰러 박사가 좋아했을 리는 없을 거 같아요. 다만, 두 사람 사이에 분명한 차이가 있어요. 로젠츠바이크는 무자비한 사업가였어요. 목적을 달성하기 위해서라면, 쉽게 표현해서 남들이 가지 않는 길도 서슴없이 갔어요. 쾰러도 생각보다 단순하지는 않지만, 그에 비해 사업파트너와 고객들을 항상 신사적으로 대했어요."

율리아는 담배를 한 모금 더 빨고는 물었다. "남들이 가지 않는 길이라니, 무슨 뜻이죠?"

클라우디아 노이만은 숨을 깊이 들이쉬고서 진지한 표정을 지었다.

"그래요, 죽은 사람에 대한 기억을 더럽혀서는 안 된다는 것쯤은 저도 잘 알고 있어요. 그럴 생각도 없고요. 하지만 로젠츠바이크가 사람들에게 이따금 상당히 솔직했다면, 우리 그걸 '솔직하다' 고 말하죠, 저도 이 정도는 솔직할 수 있다고 생각해요." 클라우디아 노이만은 어깨를 으쓱하며 말을 이었다. "로젠츠바이크가 법을 그다지 엄격하게 지키지 않은 일들이 있었어요. 하지만 그런 건 오늘날의 사업계에서 관행이지 싶어요."

"법을 그다지 엄격하게 지키지 않았다고요? 무슨 불법적인 술수를 부렸나요?" 율리아는 호기심을 드러내며 물었다.

"글쎄요, 그걸 불법적인 술수라고 부르고 싶진 않아요. 하지만 형사님이 이해하신다면, 세금 사건이 있었어요. 4년 전쯤 우리 회사는 경기가 좋지 않아서 적자를 냈어요. 경우에 따라서는 파산

할지 모른다는 소문이 떠돌았죠. 하지만 로젠츠바이크는 세무서의 눈을 피해 돈을 외국으로 송금함으로써 적자를 흑자로 바꾸는 데 성공했어요. 아마 쾰러는 그 사실에 대해 전혀 모를 거라고 생각해요."

"그런데 노이만 씨는 어떻게 그 사실을 알게 되었죠?"

"제 위치에 있으면 저절로 알게 되는 일들이 있어요. 저는 문서를 작성하고 전화통화를 하고 금융거래를 하는 등등의 일을 하거든요. 로젠츠바이크가 몇 가지 중요한 일들은 혼자 처리했지만, 상당히 많은 금액을 룩셈부르크 은행계좌로 이체한 사실을 알려주는 서류가 우연히 한 번 제 눈에 띄었어요. 저는 그게 어쩌다 단 한 번 있었던 일이라고 생각하지 않아요. 제가 모든 걸 알고 있다는 사실을 로젠츠바이크가 알았다면, 아마 저를 살려두지 않았을 걸요."

"정말로 노이만 씨를 살려두지 않았을 거라고 믿나요?" 율리아는 담배를 한 모금 빨며 미심쩍은 표정으로 물었다.

"하긴, 지나친 표현일지도 모르죠. 하지만 틀림없이 그 자리에서 저를 내쫓았을 거예요."

"하지만 그 알아낸 비밀로 로젠츠바이크를 협박할 수도 있었지 않아요?"

"다른 사람이라면 그랬을지도 모르죠. 하지만 저는 아니에요. 저는 이 세상의 용기 있는 사람들 축에 들지 못하거든요."

"그 룩셈부르크 금융거래가 4년 전의 일이라고 말씀하셨죠. 금액이 얼마나 되었나요?"

"이백이십만."

"거액이군요. 회사의 연매출액은 얼마나 되죠?"

"상황에 따라 달라요. 대략 사천만에서 사천오백만 사이. 사무실 임대료가 어마어마하게 비싼 걸 잊으면 안 돼요."

"그래서 어떻게 되었죠?"

"좀 전에 말했듯이, 우린 그때부터 다시 흑자로 돌아섰어요. 그리고 2년 전 세무감사를 받았을 때, 세무서는 아무것도 알아내지 못했죠. 회사는 완전히 깨끗했어요. 로젠츠바이크가 어떻게 했는지는 저도 몰라요. 아무튼 누군가가 결산을 눈감아준 것은 분명해요."

율리아는 담배를 눌러 끄고 새로 담뱃불을 붙였다. 연기를 깊이 빨아들이며 생각에 잠긴 눈길로 마주 앉아 있는 젊은 여자를 잠시 바라보았다. 그 여자도 율리아 뒤랑의 시선에 응답했다. 율리아는 갑자기 직감적으로 물었다. "그런데 혹시 발터 쇠나우를 알아요?"

클라우디아 노이만은 다시 미소 지었다. "물론이죠. 쇠나우 은행이 우리 주거래은행이거든요. 다른 은행계좌도 있기는 하지만, 대부분은 쇠나우 은행을 이용해요. 그건 왜 묻죠?"

"오늘 아침 발터 쇠나우를 알게 되었어요. 그 사람도 로젠츠바이크와 같은 교회에 다니죠. 그 두 사람, 자주 연락했었나요?"

"잘 모르겠어요. 하지만 같은 교회에 다녔다면, 당연히 그러지 않았겠어요."

"좀 전에 말한 금융거래라는 것이 쇠나우를 통해 이루어졌을까요?"

"유감스럽게도 저는 그 부분에 대해서도 잘 몰라요. 하지만 쇠나우가 개입했을 거라고 짐작돼요. 검은돈이 쇠나우의 도움을 받아 세탁되었다는 소문이 한 번 돌았거든요. 하지만 이미 말했듯이 그건 어디까지나 소문일 뿐이었어요."

율리아가 갑자기 미소를 띠며 말했다. "노이만 씨는 과거 사장님에 대해 그다지 호의적으로 말하지 않는군요. 무슨 특별한 이유가 있습니까?"

"저는 사실만을 말할 뿐이에요. 제 말이 좀 혹독하게 들리겠지만, 저도 아무렇지도 않아요. 정확히 말하면, 로젠츠바이크는 이따금 정말 누구라도 참아내기 어려울 정도로 역겨운 인간이었어요. 그가 출장을 갈 때마다 우리는 무척 기뻐했어요. 그러면 제대로 깊이 숨 쉴 수 있을 것 같은 느낌이 들었거든요."

"마지막으로 하나만 더 묻겠어요, 로젠츠바이크에게 여자관계가 있었나요?"

클라우디아 노이만은 다시 웃음을 터트리며 자리에서 일어났다. 창가에 서서, 사람들과 자동차들이 장난감처럼 보이는 거리를 내려다보았다. 잠시 후, 몸을 돌려 창문턱에 기대서서 두 손으로 몸을 받쳤다. "로젠츠바이크에게 여자관계가 있었냐고요?"

클라우디아 노이만의 얼굴에 조롱의 미소가 어리더니 별안간 눈빛이 진지해졌다. "그럴 수 있죠. 하지만 저는 잘 몰라요. 그 점에 대해서는 할 말이 없고 또 잘못 입을 놀렸다가 화를 입을 수도 있어요. 그것도 소문에 지나지 않기 때문이죠. 저는 소문 따위에는 상관하지 않아요. 오로지 사실만 중요하게 여기죠. 그 일에 관해서는 형사님에게 알려드릴 사실이 없어요."

"그게 어떤 소문이었는데요?"

"미안해요, 노코멘트. 다른 동료들에게 물어보세요. 아마 저보다 많이 알 거예요. 하지만 저는 빼주세요. 그런 말을 잘못했다가는 입장이 곤란해질 수 있어요."

율리아는 자리에서 일어나 가방에서 명함을 꺼내어 클라우디아 노이만에게 내밀었다. "나중에라도 사건 수사에 중요한 단서가 될 만한 일이 떠오르면 이쪽으로 전화 주세요. 도와주셔서 감사합니다."
"천만에요."
"아 참, 한 가지 더 물어볼게요. 혹시 로젠츠바이크를 살해할 만한 동기가 있는 사람을 아세요?"
젊은 여인은 살짝 고개를 젓고 생각에 잠긴 듯이 보이더니 말했다. "아뇨, 로젠츠바이크가 이따금 참아주기 어렵긴 했지만, 직원들 가운데 그런 짓을 할 만한 사람은 없어요. 하지만 사람 속은 모르는 법이잖아요."
"맞아요. 이제 카스트너 씨와 이야기해봐야겠어요. 그의 사무실을 좀 알려주시겠어요?"
"그곳으로 모셔다 드리죠."
"하지만 그 전에 먼저 로젠츠바이크 박사의 사무실을 좀 둘러보고 싶군요."
클라우디아 노이만이 문을 열면서 말했다. "자, 살펴보세요."
율리아는 약 30제곱미터 크기의 공간에 들어섰다. 사무실 한가운데에 소나무 색깔의 육중한 책상이, 양쪽 벽면에 책장이 있었다. 한쪽은 책으로, 다른 한쪽은 서류로 채워져 있었다. 클라우디아 노이만의 방처럼 수경재배 식물이 실내를 장식하고, 긴 소파 하나와 안락의자 두 개, 그리고 유리 탁자로 이루어진 갈색 소파 세트가 자리를 차지하고 있었다. 다른 벽면에는 마찬가지로 소나무 색깔의 서류 보관함이 있었다.
"노이만 씨나 다른 직원 누군가가 오늘 아침 이 방에 손을 댔나요?" 율리아는 물었다.
"아니요, 왜요?"
"그건 아주 중요하거든요." 율리아는 책상에 다가가 서랍 하나를 열려고 했지만 꿈쩍하지 않았다. "책상 열쇠가 있나요?"

"물론 있죠. 하지만 사장님이 항상 가지고 다녔어요. 서류 보관함 열쇠도 마찬가지고요."

"그러면 노이만 씨에겐 열쇠가 없나요?"

"유감이지만 없어요."

"희한하군." 율리아는 중얼거렸다. "앓아눕거나 출장을 갔을 때 사무실의 서류를 급하게 필요로 하는 일이 한 번쯤 있었을 법한데. 로젠츠바이크 박사가 노이만 씨에게 전화해서 사무실의 이런 저런 서류를 가져오라고 한 적이 한 번도 없었나요?"

"아뇨, 제가 이곳에서 일한 후로 한 번도 없었어요."

"로젠츠바이크의 집에서 열쇠를 찾아내기를 바랄 수밖에 없군요. 그렇지 않으면 책상과 서류 보관함을 부술 수밖에 없어요."

클라우디아 노이만은 어깨를 으쓱했을 뿐이고, 율리아는 로젠츠바이크의 사무실을 도로 나왔다. "하지만 사무실 문을 잠글 수는 있겠죠?"

"아뇨," 클라우디아 노이만은 당황스러운 미소를 지었다. "제게는 문 열쇠도 없어요."

"그럼 오늘이나 내일 아침 일찍 아무도 사무실에 들어가지 않으리라고 누가 보장하죠?"

"제가요. 제가 퇴근하기 전에 제 사무실 문을 잠가요. 그리고 그 열쇠는 저만 가지고 있어요."

"종이 한 장만 주실래요? 종이에 간단히 써서 로젠츠바이크 박사의 사무실 문에 물풀이나 딱풀로 붙여야겠어요. 그것은 봉인이나 마찬가지예요."

율리아는 종이에 '경찰봉인, 출입금지, 율리아 뒤랑'이라고 쓰고는 네 귀퉁이에 풀을 발라서 반은 문틀에 나머지 반은 문에 걸치도록 붙였다.

"자, 이것으로 충분할 거예요. 이제 카스트너 씨에게 데려다 주시겠어요."

*

카스트너는 책상에 앉아서 뭔가 메모를 하고 있었다. 두 여자가 방에 들어서자, 그는 눈길을 들었다.

"카스트너 씨, 이분은 경찰청의 뒤랑 형사세요. 카스트너 씨와 하실 이야기가 있답니다."

"당연히 그러시겠죠." 카스트너는 의자에서 일어나며 말했다. 율리아는 그 남자의 나이를 사십 대 초반으로 점쳤다. 몸집은 작았지만 젊은이처럼 팔팔해 보였으며 청바지와 흰 반소매 남방셔츠 차림이었다. 남방셔츠의 위쪽 단추 두 개가 풀려 있었다. 카스트너는 책상 앞으로 걸어 나와 율리아에게 손을 내밀었다. 그녀가 보기에 부정적으로 여겨진 유일한 점은 약간 교활해 보이는 눈과 사무실에 맴도는 야릇한 냄새였다. 알코올과 담배 냄새가 섞여 있었다.

"카스트너입니다. 앉으시죠." 그는 조금 불그스름한 얼굴로 말했다. 클라우디아 노이만은 몸을 돌려 문을 닫고 나갔다.

"제가 무엇을 도와드릴까요?" 카스트너는 물었다. "정말로 끔찍한……." 그는 고개를 저었다.

율리아는 진지한 표정으로 말했다. "물론 끔찍한 일이죠. 하지만 마음에 없는 말을 하실 필요는 없습니다. 제가 들은 바에 의하면, 로젠츠바이크 씨는 그다지 호평을 받지 못한 모양입니다."

카스트너는 얼굴을 더욱 붉히며 헛기침을 했다. 여유 있는 척하려 했지만 마음대로 되지 않았다.

"몇 가지만 묻겠습니다. 언제부터 로젠츠바이크 앤 파트너에서 일하셨죠?"

"올해로 12년째입니다."

"그러면 로젠츠바이크 박사와의 관계는 어땠습니까?"

"저는 그 사람과 아무 관계도 없었어요. 이런 말을 하게 되어서 유감이지만, 저와 로젠츠바이크는 가급적 서로 마주치지 않으려고 했습니다. 이 말은 제가 그 사람을 피했다는 뜻입니다. 하지만 유감스럽게도 때로는 미처 피하지 못하고 부딪치기도 했죠."

"부딪치면 어떻게 되었죠? 다투고 언쟁을 벌이고 목소리가 높아졌습니까?"

"로젠츠바이크와 언쟁하기란 사실상 불가능했습니다. 그는 자기 의견 이외에 다른 사람들의 의견은 절대 인정하려고 하지 않았어요. 폭군이 어떤지 알고 싶으면 로젠츠바이크를 보면 됩니다. 그는 폭군의 모상이었어요." 카스트너는 경멸하는 표정으로 말했다. "동업자인 쾰러 박사와는 정반대였죠. 쾰러 박사와는 언제든지 이야기할 수 있어요."

"로젠츠바이크와 다투셨다면, 대부분 무엇 때문이었죠?"

카스트너는 어깨를 으쓱하며 율리아를 지나쳐 벽을 응시했다. 한순간 망설이더니 이윽고 입을 열었다. "저는 인사 파트 담당으로 12년 전 이 회사에 입사했습니다. 면접시험을 보는 자리에서 로젠츠바이크는 친절하고 너그러운 사람으로 보였어요. 하지만 알고 보니 전혀 아니더라고요. 입사 초기부터, 그는 제가 하는 거의 모든 일을 못마땅해하며 비판했어요. 그런데 누구를 채용하고 채용하지 않을 것인지 결정권은 원래 제게 있었습니다. 또 퇴직하는 문제도 마찬가지였죠. 물론 중요한 인물을 채용하는 경우에는 로젠츠바이크와 쾰러 박사도 동의해야 했습니다. 하지만 로젠츠바이크는 모든 일을 통제하려고 했어요. 그렇다고 제가 쉽게 겁먹는 타입은 아니어서 단호하게 제 방침을 고수했죠. 이것 보세요, 이 회사 직원이 전부 마흔네 명입니다. 누군가가 동료와 알력을 빚거나 또는 봉급인상 등의 문제가 발생하는 경우에, 저는 말하자면 상담 역할을 합니다. 제가 하는 일의 범위는 사실 아주 넓습니다. 그래서 저는 예를 들어 몇몇 직원의 요청을 받아들여서, 흡연자와 비흡연자를 나누어 근무하게 하는 안건을 관철시켰어요. 아주 상세한 기획안을 제출했고, 모든 직원이 그 기획안에 매우 긍정적인 반응을 보였습니다. 그때도 오직 로젠츠바이크만이 동의하지 않았어요. 곧장 저를 사장실로 불러서는 그 기획안에 대한 자신의 생각을 조목조목 이야기하더라고요. 그 자리에서 전부 무슨 말이 오갔는지는 이제 기억나지 않아요. 어쨌든 그 상황은 큰 싸움으로 끝이 났죠. 저도 분명 듣기 거북한 말들을 쏘아붙였을 것이고, 로젠츠바이크는 즉석에서 저를 해고했습니다. 좋아, 마음대로 해보라고 해, 저는 혼잣말했습니다. 그리고는 친한 변호사에게 전화해서 그날 저녁 바로 상의했죠. 변호사는 아주 유용한 조언을 몇 개 해주었고……. 어쨌든 다음 날 아침 로젠츠바이크는 해고를 철회했습니다."

"그게 어떤 조언이었죠?"

"그게 형사님이 이번 사건을 해결하는 데 도움이 될 거라고는 믿지 않아요. 아무튼 저는 여전히 이곳에서 일하고 있고, 앞으로는 스트레스를 덜 받으며 일하지 않을까 생각합니다."

"카스트너 씨가 모종의 일을 빌미로 로젠츠바이크를 조종했습니까?" 율리아는 의심의 눈초리로 물었다.

카스트너는 대답을 망설였으며 양 볼이 다시 붉어졌다. 예민한 이야기란 표시였다. 그는 고개를 가로저으며 잠깐 율리아를 바라봤다가 시선을 돌리고는 말했다. "아니요. 형사님이 거기에 대한 답변을 원하신다면, 저는 로젠츠바이크를 협박하지 않았어요."

율리아는 그의 말을 믿지 않았다. 붉게 상기된 얼굴, 게다가 눈이 마주치길 두려워하는 듯 시선을 바닥으로 향하고 목구멍에서 억지로 짜내는 듯한 말투, 부자연스런 태도가 의혹을 일깨웠다. 카스트너가 로젠츠바이크의 약점을 쥐고서 해고를 철회하게 만들었다는 생각이 직감적으로 떠올랐다.

"로젠츠바이크의 집에 가본 적이 있습니까?" 율리아는 물었다.

"맹세코, 없습니다. 말 열 마리도 그 집으로 저를 끌고 가지는 못했을 겁니다. 저는 그 사람 얼굴을 보지 않으면 기뻤어요."

"그러면 로젠츠바이크 박사의 부인이나 아들들도 본 적이 없습니까?"

"네, 한 번도 보지 못했어요. 왜 그런 걸 물으시죠?"

"그저 형식적인 물음이죠. 노이만 씨에게도 같은 걸 물었는데, 혹시 살해하고 싶은 충동이 들 만큼 로젠츠바이크에게 앙심을 품은 사람이 있을까요? 배신당한 남편이나 버림받은 애인? 로젠츠바이크의 여자관계에 대해 아시는 거 있습니까?" 이번에는 질문 내용을 의도적으로 클라우디아 노이만의 경우와는 다르게 표현했다.

"여자관계에 대해서는 전혀 모릅니다. 평소에도 모범적인 사장이라고 여겨지는 사람은 결코 아니었다고 생각해요. 다음 순간 폭발할 것을 항상 각오하고 있어야 했죠. 그 문제에 대해서는 도와드릴 수 없군요."

"좋아요. 이렇게 시간을 내주셔서 감사합니다. 카스트너 씨가 다시 일하실 수 있도록 놓아드리고, 저는 동료들하고 이야기를 해봐야겠습니다. 안녕히 계세요."

"안녕히 가십시오." 카스트너는 웅얼거리며 율리아 뒤에서 문을 닫았다. 그리고는 문에 기대서서 눈을 감았다. 관자놀이가 쿵쿵 뛰었고, 실내가 알맞게 시원했는데도 이마에 굵은 땀방울이 맺혔다. 그는 책상 뒤로 돌아가 맨 아래 서랍을 열고 서류 아래 숨겨둔 보드카 병을 꺼냈다. 병마개를 열고 벌컥벌컥 들이키고는 손등으로 입가를 훔쳤다. 마개를 도로 막고는 술병을 다시 서류 아래 숨겼다. 몇 번 힘차게 숨을 들이쉬었다가 다시 내쉬었다. 등을 의자 깊숙이 기대고서 두 손을 머리 뒤로 깍지 끼고 생각에 잠겼다.

오후 2시 30분

로젠츠바이크 앤 파트너의 직원들은 대부분 프랑크와 페터, 율리아에게 질문을 받았다. 이제 타이피스트 한 명과 쾰러 박사의 비서인 그뢰벤 부인, 두 사람하고만 대화를 나누면 끝이었다. 프랑크와 페터는 타이피스트 예시카 바그너, 잘해야 스물두 살일 젊은 아가씨와 이야기를 나누었다. 예시카 바그너는 얼굴이 아주 예쁘장했고, 얼굴을 감싼 짙은 갈색머리가 곱실거리며 어깨 아래까지 내려왔다. 크고 검은 눈은 정열적으로 보였으며 표정이 롤리타처럼 앳되어 보였다. 그 표정이 특히 마음에 드는 듯 페터는 시선을 떼지 못했다.

율리아는 사십 대 중반의 그뢰벤 부인에게로 갔다. 그뢰벤 부인은 마침 프랑스어로 전화통화를 하고 있었다. 여형사는 문가에 서서 전화통화가 끝날 때까지 기다렸다. 책상 위에 놓인 재떨이를 보고 골루아에 불을 붙였다. 아멜리 그뢰벤은 얼굴을 살짝 찡그려 미소를 짓고는 율리아에게 앉으라고 권했다.

"안녕하세요, 그뢰벤 부인. 이미 잘 알고 계시겠지만, 저는 경찰청에서 나온 형사입니다. 부인에게 몇 가지 물어보고 싶은 것이 있어서요."

"제가 아는 대로 대답해드리죠." 초록빛 눈동자에 짙은 금발의 여인은 대답했다. 무릎 위로 내려오는 노란 스커트와 하얀 블라우스를 입고 있었다. 외모에 무척 신경 쓴 듯했으며 실제보다 젊어 보였다. 그뢰벤 부인은 두 팔꿈치로 책상을 받치고 손가락 사이로 볼펜을 돌렸다. "그런데 형사님 성함을 물어도 될까요?" 그리고 여전히 미소를 머금은 얼굴로 물었다.

"제 소개를 하지 않았다면 미안합니다. 저는 율리아 뒤랑 형사입니다. 그뢰벤 부인, 그 사이 부인도 로젠츠바이크 박사의 죽음에 대해 들으셨겠죠. 그분 됨됨이에 대해 좀 말씀해주시겠어요? 어떤 사람이었고, 그뢰벤 부인과는 어떤 사이였는지……."

이 질문을 받은 여자의 얼굴에서 순식간에 미소가 사라졌다. 그뢰벤 부인은 이마를 찌푸린 채 볼펜을 쥐고 있는 손가락을 주시했다. 이윽고 등을 뒤로 기대더니 침을 삼키고는 율리아를 바라보았다.

"그분 됨됨이요?" 그뢰벤 부인은 어깨를 으쓱했다. "형사님과 동료분들이 거의 모든 직원에게 물었으니 로젠츠바이크가 어떤 사람이었는지 틀림없이 아실 텐데요. 솔직히 저는 덧붙일 말이 없어요."

"다른 사람들이 뭐라고 말했는지 어떻게 아시죠?"

"몇 분 전에 한 동료에게 들었어요." 그뢰벤 부인은 순간 경멸하듯 입을 찡그리더니 말했다. "제가 새롭거나 다른 정보를 알려드릴 수 있을 것 같지 않군요."

"그럴지도 모르죠. 그렇지만 로젠츠바이크 앤 파트너를 위해 가장 오래 일하셨으니, 죽은 사람에 대해 어떻게 생각하는지 직접 의견을 들었으면 해요."

그뢰벤 부인은 잠시 눈을 감고는 보일 듯 말 듯 고개를 저었다.

"그 사람과 함께 일하거나 그 사람을 위해 일하는 것은 지옥이었어요. 무슨 말을 할지, 어떻게 말해야 할지, 매 순간 정신을 바짝 차려야 했죠……. 그런데도 그 사람 기분과 그 영향권에서 절대 안전하게 벗어날 수 없었어요. 제가 이 회사에서 일한 지 20년이에요. 제 말이 냉혹하게 들릴지는 몰라도, 저는 로젠츠바이크가 죽은 것이 하나도 섭섭하지 않아요. 쾰러 박사님 혼자서도 회사를 잘 이끌어갈 수 있다고 생각해요. 무엇보다도 마침내 이곳에 평화가 찾아올 거예요. 로젠츠바이크가 고객들에게 대단한 명성을 누린 천부적인 사업가임은 틀림없지만, 회사에서는 이미 오래전에 그 명성을 잃었어요. 저는 로젠츠바이크를 좋아한 사람이 있었다고는 믿지 않아요. 혹시 무슨 이득이 있을까 해서 비굴하게 알랑거린 아첨꾼조차 그를 좋아하지 않았을 걸요. 로젠츠바이크의 마음에 든 유일한 건 바로 그것이었어요. 아첨꾼. 아첨하는 사람은 설설 기어 다녀서 쉽게 짓밟을 수 있거든요. 그리고 형사님의 다른 물음에 답하자면, 우리는 서로 도운 것이 아니라 서로 적대했어요. 저는 그의 방식을 받아들이지 않았고 그 점을 몇 번 똑똑히 느끼게 해주었어요. 그 사람은 벌써 몇 년 전에 유예기간 없이 저를 해고하고 싶었을 거라고 확신해요. 하지만 저는 쾰러 박사의 비서였고 지금도 마찬가지예요. 저를 내쫓을 수 없었을 뿐이죠."

율리아는 배시시 배어 나오는 미소를 억눌렀다. 그리고 그뢰벤 부인의 자세한 설명에 대꾸하는 대신 이렇게 물었다. "그러면 부인과 노이만 씨와의 관계는 어땠나요? 물론 이 질문에 꼭 대답해야 할 필요는 없습니다. 그런데도 궁금하군요."

"노이만 씨는 아주 괜찮은 사람이에요. 로젠츠바이크의 비서로 그렇게 오랫동안 버텨낸 게 놀라울 뿐이죠. 노이만 씨가 오기 전에는 약 6개월 주기로 사람이 바뀌었어요. 하지만 아마 노이만 씨의 유난히……, 솔직한……, 성품과 관계있을 수 있어요. 제 말이 무슨 뜻인지 이해하시죠." 그뢰벤 부인은 잠시 말을 멈추더니 오만하게 미소 지으며 다시 말을 이었다. "그렇게 신체적으로 뛰어난 자질을 자랑하는 매력적인 여자를 곁에 두고 싶지 않은 남자가 어디 있겠어요? 노이만 씨는 자신의 신체적인 매력을 잘 활용할 줄 알아요. 그리고 로젠츠바이크도 결국은 한낱 남자일 뿐이었죠. 그는 이따금 노이만 씨를 출장에 데려가기도 했어요."

"흥미 있군요. 로젠츠바이크도 한낱 남자일 뿐이라는 말은 구체적으로 무슨 뜻이죠?"

"글쎄요, 소문이 나돌았어요. 저로서는 그 소문들이 진짜인지 아닌지 판단할 수 없어요. 하지만 그런 말 있잖아요, 아니 땐 굴뚝에 연기 날 리 없다고."

"좀 더 분명하게 이야기해 주실 수 있을까요? 로젠츠바이크 박사가 여직원과 내연의 관계였을까요? 노이만 씨와?"

그뢰벤 부인은 이마를 찌푸리고 의미심장한 미소를 지으며 말했다. "그럴 수도 있고 그렇지 않을 수도 있어요. 이미 말했듯이, 그건 소문일 뿐이었어요."

"알겠어요. 그러면 우리도 소문에는 귀 기울이지 맙시다. 쾰러 박사가 내일 런던에서 돌아온다면서요. 쾰러 박사와 로젠츠바이크 사이는 어땠죠? 어쨌든 두 사람은 파트너였잖아요."

"쾰러 박사님이 돌아오면 직접 물어보세요. 저는 그분 이야기는 하고 싶지 않아요."

"좋아요, 지금으로서는 더 이상 물을 게 없군요. 오늘 하루 즐겁게 보내시길 바랍니다. 제 동료나 제가 내일 다시 들를 겁니다."

율리아는 자리에서 일어나 사무실을 나왔다. 프랑크와 페터가 복도에 서서 소리 죽여 이야기를 나누고 있었다.

"자, 가요. 바깥에 나가 결산을 해보자고요. 우리 결과가 서로 맞아떨어지는지 봅시다."

오후 3시 30분

그들은 엘리베이터를 타고 1층으로 내려가서 더위가 기승을 부리는 바깥으로 나갔다.

"그래," 율리아가 말을 꺼냈다. "뭐 좀 나왔어요?"

프랑크는 말보로에 불을 붙이고 연기를 깊이 빨아들여서 코로 내뿜었다. 그는 경멸 어린 표정을 지으며 말했다. "성자는 개뿔! 직원들이 하는 말이 맞는다면, 로젠츠바이크는 냉혹한 사업가였어요. 하지만 명성은 있었더라고요. 어쨌든 교회사람들이 하는 말과는 정반대인 거 같아요. 다만 문제는 그게 살인 동기일 수 있느냐는 거죠."

"그러면 쿨머 형사는?" 율리아가 페터 쿨머를 향해 물었다.

"나도 같은 생각이에요. 근본적으로 로젠츠바이크는 회사에서 가장 지탄받는 사람이었어요. 하지만 상세한 내용은 알아낼 수 없었어요."

"로젠츠바이크에게 여자가 있었다는 소문은 듣지 못했어요?"

"아니." 프랑크가 고개를 저으며 말했다. "그건 왜 묻죠?"

"여비서 두 명이 그런 소문에 대해 말하더라고요. 그런데 그게 소문에 지나지 않는다며 이름을 말하지 않았어요. 하지만 어제저녁 로젠츠바이크 부인이 분명하게 잘라 말했거든요, 간음은 살인

다음으로 나쁜 것이며 그 죄를 교인들 앞에서 고백하지 않으면 교회에서 축출당하는 벌을 받는다고. 로젠츠바이크가 알려진 것처럼 도덕적으로 깨끗한 사람이 아니었다면 어땠을까요? 적어도 교회에서? 아 참, 잊어버리기 전에 말해두는데, 로젠츠바이크는 깨끗한 사람이 아니었어요. 4년 전 회사가 파산의 위기에 몰렸을 때, 세무서의 눈길을 피해 수백만을 룩셈부르크로 빼내어 기업을 살려냈어요. 그러면 로젠츠바이크 앤 파트너의 주거래은행이 어딘지 알아 맞혀볼래요? 존경스러운 발터 쇠나우가 은행장이면서 소유주인 쇠나우 은행. 오늘 아침 우리가 로젠츠바이크 부인 집에서 만난 그 발터 쇠나우. 틀림없어요, 쇠나우도 그 불법적인 금융거래에 개입했을 거예요. 그 문제를 좀 더 깊이 물고 늘어지면 쇠나우가 뭐라고 말할지 참 궁금하군요."

프랑크는 담배를 한 모금 더 빨고 꽁초를 인도에 던졌다. "그러니까 쇠나우가 친구인 로젠츠바이크를 감싸준다는 뜻이에요? 아니면 아예 둘이 함께 일을 공모했다는 거요? 만일 그 말이 사실이라면 교회 사람들에게 엄청난 충격일 텐데. 로젠츠바이크와 쇠나우가 더러운 짓을 했다는 명백한 증거가 필요해요. 그런데 그런 증거를 입수하기는 쉽지 않을 걸요." 프랑크는 걸음을 멈추고 오른손으로 턱을 쓰다듬었다. 그리고 나머지 두 사람도 덩달아 걸음을 멈추자 이렇게 말했다. "게다가 우리는 로젠츠바이크의 도덕성 결핍에 대한 증거가 아니라 살인범을 찾고 있다고요."

"뭘 그래요, 이런 소소한 재미도 겸사겸사 누릴 수 있지 않겠어요. 난 이 사건이 어차피 곧 해결될 거라고 확신해요."

"그렇게 생각한다면야." 프랑크는 말했고, 페터가 덧붙였다.

"지금 분위기에 찬물을 끼얹을 생각은 없어요. 하지만 직원들이 로젠츠바이크에 대해 하는 말들이 깡그리 거짓말이라면 어쩌죠?

잘 알잖아요, 원래 성공하면 시기하는 사람이 많다는 걸요. 내가 얘기를 나눠 본 사람들 중에는 절대 함께 일하고 싶지 않은 족속이 몇몇 있더라고요. 회사 분위기가 전체적으로 매우 냉랭해 보였어요."

"그게 무슨 말이에요, 마흔 명 이상의 직원들이 다 거짓말을 할 수는 없어요!"

"그래도 거짓말이면 어떡하죠?"

"지금 진심으로 하는 말이에요?"

"진심이라니, 그게 무슨 뜻이죠? 지금 적어도 모든 가능성을 고려해야지 않겠어요. 로젠츠바이크와 직접 관계없는 사람들에게 한 번 물어봐야겠어요. 거래처라든지 고객, 이웃사람들한테."

"맞아요. 거래처 사람들 사이에서는 명망이 있었어요. 그리고 보아하니 거래처 아닌 다른 곳에서도 명망이 있었던 거 같아요. 어쨌든 로젠츠바이크의 여비서 말이 그랬어요. 그 밖에는 사장을 아주 혹평했는데도 말이죠. 그런데 그 여비서 인상적이지 않아요. 두 사람 생각은 어때요?" 율리아는 이렇게 물으며 페터에게 살짝 조롱하는 시선을 보냈다. "목둘레가 그렇지 않아요? 아니면 가슴둘레라고 말해야 하나?"

"하하하! 너무 웃겨서 속이 다 울렁거리네." 페터가 쏘아붙였다.

"에이, 그냥 한 번 해본 말이에요. 최소한 신체적으로 극히 주목할 만한 몇 가지 장점이 있는 건 사실이잖아요. 설마 그걸 못 본 건 아니겠죠?"

"경애하는 뒤랑 형사님, 이쯤해서 화제를 돌리는 게 어떻겠어요? 뒤랑 형사님이 관심 있다면 말씀드리는데, 나는 일 년 전부터 사귀는 여자가 있다고요! 그리고 그 관계를 위험하게 할 생각은 전혀 없습니다."

"알았어요, 미안해요. 다시는 이 문제를 거론하지 않겠다고 약속할게요. 이제 반장님에게 간단히 보고하고, 최소한 나만이라도 집에 갈까 해요. 그리고 내일 로젠츠바이크의 사무실을 수색합시다. 사무실 책상과 서류 보관함 열쇠가 로젠츠바이크의 집에 있는지 두 사람 중 하나가 오늘 알아보는 편이 좋을 거 같아요."

오후 5시 10분

5시 직후 율리아는 경찰청을 나섰다. 두통도 사라지고, 온종일 속을 울렁거리게 한 메스꺼움도 사라지고 없었다. 그녀는 약간의 식료품과 마실 것을 사고 남 보기에 부끄럽지 않을 정도로 조금이나마 집을 정돈하고 목욕을 하려고 했다. 집에 이르러 우편함에서 우편물을 꺼냈다. 청구서 두 개와 광고우편물 두 개, 남프랑스의 친구 수잔네 톰린에게서 온 편지가 있었다. 광고우편물은 그 자리에서 집 앞의 쓰레기통에 버리고 수잔네의 편지와 청구서는 쇼핑백에 찔러 넣었다. 그리고 층계를 올라가 문을 열고서 신발 뒤축으로 문을 차서 다시 닫았다. 열기가 집 안 구석구석에 둥지를 틀고 있었다. 커튼이 여전히 무더운 남풍에 돛처럼 팽팽하게 부풀었다.

율리아는 쇼핑백을 부엌에 내려놓고 수잔네의 편지를 꺼내 들어 봉투를 열고 편지를 읽었다. 수잔네는 언제나처럼 잘 지냈으며, 일 년 중 그때만 되면 늘 그랬듯이 지중해의 환상적인 집에서 여름휴가를 보낼 생각이 없느냐고 물었다. 율리아는 어깨를 으쓱하며 '어떻게 될지 두고 보자' 고 중얼거리고는 편지를 식탁에 내려놓았다. 쇼핑백의 내용물을 막 꺼내려는데 전화벨이 울렸다.

전화벨이 두 번째 울렸을 때 그녀는 전화를 받았다.

"여보세요. 나야, 베르너. 6시쯤 전화하라며. 그래서 전화했어. 오늘 저녁 어때? 이리로 올 수 있어?"

"당신이 이쪽으로 오는 건 어때? 마침 시장을 봐서 우리 둘이 먹을 음식을 준비할 수 있거든."

"좋아. 몇 시쯤 갈까?"

"집을 얼른 좀 치우고 목욕하려고 해. 7시 반 어때?"

"알았어. 7시 반에 그리로 갈게. 나중에 보자고. 벌써 가슴이 설레는데."

"이따 봐."

율리아는 수화기를 내려놓고 잠시 생각에 잠겼다. 사실 오늘 저녁은 베르너와 같이 지내고 싶은 기분이 전혀 아니었다. 너무 지치고 피곤했으며 온몸이 땀에 절어 있었다. 당장은 섹스에 도취하고 싶은 기분이 아니었다. 하지만 지난 경험으로 보아서, 그런 기분은 금방 변할 수 있었다. 베르너 페트롤이 올 때마다 번번이 침대로 귀결되었다. 대부분은 근사했으며, 결국에는 율리아에게 편안하고 안정된 기분을 안겨주었다. 아무렴 어떻겠어, 그녀는 이렇게 생각하며 쇼핑백 안의 물건들을 꺼내었다. 우유, 버터, 살라미소시지, 빵에 발라먹는 소시지, 여섯 개 들이 맥주 두 묶음을 냉장고에 넣고, 예전에 어머니가 과일과 채소는 절대 같이 두지 말라고 입버릇처럼 말했는데도 바나나와 토마토를 과일 바구니에 담았다. 그리고 참치 통조림 네 개만 덩그러니 남아 있는 찬장에 오이 피클, 토마토수프 통조림, 빵을 넣었다.

율리아는 욕실로 가서 욕조에 물을 틀고 수온을 점검했다. 그리고 부엌으로 돌아와 전날과 아침에 먹고 난 그릇을 씻었다. 설거지를 끝낸 후, 욕조의 물을 살펴보고 병에 남은 거품비누를 욕조에 탈탈 털어 부었다. 빈 비누 병을 쓰레기통에 집어넣고, 속옷과 블라우스, 청바지, 신발이 여기저기 널려있는 거실을 치우고, 청바지와 신발을 뺀 나머지는 전부 이미 꽉 찬 빨래바구니에 던져 넣었다. 마지막으로 재떨이를 비워서 수건으로 닦고, 빈 맥주 캔 세 개를 쓰레기통에 집어넣고, 재떨이를 탁자 위에 도로 가져다 두었다. 욕조의 물을 잠그고 침실에 가서 침대를 정돈하고 북쪽으로 난 창문을 열었다. 집 안을 한 번 더 둘러보고 오늘은 주부로서 의무에 충실했다고 생각했다.

냉장고에서 맥주 캔을 하나 꺼내어 마개를 따고 반쯤 벌컥벌컥 마셨다. 캔을 들고 욕실에 가서 욕조 가장자리에 세워놓고 옷을 벗었다. 알몸이 되었을 때, 거울을 오래 들여다보았다. 배까지 꽤 보기 좋다고 생각하고서 욕조에 들어갔다. 등을 뒤로 기댔다. 물이 쾌적했다. 율리아는 눈을 감은 채 앞이 보이지 않는 상태에서 캔을 더듬었다. 캔이 빌 때까지 홀짝홀짝 마시고는 세면대 옆의 작은 수정시계를 흘낏 쳐다보았다. 7시 15분 전이었다. 율리아는 몸을 씻고 5분쯤 더 물속에 앉아 있다가 욕조에서 나와 몸을 닦았다. 데오도란트를 살짝 겨드랑이에 뿌리고 립스틱을 살며시 바르고 속옷을 새로 꺼내 입고 반바지를 걸쳤다. 짧은 반바지는 갈색 다리를 아주 보기 좋게 드러내었다. 그런 후, 제2의 피부처럼 젖가슴을 팽팽하게 조이는 흰색 상의를 입었다. 어깨까지 내려오는 검은 머리를 빗고 마지막으로 한 번 더 거울을 쳐다보았다. 그리고는 만족스럽게 고개를 끄덕였다. 눈 아래에 가벼운 다크서클을 제외하곤 자신의 외모에 흡족했다.

율리아는 부엌으로 갔다. 빵을 네 쪽 잘라서 버터를 얇게 바르고 살라미 소시지, 가우다 치즈, 참치를 얹었다. 토마토 두 개를 잘게 썰어서 작은 오이 절임과 둥글게 썬 양파와 함께 따로 접시에 담았다. 접시 두 개를 거실 탁자 위에 놓고 그 옆에 나이프와 포크를 놓은 뒤를 이어 텔레비전을 켰다. 일기예보는 며칠 전부터 변함이 없었다. 낮에는 무덥고 하늘은 맑고 밤에는 후덥지근했다. 율리아는 채널 31, MTV를 켰다. 한 번 더 부엌에 가서 찬장의 냄비를 꺼내어 토마토수프와 국수, 경단을 넣고 같은 분량의 물을 부었다. 거품기로 전부 휘휘 저은 다음 냄비를 불에 올려놓았다. 막 의자에 앉으려는데 다시 전화벨이 울렸다.

"뒤랑입니다."

"잘 있었니, 율리아. 아버지다. 어떻게 지내냐?"

율리아는 등을 뒤로 기대고 두 다리를 탁자 위에 올려놓고 대답했다. "그럭저럭 지내요. 지난 며칠 동안 몇 번 전화 드렸었는데……."

"여행 갔다 왔어. 너도 잘 알잖니, 일을 그만두고 이 집에서 혼자 살게 된 후로는 이따금 바람을 쐬어야 해. 사실은 여행에서 돌아왔다는 걸 알려주려고 전화했단다. 다음번에는 떠나기 전에 미리 알려주마. 약속하마."

"약속하실 필요 없어요. 제 기억이 맞으면, 그 약속을 처음으로 듣는 게 아니거든요." 율리아는 씩 웃으며 말했다. "그런데 어디 갔다 오셨어요?"

"북해에 일주일 다녀왔어. 날씨만 더 좋았더라면……."

"빌어먹을 날씨 이야기는 그만 하세요. 이 더위를 이제 더는 못 참을 거 같아요. 북쪽은 시원했어요?" 율리아는 미심쩍어하며 물었다.

"시원했어, 이따금 비가 내렸거든. 이제 네 이야기 좀 듣자. 일은 어떠니?"

율리아는 한숨을 내쉬며 골루아에 불을 붙였다. "참 이상해요.

꼭 뭔가 사건이 터질 때마다 번번이 아버지가 일이 어떠냐고 물으신다니까요. 제6감이라도 있으세요?"

"그럴지도 모르지. 그런데 무슨 사건이냐?"

"원래 아버지하고 이런 이야기 해서는 안 되는 것 잘 아시죠. 하긴, 이야기해도 아버지가 혼자만 알고 계시다는 것도 잘 알지만요. 글쎄, 어제저녁에 어떤 돈 많은 남자가 참 요상하게 죽었어요. 변태적이라고까지는 말하고 싶지 않아요. 자살일 가능성을 완전히 배제할 수는 없지만, 사실 그럴 확률은 1퍼센트도 안 돼요. 우리는 모두 그 남자가 살해당했다고 확신하고 있어요. 그의 회사 직원들을 포함해 온갖 사람들을 심문하는 것으로 오늘 하루를 보냈어요." 율리아는 담배를 한 모금 더 빨고는 말을 계속했다. "살인사건 수사반에 있다 보면 별 해괴한 사건들을 다 접한다니까요. 텔레비전에서는 허구한 날 총에 맞거나 칼에 찔리는 것만 보여주는데, 현실에서는 그렇지 않을 때가 많아요. 그렇다고 어쩌겠어요."

"대체 어떻게 죽었길래 그러니?"

"죽었느냐고요?" 율리아는 웃음을 터트리며 물었다. "그 남자는 죽은 게 아니라 말뜻 그대로 뒈졌어요. 원래 인슐린을 주사하려고 했다는데, 누군가가 뱀독, 정확히 말하면 서로 다른 두 종류의 고농축 뱀독을 인슐린에 섞었어요. 내출혈, 외출혈로 피가 낭자하더라고요. 그런데 희한하게도, 우리 법의학자의 설명에 따르면 그 뱀독들을 독일 국내에서는 전혀 입수할 수 없다는 거예요. 그 뱀들이 보호종이어서 오스트레일리아에서 반출될 수 없기 때문이래요. 그리고 누군가가 그 독의 가장 효과적인 성분들을 추출할 만큼 교활했다는 거죠. 이만하면 아버지도 쉽게 짐작하시겠지만, 우리는 수수께끼에 직면해 있어요."

"그런 살인사건은 여태 듣도 보도 못했구나. 아직 아무런 단서도 찾지 못했니?"

"네, 오늘 동료들과 같이 물어볼 만한 사람에겐 모두 물었어요. 이제 사망자의 사업파트너와 어쩌면 교회 신도들만 남아 있어요……."

"어떤 교회냐?" 율리아의 아버지는 호기심을 가지고 물었다.

"아직 말씀 안 드렸던가요? 사망자는 엘로힘 교회에 다녔어요. 틀림없이 아버지는 그 교회에 대해 알고 계시겠죠. 오늘 아침에 그 교회 신도 세 명과 이야기해보았는데, 하나같이 살해된 남자를 무슨 성자처럼 묘사하더라고요. 하지만 회사 직원들의 의견은 완전히 달랐어요. 그걸 어떻게 받아들여야 할지 아직 잘 모르겠어요. 다음 일에 대비해 미리 준비할 수 있도록 아버지가 그 교회에 관해 이야기 좀 해주세요."

"나도 잘은 모른단다. 다만 거의 전 세계적으로 널리 퍼져 있으며 여호와증인이나 모르몬교도와 유사하게 포교 사업에 무척 열심이라는 것만 알지. 생겨난 지가 이백오십 년쯤 되었고 현재 상당히 성황을 누리고 있는데도, 그 밖에는 별로 들은 게 없구나. 18세기 중반 슈미트라는 사람을 좇아 몇몇 독일 사람들이 아메리카로 이주했다고 알고 있어. 아메리카를 약속의 땅이라고 여기고서, 무엇보다도 거기서 평화를 누리고 싶었기 때문이지. 이곳에서는 특히 자신들에게서 떨어져 나간 신교도들에게 심한 압박을 받았거든. 엘로힘 교회는 아메리카에서 번창하기 시작해 교세가 점점 더 커지고 막강해졌지. 하지만 거기서도 초창기에는 많은 박해를 참고 견디어야 했어. 무엇보다도 수백 년 전부터 교회에서 허용하지 않는 일부다처제가 큰 문제였어. 하지만 유감스럽게도 나로서는 더 이상 말해줄 게 없구나."

"아버지는 더 많이 알고 계실 줄 알았는데 아쉽네요."

"교회의 종파에 대해서는 나도 많이 알아보지 않았단다. 내 교구에서만도 할 일이 많았으니, 그럴 필요가 없었지. 어서 빨리 살인범을 체포했으면 좋겠구나."

율리아가 뭔가를 더 물으려고 하는데 마침 초인종이 울렸다. 율리아는 말했다. "아버지, 그만 끊어야겠어요. 밖에 누가 왔나 봐요. 다시 전화할게요. 몸조심하세요."

율리아는 수화기를 내려놓고 현관문으로 갔다. 인터폰 스위치를 누르고 누구냐고 물으니, 베르너 페트롤이었다. 문을 열자 몇 초 만에 베르너가 율리아 앞에 나타났다. 그는 소년처럼 천진난만하게 빙긋이 웃었다. 밝은색 여름바지와 초록색 라코스테 셔츠 차림이었다. 베르너는 고개를 갸웃 숙이고서 율리아 뒤랑의 눈을 깊이 들여다보았다. 그리고는 한 걸음 더 다가와 입술에 입을 맞추었다.

"잘 있었어." 베르너는 듣기 좋은 목소리로 말하며 집 안에 들어섰다. "오늘 어땠어? 내 추측대로라면 힘들었을 테지."

"왜 그렇게 생각해?" 율리아는 골루아에 불을 붙이며 물었다. 그리고는 소파에 앉아서 두 다리를 높이 올려놓았다.

"그냥 그런 생각이 들었어. 당신이 좀 피곤해 보여서. 아니면 더위 때문에 그런가?"

"나도 몰라. 오늘은 그냥 일진이 안 좋았을 수도 있어. 배고파? 우리 둘이 먹을 것을 좀 준비했어."

"간단한 것은 먹을 수 있어." 베르너 페트롤은 말했다. 그는 탁자에 걸터앉으며 율리아의 맨다리를 쓰다듬었다. 율리아는 그를 올려다보며 담배 연기를 빨아서 그의 얼굴에 내뿜었다.

"당신은 담배를 너무 많이 피워." 베르너가 짐짓 진지한 표정으로 말했다. "언젠가는 담배 때문에 몸이 망가질 거야."

"그래서?" 율리아는 거만하게 말했다. "내 인생이야. 그게 못마땅하면 언제든지 마음대로 갈 수 있어. 현관문이 어디 있는지는 잘 알지."

"와우, 마담께서 굉장히 예민하시구먼. 그렇담 어떻게 해야 좋을까?" 그는 도발적으로 율리아를 바라보며 말했다. "내가 환상적인 방법을 알고 있는데……, 어쨌든 우리가 못 본 지도 5일이나 되었잖아."

"그게 내 문제야? 난 항상 시간이 있는데, 당신이 시간이 없잖아. 그리고 솔직히 말하면, 이런 장난 이제 그만 하고 싶어. 언젠가는 끝이 올 거야. 당신의 그 질질 끌기 작전에 이젠 신물이 난다고."

베르너는 율리아 옆에 앉아서 한쪽 팔로 어깨를 감싸 안았다. 율리아는 그의 손길이 닿는 게 좋았지만, 오늘 저녁에는 그런 내색을 하고 싶지 않았다. 그래서 일부러 손길을 뿌리치는 척했다.

"그러지 마, 내 입장을 이해해 줘. 나도 이 상황이 불편하기 짝이 없어서 정리하려 한다고 벌써 여러 번 설명했잖아. 좋은 방책을 강구하는 중이라니까. 하지만 좋은 일은 원래 시간이 좀 걸리는 법이라고. 화내지 마." 베르너는 미소 지으며 말했다.

"제발, 또 닥스훈트처럼 애절한 눈빛으로 바라보지 마. 우리가 처음 만났을 때부터 당신이 뭐라고 말했는지 알아. 당신은 결혼생활이 끔찍하다고 했어. 당신 부인 옆에 있으면 정말 불편하고 심지어는 부인이 역겹다는 말도 했어. 그런데도 당신은 나보다 부인하고 지내는 시간이 더 많아. 잘은 모르겠지만, 왠지 앞뒤가 맞지 않아. 그리고 우리가 처음 만났을 때 이미 당신은 결혼이 파탄에 이르렀다고 말했어. 이혼 소송에 필요한 조치를 하기 위해서 이미 변호사에게 의뢰했다는 말도 했지. 그런데 지금까지 어떻게 됐어, 말해보라고."
"당신은 순종 전갈, 절대로 변하지 않는 순종 전갈이야, 알아?" 베르너는 조금 냉소적인 어조로 말하며 율리아의 어깨에서 팔을 내렸다. "오늘 본격적으로 독침을 찌르려고 내밀었어. 하지만 부탁이야, 강요하지 마. 당신을 사랑해, 오로지 당신만을 사랑한다고. 나는 이 말밖에 할 말이 없어. 당신을 알게 된 후로 내 아내에게 손도 대지 않았어. 그러니 다른 여자는 말할 것도 없지. 정말 맹세해, 당신은 내가 모든 것을 주고 싶은 여자야……."
"당신은 지금의 결혼 생활을 포기하고 싶지 않을 뿐이라고." 율리아는 신랄하게 비꼬는 어조로 말하며 벌떡 일어났다. "당신네 남자들은 모두 똑같아! 근사한 말 몇 마디와 약간의 다정함으로 모든 문제를 해결할 수 있다고 믿어. 하지만 그게 모든 여자에게 통하는 건 아니야. 특히 나한테는 안 통해. 더 이상은 안 통한다고, 내 말 알아들었어? 내가 곧 결과를 눈으로 보든지 아니면 우리는……."
율리아는 말을 멈추고 담배를 눌러 껐다. 그리고 몸을 돌려 베르너의 눈을 응시했다.
"아니면 우리는?" 베르너 페트롤이 진지한 표정으로 물었다.
"우리는 그만 만나게 될 거야. 당신은 착취당한 남편의 이야기를 곧이듣는 다른 멍청한 여자를 틀림없이 금방 찾아낼 거야. 당신은 머릿속에서 오로지 한 가지만 빨리 지우면 돼, 내가 멍청하지 않다는 거." 율리아는 두 손을 반바지 주머니에 집어넣고 베르너를 내려다보며 조롱하듯 미소 지었다. "자, 난 배고파. 수프가 벌써 오래전부터 불 위에서 끓고 있습니다, 페트롤 교수님."
"이제 만족해?" 베르너는 기분 상한 듯 묻고는 마찬가지로 몸을 일으켰다.

"만족하냐고?" 율리아는 입술을 오므려 삐죽이 웃었다. "아니, 만족하지 않아. 하지만 이 상황에서 벗어나야 해. 당신이 멍텅구리가 아니라면 내 말뜻을 이해했을걸."

"전갈! 사자와 전갈은 서로 맞지 않는다고 누군가에게 들은 적이 있어. 맞는 말이야."

"난 그따위 헛소리에는 전혀 신경 쓰지 않아. 그런데……, 같이 먹을 거야, 안 먹을 거야?"

"입맛이 싹 가셨어. 맥주 있어?"

"냉장고에 있어. 꺼내 마셔."

베르너는 맥주 캔을 꺼내와 단숨에 들이키고, 빈 캔을 오른손으로 찌부러뜨려서는 쓰레기통에 던져 넣었다. "오케이, 간단한 음식 정도는 먹을 수 있어. 그리고 내가 우리 일을 진지하게 생각하고 있다는 것을 증명해 보이지. 앞으로 3개월 이내에 그 증거를 제시하지 못하면 내 발로 떠날게. 찬성해?"

"3개월, 하루도 더는 안 돼……. 알았지?" 율리아는 수프를 접시에 뜨며 말했다. "나는 재수 없게도 지저분한 결혼생활을 경험했어. 남편한테 처음부터 끝까지 철저하게 속고 배신당했지. 그런 일을 또다시 겪고 싶은 마음은 추호도 없어. 그럴 바에는 차라리 수도원에 들어가 독신으로 사는 게 나아. 그렇게까지 가고 안 가고는 당신에게 달려 있어."

"벌써 약속했잖아. 제발 오늘 저녁에는 그 이야기 그만 하자."

"알았어." 율리아는 이렇게 대답하고 수프 접시를 식탁으로 가져왔다. "부탁인데, 저녁 먹고는 그 심통 난 표정 좀 거두라고. 당신한테 어울리지 않아. 특히 그 닥스훈트 같은 눈빛 좀 그만둬."

베르너는 소시지와 치즈를 얹은 빵, 토마토와 오이, 양파가 담긴 접시를 들고 뒤따라왔다. 그리고는 율리아 옆에 앉아 먹기 시작했다. 두 사람은 저녁을 먹는 동안 침묵을 지켰다. 식사 후, 율리아는 식탁을 치우고 텔레비전을 끄고 오디오를 켰으며, 휘트니 휴스턴의 CD를 올려놓고 음량을 실내에 알맞게 조절했다.

9시 조금 지난 시각이었다. 태양은 타우누스 아래서 휴식을 취하고 있었고, 바람마저 덩달아 조용히 쉬고 있었다. 율리아는 커튼을 치면서 밤에는 기온이 좀 내려가 그럭저럭 참을 만하기를 바랐다. 잠시 창가에 서서 두 팔로 몸을 받치고 있는데, 베르너가 뒤에서 다가와 껴안았다.

"당신 집은 꽤 더워. 견디기 힘들어……."

"그렇겠지, 에어컨을 항상 끼고 사는 사람은……."

"당신이 원하면 내가 하나 설치해주지. 얼마 안 있어 분명히 함께 살게 되겠지만 말이야."

율리아는 아무 대답도 하지 않았다. 베르너와 결코 함께 살지 않으리라는 것을 알고 있었다. 그는 거짓말쟁이에다 겁쟁이였다. 하지만 매력적인 거짓말쟁이였다.

프랑크푸르트 위에 땅거미가 내려앉기 시작했고, 지평선에 노랗고 빨간 색조들이 어우러져 있었다. 그때 전화벨이 울렸다. 율리아는 베르너의 팔을 풀고 수화기를 들었다.

"뒤랑입니다." 그녀는 전화를 받았다.

"이렇게 늦은 시각에 전화해서 미안합니다. 하지만 형사님에게 할 이야기가 있어요."

"누구시죠?"

"노이만, 클라우디아 노이만이에요. 지금 통화 괜찮으세요?"

"어서 말씀하세요."

"형사님이 다녀가신 후, 한시도 마음이 편하지 않았어요. 그리고 형사님이 다른 경로로 알기 전에 차라리 제 입으로 말하는 편이 낫겠다고 생각했어요…….” 노이만은 잠시 말을 멈추고, 어떻게 적절하게 표현할 수 있는지 생각하는 듯 보였다.

“무슨 말을 하고 싶으세요?” 여형사는 침착하게 물었다.

“형사님은 로젠츠바이크 박사의 여자관계에 대해 아느냐고 제게 물으셨어요. 그래요, 저는 로젠츠바이크에게 여자관계가 있었던 걸 알고 있어요. 그것은 소문이 아니에요. 저는 그 여자 이름도 알아요…….” 클라우디아 노이만은 다시 말을 멈췄고, 이윽고 율리아가 다시 묻기까지는 잠시 시간이 흘렀다.

“그 여자 이름이 뭐죠?”

“제가 바로 그 여자였어요. 오늘 오후에 곧바로 말하지 않아서 죄송해요. 하지만…….”

“아, 저도 그럴 거라고 짐작했어요. 하지만 이렇게 말해줘서 다행이에요. 우리 내일 아침 만나서 자세히 이야기하는 게 어떻겠어요? 노이만 씨 사무실에서 이야기하기 곤란하면, 경찰청에 오셔도 되고 아니면 함께 커피를 마시러 갈 수도 있어요. 노이만 씨 좋을 대로 하세요. 틀림없이 이야기가 길어질 것 같은데, 아닌가요?”

“아마 그럴 거예요. 9시에 카페 크레머로 오실 수 있겠어요? 마리오트 호텔 두 집 건너에 있어요. 그곳은 조용히 이야기하기 좋아요. 그리고 부탁이에요, 혼자 오세요.”

“알았어요, 9시에 카페 크레머에서 만나요. 그리고 혼자 갈게요. 내일 봐요, 전화해줘서 고마워요.”

클라우디아 노이만은 말없이 전화를 끊었다. 율리아는 한순간 생각에 잠겨서 수화기를 바라보았다. 입가에 희미한 미소가 피어올랐다. 그러더니 수화기를 내려놓고 소파에 앉았다.

“누구야?” 베르너가 다가오며 물었다.

"지금 수사 중인 사건과 관계있는 사람이야. 업무상 비밀."

베르너가 두 손가락을 들며 말했다. "그 누구에게도 한마디도 하지 않겠다고 맹세할게. 나는 의사이고 절대 비밀을 지켜야 하는 의무가 있다고."

"다음에. 지금은 말하고 싶지 않아."

율리아와 베르너는 그 밤을 함께 보냈다. 베르너는 전에 없이 부드럽고 다정다감했다. 율리아는 그의 손길과 입술, 그가 그녀 안으로 밀고 들어와서 거듭 능숙하게 절정을 뒤로 미루는 것을 즐겼다. 그녀가 불을 끄고 베르너 옆에서 잠들었을 때는 자정이 지난 뒤였다. 두 사람 모두 7시에 일어나야 했다. 율리아는 경찰청까지 15분밖에 걸리지 않는 반면에, 베르너는 병원까지 자동차로 45분이나 달려야 했다. 그녀는 꿈꾸지 않고 깊이 잤다.

수요일

오전 7시 45분

베르너는 이미 7시 직후에 집을 나섰다. 그가 가고 난 후, 율리아는 콘플레이크로 아침을 먹고 커피 한 잔을 마시고 옷을 입고 커튼을 쳤다. 하지만 창문은 그대로 열어둔 채 층계를 내려가 우편함에서 신문을 꺼내 들고 오펠 코르사에 올랐다. 경찰청으로 가는 길에 담배를 한 대 피웠다. 그 전에 차창을 내렸으며, 얼굴을 휘감는 쾌적하고 온화한 바람을 즐겼다. 기분이 상쾌했고, 겨우 여섯 시간 잤는데도 휴식을 푹 취한 것 같았다. 율리아는 경찰청 뜰에 자동차를 세워두고 사무실로 올라갔다.

베르거 반장과 페터는 이미 각자 책상에 앉아 있었고, 율리아에 이어 프랑크가 도착했다. 율리아는 창가에 서서 마인처 란트 가와 공화국 광장을 내려다보며, 몇 년 전부터 질질 끌고 있는 건축 공사가 도대체 언제쯤 끝날지 생각했다. 공화국 광장은 온종일 바늘구멍처럼 정말로 지나가기 어려웠다. 특히 교외에서 출퇴근하는 사람들이 도심으로 밀고 들어오는 아침 러시아워 시간에 제일 정체가 심했다.

"어제저녁에 흥미로운 전화를 받았어요." 얼마 후 율리아는 이렇게 말하며 몸을 돌렸다. "틀림없이 로젠츠바이크에 대해 몇 가지 흥미로운 사실을 말해줄 사람을 9시에 크레머 카페에서 만나기로 했습니다."

"무슨 일인지 물어도 될까?" 베르거 반장이 율리아를 곁눈으로 바라보며 물었다. 2년 전부터 거의 아침마다 그랬듯이 오늘도 베르거에게서는 알코올 냄새가 심하게 났다.

"혹시 로젠츠바이크에게 여자관계가 있지 않았냐고 어제 몇몇 사람에게 물었거든요. 하지만 아무도 거기에 대해 입을 열려고 하지 않았어요. 다만 여직원 두 명만이 그런 소문이 있었다고 하더라고요. 어제저녁에 그 여직원 중 하나가 전화를 해서, 그게 소문이 아니라 사실이었다고 말했어요. 그 여직원이 로젠츠바이크의 혼외 관계에 대해 사실 이상의 것을 제공할 거 같아요. 어디 무슨 말을 할지 기다려보자고요. 로젠츠바이크가 교회에서는 도덕군자일지 몰라도 어쨌든 그 밖에는 도덕적인 원칙에 조금도 신경 쓰지 않은 것만은 확실해요. 하지만 그런 일이 한두 번 있는 일인가요. 목회자협의회의 경애하는 사제장 돔베르거를 한 번 생각해봐요. 하긴 다 지난 일이죠."

"자네가 만나기로 했다는 그 사람 이름이 뭔가?" 베르거가 재차 물었다. "아니면 아직 비밀인가?"

"아니요, 비밀은 아니에요. 이름은 클라우디아 노이만이고 로젠츠바이크의 비서였어요."

"그 여자……." 페터가 씩 웃으며 손짓으로 어떤 여자인지 표현했다.

"맞아요, 그 여자." 율리아도 씩 웃으며 조롱하듯 덧붙였다. "하지만 쿨머 형사는 꽤 오래전부터 깊이 사귀는 여자가 있다고 어제 말하지 않았던가요? 그런 비슷한 말을 들은 거 같은데."

"누가 그 여자하고 뭘 하겠대요? 한 번 쳐다보지도 못한단 말이에요. 어쨌든 그 여자가 자기 몸을 공공연히 과시하는 건 사실이잖아요."

"뒤랑 형사, 자네 혼자 만날 건가?" 베르거는 율리아와 페터의 언쟁은 무시하고 물었다.

"물론이죠. 어떤 여자가 이런 문제에 대해 남자와 이야기하고 싶겠어요."

"그 여자가 로젠츠바이크와 내연의 관계였다고 암시했단 말이에요?" 프랑크가 머리를 긁적이며 물었다. 그는 남방셔츠의 가슴 주머니에서 담배를 꺼내고 라이터를 켰다.

"아니," 율리아는 슬쩍 거짓말하며 마찬가지로 입술 사이에 담배를 물었다. 프랑크가 불을 붙여주었다. "그 점을 곧 알게 되지 않을까 생각해요."

율리아는 시계를 흘낏 보고 골루아를 한 모금 빨고 재떨이에 재를 털었다. "그동안 헬머 형사와 쿨머 형사는 로젠츠바이크의 사무실을 처리하면 어떨까요. 그런 후 로젠츠바이크 부인에게 들러서 가정부가 언제 오고 얼마나 자주 오는지 물어보면 좋을 거 같아요. 가정부가 마침 와 있으면, 어떻게 하면 되는지 잘 알잖아요. 그리고 오늘 일이 잘 풀리면 거래처 사람들도 몇 명 만나보자고요. 난 이 담배만 피우고 곧장 출발하겠어요. 가까운 거리니까 걸어갈 생각이에요. 노이만과의 대화가 얼마나 걸릴지 모르겠지만, 늦어도 11시나 11시 반경에는 돌아오지 않을까 싶어요. 그럼, 여러분," 율리아는 담배를 눌러 끄며 말했다. "그만 나가봐야겠어요. 나중에 봅시다. 많은 걸 알아내면 좋을 텐데. 다녀올게요."

오전 8시 55분

율리아는 작은 카페에 들어섰다. 문간에 서서 카페 안을 둘러보았다. 오른쪽 뒤편 구석에 푸른색 미니스커트와 노란색 블라우스 차림으로 찻잔을 앞에 두고 앉아 있는 클라우디아 노이만의 모습이 보였다. 한 손에 담배가 들려 있고, 던힐 담뱃갑이 테이블 위에 놓여 있었다. 율리아는 그리로 다가가 "안녕하세요"라고 인사하고 젊은 여인 맞은편에 앉았다. 그녀는 밤을 지새웠는지 무척 예민해 보였으며, 담배를 쥐고 있는 손가락이 살며시 떨렸다. 각기 혼자 테이블에 앉아 신문을 보며 아침 식사를 하는 세 사람 말고는 카페 안에 다른 손님은 없었다.

"안녕하세요." 클라우디아 노이만은 율리아의 인사에 답했다. 어제와는 반대로 소심하고 불안해 보였다. 노이만은 왼손에 담배를 들고 오른손으로 차를 저었다. "뭐 좀 드실래요?" 그녀는 당혹스러운 듯 미소 지으며 말했다. "여기 크루아상이 아주 맛있어요. 하지만 치즈나 소시지를 끼운 빵도 있고 물론 케이크도 있어요. 제가 살게요. 형사님에게 왠지 빚졌다는 생각이 들어요."

율리아 뒤랑도 미소를 지으며 고개를 저었다. "아니에요, 제게 빚진 거 없어요. 그리고 방금 아침을 먹어서 배고프지 않아요. 하지만 커피 정도는 마실 수 있어요."

클라우디아 노이만은 종업원에게 손짓했으며, 율리아를 위한 커피와 자신이 먹을 크루아상을 주문했다. 커피와 크루아상이 나온 후, 여형사는 물었다. "그럼, 이야기를 시작해볼까요?"

"그래야겠죠. 누가 이 사실을 알게 되거나 또는 제가 일자리를 잃어버려도 상관없어요. 어차피 최근에는 몇몇 직원들과 끊임없이 숨바꼭질하는 거 같았거든요. 그리고 그뢰벤 부인도 벌써 알고 있어요. 적어도 그럴 거라고 짐작돼요. 절 대하는 태도를 보면……. 하긴, 로젠츠바이크와의 사이에서 있었던 일을 온 세상이 알아도 저는 괜찮아요."

"본론으로 들어가기 전에 한 가지 물을게요. 결혼했거나 아니면 깊이 사귀는 남자가 있어요?"

클라우디아 노이만은 고개를 가로저었다. "양쪽 다 아니에요. 저는 혼자 살고 있어요. 간혹 남자친구를 사귈 때도 있지만……. 잘 모르겠어요, 저는 누군가에게 얽매일 성격이 아니라는 생각이 이따금 들어요. 남자들로 하여금 정떨어지게 만드는 뭔가가 제게 있지 않나 싶어요."

"외모로 보아서는 절대 아니에요." 율리아는 말했다. "아주 인상적인 외모라고 말하고 싶어요. 어쨌든 제 동료들은……, 노이만 씨는 아주 멋져요."

"고마워요." 젊은 여인은 얼굴을 살짝 붉히며 대답했다. "하지만 제 외모 이야기를 하려고 온 건 아니에요. 어서 빨리 이야기를 끝내야 하지 않을까 싶어요." 클라우디아 노이만은 차를 응시하더니 찻숟갈을 꺼내어 찻잔 옆에 놓았다. 담배를 눌러 끄고는 곧바로 새 담배에 불을 붙였다. 신경이 곤두서 있다는 표시였다.

"좋아요. 노이만 씨와 로젠츠바이크 사이에 있었던 일을 이야기해보세요."

클라우디아 노이만은 찻잔을 들어 차를 한 모금 마시고는 잔을 도로 내려놓고 이야기를 꺼냈다. "제가 7년 전부터 로젠츠바이크 앤 파트너에서 일하고 있다는 건 어제 이미 말씀드렸어요. 처음

2년 동안은 지극히 평범한 노사관계였어요. 로젠츠바이크, 아니, 한스가 제게 뭔가를 원한다는 느낌도 들지 않았어요. 어느 날 한스가 사업상 베를린에 갈 일이 생겼는데 그때 마침 여비서가 사직한 터라서 제게 같이 갈 생각이 있느냐고 물었어요. 몇 가지 중요한 협상을 하는 자리에서 그것을 기록할 사람이 필요하다는 거였죠. 그 말을 듣고 저는 별다른 생각은 하지 않았어요. 사장이 여비서를 출장에 데리고 다니는 건 어쨌든 드문 일이 아니잖아요. 비행기 안에서까진 평상시와 다른 점이 전혀 없었어요. 하지만 호텔에 도착해 보니, 이미 방이 두 개 예약되어 있더라고요. 418호실과 419호실. 아직도 생생하게 기억해요. 그러니까 우리는 나란히 옆방에 묵었는데, 곤란한 점은 두 방 사이에 문이 하나 더 있다는 거였어요. 원래는 그 여행에 저를 데려갈 필요조차 없었어요. 하지만 저는 그곳에 도착해서야 그 사실을 깨달았죠. 그날 저녁 우리는 어느 고급 레스토랑에서 식사한 뒤 이어서 호텔 바에서 조금 마셨어요……."

"술을 마셨다고요?" 율리아가 미심쩍은 어조로 물었다. 로젠츠바이크 부인이 알코올과 담배는 집안사람들과 교회 신도들에게 금기라고 말했던 게 기억에 선명하게 남아 있었다.

"네, 마티니를 두세 잔 마셨어요. 나중에 한스가 블라우어 살롱에 가겠느냐고 묻더라고요. 거기서 악단이 음악을 연주하는데 춤을 출 수 있다는 거였어요. 그 상황을 어떻게 해석해야 할지 난감하더라고요……. 어쨌든 우리가 호텔방에 올라갔을 때는 자정이 한참 지난 시각이었어요. 그는 함께 포도주 한잔 하는 게 어떠냐고 제안했어요. 사실 별로 내키지 않았지만, 한스가 거의 강요하다시피 해서 포도주를 마셨죠. 그런데 별안간 말을 꺼내더군요. 그가 포도주잔을 손에 든 채 가엾다시피 한 표정으로 제 앞에 앉아 있던 모습이 마치 어제 일처럼 눈에 선해요. 제가 처음 입사했을 때부터 죽 저를 지켜보았다고 그는 말했어요. 유난히 융통성 있는 제 성격이 눈에 띄었대요. 그리고 제게는 아주 높이 승진할 기회가 많다고 하더라고요." 클라우디아 노이만은 말을 멈추고 차를 한 모금 마시고는 생각에 잠겼다.

"그리고 노이만 씨에게 뭔가 제안을 했나요?" 율리아가 물었다.

"물론이죠. 그는 절대 말을 빙빙 돌리지 않았어요. 제가 마음에 들었고 자신의 결혼생활은 이미 끝장났으며 몇 달 전부터는 부인과 더 이상 잠자리도 같이하지 않는다는 등등의 말을 했어요……. 하긴, 그는 남자였고 때로는 관심받길 원했죠. 그리고 제게도 해가 될 일은 아니었어요." 클라우디아 노이만은 고개를 가로저었다. "그런 일들에 대한 이야기를 듣거나 글을 읽기는 했지만, 저 자신이 어느 날 그런 상황에 빠질 줄은 꿈에도 몰랐어요. 저도 약간 술에 취해 있었고, 술을 많이 마시면 늘 세상이 좀 더 아름다워 보이는 법이잖아요. 그러니까 간단히 말해서, 저는 그 사람하고 잤어요."

클라우디아 노이만은 한숨을 지으며 조금 꿈꾸는 듯 미소를 짓고는 다시 말을 이었다. "맹세코 그는 나쁜 연인은 아니었어요. 이미 경험이 많은 사람이었거든요. 그 일은 4년 정도 계속되었어요. 4년 동안 우리는 정기적으로 성관계를 맺었어요. 심지어는 직원들이 모두 퇴근하고 난 후 사무실에서도 몇 번 그런 적이 있고요……. 형사님이 이해하실지 모르겠지만, 그는 이따금 특별한 장소를 좋아했어요." 클라우디아 노이만은 미소 띤 얼굴로 말하고는 다시 진지한 표정을 지었다. "그 4년 동안 그는 제게 많은 선물을 했어요. 장신구, 향수, 가구, 어마어마하게 비싼 오디오, 심지어는 자동차도 사주었어요. 저는 그에게 욕망의 대상이었고,

그는 그 대상을 소유하기 위해 적지 않은 돈을 지출했어요. 그러다 1년 전 우리 관계는 갑자기 끝이 났어요. 그는 우리 관계를 정리해야 한다고 말했지만 이유는 설명하지 않았어요. 제가 뭘 어떡했겠어요? 그가 시작도 결정했고 끝도 결정했어요. 그 직후, 그가 다른 여직원과 관계를 맺은 사실을 알게 되었어요. 타이피스트로 일하는 갓 스무 살의 어린 아가씨였어요. 그는 나이 들수록 더 싱싱한 육체를 필요로 하는 듯 보였어요. 저는 소란 피지 않았고 입도 다물었어요. 어차피 잠시도 그를 사랑하지 않았거든요. 한 번은 그가 제 고용계약을 해지하고 꽤 많은 보상금을 지불하고 잘 아는 거래처에 같은 조건으로 저를 소개해 주겠다고 제안했어요. 제가 이유를 묻자, 그는 저를 사랑했는데 다른 여자 때문에 제 마음을 다치게 하고 싶지 않다고 대답하더군요. 자신의 감정을 다스릴 수 없다는 것이었어요. 저는 그의 감정을 가로막지 않을 테니 신경 쓸 필요 없다고 말했어요. 그래서 저는 지금도 계속 회사에 남아 있어요. 어제 제가 그를 이따금 참을 수 없었다고 말했는데, 그 말의 일부만 사실이에요. 다른 사람들이 주장하는 것처럼 그렇게 고약한 인간은 아니었어요. 제게는 전혀 그럴 권리가 없었는데도 어제는 다른 사람들의 장단을 맞추었어요. 미안해요. 한스는 감정적으로 매우 분열되어서 자신을 다스리지 못한 사람이었다고 생각해요. 그래요, 저는 한스의 죽음을 애석하게 여기고 있어요. 그는 저한테는 항상 공정하고 신사적으로 행동했어요. 손뼉도 마주쳐야 소리가 나잖아요. 그 당시 베를린에서 저는 거절할 수도 있었어요."

"그러면 노이만 씨는 로젠츠바이크에게 가정과 자식이 있다는 사실을 알고도 양심의 가책을 느끼지 않았나요?"

"맙소사, 처음에는 느꼈죠. 하지만 결혼이 파탄 났다는 그의 말을 어떤 식으로든 믿었어요. 그의 부인이 아무것도 모르는 한에는……. 지금 틀림없이 형사님은 저를 창녀라고 생각하실 거예요…….” 클라우디아 노이만은 다시 당황한 얼굴로 어깨를 으쓱했다. “아마 전 창녀일 수도 있어요. 잘 모르겠어요.”

“아니에요. 노이만 씨, 그렇게 생각하지 않아요. 몇 년 동안 저는 풍기단속반에서 일하면서 아주 많은 매춘부를 만나 봤어요. 노이만 씨는 매춘부가 아니에요.” 율리아는 담뱃불을 붙이며 잠시 침묵을 지키는 동안, 어쩜 이렇게 비슷할까 생각했다. *노이만과 로젠츠바이크, 나와 베르너!* 율리아는 물었다. “그러면 불법 금융거래는요?”

“맹세해요, 그 일에 대해서는 어제 이미 말씀드린 것 말고는 전혀 알지 못해요. 그 사람 혼자 단독으로 했거나 아니면 쇠나우와 함께 했을 거예요. 어쩌면 퀼러도 관여했을 수 있어요. 그 문제에 대해서는 더 이상 알려드릴 정보가 없어요.”

“젊은 타이피스트, 그 여자는 노이만 씨와 로젠츠바이크의 과거 관계에 대해 알고 있나요?”

“아뇨, 절대 그럴 사람이 아니에요. 그러니까 그 여자에게 절대 그 일에 대해 이야기하지 않았을 거예요. 그 점에 있어서는 언제든 그를 믿을 수 있어요. 그가 저를 만나기 이전에 이미 여러 번 여자관계가 있었다고 생각해요. 하지만 제게 한 번도 그런 이야기를 꺼낸 적이 없어요. 그 부분에서는 신사였어요. 그 여자하고도 이야기해보시려고요?”

“지금 고려하는 중이에요. 그 여자가 자발적으로 모든 이야기를 털어놓도록 유도해야 해요. 물론 노이만 씨는 절대 개입시키지 않겠어요. 로젠츠바이크에 대해 더 하실 말씀 있으세요?”

“아뇨.” 클라우디아 노이만은 고개를 저으며 말했다. “그게 전부예요."

율리아는 등을 뒤로 기대고 담배를 피우며 생각에 잠겼다. 그러더니 이윽고 입을 열었다. "한 가지 더 생각나는 게 있어요. 어제 노이만 씨가 카스트너라는 남자에 대해 말했었죠. 즉석에서 해고당했다가 다음날 해고가 철회되었다는 남자 말이에요. 그 이유가 뭐였다고 생각해요? 혹시 노이만 씨와 로젠츠바이크의 관계에 대해 알고 그걸로 협박했을까요?"

클라우디아 노이만은 담뱃불을 붙이며 고개를 끄덕였다. "그런 거 같아요. 다만 증명할 수 없을 뿐이죠. 하지만 그 후로 그가 몇 번 야릇한 눈빛으로 저를 바라보며 묘하게 삐죽이 웃었던 기억이 나요. 그리고 지난 크리스마스 파티에서는 술에 취해 제게로 오더니 한쪽 팔로 저를 감싸 안으며 역겹게 비굴한 웃음을 짓고, 로젠츠바이크가 할 수 있는 것은 자신도 오래전부터 할 수 있다고 말했어요. 그러면서 마음 내키면 자신하고도 한 번 시험해보라고 말하더라니까요. 저는 아무 대꾸 없이 그 자리를 떠났어요. 나중에 그 남자는 술에 취해 구석에서 잠들었고요. 저는 카스트너를 처음부터 좋아하지 않았어요. 그는 정말 역겨운 인간이에요. 틀림없이 그 인간은 상상 속에서 벌써 여러 번 저와 함께 침대에 누웠을걸요. 하지만 실제로는 추잡하게 자위나 하는 인간이죠. 우리에 대해 알고서 한스를 압박하는 수단으로 이용한 거 같아요. 그 밖에는 달리 설명할 길이 없어요."

"그 젊은 타이피스트와 이야기해보고, 특히 카스트너와 한 번 더 말해보겠어요. 혹시 쇠나우에 대해서는 해줄 말 없나요?"

클라우디아 노이만은 잠깐 냉랭하게 웃더니 말했다. "쇠나우는 더러운 인간이에요. 외면적으로는 조금도 의심받을 여지 없는 고상한 사람인 척 굴지만, 실제로는 형편없는 작자에 불과해요. 그 인간이 은행의 사적인 공간에서 열었던 리셉션을 기억해요. 그 자리에서 그는 기껏해야 열다섯 먹었을 어린 소녀하고 갑자기 반 시간가량 사라졌어요. 쇠나우는 나중에 우리와 합류했지만, 그 소녀는 다시 나타나지 않았어요. 분명히 딸은 아니었어요. 자기 딸을 그런 식으로 붙잡는 아버지는 없거든요. 그 인간에 대해서는 더 이상 할 말이 없군요."

"그 리셉션에는 어떻게 참석하게 되었죠?"

"한스 때문이었죠. 사업상의 몇몇 고객이 초대받았어요. 대부분은 동반자 없이 혼자 왔고 다들 많이 마셨어요. 그리고……. 하긴, 다 지난 일이에요."

"엘로힘 교회에 대해서는 아무것도 모르죠?"

"이름만 알아요. 하지만 한스가 그 교회 신도였다는 사실은 정말 처음 알았어요. 그는 사생활에 대해서는 거의 말하지 않았거든요. 그 당시, 그러니까 처음에 베를린에서 알게 된 게 거의 전부예요. 그 후에는 침묵으로 일관했어요."

"로젠츠바이크만 그 교회 신도는 아니었어요. 쇠나우도 그 교회 신도죠."

"쇠나우도요?" 클라우디아 노이만은 믿어지지 않는 듯 묻고는 새로 담뱃불을 붙였다. "그 추잡한 인간이 기독교인이라고요? 그럴 리 없어요!"

"하지만 사실이에요. 아니면 그냥 그 교회에 다닌다고 해둡시다. 노이만 씨의 말이 맞는다면, 기독교인은 확실히 아니에요. 그 교회에서는 극히 도덕적인 원칙들이 통용되거든요. 간음은 살인 다음으로 나빠요……. 그러니 로젠츠바이크도 교회의 지침을 어긴 게 분명해요."

"저는 그 교회에 대해서는 아무것도 모르고 또 한스가 어떤 교리를 어겼는지도 몰라요. 다만 우리가 한때 관계가 있었다는 것을 알 뿐이에요. 그리고 그건 벌써 일 년도 더 지난 일이고요. 저는 다른 일들에는 아무 관심 없어요."

클라우디아 노이만은 찻잔을 비우고 담배를 끝까지 다 피웠다. 그리고는 지갑을 꺼내어 계산을 치렀다. 두 사람은 함께 카페를 나왔다. 길에서 노이만은 율리아에게 손을 내밀며 말했다. "이야기해버려서 속이 시원해요. 고마워요."

"저도 고마워요. 혹시 더 생각나는 게 있으면 나중에라도 알려주세요. 아 참, 회사에 함께 가서 카스트너와 그 젊은 아가씨에게 몇 가지 물어보려고 했었죠. 그 아가씨 이름이 뭐죠?"

"예시카 바그너. 그럼, 함께 가시죠."

"저와 같이 가면 사람들 눈에 띌 거라고 생각하지 않으세요?"

"이제 무슨 일이 일어나든 아무 상관 없다고 벌써 말했잖아요. 설사 해고당하더라도……." 클라우디아 노이만은 어깨를 으쓱하며 말을 이었다. "금방 새 일자리를 찾을 거예요. 로젠츠바이크의 개인 비서로 일한 경력이면 사실 어디든 들어갈 수 있어요. 자, 가요."

오전 10시 5분

그들을 24층으로 데려다 줄 엘리베이터에 탔을 때, 클라우디아 노이만이 물었다. "그런데 형사님에게 꼭 답변을 듣고 싶은 게 있어요. 그 사람, 어떻게 죽었죠?"

율리아는 잠시 깊이 생각하며 클라우디아 노이만을 유심히 살펴보았다. 그러더니 이윽고 말했다. "사실 노이만 씨에게 말해서는 안 돼요. 하지만……, 아무에게도 말하지 않겠다고 약속한다면. 어쨌든 살인사건으로 의심되거든요."

"약속할게요. 저는 입 싸게 아무 소리나 떠벌이며 소문을 퍼트리는 사람은 아니에요."

"로젠츠바이크가 당뇨병 환자였던 건 알고 있죠?"

"네."

"그러니까 월요일 저녁 로젠츠바이크는 인슐린 주사를 맞으려다가 인슐린 대신 뱀독을 주사했어요. 죽음과의 싸움은 오래 걸리지 않았지만, 아주 고통스러운 죽음이었어요."

"세상에, 뱀독이라고요! 누가 그런 짓을 했죠?"

"로젠츠바이크를 특별히 좋게 생각하지 않았던 누군가겠죠. 지금 그 누군가를 찾아내야 해요."

"그 끔찍하고 야비한 인간을 꼭 잡으시길 바라요. 그 누구도 그렇게 죽어서는 안 돼요."

엘리베이터가 거의 느껴지지 않을 정도로 움찔하며 멈추고 문이 소리 없이 열렸다. 클라우디아 노이만이 칩 카드를 집어넣자 문이 살짝 웅웅 거렸다. 노이만은 문을 열기 전에 속삭이듯 말했다. "카스트너의 자리는 이미 아시죠. 예시카 바그너는 오른쪽 맨 끝 사무실에서 일해요. 안녕히 가세요. 행운을 빌어요."

율리아는 먼저 카스트너와 이야기할 계획이었다. 문을 두드리자, 안에서 "들어오세요"라는 소리가 똑똑히 들렸다. 율리아는 어제처럼 담배와 알코올 냄새가 배어 있는 방 안에 들어섰다. 카스트너는 눈이 조금 충혈된 채 필터 없는 로트 핸들레를 피우고 있었다. 컴퓨터에는 화면보호기가 켜져 있었다.

"안녕하세요, 카스트너 씨." 율리아는 권하지도 않았는데 책상 앞의 의자에 앉으며 말했다. 그리고 가방 속에서 담배를 꺼냈다.

"제가 오늘 또 나타나서 놀라셨죠. 물어볼 게 좀 있어서요."

"어서 시작하시죠." 카스트너는 담배 연기 사이로 율리아를 유심히 눈여겨보며 말했다. "저는 숨길 게 전혀 없습니다."

"좋아요, 그렇다면 간단히 끝날 수 있겠죠. 어제 카스트너 씨는 언젠가 로젠츠바이크와 언쟁을 벌이다가 그 자리에서 해고당했지만 다음날 그 해고가 취소된 적이 있다고 말했습니다. 로젠츠바이크가 이례적으로 그런 심경의 변화를 일으킨 이유가 뭐죠?"

"왜 그런 걸 물으시죠? 로젠츠바이크의 죽음과 무슨 관계가 있습니까?"

"반문하지 말고 제 물음에만 답하십시오. 카스트너 씨는 숨기는 게 전혀 없다고 말씀하십니다. 로젠츠바이크는 죽었습니다. 그런데 왜 그 이유를 말하길 꺼리시죠?"

카스트너는 이미 수북한 재떨이에 담배를 눌러 끄고 두 팔꿈치를 책상에 괴었다. 두 손을 마주 잡아서 집게손가락 끝을 코에 갖다 대었다. "제 변호사하고 상의했다고 이미 말씀드리지 않았습니까. 변호사가 제게 몇 가지 조언을 했어요……."

"왜 이러세요! 그게 사실이 아니라는 건 우리 둘 다 잘 알고 있어요!" 율리아가 퉁명스럽게 카스트너의 말을 끊었다. "지금 저는 카스트너 씨에게 진실을 듣고 싶습니다. 당신이 진실을 말하지 않으면 제가 말하죠. 자, 이유가 뭐였습니까?"

"할 말 없습니다." 카스트너는 보란 듯이 두 팔을 가슴 앞으로 팔짱 낀 채 등을 뒤로 기대며 말했다.

"좋아요." 율리아는 몸을 일으키며 말했다. "그럼 할 수 없군요. 로젠츠바이크에게 여자관계가 한 번 있었죠? 아니면 여러 번이었나요?"

"저는 모릅니다."

"그래요, 여자관계가 있었어요. 저는 알고 있어요. 그리고 카스트너 씨도 내내 알고 있었어요. 그걸 어떻게 알아냈죠?"

카스트너는 골똘히 생각에 잠겨 적절한 말을 찾더니 이윽고 말했다. "저는 전혀 모르……."

율리아는 거칠게 손짓으로 카스트너의 말을 제지했다. 그리고 몸을 앞으로 숙이고 두 손으로 책상을 받쳤다. 카스트너는 얼굴을 더욱 붉히며 그녀의 시선을 피했다.

"당신은 그걸 알고 있었어요. 당신이 무엇을 알고 있었고 또 그것을 어떻게 알게 되었는지 이 자리에서 말하지 않으면, 로젠츠바이크 박사의 죽음과 관련해 유력한 용의자로 당신을 체포할 겁니다. 그러니, 어서 말씀하시죠!"

카스트너는 무너지듯 의자에 축 늘어져서는 거의 알아들을 수 없게 웅얼거렸다. "로젠츠바이크와 여비서가 늘 나란히 옆방을 예약하는 걸 알아챘을 뿐입니다. 당연히 두 방은 사잇문으로 연결되었고요. 하지만 물론 젠틀맨은 도전을 받지 않으면 침묵을 지킵니다. 이 정도면 충분한가요?" 카스트너는 이 말을 하면서 경멸하듯 입을 찡그렸다.

"그걸로 로젠츠바이크를 요리했군요. 로젠츠바이크가 해고를 취소하지 않을 경우를 대비해 그의 부인에게 넘겨줄 호텔 계산서의 사본을 지금도 가지고 있을 테죠. 그렇죠?"

"그래서 어쨌단 말이오! 나는 아직 여기 살아 있고, 로젠츠바이크는 이제 죽고 없는데. 하지만 지금 형사님이 제게 살인 혐의를 두실 생각이시라면, 아니요, 친애하는 형사님, 완전히 잘못 짚으셨습니다. 로젠츠바이크 때문에 양심의 가책을 받아야 할 사람은 제가 아닙니다!"

"제가 언제 그렇다고 주장하던가요? 다만 저는 카스트너 씨가 어떤 사람인지 알고 싶었을 뿐입니다. 그리고 이제 그에 대한 해답을 알았습니다." 율리아는 경멸어린 시선으로 카스트너를 바라보고 입을 비죽거리며 심술궂게 미소 지었다.

"당신은 아무것도 모른단 말이오!" 카스트너는 흥분해서 소리쳤다. "로젠츠바이크, 그 더러운 놈은 원하는 것은 뭐든 항상 빼앗고 또 손에 넣었어요! 다른 사람들의 감정은 눈곱만큼도 개의하지 않았단 말입니다! 그는……."

"카스트너 씨, 그만 하시죠. 당신이 여자들과의 관계에서 문제가 있었다면, 그건 순전히 당신의 일입니다. 당신과 같은 사람이 힘을 과시하기 위해서 공갈협박을 한다면 유감스러울 뿐이죠. 오늘 하루 즐겁게 보내시길 빕니다. 그리고 너무 많이 마시지 마세요. 술은 간에 좋지 않을뿐더러 발기불능을 초래하죠."

문이 찰칵 소리를 내며 닫힐 때까지 카스트너는 가늘게 뜬 눈으로 율리아의 뒷모습을 바라보았다. 그리고는 맨 아래 서랍을 열고 보드카 병을 꺼내었다. 한 모금 벌컥 들이키고는 마개를 다시 닫고 병을 서류들 아래 숨겼다. "이런 재수 없는 여자 같으니라고!" 그는 욕설을 내뱉고 떨리는 손가락으로 담뱃불을 붙였다. "너 같은 여자에겐 제대로 사내 맛을 보여줘야 해."

*

율리아가 사무실에 들어섰을 때, 예시카 바그너는 마침 보고서를 쓰고 있었다. 사무실 안에는 또 다른 여자들 셋이 컴퓨터에 앉아서 문서를 타이핑하고 있었다. 네 명이 일제히 눈을 들었다.

"예시카 바그너 씨인가요?" 율리아는 긴 흑갈색 머리카락과 열정적인 검은 눈을 가진 젊은 아가씨에게 다가가며 말했다. 얼굴은 앳된 소녀티를 벗어나지 못했으며 짜릿한 매력을 발산했다.

적어도 남자들에게는 그럴 것이다.

"네, 무슨 일이죠?" 질문을 받은 아가씨는 천진하게 눈을 뜨며 부드럽고 상냥한 목소리로 물었다.

"뒤랑 형사입니다. 바그너 씨에게 몇 가지 묻고 싶은 게 있어요. 방해받지 않고 조용히 이야기 나눌 수 있는 곳이 있을까요?"

"회의실이 있어요. 하지만 제가 알고 있는 내용은 어제 벌써 다른 형사님들에게 다 말했는걸요."

"하지만 동료들이 저와 같은 질문을 하지는 않았을 겁니다."

예시카 바그너는 자리에서 일어나 책상 앞으로 걸어 나와서 자신을 따라오라고 말했다. 그녀는 율리아보다 약간 더 컸으며 걸음걸이가 가볍고 경쾌했다. 걸음을 옮길 때마다 엉덩이가 리드미컬하게 움직였다.

"여기가 회의실이에요. 뭘 알고 싶으세요?" 예시카 바그너는 얼굴을 창문 쪽으로 향하고 섰다.

율리아는 문을 꼭 닫고 물었다. "바그너 양, 로젠츠바이크 박사와 개인적으로 어떤 관계였죠?"

"그 질문에 대한 답변은 어제 다른 형사님에게 벌써 했는데요."

"솔직히 말하면," 율리아는 말했다. "나는 그 말을 믿지 않아요. 바그너 양은 적어도 모든 걸 말하지 않았어요. 이제 모든 것을 말할 기회가 왔어요."

예시카 바그너는 고개를 돌렸다. "무엇을 알고 계시죠?"

"로젠츠바이크 박사와 성관계가 있었습니까? 그렇다면, 그 관계는 얼마나 오래 계속되었고 그에 대해 어떤 보답을 받았죠?"

예시카 바그너는 믿기지 않는 듯 율리아를 바라보더니 고개를 저었다. "설마 그 일을 아는 사람이 있을 줄은 생각도 못 했어요. 하지만 좋아요, 우리는 은밀히 만났어요. 그리고 우리가 언제 마지막으로 함께 잤는지 알고 싶으시다면, 월요일이었어요. 여기 이 건물에서. 사장님이 죽기 몇 시간 전에."

"정확히 언제죠?"

"3시 반에서 4시 사이에요."

"하지만 그 시각에는 직원들이 모두 아직 일하고 있었을 텐데, 그렇지 않은가요?" 율리아는 놀라서 물었다.

"있잖아요. 무조건 원하면 기회는 언제나 오는 법이에요."

"그렇다면 그 관계는 얼마나 오래되었죠?"

"1년이요."

"하지만 로젠츠바이크가 가정이 있는 남자라는 걸 알고 있었죠?"

"물론이에요. 하지만 우리 사이는 순전히 성적인 관계였어요. 사장님이 저를 사랑했는지는 잘 모르겠어요. 어쨌든 저는 사랑하지 않았어요. 제게는 깊이 사귀는 남자친구가 있어요. 물론 그 친구는 이 일에 대해 아무것도 모르고 또 알려고 하지도 않았어요. 형사님이 지금 무슨 말을 하실지 잘 알아요. 사장님은 제 아버지뻘이에요. 하지만 상관없었어요. 다만 그런 식으로 끝을 맞이한 게 안 됐을 뿐이에요. 저는 사장님이 무척 외로운 사람이었다고 믿어요. 밖으로는 항상 혹독하고 엄청 자부심 강하게 행동했지만, 실제로는 무척 상처받기 쉬운 사람이었어요. 심지어 때로는 조금 안쓰러울 때도 있었어요. 이유가 무엇이었는지는 말할 수 없어요. 그냥 그랬어요……. 그래요, 사장님은 저하고의 관계에 많은 돈을 썼어요." 예시카 바그너는 잠시 말을 쉬었다가 다시 계속했다. "이제 사람들에게 크게 소문낼 건가요?"

"아니요, 나는 다만 로젠츠바이크가 어떤 사람인지 알아내려 했을 뿐이에요. 이제 거기에 대한 답변을 얻었다고 생각해요. 고마워요."

"그게 전부예요?" 예시카 바그너는 좀 의외라는 듯 물었다.

"그래요, 그 이상은 알고 싶은 생각 없었어요. 그런데 쾰러 박사가 지금 회사에 있을까요?"

"박사님은 사무실에 계실 거예요." 예시카 바그너는 율리아 뒤랑에게 다가오더니 바로 앞에서 걸음을 멈추었다. "장례식이 언제인지 물어도 될까요?"

"아직 몰라요. 하지만 바그너 양에게도 제때에 연락이 갈 거라고 생각해요. 더 이상 시간 뺏지 않겠어요. 나한테 많은 도움이 되었어요."

*

율리아가 노크했을 때, 마침 쾰러 박사는 그뢰벤 부인 옆에 서 있었다. 그는 뒤돌아보았다. 오십 대 중반의 남자로 중간 키에 머리가 반쯤 벗겨져 있었다. 군청색 양복 차림이었으며, 정직해 보이는 모습이 첫눈에 호감을 일깨웠다.

"그래, 무슨 일이십니까?" 쾰러 박사가 물었다.

"저분은……." 그뢰벤 부인이 이미 운을 떼었지만 율리아가 말을 가로막았다.

"살인사건 수사반의 뒤랑 형사입니다. 쾰러 박사이신가요?"

"네, 그렇습니다. 이리 가까이 오시죠." 쾰러는 여비서에게 당부했다. "전화 연결하지 말아요." 그는 율리아에게 손을 내밀어 악수했다. 손을 꼭 잡았지만 지나치게 세게 붙잡지는 않았다. 쾰러는 여형사에게 자신의 사무실로 따라 들어오라고 청했다.

"자, 앉으시죠. 마실 것을 좀 드릴까요? 다만 이곳에 알코올은 없습니다."

"박사님 사무실에는 없을지 모르죠." 율리아는 자신도 모르게 말이 나왔다. "하지만 제가 알기에는, 분명히 알코올 문제가 있는 사람이 이곳에 있습니다."

"누구입니까?" 쾰러가 눈을 가늘게 뜨고 물었다. "누구든 원하는 대로 마실 수 있다고 저는 생각합니다. 다만 회사에서는 절대 안 되죠."

"한 번 둘러보세요. 관련자를 찾아내기는 전혀 어렵지 않을 겁니다. 이건 그냥 참고삼아 드리는 말씀이에요. 하지만 제가 알코올중독자에 대한 이야기를 하러 이곳에 온 건 아닙니다. 그보다는 쾰러 박사님과 로젠츠바이크 박사가 어떤 사이였는지 알고 싶어요. 두 분이 언제 처음 알게 되었고 언제 이 회사를 창립하기로 결정했는지 그런 등등의 이야기 말입니다."

쾰러는 율리아 옆의 의자에 앉아서 집게손가락으로 입술을 더듬었다. "우리는 대학에서 알게 되었어요. 둘 다 경영학을 전공했고 같은 학기에 박사학위를 받았죠. 그리고 다른 사람들 밑에서 일하기보다는 우리 스스로 회사를 운영하자고 아주 자연스럽게 뜻이 모아졌어요."

"그러면 어째서 회사명을 로젠츠바이크 앤 쾰러가 아니라 로젠츠바이크 앤 파트너로 정하게 되었죠?"

쾰러는 대답하기 전에 슬쩍 교활하게 미소 지었다. "처음 회사를 설립했을 때, 우리는 온갖 가능한 이름을 생각해 보았죠. 하지만 마음에 꼭 드는 이름이 떠오르지 않았어요. 물론 처음에는 로젠츠바이크 앤 쾰러도 고려해 보았습니다. 그렇지만 그 이름은 다름 아닌 제 마음에 들지 않았어요. 쾰러는 숯이나 먼지를 연상시키는 좀 재미없는 이름이잖아요(독일어 '쾰러 Köhler'는 원래 '숯장이'라는 뜻이다 —역주). 하지만 우리는 좀 활기찬 것을 원했어요. 그래서 로젠츠바이크 앤 파트너로 결정하게 되었죠. 제 이름이 반드시 회사로고에 들어갈 필요는 없습니다. 제게 50퍼센트 지분이 있는 것으로 충분해요."

"쾰러 박사님과 로젠츠바이크 박사의 관계는 어땠습니까?"

"관계라, 이런 맙소사. 그 말은 좀 너무 친밀하게 들리는군요. 이미 말했듯이, 우리는 파트너였어요. 우리에게는 각자 맡은 임무가 따로 정해져 있었고, 무슨 일을 할지 서로 참견하지 않았어요. 거의 이상적인 협력관계였죠. 아마 제가 출장을 아주 많이 다녔다는 말을 덧붙여야 할 겁니다. 한스는 근무시간의 50퍼센트를 여기 회사에서 보낸 반면에, 저는 한 달에 두세 번 회사에 들리는 정도였어요. 우리에겐 고객이 아주 많습니다. 독일 국내만이 아니라 오스트리아와 스위스, 심지어는 프랑스와 이탈리아에도 많아요. 그리고 고객 관리는 우리 사업의 알파와 오메가입니다. 우리가 현재 전 유럽에서 다섯 손가락 안에 들게 된 것은 거저 얻어진 게 아닙니다."

쾰러는 잠시 말을 멈추고 바닥을 응시했다. 두 다리를 포개 앉아서는 보일락 말락 살짝 고개를 저었다. "이제 앞으로 그 친구 없이 어떻게 해나가야 할지 걱정입니다. 그 친구 같은 사람을 대신하기는 어려워요. 단순히 그가 세상을 떠났기 때문에 이런 말을 하는 게 아닙니다. 그 친구에게는 뭔가가 있어요. 사업에 대한 틀림없는 육감이라고 할까요. 전적으로 두뇌형 인간인 저와는 반대로, 그 친구는 이따금 자신의 직감을 믿고 행동했죠. 아마 형사님은 그걸 직관적이라고 표현하실 겁니다. 어쩌면 그것이 우리의 성공요인이기도 했을 겁니다."

"하지만 몇 년 전 한 번 위기를 겪은 적이 있잖습니까? 제가 들은 말에 의하면, 회사가 파산 직전까지 갔었다고 하던데요."

"그 말이 완전히 틀린 것은 아닙니다." 쾰러는 미소 지으며 대답했다. "우리에게 허점이 있었던 건 인정합니다. 하지만 다른 사람들이 말하는 만큼 심각하진 않았어요. 파산신고를 할 정도로 깊이 추락하진 않았습니다. 형사님도 이해하실지 모르겠지만, 파산신고를 하려면 훨씬, 훨씬 더 깊이 추락해야 했습니다. 아니요, 한 번도 파산이 논의된 적은 없었어요."

"두 분은 회사 밖에서도 만나셨습니까?"

"거의 만나지 않았어요. 보십시오, 저는 독신생활이 몸에 밴 사람입니다. 저의 집은 바트 나우하임 근처에 있어요. 일단 집에 들어가면, 느긋하게 쉬고 싶습니다. 게다가 로젠츠바이크 박사는 시간을 많이 빼앗기는 무보수 명예직을 맡고 있었죠. 그래서 우리 관계는 거의 전적으로 회사 일에 국한되어 있었습니다."

"마지막으로 하나만 더 묻겠습니다. 로젠츠바이크 박사는 사람들에게 호평을 받았습니까?"

퀼러는 다시 미소를 머금고 율리아 뒤랑을 곁눈으로 바라보며 말했다. "그 친구가 호평을 받았는지는 모르겠어요. 절대적인 파워맨이었거든요. 일단 결정을 내리면 즉시 실행에 옮겨야 했어요. 물론 별로 융통성 없는 사람들에게는 그게 잘 먹혀들지 않죠. 하지만 그 친구는 그런 사람이었고, 천성이 그랬어요. 그래서 결국 회사도 성공할 수 있었습니다."

"그러면 퀼러 박사님은 로젠츠바이크 박사를 좋아하셨습니까?"

"35년 가까이 알고 지내다 보면 그런 건 별로 문제가 되지 않아요. 저는 그 친구를 어떻게 대해야 할지 알았고, 반대로 그 친구도 마찬가지였어요……. 그런데 하나만 물읍시다. 그 친구 어떻게 죽었습니까?"

율리아는 그 질문에 깜짝 놀라서 이렇게 말했다. "무슨 소문이라도 들으셨나요?"

"아니요, 그래서 형사님에게 듣고 싶은 겁니다."

"모든 정황으로 보아서 살해되었다고 추정돼요. 그래서 살인사건 수사반도 투입되었고요. 수사가 진행되는 동안에는, 죄송하지만 자세한 내용은 알려드릴 수 없고 알려드려서도 안 됩니다."

"결정적인 단서가 있습니까?"

"현재로선 많은 단서를 추적하고 있어요. 그중의 하나가 우리를 조만간 범인에게로 인도할 겁니다. 쾰러 박사님, 더 이상 박사님 시간을 뺏지 않겠습니다. 이렇게 협조해주셔서 감사드리고, 로젠츠바이크 박사를 대신할 적절한 사람을 곧 찾아내시길 빕니다."

율리아는 자리에서 일어나 쾰러에게 손을 내밀었다. 쾰러도 뒤따라 몸을 일으켜 그녀의 손을 잡고 말했다. "형사님도 그 친구 가족에게 이런 몹쓸 짓을 한 사람을 곧 찾아내시길 바랍니다. 누군지 알아내면 제게도 알려주십시오. 안녕히 가십시오."

쾰러는 율리아를 문밖까지 따라 나왔다. 문을 열어주었으며, 율리아가 엘리베이터에 탈 때까지 서 있었다. 엘리베이터가 나지막이 웅웅거리며 움직이기 시작했다. 로비에서 내리자 프랑크와 페터가 율리아에게 다가왔다.

"어때요?" 율리아가 물었다. "열쇠는 찾았어요?"

"로젠츠바이크의 서류가방에 들어 있었어요. 그리고 가정부는 일주일에 네 번 온다는군요. 월요일, 화요일, 목요일, 그리고 금요일. 가정부하고는 내일 이야기할 수 있겠어요."

"오케이, 그럼 열심히 들쑤셔 봐요." 율리아는 씩 웃으며 말하고는 그 자리를 떴다.

오전 11시 15분

율리아는 거리에서 골루아에 불을 붙이며 지금까지 들은 내용에 대해 곰곰이 생각해보았다. 그러면서 경찰청을 향해 천천히 걸음을 옮겼다. 더위 탓에 걸음을 빨리할 수 없었다. 사무실에 들어서자, 혼자 있던 베르거가 눈길을 들었다.

"휴우, 이게 바로 무더위 아니겠어요." 율리아는 신음하며 의자에 앉았다. 베르거는 그 말에 대꾸하지 않고서 물었다. "그래 뭐 좀 알아냈나? 새로운 거라도 있어?"

"네, 몇 가지 알아냈어요. 로젠츠바이크는 4년 동안 여비서와 내연의 관계를 맺었어요. 그 젊은 여자 말에 따르면, 로젠츠바이크가 거기에 적지 않은 돈을 지출했대요. 그러다 1년 전에 타이핑 부서에서 일하는 더 젊은 여자에게 돌아섰어요. 두 여자는 각자 서로 무관하게, 로젠츠바이크가 근본적으로 외로운 사람이었지만 인심은 후했다고 말했어요. 방금 로젠츠바이크의 사업파트너인 쾰러 박사와 대화를 나누었는데, 그도 로젠츠바이크에 대해 오로지 긍정적인 이야기만을 했어요. 하지만 보아하니 로젠츠바이크를 시기한 사람이 회사 안에 많았던 거 같아요. 특히 로젠츠바이크와 그 노이만이라는 여자의 관계를 알아채고 협박한 남자가 있었어요. 로젠츠바이크는 언젠가 한 번 그 남자를 유예기간 없이 해고했지만, 다음날 별안간 그 해고를 취소했어요. 그것은 사실 로젠츠바이크의 평소 행동과 완전히 모순돼요. 하지만 그 카스트너가 자신이 알아낸 사실을 로젠츠바이크의 가족에게 알렸다면, 로젠츠바이크에게는 엄청난 스캔들이었을 거예요. 엘로힘 교회에서 도덕적인 잣대가 얼마나 까다로운지 한 번 생각해보세요. 단순히 부인의 신뢰를 잃는 정도가 아니었을 테죠. 아마 교회에서도 축출되었을 겁니다. 그래서 협박을 당한 거죠."

베르거는 의자에 앉은 채 창가로 몸을 돌렸다. 창밖을 내다보며 손가락 사이로 연필을 돌렸다.

"로젠츠바이크 부인이 혹시 남편의 외도에 대해 알고 있을 거라는 생각을 해보았나? 그렇다면 경우에 따라서는 살해 동기가 되지 않을까? 로젠츠바이크가 얼마나 오랫동안 많은 여자들로 부인을 속였을지 누가 알겠어? 부인이 그런 굴욕을 더 이상 참을 수 없었다면, 그래서 마침내 자제력을 잃었다면, 이런 식으로 이야기를 엮어나가면 독이 살인무기로 사용된 가닥이 잡히지 않을까. 독은 주로 여자들이 사용하는 무기라고. 그리고 로젠츠바이크 본인과 부인 말고 또 누가 책상에 접근할 수 있었겠나? 이 정도면 일단 부인을 체포하기에 충분하지 않을까?" 베르거는 다시 몸을 돌리며 물었다.

율리아는 어깨를 으쓱하며 신중한 눈빛으로 베르거를 바라보았다. "저는 잘 모르겠어요. 하지만 로젠츠바이크 부인과 두 번 이야기해봤는데, 왠지 부인은 아니라는 생각이 들어요. 그렇다면 누구일까요? 다른 한편으로는 반장님 말씀이 맞아요. 부인이 정말로 남편의 여자관계에 대해 알았다면, 충분히 살해할 만한 동기가 되죠." 율리아는 오른손으로 이마를 문지르며 눈을 감고 고개를 움츠렸다. 그러더니 몇 초 후에 말했다. "그런데도 저는 우선은 부인이 아니라는 쪽을 고수하겠어요."

"이번 경우에도 자네 직감이 그렇게 말하는가?" 베르거는 빙긋이 웃으며 물었다.

"그럴 수도 있어요. 반장님이 직접 한 번 부인을 보셔야 해요. 그러면 제 말뜻을 아실 겁니다. 로젠츠바이크 부인은 살인범이 아니에요. 너무나 많은 것이 그렇지 않다고 말해요. 한편으로 로젠츠바이크 부인의 집안은 거의 4대째 그 교회에 다니고 있어요. 다른 한편으로는 교회 자체가 부인에게 엄청 많은 걸 의미하죠. 부인은 무슨 일이 있어도 영혼의 구원을 위태롭게 하지 않았을 겁니다. 그런 범죄를 통해서는 더욱더 아니고요. 로젠츠바이크 부인은 무슨 일이든 불평하지 않고서 말없이 참는 여자에 속해요. 남편이 한 짓을 알았다고 가정한다면 말이죠. 하지만 그것을 알아낼 가능성이 있을 것 같아요. 제가 어제 말씀드렸는지 모르겠지만, 로젠츠바이크 부인은 현재 심리치료를 받고 있어요. 심리치료사 이름은 자비네 라이히고 마찬가지로 엘로힘 교회에 다녀요. 로젠츠바이크 부인이 남편의 외도에 대해 알고 있었는지 적어도 심리치료사에게 넌지시 물어볼 수 있을 겁니다. 만일 그랬다면, 로젠츠바이크 부인을 한 번 더 심문해야겠죠. 만일 그렇지 않다면, 지금까지 전혀 모르고 있던 일을 들이밀면서 경우에 따라서는 부인에게 심한 상처를 입힐 수도 있어요. 일반적으로 교회에 관련해서는, 제 경험상……."

"자네 아버님이 목사셔서, 아니 과거에 목사이셨기 때문에 하는 말인가?"

"맞아요. 저는 교회생활에 인생의 의미를 두는 사람들을 무척 많이 보았어요. 로젠츠바이크 부인은 태어나면서부터 그 교회에 속했고 그래서 강요에 의해서든 아니든 그 교회가 인생의 의미가 되었기 때문에, 무슨 문제가 있을 때마다 교회에 전적으로 의지했을 거예요. 부인이 전혀 듣고 싶어 하지 않는 것, 어쩌면 전혀 들을 필요가 없는 것을 말하게 되면 정신적으로 엄청난 타격을 입힐 수 있어요. 그래서 저는 먼저 그 심리치료사하고 이야기하고 싶어요. 무슨 말인지 이해하시죠?"

"그 심리치료사는 어떤 여자인가?"

"매우 상냥하고 여유 있고 교회의 진보파에 속해요. 나이는 서른에서 서른다섯 살가량 되어 보이고 아주 멋지게 생겼는데 매사를 너무 진지하게 받아들이지 않는 듯 보였어요. 얼른 그 심리치료사에게 전화해서 지금 찾아가도 되는지 알아봐야겠어요."

율리아는 자리에서 일어나 업종별 전화번호부를 가져왔다. 심리치료사 난에서 자비네 라이히의 주소를 찾아 전화번호를 메모하고 책자를 다시 덮었다. 수화기를 들고는 전화번호를 돌렸다.

"라이히입니다."

"저는 경찰청 형사과의 뒤랑입니다. 어제 우리……."

"알아요. 무슨 일이죠? 마침 지금 환자 상담 중인데요."

"방해했다면 미안합니다. 몇 가지 물어보고 싶은 게 있어서요. 상담이 언제쯤 끝날까요?"

"12시 10분 전에 끝나요. 그 후에는 점심 시간이죠. 원하신다면 이곳으로 오셔도 되고 아니면 나중에 한 번 더 전화하셔도 괜찮아요."

"그곳으로 찾아가겠습니다. 상담소가 회히스트에 있군요. 12시쯤 그곳에 도착할게요."

"좋아요. 기다리고 있을게요."

율리아는 베르거를 바라보며 말했다. "또 나가봐야겠어요."

"그렇게 하라고. 성공을 비네."

율리아는 가방을 들고 빠른 걸음으로 코르사를 향했다. 자동차는 땡볕에 서 있었고, 자동차 안은 섭씨 50도 이상으로 달구어져 있었다. 율리아는 문을 열고 잠시 기다렸다가 차에 탔다. 시동을 걸고 경찰청 뜰을 나섰다. 12시 2분 전, 오펠을 자비네 라이히의 상담소 앞에 주차했다.

오후 12시

율리아는 열린 문을 지나 시원한 계단실에 이르렀다. 다섯 계단을 올라가자 문이 세 개 있었고, 그중 맨 왼쪽이 심리상담소였다. 율리아는 벨을 울리고 발걸음이 다가오는 소리를 들었다. 문이 열렸다.

"들어오세요." 자비네 라이히는 미소 지으며 말하고 율리아가 들어설 수 있도록 옆으로 비켜섰다.

"여기서 이야기하시겠어요? 혹은 괜찮으시면 함께 식사하러 가시겠어요? 아침 7시부터 아무것도 먹지 않아서 엄청 배가 고프거든요. 여기 길모퉁이에 제가 잘 가는 단골 음식점이 있어요. 거기보다 스파게티 볼로네즈를 더 맛있게 하는 곳은 틀림없이 시내에 없을걸요."

"좋아요, 보통 점심은 스낵코너에서 때우는데, 그것도 장기적으로는 좋지 않을 거예요."

"맞아요. 그럼 오늘은 저와 함께 이탈리아 식당에 가시죠."

그 아담하고 멋진 음식점은 자리가 반쯤 차 있었다. 카운터 위에 빈 키안티(이탈리아 산의 유명한 적포도주 —역주)병들이 걸려 있었고, 남쪽나라 향료와 파르마 산 치즈 냄새가 입맛을 유혹했다. 그들은 문 맞은편의 둥근 테이블에 앉았다. 비교적 조용히 이야기를 나눌 만한 자리였다. 눈에 보이지 않는 스피커에서 이탈리아 유행가가 낮게 울려 퍼졌고 친절한 젊은 남자 종업원이 메뉴를 가져왔다. 율리아는 맥주 작은 것을, 자비네 라이히는 오렌지 주스를 주문했다. 종업원이 음료수를 가지고 오자, 그들은 맛있다고 소문난 스파게티 볼로네즈와 이탈리아 모차렐라 샐러드를 주문했다. 음식이 나오길 기다리는 동안, 자비네 라이히가 말했다.

"무슨 중요한 일이 있기에 찾아오셨죠?"

"라이히 씨는 아마 정보를 주고 싶지 않겠지만, 로젠츠바이크 부인에 대해 몇 가지 물을 게 있어요."

"뭐에 대해 물으시려고요? 치료에 관한 것이라면, 직업상 비밀 엄수의 의무 때문에 저는 자유롭지 못해요. 잘 아시잖아요."

"하지만 예외도 있어요. 가령 어떤 진술은 환자를 살인혐의에서 벗어나게 해줄 수도 있죠."

자비네 라이히는 진지한 표정으로 조금 몸을 앞으로 숙이며 말했다. "잠깐만요, 그러니까 그 말씀은 지금 로젠츠바이크 부인을 냉혹한 살인자로 여긴다는 뜻인가요?"

"현재로서는 아무 뜻도 없어요. 하지만 이런 의혹이 굳어질 수도 있어요. 특히 우리 반장님이 사태를 로젠츠바이크 부인에게 불리한 쪽으로 보고 있거든요. 부인에 대한 몇 가지 질문에 대답해주시면, 부인이 어떤 사람인지 명확하게 파악하는 데 도움이 될 거예요. 환자를 모든 의혹에서 벗어나게 해주는 것도 치료하시는 분의 뜻에 합치한다고 생각해요."

"물론이죠. 하지만 상세한 상담 내용은……."

"상담한 내용을 상세히 알려는 게 아니에요. 다만 부인의 삶과 상황에 대해 좀 더 알고 싶을 뿐이죠. 무엇보다도 로젠츠바이크 부인이 아마 전혀 짐작도 못 할 일을 느닷없이 들이밀고 싶지는 않아요. 그뿐이에요. 그리고 잘 알고 계시겠지만, 저도 비밀을 지켜야 하는 의무가 있어요. 어쨌든 저는 로젠츠바이크 부인이 살인범일 리 없다고 반장님에게 말씀드렸어요. 제게는 그렇게 생각할 만한 근거가 있어요."

자비네 라이히는 갑자기 미소 지었다. "무슨 근거요? 여성적인 직감 말인가요?"

율리아 뒤랑도 미소 지었다. "우리 반장님도 좀 전에 같은 것을 물었어요. 그럴 수도 있어요."

"경찰도 머리와 과학기술만이 아니라 이따금 육감으로 일한다니 아무튼 흥미롭네요. 그런데 살인사건 수사반에서 일한 지는 얼마나 되셨죠?"

"4년 되었어요. 그전에는 풍기단속반에서 일했죠. 그리고 또 그 전에는 뮌헨에서 살았어요. 아버지가 뮌헨 근처의 작은 마을에 살고 계시거든요. 원래 목사셨는데 지금은 퇴직하셨어요……."

"목사 집안 출신이라고요? 그렇다면 지금까지 살아오면서 하느님에 대해 틀림없이 많은 것을 들으셨겠군요, 그렇죠?"

"그럴 수밖에 없었죠."

"따님이 이렇듯 위험한 직업을 선택한 거에 대해 아버님은 뭐라고 말씀하세요?"

"처음에는 그다지 달가워하지 않으셨어요. 그보다는 간호사나 사무실 직원으로 일하는 걸 보고 싶어 하셨죠. 하지만 이젠 체념하셨어요. 우리는 사이가 아주 좋아요, 특히 어머니가 돌아가신 후로요. 게다가 이 직업은 사람들이 흔히 생각하는 것처럼 그렇게 위험하지 않아요. 제가 사법경찰로 일한 지 거의 10년이 되어 가는데, 그동안 단 두 번 무기를 빼 들었을 뿐이에요. 그것도 총을 쏠 필요는 없었어요. 형사의 이미지는 일반 대중들에게 대체로 심하게 왜곡되었어요. 마치 형사의 일상이 오로지 격투, 총격전과 격렬한 추격전으로 이루어진 것처럼 비치지만, 그건 완전 허튼소리예요. 물론 대부분의 사람들은 우리 앞에 시체가 즐비하다고 생각하죠. 텔레비전에 책임이 전혀 없다고는 할 수 없어요. 하지만 실제로 경찰의 일상은 질질 끄는 지루한 수사, 서류를 뒤적거리고 묵은 사건들을 처리하는 일투성이죠. 아무튼, 경찰서에선 그런 식이에요."

종업원이 샐러드 접시 두 개를 테이블에 내려놓았다. 자비네 라이히와 율리아는 샐러드를 먹기 시작했다.

"그러니까," 자비네 라이히가 샐러드를 먹으며 물었다. "제게서 뭘 알고 싶으세요?"

"무엇보다도 먼저, 로젠츠바이크 부인은 어떤 사람이죠?"

자비네 라이히는 입안의 음식을 삼킬 때까지 기다리며 잠시 생각하더니 이렇게 말했다. "조용하고 내성적인 부인이에요. 로젠츠바이크 부인에게서 감정의 동요를 알아채기는 어려워요. 저도 상담을 열 번 한 후에야 겨우 조금 부인에게 다가갈 수 있었어요. 마치 부인은 자신 주변에 창문도 없고 문도 없는 거대한 성벽을 쌓고 그 성벽 안에서 자신만의 삶을 사는 듯 보여요. 원인은 아직 잘 모르겠지만, 앞으로 차차 알아낼 수 있으리라 생각해요. 다만 제가 확실하게 아는 유일한 사실은, 부인이 몇 년 전부터 불안장애와 공황발작에 시달리고 있다는 거죠. 이 사실은 절대 사람들에게 알려지지 않을 거예요. 교회 사람들이 비웃고 그래서 자신이 웃음거리가 될 거라는 두려움을 갖고 있거든요. 부인이 형사님에게 심리치료 이야기를 했다는 말을 들었을 때, 실은 깜짝 놀랐어요. 그렇게 솔직히 말할 수 있었던 유일한 이유는 형사님이 교회에 다니지 않기 때문일 거예요. 그러니까 형사님에게 말하든 말하지 않든 별로 상관없는 거죠."

"로젠츠바이크는 부인의 그런 문제에 대해 알고 있었나요?"

"아마 그랬을 거라고 추측해요. 사실은 남편의 강요에 못 이겨 저를 찾아왔거든요. 자발적으로는 절대 찾아오지 않았을 거예요. 하지만 이미 말했듯이, 그것도 추측일 뿐이에요. 어쩌면 남편은 전혀 몰랐을 가능성도 있어요."

두 사람은 샐러드 접시를 비웠다. 종업원이 스파게티를 가져오고 빈 접시를 가져갔다.

“라이히 씨, 로젠츠바이크 부인이 남편을 살해하지 않았을 거라는 적절한 이유를 대보세요.”

“뒤랑 형사님, 형사님도 저처럼 잘 아시잖아요, 인간은 누구나 예외적인 상황에서 살인을 저지를 수 있다는 걸. 우리 모두의 내면에는 살인자가 숨어 있어요. 사람에 따라 그 정도가 조금 다르긴 하지만요. 하지만 어떤 사람들은 공격성이나 좌절감을 밖으로 발산하는가 하면,어떤 사람들은 모든 고통을 마음속으로 삭이며 참고 살아요. 로젠츠바이크 부인이 지금까지 늘 편하게 살아온 건 아니에요. 어린 시절은 지나치게 독단적인 아버지와 그런 아버지에게 무조건 복종한 어머니에게 강한 영향을 받았어요. 게다가 부인이 한 번도 저항하지 못한 교회의 압박도 있었죠. 그뿐인 줄 아세요, 같은 교회에 다니는 남자와 결혼했는데, 남편도 아버지처럼 독단적인 태도를 드러냈어요. 로젠츠바이크 부인은 여자라는 것이 무얼 의미하는지 일찍부터 배웠어요. 그 단단한 껍질은 아마 20년 전에 처음으로 벌어지기 시작했을 거예요. 이제 젊은 사람들은 교회만이 유일하게 행복으로 이끌어주는 것이라고 생각하지 않아요. 저는 서른네 살인데도 아직 그런 젊은 사람들 측에 속해요. 그들은 점점 더 마음의 문을 열고 특정한 일들에 대해 깊이 캐묻고 있어요. 그것은 특히 매스컴의 영향일 수도 있어요. 아마 제가 삼사십 년 더 일찍 태어났더라면, 그 교회에 다니지 않았을 테죠. 저는 원래 반항적인 사람이어서 체질적으로 교회에 맞지 않았을 수 있거든요. 하지만 그동안 뜻을 같이하는 사람들이 많이 늘어났고, 노인들에게 때때로 강력한 항의를 하는 것도 재미있어요.”

"그렇다면, 로젠츠바이크 부인에 대해 더 해줄 말은 없나요?"

자비네 라이히는 한순간 골똘히 생각하는 듯 보이더니, 이윽고 사랑스러운 미소를 지으며 대답했다. 미소 짓는 얼굴이 더욱 아름다워 보였다. "저는 부인보다 더 선량한 여자는 지금까지 보지 못했어요. 누가 언제 도움을 요청해도 부인은 절대 거절하지 않을 거예요. 2년 반쯤 전에 있었던 이야기를 들려드리고 싶어요. 한 초라하고 남루한 걸인이 갑자기 로젠츠바이크 부인의 집 앞에 나타났어요. 다른 사람들 같았으면 아예 문을 열지 않았거나 아니면 금방 도로 닫아버렸을 거예요. 지저분하기 짝이 없고 고약한 냄새 폭폭 풍기는 그 남자는 먹을 것이나 마실 것을 좀 달라고 애원했어요. 하지만 로젠츠바이크 부인은 그 남자의 청을 들어주었어요. 그뿐만 아니라 심지어는 그 남자를 집 안으로 들여서 식탁에 앉게 했어요. 그 어마어마하게 비싼 치펀데일 스타일(영국의 가구 디자이너 토마스 치펀데일이 창시한 가구 스타일로 특히 정교한 투각문양을 새긴 아름다운 의자가 유명하다. —역주) 의자에 말이죠. 그 남자가 배불리 먹도록 한 상 제대로 차려줬다니까요. 그 남자가 음식을 다 먹고 가려고 하자, 로젠츠바이크 부인은 어디서 자려 하느냐고 물었어요. 남자는 아직 잘 모르겠지만 어딘가 잠잘 곳이 있을 거라고 대답했어요. 그러자 로젠츠바이크 부인이 어떻게 했는지 아세요? 그날 밤 부인 집의 손님방에서 지내라고 권했다는 거예요. 목욕물을 받아주고 허름한 옷을 쓰레기통에 버리고 옷가게를 하는 친구에게 전화를 걸어 새 옷을 주문했대요. 그 남자는 그날 밤만이 아니라 거의 한 달 동안을 로젠츠바이크 집에서 묵었어요. 알고 보니까, 어쩌다 지극히 불운한 사정에 의해서 걸인이 되었다고 하더라고요. 원래는 훌륭한 교육을 받고 변호사로 일했는데, 치명적인 실수를 하는 바람에 신세를 망쳐버렸대요. 설상가상으로 비교적 부유한 삶에 익숙해 있던 부인이 두 아이를 데리고 남편 곁을 떠났을 뿐만 아니라 남편에 대한 온갖 거짓말을 퍼트렸어요. 사람들은 모두 그 말을 믿었죠. 그 남자의 부인은 집과 가구를 모조리 팔아버리고 아이들과 함께 다른 도시에 정착했어요. 순식간에 그렇게 몰락했대요. 로젠츠바이크 집안사람들이 아니었다면, 아마 그 남자는 지금쯤 살아 있지 않을 거예요."

"그 이야기를 어떻게 아셨죠?" 율리아는 미심쩍어하는 표정으로 물었다.

"그 남자가 지금 우리 교회의 신도거든요. 다시 옛날처럼 좋은 변호사 사무실에서 일하고 있고, 무엇보다도 삶의 의욕을 되찾았어요. 언젠가 신도들이 모인 자리에서 그 스스로 이야기했어요. 바로 그 때문에 저는 로젠츠바이크 부인이 남편의 살인과 아무런 관계가 없다고 보장할 수 있어요. 그렇게 이웃을 사랑하는 사람이 어떻게 남편을 살해하겠어요. 자신의 아이들을 괴롭힌 사람에게 폭행을 가할 수 있을지는 몰라요. 하지만……. 아니요, 다른 사람들은 다 그럴 수 있을지 몰라도 그 부인만은 아니에요."

"그러면 로젠츠바이크 박사는 부인이 남을 도와주는 걸 어떻게 생각했죠?"

"모르죠. 하지만 많이 신경 쓰지 않았으리라 생각해요. 방식이 다르긴 해도 로젠츠바이크 박사 역시 남을 잘 도와주었거든요. 그는 분명 먹을 것을 주고 백 마르크짜리 지폐도 찔러 넣어주었겠지만, 그 남자가 장차 어떻게 될지는 더 이상 개의하지 않았을 거예요."

율리아는 다시 음식으로 주의를 돌렸다. 그러고는 잠시 시간이 흐른 후 이렇게 말했다. "우리가 이 자리에서 말한 모든 것은 절대 비밀에 부치기로 해요, 어때요?"

"제가 벌써 좀 전에 그렇게 말했잖아요. 제가 형사님을 믿듯이, 형사님도 저를 믿으셔도 돼요. 우리 아무에게도 말하지 않기로 해요."

"오케이. 이제 아주 중요한 걸 묻고 싶어요. 로젠츠바이크 부인이 남편의 혼외 관계에 대해 뭐라고 언급한 적이 있나요?"

"뭐라고요?" 자비네 라이히는 믿을 수 없다는 눈빛으로 물으며 포크를 떨어뜨렸다. "로젠츠바이크와 혼외관계라고요? 확실한가요?"

"그렇다면 로젠츠바이크 부인은 남편이 자신을 속였다고 한 번도 말하지 않았군요?"

"안 했어요. 그리고 그건 상상도 할 수 없는 일이에요. 소문인가요, 아니면 사실인가요?"

"사실이에요. 로젠츠바이크가 여러 해 동안 자주 성적 관계를 맺은 두 여자하고 이미 이야기해 봤어요. 왜 제가 라이히 씨와 이야기하려 했는지 이제 이해하시겠죠. 로젠츠바이크 부인이 남편의 여자관계에 대해 알고 있었다면, 그것은 충분히 살인 동기가 될 수 있어요. 문제는 여자로서 얼마나 오랫동안 굴욕을 참아낼 수 있느냐는 것이거든요. 그리고 제 경험으로 보아서, 내 남편이 한도 끝도 없이 줄곧 바람피우는 거보다 더 심한 굴욕은 없어요. 불륜이 부부 사이에서 살인 동기가 된 게 처음 있는 일은 아닐 거예요."

"그래요." 자비네 라이히는 단호하게 말했다. "로젠츠바이크 부인은 몰랐어요. 그리고 설령 알았다고 해도 그런 짓을 할 수는 없었을 거예요. 부인은 그런 짓을 할 타입이 아니에요. 이건 부인의 심리치료사로서 하는 말입니다. 로젠츠바이크 부인은 그 사실을 말없이 받아들이고, 남편이 더는 다른 여자들에게 한눈팔 수 없을 만큼 늙는 날이 오기를 기다렸을 거예요. 부탁이에요, 부인은 남편의 죽음만으로도 이미 충분히 충격을 받았어요. 남편의 외도 이야기는 아직 꺼내지 마세요. 더는 감당하지 못하고 좌절할 거예요. 형사님의 머리보다는 육감을 믿으세요." 자비네 라이히는 아직 반이나 남은 스파게티 접시를 옆으로 밀어내고 오렌지 주스를 한 모금 마셨다. "로젠츠바이크 이야기를 듣고 사실 너무 놀랐어요. 일요일에는 전혀 그렇지 않은 사람으로 보였거든요. 하지만 형사님도 아시겠지만, 교회 신도들도 이따금 육신의 유혹에 굴복해요. 그렇다고 해서 로젠츠바이크를 비난하고 싶지는 않아요. 로젠츠바이크 부인이 성적으로 얼마나 소심한지 잘 알고 있거든요. 부인 스스로 그렇게 말했어요. 하지만 부인이 남편을 사랑한다는 걸 번번이 느낄 수 있었어요. 로젠츠바이크 부인이 남편에 대해 말하는 방식은 존경과 존중으로 넘쳤어요. 절대 남편을 해칠 수 없었을 거예요."

율리아는 마지막 남은 스파게티를 입안으로 밀어 넣고 맥주를 마저 마시고 담뱃불을 붙였다.

"감사합니다, 라이히 씨. 많은 도움이 되었어요. 이제 로젠츠바이크 부인에게 조치를 취하지 않도록 반장님을 설득할 수 있겠어요. 더 이상 불리한 증거가 나타나지 않는다면 말이죠. 하지만 그런 일은 없을 거라고 믿어요."

"범인을 다른 곳에서 찾으셔야 할 거예요." 자비네 라이히는 몸을 일으키며 말했다. "로젠츠바이크 부인은 외면적으로 특히, 낯선 사람들에게는 껍질이 꺼칠꺼칠한 굴 같아요. 하지만 그 안에 값진 진주가 숨어 있죠."

율리아가 지갑을 꺼내려고 하는데, 자비네 라이히가 말렸다.

"그냥 두세요. 저는 이곳 단골이라서 늘 월말에 한꺼번에 계산해요. 제가 낼게요."

"고마워요. 언젠가 기회가 되면 답례하죠."

"그래요. 저는 이제 상담소에 가봐야 해요. 1시에 다음 상담이 있거든요. 즐거운 하루를 보내길 빌어요. 혹시 또 궁금한 게 있으면 이쪽으로 연락하세요. 여기, 제 명함이에요. 상담소 전화번호도 쓰여 있어요. 안녕히 가세요."

율리아는 몇 초 동안 인도에 서서 젊은 심리치료사의 뒷모습을 바라보았다. 그 여자에게 갈수록 호감이 갔다. 이윽고 율리아는 한낮의 뙤약볕을 뚫고 자동차를 향해 걸음을 옮겼다. 차에 올라타서 시동을 걸고 경찰청으로 차를 몰았다.

오후 1시 25분

율리아가 사무실에 들어서자, 프랑크와 페터가 베르거 반장과 함께 있었다. 마침 그들은 사무실 수색 결과를 평가하는 중이었다. 율리아는 귀 기울여 들었다. 프랑크와 페터가 잠깐 서류를 열람했지만 첫눈에 별다른 혐의점을 찾아내지 못했다는 것이었다. 그 사이에 무엇보다도 훈련된 시선으로 보다 능숙하게 서류를 선별할 수 있는 몇몇 전문가가 파견되었다. 베르거가 율리아를 돌아보며 물었다. "그리고 뒤랑 형사, 그 라이히라는 여자에게서 로젠츠바이크 부인에 대해 뭔가 알아냈나?"

"로젠츠바이크 부인은 용의자 명단에서 삭제해야 하지 않을까 싶어요. 심리치료사 말로는 절대 그런 짓을 할 사람이 아니래요. 심리치료사에게 부인에 대한 몇 가지 이야기를 들었는데, 그 말을 종합해보면 부인을 의심하는 것은 별 의미가 없어요. 그게 전부예요."

"좋아, 하지만 독이 어떻게 그 집 안에 이르렀는지 설명해야 하지 않겠나? 로젠츠바이크 본인이 그걸 보관하지는 않았을 거 아냐?" 베르거는 조금 성을 내며 말했다.

"그렇죠, 물론 그렇지는 않았겠죠……."

"가정부는 어떻게 되었어?" 베르거는 물었다. "내일이나 돼야 나타날 건데요." 프랑크가 재빨리 말하고는 복도의 자동판매기에서 빼 온 콜라 캔을 한 모금 들이켰다.

율리아는 다리를 꼬고 앉았다. 사무실은 무덥고 숨 막혔다. 그녀는 입을 꼭 다물고 고개를 저었다. "독이 어떻게 집 안에 이르렀는지, 그것만 알아낼 수 있다면 좋겠는데! 그것만 알면 범인 잡는 건 시간문제에요."

"확실해요?" 프랑크가 율리아를 쳐다보며 물었다. 율리아는 그를 마주 보며 그게 무슨 말이냐는 눈길로 이마를 찌푸렸다.

"글쎄," 프랑크는 말을 이었다. "로젠츠바이크가 독약 병을 인슐린이라고 철석같이 믿고서 직접 집으로 가져왔다면 어쩌겠어요? 그러니까 이미 병 속에 독이 들어 있었다면 말이죠."

"그렇다면 월요일 회사에서 집으로 돌아오는 길에 그 병을 구입했겠죠." 율리아가 말을 이었다. "하지만 그럴 가능성은 별로 없다고 봐요. 타이피스트 바그너의 말에 따르면, 두 사람은 그날 회사에서 성관계를 맺었어요. 그것도 직원들 대부분이 아직 회사에 있는 시각에. 그리고 로젠츠바이크 부인은 남편이 7시 무렵 집에 돌아왔다고 말했어요. 만일 약국에서 인슐린을 샀다면, 틀림없이 약사가 뱀독을 주지는 않았을 거라고요. 아니, 나는 그럴 가능성은 없다고 봐요."

"로젠츠바이크 부인이 남편의 행각에 대해서 전혀 몰랐다고 확신해요?"

"그렇다고 봐요. 그리고 설사 알았더라도 부인은 아니에요!" 율리아는 힘주어 말했다. "누군가가 지극히 치밀하게 움직이고 있어요. 그 누군가는 우리가 자신의 정체를 몹시 어렵게 밝혀낼 것을 정확하게 알고 있었죠. 결국 밝혀낸다고 친다면 말이에요. 나는 먼저 농축된 뱀독을, 그것도 독일 국내에는 아예 존재하지 않는 뱀의 독을 조달한 사람을 찾아내야 한다고 생각해요. 그 자는 뱀독을 조달해서 희생자가 눈치채지 못하게 인슐린에 탄 게 틀림없어요." 율리아는 잠깐 말을 끊고 생각에 잠겼다가 다시 말을 이었다. "그런데 근대 범죄사에서 이런 비슷한 살인사건이 한 번도 없었을까요? 그 점을 알아내면 좋을 거 같은데. 그런 일이 한 번 있었다면, 경우에 따라서는 범인이 그 살인을 모방했을 수도 있어요. 그런 일이 있었는지 한 번 알아봐 줄 수 있겠어요?" 율리아는 페터에게 물었다.

"그 정도쯤이야 문제없죠. 하지만 시간이 좀 걸릴 겁니다."

"당연히 그렇겠죠. 그런데 풀리지 않는 또 다른 수수께끼는 로젠츠바이크가 도대체 무슨 무서운 짓을 했기에 살해당했냐는 거예요. 왜 범인의 눈에 죽어 마땅했느냐는 거죠."

"노이만이나 바그너 아닐까요?" 프랑크가 물었다.

"그건 아닌 거 같아요. 그 여자들은 로젠츠바이크에게 증오심이 없었어요. 오히려 인사부장 카스트너가 로젠츠바이크를 증오했죠. 그 남자 참 역겨운 타입이더라고요. 기꺼이 마초가 되고 싶은데, 실제는 술에 찌든 놈팡이에 불과해요. 그 남자가 로젠츠바이크를 협박한 사실은 인정했지만 살해하진 않았을 거예요. 그러기에는 냉혹함과 결단력이 부족해요. 이미 말했듯이, 알코올중독자라니까요. 그 사람은 잊어버려요."

"누군가가 병을 바꿔치기했다면 어때요?" 페터가 물었다. "내 생각에는 당뇨병 환자가 하루에 한 번만 주사를 맞는 것이 아니라 세 번, 네 번, 다섯 번씩 맞을 것 같은데요. 사무실에 병을 가져갔는데, 누군가가 병을 바꿔치기한 거죠. 그럴 가능성도 있지 않을까요, 어때요?"

"하지만 목요일에 펜이 망가져서 다시 주사기를 이용해야 하는 사정을 사무실에서 누가 알았겠어요? 그것은 좀 지나친 가설인 것 같아요. 아니, 나는 모든 일이 로젠츠바이크 집안에서 일어났지만 부인은 아무 상관 없다고 확신해요. 부인이 그런 음험한 계획을 세웠다면 우리에게 금방 꼬리가 잡힐 거라고 사전에 충분히 예상할 수 있었어요. 게다가 여자들이 독을 사용하는 경우, 대부분 훨씬 더 면밀한 계획하에 움직이곤 하죠. 여기에 비소 조금, 저기에 쥐약 조금. 그 모든 것을 몇 주일이나 몇 개월에 걸쳐 오랜 시간을 두고 서서히 시행해요. 희생자는 처음에 한동안 메스꺼움이나 두통을 호소하다가 순환기 문제로 넘어가고 그러다 결국 손쓰기에는 늦어버리죠. 로젠츠바이크가 결국 그의 생명을 앗아간 모종의 일에 연루된 게 분명해요."

"남색이나 소아성애증?" 프랑크가 물었다.

"그럴 가능성은 희박해요. 로젠츠바이크가 건드린 여자들이 젊긴 했지만, 아무튼 성숙한 여자들이었어요. 무분별하게 닥치는 대로 아무나하고 성관계를 맺진 않았다고요. 게다가 아이들은 로젠츠바이크의 대상이 아니었어요."

"조직적인 범죄?"

"그렇다면 간단히 목에 총알을 날렸겠죠. 아니, 우리는 실제로 로젠츠바이크의 어두운 면을 알아내야만 실마리를 풀 수 있어요. 그런데 그 어두운 면을 찾아내는 것이, 맙소사, 지독히 어려운 문제라고요. 그 어두운 면은 애정행각이 아니에요, 확신할 수 있어요. 로젠츠바이크가 여자문제를 비밀로 하긴 했지만, 그 주된 이유는 명백해요. 교회 때문이었죠. 로젠츠바이크는 그 종교 단체라는 커다란 기계장치 속의 작은 톱니바퀴에 지나지 않았어요. 물론 그에겐 도덕적으로 고결한 외관을 유지하는 게 중요했죠. 그 때문에 카스트너가 그를 협박할 수 있었고요. 로젠츠바이크가 교회 신도라는 사실을 아는 사람이 거의 없었는데, 카스트너는 알고 있더라고요. 하지만 로젠츠바이크가 해고하겠다고 책상을 내리칠 때까지, 카스트너는 입을 다물고 있었어요."

"그러면 이제 어떡할 건가?" 베르거가 의자에서 일어나 커피머신에 다가가 커피를 따르며 물었다. 그는 창가에 서서 창밖을 내다보았다.

"단서 찾기." 율리아는 한숨을 내쉬며 마찬가지로 커피를 가져와 한 모금 홀짝거렸다. "로젠츠바이크의 삶을 아주 세세한 부분까지 샅샅이 조사해야겠어요. 그의 커다란 비밀이 숨겨진 문을 찾아낼 때까지 말이에요. 저는 어쨌든 로젠츠바이크 부인과 한 번 더 이야기해보도록 하죠. 교회에 대해 이런저런 대화를 나누다 보면 속엣말을 하도록 유도할 수 있을 거예요. 이번엔 저 혼자 가겠어요. 또다시 우리가 둘이서 나타나면, 로젠츠바이크 부인은 즉시 모든 대화 가능성을 닫아버릴 거예요. 적어도 경찰에 대해선 불신이 크거든요. 하지만 생각해 보세요, 지금 우리가 자신을 냉혹한 살인범으로 여기는 줄 알고 있거든요. 부인이 저를 믿고서 제일 절친한 친구에게나 이야기할 일들을 털어놓기를 바랄 뿐이에요. 무조건 한 번 부딪쳐볼게요."

"잘 되길 빌어요." 페터가 말했다. 그는 의자에 아무렇게나 퍼질러 앉아서 두 다리를 꼬고는 이 사이로 껌을 질겅질겅 씹었다.

"쿨머 형사는 이런 비슷한 사망사건이 이미 한 차례 아니면 여러 차례 있었는지 조사해볼 거죠?"

"물론이죠, 여부가 있겠습니까? 뒤랑 형사님을 위해서는 뭐든 하죠." 페터가 삐죽이 웃으며 말했다.

"그거 처음 듣는 소리군요. 내가 뭔가 모르고 지나간 일이 있나 보죠?"

"그럴 수도요."

"그렇담 좋아요. 나는 로젠츠바이크 부인이 집에 있는지 확인해보겠어요. 그리고 헬머 형사는," 율리아는 프랑크를 가리켰다. "우리가 함께 이야기를 나누었거나 아니면 헬머 형사 혼자 이야기해본 사람들의 모든 진술을 한 번 더 자세히 살펴봐요. 모든 걸 기록으로 남기고 메모해 두면 좋겠어요. 뭐든 조금이라도 이상하게 생각되는 일이 있으면 표시하라고요. 나도 알아요, 굳이 말할 필요도 없이 엿 같은 일이란 거."

율리아는 커피를 마저 마시고 잔을 책상에 내려놓은 후 일어섰다. "당장 로젠츠바이크 부인에게 가봐야겠어요. 너무 늦지 않으면 사무실에 한 번 더 들릴게요. 그 밖에 제게 연락할 방법은 다들 아시죠."

율리아는 가방을 들고서 문을 열고 곧장 밖으로 나갔다. 프랑크 헬머도 뒤따라 일어나 뒤를 쫓았다. 프랑크는 문을 닫고 율리아 옆을 몇 걸음 따라갔다. 그러더니 갑자기 층계에서 걸음을 멈추고 눈을 반짝이며 말했다. "잠깐, 할 말이 있어요. 그러니까 우리 서로 아주 잘 통하는 사이잖아요. 그래서 율리아에게 맨 먼저 알려야겠다 싶어서 하는 얘긴데, 나딘이 임신했어요."

율리아는 한순간 프랑크를 바라보더니 한 걸음 다가가 부둥켜 안았다.

“정말 축하해요. 지난번 유산한 후로 다시 시도해야 할지 말지 틀림없이 오랫동안 고심했을 텐데, 그렇죠?”

“그래요, 하지만 결국 우리 둘 다 원했어요. 좀 전에 나딘에게서 전화가 왔는데, 임신테스트 결과 양성이 나왔다지 뭐예요. 나 같은 놈이 무슨 복이 있어서 그런 아내를 얻게 되었는지. 한 푼 두 푼 아끼려고 골치 아프게 허리띠를 졸라맬 필요도 없는데다가 이제 아이까지 생기다니. 솔직히 말해, 너무 기뻐서 마구 소리치고 싶을 정도라니까요.”

율리아는 씩 웃으며 말했다. “그럼 소리쳐요. 하지만 내가 밖으로 나간 후에 말이죠. 내 동료가 정신병원으로 직행해야 하는 처지라는 걸 굳이 온 세상 사람이 다 알 필요는 없지 않겠어요. 농담은 그만하고, 나도 두 사람을 위해서 정말 기뻐요. 이번에는 모든 게 매끄럽게 진행되길 빌어요. 나딘더러 몸조심하라고 해요.”

율리아의 눈빛이 별안간 진지하고 우울해졌다. 그녀가 억지로 미소 지으며 말하는 것을 프랑크는 놓치지 않았다.

“이제 가봐야겠어요. 나딘에게 안부 전해줘요.”

“알았어요.” 프랑크의 얼굴도 갑자기 진지해졌다. 그는 층계를 내려가는 동료의 뒷모습을 바라보았다. 어쩌면 그 동료는 아이를 가지고 싶은 소망이 내겐 이루어지지 않으면 어떡하나 생각했을 수 있었다.

“빌어먹을.” 프랑크는 나지막이 혼자 중얼거렸다.

오후 2시 45분

발터 쇠나우는 막 은행 감사위원회 회의를 마친 뒤였다. 그는 육중한 캐비닛과 크고 견고한 떡갈나무 책상이 있는 널찍한 사무실에 혼자 앉아 있었다. 책장 옆의, 선물이 수북이 쌓인 책상을 바라보고 있는데 전화벨이 울렸다. 그 전화번호를 아는 사람은 몇 명 없었다. 대개는 여비서인 베르크만 부인을 경유해 전화가 연결되었다. 하지만 베르크만 부인과 통화하고 싶어 하지 않는 몇몇 사람이 있었다.

"여보세요, 쇠나우 박사입니다." 전화선 다른 편 끝의 목소리가 말했다. "해피 버스데이 투 유. 오늘 기분 어때?"

"고마워, 심장에 조금 통증이 있는 것 빼고는 불평할 게 없어. 당신 전화를 받으니 흥이 나는군. 그런데 이따가 내 사무실에서 만나기로 하지 않았어? 그새 무슨 일이 생겼나?"

"음, 조금. 중요한 약속이 있어서 약간 늦을 거 같아요. 사무실에 얼마나 오래 있을 거야?"

"어쨌든 다들 퇴근할 때까지는 있겠지. 잘 알면서 그래. 언제 올 건데?"

"6시 조금 지나서." 전화를 건 사람은 말했다.

"너무 늦지는 말아. 왜 하필이면 오늘 같은 날 집에 늦게 왔는지 집사람에게도 해명해야 한다고. 집사람이 오늘 저녁 사람들을 초대했어……. 어쩌겠나, 당신도 상황이 어떤지 잘 알고 있지. 그 자리를 빠질 수는 없어. 하지만 당신이 파티에 오는 문제는 나중에 이야기하자고. 아무튼 당신도 생판 모르는 사람은 아니니까." 쇠나우는 빙긋이 웃으며 말했다.

"한 번 생각해 보자고요. 어쨌든 오늘 저녁 당신에게 선물을 배달시켰어. 선물 받으면 금방 풀어야 해요. 그렇지 않으면 망가지니까."

"뭐가 망가진다는 거야? 이거, 무척 궁금한데."

"아마 깜짝 놀랄걸. 내가 얼마나 애썼는지 알아요, 제일 근사한 것으로 구하려고. 그럼, 나중에 봐요. 당신 사무실이나 아니면 당신 집에서. 안녕……."

"잠깐, 그 전에 만나야지. 못 만나면 무척 섭섭할 거라고. 그런데 그 물건이 언제 온다는 거야?"

"6시 반에서 7시 사이에 도착할 거야. 그때까진 무조건 사무실에 있어야 해요. 택배를 좀 더 일찍 보내려고 했지만, 자기도 잘 알잖아……. 그래, 이제 그만 전화 끊어야 해. 그렇지 않으면 약속에 늦어. 안녕, 나중에 봐요."

쇠나우는 수화기를 내려놓고 심장통증이 다시 시작되었는데도 혼자 미소 지었다. 인터폰 스위치를 누르고 여비서에게 물 한 잔을 가져오라고 시켰다. 1분 후, 물컵이 앞에 놓여 있었고, 쇠나우는 책상 가운데 서랍에서 약갑을 꺼내어 한꺼번에 두 알을 입안에 넣고 물과 함께 삼켰다. 그는 가슴을 에워싸고 있는 철갑이 서서히 풀어져서 통증이 멈추기를 바랐다. 쇠나우는 의자를 조금 돌려서 다시 인터폰 스위치를 누르고 베르크만 부인에게 30분 동안 절대 전화를 연결하지 말라고 말했다. 그러고는 등을 뒤로 기대고서 벽에 설치된, 너비 4미터 높이 2미터 크기의 바닷물 수족관을 응시했다. 물속을 헤엄치는 물고기들의 모습은 번번이 마음을 진정시켜주었다. 대부분의 명칭은 몰랐지만, 물고기들이 발하는 색채와 정적은 매혹적이었다. 어떤 물고기들은 빛을 반짝였으며 때로는 밤에 야광을 내기도 했다. 물고기들은 조금도 서두르지 않고 스트레스에 시달리지 않으며 유유히 수족관 안을 돌고 돌았다.

몇 분 후 철갑이 풀어지고 쇠나우는 다시 숨을 깊이 쉬었다. 앞으로 2주일 후, 그는 심장우회수술을 받을 예정이었다. 그러면 점점 더 자주 일어나는 발작이 사라질 것이었다. 라우라 핑크의 말에 따르면 오늘날 그런 수술은 어린애 장난이나 다름없다는데도 쇠나우는 그 처치가 두려웠다. 하지만 수술을 받지 않으면 조만간 생명이 위험하다고 라우라 핑크는 말했다. 그녀는 쇠나우에게 극심한 심근경색이 발생할 수 있으며 어쩌다 살아났을 경우의 결과에 대해 이야기했다. 그는 그렇게 되면 삶이 더 이상 살 가치가 없다는 걸 알고 있었다. 하지만 오늘은 생일이었고, 2주일 후 있을 일에 대해서는 생각하고 싶지 않았다. 이날만큼은 즐기고 싶었다. 그리고 남은 오후를 원래 예정했던 대로 보내길 바랐다. 30분 후, 쇠나우는 다시 전화를 연결해도 된다고 베르크만 부인에게 알렸다.

오후 3시 15분

마리안네 로젠츠바이크는 집에 혼자 있지 않았다. 베이지색 여름옷 차림의 무척 세련된 부인이 함께 있었던 것이다. 그들은 커피를 마셨고, 탁자 위에 약간의 쿠키가 놓여 있었다.
"제가 두 분을 서로 소개할게요. 이쪽은 뒤랑 형사님이고, 저쪽은 리젤로테 하이만이에요." 마리안네 로젠츠바이크는 이렇게 말하며, 여형사를 초록색 눈으로 냉담하고 거만하게 훑어보는 부인을 가리켰다. 그 부인은 겨우 "안녕하세요"라고 웅얼거릴 뿐이었다.
"하이만 부인이라고요? 어저께 하이만 씨를 뵈었는데, 두 분은 친척인가요?" 율리아는 가까이 다가가며 물었다.
"우리는 결혼했어요." 리젤로테 하이만은 퉁명스럽게 말했다.

"저는 그만 갈까요?"

"가실 필요 없어요." 율리아가 말했다. "하지만 로젠츠바이크 부인과 단둘이 이야기할 수 있도록 몇 분만 자리를 비켜주시면……."

"마리안네, 그동안 정원을 조금 거닐고 있을게. 이야기가 끝나면 밖으로 나와." 리젤로테 하이만은 커피잔을 탁자에 내려놓고 자리에서 일어나 밖으로 나갔다. 진한 향수 냄새가 흩날렸다. 그런 무더운 날씨에 쓰기엔 너무 진했다.

"앉으세요." 마리안네 로젠츠바이크는 안락의자를 가리키며 말했다. 오늘 그녀는 훨씬 더 예민해 보였으며 눈 아래에 깊은 다크서클이 드리워져 있었고 손이 조금 떨렸다.

"오늘은 어떠세요?" 여형사는 자리에 앉으며 물었다.

"잘 지낸다고 말하면 과장일 거예요. 실제로 월요일부터 거의 잠을 자지 못했어요. 지금은 모든 게 그냥 무의미한 거 같아요. 커피 마시겠어요? 하지만 우리집에는 카로 커피밖에 없어요. 저흰 원두커피는 안 마셔요. 물론 물이나 과일 주스도 있어요."

"아니, 괜찮아요. 괜히 수고하지 마세요. 그리고 오래 있지도 않을 거예요." 율리아는 말을 잠깐 끊고 생각을 정리한 다음 말했다. "로젠츠바이크 부인, 어제에 이어 오늘도 제 동료들과 함께 지금까지 있었던 사실들을 전부 한 번 더 자세히 훑어보았어요. 유감스럽게도, 현재 부인이 남편의 인슐린 병에 독을 탄 유력한 용의자로 간주되고 있다는 말씀을 드리지 않을 수 없네요. 물론 저는 동료들의 견해에 동의하지 않아요. 저는 부인을 살인범이라고 생각하지 않거든요."

마리안네 로젠츠바이크는 다만 피곤하게 고개를 끄덕였으며 입을 찡그려 뭐라 정확히 묘사할 수 없는 냉담한 미소를 지었을 뿐이다. "그렇겠죠, 제가 유력한 용의자겠죠. 저도 알아요. 형사님들이 제 지문을 채취하셨잖아요. 이 집에서 저와 아이들 말고 또 누가 남편의 서재에 들어갈 수 있겠어요? 저 말고 또 누굴 의심하겠어요? 상황이 제게 불리하다는 걸 알고 있어요." 로젠츠바이크 부인은 말을 멈추고 커피를 한 모금 마셨다. 그리고는 커피잔을 손에 든 채 말을 이었다. "하지만 전 아니에요. 저는 절대 그런 짓을 할 수 없을 거예요. 저는 한스를 사랑했어요. 아마 제가 그 사랑을 거의 내보이지 않았거나 아니면 한스가 원하는 방식으로 내보이지 않았을지라도 말이죠."

"그게 무슨 뜻이죠?" 율리아는 물었다.

마리안네 로젠츠바이크는 한숨을 내쉬며 고개를 가로저었다. "저는 한스에게 사실 할 말이 아주 많았어요. 하지만 정말로 중요한 건 항상 뒤로 미루기 마련이에요. 그러다 별안간 때를 놓치게 되고, 말하고 싶었거나 행동하려 했던 것을 더 이상 할 수 없게 돼요. 저는 분명히 그다지 좋은 아내는 아니었어요. 적어도 대부분 남자들이 바라는 아내는 아니었어요, 성녀인 동시에 창녀인 아내. 저는 성녀도 아니었고 창녀는 더더욱 아니었죠. 그 사람에게 결코 아니었어요. 그이가 어떤 욕구를 품고 있는지 정확히 알고 있는데도 그랬어요."

율리아는 대화가 쉽게 풀리지 않으리라 생각했었다. 마리안네 로젠츠바이크가 이렇듯 솔직하게 이야기할 줄은 미처 생각하지 못했다.

"그게 무슨 말이죠, 남편분께서 어떤 욕구를 품고 있었죠?"

로젠츠바이크 부인은 시선을 옆으로 돌렸다. 눈물이 몇 방울 볼을 타고 흘러내렸다. 마리안네 로젠츠바이크가 다시 말을 잇기까지는 잠시 시간이 흘렀다. 그녀는 손수건을 꺼내어 눈물을 닦고 들릴락 말락 조용히 코를 풀었다. "저는 순결과 예의범절, 도덕성을 매우 강조하는 집안에서 자랐어요. 성생활이라는 낱말조차 입에 올려서는 안 되었죠. 그 낱말은 사악한 것을 품고 있었어요. 우리 형제자매 중의 하나가 저속한 말을 입에 올렸다 하면, 다시는 그런 말을 말하지 않도록 말 그대로 두들겨 맞았어요. 우리의 언어는 순결하고 공손해야 했어요. 하지만 지금도 이따금 그때 매 맞았던 감촉이 느껴지는데, 매는 순결하고 공손하지 않았지요. 그러다 저는 열여덟 살도 채 되지 않은 어린 나이에 이미 한 번의 결혼 경험이 있는 한스를 알게 되었어요. 한스에게는 처음부터 저를 매혹시킨 뭔가 남다른 점이 있었어요. 평온함과 침착함, 한스 옆에 있으면 그냥 푸근한 느낌이 들었어요. 그래서 그이의 나이가 너무 많다고 생각하신 부모님의 반대를 무릅쓰고 열아홉 살에 한스와 결혼했어요. 그런데, 저는 그 사람이 원하는 걸 주고 싶었지만 결코 주지 못했어요. 그이에게 아들 둘을 낳아주었지만, 우리는 성적인 면에서 한 번도 합치하지 못했거든요. 그이는 절대 내색하진 않았지만, 그 점에서 불만이 있다는 걸 저는 알고 있었어요. 그리고 한스에게 어딘가에 숨겨둔 애인이 있지 않을까 하는 생각이 이따금 정말로 들었어요."

로젠츠바이크 부인이 갑자기 미소를 지었는데 그 모습이 어찌나 여리고 가냘파 보이는지, 율리아는 꼭 안아주고 싶었다.

"그래요, 그저께 형사님은 제게 그 점에 대해 물으셨고, 저는 절대 그럴 리 없다고 대답했죠……. 하지만 그이가 성적 욕구를 억누를 수 없다는 것을 저는 그동안 내내 알고 있었어요. 그 사람에게 여자가 있었는지는 모르겠어요. 한 번도 알려고 하지도 않았어요. 만일 알았다면 제 세계상이 깨졌을 거예요. 저는 그냥 이 제한된 작은 세계 속에서 살고 싶었어요. 다만 한스가 나쁜 사람이 아니었다는 한 가지만 알아요. 한스는 늘 저와 아이들에게 잘해 주었어요."

"남편분이 부인에게 더 많은 걸 원한다고 내색한 적이 있었나요?"

"드러내놓고 내색한 적은 없었어요. 한스는 제 육체적인 장벽을 허물려고 몇 번 시도했지만 뜻을 이루지 못했죠. 그래서 제가 많은 것을 놓쳤다고 생각해요. 많은 근사한 일들을."

"로젠츠바이크 부인, 혹시 인슐린 대신 뱀독을 병에 집어넣었을 거라고 의심 가는 사람이 있나요?"

"바로 그게 문제예요. 그저께 저녁부터 그 문제에 대해 아무리 머리를 싸매고 생각해도 모르겠어요. 이리 생각하고 저리 생각해도 그런 짓을 할 만한 사람이 생각나지 않아요. 그러니 오도 가도 못 하고 꼼짝없이 다른 사람이 한 짓을 뒤집어쓸 수밖에요. 이 세상은 공정하지 않아요, 그렇죠?" 마리안네 로젠츠바이크는 슬픈 눈빛으로 물었다.

"부인이 모든 걸 뒤집어쓰지 않아도 됩니다. 제가 이번 사건을 맡아 수사하고 있고 또 누구를 언제 체포할 것인지도 결정하니까요. 현재 남편분의 사무실을 수색하고 있는데, 어쩌면 거기서 진짜 범인을 색출할 수 있는 단서를 몇 가지 찾아낼 수 있을 거예요. 하지만 수사가 앞으로 오래 걸릴 수도 있어요."

"뒤랑 형사님, 틀림없이 제 남편 사무실에 찾아가서 직원들에게 이것저것 물어보셨죠. 남편에 대해 뭐라고 하던가요?"

"여러 가지 의견이 있었어요. 어떤 사람들은 혹독한 사업가라고 말했고, 또 어떤 사람들은 별다른 말을 하지 않았고, 또 아주 긍정적으로 말한 사람들도 있었어요."

"누가 긍정적으로 말했죠, 노이만 씨인가요?" 마리안네 로젠츠바이크는 조금 씁쓸한 어조로 물었다.

"특히 그랬어요. 왜 하필 노이만 씨를 강조하시죠?"

"글쎄요, 노이만 씨를 딱 한 번 잠깐 본 적이 있는데, 그 여자가 혹시……. 왠지 그런 생각이 들었어요. 제 말이 무슨 뜻인지 아실 거예요. 형사님은 그 일에 대해 좀 알고 계시죠? 제게 조용히 말씀하셔도 돼요."

"그건 아니에요." 율리아는 거짓말을 둘러대며 로젠츠바이크 부인을 바라보았다. 부인은 율리아의 시선에 응답하며 야릇한 미소로 그 대답을 받아들였다. 마치 그 호의적인 거짓말을 꿰뚫어보는 듯했다.

"괜찮아요, 저도 전혀 알고 싶지 않아요. 그 사람이 노이만 씨와 무슨 일이 있었다고 하더라도 단순히 성적인 관계였을 거예요. 상관없어요. 지금 모든 게 상관없듯이 그것도 상관없어요. 앞으로 어떻게 될지 모르겠어요……."

"두 아드님이 있잖아요."

"아들들이 남편을 대신할 수는 없어요. 친구들도 마찬가지고요. 모두들 남편이 지금 더 좋은 곳에 있고 그곳에서 잘 지낸다고 말해요. 그리고 언젠가는 남편을 다시 만날 거라고. 하지만 그게 언제일까요? 지금 제 마음은 뻥 뚫린 것만 같아요. 그 구멍이 언젠가 다시 채워지는 날이 올지 모르겠어요. 남편은 제 인생에서 가장 중요한 사람이었어요."

"로젠츠바이크 부인, 부인은 이겨내실 수 있어요. 저는 그럴 거라고 확신해요……."

"하지만 두려워요. 이 두려움이 저를 죽일 것 같은 느낌이 이따금 들어요. 제가 불안해할 때마다 항상 남편이 붙잡아줬어요. 그리고 어디에 있든 언제나 제 곁으로 달려왔죠. 형사님이 그걸 이해하실 수 있을지 모르겠어요. 하지만 저는 한스를 맹목적으로 믿었어요. 그 사람을 정말로 사랑했어요. 그이를 어느 날 다시 만났으면 좋겠어요……. 제가 형사님 귀에 실없는 소리만 잔뜩 늘어놓았나 봐요. 이런 말을 들으려고 오신 게 아닐 텐데."

"아니에요, 로젠츠바이크 부인. 그런 말을 듣고 싶었어요. 부인과 이야기를 나누면서, 남편과 어떤 사이였는지 알고 싶었거든요. 이제 잘 알겠어요. 그리고 마음이 놓여요. 이렇게 말씀해주셔서 고마워요. 제게 도움이 될 만한 일이 나중에라도 생각나시면, 여기 제 명함이 있으니 언제든 전화 주세요. 지금은 더 이상 부인의 시간을 빼앗지 않겠어요. 친구분이 틀림없이 부인을 기다리고 있을 거예요."

마리안네 로젠츠바이크는 미소 지으며 말했다. "조금 기다려도 괜찮아요. 우리는 자주 만나거든요……. 언제 장례식을 치를 수 있는지 혹시 아세요?"

"부검이 끝났으니, 다음 주 초쯤에 장례식을 계획할 수 있지 않을까 싶어요." 율리아는 자리에서 일어나 로젠츠바이크 부인에게 손을 내밀어 작별인사를 했다. 문에서 다시 한 번 잠깐 걸음을 멈추고는 말했다. "걱정하실 필요 없어요. 어쨌든 저는 부인이 남편의 죽음과 관계있다고 믿지 않아요."

율리아가 자동차에 오를 때까지 마리안네 로젠츠바이크는 현관에 서 있었다. 율리아는 차를 출발시키고 골루아에 불을 붙였다. 차창을 내리고 잠시 생각에 잠겼던 그녀는 가방에서 휴대폰을 꺼내어 경찰청 전화번호를 눌렀다. 베르거가 직접 전화를 받았다.

"부인은 아니에요." 율리아는 말했다. "그렇게 자신을 잘 위장할 수 있는 사람은 듣지도 보지도 못했어요. 남편을 살해했을 리가 없어요. 그러기에는 남편에게 너무 많이 의지했어요."

"하지만 우리에게는 아직까지 유일한 용의자일세." 베르거는 말했다.

"물론 그렇죠. 하지만 진짜 범인을 찾아낼 때까지만이에요. 그리고 우리는 그 범인을 반드시 찾아낼 거예요. 제 말 믿으시라고요. 그리고 오늘은 경찰청에 들르지 않고 그냥 퇴근할게요."

"그럼 내일 보자고." 베르거가 수화기를 내려놓으려는 찰나에 율리아 뒤랑의 목소리가 그를 제지했다.

"아 참, 우리의 전문가들이 로젠츠바이크의 사무실에서 뭔가 결과를 보고했던가요?"

"아직 아냐. 좀 더 오래 걸릴 거 같아. 그럼 즐거운 저녁 시간 보내게나." 베르거는 전화를 끊었다. 율리아가 통화종료 스위치를 누르자마자 다시 휴대폰 벨이 울렸다. 베르너 페트롤이었다.

"오늘 저녁 우리 집에 올 수 있어?" 베르너는 물었다.

"오늘 저녁? 수요일에는 항상 늦게까지 병원에 있는 줄 알았는데."

"보통은 그렇지. 오늘만 예외야. 6시 반부터 집에 있을 거야. 기분 내키면……."

"좀 두고 보자고. 아무튼 그 전에 전화할게."

"사실은 오로지 당신 때문에 일찍 퇴근하는 거라고. 우리 함께 식사하러 가거나 영화 보러 갈 수 있지?"

"내가 당직이라서 영화는 곤란해. 식사하러 가는 건 좋아. 하지만 이미 말했듯이, 그 전에 전화할게."

"그럼 나중에 보자고. 그리고……, 당신이 보고 싶어. 이 점을 알아줬으면 좋겠어."

"나중에 연락할게." 율리아는 급작스럽게 통화를 끝냈다. 사실 오늘 저녁은 혼자 보낼 계획이었다. 맥주 캔 한두 개를 마시고 다리를 높이 올려놓은 채 텔레비전을 보며. 이제 저녁을 베르너와 함께 보낼 것인지 고려해봐야 했다. 율리아는 집에 도착할 때까지 줄곧 마리안네 로젠츠바이크와의 대화에 대해 생각했다. 그 부인은 정말로 자비네 라이히가 묘사한 그대로인 듯 보였다. 어떤 식으론가 순결하고 순수하고 한없이 소박해 보였다. 그녀가 왠지 안쓰러웠다.

오후 5시 54분

발터 쇠나우는 한 시간 남짓 전부터 혼자 은행에 있었으며, 비서가 내일 발송할 편지 몇 통에 서명을 했다.

그 일을 끝낸 후, 전화 버튼을 눌렀다. 그의 아내가 곧바로 전화를 받았다. "쇠나우입니다."

"비비엔, 나야. 예정보다 조금 늦게 집에 도착할 거 같아. 좀 전에 전화를 받았는데, 꼭 받아야 할 소포가 있어서……."

"잠깐만, 8시에 손님들이 온단 말이에요!" 비비엔 쇠나우는 짜증스럽게 남편의 말을 끊었다. "당신이 당신 생일에 직접 초대한 손님들이잖아요."

"제발, 흥분하지 마. 소포만 기다렸다가 금방 집에 갈게. 8시 전에 도착하기로 약속하지. 화내지 말라고, 오케이!"

"당신이 한 번이라도 약속을 지키는 걸 보고 싶어요." 비비엔 쇠나우는 말했다. "제시간에 도착하지 않으면 당신 없이 시작할 거예요. 명심해요."

"알았어. 제 때 꼭 도착할게."

짧은 통화 후, 쇠나우는 등을 뒤로 기대고 앉은 채 의자를 돌려 수족관을 바라보았다. 그는 수족관을 자랑스럽게 여겼으며, 날마다 물고기들을 보고 새롭게 기뻐했다. 물고기들은 그가 자주 누리지 못하는 평온을 일깨워주었다. 물속에서 유유히 움직이는 물고기들과 물을 몇 분만 바라보고 있으면 금방 마음이 평온해졌다. 쇠나우는 시계를 흘낏 보았다. 6시 조금 전이었다. 그는 고개를 내저으며, 방문객이 오지 않을 모양이라고 생각했다. 그 생각을 하기가 무섭게 벨이 울렸다. 쇠나우는 인터폰 스위치를 눌렀다.

"여보세요. 자기, 나야."

쇠나우의 얼굴이 환히 밝아졌다. 그는 몸을 일으켜 천천히 1층으로 내려가서 뒷문을 열었다.

"이렇게 오니 반갑군." 쇠나우는 그녀를 품에 안으며 말했다. "자, 위층으로 올라가자고."

"오늘 하루 어땠어요? 어쨌든 쉰 번째 생일은 인생에 단 한 번뿐이잖아." 그녀는 책상에 걸터앉으며 물었다. 가방에서 담뱃갑을 꺼내어 담뱃불을 붙이고는 손을 고혹적으로 놀려 담배를 입으로 가져갔다. 연기를 깊이 빨아들여서 쇠나우 쪽으로 내뿜었다.

"담배 좀 끊어." 쇠나우는 빙긋이 웃으며 말했다. "그러다 건강 해치겠어."

이 말에 상대방도 빙긋이 웃으며 대답했다. "그러면 당신은 불륜이나 그 밖에 계명에 어긋나는 짓을 하지 않아도 되잖아. 잘못하다가는 지옥에 떨어질걸."

"나도 알아, 안다고. 나는 교활하고 나쁜 인간이야. 하지만 육체적인 욕망이 원래 그런 걸 어쩌겠어. 욕망이 나를 놓아주지 않아. 그런데 이제 내 나이 벌써 오십이라고. 좀 더 평온해지고 침착해져야 하는 나이인데. 하지만 당신이 나를 사로잡고 놔주질 않아. 당신이 내 인생에 화산처럼 등장한 걸 난들 어쩌겠어?"

"아이, 자기야, 우리 둘 다 무엇이 좋고 또 무엇이 올바른지 잘 알잖아. 다른 사람들은 마음대로 떠들게 내버려둬. 자기들도 하나도 나은 거 없어. 인생은 단 한 번뿐이라고 나는 날마다 새롭게 말해. 인생을 즐길 기회가 오면 놓치지 말고 붙잡아야 해." 그녀는 일어나서 쇠나우 앞에 무릎 꿇었다. 두 손을 쇠나우의 허벅지에 올려놓고 도발적인 눈빛으로 그를 올려다보았다. 쇠나우의 눈길이 깊게 팬 옷 속의 풍만한 가슴 속으로 빨려 들어갔다.

"오늘은 자기 생일이니까 무슨 소원이든 들어줄게. 어떻게 해주면 좋을까? 말만 해. 뭐든 해줄게."

"당신 원하는 대로." 쇠나우는 흥분해서 말하며 그녀의 눈을 들여다보았다.

"늘 하듯이 실습생 포즈?" 그녀는 짓궂게 삐죽이 웃으며 물었다.

"하지만 시가가 없어. 또 우리가 화장실에 있는 것도 아니고."

"시가는 필요 없어. 그냥 가만히 앉아서 긴장을 풀기만 해." 그녀는 날렵하게 손을 움직여 그의 바지 단추를 풀고는 벌써 조금 일어선 그의 성기를 어루만졌다. "자기 귀여운 물건이 서서히 커지고 있어." 그녀는 그의 페니스를 조금 세게 누르며 말했다. 그리고 손가락으로 그의 페니스를 잡아서 조금 마사지하다가 결국 입안에 넣었다. 쇠나우는 눈을 감고 신음했다. 그의 두 손이 그녀의 머리카락을 붙잡고 그녀의 가슴을 더듬었다.

"삽입하고 싶어." 그는 나지막이 말했다. "어서 하게 해 줘."

"유감스럽게도 오늘은 안 돼." 그녀는 애석해하는 표정으로 말하고는 한순간 그를 바라보았다. "오늘은 할 수 없어. 생리 중이거든. 아까 소원을 다 들어주겠다고 말한 건 내가 좀 경솔했어. 미안해. 다음번엔 약속할게."

"아쉽군. 그렇담 계속해. 당신이……, 너무 좋아. 오, 이런!"

그녀는 그의 고환을 어루만지며 그의 흥분을 몸으로 느끼고 귀로 들었다. 쇠나우가 사정하기까지는 5분도 채 걸리지 않았다.

"맙소사," 그는 붉게 상기된 얼굴로 물었다. "도대체 뭘 어떻게 하는 거지? 당신이 날 건드리기만 하면, 마치 새파란 젊은이가 된 기분이라니까."

"자기는 아직 늙지 않았어." 그녀는 이렇게 말하고 티슈 한 장을 꺼내어 입을 닦은 뒤를 이어서 또 다른 티슈로 그의 페니스를 닦았다. "자기는 아직 자주 할 수 있어. 다음번에는 다시 삽입도 할 수 있고."

그녀는 시계를 흘낏 보았다. 6시 20분이었다. "작은 생일선물을 미리 준비했어. 자기 맘에 들었으면 좋겠어." 그녀는 검은 가죽스커트를 가지런히 펴고 흰 블라우스 단추를 채웠다. 스커트 아래엔 검은 나일론 스타킹을 신고 있었다. 그녀는 일어나서 다시 담뱃불을 붙였다. 벨이 울렸다.

"분명히 당신 생일선물일 거야." 그녀는 연기를 빨아들이며 말했다. "어서 가서 문을 열어. 그동안 기다리고 있을게. 어쨌든 자기 얼굴을 보고 싶어. 자기가 아래층에 가는 동안, 나는 잠깐 화장실에 갔다 올게."

쇠나우는 몸을 일으켜 아래층으로 내려갔다. 신중을 기하기 위해 밖에 누가 있는지 감시경으로 확인하고 문을 열었다. 긴 머리를 단정하게 빗은 근육질의 젊은 남자가 상당히 크고 무거운 꾸러미를 들고 문밖에 있었다. 쇠나우는 젊은 남자에게 꾸러미를 위층의 사무실로 들고 올라가 책상 위에 놓아달라고 부탁했다. 젊은 남자가 돌아서서 가려고 하자, 쇠나우는 재킷 주머니에서

10마르크짜리 지폐를 꺼내어 내밀었다. 그는 문을 열어 놓은 채 잠시 기다리며 왼손으로 턱을 잡았다. 미소를 지으며 꾸러미 안에 무엇이 들어 있을까 생각했다. 그렇게 생각하고 있는 동안, 그녀는 사무실로 돌아와 문을 닫았다. 입술을 새로 칠하고 눈 화장도 고친 모양이었다. 그녀는 두 손을 뒷짐 지고 문에 기대 서 있었다. 뭐라 형용할 수 없는 묘한 미소가 입술에 감돌았다.

"안에 뭐가 들었지?" 그는 어린아이처럼 호기심을 느끼며 물었다.

"열어봐. 오로지 당신을 위한 거야. 당신 혼자만을 위한 선물. 특별히 조언을 받아서 결국 이걸로 결정했어. 맘에 들걸."

"그래, 좋아." 쇠나우는 말했다. "무슨 대단한 깜짝 선물인지 봐야지." 그는 앞으로 한 걸음 내디뎌 포장을 풀고 약 10리터의 물로 채워진 플라스틱 용기를 바라보았다. 그 용기 안에는 얼추 12에서 15센티미터 길이의, 무늬가 아주 아름다운 원뿔 모양의 바다생물 두 마리가 꼼짝 않고 있었다. 용기 겉면에는 이렇게 쓰인 쪽지가 붙어 있었다.

자기, 진심으로 생일 축하해. 당신의 수족관을 위해서 제일 아름다운 것으로 구했어. 마음에 들었으면 좋겠어.

서명이 없었다. 쇠나우는 쪽지를 책상 위에 놓고 그녀를 향해 삐죽이 웃었다.

"이게 뭐야?" 그는 물었다.

"맘에 안 들어?" 그녀는 되물었다.

"맘에 들고말고. 아주 멋져……. 당신은 어쩌면 이렇게 모든 점에서 기발한 생각을 해낼까."

"이것들이 자기 수족관을 아주 멋지고 풍성하게 꾸며줄 거라고 생각했어. 원래는 국내 반입이 금지되어 있지만, 내가 방법을 생각해냈지. 자기도 잘 알잖아, 내가 뭔가를 하겠다고 일단 맘만 먹으면 기어이 방법을 찾아내는 거. 자, 저것들을 얼른 당신 수족관에 넣어."

한순간 쇠나우는 그 꼼짝 않고 있는 생물들을 바라보았다. 그러더니 재킷을 벗고 오른 소매를 걷어붙이고 미지근한 물 속에 손을 집어넣었다. 두 마리 중 한 마리의 굵은 앞부분을 다치지 않게 조심조심 손으로 붙잡았다. 그걸 잠시 바라보면서 집게손가락이 몇 번 연달아 따끔거린다고 생각했다. 그는 의자 위에 올라서서 그 생물을 수족관의 물고기들 옆에 내려놓았다.

"이것들이 쏘나?" 그는 이마를 찌푸리며 물었다.

"괜찮아, 걱정하지 마." 그녀는 웃으며 말했다. "그것들은 그런 식으로 작은 물고기를 쏘아서 먹고 살아."

"설마 독이 있는 건 아니겠지?" 그는 조금 미심쩍어하며 물었다.

"자기야," 그녀는 문에서 떨어져 그에게로 다가와 그의 목을 두 팔로 안으며 말했다. "만일 무슨 일이……, 내가 여기 서서 가만히 지켜보고만 있을 거 같아? 참, 자기는 멍청해."

"좋아." 그는 대답한 뒤이어서 두 번째 생물을 마찬가지로 조심스럽게 용기에서 꺼내었다. 이번에는 거의 느껴지지 않을 정도로 살며시 몇 번 따끔거렸다. 그는 그 생물도 수족관의 따뜻한 물에 미끄러지듯 놓아주었다. 잠시 더 수족관 앞에 서서 그 광경을 즐기다가 이윽고 몸을 돌렸다. 그의 눈이 반짝였다. 그는 그녀에게 다가가 팔로 안으며 말했다. "고마워. 내가 오늘 받은 선물 중에서 정말로 제일 아름답고 진기한 선물이야. 당신은 모든 점에서 상상력이 아주 풍부한 여자라고. 비비엔하고는 완전히 달라. 당신도 잘 알잖아. 당신을 사랑해."

"알아." 그녀는 말했다. 그리고 그의 포옹을 풀고 다시 책상에 걸터앉아 새 담배에 불을 붙였다. "난 금방 가야 해." 그녀는 말을 이었다.

"오늘 저녁 어떡할 건데?" 그는 물었다. "이따 올 거지? 적어도 당신 모습이라도 봐야겠어."

"가긴 갈 거야. 하지만 좀 늦게. 9시 무렵에. 그래도 되지?"

"그렇게 해." 그는 말했다. 그리고는 잠시 생각해보더니 플라스틱 용기를 화장실에 비우기로 결정했다.

그는 손을 내밀어 용기를 붙잡았다. 그런데 아무런 느낌이 없었다. 오른손이 무감각했다. 그 무감각한 느낌이 서서히 팔 전체로 퍼져나갔고, 가슴팍의 심장이 밖으로 뚫고 나올 것처럼 미친 듯이 쿵쾅쿵쾅 뛰기 시작했다. 그는 현기증이 일어서 의자에 앉아야 했다. 최후의 남은 힘을 모아서 간신히 소파까지 걸어가 털썩 주저앉았다. 눈을 감자, 엄청난 피로가 안에서 치밀어 오르는 게 느껴졌다. 하지만 잠들고 싶지 않았다. 지금, 오늘은 아니었다. 오늘은 생일이었다. 집에서 많은 손님들이 기다리고 있었다.

그는 그녀를 바라보며 들릴 듯 말 듯 속삭였다. "내가 왜 이러지? 숨 막힐 것처럼 이상해. 무슨 일이지?"

그녀는 책상에 앉은 채로 몸을 돌렸다. 담배 연기를 깊이 빨아들여서 그를 향해 내뿜었다. 눈빛이 차갑고 냉혹했다. "어쩌지," 그녀는 냉소적인 미소를 머금고 말했다. "오늘 저녁 파티는 자기 없이 진행되어야 할 거 같아. 나도 참석할 건데 유감천만이군. 그리고 이제는 삽입도 할 수 없어. 이제 끝났어……. 자기야! 영영 끝났다고."

"나를 속였어." 그는 웅얼거렸다. 소파에서 일어서려고 했지만 팔다리가 말을 듣지 않았다. "독이었어." 혀가 차츰 꼬부라지면서 말이 나오지 않았다.

"겁먹을 필요 없어. 오래 걸리지 않을 거야." 그녀는 싸늘하게 말했다. "더구나 심장까지 이미 망가졌으니 오래 안 걸려. 내가 특별히 큰 놈들로 준비했어. 내 소중한 사람을 오래 고통에 시달리게 할 필요가 없다고 생각했거든. 몇 분만 더 참아, 나도 그 정도는 기다릴 수 있어. 청소도우미들이 언제 올까? 7시? 지금 6시 반 조금 지났어. 나는 5분 후 퇴장할까 해. 사무실을 한 번 더 둘러봐. 이게 마지막일 테니까." 그녀는 잠깐 말을 끊고는 담배를 눌러 끄고 곧바로 새 담배에 불을 붙였다. "너는 로젠츠바이크 못지않은 야비한 인간이야. 더러운 위선자 같으니라고. 지금 네 꼴을 네 눈으로 볼 수 있다면 좋을 텐데. 네 낯짝과 눈이 얼마나 불쌍한지 알아. 그게 바로 악마와 동맹을 맺은 인간이 최후로 보여주는 불쌍함이겠지?"

그는 그 말에 더 이상 귀 기울이지 않았다. 아내를 생각하고 하느님을 생각했다. 그는 기도하고 간청하고 하늘을 향해 소리 없이 절규했다. 도와달라고, 살려달라고. 모든 죄를 뉘우치고 보상할 수 있는 건 전부 보상하겠다고. 하지만 잠들고 싶지는 않다고, 제발 잠들지 않게 해달라고. 아주, 아주 긴 잠이 될 것임을 알기 때문이었다. 제발 누군가가 와서 도와주었으면. 하지만 그는 커다란 건물에 살인자와 단둘이 있었다. 전화기가 한없이 멀리 있는 듯 보였다.

그는 침을 삼키려 했다. 하지만, 침은 위장으로 넘어간 게 아니라 입가로 흘러나왔다. 그 단순한 반사작용조차 더 이상 가능하지 않았다. 그는 숨을, 산소를 깊이 들이쉬려고 했다. 그래서 삶을 다시 돌려받기를 바랐다. 하지만 엄청난 중압감이 가슴을 짓눌렀고 순식간에 숨쉬기가 힘들어졌다. 이제 겨우 입으로만 숨을 헐떡거릴 뿐이었다. 그는 다시 눈을 떴다. 몸을 움직일 수 없었다. 모든 게 이중으로 겹쳐보였다. 한 번 더 필사적으로 전화기를 붙잡으려 시도해 보았지만, 두 팔이 명령을 듣지 않았다. 10분 동안 그는 거의 마비상태로 앉아 있었다. 마비상태가 온몸 구석구석까지 파고드는 동안, 그의 정신은 아직 생각할 수 있었다.

그녀는 그를 살해했다. 그의 친구 로젠츠바이크를 살해한 것처럼. 그녀는 그를 무방비상태로 안심시켰고, 그는 조금도 눈치채지 못했다. 그는 세상 사람 모두를 살인자로 여겼더라도 그녀만은 절대 아니라고 생각했을 것이다. 둘은 얼마나 자주 잠자리를 같이 했던가, 그녀는 얼마나 자주 그에게 사랑을 입증했던가. 그 모든 게 오로지 속임수였을까? 그 모든 게 그녀의 끈질긴 계획에 따른 것이었을까? 그는 그 물음에 대한 답변을 알지 못했고, 또 결코 알아내지 못할 것이었다. 오로지 그녀가 거기 앉아서 자신의 사투를 느긋하게 지켜보고 있으며 자신의 고통이 점점 견디기 어려워진다는 것을 알 뿐이었다. 이마에 굵은 땀방울이 맺혔고, 그는 끔찍한 두려움에 휩싸였다. 이제껏 한 번도 경험해보지 못한 공포가 덮쳤다. 몸의 기능이 거의 완전히 마비되었다. 15분 후, 그는 의식을 잃었다. 그리고 또 5분 후에는 심장박동이 멈추었다. 16시 43분, 발터 쇠나우는 사망했다.

그녀는 장갑을 끼고 준비해온 비닐봉지에서 젖은 물걸레를 꺼내었다. 쇠나우의 바지 단추를 풀고 페니스를 꺼내어 물걸레로 닦았다. 가방에서 쪽지를 꺼내어 책상에 올려놓았다. 다른 쪽지는 플라스틱 용기에 다시 붙였다. 재떨이의 내용물을 작은 비닐봉지에 담고 재떨이와 책상, 문손잡이를 꼼꼼하게 닦았다. 그러고는 방 안의 그 무엇에도 더 이상 손대지 않고서 방 안을 한 번 더 둘러보고 죽은 쇠나우를 마지막으로 흘낏 보고선 사무실을 나섰다. 문손잡이는 티슈로 싸서 잡았다. 아무런 흔적도 남기지 않았다. 그녀는 아래층으로 내려가면서 빙긋이 미소 지었다.

오후 7시 35분

율리아는 원래 저녁 시간을 혼자 보내려고 했었지만, 결국 베르너 페트롤의 집을 향해 차를 몰았다. 그 전에 낮 동안 흘린 땀을 샤워로 씻어내고 속옷을 새로 갈아입었다. 햇빛은 여전히 기세등등했고 바람 한 점 느껴지지 않았다. 베르너는 벌써 기다리고 있었다. 그는 흰색 여름바지와 노란색 라코스테 상의 차림이었으며 입맞춤으로 그녀를 맞아들였다.

"식사하러 어디로 갈까?" 베르너가 물었다.

율리아는 그를 바라보며 어깨를 으쓱하고는 말했다. "식사만 할 수 있어. 그런 다음에는 다시 집에 가야 해. 오늘 하루 너무 힘들었거든."

"섭섭한데, 오늘 밤은 예외적으로 당신이 우리 집에서 묵을 거라고 생각했거든. 누가 알아, 혹시 당신이 생각을 바꿀 지도." 베르너는 미소를 지으며 말했다. 반년 전, 율리아는 그 미소에 넘어가 사랑에 빠졌다. 그리고 그가 그 미소로 많은 여자를 사로잡은 것을 알고 있었다. 율리아 뒤랑 자신처럼. 그녀도 입을 살짝 찌푸려 미소를 지으려 했지만 마음대로 되지 않았다.

"그럴 가능성은 별로 없을 거 같은데." 율리아는 가방을 소파 옆에 내려놓으며 말하고는 창가로 갔다. 저녁 햇살에 휩싸인 프랑크푸르트의 멋진 전경이 창가에서 한눈에 보였다. 율리아는 담뱃불을 붙여, 연기를 깊이 빨아들이며 생각에 잠겼다. 오후에 마리안네 로젠츠바이크에게 다녀온 후로, 그 부인이 내내 머릿속을 떠나지 않았다. 베르너가 뒤에서 다가와 그녀의 어깨를 부드럽게 붙잡았다.

"무슨 일이야? 무슨 생각하고 있어?" 그는 물었다.

"벌써 말했잖아, 매우 까다로운 사건을 수사하는 중이라고. 그리고……." 율리아는 그의 손길에서 벗어나 방 한가운데 섰다. "지금은 그 이야기하고 싶지 않아. 자, 밥이나 먹으러 가자."

"오케이, 가자고. 뭐 먹고 싶어? 중식, 일식……."

"당신이 알아서 해." 율리아는 뭐라 형용할 수 없는 눈빛으로 베르너를 바라보더니 불쑥 말했다. "각자 자기 자동차를 타고 가자고. 내가 당직이라서……."

율리아가 담배를 눌러 끄고 바닥에서 가방을 집어 드는데 휴대폰이 울렸다. 그녀는 전화를 받았다. 비상대기조의 동료였다. 율리아는 눈을 가늘게 뜨고 짧게 대답했다. "알았어요." 그리고는 덧붙였다. "15분 후에 도착할 거예요." 그녀는 시계를 보았다. 8시 15분 전이었다.

"미안해. 오늘 저녁은 안 되겠어. 지금 가봐야 해."

"헤이, 무슨 일이야?" 베르너가 율리아의 어깨를 붙잡으며 물었다.

"무슨 일일 거 같아?" 율리아는 퉁명스럽게 물었다.

"살인사건이야?"

"그럴 수도 있고 그렇지 않을 수도 있어. 동료들이 벌써 나를 기다리고 있어. 잘 있어, 내일 봐."

율리아는 베르너의 볼에 살짝 입 맞추고 서둘러 방을 나갔다. *쇠나우*, 그녀는 생각했다. *왜 쇠나우가?*

쇠나우 은행 앞에 차를 정차하기까지 정확히 12분이 걸렸다. 순찰차 두 대가 은행 정문 앞에 세워져 있었고, 그 앞에 경찰이 한 명 서 있었다. 율리아는 신분증을 내보이고 건물 안에 들어섰다. 그 경찰은 3층이라고 말했다.

복도에는 어자 다섯과 남자 셋이 서 있거나 앉아 있었다. 그중 두세 명은 말없이 담배를 피웠고, 나머지 사람들은 소리죽여 대화를 나누었다. 한 젊은 여자의 얼굴이 울어서 퉁퉁 부어 있었고, 담배를 입으로 가져가는 손이 파르르 떨렸다. 율리아는 그 여자가 시신을 발견했을 거라고 추측하며 나중에 자세히 질문해야겠다고 생각했다. 비상대기조 동료들 이외에 과학수사반원들과 사진사도 와 있었다. 라우라 핑크도 그 자리에 있었는데, 죽은 쇠나우 왼쪽에 서서 당혹스러운 표정으로 여형사를 쳐다보았다.

"빨리도 다시 만나는군요." 율리아는 간단히 말했다. 그녀는 여의사에게 몇 걸음 다가가 그녀를 바라본 뒤, 이어서 시신 쪽으로 눈길을 돌렸다. "무슨 일이죠? 왜 라우라 핑크 씨가 여기에 있죠?"

"첫 번째 질문에 답하자면, 나도 몰라요. 어쨌든 로젠츠바이크의 경우와는 달라요. 피를 전혀 흘리지 않았어요. 두 번째 질문에 대한 답변은, 쇠나우 박사의 수첩에서 내 전화번호를 발견한 형사님 동료들의 전화를 받았어요."

"뭔가에 손을 댔나요?" 율리아는 시신 가까이 다가가며 물었다.

"아니요."

"다른 사람들은? 그러니까 누가 처음 시신을 발견했죠?"

"몰라요. 하지만 시신을 발견한 사람들이 곧바로 경찰에 연락했지 싶어요."

율리아는 방 안을 둘러보았다. 물이 반쯤 채워진 플라스틱 용기에 시선이 머물렀다. 그녀는 용기에 붙어 있는, 타이핑된 쪽지를 읽었다. 아무런 서명이 없었다. 그런 다음 책상 위에 놓인 쪽지를 읽었다. '아동성폭력범'이라고 쓰여 있었다.

"이 용기에 무엇이 들어 있었을까?" 율리아는 혼자서 중얼거렸지만, 라우라 핑크가 그 말을 들었다.

"물고기 아닐까요?" 라우라는 되물었다.

"그럴 수 있어요." 율리아는 눈을 가늘게 뜨고 수족관으로 걸어갔다. "순전히 예쁘고 작은 물고기들뿐인데요. 물고기가 사람을 죽일 수 있을까요? 그러니까 이런 물고기들이 말이죠."

"전 그 방면의 전문가가 아니에요." 라우라는 말했다. "하지만 물론 독을 가진 물고기들이 있죠."

"사람을 죽일 수 있을 만큼 독이 있단 말인가요?"

"적극적으로 유독한 바다동물과 소극적으로 유독한 바다동물이 있어요. 직접 물거나 쏘아서 생명을 앗아가는 것들과 섭취하는 경우에 죽음에 이르는 것들. 일본산 복어가 이런 경우라고……."

"하지만 쇠나우는 분명 일본산 생선을 먹지 않았을 거예요. 그렇지 않겠어요?" 율리아는 냉담하게 물었다.

"그렇죠."

"그렇다면 우리가 사인을 밝혀내야죠."

율리아는 휴대폰을 들고 법의학연구소의 전화번호를 눌렀다. 몹스도 그녀처럼 여전히 당직이었다. 율리아는 말했다. "또 방해해서 죄송해요. 하지만 여기에 사망자가 하나 있어요. 노이엔 마인츠 가의 쇠나우 은행으로 오셔서 시신을 검사해주시길 부탁드리고 싶어요."

"시신이 어떻게 되었는데요?" 몹스는 특유의 퉁명스러운 어조로 물었다.

"그건 저희가 교수님에게 듣고 싶은 말이에요. 이리 와 주세요. 그리고 가능하면 수족관의 물고기들도 좀 봐주시고요. 독이 있는 물고기들에 대해서도 잘 아시잖아요, 아닌가요?"

"예전에 그 분야에 대한 책을 쓴 적이 있죠. 하지만 그럴 가능성은……."

"언제쯤 도착할 수 있으세요?"

"20분 후. 서둘러 옷을 걸치기만 하면 됩니다. 절대 아무것에도 손대지 마요."

율리아는 휴대폰을 도로 가방 안에 집어넣고, 창가에 서서 건물 아래 도로를 내려다보는 여의사를 돌아보았다. 도로는 상당히 높은 건물들에 에워싸여 있었고, 그중 몇몇 건물은 신축공사 중이었다. 율리아는 여의사에게 다가가 그녀를 바라보지 않고 물었다. "라우라 핑크 씨는 로젠츠바이크뿐만 아니라 쇠나우의 주치의이기도 했죠? 맞나요?"

"맞아요."

"그렇다면 불과 이틀 만에 핑크 씨의 환자 두 사람이 횡사한 게 분명하군요. 이걸 어떻게 설명할 수 있을까요?"

라우라 핑크는 당혹스러운 표정으로 어깨를 으쓱하며 곁눈으로 율리아를 쳐다보았다. "아니, 유감이지만 저로서는 설명할 수 없어요. 그리고 누가 이런 짓을 했을 거 같으냐고 형사님이 연이어 물으신다면, 그것도 전혀 짐작이 가지 않아요."

"쇠나우가 핑크 씨에게 정기적으로 진찰을 받았나요?"

"그렇다고 말할 수 있어요. 쇠나우 박사는 협심증을 앓았고 곧 혈관바이패스 수술을 받기로 예정되어 있었어요. 자주 발작을 일으킨 데다 특히 그 강도가 점점 더 심해졌거든요. 자칫하다가는 발작이 사망으로 이어질 수도 있었어요."

"협심증이라고요? 경우에 따라서는 지금 이것도 협심증 발작일 수 있을까요?"

"알 수 없어요. 저는 쇠나우 박사를 검사하지 않았어요. 하지만 발작이 아니라는 생각이 직감적으로 들어요. 먼저 로젠츠바이크, 그다음엔 쇠나우……. 단순히 이상한 정도가 아니에요. 그리고 이 용기에 붙은 쪽지, 무엇보다도 책상 위의 저 쪽지. 그리고 단추가 풀려 있는 바지……."

"이 쪽지가 누구 짓일지 혹시 짐작 가는 사람 있어요?"

"자기라고 쓰여 있어요! 쇠나우에게 연인이 있었던 거 같지 않아요? 하지만 쇠나우와 연인?" 라우라 핑크는 믿을 수 없다는 듯 고개를 내저으며 어이없는 표정으로 나지막이 소리 내어 웃었다.

"아무리 생각해도 그런 일은 상상이 가지 않아요. 누군가가 고약한 장난을 쳤을 거예요. 쇠나우가 돈과 권력을 가졌던 건 분명하지만, 이미 기운 빠진 남자였어요. 그리고……." 라우라 핑크는 말을 멈추고 입을 꼭 다물었다.

"그리고 뭐요?" 율리아가 물었다.

"그건 허튼소리예요. 쇠나우는 외도할 타입이 아니었어요. 교회 신도인데다가 특히 교회에서의 위치로 보아서 그런 짓을 할 리가 없어요. 어쨌든 그게 사실이라면 무척 놀라운 일이에요. 그리고 다른 쪽지, 아동……."

율리아는 조금 냉소적인 미소를 짓지 않을 수 없었다. 하지만 그녀는 이렇게만 말했다. "그건 두고 봐야 알 수 있어요. 우리가 짐작도 못하는 일들이 하늘과 땅 사이에서 벌어지거든요. 우리는 영혼과 그 뒤에 숨겨진 심연 속은 들여다볼 수 없어요."

"어이." 귀에 익은 목소리가 문 쪽에서 들려왔다. 프랑크가 율리아에게 가까이 다가와 바로 앞에서 걸음을 멈추었다. "완전 엿같군. 안 그래요?" 그는 이 사이로 내뱉었다. "우연은 아니에요, 그렇죠?"

"내 생각도 같아요." 율리아는 프랑크를 바라보며 말했다. "배후에 조직이 숨어 있어요. 도대체 어떤 조직일까요? 저 밖에 청소도우미들에게 상황을 자세히 물어보자고요. 몹스도 곧 도착할 거예요." 프랑크가 복도로 나가는 동안, 율리아는 비상대기조 경찰에게 다가갔다.

"누구에게 연락을 받았죠? 언제?" 율리아는 자신보다 머리통 하나 정도 더 큰 젊은 남자를 올려다보며 물었다.

"7시 직후에 순찰대에게 연락받았어요. 긴급전화가 와서 순찰경찰이 곧바로 출동했답니다. 그들이 시신의 수첩에서 의사의 전화번호를 발견하고 의사에게도 연락했어요."

율리아는 여전히 창가에 서서 도로를 내려다보는 라우라 핑크에게로 다시 걸음을 옮겼다.

"쇠나우는 기혼이었나요?"

"네. 그리고 오늘이 생일이에요. 쉰 번째 생일." 라우라 핑크는 어깨를 으쓱하며 말을 이었다. "형사님도 아까 그 쪽지 읽으셨죠. 원래는 오늘 저녁 그의 집에서 성대한 파티가 열릴 예정이었어요. 이제 파티는 무산되겠죠."

"그러면 쇠나우 부인도 벌써 이 소식을 알고 있겠군요?" 율리아는 물었다.

"저는 전화하지 않았어요. 그 일은 형사님에게 맡기고 싶었어요. 하지만 원하신다면 제가 연락하죠. 오래전부터 쇠나우 부인과 잘 아는 사이거든요. 사실은 어린 시절부터."

"아니, 아니요. 우리가 연락하죠. 그런데 남편이 어디 있는지 지금까지 전화도 없고 묻지도 않는단 말인가요?" 율리아는 이마를 찌푸리며 물었다. "어쨌든 50세 생일은 인생에 단 한 번뿐이고 또 그렇게 성대한 파티를 계획했다면 …….."

"쇠나우는 일벌레였어요. 저는 일을 좀 줄이라고 벌써 여러 번 쇠나우에게 말했어요. 하지만 제 충고를 귓등으로도 듣지 않았어요. 마치 자신이 없으면 은행이 단 하루도 버티지 못할 것처럼 이런 날에도 꼭 은행에 출근했어요. 그의 고질적인 문제였죠. 그 부인은 남편이 제시간에 나타나지 않는 것에 익숙해 있다고 생각해요. 하지만 어쩌겠어요, 저하고는 상관없는 일인걸요."

라우라 핑크가 말을 마치자마자 전화벨이 울렸다. 율리아가 수화기를 들고 짧게 말했다. "네."

"나는 쇠나우 부인이에요. 우리 남편, 아직도 사무실에 있어요?" 그녀는 뚜렷한 프랑스 억양으로 물었다.

"쇠나우 부인, 저는 프랑크푸르트 경찰청의 뒤랑 형사입니다. 곧 부인 댁으로 찾아뵐까 하는데요……."

"남편하고 통화할 수 있을까요?" 전화선 반대편 끝에서 쇠나우 부인이 흥분한 목소리로 물었다. "그런데 형사님이 우리 남편 사무실에서 뭐하고 계시죠?"

"쇠나우 부인, 남편분하고 통화하실 수 없습니다……. 정확히 말하면, 남편분은 사망하셨습니다."

"뭐라고요? 지금 농담하시는 건가요? 그럴 리가……."

"쇠나우 부인, 닥터 핑크가 지금 제 옆에 있는데, 곧 부인을 찾아갈 겁니다. 저희는 나중에 찾아뵙죠. 그리고 부디 집에 머무르십시오."

"지금 많은 손님들이 집에 와 있어요. 모두 기대에 차서 그이를 기다리고 있어요. 그 사람을 위해 아주 특별한 것을 준비했거든요. 그 사람이……. 그럴 리 없어요. 아니요, 그럴 리 없어요!" 쇠나우 부인은 흐느끼기 시작했다.

"닥터 핑크가 곧 부인에게 설명할 겁니다. 안녕히 계세요."

율리아는 수화기를 내려놓았다. 방 안이 서늘했는데도 이마에 작은 땀방울이 맺혀 있었다.

"좀 도와주셔야겠어요. 어서 가서 쇠나우 부인과 이야기를 나눠주세요. 물론 폐가 되지 않는다면 말이죠. 제가 동료들과 함께 뒤따라갈 때까지 거기 계셔주시면 고맙겠어요."

라우라 핑크는 왕진가방을 들고 그곳을 떠났다. 그녀는 문에서 하마터면 몹스와 부딪칠 뻔했다. 몹스는 율리아를 흘낏 보고는 눈을 크게 뜨고 있는 시신에게로 즉각 몸을 굽혔다.

"좀 전에 무슨 생각으로 독이 있는 물고기 이야기를 했습니까?" 몹스는 가까이에서 시신을 자세히 살펴보며 물었다.

"책상 위의 용기, 수족관, 여기에 무슨 연관 관계가 있지 않을까 생각했어요." 사진사가 이미 일을 끝마친 뒤여서, 율리아는 담뱃불을 붙이며 말했다.

몹스는 작은 램프로 시신의 경직된 눈을 비추어보고, 사체경직의 징후가 뚜렷이 드러나기 시작한 턱관절을 만져보았다. 그는 고개를 저으며 쇠나우의 오른팔을 유심히 살폈다. 소맷부리가 팔꿈치까지 위로 높이 걷어붙여져 있었다. 몹스는 쇠나우의 뻣뻣해진 손을 펼치고 한순간 가만히 있더니 이윽고 말했다. "여기 보십시오. 손바닥과 손가락에 찔린 자국이 몇 개 있어요. 작고 검은 반점들. 이것은 실제로 변사일 수 있습니다. 잠깐만요."

몹스는 이렇게 말하며 수족관 앞에 섰다. 그의 시선이 위에서 아래로 천천히 내려가더니 모랫바닥에 머물렀다. 한순간 미동 없이 서 있다가 오른손으로 손짓하며 말했다. "이리 오십시오. 여기 범인을 발견한 것 같습니다. 여기…….” 몹스는 모래 속에 푹 파묻혀 있는 게 마치 돌처럼 보이는 두 개의 물체를 가리켰다.

“저게 뭐죠?” 율리아가 물었다. 그녀는 담배를 마지막으로 한 번 더 빨고 주위를 둘러보다가 책상 위에서 재떨이를 발견했다. 눈을 가늘게 뜨고 생각에 잠겼다. *로젠츠바이크 부인 말로는, 엘로힘 교회 신도들은 담배도 피우지 않고 알코올도 절대 입에 대지 않는다고 했어. 다른 일들은 더욱 말할 것도 없다고 했지…….*

율리아는 다시 몹스에게로 향했다. 담배꽁초가 가물가물 타들어갈 때까지 손에 들고 있었다. 몹스는 몸을 돌려 책상으로 걸어갔다. 그는 봉투따개를 집어 들고는 소매를 높이 걷어 올리고 의자 위에 올라서서 모래 속의 두 물체를 들어 올리려고 시도했다.

“나는 저놈들을 절대로 손으로 잡지 않을 거요.” 몹스는 모래를 헤집는 동안 숨을 헐떡이며 말했다. 그는 몇 번의 시도 후 마침내 성공했으며 신중하게 고개를 끄덕였다.

“추측대로요. 내가 잘못 생각하지 않았다면 대보초청자고둥과 바다고둥, 이 수족관에서 독으로 사람을 죽일 수 있는 생물은 이것들뿐이요. 오로지 열대지방의 물속에서만 살며 대부분 야행성이고 대다수는 자연보호종이죠. 그건 그렇고……. 이 플라스틱 용기와 쇠나우 손의 찔린 상처를 보면, 이것들이 우리가 찾는 킬러라고 추측되는군요. 그런데 형사님 보기에도 이것들이 참 아름답지 않소?” 몹스는 율리아를 보고 씩 웃으며 물었다.

“고둥이 사람을 죽일 수 있어요?” 율리아는 믿기지 않는 듯 물었다.

“거 무슨 말이오, 사람을 죽일 수 있는 동물이 얼마나 많은지 아시오? 때로는 단 한 번 쏘는 것만으로도 충분히 사람을 죽일 수 있어요. 청자고둥만 해도 300종류가 넘지만, 그중에서도 이 두 종류가 가장 위험한 부류에 속해요. 이것들의 독은 지금까지 알려진 가장 강력한 독소 중 하나이죠. 거의 전적으로 중추신경계에 영향을 미치는데, 이것들에 쏘이고 나면 몇 분에서 몇 시간 이내에 치명적인 마비상태에 빠집니다. 게다가 이 생물들은 크기도 유난히 커서 작은 것들보다 더 많은 독을 분비해요. 그리고 뱀독과는 반대로 항혈청도 없어요. 청자고둥에 중독되면 예를 들어 인공호흡 같은 대증요법으로 치료해야 합니다. 이미 말했듯이, 단 한 번 쏘는 것만으로도 신체 건강한 남자를 몇 분 이내에 죽일 수 있는 경우들이 입증되었어요. 주치의에게서 혹시 무슨 말 못 들었습니까? 그러니까 그의 건강상태에 대해 말입니다."

"협심증 때문에 곧 바이패스 수술을 받을 예정이었다고 했어요……."

"이런, 맙소사! 그렇다면 이 남자는 이미 신체적으로 쇠약해 있었어요. 그래서 틀림없이 금방 숨을 거두었을 겁니다. 죽음과의 싸움이 10분 내지는 15분 이상 걸리지 않았을 거라고 추정합니다."

"죽음이 코앞에 다가왔다면 10분이나 15분도 상당히 오랜 시간일 수 있어요. 그렇지 않은가요?" 율리아는 믿지 못하는 눈빛으로 몹스를 바라보며 고개를 저었다.

"물론이죠. 하지만 그 몇 분이 대수겠습니까?" 몹스는 어깨를 으쓱하며 대답했다. "이 남자를 정확히 살펴봐야겠어요. 하지만 이곳에서는 아닙니다. 시신을 법의학연구소로 보내주시오." 몹스는 수족관에서 시선을 떼며 말을 이었다. "그리고 이 고둥들에 절대로 손대지 마세요. 이 어여쁜 작은 생물들이 얼마나 번개처럼 빠르게 쏘는지 형사님은 전혀 알아차리지도 못할 겁니다. 하긴, 내 추측이 옳다면 말입니다. 하지만 지금으로서는 그럴 가능성이 아주 다분해요. 그렇게 되면 형사님에게는 골치 아픈 문제이겠군요."

"무슨 문제요?" 율리아가 날카롭게 물었다.

"글쎄요, 불과 이틀 만에 연달아 두 건의 변사. 그것도 짐승의 독에 의해서……. 좀 염려스럽지 않은가요? 두 사람 사이에 무슨 연관관계가 있습니까? 또는 이런 독에 쉽게 접근할 수 있거나 독에 대해 정통한 사람을 알고 있소?"

"두 사람은 잘 아는 사이였어요. 정확히 말하면, 아주 잘 아는 사이였죠. 나머지 것들을 알아내는 건 꽤 어려운 과제일 겁니다."

"그렇다면 정말로 골치 아픈 문제겠군요. 이제 나는 연구소로 출발해서 부검을 위한 만반의 준비를 해야겠소. 수사에 많은 성과 있기를 바랍니다."

"이렇게 와 주셔서 감사합니다."

"이 정도는 아무 문제 아니죠. 더군다나 '이런' 사건들이 벌어졌는데 말입니다." 몹스는 다시 씩 웃으며 말했다. 다행히도 벌써 몇 년 전부터 율리아는 몹스와 알고 지냈으며, 다른 사람들은 이해하지 못하는 그의 블랙유머에 대해 잘 알고 있었다. 한마디로 물고기가 물을 만난 격이었다. 몹스는 세계적으로 이름 높은 전문잡지에 독에 대한 많은 논문을 발표하고 일곱 권의 저서를 집필했다.

"이봐요," 몹스는 회백색을 띤 작은 눈으로 율리아를 바라보며 말했다. "이런 시신들을 연구할 기회가 자주 있는 건 아니죠. 허구한 날 주구장창 글만 쓰는 것은 지루합니다. 그런데 이제 독으로 사망한 두 번째 시신이 발견되었어요. 변화는 인생과 일을 풍성하게 하죠. 그럼 편안한 저녁을 보내길 바랍니다." 몹스는 이렇게 말하고는 가방을 들고 그곳을 떴다. 율리아는 그 뒤를 쫓아가며 불쑥 말했다. "몹스 교수님, 부탁이 있어요, 쇠나우가 사망 전에 성교를 했는지 좀 확인해 주실 수 있겠어요? 그게 사실이라면, 혹시 침이나 질 분비물 흔적……."

몹스는 손을 내저었다. "좋아요, 좋아. 내가 어디에 주목해야 하는지 잘 알고 있어요. 뭐든 알아내면 즉각 알려주겠소. 이제 됐어요?"

"네, 알았습니다." 율리아는 빙그레 웃으며 프랑크 옆에서 걸음을 멈추었다. 프랑크는 이미 몇 가지 메모를 마친 뒤였다.

"어떻게 됐어요?" 율리아가 물었다.

"저기 뒤쪽의 젊은 여자가 시신을 발견했어요. 작업반장이 그 즉시 경찰에 신고했다는데. 그 이상은 알아내지 못했어요."

"좋아요. 그렇다면 일단 쇠나우 집으로 가요. 쇠나우 부인이 뭐라고 말하는지 보자고요."

율리아는 과학수사반원들에게 마무리 지시를 하고 재떨이를 조사하라고 말했다. 필요한 경우에는 현미경을 이용하라고 덧붙였다. 그리고는 프랑크와 함께 그 건물을 떠나기 전에 비상대기 조원들과 잠깐 대화를 나누었다. 자동차로 가는 길에 두 사람은 침묵을 지켰다. 무더운 열기가 건물들 사이에 고여 있었고 바람 한 점 불지 않았다. 쇠나우 집으로 가는 도중 두 사람은 잠깐 차를 멈추었다. 율리아는 가판점에서 콜라 캔을 샀다. 그들이 레르헤스베르크의 고급 빌라 앞에 차를 세우기까지 15분이 걸렸다.

오후 9시 13분

율리아는 프랑크의 차 뒤에 바짝 붙여 코르사를 주차했다. 두 사람은 각자 차에서 내려 서로에게 다가갔다. 태양은 휴식을 취하러 마침 타우누스 산맥을 넘어가고 있었다. 높은 나무 울타리와 목책에 가려 보이지 않는 정원에서 사람들 소리가 들려왔다. 크게 웃고 떠드는 소리, 낮은 음악소리가 울려 퍼졌다. 그릴에 구운 고기 냄새가 보이지 않는 연기를 타고 대기로 흩어졌다. 율리아는 점심 이후 아무것도 먹지 못한 사실을 문득 깨달았다. 허기지고 짜증스러웠다. 율리아는 프랑크를 보며 말했다. "어서 해치우자고요."

그들은 우아하면서도 육중한 철문 옆의 종을 흔들었다. 몇 초 후, 마치 보이지 않는 손에 의한 듯 문이 스르르 열렸다. 형사들은 문 안으로 들어섰고, 등 뒤에서 문이 다시 소리 없이 닫혔다. 그들은 식민지 양식으로 건축된 흰색 가옥에 이르기까지 20미터 정도 걸음을 옮겼다. 그 집은 대부분 비슷비슷한 다른 빌라들과 뚜렷이 대조를 이루었다. 검은 머리를 짧게 자르고 얇은 입술 양 끝이 살짝 아래로 처진 서른 살가량의 늘씬한 여인이 갑자기 두 사람 앞에 나타났다.

"경찰에서 오셨죠?" 여인은 나지막한 목소리로 물었다.

"저는 뒤랑 형사이고, 이쪽은 제 동료 헬머 형사입니다. 쇠나우 부인……."

"벌써 기다리고 계십니다. 저를 따라오십시오."

여인은 앞장서서 형사들을 웅장한 홀로 인도했다. 가볍게 원을 그리며 위쪽으로 휘어져 2층에서 하나로 모이는 층계 두 개가 홀 뒤편에 보였다. 녹색식물들이 늘씬하게 뻗어 있었는데, 개중에는 1미터가 훌쩍 넘는 것들도 눈에 뜨였다. 작은 대리석 분수가 홀 중앙에 자리를 차지하고 있었다. 공기는 숨쉬기에 쾌적하고 선선했으며 아늑하고 고상한 냄새가 감돌았다. 그들이 왼쪽 층계에 이르러 커다란 문을 지나자, 소박하면서도 세련된 가구들이 비치된 널찍한 거실이 눈앞에 펼쳐졌다. 스타일 감각이 뛰어난 사람의 손길과 취향이 느껴졌다.

라우라 핑크가 비비엔 쇠나우와 함께 커다란 흰색 가죽소파에 앉아 있었다. 쇠나우 부인은 율리아와 프랑크가 익히 알고 있는 독특한 눈빛, 공허하고 초점 없는 눈빛으로 경찰들을 바라보았다. 비비엔 쇠나우는 눈에 띄게 매력적인 여인이었다. 길게 곱실거리는 붉은 머리카락, 고양이 같은 초록빛 눈, 평소엔 감각적으로 보이는 도톰하면서도 부드러운 입. 하지만 그 입이 지금은 창백하고 슬퍼 보였다. 쇠나우 부인은 오른손에 손수건을 들고 있었고 눈자위가 불그스름했다. 율리아는 부인의 나이가 서른다섯 살을 넘지 않았을 거라고 추정했다. 두 여자 말고는 거실에 아무도 없었다.

"쇠나우 부인," 율리아는 가까이 다가가며 말했다. "저는 좀 전에 통화했던 뒤랑 형사이고, 여기 이쪽은 제 동료 헬머 형사입니다. 좀 앉아도 될까요?"

"앉으세요." 쇠나우 부인은 말했고, 두 형사는 가죽소파 비스듬히 맞은편의 안락의자에 앉았다.

"그런데 도대체 누가 제 남편한테 그런 짓을 했을까요?" 쇠나우 부인이 물었다. 손가락이 손수건을 더욱 꽉 움켜쥐었다. "오늘은 남편의 50세 생일이에요. 그런데 하필이면 오늘 같은 날 죽다니요. 왜요?" 그녀는 눈물 그렁그렁한 눈으로 물었다.

"부인의 질문에 대답할 수 있다면 얼마나 좋겠어요. 하지만 저희로서는 애석한 마음을 잠시 접어두고 부인에게 몇 가지 묻지 않을 수 없습니다. 괜찮으시겠어요?" 비비엔 쇠나우는 고개만 끄덕였다. "감사합니다." 율리아는 몸을 앞으로 숙이며 말했다. "닥터 핑크에게 지금까지 무슨 말을 들으셨는지 모르지만…….”

“저는 부인에게 많이 말하지 않았어요. 중요한 것은 형사님에게 맡기고 싶었어요. 제 말이 무슨 뜻인지 이해하시죠.” 라우라 핑크가 재빨리 뒤랑 형사의 말을 끊었다. “그리고 부인에게 진정제를 조금 주었어요. 제가 이곳에 도착했을 때, 부인은 완전히 제정신이 아니었거든요. 그리고는 일단 손님들을 전부 집으로 돌려보냈어요. 지금은 쇠나우 부인이 안정을 취해야 하니 선물을 가지고 그냥 집으로 돌아가라고 했죠.”

“아주 잘하셨어요. 감사합니다. 하지만 지금은 쇠나우 부인과 잠깐 이야기했으면 합니다. 그런 다음에 의사 선생님하고도 이야기하죠.”

“홀에서 기다리고 있을게요.” 라우라 핑크는 몸을 일으켜 방을 나갔다.

문이 닫힌 후, 율리아는 물었다. “쇠나우 부인, 남편께서는 사무실에 자주 늦게까지 머물렀습니까? 그러니까 창구 문은 4시에 닫히고 직원들도 대부분 4시 반 무렵에는 퇴근하는 걸로 알고 있는데요.”

“남편은 대개 5시 반이나 6시까지 은행에 머물렀어요. 그보다 더 늦게까지 머무르는 일은 별로 없었어요. 다만 예외적으로 어쩌다 중요한 상담이 있는 경우에만 8시나 9시까지 머물렀죠. 그래서 하필이면 오늘 늦게 집에 온다고 해서 저도 의아하게 생각했어요. 그 사람답지 않았거든요. 더구나 손님들을 초대해 놓고 그런 일은 없었어요. 약속시각을 어기는 법이 없었죠. 대개는 그랬어요.”

쇠나우 부인은 말을 멈추고 숨을 깊이 들이쉬더니 흐느끼기 시작했다. 율리아는 부인이 다시 어느 정도 진정될 때까지 기다렸다. 다시 질문을 하려고 하는데, 비비엔 쇠나우가 먼저 물었다.

"그 사람이 어떻게 죽었는지 알 수 있을까요? 오랫동안 고통에 시달렸나요? 로젠츠바이크 씨처럼 죽었나요?"

율리아는 고개를 가로저었다. "아니요, 로젠츠바이크 씨와는 달랐어요. 하지만 마찬가지로 독살당한 듯 보입니다. 누군가가 남편분에게 아주 아름다운 선물을 했어요. 아주 아름답고 살인적인 선물을요."

"그게 어떤 선물인데요?" 쇠나우 부인은 부드럽고 따뜻한 목소리로 물었다. 두 눈은 묻는 듯한 눈빛으로 율리아를 주시했다.

"그러니까 누군가가 남편분에게 수족관을 위한 선물을 했어요. 그리고……." 율리아는 잠시 말을 멈추었다가 물었다. "그런데 남편분께서 물고기에 대해 얼마나 잘 아셨죠?"

"그 사람은 물고기를 사랑했어요. 물고기만 보면 마음이 차분해진다고 종종 말하곤 했어요."

"그 말은 제 질문에 대한 답변이 아닙니다. 예를 들어 남편분은 물고기들의 명칭을 알고 있었나요?"

"몇 개는요." 비비엔 쇠나우는 대답했다. "하지만 물고기들을 고르고 수족관을 돌보는 일은 원래 전문가들에게 맡겼어요……."

"어떤 전문가들이죠?"

"수족관을 정기적으로 관리하도록 어느 회사에 위임했어요. 사무실의 수족관과 서재의 수족관요. 하지만 남편이 수족관에 어떤 물고기가 있는지 정확히 이름을 알았다곤 생각하지 않아요. 남편에게 중요한 건 오로지 물고기들이 예뻐야 한다는 것이었어요."

당신의 외모만큼이나 중요했겠지, 마주앉아 있는 부인에게 매료당한 프랑크는 생각했다. 앉아 있는 자태, 말하는 방식, 거의 눈에 띄지 않는 몸놀림. 그것은 배워 익힌 우아함이 아니라 천성적으로 타고난 듯 보였다. 쇠나우에게 완벽한 과시용이었던 여인.

"제 남편이 어떤 선물을 받았는지 말씀해주시겠어요?"

"남편분은 그 선물이 올 줄 알고 있었기 때문에 평소보다 오래 은행에 머물렀던 듯 보입니다……."

"네, 맞아요. 제가 전화해서 도대체 언제 집에 올 거냐고 물었거든요. 그러자 남편은 급한 소포를 기다려야 한다더군요. 하지만 8시 정각에 집에 도착하겠다고 약속했는데. 우리는 오늘 파티를 열고, 내일 일주일 예정으로 프로방스의 별장에 갈 생각이었어요. 남편은 그곳에서 휴식을 취하면서 수술에 대비하려 했어요. 최근에 남편의 협심증이 무척 신경 쓰이게 했거든요……. 그런데 그 소포 안에 무엇이 들어 있었죠?"

"저희는, 특히 저희 법의학자의 추측으로는 청자고둥 두 개를 받았을 거로 생각됩니다……."

"청자고둥요? 그게 뭐죠? 별로 위험하게 들리지 않는데요."

율리아는 대답하기 전에 살짝 미소 지었다. "글쎄요, 저도 한 시간 전까지는 그 생물들에 대해 전혀 들은 바가 없었어요. 다만 매우, 매우 아름다운 생물들이라고만 말할 수 있어요. 게다가 아주 위험하기까지 하죠. 남편분도 그 생물들에 친숙하지 않은 사실을 소포의 발송인이 알고 있었던 거 같아요. 그러니까 남편분에 대해 잘 알고 있는 사람이 틀림없어요. 남편분을 증오한 사람. 그런 고둥을 보낼 만큼 많이 증오했겠죠. 남편분과 원수진 사람이 있었는지 말씀해줄 수 있겠어요? 그리고 가능하다면 이름도 알려주실 수 있을까요?"

비비엔 쇠나우는 고개를 가로저었다. "아니요, 저는 남편과 원수진 사람에 대해서는 아무것도 모르고, 그래서 이름도 몰라요. 죄송해요."

"저도 그럴 거라고 생각했어요." 율리아는 웅얼거리며 등을 뒤로 기댔다. 손가락을 입에 갖다 대며 프랑크를 쳐다보았다. 프랑크의 시선은 집 뒤편의 거의 공원 같은 정원에 향해져 있었다. 이제 그 정원에 어둠이 내려앉고 있었다.

"쇠나우 부인, 몇 가지만 질문 드리죠. 부인은 대답하기 쉽지 않을 테지만, 저로선 묻지 않을 수 없습니다." 율리아는 다시 잠깐 기다리며 쇠나우 부인의 얼굴 표정을 읽으려고 했다. 그러다 이윽고 질문을 던졌다. "부인의 결혼생활은 어땠죠? 남편분과 금슬이 좋았나요? 아니면 종종 싸우셨나요?"

쇠나우 부인은 시선을 떨구었다. 순간적으로 보일 듯 말 듯한 미소가 입술을 스쳤다. 콧날이 사르르 떨리더니 부인은 말했다.

"결혼생활요? 우리가 결혼하지 이제 23년 되었어요. 제가 발레리나였던 시절에 파리에서 만나 세 아이를 두었죠. 그러다 보면 서로 별로 말이 없어지는 때가 오기 마련이에요. 저는 그렇지 않은 부부를 본 적이 없어요. 이야기를 나누고 함께 휴가를 떠나지만, 각자 어떤 식으론가 자기 삶을 살기 마련이죠. 금슬요? 우리가 금슬이 좋았는지는 잘 모르겠어요. 어쩌면 그럴 수도 있었고 그렇지 않을 수도 있었어요. 그런데 왜……. 제 말은, 우리 사생활이 무슨 관계가 있다는 거죠……?"

"그 질문에 대해서는 곧 대답해 드릴게요. 그렇다면 부인이 그다지 행복하지 않았다고 생각해도 될까요?"

"제가 제 인생과 타협했다고 말해두죠. 저는 부족한 것이 없어요."

"그렇다면 남편분이 혹시 외도한 징후가 있었는지 말해주시겠어요."

비비엔 쇠나우는 율리아 뒤랑을 똑바로 바라보더니 고개를 살짝 옆으로 숙였다. 몇 초 동안 정적이 흘렀다. 결국 쇠나우 부인은 입을 열었다. "남편에게 따로 여자가 있었느냐는 뜻인가요?"

"네."

"형사님도 아시겠지만, 우리는 엘로힘 교회에 다녀요. 그 교회에서는 배우자 이외의 다른 사람과 만나는 것을 허락하지 않아요." 쇠나우 부인의 콧날이 다시 사르르 떨렸다. 다시 시선이 바닥으로 향하고 손가락이 손수건을 꽉 움켜쥐었다. 부인은 자리에서 일어나 형사들에게 등을 돌리고 창가에 섰다. 그리고는 황혼을 바라보며 말했다. "아니요, 남편이든 아내든 다른 사람을 만나는 것은 온당하지 않아요. 하지만 유감스럽게 교회에도 이 계명을 엄격히 지키지 않는 사람들이 있어요."

"부인의 남편이 바로 그런 사람들에 속하나요?" 율리아가 말꼬리를 잡고 늘어졌다.

비비엔 쇠나우가 여전히 시선을 창문 밖에 둔 채 씁쓸한 어조로 대답하기까지는 다시 몇 초가 흘렀다. "그래요, 그렇다고 생각해요. 하지만 증명할 수는 없어요. 지금까지 결코 증명할 수 없었지만, 남편이 바람을 피우면 여자는 육감으로 알아요. 그이가 오직 제게만 충실하다고 말하면, 저는 늘 그 말을 믿을 수밖에 없었어요. 하지만 저는 그 사람이 거짓말하는 것 알고 있었어요. 그이가 다른 여자를 만날 때마다 늘 알고 있었죠. 얼굴을 보면 알았고……, 냄새로 알았어요. 남자들은 참 미련해요! 바람피울 때는 어설프기 짝이 없어요. 금지된 관계를 감추려 들면 여자들이 훨씬 더 교활해요. 이유가 무엇이든 말이죠."

"최근에 남편에게 만나는 여자가 있다고 느꼈습니까?"

"솔직히 말하면, 저는 그 문제에 대해 생각하는 걸 그만두었어요. 하지만 설마 그렇겠어요, 그렇게 아픈 몸으로. 지금 상황에서는 여자가 있을 리 없다고 생각해요. 하지만 백 퍼센트 장담할 수는 없군요."

쇠나우 부인은 돌아섰다. 약 1미터 65센티미터 키의 날씬하고 매력적인 여인이었다. 그녀는 두 손으로 창문턱을 받쳤다. "하지만 틀림없이 그걸 묻는 이유가 있을 테죠?"

"그래요, 이유가 있어요. 남편분이 받은 선물에서 쪽지를 발견했는데 이렇게 쓰여 있었거든요. '자기, 진심으로 생일 축하해. 자기 수족관을 위해서 제일 아름다운 것으로 구했어. 자기 마음에 들었으면 좋겠어.' 쪽지는 타이핑한 것이었고 서명은 없었어요. 남편분을 자기라고 부른 적이 있습니까?"

"아니요, 그렇게 부른 적은 단 한 번도 없어요. 예전에, 오래전에, 우리가 정말로 행복한 결혼생활을 했을 때 가끔 '쉐리'('사랑하는' 또는 '사랑하는 사람'이라는 뜻의 프랑스 낱말 cheri, 연인 사이에서 흔히 쓰인다. —역주)라고 부른 적은 있었어요. 하지만 그건 벌써 오래전의 일이에요. 나중에는 그냥 발터라고 이름만을 부르곤 했어요. 그 사람은 더 이상 내 '쉐리'가 아니었어요. 그냥 발터였어요. 제 남편을 이런 식으로 말해서 유감이지만, 무엇 때문에 지금에 와서 거짓말하겠어요? 우리의 결혼이 진정한 결혼이 아니었다는 것을 어차피 조만간 알아내실 텐데요. 우리를 여태까지 이어준 유일한 것은 교회와 아이들이었어요."

율리아는 두 번째 쪽지를 탁자에 내려놓았다. 비비엔 쇠나우는 눈을 가늘게 뜨고 그 쪽지를 바라보더니 나지막한 목소리로 침착하게 말했다. "아동 성폭력범……. 이 말은 제 남편이……." 그녀는 믿을 수 없다는 듯 고개를 저었다. 얼굴을 돌리고는 두 주먹을 꼭 쥐고 두 눈을 감은 채 고개를 움츠렸다. "믿을 수 없어요. 그건 믿을 수 없어요."

"쇠나우 부인, 혹시 그런 징후가 있었던 적이 있나요? 그러니까 남편분이 혹시 아이들을 성폭행했다는 의심을 품은 적이 있느냐는 뜻이에요……. 혹시 자녀분들을?"

"아니요." 비비엔 쇠나우는 단호한 표정으로 말했다. 그리고 잠깐 쉬었다가 숨을 깊이 들이쉬었다. 몸의 긴장이 풀어졌다. "하지만 그 점에 대해서도 확실하게 장담할 수는 없군요. 그 사람에 관한 한 그 어느 것도 확실하게 장담할 수 없어요. 예전에는 그랬지만, 지금은……." 그녀는 고개를 가로저었다. "죄송해요, 제 말 뜻을 이해하셨으면 좋겠어요."

"남편분이 교회의 극히 보수적인 남자에 속한다는 말을 들었습니다……."

비비엔 쇠나우는 그날 저녁 처음으로 웃음을 터트렸다. 약간의 조롱 섞인 건조한 웃음이었다. "네, 맞아요. 교회에서 그 사람은 좋은 남편과 특히 성실한 교인의 모상이었어요. 사람들은 대부분 제 남편을 무척 존경했지만, 저는 사람들이 남편을 존경하는지 아니면 남편의 돈과 권력을 존경하는지 이따금 궁금한 생각이 들었어요. 남편은 언변이 좋았어요. 사람들을 말로 휘어잡거나 또는 주눅 들게 할 수 있는 술수에 능통한 완벽한 웅변가였죠……. 남편의 번지르르한 겉모습 뒤를 꿰뚫어 본 사람은 교회에 거의 없을걸요. 아니요, 그 사람은 절대 그걸 허용하지 않았을 거예요. 저조차도 꿰뚫어 볼 수 없었으니까요. 저는 그 사람 머릿속에서 실제로 무슨 일이 일어나는지 알지 못했어요." 그녀는 숨을 깊이 들이쉬었다가 내쉬고는 말했다. "왜 제가 제 남편에 대해 갑자기 이렇게 말하는지 틀림없이 형사님은 의아하실 거예요. 저 자신도 잘 모르겠어요. 그 사람이 죽었다는 말을 좀 전에 라우라에게 들었을 때, 물론 소스라치게 놀랐어요. 반평생 이상을 함께 보낸 사람이 갑자기 죽었다니 기분이 참 묘해요. 하지만 분명히 제 남편을 죽일 수밖에 없는 이유가 누군가에게 있었을 거예요. 그 점을 갈수록 분명하게 깨닫겠어요. 그리고 그 사람의 가장 절친한 친구가 죽은 지 이틀 만에 그 사람이 죽은 것이 우연일 리 없어요. 하지만 삶이란 그런 거예요."

"두 사람이 자주 만났습니까?" 프랑크가 물었다.

"아주 자주 만났어요. 대부분 교회에서, 하지만 직업상으로도 만났어요. 두 사람은 그야말로 친구였거든요. 어느 한쪽에 문제가 생기면, 무슨 일이든 상관없이 다른 한쪽이 도왔어요."

"사업 분야에서도 그랬습니까?"

"모르죠. 하지만 그랬을 거라고 생각해요. 결국 두 사람 모두 지역목자의 상담역이었거든요."

"잠깐만요." 율리아가 눈을 가늘게 뜨고 말했다. "남편분도 교회에서 로젠츠바이크와 같은 지위에 있었나요?"

"네, 그렇게 말할 수 있어요. 형사님은 교회의 구조에 대해 잘 모르시죠?"

"네, 하지만 좀 더 자세히 알고 싶어요."

"그러니까 교회의 수뇌부 글로벌 프레지덴트가 있고, 그는 다섯 명의 장로로 이루어진 장로회의의 보좌를 받아요. 그 밑에 총 백마흔네 명의 형제로 이루어진 위원회, 이른바 144위원회가 있어요. 그들의 임무는 각자 전 세계적으로 약 두세 개 지역을 감독하고 정기적으로 방문하고 문제가 생기면 지역목자와 논의하고 필요한 경우에는 글로벌 프레지덴트와도 상의하는 것이에요. 그 밖에도 몇몇 중요한 위원회가 있지만, 형사님에게는 별로 흥미 없는 이야기일 거라고 생각해요. 지역목자는 일정한 지역에서 최고의 교직자이죠. 독일에 총 다섯 개 지역, 그러니까 다섯 명의 지역목자가 있어요. 예를 들어 지역감독자와 교구목자 같은 지역 내의 다른 모든 교직자는 지역목자의 관할 아래 있어요."

"흥미롭군요. 하지만 남편분과 로젠츠바이크 씨의 우정에 대해 좀 더 이야기했으면 합니다. 혹시 친구가 한두 명 더 있었을까요? 지역목자는 어떤가요? 지역목자와의 관계는 어땠죠?"

"글쎄요, 반드시 우호적인 관계였다고는 주장하고 싶지 않아요. 하지만 서로 좋은 협력관계를 유지했어요. 더는 드릴 말씀이 없어요." 비비엔 쇠나우는 창가에서 멀어지며 말했다. "내 정신 좀 봐. 뭐 좀 마시겠어요? 오렌지 주스나 물이라도?"

"아니요, 감사합니다. 우리도 부인을 오래 붙잡고 싶지는 않아요. 하지만 한 가지만 더 물을게요. 부인과 로젠츠바이크 부인은 어떤 사이죠?"

"우리는 친하게 지내요. 이따금 서로 전화하고, 제가 때로는 그쪽으로 가기도 하고 마리안네가 이쪽으로 오기도 해요. 저는 마리안네를 좋아해요. 신앙을 실제 몸으로 실천하는 사람들은 얼마 되지 않는데, 마리안네는 그중의 하나예요. 그리고 남편을 잃어서 저보다 훨씬 더 힘들 거라고 생각해요. 남편에게 많이 의지했거든요."

"그래요, 오늘 오후 제게도 그렇게 말하더군요……. 자녀가 셋 있다고 하셨죠. 지금 다들 어디에 있죠?"

쇠나우 부인은 다시 미소 지었다. "맏아들 장 피에르는 하버드에서 분자생물학을 공부하고 있고, 두 딸 자닌과 샹탈은 보덴제 호숫가의 기숙사 학교에 있어요."

"잘렘 학교 말입니까?" 프랑크가 물었다.

"네. 잘렘 학교, 맞아요."

"자녀들과 벌써 통화했습니까?"

"아버지가 죽었다는 소식을 알렸느냐는 뜻인가요?" 쇠나우 부인은 고개를 가로저었다. "아니요, 하지만 이따가 장 피에르에게 전화할 거예요. 그리고 내일 아침 일찍 딸들을 데리러 잘렘에 갈 생각이에요. 그런 소식을 전화로 알려줄 수는 없어요. 제가 직접 알려줄 거예요. 장 피에르는 아버지와 그다지 썩 좋은 관계는 아니었어요. 하지만 자닌과 샹탈은 좀 달랐어요……. 어쨌든 저는 인생을 새롭게 설계할 거예요. 앞으로 할 일이 많이 있다고 생각해요."

"왜 딸들이 잘렘에 있습니까?" 프랑크가 문득 생각났는지 물었다. "언제부터 거기 있죠?"

"제가 원했어요." 쇠나우 부인은 대답하고 입을 꼭 다물었다. "전 딸아이들을 잘렘의 학교에 보내고 싶었어요. 둘은 쌍둥이고 열두 살이에요. 2년 전부터 그곳에 있죠."

"그럴 만한 이유가 있었나요?" 율리아가 물었다.

"무슨 이유요? 아이들이 일류학교에 다녀야 할 이유 말인가요?" 비비엔 쇠나우는 고개를 가로저었다. "아니에요, 전 다만 아이들이 좋은 학교에 다니길 원했을 뿐이에요. 그리고 그 학교는 우리가 고를 수 있는 가장 좋은 학교였어요." 이렇게 말하는 쇠나우 부인의 모습에서 갑자기 냉담하고 거부적인 태도가 느껴졌다.

율리아와 프랑크는 자리에서 일어났다. "이렇듯 솔직하게 많은 것을 이야기해주셔서 감사합니다. 앞으로 당분간은 틀림없이 부인에게 이런저런 질문을 하게 될 것 같습니다. 안녕히 계세요."

"안녕히 가세요. 최근 몇 년 동안 그이는 제가 바란 남편은 아니었지만, 그래도 살인범을 곧 찾아내 주셨으면 좋겠어요. 살인은 매우 커다란 중죄이고, 그 어느 것도 그런 범죄를 정당화할 수 없어요. 제 도움이 필요하시면, 언제든 연락주세요. 잠깐만요, 제 명함을 드릴게요. 여기에 제 휴대폰 번호가 쓰여 있어요."

율리아는 명함을 받아서 가방에 집어넣고 자신의 명함을 비비엔 쇠나우에게 내밀었다.

"아, 그렇군요, 뒤랑 형사님. 형사님도 프랑스에서 오셨어요? 아니면 선조들이 프랑스 사람인가요?"

율리아는 비비엔 쇠나우에게 미소 지었다. 갈수록 그 부인에게 호감이 갔다. "저희 할아버지가 프랑스에서 오셨어요. 옛날에 저희 집안은 위그노파(프랑스의 프로테스탄트 칼뱅 파를 일컫는다. ―역주)였어요."

"그렇다면 선조에 대한 자료가 틀림없이 많이 있겠네요."

"저희 집안 족보는 16세기까지 거슬러 올라가요. 성 바르톨롬메오 축일 대학살의 밤(1572년 8월 23일에서 24일 밤사이에 천주교신도들에 의해 개신교신도들이 대량 학살된 사건 ―역주)에 목숨을 잃은 분들도 몇 명 있고요."

"그래요, 그것은 끔찍한 일이었죠. 위그노파들이 대량 학살당했을 때 센 강이 피로 붉게 물들었다고 해요. 하지만 오래전, 아주 오래전의 일이에요."

"네, 다행히도 이젠 그런 일을 겪지 않아도 되죠. 그럼, 이만 가보겠습니다. 하지만 그 전에 닥터 핑크와 좀 이야기를 나누었으면 하는데요."

"물론이죠. 여기 거실에서 이야기하셔도 돼요. 그동안 전 위층에 가서 내일 여행에 필요한 자잘한 물건들을 몇 가지 챙겨야겠어요. 라우라, 이리 들어와요. 형사님들이 라우라와 이야기하고 싶으시데요."

비비엔 쇠나우가 거실을 나가고, 라우라 핑크가 들어와 문을 닫았다. "질문 결과에 만족하시나요?" 그녀는 차갑게 미소 지으며 물었다.

"받아들이기에 따라서 다르죠. 어쨌든 쇠나우 부인은 로젠츠바이크 부인보다는 외향적이네요."

"모든 사람이 똑같이 반응한다면 곤란하지 않겠어요? 누구나 살면서 개인적으로 시련을 겪기 마련이에요. 시련을 좀 더 의연하게 견뎌내는 사람도 있고, 그렇지 못한 사람도 있어요. 하지만 우리가 그런 철학적인 문제를 논하려고 이 자리에 있는 건 아니죠. 자, 무엇을 알고 싶으세요?"

"다시 잠깐 자리에 앉을까요." 율리아가 말했다. "쇠나우 부인을 어린 시절부터 알고 지냈다고 아까 말씀하셨죠. 부인은 어떤 사람입니까?"

"형사님이 무얼 물으시는지 잘 모르겠지만, 비비엔은 매력적이고 상냥하고 솔직하고 때로는 아주 직선적이에요. 그리고 정말 빼어난 미인이죠. 비비엔과 견줄 수 있는 여자는 별로 없어요. 벌써 마흔여섯 살이라는 게 믿어져요? 저는 비비엔이 환상적으로 아름답다고 생각해요."

"마흔여섯 살이라고요? 그 나이에 정말 굉장한 미모인데요. 그런데 돈 많은 사람들, 많이 배운 사람들, 잘 생긴 사람들만 그 교회에 다니나요?"

라우라 핑크는 웃음을 터트리며 말했다. "아니, 다행히도 그렇지 않아요. 형사님이 예외적인 사람들만 마주친 거죠. 로젠츠바이크, 쇠나우, 라이히 씨. 물론 굶주림에 시달리는 건 아니지만, 대부분 교인은 아주 평범한 사람들이에요. 근로자, 회사원, 그리고 예술가도 몇 명 있어요. 이미 말했듯이, 예외적인 경우들이 있다고 해서 전부 그렇다고 볼 수는 없어요."

"그렇다면 안심이군요." 율리아가 빙긋이 웃으며 말했다. "지금 백만장자 클럽에 이른 게 아닌가 하고 생각했거든요. 자, 농담은 그만 하죠. 이제 우리는 쇠나우의 사망 원인이 무엇인지 상당히 확실하게 알고 있어요. 책상 위에 있던 용기 안에 이른바 청자고둥 두 개가 들어 있었을 가능성이 아주 많아요. 몹스 교수, 저희 법의학자가 그것들의 정체를 확인했고요…….”

“코노톡신.” 라우라 핑크는 생각에 잠겨 중얼거리고는 입을 살짝 찡그리며 말했다. “그건 신경독이에요. 그것도 독성이 극도로 강한 신경독이죠.”

“선생님도 독에 대해 잘 아세요?” 율리아가 눈썹을 치켜뜨며 물었다.

“전 의학을 전공했고, 대학 시절 한동안 독물학(毒物學)에 심취한 적이 있어요. 몹스 교수의 저서도 몇 권 읽었죠. 그 물질에 대해 몹스 교수보다 많이 아는 사람은 별로 없어요……. 사람을 이런 방식으로 살해하는 것은 비열해요. 쇠나우가 그 고둥을 몰랐다는 게 놀라울 뿐이죠.”

“쇠나우 부인은 남편이 이름들에는 주목하지 않았다고 하더군요. 다만 물고기 자체에만 관심이 있었다나요.”

“청자고둥은 물고기가 아니라 말러스크, 즉 연체동물에 속해요. 청자고둥에 대해 아무것도 모르는 순박한 사람들이 그저 예쁘다며 손으로 만졌다가는 목숨이 위태로워질 수 있어요. 적어도 몇몇 종류는 맹독성이죠. 물론 실제로 위험한 것들은 인도태평양의 열대와 아열대 지방에만 서식해요. 어쩌죠, 지극히 교활한 독살범을 마주하게 되셨네요.”

“독살범이 여자일 수도 있습니다.” 프랑크는 무뚝뚝하게 말하며 라우라 핑크의 반응을 유심히 지켜보았다. “의사 선생님 말고도 그런 생물들에 대해 잘 아는 여자가 틀림없이 또 있을 겁니다.”

"그렇겠죠. 하지만 그 이국적이라고 할 수 있는 독과 독소에 대해 아는 여자들은 틀림없이 많지 않아요……."

"하지만 제 기억에 의하면, 좀 전에 쇠나우의 사무실에서 선생님은 그 분야의 전문가가 아니라고 말했어요. 그런데 이 정도면 전문가라고……."

"저는 전문가가 아니에요. 독물학의 기본 원리에 대해 알고 있고 대학 시절 실험실에서 일한 경험이 있으며 가령 의료분야에 투입되는 일부 독들이 어떻게 합성되는지 관찰하긴 했지만, 그렇다고 해서 결코 전문가는 아니죠. 전문가를 원하신다면 몹스 교수에게 가셔야 해요. 저는 아직까지 직접 눈으로 청자고둥을 본 적도 없어요. 겨우 사진에서 보았을 뿐이에요." 라우라 핑크는 잠깐 말을 멈추고 바지 주머니에서 껌을 꺼내서는 껍질을 벗겨 입 속에 넣었다. 그러고는 거의 도전적으로 물었다. "그러면 이제 제가 형사님들의 유력한 용의자들 중 하나인가요? 단지 독에 대해 조금 알고 있다는 이유로? 말도 안 돼요. 저는 그 일과 아무 관계 없어요. 누가 무슨 짓을 했든 저는 사람을 죽일 위인이 못돼요. 그리고 솔직히 말해서, 제가 살인을 했다면 이런 말들을 했겠어요? 분명 안 했을걸요, 아닌가요?"

율리아는 시선을 바닥으로 향했다가 라우라 핑크에게로 돌렸다. "선생님의 병원은 어디에 있죠?"

"여기." 라우라 핑크는 가방 안에서 명함을 꺼내어 율리아에게 내밀었다. "여기에 진료시간과 전화번호가 적혀 있어요……."

"병원 전화번호밖에 없군요. 진료시간 외에 전화할 일이 생기면 어떻게 하죠?"

"집 전화번호를 적어 드릴게요. 저는 병원이 있는 건물에 살고 있어요. 뭐 더 물으실 게 있나요? 없으면 그만 가봐야겠어요. 오늘은 너무 힘든 하루였어요. 이제 제게 연락하시고 싶으면 어디로 어떻게 해야 하는지 아시겠죠. 그럼 이만 가보겠어요."

"안녕히 가세요, 닥터 핑크." 율리아는 말했다. 그리고 빠른 걸음으로 성큼성큼 현관을 향해 움직이는 젊은 여인의 뒷모습을 바라보았다. 라우라 핑크는 갑자기 걸음을 멈추고 뒤돌아보며 말했다. "그냥 핑크 씨 아니면 라우라라고 부르세요. 저는 직함을 중요하게 여기지 않아요." 그리고는 대답을 기다리지 않고 문밖으로 사라졌다.

"괜히 어설프게 남자처럼 굴지 않으면," 프랑크가 목소리를 낮추어 말했다. "참 예쁘게 생긴 얼굴인데."

"지금도 예뻐요." 율리아는 말했다. "자신은 아마 그걸 모를 수도 있어요. 아니면 알려고 하지 않든지."

"뭐라고요?" 프랑크가 이마를 찌푸리며 물었다.

"됐어요. 자, 우리도 그만 가자고요. 잠깐 눈 붙일 수 있겠어요."

자동차에 이르러 율리아는 담뱃불을 붙이며 말했다. "이 두 건의 살인사건 때문에 골머리 썩겠군요. 희생자들의 생활습관에 대해 정확히 아는 사람의 소행이 분명해요. 게다가 로젠츠바이크의 경우에는 독이 어떻게 그의 책상에 이르게 되었는지 완전 수수께끼라니까요. 젠장, 잘 가요."

"잘 가요, 그리고 잘 자요. 사랑스러운 고둥이 나오는 달콤한 꿈을 꾸길!"

율리아는 왼손 가운뎃손가락을 차창 밖으로 내밀고는 차의 시동을 걸고 출발했다. 프랑크는 빙그레 웃으며 BMW에 올라타서 말보로에 불을 붙였다. 그리고 카폰의 다이얼을 눌렀다. 신호음이 두 번 울리자 아내 나딘이 전화를 받았다.

"여보, 나야. 지금 가고 있어. 금방 도착할 거야. 사랑해." 프랑크는 통화 종료 버튼을 누르고 뷰티풀 사우스의 새 CD를 올려놓았다. 시동열쇠를 돌리고 가속페달을 밟았다. 그는 차창을 스치는 따뜻한 바람과 커다란 음악소리를 즐겼다. 집이 기다려졌다.

나딘이 기다려졌고, 나딘과 함께 잠드는 게 기다려졌다.

오후 11시 40분

라우라 핑크는 집에 도착해서 자동차를 차고에 세우고 차고 안에서 리모컨으로 차고 문을 닫았다. 차고 안에는 곧바로 집으로 통하는 문이 있었다. 그녀는 왕진가방을 복도에 내려놓고 2층으로 올라갔다. 너무 지치고 피곤했다. 흘낏 바라본 자동응답기에 메시지 두 개가 있었다. 하나는 어머니에게 온 것이었고, 다른 하나는 가깝게 지내는 유일한 절친 자비네 라이히에게 온 것이었다. 자비네 라이히는 1시까지는 틀림없이 깨어 있을 거라며 집에 돌아오는 즉시 전화해 달라는 메시지를 남겼다. 집 안은 후덥지근했다. 라우라는 작년 여름에 설치한 에어컨을 틀었다. 몇 분 만에 온도가 몇 도 내려갔다.

라우라 핑크는 한동안 마음을 정하지 못하고 전화기 앞에 서서는 전화를 걸까 말까 생각했다. 수화기를 들려는 순간 마음을 바꿔서, 그 대신 주방에서 바나나와 요구르트를 가져와 소파에 앉아 먹었다. 그리고 잠시 발코니에 서서 따뜻한 밤 공기를 들이마셨다. 주변 주택가의 창문들은 대부분 이미 캄캄했고, 어딘가에서 두런거리는 목소리들이 들려왔다. 멀리서 비행기 이륙하는 소리, 가까이 다가오는 자동차 소리.

라우라 핑크는 다시 거실로 들어갔다. 로라 애슐리의 경쾌한 디자인이 안락하고 편안한 분위기를 조성했다. 라우라는 다만 몇 분 동안만이라도 긴장을 풀기 위해 텔레비전을 켰다. 화면을 쳐다보았지만, 무슨 장면인지 전혀 눈에 들어오지 않았다. 로젠츠바이크와 쇠나우, 오랫동안 잘 알고 지낸 두 남자에 대한 생각이 끊임없이 머릿속을 맴돌았다. 짧은 한숨이 입술 밖으로 흘러나왔다. 그녀는 욕실에 가서 옷을 벗고 미지근한 물을 틀어 놓은 채 5분쯤 샤워기 아래 서 있었다. 샤워기 수도꼭지를 누르는데 전화벨이 울렸다. 라우라는 알몸으로 물을 뚝뚝 흘리며 수화기를 들고 짧게 말했다. "네."

"안녕, 라우라. 자비네야. 내 메시지 들었어?"

"응." 라우라는 말했다. "지금 막 집에 돌아왔어. 무슨 일 있어? 난 완전히 녹초야."

"쇠나우 소식을 들었어. 너도 알잖아, 지금 교회가 발칵 뒤집힌 거. 무슨 일인지 알고 있나 싶어서 전화했어."

"살해되었어."

"그러면 경찰이 벌써 자세한 내막을 알아냈단 말이야?"

"아니, 자세한 내용은 아직 밝혀지지 않았어. 다만 독이 관계되었다는 걸 알아냈을 뿐이야. 하지만 내일 얘기해. 지금은 좀 자고 싶어."

"알았어. 그럼 내일 봐. 잘 자."

"내일 봐." 라우라 핑크는 수화기를 내려놓았다. 그 사이 몸은 말랐고 머리카락만 조금 젖어 있었다. 그녀는 침실에 가서 팬티와 가벼운 탱크톱을 입고 침대에 누웠다. 그리고 나이트테이블의 전등을 켰다. 전등을 언제나처럼 밤새도록 켜둘 셈이었다. 라우라는 이런 시절부터 캄캄하면 잠을 자지 못했다. 그녀는 매일 저녁 잠들기 전에 두 손을 모으고 기도했다. 에어컨이 낮게 웅웅거렸다. 이불을 어깨까지 끌어올리고 옆으로 돌아누웠다. 눈을 감았지만, 지난 하루의 영상들이 차츰 희미해져서 심신이 마침내 평온해지기까지는 한참 걸렸다.

두 시간 후, 그녀는 몇 년 전부터 끈질기게 괴롭히는 악몽에 놀라서 다시 깨어났다. 자주 그랬듯이 온몸이 땀에 흠뻑 젖어 있었다. 그녀는 일어나 앉았다. 현기증이 일었고, 심장이 망치처럼 마구 가슴을 두들겼다. 진정하라고 자신을 다독이며 중얼거렸다.

"별거 아냐, 별거 아냐. 괜찮아."

서서히 심장 박동이 진정했고 호흡이 차분해졌다. 그녀는 화장실에 다녀와서 다시 침대에 앉았다. 입과 목이 말랐다. 침대 옆에 놓인 물병을 들고 몇 모금 마셨다. 두 손으로 땀에 젖은 머리카락을 쓸어 올리며 침대에 누웠다. 천장을 응시하며 나지막이 말했다. "하느님 아버지, 저를 도와주소서. 저를 혼자 내버려 두지 마소서. 아버지는 제 근심과 고난을 아십니다. 저에게 하느님 아버지가 필요한 것을 아십니다. 저는 아버지 손의 도구이며 언제나 아버지의 뜻을 따를 것입니다. 제발, 제발 저를 버리지 마소서."

그녀는 이불을 둘둘 말고 잠이 들었다.

오후 11시 45분

율리아는 집 근처에 코르사를 주차했다. 가방을 들고 차에서 내려 차 문을 잠갔다. 길을 건너자, 청바지와 티셔츠 차림의 젊은이 둘이 약 50미터 거리에서 마주 오는 게 보였다. 걸음걸이가 도발적이었고 몸놀림에서 왠지 불길한 조짐이 엿보였다. 여형사는 두 녀석을 무시하는 척했지만, 사실은 머리털 끝까지 긴장해 있었다. 오른손을 가방 속에 집어넣어 권총의 안전장치를 풀고 권총자루를 꽉 움켜쥐었다. 최근 3주일 동안 여자들을 습격한 사건이 여러 차례 있었다. 그중 세 명은 심하게 구타당한 뒤 성폭행당하고 돈과 물건을 빼앗겼다. 그리고 마지막 희생자라고 추정되는 열일곱 살 소녀는 아직 행방불명 상태였다. 율리아는 남자들과 거의 같은 지점에 이르렀을 때 그들의 오른쪽으로 스쳐 지나가려고 했다. 그 순간 느닷없이 한 녀석이 오른쪽으로 한 발을 내딛으며 길을 가로막았다. 약 1미터 80의 키에 몸집이 호리호리했으며 금발을 짧게 자르고 있었다. 기껏해야 스무 살쯤 되어 보였다. 그 녀석은 삐죽이 웃으며 목소리를 낮추어 말했다. 목소리가 미끌미끌했다. "이봐, 아가씨. 불 있어?"

율리아는 그 녀석을 주시했지만, 곁눈으로는 다른 녀석의 일거수일투족을 감시했다. 그 옆의 녀석은 더 어려 보였으며, 버티고 서 있는 모습이 좀 얼떠있는 듯 보였다.

"미안하지만 없어."

"유감이군." 금발머리가 여형사의 어깨를 붙잡으며 말했다. "하지만 그거 말고 다른 것은 줄 수 있겠지. 이런 예쁜 아가씨가 밤에 혼자서 한적한 거리를 다니다니, 쯧쯧, 아가씨 같은 사람이 그러면 안 되지." 녀석의 손이 아래로 미끄러져 젖가슴에 닿았다. "젖꼭지가 끝내주는데. 우리 셋이서 멋지게 한 판 어때?"

"도와달라고 소리칠까?" 율리아가 싸늘하게 말했다.

"끽 소리내기 전에 우리가 그 입을 틀어막을걸. 그뿐인 줄 알아, 다른 데도 틀어막아 줄게. 알아들었어?" 녀석은 키득키득 웃었다. 녀석의 목소리가 갑자기 째는 듯이 날카로워졌다. "그러니까 입 닥쳐. 자, 저리 건너가!" 녀석은 어둠에 잠겨 있는 놀이터를 고갯짓으로 가리키며 윽박질렀다.

"그 전에 담배 한 대 피울 수 있을까?" 율리아는 물었다.

"불 없다고 하지 않았어?" 금발이 의혹의 눈길로 물었다.

"나 쓸 것은 있지." 율리아는 재빠르게 한 걸음 뒤로 물러나 가방에서 권총을 꺼내 들었다. 먼저 권총으로 금발머리 녀석을 겨눈 네 이어서 지금까지 단 한마디도 하지 않은 검은 머리 녀석 쪽으로 총구를 돌렸다.

"자, 둘 다, 두 팔을 높이 올리고 얼굴을 자동차 쪽으로 틀어. 여기 내 손에 총 보이지. 누구라도 끽소리만 내면 그 길로 인생에 작별을 고할 줄 알아. 자, 빨리 움직여!"

"이봐, 레이디, 그런 뜻이 아니었어. 그 물건 얼른 집어넣고, 우리 아무 일도 없었던 걸로 하자고. 오케이?" 금발이 말하며 사죄하듯 두 손을 들었다.

"이런, 우라질. 에이, 이 할망구 장난이 아니네. 자, 어서 내빼자." 그의 친구가 말했다.

"가긴 어딜 가. 자동차에 다가가서 두 손을 자동차 지붕 위에 올려. 아주 천천히. 그렇지 않아도 오늘 하루 지긋지긋하게 힘들었는데 여기서 또 열띤 논쟁을 하고 싶지 않거든. 내가 지금 장난이나 치고 있을 거 같아. 진짜 총알 날려줄까!"

율리아에게서 2미터쯤 떨어져 있던 금발이 머리를 굴리는 듯 보이더니 갑자기 앞을 향해 돌질했다. 여형사는 방아쇠를 당겼다. 요란한 총성이 밤을 가르고 울려 퍼졌다. 총알이 공격자의 왼쪽 어깨에 박혔고, 공격자는 비명을 지르며 바닥에 쓰러졌다. 율리아는 곧바로 다른 녀석에게로 권총을 겨누었고, 녀석은 즉각 두 손을 번쩍 들었으며 겁에 질린 눈으로 앞에 서 있는 여자를 쳐다보았다. 주변의 몇몇 집에서 불이 켜지고 창문들이 열리고 누군가가 외쳤다. "무슨 일이지!"

"꼬마야, 무섭냐?" 총에 맞은 녀석이 바닥에 쓰러져 신음하는 동안, 율리아는 주민에 개의하지 않고 물었다. "이봐, 장난칠 대상을 잘못 골랐어. 내가 누군지 소개하자면, 살인사건 수사반의 뒤랑 형사라고. 그러니 얼굴을 자동차에 대고 두 손을 등 뒤로 해."

검은 머리는 말없이 명령에 따랐고, 율리아는 가방에서 수갑을 꺼내어 녀석의 손목에 채웠다. 휴대폰을 꺼내 출동본부에 전화를 걸었으며 순찰차와 구급차를 요청했다. 그러고는 금발에게 몸을 숙이고 말했다. "그래, 네 용기는 어디 갔지?"

"하마터면 죽을 뻔했잖아!" 녀석은 죽는소리를 했다.

"하마터면 그럴 수도 있었지. 하지만 나는 사격을 배웠어. 그리고 아마 네 말이 아주 틀린 것만은 아닐 거야. 그러니까 너를 죽이는 편이 더 나을 수도 있었다는 뜻이야. 너희가 수배당한 두 녀석 맞지?"

"입 닥쳐. 이 늙다리 짭새야!"

"너희가 살해한 소녀는 어디 있어?"

"지금 무슨 말 하는 거야! 우리는 아무도 죽이지 않았어."

"웃기는군, 범인들의 몽타주가 너희들하고 맞아떨어지는데 뭘 그래. 하긴 대질을 해보면, 너희가 세 번의 성폭행을 저지른 범인인지 아닌지 드러나겠지. 아무튼 몇 년은 살아야 할걸. 거기다 살인죄도 추가되겠지. 이런 어쩌나, 콩밥 신세를 얼마나 오래 질지는 각자 알아서 생각해보라고. 자, 어서 일어나. 네 친구 옆에 가서 서."

"피가 나는데, 에이 씨, 어떻게 일어나라는 거야!"

"무슨 피가 난다는 거야, 이 비열한 자식! 그럼 구급차가 올 때까지 누워 있어, 이런 겁쟁이 같으니라고!" 율리아는 검은 머리 옆에 서서 담뱃불을 붙였다. 그 녀석의 얼굴에 연기를 내뿜으며 말했다. "너는 저 녀석이 시키면 뭐든지 다 하냐? 녀석이 오줌을 눌 때는 고추도 붙잡고 서 있겠군?"

검은 머리는 묵묵부답이었다.

"지난주에 행방불명된 소녀는 어떻게 했어? 지금 말하는 편이 나을걸. 어차피 목격자가 있거든. 어떻게 했어?"

"입 닥쳐." 금발이 말했다. "입 닥치고 있어, 그렇지 않으면 네 불알을 싹둑 잘라버릴 테니까!"

"저 녀석이 그 소녀를 살해했나? 다른 세 여자는 두들겨 패고 성폭행하는 걸로 그쳤잖아. 왜 갑자기 살인을 했지?"

"전 몰라요. 그 여자애가 소리를 질렀고, 그러자 그레고르가 때렸어요. 머리가 작업대에 부딪혔는데, 그리고는 더 이상 움직이지 않았어요."

"이런 개새끼! 이런 빌어먹을 더러운 개새끼! 내가 병원에서 나오기만 하면 널 죽여 버리겠어!"

"저는 걔한테 손도 대지 않았어요. 맹세해요."

율리아가 말했다. "글쎄, 은근슬쩍 넘어가지 말자고. 너도 성폭행했잖아, 아냐?"

"하지만 때리진 않았어요. 저는 아무도 때리지 않았어요. 저 녀석이 항상 때렸어요. 저 녀석은 여자들을 때리고 여자들이 제발 살려달라고 애걸해야만 직성이 풀렸어요."

"네놈을 없애버리겠어, 이 더러운 새끼! 네놈이 이 세상에 태어난 걸 후회하게 만들어주겠어. 이런 후레자식, 비열한 놈!"

경찰차와 구급차가 거의 동시에 도착했다. 금발은 들것으로 옮겨지고 안전벨트로 고정되어서 구급차에 실렸다. 녀석은 구급차에 실려서도 친구 쪽을 향해 계속 추잡한 욕설을 퍼부었다. 다른 녀석은 경찰차에 태워졌다. 율리아는 순찰경찰에게 말했다. "비상대기조 동료들이 두 녀석을 심문할 겁니다. 저 둘은 한 달 전부터 수배 중인 녀석들이에요. 행방불명된 소녀는 사망했을 가능성이 높아요. 순찰차에 탄 녀석의 말에 따르면 구급차에 실린 녀석이 범인이랍니다. 녀석을 잘 감시해야 할 겁니다. 저는 이 정도로 하고 그만 사라지겠어요. 나머지 일은 동료들에게 맡기죠. 그럼 안녕히 가세요."

율리아는 집으로 가서 현관문을 열었다. 계단의 불이 자동으로 켜졌다. 율리아는 지친 발을 끌고 층계를 올라갔다. 문에 편지봉투가 붙어 있었다. 봉투를 떼어들고 집에 들어가 불을 켰다. 가방을 소파에 던지고 봉투를 탁자에 내려놓고 냉장고에서 맥주 캔을 꺼냈다. 맥주를 단숨에 들이켜고 골루아에 불을 붙이고 창가에 섰다. 저녁 10시 이후로는 거의 언제나 인적이 없는 도로를 내려다보았다. 잠시 그대로 서서 담배 연기를 빨아 창문 밖으로 내뿜었다. 처음으로 사람에게 총을 쏘았어, 율리아는 생각했다. 총알이 몇 센티미터 아래로 지났더라면 그는 죽었을 거야. 율리아는 더 이상 생각하고 싶지 않아서 몸을 돌려 소파에 앉았다. 편지봉투를 들고 편지를 꺼냈다. 편지에는 이렇게 쓰여 있었다.

당신을 사랑해. 요즘 들어 당신 마음을 상하게 했다면 미안해. 앞으로는 당신을 더 많이 배려하겠다고 약속할게. 내일 전화해 줘. 나한테는 당신이 필요해. 당신의 베르너.

율리아는 편지를 옆에 내려놓고 고개를 거칠게 가로저으며 생각했다. 무엇 때문에 내가 필요한데? 잠자리에? 빌어먹을 남자들! 그녀는 담배를 눌러 끄고 자리에서 일어나 욕실로 갔다. 손과 얼굴을 씻고 거울을 잠깐 들여다보며 여덟 시간이나 아홉 시간 푹 잘 수 있는 날이 곧 다시 오길 바랐다. 불을 끄고 속옷 차림으로 침대에 누워 옆으로 돌아누웠다. 로젠츠바이크, 쇠나우, 그리고 율리아를 성폭행하려 했던 두 남자, 수많은 생각이 어지러이 머릿속을 오갔다. 1시 조금 지나서 눈이 감겼고 섬뜩한 꿈에 놀라 잠에서 깨어났을 때는 6시 15분이었다. 율리아는 정신을 가다듬으려고 애썼다. 무거운 납덩이가 가슴을 짓누르는 듯 숨쉬기가 어려웠다. 그녀는 시계를 보고 다시 침대에 누워 항상 일어나는 시간 7시가 되기를 기다렸다. 비참한 기분이 들고 머리가 지끈거리고 속이 메슥거렸다. 어쩐지 재수 없는 날이 될 것 같은 느낌이었지만, 예감이 틀리기를 바랐다. 너한테 달려 있어, 율리아는 나지막이 혼잣말했다. 모든 게 너한테 달려 있어.

목요일

오전 7시 50분

경찰청, 대책회의. 베르거 반장은 밤을 꼬박 새웠는지 피곤하고 무뚝뚝한 표정이었다. 율리아는 간밤의 짧은 휴식 후에 몸이 완전 녹초가 된 듯했다. 율리아에 이어 나타난 프랑크와 페터 두 사람만 기분이 좋아 보였다.

"자," 베르거는 담뱃불을 붙이고서 율리아를 보며 말했다. "보고 사항 있나? 지난밤 두 녀석과의 으스스한 만남은 빼고 말이야. 아 참, 그 두 녀석은 범행을 자백했어. 뒤랑 형사, 잘했네."

"그건 이야기할 가치도 없는 일이죠." 율리아는 말을 이었다. "쇠나우가 비록 로젠츠바이크와 똑같은 방식은 아니지만 비슷하게 살해되었다는 점을 빼면 별로 보고할 게 없습니다. 범인이 모종의 계획에 따라 움직이는 듯 보이는데, 우리는 아직 그 계획에 대해 파악조차 못 하고 있어요……."

"쇠나우는 정확히 어떻게 살해되었나?" 베르거는 다시 담배를 빨았다.

"어제 몹스를 현장으로 불렀어요. 몹스는 쇠나우가 청자고둥의 독에 의해 목숨을 잃었다고 했습니다."

"고둥이라고?" 베르거와 페터가 거의 동시에 물었다. "어떻게 그게 가능하죠?"

"저도 믿어지지 않았어요. 하지만 몹스의 말에 의하면 그 고둥들은 바다, 열대지방의 물속에서 살아요. 그리고 그 부류 중에서도 하필이면 가장 위험한 두 종류를 쇠나우에게 보냈거나, 아니면 직접 가져다준 듯싶습니다. 범인이 남자인지 여자인지 모르지만 말이죠. 이것 보세요."

율리아는 가방에서 쪽지를 꺼내어 베르거에게 건네주었다. 베르거는 쪽지를 받아들고 읽었다. "자기, 아동성폭력범." 베르거는 웅얼거리며 한 손으로 턱을 쓰다듬었다. "여자인가?"

"물론 첫눈에는 여자라고 생각되죠. 하지만 살인범이 위장하려고 했을 수도 있어요. 아무튼 쪽지는 타이핑되었어요. 손으로 썼다면, 필적감정가가 여자 필체인지 남자 필체인지 쉽게 알아낼 수 있었을 텐데. 하지만……." 율리아는 어깨를 으쓱했다.

"만일, 이론적으로 말인데요, 남자였다면 쇠나우가 경우에 따라서는 동성애 아니면 적어도 양성애였다는 뜻일 수 있습니다." 페터가 껌을 꺼내어 입속에 넣으며 말했다.

"그럴 수도 있어요. 만일 그렇다면 쇠나우 부인의 생각과도 맞아떨어져요. 쇠나우 부인은 남편이 이따금 외도했다고 말했지만, 상대가 누구였는지는 말할 수 없었거나 아니면 말하려 하지 않았어요. 아니면 이제 그런 문제에 아무 관심이 없는 것 같기도 했어요. 적어도 지난 몇 년간 그 부부의 결혼생활은 그다지 좋은 상황은 아니었나 보더라고요. 부인이 진짜로 아름답고 우아하고 세련

되고 지적인 슈퍼우먼이었는데도 말이죠. 하지만 그 부인이 어떻게 생각하고 있는지 아무래도 한 번 더 자세히 물어봐야겠어요. 부인의 진술에 의하면, 남편이 죽기 직전 통화를 했다는데, 쇠나우가 소포를 기다리고 있었대요. 바로 그 소포 때문에 약속에 조금 늦을 거라고 말했다는 겁니다. 다만 누가 보낸 소포인지는 말하지 않았다는군요."

율리아는 잠시 말을 멈추고 자리에서 일어나 커피를 따르고는 말을 이었다. "아 참, 흥미로운 사실이 있어요. 쇠나우의 바지 앞섶이 풀어져 있었고, 누구에게나 보일 정도로 음경이 바지 밖으로 나와 있었어요. 그리고 어제 쇠나우의 사무실에 도착했을 때, 로젠츠바이크 사건에서 알게 된 사람이 저보다 앞서 거기 와있더라고요. 라우라 핑크, 여의사, 반장님도 아시는 그 교회의 신도. 그런데 놀랍게도 그 여자가 독에 대해 잘 알더라고요."

"어느 정도나?" 베르거가 눈을 가늘게 뜨며 물었다.

"그 청자고둥이 내뿜는 독의 이름을 즉시 말했어요."

"흥미롭군. 그 여자에 대해 뭘 알고 있나?"

"별로 아는 게 없어요. 지금까지는요. 하지만 좀 더 자세히 알아볼 작정입니다." 율리아는 당혹스러운 표정으로 고개를 저으며 프랑크를 바라보았다. "그런데 그 독이 어떻게 로젠츠바이크의 책상에 이르렀는지 여전히 오리무중이에요. 그리고 제 생각에는, 이제 로젠츠바이크 부인을 용의 선상에서 제외해야 할 것 같습니다. 그 부인이 혹시 쇠나우도 노렸다면 몰라도요. 하지만 저는 그럴 가능성은 없다고 봐요. 그런데 독이 도대체 어떻게 로젠츠바이크의 집에 이르렀죠? 이것이 아마 결정적인 물음일 겁니다. 이에 대한 해답만 알아내면, 범인을 단번에 알아낼 수 있어요. 자, 그렇다면 로젠츠바이크와 쇠나우가 무슨 짓을 저질렀을까요? 단순히 여자관계가 살인의 이유일 리는 없어요. 분명 다른 이유가, 우리가 현재 짐작도 못 하는 이유가 배후에 숨어 있어요. 이 사건을 해결하려면, 앞으로 이리 뛰고 저리 뛰고 동분서주해야 할 것 같습니다."

베르거는 담배를 눌러 끄고는 곧장 새 담배에 불을 붙였다. 그러고는 몸을 일으켜 아침의 태양이 기세등등하게 위력을 떨치는 창가에 섰다. 눈을 찡그리고, 출근길의 교통 혼잡이 절정에 이른 도로를 내려다보았다. "빌어먹을 더위!" 베르거는 이렇게 웅얼거리고는 말을 이었다. "그렇다면 오늘은 뭘 할 계획인가?"

"당연히 은행 직원들을 심문해야죠." 율리아가 말했다. "하지만 그 일은 다른 사람들이 맡아서 해결해 주었으면 좋겠어요. 저는 그 여의사와 쇠나우 부인하고 한 번 더 이야기해보고 싶거든요. 쇠나우 부인은 오늘 아침 딸들을 데리러 보덴제 호수에 갈 예정이기 때문에 늦은 오후에나 만날 수 있을 거 같아요. 하지만 그 전에 몹스 교수에게서 지금까지의 부검 결과를 들었으면 해요."

율리아는 수화기를 들고 법의학연구소의 몹스 교수 전화번호를 눌렀다.

"좋은 아침입니다, 교수님. 저는 뒤랑입니다. 벌써 결과가 나왔나요?"

"형사님에게는 좋은 아침일지 모르겠지만, 난 다만 침대에 누워서 자고 싶을 뿐이오. 하지만 형사님의 호기심을 충족시켜 드리자면 부검 결과가 나왔어요. 내 비서가 방금 타이핑을 끝냈으니 즉시 컴퓨터로 보내주겠소. 더 물어볼 게 있으면, 우리 집으로 전화해요. 하지만 오늘 오후 3시 전에는 부디 전화를 삼가 주시오. 나도 잠이 필요한 사람이니까."

"언제까지 사무실에 계실 예정이세요?" 율리아가 물었다.

"잘해야 앞으로 10분. 그때까지는 연락이 될게요." 뫕스는 인사말도 없이 통화를 끝냈다. 율리아는 씩 웃으며 수화기를 바라보고는 내려놓았다.

"뫕스답다니까요. 하지만 그 착하신 분은 어쨌든 우리 때문에 꼬박 이틀 밤을 새웠어요. 제가 보기에는, 그다지 싫어하는 기색은 아니었지만 말이에요. 어젯밤에 본인 입으로 말했다니까요, 줄곧 책만 쓰는 건 지루하다고."

프랑크가 컴퓨터에 앉아 법의학연구소에서 보낸 부검 보고서를 기다렸다. 그는 부검 보고서를 받아서 출력한 후 손에 들고 대강 읽어보았다. 율리아가 등 뒤에 서서 함께 읽었다.

"와우," 율리아의 입에서 감탄사가 저절로 튀어나왔다. "뫕스의 추측대로군요. 사망 원인은 코노톡신에 의한 호흡장애와 심부전이에요. 그리고 여기 봐요, 쇠나우가 죽기 전에 성교했을 줄 알았다니까. 잠깐만." 율리아는 잠깐 말을 멈추고 보고서를 읽더니 이윽고 말했다. "젠장, 이런 빌어먹을, 젠장! 그 인간이 죽기 직전에 성교를 하긴 했지만, 질 분비물이나 타액의 흔적이 음경에 전혀 남아 있지 않아요. 타인의 머리카락도 없고 아무것도 없어요. 성기와 음모의 흔적들은 물수건의 흔적이 분명해요." 율리아는 몸을 꼿꼿이 세우고 남은 커피를 마저 마시고 담뱃불을 붙였다.

"물수건 흔적이라고. 그렇다면 실제로 한 가지 설명밖에는 없군요. 누군가가 그에게 수음이나 오럴섹스를 해준 다음 물수건으로 모든 흔적을 지운 거라고요. 보푸라기, 그것도 물수건 보푸라기에 무슨 신빙성이 있겠어요."

"저 세상으로 보내버리기 전에 입으로 섹스를 해주었군요." 페터가 느긋하게 말했다. "그 여자는 자신이 무슨 짓을 하는지 알고 있었어요. 말 그대로 근사한 퇴장을 마련해주었단 말씀." 그는 음

흉하게 삐죽이 웃으며 말을 이었다.

"만일 여자가 아니라면?" 프랑크가 신중하게 물었다. "쇠나우가 사실은 게이인데, 그동안 사람들을 속여 왔다면?"

"그럴 가능성은 별로 없어요." 율리아가 프랑크의 말에 반대하며 담뱃재를 재떨이에 털었다. "그렇다면 로젠츠바이크의 살인범도 남자일 거라고요. 하지만 로젠츠바이크는……." 율리아는 말을 멈추고서 수화기를 들고 몹스의 전화번호를 눌렀다. 몹스는 아직 사무실에 있었다.

"그런데 교수님," 율리아는 급하게 말했다. "로젠츠바이크가 사망 직전에 성교를 했는지는 검사하지 않으셨죠. 아니면 혹시?"

"안 했어요. 왜죠?"

"지금이라도 그걸 확인할 수 있을까요?"

"물론이죠. 요도나 방광 면봉법으로 금방 알 수 있죠. 또는 페니스나 음모에 뚜렷한 흔적이 남아 있을 수도 있습니다……."

"아 참," 율리아는 몹스의 말을 끊으며 손으로 이마를 짚었다. "말씀 중에 죄송해요. 하지만 더 검사하실 필요 없어요. 로젠츠바이크는 성교했거든요, 제가 알아요. 한 여직원에게 들어 알고 있었는데, 그만 깜박 잊고 있었어요."

"잠깐만, 뒤랑 형사. 로젠츠바이크가 한 여자 아니면 두 여자하고 성교했는지 확인할 수 있을 겁니다."

"그게 무슨 뜻이죠?"

"그러니까 페니스에 묻은 질 분비물이나 타액, 항문의 흔적이 한 사람의 것이라면, 오케이, 그러면 실제로 한 여자하고만 성교했을 수 있어요. 하지만 두 종류를 발견할 가능성도 있죠. 예를 들어 질 분비물의 종류와 항문성교를 암시하는 흔적이나 타액의 종류가 다를 수 있어요. 그건 서로 다른 두 사람의 흔적이라는 뜻입니다. 항상 무엇을 어떻게 찾느냐에 따라 달라지죠. 물론 보푸라기 흔적도 찾아내야죠."

"저희를 위해 그걸 알아내 주실 수 있을까요?"

"물론입니다. 하지만 좀 전에도 말했듯이, 지금은 일단 집에 가서 푹 잘 거요. 형사님이 안심할 수 있도록 보크 교수에게 그 검사를 맡아줄 수 있겠느냐고 물어보겠소. 형사님도 보크 교수를 잘 알잖소. 절대 믿을만한 사람이에요. 내가 꼭 검사하길 바란다면 물론 내일까지 기다려야 할 거요."

"아니, 아닙니다. 보크 교수님이 해주셔도 괜찮아요. 중요한 건, 로젠츠바이크가 여직원하고만 성교했는지 아니면 제2의 다른 인물하고도 성교를 했는지 알아내는 것입니다. 언제쯤 결과를 알 수 있을까요?"

"오늘 정오 무렵. 결과가 나오는 즉시 보크 교수가 형사님에게 연락할 겁니다. 그럼, 실례지만 나는 이만 쉬러 가야겠소."

"오케이." 율리아는 통화를 끝내고 코를 문지르며 말했다. "다들 들으셨죠. 오늘 정오 무렵이면 로젠츠바이크가 과연 또 다른 인물하고도 성교를 했는지 알 수 있을 거예요. 예시카 바그너의 진술에 따르면, 3시 반에서 4시 사이에 로젠츠바이크와 성교했다고 했어요. 어쩌면 그 후 또 누군가하고도……. 그렇다면 적어도 그가 정력이 무척 왕성한 남자라는 뜻이겠죠."

"그렇다면 우선 그 결과를 기다려보자고. 하지만 그 결과를 알아도 수사에 크게 도움이 될 거 같지는 않아." 베르거가 말했다. "로젠츠바이크가 또 다른 인물하고도 성교했다 하더라도, 독이 어떻게 그의 책상에 이르렀는지는 알 수 없어. 우리는 최소한 쇠나우가 사정한 건 알고 있지만, 누가 사정을 하게 만들었는지는 모른다고. 완전히 쳇바퀴를 돌고 있어. 적어도 여태까지는 그래.

여러분, 이제 작업에 착수하는 게 어떻겠나."

"잠깐만요." 율리아가 말했다. "과학수사반에서 아직까지 아무 연락 없었나요?"

"아직이야. 내가 한 번 전화해서 물어보지."

"그러면 좋죠. 짐작 가는 게 있거든요."

"무슨 짐작?" 프랑크가 물었다.

"살인범은 쇠나우 음경의 흔적뿐만 아니라 지문 같은 다른 흔적도 모조리 지웠을 거예요. 쇠나우 책상 위의 재떨이가 눈에 뜨였거든요. 그런데 내가 입수한 정보에 의하면, 쇠나우는 담배를 피우지 않았어요. 그렇다면 대체 왜 그의 사무실에 재떨이가 있었을까요?"

"방문객을 위해서?" 페터가 말했다.

"그럴 가능성은 별로 없어요. 잘 알잖아요, 쇠나우처럼 철저한 비흡연자는 자신이 있는 자리에서 담배 피우는 걸 용납하지 않거든요. 쇠나우의 지극한 신뢰를 받아서 예외적으로 그의 사무실에서 담배를 피워도 되는 사람이 아니라면 말이죠. 대외적으로 쇠나우는 완벽한 도덕군자였어요. 특히 교회에서. 하지만 실제로는 무척 음험한 사람이었고 일부 교리를 아주 우습게 알았어요. 나중에 은행에 가게 되면, 쇠나우가 혹시 누군가에게 담배 피우는 걸 허용했는지 아니면 엄격한 금연을 내세웠는지 한 번 물어보라고요."

"오케이, 그러죠." 프랑크가 말했다.

수사반원들이 사무실을 나서기 전에, 베르거가 과학수사반에 전화를 걸었다. 1분 후, 그는 전화를 끊고 율리아에게 말했다.

"뒤랑 형사의 추측이 맞았어. 재의 미세한 미립자는 발견되었지만, 누군가가 젖은 수건으로 재떨이를 깨끗이 닦았다는구먼. 책상 대부분과 문손잡이도 마찬가지고. 지문이 아직 많이 남아 있긴 하지만, 범인의 지문이 있을 것 같지는 않아."

"저도 그렇게 생각했어요." 율리아는 어깨를 으쓱하며 가방을 들었다. "그럼 이만 나가보겠습니다." 그러고는 시계를 힐끗 쳐다보았다. 8시 반이었다. 율리아는 프랑크하고 페터와 나란히 아래층으로 내려갔다. 동료들이 관용차를 이용하고, 율리아는 코르사에 올랐다. 먼저 라우라 핑크에게 들렀다가 프랑크와 페터를 도우러 쇠나우 은행으로 갈 예정이었다. 만족할 만한 답변을 얻었으면 하는 몇 가지 중요한 질문이 있었다.

오전 9시

마리안네 로젠츠바이크는 정확히 약속시각에 자비네 라이히의 상담소에 도착했다. 컨디션이 그다지 좋지 않았다. 남편이 죽은 후로 잠을 거의 자지 못했고, 많은 것이 머릿속을 어지러이 오갔다. 예를 들어 남편이 어떤 어두운 비밀을 무덤으로 가져갔을까 하는 생각과 물음이 머릿속을 떠나지 않았다. 로젠츠바이크 부인은 얼굴이 해쓱했으며, 화장을 했어도 밤을 지새운 흔적을 감추지 못했다.

"안녕하세요, 로젠츠바이크 자매님." 자비네 라이히가 반갑게 인사하며 맞아주었다. "오늘은 어떠세요?"

"자매님도 보시다시피 별로 좋지 않아요. 지난 3일 동안 전부 합해서 일고여덟 시간밖에 자지 못했어요. 지금은 마치 짙은 안갯속을 걷는 것만 같아요."

"어서 들어오셔서 여기 앉으세요. 뭐 좀 마시겠어요? 차, 물, 오렌지 주스?"

"고맙지만 사양할게요. 방금 아침을 먹었거든요. 그걸 아침 식사라고 한다면 말이죠. 그런 끔찍한 사건이 있은 후 다시 평소의 생활리듬으로 돌아가는 게 여간 어렵지 않아요." 로젠츠바이크 부인은 상담실에 들어와 안락의자에 앉았다. "그이와 결혼한 지 20년이 되었어요. 그런데도 그 사람에 대해 전혀 알지 못했다는 느낌이 갈수록 강하게 들어요. 그 사람이 내게 많은 걸 숨겼던 것 같아요. 그렇지 않으면 누가 왜 그이를 살해했겠어요? 왜 그랬을까요, 말 좀 해줘요."

자비네 라이히는 맞은편 안락의자에 앉았다. 찻잔이 앞에 놓여 있었다. 그녀는 다리를 꼬았다. 흰색 블라우스와 무릎에 닿을락 말락한 푸른색 스커트를 입고 있었는데, 다리를 꼬자 스커트가 좀 더 위로 올라갔다.

"남편분이 무얼 숨겼을 거라고 생각하세요?" 자비네 라이히는 물었다.

"잘 모르겠어요. 하지만 그랬을 거라는 생각이 직감적으로 들어요. 정말로 그 사람을 몰랐던 것 같아요. 나는 그 사람의 겉모습만을 알았고, 그 사람은 내게 속마음을 숨겼어요. 그 사람은 다정했고, 세월이 흐르면서 그 정도가 좀 줄어들긴 했지만 내게 늘 신경써주었죠. 아이들에게는 좋은 아버지였고, 나는 그이를 믿고 의지할 수 있었어요. 우리는 많은 이야기를 나누었으며, 언젠가 사업이 생각대로 잘 풀리지 않았을 때는 내게 심중을 털어놓기도 했어요. 나도 같은 일을 겪었더라면 그렇게 했을 거예요. 그런데도 내게 이야기하지 않은 뭔가가 분명 있었어요."

"그게 뭐였을까요?"

"그 때문에 3일 전부터 머리를 짜내어 온갖 생각을 하는데도 결론이 나지 않아요. 그이에게 아마 여자가 있었을지도 모른다는 생각이 때로는 들어요. 남편의 외도가 여자에게 굴욕적인 일이긴 하지만 그래도 난 그것까지도 이해했을 거예요. 나는 그 사람을 사랑했고, 설령 여자가 있었을지라도 그 때문에 결코…….” 로젠츠바이크 부인은 고개를 가로저었다. “뭐가 뭔지 모르겠어요. 그 사람은 왜 그렇듯 잔혹하게 죽어야 했죠? 왜? 그중에서도 가장 견디기 어려운 생각은, 누가 그이 책상에 독을 가져다놓았느냐는 거예요. 그리고 어떻게? 가정부에게 꼬치꼬치 캐물었지만, 가정부는 남편이 그 방에 절대 들어오지 말라고 해서 한 번도 들어가지 않았대요. 나는 가정부 말을 믿어요. 어쨌든 우리 집에서 15년 넘게 일하고 있거든요. 정말 무슨 영문인지 모르겠고, 마치 머릿속에 거대한 회전목마가 들어 있어서 점점 더 빨리 도는 것만 같아요.”

마리안네 로젠츠바이크는 말을 멈추고 숨을 깊이 들이쉬었다. 잠시 눈을 감고 있더니, 기도할 때처럼 깍지 끼어 무릎 위에 놓은 손가락을 바라보았다.

“그런데 자매님 불안은 어때요? 그동안 더 심해졌나요?”

마리안네 로젠츠바이크는 잠깐 소리 내어 웃더니 말했다. “솔직히 말하면, 지난 며칠간은 그런 걸 생각할 시간이 전혀 없었어요.”

“그거 잘 되었네요. 그러니까 제 말은, 남편분이 돌아가신 일은 애석하지만, 불안이 뭔가 채워지지 않은 듯한 느낌과 종종 결부되어 있다는 사실을 이제 자매님이 아시지 않겠느냐는 뜻이에요. 자매님의 삶이 채워지지 않았다는 게 아니라, 우리는 이따금 우선순위를 잘못 정한다는 말이죠. 지난번 상담 후로 저는 사실 오늘 무엇을 할지 계획을 세워 두었어요. 하지만 오늘은 그 계획대로 하지 않는 편이 좋을 거 같아요. 자매님의 감정, 지금 자매님이 무엇을 느끼고 생각하는지 이야기해 보세요. 자매님의 마음을 움직이는 것, 또는 자매님이 앞날을 어떻게 생각하는지. 말씀해 보시겠어요?"

마리안네 로젠츠바이크는 고개를 끄덕이고는 물었다. "그러면 오늘은 평소에 하는 치료를 하지 않나요?"

"네, 그건 조금 뒤로 미뤄야 할 거 같아요. 현재는 자매님이 본인의 인생을 명확히 파악하는 게 중요해요. 자매님이 미래를 어떻게 보는지 우리 함께 이야기해 볼 수 있을 거예요."

"솔직히 말하면," 로젠츠바이크 부인은 두 손을 꼭 맞잡으며 입을 찡그렸다. 눈물을 참으려고 했지만 마음대로 되지 않았다. 눈물이 몇 방울 눈가를 적시고 해쓱한 볼을 타고 흘렀다. 로젠츠바이크 부인은 흑흑 흐느끼면서 고개를 가로저었다. 흐느낌이 엉엉 울음으로 변했다. 자비네 라이히는 몇 가지 메모를 하고는 마주 앉아 있는 부인을 바라보았다. 마리안네 로젠츠바이크는 마음을 가라앉힌 후 손수건을 꺼내 얼굴의 눈물을 닦았다. 코를 풀고서 붉게 충혈된 눈으로 심리치료사를 바라보았다.

"미안해요." 로젠츠바이크 부인은 말했다. 그러나 자비네 라이히는 이해심 넘치는 표정으로 손을 내저었다. "마음을 추스르지 못해서 미안해요. 하지만 지금 당장은 앞날이 보이지 않아요. 모든 게 공허하고 암담해요. 제발 도와달라고 하느님에게 기도했지만, 지금은 이 세상에 홀로 있는 것만 같아요. 깊고 검은 구멍 속에 홀로 있는 것만……."

"하지만 좀 전에는 짙은 안개라고 말씀하셨잖아요……."

"그게 그거 아닌가요?"

"자매님에게는 아들들이 있어요. 그리고 자매님은 아직 마흔 살도 안 되었어요. 자매님 앞에는 미래가 있고, 자매님은 눈부시게 아름다워요. 세상이 자매님의 발아래 있어요. 모든 게 자매님에게 달려 있어요."

마리안네 로젠츠바이크는 웃었다. 목구멍 깊이에서 나오는 메마른 웃음소리가 왠지 씁쓸하게 들렸다. "내게 달려 있다고요? 어떤 세상이 내 발아래 있다는 건가요? 교회에서 말하는 세상? 나는 태어났을 때부터 교회에서 말하는 세상 말고는 아무 세상도 몰라요. 갓 태어난 아기처럼 독립적이지 못해요. 오랜 세월 동안 꼭두각시 인형처럼 살았어요. 다른 사람들이 시키는 대로 했고, 이따금 반항하고 싶어도 반항하지 않았어요. 나는 나약했어요, 그냥 나약했어요. 그런데 이제 갑자기 세상이 내 발아래 있다고요? 나는 그럴 위인이 못 돼요."

"왜 반항하지 않으셨죠? 다른 사람들의 마음을 상하게 할까 봐 두려웠나요? 아니면 자매님 자신의 용기가 두려웠나요? 다른 사람들이 삐딱한 눈초리로 바라볼까 봐 두려웠어요?"

마리안네 로젠츠바이크는 보일락 말락 고개를 저었다. "잘 모르겠어요. 어쩌면 그런 말들이 다 조금씩 맞을 수도 있어요. 자매님은 내 어린 시절을 알잖아요. 내가 어떻게 자랐고 우리 집안이 어땠고 내가 어떤 교육을 받았고 또 어떻게 남편을 만나게 되었는지 잘 알고 있잖아요. 그러나 내가 확실하게 아는 한 가지가 있다면, 세상은 결코 내 발아래 있지 않을 거란 점이에요. 나는 절대 그런 타입이 아니에요. 그러려면 성격을 바꾸고 생활양식을 바꿔야 할 거예요. 나는 그렇게 할 수 없어요. 앞으로도 교회에서 주어지는 의무와 임무를 다할 거예요. 어쩌면 예전보다 더 열심히. 그리고 아론과 요제프의 좋은 어머니가 되고 내 인생을 남편 없이 꾸려나가도록 노력하려고 해요."

"로젠츠바이크 자매님, 자매님의 어린 시절과 가정교육에 대해서는 이미 충분히 이야기를 나누었어요. 이 테마는 이제 해결되었다고 생각해요. 오늘 느닷없이 자매님에게 자매님의 성격이나 생활양식을 바꾸라고 요구할 사람은 아무도 없어요. 자매님은 사랑스럽고 지성적인 분이에요. 언젠가는……." 자비네 라이히는 말을 멈추고 탁자의 찻잔을 들어서 한 모금 마셨다.

"언젠가는……?"

"지금 이 자리에서 허황된 말은 하고 싶지 않아요. 하지만 자매님도 남자에게 다시 관심을 느끼는 날이 올 거예요. 오늘과 내일만 미래가 아니라 2년이나 5년, 10년 후도 미래예요. 그리고 자매님은 잘 해낼 수 있어요. 나는 확신해요. 자매님에게는 영적인 잠재력이 많아요. 자매님의 상담사로서 말하는데, 교회에만 관심을 쏟는 건 옳지 못해요. 그렇다고 교회에 등을 돌리라는 말은 아니에요. 하지만 삶과 교회 사이에서 균형을 유지하는 게 중요해요. 오로지 교회만이 삶의 전부는 아니에요. 아니면 적어도 교회만이 삶이 되어서는 안 돼요. 우리의 모든 삶을 교회에 맞춘다면, 우리는 어떤 식으로든 교회에 속박되죠. 그건 복음의 진정한 의미가 아니에요."

마리안네 로젠츠바이크는 눈을 크게 뜨고 자비네 라이히를 바라보았다. "하지만 거의 40년 동안 교회는 내 모든 삶이었어요."

"그러면 자매님의 두려움, 자매님의 우울증은 뭐죠? 그 원인이 뭐라고 생각하세요? 교회가 자매님을 도울 수 있었나요?"

"그 말은 거의 신성모독처럼 들려요." 로젠츠바이크 부인은 소심하게 미소 지으며 대답했다.

"그럴지도 모르죠. 하지만 신성모독이 아니에요. 다만 인생이 오로지 교회만으로 이루어진 게 아니라는 사실을 깨우쳐드리고 싶을 뿐이에요. 그 이상도 그 이하도 아니에요. 나도 하느님을 믿고 자매님도 하느님을 믿어요. 그런데 우리가 극장에 가거나 춤을 추거나 단순히 즐거움을 누리는 걸 하느님이 금지하셨을까요? 우리가 웃고 울고 한 번쯤 소리 질러 절망감을 밖으로 분출하는 걸 금지하셨을까요? 그 오랜 세월 동안 자매님은 근심과 고난, 갈등과 무엇보다도 절망감을 가슴속으로 삭이며 살아왔어요. 한 번도 분노를 폭발시키는 약점을 보이지 않았어요. 자매님은 단순히 배운 대로 역할을 수행했어요……. 자매님과 과거에 관계있었거나 아니면 지금 관계있는 사람들은 모두 자매님 같은 사람을 만나서 기뻐해요. 자매님 같은 사람은 쉽게 조종할 수 있고 마음대로 다룰 수 있고, 자매님이 방금 말한 대로 결국 꼭두각시이기 때문이죠. 하지만 로젠츠바이크 자매님, 자매님은 절대 그런 대접을 받을 분이 아니에요. 그 누구도 다른 사람들의 손에 놀아나는 꼭두각시 대접을 받아야 할 이유가 없어요. 자매님은 단순히 소극적으로 반응하는 대신 직접 적극적으로 행동해야 해요. 삶을 누리고 삶을 즐기세요. 남편분이 횡사하신지 며칠 지나지 않아서 아직은 너무 이르다는 것을 잘 알고 있어요. 하지만 자매님에게 어떤 가능성이 있는지 오늘 알려주고 싶어요. 자매님의 능력을 활용하세요, 다시 피아노를 치도록 하세요……."

"그건 오래전……."

"오래전의 일이 아니에요. 무엇보다도 자매님 본인에 대해서도 한 번 생각해보세요. 다른 사람들만 중요한 게 아니라 우선적으로 자매님 본인이 중요해요. 자매님의 소망과 욕구를 가장 중요하게 여겨야 해요. 자매님이 당당하게 나서서 다른 사람들의 말에 무조건 동의하지 않을 때 누가 자매님의 진실한 친구인지 알게 될 거예요. 다른 사람들의 눈에 혁명적으로 보일지라도, 한번 싫다고 말하고 자매님의 견해를 주장하세요. 자매님의 인생에 새로운 의미를 부여하고 말고는 자매님에게 달려 있어요. 죽음은 언제나 새로운 시작이죠. 우리 자신의 죽음이든, 가까운 사람의 죽음이든 마찬가지예요. 자부심이 문제라면, 자부심을 강하게 해주는 방법을 많이 알고 있어요."

마리안네 로젠츠바이크는 미소 지으며 말했다. "그 문제에 대해 깊이 생각하기에는 아직 이르다고 생각해요. 내 인생을 새롭게 일구어나가기 전에 먼저 과거를 청산해야 해요. 하지만 자매님의 말이 근본적으로 맞는다는 걸 알아요. 오랜 세월, 사실 나 자신이 꼭두각시 같다고 느꼈거든요. 특히 지난 삼사 년 동안은요. 내가 그걸 떨쳐낼 수 있다고 생각하세요? 어느 날 내가 내 인생의 주인이 되어서 어깨를 짓누르는 모든 짐을 벗어버릴 수 있다고 정말로 생각하세요? 그렇다고 믿으세요?"

"그렇다고 믿을 뿐만 아니라, 자매님이 우선적으로 자매님 자신을 생각한다면 그럴 거라고 확신해요. 자매님은 다른 사람들을 위해 헌신하는 것으로 인생의 반을 보냈어요. 이제 인생의 나머지 반은 자매님 본인의 것이 되어야 해요. 인생을 즐기세요. 자매님에게는 그럴 자격이 있어요. 그렇다고 이쪽 극단에서 저쪽 극단으로, 그러니까 절대적인 헌신에서 절대적인 이기주의로 바꾸라는 뜻은 아니에요. 좀 전에 강조했듯이, 균형을 잡는 게 중요해요. 자매님이 그렇게만 할 수 있으면, 삶에 대한 불안은 눈 녹듯이 사라질 거예요. 그리고 심리치료사도 더 이상 필요 없을 테고요. 자매님의 미래는 자매님 손에 달려 있어요. 자매님은 하느님의 도움으로 잘해낼 수 있어요."

자비네 라이히는 차를 한 모금 더 마시고 찻잔을 탁자에 내려놓았다. 두 여인은 한동안 아무 말도 하지 않았다. 마리안네 로젠츠바이크는 생각에 잠긴 듯 보였으며 손에서 시선을 떼지 않았다.
전화벨이 울렸다. 자비네 라이히는 몸을 일으켜 전화를 받았다.
"라이히입니다."
"여보세요, 나야……."
"지금 상담 중이거든. 이따 20분 후쯤 다시 전화할 수 있어?"
"알았어. 그렇게 하지. 그럼 이따 전화할게."
자비네 라이히는 다시 자리로 돌아와서 마리안네 로젠츠바이크를 바라보았다.
"미안해요. 자동응답기 켜두는 걸 깜박 잊었네요."
"괜찮아요. 어쨌든 나 자신도 이제는 조금씩 나아져야 한다고 생각해요."
"또 불안한가요? 그렇죠? 뭐가 불안하죠?"
"앞날이 불안해요. 그리고 나 자신의 용기가 불안해요." 로젠츠바이크 부인은 상담 도중 처음으로 자세를 바꾸고 한 손으로 이마를 쓰다듬었다. "자매님 말이 맞아요. 내가 불만을 밖으로 표출하고 싶어 하고 이 부당함에 마침내 끝을 내고 싶어 하는 거 같아요. 다만 지금까지는 그렇게 할 수 없었어요. 조금 전까지만 해도 울지도 못했어요. 어린 시절 언제 운 적이 있었는지도 기억나지 않아요. 다만 언젠가 불안이 밀려왔던 것만 기억나요. 나는 속수무책으로 불안과 마주 서 있었어요. 불안을 손으로 붙잡을 수도 없고 이해할 수도 없었기 때문이었죠. 불안은 어디선가 느닷없이 나타났고, 나는 불안을 손으로 붙잡으려 할 때마다 헛손질을 했어요. 하지만 다행히도 자매님을 발견했어요. 참 이상한 일이죠. 자매님을 만날 때마다 무엇을 어떻게 해야 할지 알겠어요. 정말 많은 도움이 되었어요. 고마워요."
자비네 라이히는 손을 내저으며 말했다. "나한테 고마워하지 마세요. 주님에게 고마워하세요. 주님의 길은 이따금 정말로 헤아릴 수 없어요."

"맞아요."

"그리고 무슨 일이 있는 경우에는, 내 개인 전화번호를 알고 계시죠. 혹시 문제가 생기면 언제든 전화하세요. 그런데 요즘 약은 먹고 계세요?"

마리안네 로젠츠바이크는 고개를 가로저었다. "아니요, 약도 먹고 싶지 않아요. 그런 것들에 의존하고 싶지 않아요. 내 말 이해하시죠."

"물론이죠. 하지만 핑크 자매님이 틀림없이 처방전을 써줄 거예요. 요즘엔 불안을 아주 효과적으로 해소해주는 약들이 있어요. 그런 약은 경직된 건 풀어주지만 약에 의존하게 만들지는 않아요. 교회의 교리에도 절대 모순되지 않고요."

"그래도 먹고 싶지 않아요. 내 힘으로 잘할 수 있어요. 도와주셔서 고마워요. 이제 가야겠어요. 남편 장례식까지 해결해야 할 일이 너무 많아요." 로젠츠바이크 부인은 자리에서 일어나 스커트를 가지런히 펴고 자비네 라이히에게 손을 내밀었다.

"안녕히 계세요."

"장례식이 언젠지 아세요?" 심리치료사는 마리안네 로젠츠바이크를 문까지 배웅하며 물었다.

"아니요, 아직 아무 말도 듣지 못했어요. 다음 주 화요일이나 수요일이 되지 않을까 생각해요."

"그럼, 월요일 상담은 예정대로 하실 건가요?"

"그럴 거라고 생각해요. 혹시 무슨 일이 생기면 연락할게요."

로젠츠바이크 부인이 가고 난 후, 자비네 라이히는 문을 닫고서 문에 기대었다. 입을 꽉 다물고 시계를 보고는 방으로 돌아갔다.

책상에 앉아서 환자 기록에 메모를 하고 두 팔을 괴었다. 두 손을 모아서 손가락 끝을 코에 갖다 댔다. 그리고는 방금 지나간 삼십 분에 대해 깊이 생각했다. 10시 5분 전, 다시 전화벨이 울렸다. 자비네 라이히는 수화기를 들었다.

"이제 통화 가능해?" 남자 목소리가 물었다.

"응, 괜찮아. 무슨 일 있어?" 자비네 라이히는 물었다.

"아니, 그냥 당신 목소리가 듣고 싶어서. 그리고 당신 얼굴도 보고 싶었고."

"왜? 일주일 넘게 아무 연락도 없더니. 이 세상에서 영영 사라진 줄 알았는데." 자비네 라이히는 조롱 섞인 어조로 말했다.

"정신없이 바빴어. 정말이라고. 사흘 동안 함부르크의 회의에 참석한 건 당신도 알고 있지. 그리고 나흘 동안 질트(독일 북해에 위치한 독일의 섬, 휴양지로 유명하다. —역주)에 있다가 월요일에야 다시 육지로 돌아왔어. 오늘 저녁 어때? 밖에서 함께 식사하고 당신 집으로 가자고."

"오늘 저녁." 자비네 라이히는 잠시 생각했다. "잘 모르겠어. 한 시간 정도 시간을 줘. 나중에 전화할게."

"지금 무조건 좋다고 말해." 전화를 건 남자는 간청했다.

"내가 전화하겠다고 했잖아. 어떻게든 시간을 조정해볼게. 하지만 약속을 지키는 것 같은 문제에 대해 이야기 좀 해야겠어. 내 말 무슨 뜻인지 알지, 아냐?"

"그래, 물론 알아. 지난 화요일에 바람 맞혀서 미안해……."

"철석같이 약속했었다고. 그런데 친애하는 신사분께서는 최소한 사과할 필요도 못 느끼셨어. 당신 집엔 자동응답전화기가 켜져 있었고, 휴대폰은 음성사서함으로 연결되더군……. 그걸 어떻게 해석해야 할지 모르겠더라고. 적어도 월요일에는 전화할 수 있었잖아."

"그래, 하지만 말했잖아. 눈코 뜰 새 없이 바빴다고……."

"당신처럼 개폼 잡는 타입들은 항상 눈코 뜰 새 없이 바쁘지. 잠깐 수화기를 들고서 전화하는 것도 어마어마한 시간낭비일 테고. 그 얘기는 그만 하자. 그래 봤자 무슨 소용 있겠어. 나중에 전화할게, 내 말은 믿어도 돼. 지금은 전화 끊어야 해. 곧 다음 환자가 올 거야."

"잘 있어. 나중에 봐."

자비네 라이히는 수화기를 내려놓았다. 입가에 묘한 미소가 감돌았다. 그녀는 펜을 들어 수첩에 메모하고는 수첩을 다시 덮고 기다렸다. 곧이어 벨이 울렸다. 자비네 라이히는 몸을 일으켜 문으로 걸음을 옮겼다. 스물세 살가량의 젊은 남자가 문 앞에 서 있었다. 자비네 라이히는 어서 들어오라고 말했고, 젊은 남자는 앞장서서 방에 들어왔다. 문제가 많은 환자였다. 열네 살에 알코올, 열다섯 살에 마약, 열일곱 살에 최초로 금단요법을 실시한 뒤 이어서 세 번의 금단요법이 이어졌다. 젊은 나이인데도 이미 신체적, 정신적으로 폐인이었다. 망상에 시달렸으며, 조울증 발작이 극심한 우울증과 번갈아가며 나타났다. 게다가 1년쯤 전에는 만성 췌장염과 간경변증 초기 진단이 떨어졌다. 참으로 해결책이 없는 경우였다. 좋은 집안 출신의 젊은이가 자신의 인생을 스스로, 아니면 적어도 거의 스스로 망가뜨린 경우였다.

오전 9시 10분

율리아는 라우라 핑크의 병원 앞에서 차를 멈추었다. 담배를 마지막으로 한 번 더 빨고 재떨이에 눌러 끄고는 차에서 내렸다. 병원은 회히스트의 작은 도로변, 많은 연립주택과 몇 채의 빌라와 방갈로로 이루어진 말쑥한 주택가에 있었다. '의학박사 라우라 핑크, 개업의, 자연요법치료, 모든 의료보험 가능, 진료시간 월요일과 금요일 9~12시, 화요일과 목요일 8~11시와 16~18시, 수요일 9~12시. 그 밖에 필요한 경우 사전 약속 가능'이라는 간판이 입구에 붙어 있었다. 문은 잠기지 않고 살짝 닫혀만 있었다. 율리아는 병원에 들어섰다. 젊은 여자가 앉아서 전화통화를 하고 있었다. 그 여자는 슬쩍 눈길을 들어 올려다보았고, 율리아는 접수대 앞에 서 있었다. 여자가 통화를 끝내고 물었다. "어떻게 오셨나요?"

"뒤랑이라고 합니다. 닥터 핑크와 이야기 좀 하고 싶은데요."

"약속이 되어 있으신가요?" 젊은 여자는 물었다. 율리아는 그녀가 넉넉히 20킬로그램은 체중 초과이리라 추정했다. 하지만 보기 흉하지는 않았다.

"아니요, 프랑크푸르트 경찰청에서 나왔어요……."

"아, 그러세요. 그러면 로젠츠바이크와 쇠나우 사건 때문인가 보군요. 하지만 선생님은 지금 많이 바쁘세요."

"그래도 잠깐 이야기했으면 합니다. 5분 이상 안 걸려요."

"잠깐만 기다리세요." 젊은 여자는 좀 뾰로통한 표정으로 말하고 인터폰 스위치를 눌렀다. "경찰에서 오신 분이 선생님과 이야기하고 싶다는데요……."

"이 환자 진료가 끝날 때까지 기다리시라고 해요."

"그동안 대기실에서 기다리세요. 선생님은 곧 나오실 거예요."

"고마워요." 율리아는 대기실에 앉았다. 누가 들어오든 말든 거들떠보지 않는 중년 부인 한 사람 말고는 아무도 없었다. 율리아는 탁자에 놓인 신간 여성잡지를 집어 들어 기사 내용은 읽지 않고 대충 뒤적거렸다. 대기실은 쾌적하게 서늘했고, 어디선가 보이지 않는 스피커에서 음악이 은은히 울려 퍼졌다. 열린 창문으로 넓은 정원이 환히 내다보였다. 작은 잔디밭과 여기저기 꽃밭, 관목과 나무들이 보였다. 율리아는 자리에서 일어나 잡지를 내려놓고 창가에 섰다. 정원을 둘러보며 나무들이 내뿜는 신선한 공기를 들이마셨다. 그리고는 다시 몸을 돌려 대기실 안을 훑어보았다. 늘씬하게 뻗은 녹색식물 두 그루, 의자 다섯, 탁자 하나, 옷걸이 하나가 전부였다. 하지만 인테리어는 정교한 목재로 이루어져 있었다. 율리아는 두 손으로 창문턱을 받친 채 창가에 서서 기다렸다. 10분쯤 지나서 라우라 핑크가 나타났다. 가벼운 여름 청바지와 푸른색 여름 블라우스, 운동화 차림이었다. 그녀는 진지한 표정으로 여형사를 바라보며 말했다. "따라오세요. 하지만 시간이 많지 않아요."

율리아는 라우라 핑크의 뒤를 따라 진료실로 들어갔다. 지금까지 보아온 진료실들과는 조금 다르게 꾸며져 있었다. 약장을 비롯해 진료실의 가구들도 밝은색의 원목가구로 이루어져 있었다. 비인간적이고 삭막한 분위기가 감도는 다른 병원들과는 달리 친근하고 넉넉한 공간이었다. 라우라 핑크는 책상에 앉으며 말없이 의자를 가리켰다. 여형사가 자리에 앉은 후, 라우라 핑크는 말했다. "무슨 일로 오셨죠?"

"몇 가지 물어볼 게 있어서 왔어요. 오래 걸리지 않을 겁니다. 이제 쇠나우의 사망 원인이 정확하게 밝혀졌어요."

"그래요, 그렇다면 호기심이 이는데요." 라우라 핑크는 등을 뒤로 기대며 말했다.

"그런데 핑크 씨는 독에 대해 어느 정도 알고 계시죠?" 율리아는 여의사를 주시하며 물었다.

"그 질문에 대해서는 어제저녁 벌써 대답했다고 생각하는데요." 여의사는 고개를 조금 옆으로 숙였다. "쇠나우는 어떻게 목숨을 잃었죠? 역시 코노톡신이 사인이었나요?"

"네, 코니톡신이었어요." 율리아는 잠시 말을 멈추고 상대방을 바라보았다. 라우라 핑크는 여유 있어 보였으며 율리아의 시선에 침착하게 응답했다. "핑크 씨가 의사로서 어떤 일을 하시는지 알고 싶군요. 개업의, 자연요법치료라고 아래 쓰여 있던데요."

라우라 핑크는 질문에 대답하기 전에 거의 거만해 보이는 미소를 지었다. "그 두 가지는 서로 배제하지 않아요. 아닌가요? 모든 상처와 질병을 강경한 방법으로 퇴치할 필요는 없어요. 이른바 부드러운 의학도 있거든요. 저는 적절하다고 생각되는 약제를 투여하는 방법을 고수하고 있어요. 그때그때 달라요. 제가 강경한 투쟁수단이라고 부르는 것들만이 실제로 도움이 된다고 생각하는 환자들도 물론 있어요. 그들은 그런 수단들이 이로움보다는 해를 더 많이 끼치는 것을 알지 못해요……."

"하지만 모든 질병이……."

"물론 모든 질병이 다 그렇지는 않아요. 암환자들이나 심한 심장병 환자들은 당연히 자연요법 약제로 치료할 수 없어요. 환자 본인이 무조건 그걸 고집하지 않는다면 말이죠. 그리고 저는 암환자들에게서도 부드러운 의학이 효과를 발휘하는 경우들을 보았어요. 하지만 다른 요인들도 자주 치료과정에서 중요한 역할을 하죠."

"그런 요인들로 무엇이 있죠?"

"예를 들어 정신적인 요인이 있어요. 자신의 질병에 굴복하지 않고 자신에게 주어진 정신적이고 영적인 모든 수단을 동원해 싸우는 사람. 또는 어쩌면 일평생 그리던 사람을 막 만난 사람. 나는 아직 퇴장할 때가 안 되었다고 말하는 사람. 그런 사람들은 심적으로 포기하는 사람들보다 병이 나을 가능성이 좀 더 많아요. 학문적인 소견에 따라 불치병으로 진단받은 사람들이 특정한 전제조건하에서 치유 가능한 것을 증명하는 의학 사례들이 많이 있어요. 심지어는 암이 불과 며칠 만에 사라지는 이른바 자발적 치유의 경우도 종종 있죠. 질병이 그렇게 갑작스럽게 사라지는 이유를 설명하기는 어려워요……."

"흥미롭군요……. 핑크 씨는 치료과정에서 독을 이용하기도 하세요?"

라우라 핑크는 웃음을 터트리며 고개를 저었다. "형사님이 무슨 말을 하고 싶어 하는지 처음부터 알고 있었어요. 하지만 안심하세요, 저는 독을 제조하지 않으니까요. 독 성분이 함유된 의약품들이 있기는 하지만, 그 양이 미미하고 또 다른 성분들과 섞여 있어서 병의 증상을 완화하거나 치유하는 효과를 발휘할 뿐이에요. 가령 뇌졸중을 예방하기 위한 약품 중에는 남미 독사나 말레이 퍼프애더의 뱀독을 함유한 것이 있어요. 그런 약품들은 뇌졸중을 일으키지 않도록 피를 묽게 하고 경우에 따라서는 이미 존재하는 혈전을 용해시키도록 도와주죠. 독에 대해 더 알고 싶으세요?" 라우라 핑크는 조롱기 어린 눈빛으로 물었다.

"아니요, 그 정도면 충분한 거 같군요……."

"좋아요, 그러면 이제 환자들을 계속 진료할 수 있겠군요. 저는 원래 시간을 정확하게 엄수하는데, 오늘은 형사님이 조금 뒤죽박죽으로 만드셨어요."

"몇 가지 더 묻고 싶은 게 있어요." 율리아는 시계를 보며 말했다. 9시 반이 조금 지나 있었다. "혹시 나중에 한 번 더 이야기할 수 있을까요? 진료시간이 끝난 후에?"

"오늘은 12시 반쯤 끝날 거예요. 그때 다시 오세요. 혹시 문이 잠겨 있으면 벨을 누르세요. 지금은 이만 실례하겠어요."

라우라 핑크는 자리에서 일어나 책상 앞으로 걸어 나와서 율리아 뒤랑 앞에 섰다. 여형사는 문으로 걸어가 문을 열고는 한 번 더 뒤돌아보며 말했다. "그럼 나중에 보죠."

라우라 핑크, 여기가 당신의 왕국이군. 율리아는 건물을 나서며 생각했다. 작은 황금빛 왕국.

율리아는 현관문 앞에서 담뱃불을 붙였으며 쨍쨍 내리쬐는 햇볕 속에 서 있는 자동차를 향해 느릿느릿 걸음을 옮겼다. 자동차 문을 열고 창문을 내렸다. 차 안의 온도계가 거의 50도에 육박했다. 율리아는 차에 앉아서 차 문을 열어 놓은 채 담배를 피우며 생각에 잠겼다. 나중에 라우라 핑크에게 묻고 싶은 말들을 정리했다. 교회에 대해 몇 가지 묻고 싶었고, 또 라우라 핑크라는 인물에 대해서도 몇 가지 묻고 싶었다. 그리고 로젠츠바이크와 쇠나우가 어떤 관계였는지, 그리고, 그리고, 그리고……. 율리아는 손가락으로 담배를 길에 튕기고 차의 시동을 걸었다. 목적지는 쇠나우 은행이었다. 거기서 무엇이 기다리고 있을지 자못 긴장되었다.

오전 10시 35분

프랑크와 페터는 벌써 여러 사람에게 쇠나우에 대해 물었지만, 은행에서 일하는 직원은 100명이 넘었다. 직원들을 전부 심문하려면 상당한 시간이 필요할 터였다. 율리아가 붉은 양탄자 깔린 긴 복도에 서 있는데, 마침 프랑크가 어느 방에서 나왔다. 프랑크는 붉게 상기된 얼굴로 고개를 내저었다.

"무슨 일이죠?" 율리아는 씩 웃으며 물었다. "방금 눈앞에서 옷을 벗은 사람이라도 있었어요? 아니면 누가 부도덕한 제안이라도 했나요?"

"체, 눈물이 찔끔 나올 정도로 웃기는군요." 프랑크가 진지한 표정으로 대답했다. "지금까지 쇠나우에 대해 무슨 말을 들은 줄 알아요. 원 세상에, 거의 모든 사람에게 쇠나우를 죽일만한 동기가 있더라니까요. 하긴, 전부는 아니지만 어쨌든 최소한 몇 명은 그래요."

"그게 무슨 소리예요?"

"지금까지 한 시간 반 동안 다섯 사람하고 이야기했는데, 하나같이 쇠나우를 비난하더군요."

"그래서요? 직원들에게 인기 있는 사장이 어디 있겠어요! 이제 모두들 그동안 쌓인 것을 털어놓겠죠. 단순한 불만은 살인 동기가 될 수 없어요. 그 가운데 혹시 누군가가 이번 사건과 관계있을 것 같은 낌새를 보이던가요?"

"아뇨." 프랑크는 고개를 가로저으며 말했다. "다만……, 잘 모르겠어요. 이 은행엔 분명히 미심쩍은 구석이 있어요. 그런데 그게 뭔지 정확히 꼬집어 말하기 어렵다니까요." 프랑크는 어깨를 으쓱하며 도움을 요청하는 눈빛으로 율리아를 바라보았다.

"지금까지 누구누구 하고 이야기했는데요?"

프랑크는 메모지를 꺼내 들고 이름들을 말했다.

"쇠나우 비서하고도 이야기했어요? 감사위원회는 어때요?"

"비서는 오늘 좀 늦게 출근한다는군요. 병원 진료가 예약돼 있다나 봐요. 아마 곧 나타날 겁니다. 그리고 페터가 지금 감사위원회와 대면하고 있어요."

"외도와 관련한 힌트는 없었어요? 그러니까 혹시 그 방면으로 뭔가 말한 사람은요?"

프랑크는 신중한 표정으로 턱을 쓰다듬으며 말했다. "조금씩 넌지시 운을 떼긴 했지만, 거기에 대해 노골적으로 말한 사람은 없었어요. 하지만 리타 융하고 한 번 직접 이야기해봐요. 그 부인이 좀 당황하는 듯한 눈치더라고요. 게다가 오늘 아침까지도 쇠나우의 살인사건에 대해 은행에서는 아무도 모르고 있더라니까요."

"융이라, 오케이. 그 여자 어디에 있죠?"

"내가 방금 나온 방에."

"알았어요. 내가 이야기해보죠. 쇠나우의 여비서도 나한테 맡겨요."

율리아는 문을 노크했다. 들어오라는 소리가 나지막이 들렸다. 율리아는 밝고 아늑한 방에 들어섰다. 마흔 살가량의 여인이 창가에 서서 길을 바라보고 있었다. 율리아가 문을 닫는 것과 거의 동시에, 그 여인은 뒤를 돌아보았다. 짧은 잿빛 금발, 이목구비가 뚜렷한데다 균형 잡힌 얼굴을 더욱 돋보이게 하는 안경을 쓰고 있었다. 몸매는 호리호리하고 늘씬했다. 부러워할 만한 몸매는 밝은색 여름 원피스로 말미암아 더욱 강조되었다. 우아하지만 왠지 다가가기 어려운 거리감이 느껴졌다.

"융 부인, 또다시 귀찮게 해서 미안합니다. 저는 경찰청의 뒤랑 형사입니다. 제 동료가 방금 부인과 이야기를 나눈 걸 알고 있어요. 하지만 부인에게 몇 가지 더 물어보고 싶은 게 있습니다. 괜찮으시겠어요?" 율리아는 이렇게 물으며 자리에 앉았다.

"이미 전부 말했는데요. 제게 뭘 원하시죠?" 여인은 예민해 보였으며 몸놀림이 침착하지 못했다. 프랑크 말이 맞았다.

"은행에서 무슨 일을 하시죠?"

"신용담보대출을 담당하고 있어요. 하지만 동료분이 벌써 전부 메모했는데요."

"제 동료가 부인과 쇠나우 박사와의 관계에 대해서도 질문했나요?"

한순간 정적이 흘렀다. 융 부인은 여형사의 시선을 피해 몸을 돌려서 다시 길을 바라보았다.

"어떤 관계를 말씀하시죠? 우리가 서로 원만하게 잘 지냈느냐는 뜻이면, 그렇다고 분명하게 답할 수 있어요."

"이 은행에 들어오신지 얼마나 되었죠?"

"저는 이 은행에서 실습을 마쳤고 대학에서 법학을 전공한 후 다시 이곳으로 돌아왔어요."

"이 은행에서 일하신지는 얼마나 되었죠?" 율리아는 한 번 더 물었다.

"정확히 12년 되었어요. 스물다섯 살에 대학을 졸업하고 곧바로 이곳에 입사했어요."

"쇠나우 박사하고는 실제로 어떻게 잘 지냈나요? 갈등이나 의견 차이, 다툼 같은 건 한 번도 없었습니까? 부인이 책임져온 모든 일에 쇠나우 박사는 흡족해했습니까?"

리타 융은 자세를 바꾸지 않고 계속 길을 바라보았다. 어깨를 으쓱하며 대답했다. "물론 의견 차이도 한 번 있었죠. 하지만……, 어쨌든 모든 걸 내던질 이유가 될 만큼 심각하지는 않았어요."

"융 부인, 부인은 쇠나우 박사가 어떤 신앙공동체에 속했는지 알고 계셨다고 추측되는데요."

이 질문을 받은 여인은 몸을 돌려서 창가를 벗어나 자신의 책상 앞에 앉았다. 그리고 별안간 뭐라 형용할 수 없는 야릇한 미소를 지었다. 여인은 책상 위의 연필을 들고는 손가락 사이로 돌리며 말했다. "그래요, 그는 엘로힘 교회의 신도였어요. 그건 왜 물으시죠?"

"그런데 부인은 왜 미소 지으시죠?"

"별 뜻 없어요. 저도 그 교회 신도거든요. 그러니 제가 그 교회에 대해 자세한 정보를 알고 있는지 물으실 필요 없어요. 저는 그 교회를 잘 알아요. 그 교회를 다니며 자랐어요. 종교와 종교에 따르는 모든 것이 제 인생의 상당 부분을 결정지었죠."

"과거에 결정지었단 말인가요?"

"형사님은 사람 말을 무척 정확히 들으시는군요, 대단하시네요. 약 4년 전에 저는 교회에 종지부를 찍었어요. 모든 게 그냥 역겹기만 했거든요. 이걸로 대답이 충분한가요?"

"무엇이 역겨웠죠? 종교, 사람들, 아니면 뭐죠?"

리타 융은 잠시 망설이더니 결국 대답했다. "종교, 아니 복음이라고 말하는 편이 더 맞겠죠, 복음은 덜 역겨웠어요. 복음은 진실하고 명백해요. 하지만 사람들이 복음을 어떻게 다루는지 보는 건 비극이에요. 자세히 말하고 싶지 않군요. 저는 지금도 그 교회 신도이긴 하지만 서류상으로만 신도일 뿐이에요. 사람들은 교회의 따뜻한 품으로 돌아오라고 계속 독려하지만, 제 마음을 바꿀 만큼 설득력 있는 이유를 제시한 사람은 아직 없었어요."

"제가 옳게 이해했다면, 쇠나우 박사와 부인은 직업뿐만 아니라 교회를 통해서도 연결되어 있었군요. 쇠나우 박사에 대해 좀 이야기해주세요. 쇠나우 박사가 어떤 사람이었지 명확하게 파악하고 싶거든요."

"왜 쇠나우 박사의 부인인 비비엔에게 묻지 않으세요? 비비엔이 틀림없이 저보다 훨씬 더 잘 알 텐데요."

"쇠나우 부인에겐 벌써 물었고, 이제 융 부인에게 묻고 있어요. 여러 사람하고 두루 이야기를 해봐야만 비로소 명백히 알 수 있거든요. 그러니까 쇠나우는 어떤 사람이었죠?"

"자신의 의견을 아주 분명하게 주장할 줄 아는 정확하고 직선적인 사람이었어요. 여기 은행에서뿐만 아니라 교회에서도. 그다지 사귀기 쉬운 사람은 아니었어요. 좀 모가 많이 났었어요. 하지만 어떻게 대해야 하는지 터득하게 되면, 잘 대처할 수 있었어요."

"융 부인은 그걸 터득했습니까?"

"그랬다고 생각해요."

"결혼하셨어요?"

"결혼했었죠. 남편과는 4년 전에 헤어졌어요. 저는 헤어지고 싶지 않았지만 어쩔 수 없었어요. 어쩌겠어요, 인생이 그런 걸."

"헤어진 남편도 엘로힘 교회에 다닙니까?"

"그래요, 그 사람은 확고부동한 신도예요. 정확히 쇠나우가 그랬던 것처럼." 리타 융은 뭐라고 형용할 수 없는 미소를 지으며 말했다. "게다가 로젠츠바이크도 그랬어요. 두 사람의 죽음 사이에 무슨 연관관계가 있나요?"

"관계가 있을 수도 있어요. 하지만 아직은 정확히 답변할 수 없습니다. 융 부인, 혹시 생각나는 사람 있어요? 쇠나우 박사를 살해할 만한 동기가 있는 사람 말이에요."

야릇한 미소가 또다시 융 부인의 얼굴에 감돌았다. 율리아는 그 미소를 어떻게 해석해야 할지 감이 잡히지 않았다. "틀림없이 동기가 있었겠죠. 그렇지 않고서야 누가 그런 짓을 저질렀겠어요? 제 생각에는, 누구나 살해하고 싶은 충동을 자극하는 면이 있는 거 같아요. 하지만 형사님의 질문에 답하자면, 구체적으로 떠오르는 사람은 없어요. 그런데 쇠나우 박사는 도대체 어떻게 살해되었죠?"

"유감이지만 그 질문에도 지금은 답변할 수 없습니다. 수사가 아직 한참 진행 중이거든요."

"그러면 총에 맞거나 칼에 찔린 게 아니란 말인가요?"

"그래요, 두 사람 모두 아니에요. 부인은 자녀분이 있습니까?"

"딸이 하나 있지만 아빠와 함께 살아요. 그건 왜 물으시죠?"

율리아는 리타 융의 몸이 순간적으로 긴장하는 것을 놓치지 않았다. "순전히 호기심이죠. 쇠나우 박사가 부인에게 실수한 적이 있습니까?"

"어떤 실수를 말하는지 좀 더 정확히 설명해 주시면, 경우에 따라서는 답변할 수도 있어요."

"예를 들어 쇠나우 박사가 부인에게 부적절한 행동을 한 적이 있었습니까?"

"부적절하다니? 그게 무슨 뜻이죠?"

"왜 이러세요. 제 말이 무슨 뜻인지 다 아시잖아요. 쇠나우 박사가 무례한 방식으로 부인에게 접근한 적이 있습니까? 성적으로 괴롭힌 적이 있나요?"

"아니요." 조금도 주저하지 않고서 즉각 대답이 튀어나왔다. "결코 무례한 방식으로 제게 접근한 적은 없었어요."

"이것으로 됐습니다, 융 부인. 말씀해 주셔서 감사드리며 즐거운 하루가 되길 빕니다. 잠깐만요, 한 가지만 더 묻겠습니다. 이 은행에 부인 말고 엘로힘 교회에 다니는 사람이 더 있나요?"

"쇠나우 박사 말고는 제가 유일하게 그 교회 신도예요. 아니면 과거에 신도였던지."

*

율리아는 복도 벽에 등을 기대고 서 있었다. 숨을 깊이 들이쉬었다가 내쉬기를 몇 차례 반복했다. 그리고는 이윽고 쇠나우의 집무실을 향해 걸음을 옮겼다. 쇠나우의 여비서 베르크만 부인이 그 사이 출근해 있었다. 그 여자는 방 한가운데 서 있었다. 완전히 얼이 빠진 듯 보였다.

"베르크만 부인이신가요?" 율리아는 가까이 다가가며 물었다.

"그런데요?" 목소리가 떨렸다.

"저는 뒤랑입니다. 경찰청에서 나왔어요. 보아하니, 무슨 일이 생겼는지 아시는 것 같군요. 이야기 좀 할 수 있을까요?"

"네, 물론이죠. 앉으세요. 끔찍해요. 너무 끔찍해요. 어제가 쇠나우 박사의 생일이었거든요! 도대체 누가 그런 무서운 짓을 할까요? 그 병든 인간의 머릿속에서 무슨 생각이 오가는 걸까요?"

"모르죠. 다만 저는 누군가가 쇠나우 박사를 죽였다는 사실만을 알 뿐입니다. 그의 죽음을 둘러싼 어둠을 조금 밝히는 데 부인이 도움을 주실 수도 있어요. 부인은 쇠나우 박사의 비서이시죠, 아니, 더 정확히 말하면 비서이셨죠. 어제 하루 무슨 일이 있었는지 말씀해주시겠어요. 무슨 특별한 일이 있었나요? 그러니까 생일이었던 것 빼고 말입니다. 전화를 걸어 쇠나우 박사와 통화하길 원하면서 이름을 말하지 않은 사람이 있었습니까? 어제 있었던 일에 대해 이야기해주세요."

베르크만 부인은 고개를 숙이고 두 손을 바라보며 생각에 잠겼다. "저는 어제 아침 7시 반에 출근했어요. 쇠나우 박사님은 벌써 출근해 계셨죠. 박사님은 대부분 7시 무렵이면 벌써 출근하셨고 5시 반이나 6시 전에 퇴근하시는 경우는 별로 없었어요. 여느 때와 다름없는 아침이었어요. 박사님이 조금 창백해 보이셨는데, 저는 심장이 또 말썽을 피웠구나 하고 생각했어요. 직원들이 50세 생신을 축하했고, 몇몇 배달부들이 거래처의 선물을 가져왔어요. 대부분 꽃이었죠. 박사님은 꽃을 즉시 방에서 내가라고 제게 말씀하셨어요. 꽃을 좋아하지 않으셨거든요. 12시에 식사하러 나가셨고, 1시부터 약 한 시간가량 감사위원회 회의가 있었어요. 그리고 2시 직후부터 제가 퇴근할 때까지 집무실에 머무르셨어요."

"이상한 전화가 걸려오지는 않았나요?"

"아니요. 적어도 저를 통해서는 오지 않았어요. 하지만 가족과 몇몇 특별한 사람만이 알고 있는 전용회선이 쇠나우 박사에게 따로 있었다는 걸 아셔야 해요. 저도 벌써 30년 가까이, 그러니까 쇠나우 박사보다 더 오래 여기서 일하고 있지만, 그 전화번호는 몰라요. 저는 원래 쇠나우 박사의 아버지 밑에서 일했거든요. 인정 많고 다정하신 분이었어요. 애석하게도 쇠나우 박사는 그 점을 별로 물려받지 못했어요."

"그 말은 그다지 찬사처럼 들리지 않는군요. 쇠나우 박사는 어떤 사람이었죠?"

"저는 죽은 사람에 대해 나쁘게 말하고 싶지 않아요. 게다가 쇠나우 박사가 나쁜 사람은 아니었어요. 다만 그 스스로 여기에서 하는 일에 행복을 느끼지 않는다는 생각이 이따금 들었어요. 그래서 아마 병이 들지 않았나 싶어요. 누군가하고 오랫동안 함께 일하다 보면, 그 사람의 모든 면을 알게 되죠. 이 은행과 이 직업은 쇠나우 박사가 인생에서 바란 게 아니었다는 느낌이 항상 들었어요. 그런데 이제 이 세상 사람이 아니군요."

"쇠나우 박사가 인생에서 무얼 바랐다고 생각하세요?"

"박사님이 직접 말한 적은 없어요. 다만 제가 그렇게 느꼈을 뿐이죠. 왠지 외로운 사람 같았어요. 끊임없이 뭔가를 찾아다녔지만 결국 찾지 못한 사람 같았다고나 할까요. 제 말을 이해하셨길 바라요. 저로서는 이보다 더 잘 표현할 수는 없어요."

"이해했어요, 베르크만 부인. 개인적인 질문을 하고 싶은데 절대 비밀에 부쳐주실 수 있겠어요?"

"그럴게요."

"부인에게 오기 전에 융 부인과 이야기했어요. 쇠나우 박사와 융 부인 사이에 불화가 있었나요?"

대화가 시작되고 처음으로 베르크만 부인의 얼굴에 살짝 미소가 번졌다. 그녀는 고개를 끄덕였다. "불화요? 맞아요, 그럴 거예요. 하지만 경솔하게 입을 놀려서 나중에 후회할 것을 말하고 싶지 않아요……."

"걱정하실 필요 없어요. 부인이 저를 믿고 이야기한 것은 그 누구도 알지 못할 거예요. 하지만 경우에 따라서는 부인의 말씀이 사태를 좀 더 명확하게 파악하는 데 도움이 될 수 있어요."

베르크만 부인은 망설였다. 자리에서 일어나 쇠나우의 집무실 문을 열고 안을 들여다보았다. 그러더니 말했다. "형사님이 융 부인과 이야기를 나누어보셨고 어느 정도 사람을 볼 줄 아신다면, 융 부인이 입으로보다는 몸으로 더 많이 말하는 걸 틀림없이 알아채셨을 거예요. 융 부인은 열 손가락에 남자들을 줄줄 꿰고 다닐 만큼 무척 매력적인 여자예요……."

"그게 무슨 말이죠?" 율리아는 관심 있게 물었다. "혹시 융 부인이 쇠나우와 내연의 관계였을까요?"

"항상 그렇게 곧바로 정곡을 찌르세요? 하지만 좋아요, 두 사람 사이에 일이 있었을 거라고 여기저기서 수군거렸어요. 하지만 그건 벌써 10년도 더 된 일이에요. 그 일에 대해서 저도 더 이상은 말할 수 없어요. 벌써 말했듯이 소문이었거든요. 다만 쇠나우 박사와 융 부인 사이의 관계가 그 후로 조금 긴장되었다는 것은 알아요."

"조금요?"

"물론 좀 더 심하기도 했고 좀 덜 하기도 했어요."

"알겠어요. 하지만 아니 땐 굴뚝에 연기 날 리 없는 법이죠. 베르크만 부인은 쇠나우 박사와 융 부인 사이에 내연의 관계가 있었다고 상상할 수 있나요?"

"믿으실지 모르겠지만, 저는 그런 생각한 적 한 번도 없어요. 제 모토는 절대 다른 사람들의 삶에 대해 생각하지 않으며, 또 이러쿵저러쿵 간섭하지 않는 것이죠. 이 은행은 제 직장이고, 제 임무는 언제나 상관에게 충실하는 데 있어요. 저녁에 사무실을 나서서 집에 가면, 제게 은행은 더 이상 존재하지 않아요. 오로지 제 가정만이 존재하죠. 그렇게 해서 저는 많은 불쾌한 일을 모면했다고 생각해요."

"그 말씀이 옳을 수도 있어요. 수위를 제외한 직원들이 전부 퇴근한 다음에도 쇠나우 박사가 종종 집무실에 머물렀나요? 혹은 방문객이 수위의 눈을 피해서 건물 안에 들어올 다른 방법이 있나요?"

"뒷문이 있어요. 그리고 쇠나우 박사 집무실의 인터폰에 연결된 벨이 그 문에 붙어 있어요. 어떤 이유에서인지는 모르지만 그 길을 택한 이런저런 방문객이 있었던 건 확실해요. 그렇지 않다면 무엇 때문에 뒷문이 있겠어요?"

율리아는 자리에서 일어나 베르크만 부인에게 손을 내밀었다.

"시간을 내주셔서 감사합니다. 혹시 더 궁금한 사항이 있으면 다시 연락드리겠습니다. 안녕히 계세요."

율리아는 베르크만 부인의 사무실을 나왔다. 복도에서 프랑크와 페터가 이야기하고 있었다. 율리아는 두 사람에게 가까이 다가가 말했다. "그래, 좀 진척이 있어요?"

"지금까지 스무 명 정도와 이야기했어요. 그쪽은 어때요?" 프랑크가 말했다. "융에게서 뭔가 더 알아냈어요?"

"융 본인에게서는 별로. 하지만 그 대신 베르크만 부인에게서 좀 알아냈어요. 여기서는 이야기하기 곤란해요. 게다가 난 곧바로 다시 라우라 핑크에게 가봐야 해요. 아까는 라우라 핑크가 시간이 별로 없었거든요. 12시 반에 다시 오라고 하더라고요. 그 여자, 뭔가 수상한 구석이 있어요. 그런데 그게 뭔지 아직 잘 모르겠단 말이죠. 그래도 두 사람이 뭘 알아냈는지 잠깐 밖에서 이야기 좀 해볼까요."

그들은 두 층을 내려가 수위실을 지나서 도로변으로 나갔다. 프랑크와 율리아는 각자 담배에 불을 붙였다.

"자, 어서 말해봐요. 시간이 별로 없으니까. 뭘 알아냈어요?"

"좀 희한해요." 페터가 이사이로 껌을 씹으면서 말했다. "로젠츠바이크의 경우와 많이 다르지 않아요. 쇠나우를 진심으로 좋아하는 사람은 아무도 없어요. 그런데도 살인 동기에 대한 단서는 전혀 없다니까요." 페터는 어깨를 으쓱하고는 껌을 인도에 뱉었다.

율리아가 뭔가를 말하려고 하는데 휴대폰이 울렸다. 율리아가 전화를 받자, 베르거 반장이 말했다.

"상황이 어떤지 물어보려고 했을 뿐이야. 지금 어디에 있나?"

"지금 페터와 프랑크하고 은행에 있어요. 하지만 저는 곧 다시 닥터 핑크에게 가봐야 해요. 아까는 진료시간이어서 별로 이야기하지 못했어요."

"보크가 로젠츠바이크의 시신 검사 결과를 알려왔어. 모든 정황증거로 보아서 로젠츠바이크도 사망 전에 또다시 성관계를 가졌다고 추정된다는 게야. 보크의 연구원들이 쇠나우의 경우처럼 물수건 흔적을 확인했어."

"그 밖에는 아무것도 없어요?"

"또 있어. 항문 성교를 암시하는 명백한 흔적들과 질 분비물."

"그렇다면 로젠츠바이크와 어떤 종류의 성교를 했고 또 나중에 음경을 물걸레로 닦았는지 예시카 바그너에게 물어봐야겠어요. 제가 핑크와 이야기 끝내고 나서 해결할게요."

율리아는 휴대폰을 손에 든 채 담배를 한 모금 더 빨고는 길에 휠쩍 내던졌다.

"반장님이에요. 월요일에 로젠츠바이크가 여직원 말고 또 다른 누군가와 성교를 했을 가능성이 있대요. 로젠츠바이크하고 어떤 성행위를 즐겨 했는지 나중에 바그너에게 물어봐야겠어요. 그러고 나서 물수건을 동원했는지도 확인해야 하고요."

"내가 하면 안 될까요?" 페터가 삐죽이 웃으며 물었다. "그 꼬맹이가 특히 무엇을 좋아하는지 알고 싶단 말이죠."

"그런 이야기를 쿨머 형사에게 잘도 이야기하겠어요. 천만의 말씀, 어찌 저렇게 미련한 생각만 하실까." 율리아도 삐죽이 웃으며 말했다. "게다가 깊이 사귀는 사람이 있다고 한 것 같은데."

"그래서요? 적어도 한 번쯤은 자극받을 수 있지 않겠어요. 왜 이러실까, 나보다 뒤랑 형사님이 더 필요하실지 모르는데."

"별로요, 쿨머 씨. 나는 지금 있는 그대로 만족해요."

"만족은 남녀관계의 죽음이죠."

"나는 만족하거든." 프랑크가 빙그레 웃으며 새로 담배에 불을 붙였다. "그것도 아주 만족한다고. 우리 부부 관계는 절대 지루해질 거 같지 않아. 오히려 정반대라고."

"알았어, 알았다고요. 프랑크와 나딘. 짝을 늦게 만났지만 제대로 만났다는 거 아니에요? 아무렴 어떻겠어요, 나는 이만 사라질

게요. 나중에 경찰청에서 봅시다. 하지만 4시 전에는 사무실에 들어갈 수 없을 거예요. 뭐든 좀 쓸 만한 정보를 알아내라고요. 나중에 봐요."

율리아가 막 자동차에 올라타려고 하는데 프랑크가 헐레벌떡 뒤쫓아 와서 말했다. "아 참, 나딘이 오늘 저녁 집에서 함께 식사할 수 있는지 물어보라더군요. 어때요? 우리 둘이 당직이니까 최소한 함께 현장에 출동할 수 있을 거 같은데." 프랑크는 빙긋이 웃었다.

"좋아요. 몇 시?"

"7시 무렵."

"7시 반이 좋겠어요. 오늘 오후 일이 언제 끝날지 모르겠거든요. 그리고 그 전에 먼저 몸을 좀 씻고 싶어서."

"알았어요, 7시 반. 그럼, 난 율리아가 온다고 나딘에게 알리죠. 잘 가요."

율리아가 차에 앉자마자 또다시 휴대폰이 울렸다. 그녀는 통화 버튼을 누르고 전화를 받았다.

"여보세요, 나야. 당신 목소리가 듣고 싶었어."

"베르너, 지금 바빠. 그 복잡하게 꼬인 사건 때문에 정신없어. 그리고……."

"그래. 나도 들었어, 그 독살사건."

"어디서 들었어? 독에 대한 이야기는 지금까지 언론에 한 마디도 흘리지 않았는데."

"왜 그래, 당신도 잘 알잖아, 나는 원하기만 하면 모든 정보를 알아낼 수 있어. 하지만 아무한테도 이야기하지 않을게. 당신이 나를 만날 시간이 없다기에 도대체 지금 무슨 일을 하고 있는지 알고 싶었을 뿐이야."

"혹시 오늘 저녁 나를 만날 생각이었다면 좀 곤란해." 율리아는 차의 시동을 걸며 말했다.

"잘 됐어. 오늘 저녁은 나도 여의치 않거든. 엘트빌레에 가야 해. 집에 문제가 좀 있어. 내일은 어때?"

"금요일에는 항상 사랑스럽고 귀여운 마누라 곁을 지켜야 하는 거 아냐. 토요일, 일요일은 말할 것도 없고." 율리아는 신랄하게 비꼬았다.

"왜 그래, 꼭 그렇지만은 않다는 것 잘 알잖아. 내일은 프랑크푸르트에 있을 예정이고 토요일에도 그럴 가능성이 많아. 우리 뭔가 근사한 계획을 세워보자고. 지난번에 못한 외식을 만회하고 영화도 함께 보러 가고……."

"난 계속 당직이라고. 잘 알면서."

"알았어, 그럼 영화는 그만두지. 그 대신 우리 집에서 느긋하게 쉬자고. 만일 당신이 또 출동해야 하는 사태가 발생한다면, 나만 운수 나쁜 거지. 당신을 사랑해. 어서 이 지긋지긋한 상황에서 탈출하고 싶어. 그리고……."

"그리고 또 뭐?"

"잘 모르겠어. 당신 곁에 있으면 그냥 마음이 편안해."

"당신은 이따금 어린애 같아, 당신도 잘 알지? 커다란 병원의 병원장 같지 않아, 베르너 페트롤 교수님."

"내 말 잘 들어, 율리아. 나는 어린애가 아냐. 그런데 당신이 나를 미치게 만든다고. 당신만 생각하면, 빙빙 돈다니까……."

"뭐가 빙빙 돈다는 거야?"

"무슨 말인지 잘 알잖아. 우리는 서로를 위해 함께 잤고, 어쩌다 불행한 상황에서 서로를 알게 되었어. 하지만 곧 정리하겠다고 당신에게 약속했어. 다음 주엔 변호사를 찾아가서 모든 필요한 조치를 취할 생각이야."

"문서로 작성된 걸 눈으로 봐야만 당신 말을 믿을 수 있어. 내가 보기에, 그전에는 순전히 겉만 번지르르한 말에 지나지 않아."

"내일 저녁 어때?" 베르너는 한 번 더 물었다.

"알았어. 그 전에 통화하자고. 지금은 시간을 정할 수 없어."

"좋아, 당신이 전화해. 나는 6시부터 집에 있을 거야. 그리고 또 할 말이 있어, 당신을 사랑해. 지금까지 당신만큼 사랑한 여자는 없었어. 이건 겉만 번지르르한 말이 아니라고."

"알았어. 그럼 내일 봐. 마누라랑 아이들과 함께 즐거운 저녁 보내길 빌어."

"당신은 그 냉소적인 기질 절대 못 참아, 그렇지?"

"내가 원하면 참을 수 있어. 하지만 나는 전갈이라고. 전갈은 이따금 독침을 찌르는 습관이 있거든. 그건 나도 어쩔 수 없어. 그럼, 자아아알 있어!"

율리아는 통화종료 버튼을 누르고 휴대폰을 거치대에 걸었다. 빙긋이 웃으며, 그 순간 빨간색으로 바뀐 바젤 광장의 신호등 앞에서 브레이크를 밟았다. 그녀는 앞으로 베르너 페트롤을 굴복시킬 것이었다. 그런데 정말로 그걸 원하는 걸까?

오후 12시 40분

율리아는 라우라 핑크의 집 앞에 주차된 군청색 재규어 소버린 뒤에 차를 세웠다. 차에서 내려 담배꽁초를 길에 버리고는 닫혀 있는 대문으로 다가가 초인종을 눌렀다. 문이 거의 소리 없이 열렸고, 율리아는 문을 밀었다. 그리고 현관까지 네 계단을 올라갔다. 현관문도 슬쩍 밀기만 하면 되었다. 라우라 핑크가 율리아를 맞으며 위층의 살림집으로 올라가자고 말했다. 진지하고 수심 어린 표정이었다.

"저와 함께 거실로 가요. 우리 아버지를 소개할게요. 아버지가 몇 분 전에 오셨는데 상당히 흥분해 계셔요. 그리고……," 라우라는 어깨를 으쓱했다. "말씀하실 때 조심하세요. 아버지 신경이 상당히 곤두서 있거든요."

두 사람은 로라 애슐리 스타일로 꾸며진 널찍한 방에 들어섰다. 부드러운 파스텔 톤이 방 안을 지배했다.

"아버지, 이분은 경찰서의 뒤랑 형사님이세요. 아버지가 받은 걸 이분에게 보여주세요."

키가 크고 금욕적으로 보이는 은발의 남자가 자리에서 일어나 강철색 눈으로 여형사를 바라보았다. 검푸른 여름 양복과 흰 와이셔츠에 넥타이를 매고 붉은 포도주색 구두를 신고 있었다. 그가 율리아에게 손을 내밀었다. 악수하는 손길이 힘찼지만 불편하지는 않았다. 사업가 같은 풍모가 느껴졌다. 율리아는 경찰에 몸담은 후로 그런 사람들을 많이 만나보았다. 그들은 성공에 도취해 있었고 완고하고 가혹했다. 그가 자신을 소개했다.

"카를 하인츠 핑크, 형사님이 이미 들은 대로 닥터 핑크의 아버죠. 로젠츠바이크와 쇠나우 사건을 수사하고 있다고 딸에게 들었소. 여기 이게 내 우편함에 들어 있었소." 그는 손에 들고 있던 쪽지를 율리아에게 건네주었다.

안녕, 목자 양반.

목자 양반의 충실한 친구 녀석 둘이 다짜고짜 저 세상으로 꺼져버리고 나니 기분이 어떠신가? 나쁜가? 인생이 얼마나 순식간에, 얼마나 잔인하게 막을 내릴 수 있는지, 참으로 딱하다니까. 그렇게 생각되지 않아? 그리고 다음 차례는 누구일까? 하는 생각이 문득 들기 마련이지. 당신도 벌써 그런 생각이 들지 않아? 아니면 이미 대답을 알고 있나? 나는 대답을 알고 있지. 하지만 아직은 주사위를 굴리는 중이라고. 많은 이름이 있거든. 주사위가 어느 이름에 떨어질지 한 번 두고 보자고. 아 참, 당신 이름이 내 리스트에 있든가 없든가? 어떻게 생각해? 게다가 요즘은 날씨가 너무 무덥거든. 당신 집에 정상적으로 작동하는 에어컨 시설이 있다고 알고 있는데. 내가 당신이라면, 당분간 밤낮으로 에어컨을 켜두고 창문은 너무 활짝 열지 않을걸. 커다란 먹잇감을 노리고 늘 숨어서 기다리는 독충들이 많으니까.

하지만 오늘은 이만 하지. 당신과 당신 가족이 편안히 푹 자기를 빌어. 잘 있으라고. 곧 다시 연락하지.

당신을 결코 잊지 않았고 앞으로도 결코 잊지 않을 누군가가.

"그러니까 이게 우편함에 들어 있었단 말이죠. 일반 우편으로 왔습니까? 아니면 누군가가 우편함에 집어넣었습니까?"

"아니요." 핑크는 고개를 가로저으며 말했다. "우편으로 왔어요. 이게 도대체 무슨 뜻이오?"

"저는 그 물음에 답변할 수 없습니다. 핑크 씨 생각은 어떻습니까?"

"난 지금 위험에 처해 있소. 여기에 똑똑히 쓰여 있지 않소. 어떤 정신병자가 쇠나우나 로젠츠바이크를 죽인 방식으로 날 죽이려 하고 있소." 그는 겁에 질린 눈빛과 떨리는 목소리로 말했다. "어떻게 대처하시겠소? 나는 경찰의 신변보호가 필요하단 말이오!"

앉으라고 권한 사람은 없었지만 율리아는 소파에 앉았다. 한 손가락을 입에 대고는 핑크를 바라보며 냉담하게 말했다. "경찰이 어떻게 보호해주길 바라십니까? 하루 스물네 시간 지켜주길 바라십니까? 심지어는 화장실에 갈 때조차? 유감이지만 그건 곤란합니다. 집 앞에 경찰 두 명을 배치할 수는 있어요. 그 이상은 불가능합니다."

"이런 맙소사. 누군가가 날 노리고 있다니, 도대체 이해할 수 없소! 이해할 수가 없단 말이오! 그런데 이보시오, 고작 경찰 두 명을 내 집 앞에 배치하는 것 이상은 할 수 없다니! 집만 지키는 것으로 로젠츠바이크나 쇠나우에게 무슨 소용이 있었겠소? 아무, 아무 소용없었을 거요! 살인범은 유령처럼 움직이고 있소." 핑크는 흥분한 나머지 시뻘게진 얼굴로 말했다. "지금 내가 보디가드를 고용해야겠소?"

"그 문제에 대한 결정권은 핑크 씨에게 있습니다. 우리는 다만 조건부로 신변안전조치를 취할 수 있을 뿐입니다. 게다가 이 편지는 아직까지 아무 의미도 없어요. 이런 섬뜩한 농담을 하는 사람들이 있죠. 특히 그런 범죄가 발생한 후에. 실제로 핑크 씨가 위험에 처해 있다면, 이런 편지를 받지 않았을 거라고 생각합니다. 로젠츠바이크도 쇠나우도 사전에 경고 받지 않았어요. 적어도 우리는 그런 정보를 입수하지 못했습니다. 하지만 제 경험으로 보아서, 연쇄살인범들이 전술을 바꾸는 법은 거의 없습니다. 그래도 이 편지를 분석하도록 하죠. 하지만 이제 몇 가지 질문을 하겠습니다."

"질문, 무슨 질문이요! 당신이 지금 관심을 보여야 할 유일한 질문은, 누가 내 두 친구에게 그런 몹쓸 짓을 했느냐는 것이요. 어떤 망가진 뇌가 그런 비열한 짓을 했느냐 말이오? 이미 단서를 발견했소? 그러니까 유력한 단서 말이오."

"이보십시오, 핑크 씨……."

"이왕 부르려면 핑크 박사라고 불러요!" 그는 여형사에게 버럭 호통을 쳤다.

"좋습니다, 핑크 박사님. 현재 우리는 범인을 찾아내는 데 도움이 될 만한 실마리를 모으기 위해 총력을 기울이고 있습니다. 그리고 이미 단서도 있습니다. 물론 박사님이 생각하시는 것과는 좀 다르지만 말입니다." 율리아는 단호하게 말했다. "그리고 박사님께서 몇 가지 제 물음에 답변하시든지 아니면 제 원래 계획대로 따님하고 잠깐 이야기하겠습니다. 그런 다음 돌아가겠습니다. 박사님이 결정하시죠."

핑크는 눈을 가늘게 뜨고 여형사를 바라보며 등을 뒤로 기대고 다리를 꼬았다. 표정이 갑자기 교만해졌고 경멸 어린 미소가 입가를 맴돌았다. 두 눈이 순간적으로 번득였다.

"뭘 알고 싶으시오?"

"예를 들어, 누가 박사님과 두 친구분을 노렸다고 생각하십니까?"

핑크는 메마른 웃음을 터트렸다. "친애하는 형사님, 내가 그걸 알면 벌써 오래전에 경찰에 알렸을 거요. 내 말 믿으시오. 나는 아무것도 모르오!"

"박사님도 엘로힘 교회의 신도라고 생각되는데, 거기서 어떤 일을 하고 계시죠?"

"당신이 알아들을지 모르지만, 나는 지역목자요."

"그동안 교회 조직에 대해 좀 알아두었습니다. 그렇다면 박사님이……, 로젠츠바이크 씨와 쇠나우 씨의 윗사람입니까?"

"그렇게 말할 수는 없어요. 두 사람은 내 상담역이었소. 윗사람 같은 건 직장에서나 있지 신도들이 하느님에게 삶을 바친 교회에는 없소. 우리는 모두 형제고 자매요. 하지만 당신도 알고 있다시피, 모든 것에는 물론 질서가 있어야 하오."

라우라 핑크는 거실과 주방을 가르는 긴 테이블 앞의 등받이 없는 의자에 내내 앉아서, 약 5미터 거리를 두고 두 사람의 대화를 지켜보았다. 물컵을 앞에 두고서 이따금 물을 홀짝거렸다.

"핑크 박사님, 한 가지 더 묻겠습니다, 박사님이 누군가에게 이런 편지를 받을만한 일이 있습니까? 혹시 과거에 무슨 일이 있었습니까?"

핑크는 즉시 대답하지 않고 딸에게로 시선을 돌렸다. "라우라, 잠시 형사님하고 단둘이 이야기하게 자리 좀 비켜주겠니?" 이 말은 그의 입에서 조용히 나왔지만 면도칼처럼 날카로웠다. 율리아는 등받이 없는 의자에서 훌쩍 일어나 말없이 방을 나가는 라우라 핑크를 흘낏 바라보았다.

카를 하인츠 핑크는 몸을 앞으로 숙이고 두 팔꿈치를 허벅지에 괴고는 이마를 찡그렸다. 두 눈이 차갑게 빛났다. "친애하는 형사님, 내 과거는 그리스도의 성체를 싼 아마포처럼 순백색이요." 그는 힘을 주어 천천히 말했다. "어떤 얼룩도 없소. 도대체 무슨 말을 하고 싶은 게요?"

"핑크 박사님, 실제로 이 편지가 박사님의 두 상담역을 살해한 범인에게서 온 것이라면, 살인범에게는 분명 그럴 만한 동기가 있을 겁니다……."

"동기라고요, 내 참 웃음이 나와서! 정신병자가 사람을 죽이는데 무슨 동기가 필요하단 말이오. 머리에 병이 들어서 사람을 죽이는 거란 말이오. 형사님도 그 정도는 알고 계실 텐데."

"핑크 박사님, 물론 범죄사에는 이른바 정신병자들이 살인을 범하는 경우들이 있습니다. 하지만 제가 장담하는데, 이번 사건들은 정신병자의 소행이 아닙니다. 이번 사건의 범인은 치밀한 목적과 계획하에 움직이고 있어요."

"그게 나하고 무슨 상관이오? 나는 나를 노리는 사람에게만 관심 있소! 그리고 당신네 경찰이 모든 수단을 동원해서 이 끔찍한 소동에 마침내 끝을 내주길 바라는 바요. 경찰청장을 비롯해 극히 영향력 있는 몇몇 인사들과 내가 친밀한 사이임을 알아두어야 할 거요."

"경찰청장님은 아는 사람들이 많죠." 율리아는 침착하고 싸늘하게 대답했다. "그래서 무슨 말씀을 하시려는 거죠?"

"당신의 예쁜 머리를 한번 잘 써 보시오. 혹시 좋은 생각이 떠오를지 누가 압니까. 경찰이 올바르고 정직한 시민을 미친 사람으로부터 보호하기 위해 아무런 대책도 강구하지 않는 사실을 일반 시민들이 알게 되면 틀림없이 기뻐하지 않을 거요. 당신은 그 문제에 대해 한 번 깊이 생각해야 할 거요."

"이보세요," 율리아는 몸을 앞으로 숙이고 핑크의 눈을 똑바로 응시하며 말했다. "저를 협박하다가는 오히려 박사님이 해를 입을 겁니다. 살인사건을 규명하도록 도와서 박사님 본인의 죽음을 막으시든지 아니면 무분별하게 굴어서 경찰의 모든 호의를 잃든지 둘 중의 하나를 선택하시죠. 그리고 덧붙여 말하면, 저도 우리 경찰청장님을 아주 잘 알고 있습니다. 무엇보다도 유익하고 청렴한 경찰 일에 관한 청장님의 견해를 잘 알고 있죠. 이 사실도 부디 잊지 마십시오."

핑크는 경멸하듯 손을 내저었다. "당신이 내 편이 아니라는 걸 알겠소. 하지만 분명히 말하는데, 난 그리 호락호락 굴복하지는 않을 거요." 그는 자리에서 일어나 잠시 방 한가운데 서 있었다. 그러다 결국 고개를 끄덕이고는 말했다. "지금 나는 내 사무실로 돌아갈 거요. 당신이 뭔가를 알아내면 내게 알려줄 거라고 믿고 있겠소."

"우리를 통해서든 아니면 언론을 통해서든 알게 될 것입니다."

"잘 가시오. 솔직히 말해서, 나는 당신에게서 더 많은 걸 알게 되길 바랐소."

"저도 박사님에게서 더 많은 걸 알게 되길 바랐죠. 제가 이 편지를 보관해도 되겠습니까? 지문이나 다른 흔적들을 조사하고 싶습니다. 이 편지가 들어있던 봉투도 가지고 계신가요?"

핑크는 양복 상의에 손을 집어넣어 편지봉투를 꺼내 율리아에게 건네주었다. 율리아는 봉투를 받아 들어 편지와 함께 가방에 넣었다. 핑크는 아무 말 없이 집을 나갔다. 그가 가고 난 후, 율리아는 몸을 일으켜 라우라 핑크에게 갔다. 그 사이 라우라는 거실에 딸린 주방으로 돌아와 등받이 없는 의자에 앉아서 유리컵의 물을 다시 한 모금 마셨다. 애써 느긋한 척 보이려고 굴었지만, 율리아는 라우라의 당황한 기색을 알아챘다.

"아버님이 항상 저러세요?"

라우라는 어깨를 으쓱했다. "이따금 그래요. 우리 아버지는 기어이 당신 뜻대로 되지 않으면 참지 못해요. 신경 쓰지 마세요. 그 점에서 아버지는 절대 안 변하실 거예요. 저는 아버지의 기분을 34년 동안 참아야 했어요. 이제 아버지 곁에는 우리 어머니밖에 없어요. 어머니는……, 쓸데없는 소리. 그건 중요하지 않아요."

"아버님이 벌컥 화를 내시곤 하나요?"

"이따금요."

"조금 사적인 질문이라서 미안하지만, 아버님과의 사이는 어때요?"

"우리는 되도록 서로 피해요. 하지만 때로는 어쩔 수 없이 만날 수밖에 없어요. 오늘처럼 말이죠. 좀 전에 아버지가 오셔서 제게 편지를 보여주는 모습을 보셔야 했어요. 제가 기억하는 한, 처음으로 아버지의 눈에 두려움 같은 게 어려 있었어요. 지금 예순두 살이시지만, 저는 이제껏 아버지에게서 그런 두려움을 본 적이 없어요."

율리아 뒤랑도 등받이 없는 의자에 앉았다. 라우라 핑크는 한 손으로 머리를 쓸어 올리며 바닥을 응시했다. "뭐 좀 마시겠어요? 물이나 주스?"

"물을 마실게요. 고마워요."

라우라는 긴 테이블 너머로 손을 뻗쳐서 물병과 유리컵을 집었다. 먼저 율리아에게 물을 따라준 데 이어서 자신의 컵에도 물을 따랐다.

"아버님이 무슨 일을 하시죠?"

"변호사세요□핑크, 슈바르츠하우프트 앤 뵈그너'라는 이름을 혹시 들어보셨나요. 독일에서 가장 큰 로펌 중 하나예요. 본사는 프랑크푸르트에 있지만 베를린, 함부르크, 뒤셀도르프, 뮌헨에도 지사가 있어요."

"제가 좀 전에 과거에 대해 물었을 때, 아버님이 왜 핑크 씨를 방에서 내보내셨죠?"

라우라 핑크는 눈길을 떨군 채 어깨를 으쓱하며 말했다. "저도 몰라요. 항상 그러세요. 아버지에게 직접 물어보세요. 어쩌면 형사님에게는 대답하실지도 모르죠."

"반드시 한 번 물어보도록 하죠……."

"우리 아버지 목숨이 위험하다고 믿으세요?" 라우라 핑크는 눈길을 들지 않은 채 손가락으로 유리컵 가장자리를 매만지면서 물었다.

"그럴 수도 있어요. 만일 그렇다면 범인이 이 편지를 계기로 행동방식을 바꾸었다고 봐야겠죠. 두 번의 살인은 미리 예고되지 않았으니까요. 아버님에 대해 뭔가 이야기해줄 의향이 있으세요?" 율리아는 조심스럽게 물었다.

"형사님이 무얼 아시고 싶어 하느냐에 달려 있어요. 너무 사적인 질문이면, 아버지에게 직접 물어보는 편이 나아요."

"핑크 씨는 로젠츠바이크와 쇠나우를 잘 알고 있어요. 아니, 과거에 잘 알았다고 말하는 편이 낫겠죠. 핑크 씨는 의사이고 직업상 비밀 엄수의 의무에 매여 있어요. 제가 지금부터 말하는 내용은 그 누구에게도 절대 전하지 않겠다고 약속하시겠어요?"

라우라 핑크는 고개를 끄덕이며 율리아를 바라보았다. "물론이에요."

"그렇담 믿겠어요……. 아시다시피, 두 남자는 매우 특이하고 정교한 방법으로 살해되었어요. 그동안 우리 경찰은 두 남자의 삶에서 엘로힘 교회의 교리와 전혀 합치하지 않는 몇 가지 사실을 알아냈고요. 그게 무엇인지 짐작이 가세요?"

"유감스럽지만, 아니요. 그게 도대체 뭐죠?"

"적어도 사생활 면에서 두 남자는 전혀 깨끗하지 않았어요. 그리고 한 사람은 직업과 관련해서도 청렴하지 않았죠."

라우라 핑크는 다시 손가락으로 유리잔 가장자리를 쓰다듬었다. 보일 듯 말 듯한 미소가 얼굴을 스쳤다.

"그런데요? 우리 중의 누가 과연 완벽하게 깨끗할까요? 누구든 잘못도 있고 약점도 있기 마련이에요. 교회 사람이라 해도 마찬가지예요."

"그래요. 사람은 누구나 잘못을 저지르기 마련이죠. 하지만 로젠츠바이크나 쇠나우는 좀 달랐어요. 혹시 그들에게 여자관계가 있다는 말을 듣거나 수군거리는 소리를 들은 적이 있나요?"

율리아는 라우라의 반응을 지켜보았다. 그러나 그녀는 고개만 가로저었다.

"어디서나 소문은 떠돌기 마련이에요. 저는 소문에는 신경 쓰지 않아요. 그들에게 무슨 관계가 있었다고요? 그러니까 여자관계가 있었단 말이죠?"

"그랬던 거 같아요. 그리고 경우에 따라서는 그쪽에 살인 동기가 있을 수도 있어요……."

"그럴 리가 없어요." 라우라 핑크는 망설이지 않고 말했다. "설사 두 사람이 교회의 뜻에 어긋나는 부도덕한 행동을 했다 할지라도, 다른 사람들의 죄를 비난하기 전에 먼저 자신의 죄를 씻어야 해요."

"범인이 교회 주변에 있다고 생각한다는 뜻으로 그 말을 해석해도 되겠죠."

"제 말을 오해하지 마세요. 저는 교회의 누군가가 범인인지 아닌지 전혀 알지 못해요."

"핑크 씨 아버님 이야기를 해보죠. 누군가 이런 편지를 쓰게 된 이유가 무엇일까요?"

"섬뜩한 농담일 거라고 형사님이 벌써 말씀하셨잖아요……."

"그게 아니라면? 아버님이 실제로 살해 명단의 다음 차례라면? 범인이 아버님도 노리고 있다면 어떡하죠?"

"그렇다면 우리 아버지 운수가 나쁜 거죠. 혹은 제가 모르는 뭔가를 숨기고 있을지도 모르고요." 라우라는 특이하게 냉담하고 무관심한 어조로 말했다.

"그 말은 별로 사랑스럽게 들리지 않는군요……."

"그렇게 생각하신다면……."

“핑크 씨 아버님은 깨끗한 분이신가요? 그러니까 제가 좀 전에 과거에 대해 물었을 때, 아버님은 자신의 과거가 그리스도를 싼 아마포처럼 순백색이라고 말씀하셨거든요. 그렇게 말씀하시면, 저로서는 좋든 싫든 그 말을 믿을 수밖에 없어요.”

“그 말을 믿으세요?”

율리아는 눈에 보일락 말락 살며시 고개를 저으며 말했다. “솔직히 말하면 안 믿어요. 왜 그런지는 모르겠어요. 하지만 아버님은 그 물음에 답변하기 전에 핑크 씨를 방에서 내보내야 하는 이유가 분명히 있었어요. 누군가로 하여금 이런 글을 보내게 만든 일이 틀림없이 있었던 거죠. 왜 아버님이 핑크 씨를 방에서 내보냈다고 생각하세요? 여기는 핑크 씨 집이고, 누가 가고 누가 머무를지는 핑크 씨가 결정해요. 그렇지 않은가요?”

“저는 다만 예의를 지키려고 했을 뿐이에요. 우리 아버지는 까다로운 분이세요. 지금 상황에서는…….”

“좋아요. 굳이 해명하실 필요 없어요. 질문을 좀 달리할게요. 아버님의 과거에 관해 핑크 씨 말고 또 누구에게 알아볼 수 있을까요?”

“왜 사람들의 과거를 기어이 들쑤시려고 하죠? 중요한 건 현재가 아닌가요? 죽은 자들은 조용히 쉬게 내버려둬요.”

“그 말은 무슨 뜻이죠?”

“그러니까 과거는 죽은 것이고 현재는 살아있다는 뜻이에요. 일 분, 일 초, 숨 쉴 때마다. 그리고 제가 이 말을 하는 순간 그건 벌써 다시 과거죠.”

“하지만 핑크 씨, 바로 그 과거가 범인을 조용히 내버려 두지 않고 있다고요. 핑크 씨 아버님에게 온 글을 한 번 더 읽어줄까요? 특히 마지막 문장이 염려돼요. ‘당신을 결코 잊지 않았고 앞으로도 결코 잊지 않을 누군가가.' 핑크 씨가 인정하든 인정하고 싶지 않든, 이건 아버님의 과거와 관련 있어요. 그리고 때로는 과거가 잔혹한 현실이 되기도 하죠. 제게 조금이라도 도움이 될 만한 것이 정말로 전혀 생각나지 않나요?"

라우라는 여형사를 바라보았다. 그 시선은 율리아를 뚫고 지나는 듯 보였으며, 갑자기 슬프고 무한히 멀리 있는 듯했다. 얼마 후, 라우라는 말했다. "아니요, 저는 아무 말도 할 수 없어요. 이미 말했듯이 아버지에게 물어봐요. 아니면 우리 어머니나 형제들에게 물어보시든지. 아버지 로펌이나 교회에서 알아봐요. 제발 부탁이니, 저는 빼주세요! 저는 우리 아버지에 대해 어떤 것도 알려주지 않을 거예요. 미안합니다."

"아버지가 두려우세요?"

입가의 씁쓸한 표정이 라우라 핑크의 생각을 알려주었다. 그녀는 어깨를 으쓱하며 말했다. "다만 저를 조용히 내버려두었으면 좋겠어요. 그건 오로지 아버지 인생이에요. 형사님이 그걸 존중해주시길 부탁드려요."

"오케이, 그 점을 존중하죠. 하지만 아버님에 대해서는 말하고 싶지 않더라도, 로젠츠바이크와 쇠나우에 대해서는 말해줄 수 있지 않을까요?"

"뭘 알고 싶으세요?"

"그들은 어떤 남자들이었죠? 핑크 씨 아버님은 예순 살이 조금 넘으셨고, 로젠츠바이크와 쇠나우도 팔팔하게 젊은 사람들은 아니었어요. 이제 로젠츠바이크와 쇠나우는 이 세상 사람이 아니니 핑크 씨가 그 사람들에 대해 조금 말한다더라도 해될 일은 없어요. 어쨌든 그 사람들의 주치의였잖아요."

"뒤랑 씨, 내가 두 사람에 대해 알고 있는 건 이미 전부 말했어요. 뒤랑 씨에게 흥미 있을 만한 일은 더 이상 없어요." 라우라 핑크는 의자에서 미끄러져 내려와 유리컵의 물을 마저 마시고는 유리컵을 손에 든 채 말했다. "괜찮으시다면, 다시 진료시간이 시작되기 전에 조금 쉬고 싶어요. 지난 며칠 동안 너무 피곤했어요."

율리아는 물을 한 모금 더 마시고 컵을 테이블에 내려놓았다. 그리고는 라우라 핑크와 마주 서서 말했다. "핑크 씨가 저를 돕고 싶지 않거나 아니면 도울 수 없는 이유가 분명히 있을 거예요. 하지만 생각이 달라지면, 제 연락처를 알고 계시죠. 다만 저는 세 번째 살인이 일어나지 않도록 막고 싶을 뿐이에요."

"그것이 형사님 직업이죠." 라우라는 말했다. 목소리가 슬프게 들렸다. "그리고 제 직업은 환자를 치료하는 것이고요. 이 세상엔 아픈 사람들이 아주 많아요. 그럼 이만 실례하겠어요."

라우라는 몸을 돌려 1층으로 통하는 층계로 걸음을 옮겼다. 층계참에서 걸음을 멈추고 다시 뒤돌아보았다. 율리아는 가방을 들고 여의사의 뒤를 따라 1층으로 내려갔다. 현관문을 나서기 전에 라우라 말고는 아무도 듣지 못하도록 목소리를 낮추어 말했다.

"좀 전에 형제들이 있다고 말씀하셨죠? 형제들 나이가 어떻게 되죠? 그리고 무슨 일을 하나요?"

"남동생 둘이 있어요. 슈테판은 서른이고, 위르겐은 스물여덟이에요. 위르겐이 무슨 일을 하는지는 말할 수 없어요. 다만 무직이라고 알고 있을 뿐이에요. 위르겐은 오래전에 부모님과 결별을 선언했어요. 슈테판은 프리랜서 예술가죠. 동생들 주소를 알려드릴까요?"

"그렇담 고맙죠."

"잠깐 기다리세요. 주소를 써드릴게요." 곧이어서 라우라 핑크는 율리아에게 쪽지를 건네주었다. "동생들 주소예요. 멀리 가실 필요도 없어요. 하지만 위르겐을 만날 수 있을지는 좀 의심스럽네요. 자주 집에 없거든요. 때로 상황이 안 좋으면 저를 찾아오기도 하고, 때로는 몇 주일씩 못 볼 때도 있어요. 곧 좋은 성과가 있기를 바라요."

간호사가 차트에 뭔가를 기입했고, 진료시간까지 아직 한 시간 이상이 남았는데도 대기실에서 환자 두 명이 기다리고 있었다. 율리아가 밖으로 통하는 문을 연 즉시, 무더운 열기가 얼굴을 후려쳤다. 율리아는 자동차에 이르러 가방에서 담배를 꺼내 불을 붙였다. 차창을 내리고 잠시 자동차에 기대서서, 담배 연기를 깊이 빨아들여 코로 내뿜으며 생각에 잠겼다. 카를 하인츠 핑크의 삶에는 그를 살인범의 표적으로 만드는 뭔가가 있는 게 분명했다. 그리고 라우라 핑크는 아버지의 삶에 그런 얼룩이 있는 걸 알고 있었지만 말하지 않았다. 아니면 말하고 싶지 않았거나 또는 말하기를 두려워했다.

율리아는 담배를 끝까지 피웠으며 꽁초를 길에 내던지고 코르사에 올라탔다. 휴대폰을 들고 비비엔 쇠나우의 전화번호를 눌렀다. 가사도우미가 전화를 받아서, 쇠나우 부인은 5시쯤 집에 돌아올 거라고 말했다. 율리아는 시계를 보았다. 2시 15분 전이었다. 경찰청에 잠깐 들렀다가 예시카 바그너에게 가기로 결정했다. 비비엔 쇠나우에게는 나중에 한 번 더 연락을 시도해볼 수 있었다. 사무실로 가는 길에 많은 생각이 꼬리를 물고 라우라 핑크라는 인물 주위를 맴돌았다. 그녀는 무엇을 숨기고 있을까? 그리고 왜 좀 전에 몇 번이나 두려움에 질린 듯 보였을까?

오후 2시 45분

사무실에는 베르거밖에 없었다. 그는 땀을 뻘뻘 흘리며, 와이셔츠 맨 위 단추를 열고 넥타이를 느슨하게 풀어헤치고 있었다. 베르거의 책상 위 재떨이에서는 담배가 가물가물 타들어 갔다. 실내 공기는 후덥지근하고 숨 막혔다. 율리아가 사무실에 들어서자, 베르거는 눈길을 들었다. 그는 몇 가지 메모를 더 하고 등을 뒤로 기대고서 배 앞으로 두 팔을 팔짱 낀 채 묻는 듯한 눈빛으로 율리아를 쳐다보았다.

"그래, 좀 성과가 있었나?" 베르거는 물었다.

"생각하기 나름이에요. 하지만 쇠나우도 적어도 몇 년 전에 여직원과 내연의 관계에 있었어요. 최근에도 여자가 있었는지는 알 수 없지만, 모든 정황으로 보아서 그럴 가능성이 많아요. 쇠나우 부인이 그걸 부정하지 않은데다가 그 글로 보아서……." 율리아는 어깨를 으쓱했다. "쇠나우와 내연의 관계였던 인물을 알아내기는 매우 어려울 거 같습니다. 그리고 아동성폭력범이란 말도 도대체 무슨 맥락인지 갈피가 잡히지 않아요. 만일 그게 사실이라면, 경우에 따라서는 아주 깊은 늪을 파헤쳐야 할 거 같아요. 그런데 라우라 핑크, 그 여의사도 흥미로웠어요. 라우라 핑크와 이야기하러 갔는데, 마침 그 여자 아버지가 와 있더라고요. 그 남자는 무척 까칠해 보였고, 오늘 아침 우편으로 편지를 한 통 받았다며 제게 주었어요. 여기, 이거예요." 율리아는 편지를 책상 위로 내밀며 말했다.

베르거는 편지를 받아서 읽었다. 그러더니 무표정한 얼굴로 편지를 책상에 내려놓으며 물었다. "다음 희생잔가?"

"그런 거 같습니다. 핑크에게 이것저것 물었는데 특히 과거에 대해 묻자, 딸을 방에서 내보내더라고요. 그러면서 상당히 공격적으로 반응했어요. 핑크는 경찰의 신변보호를 요청했지만, 저는 물론 확답하지 않았어요. 나중에 딸에게서 아버지에 대해 좀 더 알아내려 했지만, 좀처럼 입을 열려고 하지 않더군요. 혹시 한 마디라도 잘못할까 봐 두려워한다는 느낌이 들었습니다……."

"그 핑크라는 사람은 어떤 타입이던가?" 베르거는 물었다.

율리아가 대답하기 전에, 문이 열리고 프랑크와 페터가 들어왔다. 두 사람은 털썩 의자에 주저앉았고, 프랑크는 신음소리를 내뱉었다. "휴우, 뭐가 이렇게 더워!"

베르거는 그 말에는 대꾸하지 않고 이렇게 말했다. "뒤랑 형사가 마침 핑크라는 사람과의 만남에 대해 보고하려던 참이었어. 자, 어서 계속하라고."

"핑크는 첫눈에 아주 냉혹한 타입인데, 독일 국내에 로펌을 여러 개 소유한 변호사입니다. 그뿐만 아니라 엘로힘 교회의 지역 목자이기도 해요. 그러니까 엘로힘 교회의 최고 교직자들 가운데 하나이죠. 그리고 로젠츠바이크와 쇠나우는 그의 상담역이었어요. 핑크가 깨끗하지 않다고 저는 확신합니다. 물론 본인은 완벽하게 순결하다고 주장하고 있지만요. 핑크의 딸이 처음에 어땠는지 직접 보셨어야 했어요. 아버지가 등 돌리고 있었는데도, 마치 고양이 앞의 쥐처럼 보이더라고요……."

"그 딸이 살인과 관계있을까요?" 페터가 물었다.

율리아는 고개를 저었다. "그런 거 같지는 않아요. 하지만 딸의 진술이 살인범에 대한 단서를 제공할 수 있다고 확신해요. 딸은 누군가를 냉혹하게 살해할 타입은 아니에요. 제 눈에는 소심하고 겁이 많은 듯 보였어요. 어느 선까지는 상냥하고 친절하지만, 그 선을 넘어서면 조개처럼 입을 꼭 다물어 버린다니까요. 어쨌든 저는 라우라 핑크에 주목해서 그 여자가 뭘 알고 있는지 알아낼 생각입니다. 지금부터 일을 분담해서 여러 사람에 대한 정보를 모아야겠어요. 그중 한 사람은 상당히 오랫동안 쇠나우와 관계를 맺은 듯 보이는 리타 융입니다. 융 본인은 아무 말도 하지 않았어요. 다만 쇠나우의 비서가 제게 귀띔해주었을 뿐이죠. 융의 전남편을 자세히 살펴보면 좋겠지만, 그 일은 일요일로 미루는 편이 낫겠어요. 일요일 오전쯤 그 교회에 직접 한 번 가볼 계획이거든요. 그때 핑크와 그 가족도 함께 관찰해야겠어요. 라우라 핑크, 예시카 바그너, 비비엔 쇠나우. 이 정도면 아직은 범위가 비교적 작아서 한눈에 통제할 수 있어요." 율리아는 골루아에 불을 붙이며 잠시 뜸을 들이고는 말했다. "게다가 제 육감으로는 교회에서 살인범을 발견할 거 같아요. 적어도 지금으로서는 모든 정황이 그렇게 말하고 있어요."

"왜 그렇게 생각하지?" 베르거가 눈을 가늘게 뜨고 물었다.

"아주 간단합니다. 우리가 이미 알고 있듯이, 로젠츠바이크와 쇠나우는 핑크의 상담역이었어요. 교회법에 의하면 간음이 중벌감인데도, 두 사람은 수시로 부인들의 눈을 속이고 바람을 피운 게 분명해요. 라우라 핑크는 죽은 자들의 주치의였고 교회 신도인데다가, 두 번 모두 경찰이 출동하기 전에 현장에 있었어요. 몇 년 전 쇠나우와 내연의 관계였던 듯 보이는 리타 융도 교회 신도입니다. 물론 본인 말로는 서류상으로만 그렇다고 하더라고요. 리타 융은 이혼했고 딸이 하나 있는데, 전남편도 열성적인 신도이죠. 그 교회에 다니지 않는 유일한 사람은 로젠츠바이크가 마지막으로 만난 여자예요. 하지만 그 여자는 살인범이 아니에요. 한편으로는 너무 젊고 순진한데다가, 다른 한편으로는 로젠츠바이크에 이어서 쇠나우까지 제거해야 할 이유가 없어요. 그리고 또 핑크가 받은 편지도 있습니다. 아니, 저는 그 교회에 해답이 있을 거라고 확신해요."

율리아는 입을 꼭 다물고 시선을 베르거에게서 프랑크와 페터에게로 돌렸다. 그러더니 담배를 한 모금 빨고 바닥을 응시하며 말했다. "전 지금 예시카 바그너를 한 번 더 만나본 뒤를 이어서 쇠나우 부인을 다시 찾아갈까 해요. 그동안 두 사람은 카를 하인츠 핑크에 대해 좀 알아봐 주었으면 좋겠어요. 그리고 이 편지는 실험실로 보내겠습니다. 그리 많은 성과가 나올 것 같지는 않지만, 그래도 조사해봐야지 않겠어요. 혹시 무슨 일이 있으면, 제가 어디에 있는지 알고 있죠. 아 참, 두 사람이 알아본 일은 어떻게 되었어요?"

"참 친절도 하시군요, 우리에게까지 물어봐주다니." 프랑크가 삐죽이 웃으며 말하고는 말보로에 불을 붙였다. "사실 물을 필요도 없었어요. 별 볼 일 없었거든요, 다른 여직원 하나가 쇠나우와 융 부인이 예전에 내연의 관계였다고 진술한 것 말고는 완전 꽝이에요."

"오케이, 그럼 난 출발할게요. 나중에 보자고요. 아니면 내일 보든지." 율리아는 담배를 눌러 끄고 자리에서 일어나서는 가방을 들고 사무실을 나갔다. 방광이 터질 것 같아서 도중에 화장실에 들렀다. 왼쪽 관자놀이에 조금 통증을 느끼고 날씨 탓을 했다. 3시 5분, 율리아는 메세투름에 도착했다.

오후 3시 5분

율리아가 회사 문을 열고 들어서는데, 마침 예시카 바그너가 커피자동판매기 앞에 서 있었다.

"안녕하세요, 바그너 씨." 율리아는 그녀를 향해 걸어가며 말했다. "이렇게 만나서 잘 되었어요. 그렇지 않아도 바그너 씨에게 한두 가지 물어볼 게 있거든요. 우리 어디 사람들 없는 곳에서 조용히 이야기할 수 있을까요?"

"그러죠, 어제 그곳이 좋아요. 커피 드실래요?" 예시카 바그너는 물었다. 몸에 착 달라붙어서 엉덩이를 겨우 가릴까 말까 한 미니스커트와 속이 훤히 비치는 하얀 블라우스를 입고 있었다.

"좋죠."

예시카 바그너는 문을 닫고 자극적인 걸음걸이로 창가에 다가가 테오도르 호이스 거리를 내려다보았다.

"바그너 씨, 제가 지금부터 극히 사적인 것에 대해 물을 텐데, 그래도 가능한 한 있는 그대로 답변해주셔야 합니다. 우리에게는 아주 중요한 문제입니다."

젊은 여자는 고개를 끄덕이고는 창문턱에 훌쩍 올라앉아 갈색으로 그을린 늘씬한 다리를 대롱대롱 흔들었다.

"바그너 씨는 월요일 오후에 로젠츠바이크 박사와 성관계를 맺었다고 말했습니다. 맞나요?"

"네." 예시카 바그너는 당연하다는 듯 대답했다.

"그 성교가 어떤 형태였는지 말해주시겠어요?"

예시카 바그너는 깜짝 놀란 눈빛으로 율리아를 바라보더니 뜨거운 커피를 조금 홀짝거리고는 컵을 다시 옆에 내려놓았다.

"제가 형사님 질문을 올바로 이해했다면, 로젠츠바이크와 어떤 방식의 성교를 했느냐고 물으시는 건가요?"

"아니요, 어떤 방식의 성교를 했는지 알고 싶은 게 아닙니다. 정확히 월요일에, 그러니까 로젠츠바이크의 죽음 직전에 뭘 했는지 알고 싶을 뿐이죠."

"간단명료하게 표현해서, 우리는 그냥 성교했어요."

율리아는 미소를 지으며 말했다. "그냥 성교했다는 것만으로는 충분하지 않아요. 오럴섹스 아니면 항문성교를 했습니까? 아니면 단순한 성행위를 했습니까? 그러니까 로젠츠바이크가 바그너 씨의 질 속에 성기를 삽입해서 사정을 했습니까?"

"그게 중요한가요?" 예시카 바그너가 눈썹을 치켜뜨며 물었다.

"아주 중요해요. 내 말 믿어요, 중요한 의미가 없다면 묻지도 않았을 거예요."

그 젊은 여자는 어깨를 올리고 잠시 생각하더니 말했다. "그 사람은 구강성교를 좋아했어요. 저는 종종 입으로 그 사람을 만족시켜주었고, 그 사람도 입으로 저를 만족하게 해주었어요. 하지만 우리는 이따금 정상적인 성교도 했어요. 월요일에는 처음에 제가 입으로 그 사람을 만족하게 해줬고, 이어서 그냥 평범한 섹스를 했어요. 하지만 그 사람은 성적으로 매우 흥분해 있었어요. 주말이 너무 길었었나 봐요. 그래서 항문성교도 원했고, 그때 그 사람은 오르가슴에 이르렀어요."

"그러니까 세 가지 유형을 시도했군요." 율리아는 한 손가락으로 입술을 스치면서 신중하게 말했다. "그리고 일이 끝났을 때 그 사람을 깨끗이 해주었나요? 가령 물수건으로 닦아주었나요? 아니면 그 사람 스스로 물로 씻었나요?"

"전 아무것도 하지 않았어요." 예시카 바그너는 말했다. "그 사람이 자기 고추……, 페니스를 잠깐 물로 씻었어요. 그게 전부예요."

"물로 씻고 수건으로 닦았나요?"

"아니요, 우리가 이따금 만나는 방에 세면대는 있지만 수건은 없어요. 정확히 기억하고 있어요. 그 사람이 어떻게 페니스를 씻어서 바지에 집어넣었는지 똑똑히 기억해요."

"고마워요. 됐어요. 아주 많은 도움이 되었어요."

"무슨 영문인지……."

"솔직히 이야기해줘서 고마워요. 그리고……, 이쯤에서 그만할게요. 안녕히 계세요."

율리아는 자리에서 일어나 방을 나왔다. 그리고 복도를 지나 클라우디아 노이만의 방으로 향했다. 클라우디아 노이만은 마침 책상에 앉아서 서류를 철하고 있었다. 눈길을 들어 율리아를 보고는 미소 지었다.

"안녕하세요." 클라우디아 노이만은 책상 앞의 의자를 가리키며 말했다. "제가 더 도와드릴 일이 있나요?"

"어쩌면요. 한 가지만 물을게요. 노이만 씨가 알고 있는 거래처 여자나 부인이 아닌 다른 여자에게서 이따금 로젠츠바이크 박사에게 전화가 걸려왔나요?"

"너무 많은 걸 물으시는데요." 클라우디아 노이만은 등을 뒤로 기대며 말했다. "좀 더 정확히 말씀해 주시겠어요?"

"노이만 씨가 모르는 여자에게서 이따금 전화가 걸려왔나요?"

클라우디아 노이만은 잠시 생각해보고는 고개를 저었다. 무슨 말인가를 하려다가는 갑자기 멈추고 율리아를 바라보더니 이윽고 말했다. "잠깐만요, 그런 여자가 있었어요. 불규칙적으로 전화했지만 한 번도 자신의 이름을 말하지 않은 여자가 하나 있었어요. 그 여자는 늘 로젠츠바이크 박사가 자신의 전화를 기다린다고만 말했어요. 좀 이상하다고 생각했지만, 한스는 번번이 그 전화를 받았죠."

"그 여자 목소리가 어땠어요? 목소리를 묘사할 수 있을까요?"

"아니요. 그냥 여자 목소리였어요."

"목소리가 밝았나요 아니면 어두웠나요? 편안하고 따뜻한 목소리였나요 아니면 날카로운 목소리였나요? 젊은 편이었나요 아니면 늙은 편이었나요? 걸걸하던가요 아니면 낭랑하던가요?"

"편안하고 또렷했어요. 하지만 젊었는지 늙었는지는 말할 수 없어요. 서른 살에서 마흔 살가량인 것 같았지만 확신할 수는 없어요. 전화 목소리가 잘 구별되지 않는 건 형사님도 아시잖아요. 그건 왜 묻죠?"

"아시겠지만, 경찰 일은 퍼즐 조각을 이어붙이는 것이라고 할 수 있어요. 그리고 다시 한 조각을 발견한 거 같아요. 고마워요."

"그게 전부라면, 천만의 말씀이죠. 아 참, 내일은 제가 이 사무실에 출근하는 마지막 날이에요."

"여길 떠나세요?" 율리아는 물었다.

"아주 떠나는 건 아니에요. 부서를 옮길 뿐이에요. 쾰러 박사님이 저더러 박사님을 위해 일하라고 하셨어요. 다음 주에 휴가를 떠났다가 8월 1일부터 그뢰벤 부인의 자리를 물려받을 거예요. 그뢰벤 부인은 회사를 그만두나 봐요."

"본인이 원했나요?"

"아마 그만두라는 요구를 은밀히 받지 않았나 싶어요. 카스트너도 마찬가지로 유예기간 없이 해고당했어요. 그 이유는 형사님도 짐작하실 거예요. 어제 오후 카스트너의 책상을 샅샅이 뒤졌는데 화주가 한 보따리 나왔어요. 사무실에서 알코올은 절대 엄금이라는 조항이 고용계약서에 있는데다 카스트너가 책임이 막중한 임무를 맡고 있었기 때문에, 한 가지 가능성밖에 없었어요. 해고하는 수밖에요. 카스트너로서는 재수 없게 되었다는 생각이 들더라고요. 그뢰벤은 물론 격분하고 있지만, 앞으로 보상금 협상에서 틀림없이 잘 버티어낼 거예요."
"그럼, 행운을 빌어요." 율리아는 미소 지으며 말했다. "어쩌면 또 만날지도 모르겠어요. 안녕히 계세요."
"살인범을 곧 찾아내기를 바랍니다. 성공을 빌게요."
"기어코 잡을 겁니다."
율리아는 엘리베이터를 타고 아래층으로 내려가서 휴대폰으로 베르거에게 전화했다. 그리고 예시카 바그너의 진술에 의하면, 로젠츠바이크가 월요일 저녁 집으로 가기 전에 또 한 번 성교를 했을 가능성이 더 많아졌다고 짧게 보고했다. 베르거와의 통화를 끝내고, 율리아는 비비엔 쇠나우에게 전화했다. 그때 마침 쇠나우 부인은 보덴제 호수에서 돌아와 있었다. 율리아는 30분 후쯤 그곳에 도착하겠다고 말했다.

오후 4시 35분

율리아가 도착했을 때, 비비엔 쇠나우는 무척 피곤해 보였다. 그녀는 몸매를 강조하는 노란 원피스 차림으로 거실에 앉아 있었다. 발은 맨발이었고, 손에는 주스 컵을 들고 있었다. 크고 높다란 창문으로 비치는 오후의 햇살을 받아 풍성한 붉은 머리카락이 반짝 빛났다.
"안녕하세요, 형사님." 비비엔 쇠나우는 한 손을 들어 안락의자를 가리키며 말했다. "어서 앉으세요."
율리아는 의자에 앉아서 잠시 방 안의 인상을 받아들였다. 낮에 보는 방은 훨씬 더 호화스럽고 우아했다.
"집을 직접 꾸미셨어요?" 율리아는 감탄하는 뉘앙스를 풍기며 물었다.
비비엔 쇠나우는 살며시 미소를 머금고 대답했다. 미소 짓는 모습이 더욱 아름다웠다. "거의 그랬어요. 물론 우리 남편도 거들었지만, 주로 비용 문제에서 도왔어요. 대부분의 인테리어를 제가 직접 골랐죠. 마음에 드세요?"
"제 주머니 사정에는 조금 수준 높지만 감각이 있으시네요."
"형사님 집도 틀림없이 예쁘게 꾸미셨을 거예요." 비비엔 쇠나우는 말했다. "뭐 좀 마시겠어요?"
"주스를 마실게요."
쇠나우 부인은 자리에서 일어나 홈바 쪽으로 걸어갔다. 유리컵 하나를 꺼내 오렌지 주스를 사 분의 삼 정도 따라서 율리아에게 내밀었다.
"감사합니다." 율리아는 주스를 한 모금 마시고 말을 계속했다.
"그런데 쇠나우 부인, 프랑크푸르트에는 원래 교구가 몇 개나 있죠?"
"두 개 있어요. 그러니까 원래 오펜바흐와 프랑크푸르트에 하나씩 있어요. 하지만 경계가 불분명해요. 타우누스와 베테라우에도 교구가 몇 개 있고요. 하지만 현재는 300명가량의 신도가 활동하는 프랑크푸르트가 제일 큰 교구죠."
"부인과 라우라 핑크도 프랑크푸르트 교구 소속인가요?"
"그래요, 왜요?"
"그냥 관심이 좀 있어서요. 라우라의 아버님도 같은 교구 소속이죠?"
"물론이죠. 하지만 그분은 교회에 자리를 비울 때가 많아요. 여행을 많이 다니시거든요. 지역목자로서 할 일이 무척 많아요."
"일요일에 제 동료와 함께 교회를 찾아가볼까 해요. 집회시간이 언제죠?"

"우리 교구는 9시에서 12시까지 모여요. 미리 말씀드리는데, 프랑크푸르트 교구는 몇 년 전 둘로 분리되었어요. 사람들이 너무 많고 복잡해졌기 때문이죠. 프랑크푸르트 제2교구는 3시에서 6시 사이에 모여요."

"따님들을 집으로 데려오셨죠. 지금 어디에 있나요?"

"각자 방에 있어요. 형사님에게 전화받고 아이들에게 방에 있으라고 말했어요."

비비엔 쇠나우는 말을 멈추고 창가에 다가가 밖을 내다보았다. 마흔여섯 살인데도 몸매가 완벽했다. 탄탄하고 반듯한 다리, 늘씬한 종아리, 완벽한 모양새의 발.

"제 남편에 대해 뭔가 알아내셨나요? 그이가 왜 죽었는지 아세요?" 쇠나우 부인은 뒤돌아보지 않고 물었다.

"조금 알아내긴 했지만, 왜 살해되었는지는 아직 모릅니다."

"그 사람에게 여자가 있었나요?" 비비엔 쇠나우는 풍성하게 설계된 정원에서 시선을 떼지 않은 채 물었다.

"있었다고 추정하고 있어요. 아직 입증하지는 못했지만요."

"입증하실 필요 없어요. 저는 한편으로 최소한 10년 전부터 그럴 거라고 느끼고 있었고, 다른 한편으로는 그 문제에 대해 전혀 알고 싶지 않았어요. 남편은 영생이 어쩌고저쩌고 말을 늘어놓으며 우리가 영원히 함께 있을 거라고 떠들어댔지만, 자신이 말하는 교리를 지키지 않았어요. 얼마나 많은 여자가 그 사람을 거쳐 갔을까요. 한 명, 두 명, 열 명, 아님 그 이상? 저 사람은 도대체 내가 줄 수 없는 무엇을 다른 여자들에게서 발견했을까, 골백번도 더 생각해보았어요. 형사님이 이해하실지 모르겠지만, 그 사람은 이따금 별난 것을 원했어요. 하지만 저는 늘 그런 바람을 들어줄 준비가 되어 있었어요. 그 사람이 왜 제게, 아이들에게, 무엇보다도 자기 자신에게 그런 짓을 했는지 모르겠어요. 저는 정말 이해가 가지 않아요."

"부인은 영생을 믿으세요?" 율리아는 물었다.

비비엔 쇠나우는 고개를 돌려 율리아 뒤랑을 바라보았다. 그리고는 당혹스러운 미소를 지으며 말했다. "저는 죽음 후의 삶을 믿어요. 하지만 그 삶이 영원할까요?" 그녀는 어깨를 으쓱했다. 눈에 슬픔이 어려 있었다. "그래요, 예전엔 영원한 삶을 믿고 영원한 가족을 믿었지만, 지금은 뭐가 뭔지 모르겠어요. 어제저녁부터 제 머릿속에서 커다란 회전목마가 빙글빙글 도는 것만 같아요. 실은 오래전부터 우리 부부가 뭔가 맞지 않는다고 느꼈지만 그 생각을 항상 밀어내곤 했어요. 형사님도 그런 거 아시죠? 진실을 보고 싶지 않아서 밀어내는 거 말이에요. 사람들은 진실이 실제로 어떤지 보려 하지 않아요. 그러다 때를 놓쳐버리죠. 그 사람과 이야기를 나누고, 내가 뭘 잘못했는지 그 사람에게 물었어야 했어요. 저는 그렇게 하지 않았어요. 그래서 지금 벌을 받고 있는 거예요."

"무슨 벌을 받고 있단 말이죠?" 여형사는 물었다.

"그 사람은 죽었어요. 이제 저는 그 사람과 이야기할 수 없어요. 무엇이 잘못되었는지, 그 사람이 직장에서 어떤 어려움에 처해 있었는지, 그 사람이 제게 이야기하고 싶지 않은 무슨 비밀에 시달렸는지, 이제는 물을 수 없어요. 로젠츠바이크와 제 남편이 공유했던 비밀……, 저는 적어도 그랬다고 믿어요. 그들에겐 자신들만 아는 비밀이 있었어요. 그리고 그것은 누군가에게 살해당할 만큼 끔찍한 비밀이었던 게 분명해요. 도대체 누구에게 살해되었을까요?"

비비엔 쇠나우는 창가를 떠나 소파에 앉았다. 두 다리를 소파 위로 끌어올리고 율리아 뒤랑의 얼굴을 바라보았다. 마치 표정의 변화를 관찰하는 듯했다.

"그게 어떤 비밀이었는지 전혀 짐작 가는 데가 없나요? 부인은 20년 이상 남편과 한 지붕 아래서 살았어요. 의아하게 생각된 게 전혀 없었나요? 그러니까 실제로 특이한 상황이 없었어요? 남편의 아이를 밴 여자, 사업상의 특별한 일, 아니면 그 밖에 다른 무슨 일이라도? 가령 수심을 안겨주는 일들이 있잖아요. 제 말이 무슨 뜻인지 아시죠?"

비비엔 쇠나우는 고개를 가로저었다. "아이들 일을 말씀하시는 거죠. 아니요, 그런 게 아니었어요. 뭔가 비밀이 있었다고 말씀드렸잖아요. 비밀보다도 더 비밀스러운 것. 그리고 그건 그 사람과 로젠츠바이크만이 알고 있었어요."

"어쩌면 그 비밀을 알고 있는 사람이 또 있을지 몰라요." 율리아는 말했다. 그리고는 고개를 약간 갸웃하고 쇠나우 부인의 반응을 기다렸다.

"그게 무슨 말이죠?"

"남편분과 로젠츠바이크는 지역목자의 상담역이었어요. 만일 지역목자가 다음 희생될 차례라면 어쩌죠?"

"왜 누군가가……. 잠깐만요, 그런 암시가 있나요? 핑크 형제는 완전히 깨끗한 사람이에요."

"그 사람에 대해서 좀 이야기해 주시겠어요? 그 사람의 가족에 대해?"

비비엔 쇠나우는 입을 꼭 다물고 생각에 잠겼다. "잘 모르겠어요. 하지만 제게는 그런 이야기를 할 권리가 없다는 생각이 들어요……. 그러니까 제 말은, 핑크 형제, 우리는 아주 오래전부터 알고 지냈어요……. 특히 핑크 부인과 저는 친구나 다름없는 사이예요……. 하긴, 친구라는 말은 적절한 표현이 아닐 수도 있어요. 서로 잘 알고 지내는 사이라는 말이 더 맞아요. 저는 핑크 부인이나 그 남편에 대해 이러쿵저러쿵 말할 수 없어요."

"쇠나우 부인, 저는 핑크 씨의 청렴함을 절대 의심하지 않아요. 하지만 핑크 씨가 다음 희생자가 되지 않도록 확실히 하고 싶어요. 제 추측이 맞는다면, 다시 말해서 살인범이 모종의 계획에 따라 움직이고 있고 처음 두 살인이 연쇄살인의 시작에 지나지 않는다면, 핑크 씨가 다음 차례일 수 있어요……. 부인이 우리에게 도움이 될 수 있어요."

"좋아요, 형사님이 그렇게 말씀하신다면." 쇠나우 부인은 자세를 조금 바꾸어 유리잔을 들고 주스를 한 모금 마셨다. 유리잔을 손에 들고 손가락 사이로 돌리며 유리잔 속을 응시했다.

"저는 독일에 온 후로 핑크 가족을 알게 되었어요. 그들은 제가 가깝게 지낸 첫 번째 가족이었어요. 저는 그 집 아이들이 크는 걸 지켜보았어요. 특히 라우라를 무척 예뻐했죠. 라우라는 아주 멋진 젊은 여인이 되었어요. 그 애는 완전히 달라요. 라우라처럼 자연스럽게 하느님을 믿는 사람은 생전 처음 보았어요. 참으로 정직한 사람이에요." 쇠나우 부인은 잠시 말을 멈추고 눈길을 들었다. 눈길이 율리아를 지나 허공을 향했다.

"그러면 핑크 부인, 라우라의 어머니는 어떤가요?"

"그분은 수수한 편이세요. 형사님이 보시면, 그렇게 막강하고 영향력 있는 남자의 부인이라고는 짐작도 못 하실 거예요. 무척 겸허하게 거의 은둔하다시피 살고 계세요. 사람들 앞에 나서길 좋아하지 않으세요."

"그러면 핑크 씨는요?"

"그분은 일벌레예요. 매우 엄격하고 매우 철저하고 반드시 자신의 뜻을 관철하죠. 그분하고 잘 지내기는 쉽지 않아요. 적어도 다른 사람들에게는 그래요. 하지만 그분을 가까이에서 알게 되면, 특히 좀 괴팍한 성격을 알게 되면, 어떻게 대해야 할지 알 수 있어요. 특히 그분의 모든 말을 곧이곧대로 받아들여서는 안 되는 걸 알게 되죠."

"라우라 핑크가 아버지를 두려워한다고 느낀 적이 있으세요?"

비비엔 쇠나우는 잠시 생각하더니 여형사를 보며 말했다. "그 부분에 대해 제가 말해도 되는지 모르겠어요. 하지만 라우라는 아버지와 썩 좋은 관계는 아니에요. 어째서 그런지는 말할 수 없어요. 어쨌든 라우라는 2년 전부터 개인병원을 운영하고 있고, 이유가 무엇인지는 몰라도 부모님과 자주 연락하지 않는 걸로 알아요. 두 아들의 경우도 많이 다르지 않아요. 한 아들 슈테판은 예술가이고, 다른 아들 위르겐은 서류상으로만 교인으로 남아 있어요. 게다가 위르겐은 상당히 깊이 추락했다는 소문이에요. 마약, 알코올, 여자. 위르겐이 정확히 무엇을 하는지, 도대체 뭔가를 하기는 하는 건지, 그러니까 직업이 있는지 모르겠어요."

"오늘 오후 핑크 박사를 만나봤어요. 딸네 집에서요. 딸이 아버지의 방문에 그다지 행복해하는 거 같지 않더군요. 라우라 핑크에게 이 이야기는 하지 않았으면 해요."

"약속하죠."

"핑크와 로젠츠바이크, 그리고 남편분이 언제부터 함께 일했죠? 그러니까 교회에서 말이에요."

"핑크 형제는 3년 전 지역목자로 임명되었고 바로 그날 남편과 로젠츠바이크도 핑크의 상담역이 되었어요."

"그전에는 무슨 일을 했죠?"

“남편과 로젠츠바이크는 지역감독자였고 핑크는 교구목자였어요. 그전에 무슨 일을 했는지는 모르겠어요. 확인해봐야 해요.”

“그때 벌써 남편분과 로젠츠바이크, 핑크는 교회에서 함께 일했나요?”

“그랬다고 알고 있어요. 어쨌든 그들은 항상 서로 직접 관계있는 직책을 수행했어요.”

“쇠나우 부인, 왜 남자들이 살해되었을까 하는 문제 때문에 우리는 골머리를 앓고 있어요. 그래서 어떻게 하든지 실낱같은 실마리라도 붙잡으려 하고 있죠. 진짜로 아무 생각도 떠오르지 않으세요?”

“네, 미안해요. 남편에게 저 말고 다른 여자가 있었다면, 그건 분명 죄악이었어요. 하지만 그게 그 사람을 죽여야 하는 이유였을까요? 그렇다면 로젠츠바이크에게도 여자가 있었던 게 분명해요. 어쩌면 같은 여자일지도 몰라요.” 비비엔 쇠나우는 목소리를 낮추어 말했다. “하지만 그럴 리 없어요. 그래서 저는 왜 살해되었는지 도무지 짐작이 가지 않아요. 게다가, 이런 생각은 하고 싶지도 않지만, 제 남편이 정말로 아이들을……. 그렇다면 로젠츠바이크는? 그 사람도 그랬을까요?” 쇠나우 부인은 고개를 힘차게 내저었다. 황금빛 어린 붉은 머리카락이 햇살을 받아 작은 불티들을 날리는 듯했다. “아니요, 그런 일은 상상조차 할 수 없어요.”

“쇠나우 부인, 어제저녁 제가 왜 따님들을 기숙사학교에 보냈냐고 물었을 때, 부인은 지나치게 서둘러 대답하셨어요. 부인이 원했다고 하셨죠. 따님들이 혹시 두려움 때문에 부인에게 뭔가를 숨기려 한다는 느낌을 받은 적이 있었나요?”

“아니요. 자닌과 샹탈에게 뭔가 문제가 있다는 걸 조금이라도 느꼈다면, 그 즉시 남편과 이야기했을 거예요. 그런 일은 전혀 없었어요."

율리아는 고개를 끄덕이고 주스를 마저 마시고 몸을 일으켰다.

"쇠나우 부인, 이야기해주셔서 감사합니다. 새로운 소식이 있으면 연락드리겠어요. 그리고 혹시 무슨 일이 생기면, 제 연락처를 아시죠."

"잠깐만요, 제가 밖에까지 모셔다 드릴게요." 비비엔 쇠나우는 여형사와 나란히 문을 향해 걸음을 옮겼다.

"살인범을 찾아내실 거죠?" 그녀는 집 밖에서 물었다.

"최선을 다하고 있지만, 아직은 완전히 어둠 속을 헤매고 있어요. 안녕히 계세요."

율리아는 자동차에 도착해 골루아에 불을 붙였다. 담배 연기가 거의 수직으로 하늘을 향해 올라갔다. 바람 한 점 없었고 거리에 사람도 없었다. 차창에 선팅한 짙푸른 색 커다란 벤츠가 천천히 옆을 지나갔다. 시계를 흘낏 보니 5시 35분이었다. 후끈 달아오른 열기가 어느 정도 차창을 통해 빠져나간 후, 율리아는 차에 올라타서 시동을 걸고 라디오를 켰다. 몇 군데 채널을 돌려보았지만 음악이 마음에 들지 않았다. 본 조비의 카세트테이프를 넣고 볼륨을 높였다. 또다시 많은 걸 들었지만 알아낸 건 하나도 없었다. 핑크가 어떤 사람인지는 여전히 알지 못했다. 율리아는 집으로 차를 몰았다. 가는 도중에 맥주 캔 세 개, 빵 한 덩이, 살라미 소시지, 토마토, 우유 1리터를 샀다. 먼저 샤워부터 해서 몸을 깨끗이 하고 땀에 젖은 옷을 새 옷으로 갈아입고 7시 반에 프랑크의 집에 도착할 생각이었다.

율리아는 집에 도착한 즉시 경찰청에 전화를 걸었다. 베르거는 아직 사무실에 있었다. 그는 언제나 아침에는 맨 먼저 출근했고 저녁에는 맨 나중에 퇴근했다. 율리아가 보기에는 아예 사무실에서 먹고 자는 사람 같았다.

"마침 전화 잘했네." 베르거는 말했다. "좀 전에 어떤 사람이 전화해서 우리에게 아주 흥미로운 사실을 알려주었어. 놀라지 말게, 반년 전쯤 하노버 근처의 그로스부르크베델에서 남자 시신이 발견되었다는군. 전화를 건 사람은 닥터 외크찬이라는 남잔데, 여기 프랑크푸르트에서 발생한 두 건의 살인사건에 대한 뉴스를 들었다는 거야. 그 당시 닥터 외크찬이 당직이었고, 자신이 보기에는 자연사 같지 않아서 사망진단서에 '사망 원인 불분명'이라고 기록했다고 해. 지금부터가 중요하네, 닥터 외크찬의 진술에 의하면, 사망자는 당뇨병 환자이긴 했지만 신체적으로 양호한 상태였어. 사망자의 주치의도 이튿날 그 사실을 확인해주었고. 그런데 검시과정에서 바늘에 찔린 부위 주변에 부종과 가벼운 변색이 눈에 띄었다는 게야. 보통 인슐린 주사에서는 그런 현상이 나타나지 않는다는군. 하지만 경찰은 닥터 외크찬의 말에 주의를 기울이지 않고 부검을 실시하지 않았어. 인슐린 병도 압류하지 않았고 과학수사반이 집을 수색하지도 않았지. 닥터 외크찬은 독이 개입되었다고 추측했지만, 그런 암시를 간단히 무시해 버렸다는 걸세. 그리고 다른 의사에 의해 급성신부전이 공식적인 사망원인으로 입증되었어."

"혹시 우연히도 사망자가 엘로힘 교회의 신도였어요?" 이렇게 묻는 율리아 뒤랑의 모든 힘줄이 팽팽히 긴장했다.

"지금 알아보는 중일세. 쿨머 형사가 전화하고 있어."

"이럴 수가!" 초조하게 담뱃불을 붙이는 율리아에 입에서 자신도 모르게 이런 말이 불쑥 새어나왔다. "만일 사망자가 엘로힘 교회의 신도라면, 관 뚜껑을 열고 시신을 부검해야 해요. 죽은 사람의 이름이 도대체 뭐래요?"

"토르스텐 하우저."

"잠깐 기다리세요. 혹시 그런 사람을 아는지 쇠나우 부인에게 물어봐야겠어요. 만일 안다면, 엘로힘 교회의 신도가 틀림없어요."

"좋은 생각이군." 베르거가 칭찬했다. "당장 전화할 건가?"

"네, 지금요."

"좋아. 전화하고 나서 내게 결과를 알려주게. 그러면 괜히 손가락 부르트게 여기저기 전화할 필요가 없겠지. 그리고 내 생각에는, 어차피 관을 열어서 부검해야 할 거 같아."

"그 의사가 어떤 독이 문제 될 거 같다는 이야기도 하던가요?"

"아니, 다만 피하출혈을 암시하는 가벼운 변색과 부종에 놀라서 즉시 경찰에게 그 특이현상에 대해 알렸다고만 말했어. 혈액응고를 저해하는 요인을 함유한 신경독을 의심할 수 있지 않을까 추측하더라고. 하지만 벌써 말했듯이, 행동을 개시하기 전에 먼저 전화로 이것저것 알아봐야 해. 만일 변사라면, 반년 이상이 지났으니 병리학자들에게도 정확한 사망 원인을 밝혀내는 게 쉬운 일은 아닐 게야."

"어떻게 그런 일을 얼렁뚱땅 넘어갈 수 있어요." 율리아는 분격했다. "경찰이라고 하는 사람들이 무능력하거나 게으른 탓에, 해마다 얼마나 많은 살인사건이 그런 식으로 유야무야 넘어가겠어요? 저는 그런 걸 이해할 수 없고 또 앞으로도 절대 이해하지 못할 거예요."

"흥분하지 말라고. 다행히도 자신의 직업을 진지하게 여기는 의사들이 있잖은가. 그 닥터 외크찬 아니었으면 우리가 어떻게 그런 사실을 알 수 있었겠나."

"좋아요. 지금 당장 쇠나우 부인에게 전화해 보고 결과를 알려드릴게요. 그리고 잊어먹기 전에 말씀드리는데, 심리학자 슈나이더 박사의 도움을 요청하면 어떨까요?"

"괜찮은 생각이야. 내일 아침 곧바로 슈나이더 박사에게 연락하지. 두고 보자고, 그 사람이 우리를 위해 시간을 내줄지."

율리아는 수화기를 내려놓았다가 금방 다시 들고는 비비엔 쇠나우의 전화번호를 돌렸다. 쇠나우 부인은 신호음이 세 번 울리자 전화를 받았다.

"쇠나우입니다."

"쇠나우 부인, 저는 뒤랑입니다. 부인을 오래 방해하지 않겠어요. 한 가지 물어볼 게 있어요, 토르스텐 하우저라는 이름을 들어본 적이 있으세요?"

"토르스텐 하우저요?" 되묻는 비비엔의 목소리에서 놀라는 기색이 느껴졌다. "물론 알죠. 아니, 과거에 알았었다고 말하는 편이 더 맞겠죠. 이 세상 사람이 아니거든요. 그런데 왜……?"

"그 사람과 어느 정도 아는 사이였죠?" 율리아는 비비엔 쇠나우의 질문에는 대답하지 않고 물었다.

"우리 교회 신도였어요. 그 사람이 죽었을 때 우리 모두 무척 놀랐어요. 저는 여러 모임을 통해 그 사람을 알게 되었어요."

"하우저 씨의 직업이 뭐였는지도 아시겠군요?" 율리아는 퍼뜩 뇌리를 스치는 직감을 쫓아 물었다.

"생물학자이고 화학자였어요. 그 분야에서는 꽤 알아주는 사람이었죠. 책도 여러 권 썼고 전문가들 사이에서는 실제로 매우 유명했어요."

"생물학자이고 화학자였다고요." 율리아는 조그맣게 중얼거리고는 다시 말했다. "감사합니다, 쇠나우 부인. 많은 도움이 되었어요."

"천만의 말씀이에요. 그런데 왜……, 두 사건과 무슨 연관관계가 있나요?"

"아직은 말씀드릴 수 없어요. 이미 말했듯이, 부인의 말씀이 많은 도움이 되었어요. 되도록 편안한 밤을 보내시길 바랍니다."

율리아는 수화기를 내려놓고 잠시 마음을 정하지 못한 채 어정쩡하게 방 안에 서 있었다. 그러다 창가에 다가가 밖을 내다보았다. 5분 후 전화기로 돌아가 베르거의 전화번호를 돌렸다.

"그 남자는 엘로힘 교회 신도였어요. 그 남자 직업이 뭐였는지 궁금하지 않으세요?"

"뭐였는데?" 베르거가 성급하게 물었다.

"생물학자이고 화학자였어요. 그것도 상당히 유명한 사람이었던 모양이에요. 뭔가 감이 잡히지 않을지 한번 두고 보자고요."

"여기서 실마리를 찾을 수도 있을 게야. 관을 열어 시신을 부검할 수 있도록 오늘 당장 모든 조치를 취해야겠어. 수상한 냄새가 나는군."

"제 생각도 그래요. 내일 뵐게요." 율리아는 전화를 끊고 만족한 표정으로 고개를 끄덕였다. 쇼핑백을 식탁 위에 올려놓고 물건을 꺼냈다. 우유와 살라미를 냉장고에 넣고는 침실에 가서 옷을 벗고 알몸으로 욕실에 들어갔다. 수도꼭지를 틀어놓고 다시 거실로 가서 텔레비전을 켜고 채널을 뉴스에 맞추었다. 유명한 프랑크푸르트 은행가의 미스터리한 사망 소식이 보도되었다. 율리아는 리모컨을 탁자에 내려놓고 몸을 돌려서 냉장고의 맥주 캔을 꺼내 들고는 물이 반쯤 찬 욕조 안에 들어갔다. 맥주 캔을 욕조 가장자리에 세워놓고 그 옆에 담배를 놓았다. 물에 거품비누를 풀고 맥주를 한 모금 마시고 담배를 피웠다. 물이 넘치기 직전에 수도꼭지를 잠갔다.

율리아는 눈을 감고 그날 하루를 되돌아보았다. 라우라 핑크와 그녀의 아버지, 비비엔 쇠나우와 예시카 바그너, 베르거와의 통화에 대해 생각했다. 오래 생각할수록, 그로스부르크베델의 사망자가 지금의 살인사건들과 연루되었다는 확신이 굳어졌다. 7시 직후 율리아는 욕조에서 나와 몸을 닦고 데오도란트를 뿌리고 탐스러운 검은 머리카락을 빗었다. 속옷을 새로 꺼내 입고 짧은 반바지와 티셔츠를 걸치고 천 운동화를 신었다. 가볍게 화장을 하고는 마지막으로 한 번 더 거울을 보고 텔레비전을 끄고 가방을 들고 집을 나섰다. 프랑크에게 짧게 전화해서 몇 분 후 도착할 거라고 말했다. 그리고 헬머 부부와 함께 즐거운 저녁 시간을 보내길 바랐다.

오후 7시 30분

율리아는 곧바로 건물 진입로로 들어서서 프랑크의 BMW 바로 뒤에 주차했다. 차에서 내려 초인종을 울리자, 프랑크가 문을 열었다.

"어서 와요. 집 밖의 베란다에 앉을 자리를 마련해놨어요. 그릴이 벌써 뜨겁게 달아올랐고, 스테이크는 목구멍으로 넘어가기만을 학수고대하고 있어요." 프랑크가 빙긋이 웃으며 율리아를 반겼다.

"나 때문에 괜히 수선떨 필요 없어요." 율리아가 말을 꺼냈지만, 프랑크는 즉시 말을 가로막았다.

"그릴 조금이 무슨 수선이라고 그래요. 뭐 마실래요? 물, 주스, 포도주, 맥주? 뭐든 다 있어요. 우선 좀 앉아요."

나딘 헬머가 노란색 커다란 정원용 의자에 앉아서 율리아 뒤랑을 바라보았다. 두 사람은 최소한 반년 이상 서로 얼굴을 보지 못했다. 율리아는 나딘에게 다가가 손을 내밀었다. 나딘은 마지막 만났을 때보다 훨씬 더 예뻐 보였다. 긴 머리카락이 어깨 아래로 치렁치렁 내려왔으며, 얼굴 생김새가 한결 더 여성스럽고 매력적인 인상을 풍겼다. 커다란 갈색 눈은 모든 것을 받아들이는 듯 보였고, 피부는 살짝 그을려 있었다. 흰색 탱크톱과 흰색 짧은 반바지 차림이었으며 맨발이었다. 늘씬하게 쭉 빠진 두 다리는 다른 여자들의 부러움을 살만했고, 가느다란 손가락은 유리컵을 들고 있었다. 길거리에서 마주쳤다면 틀림없이 모든 남자가 돌아보았을 여자. 그 여자가 발휘하는 광채를 능가할 여자는 거의 없을 듯 싶었다. 외모, 몸매, 다정하고 부드러운 목소리, 몸을 놀리는 자태, 모든 게 조화를 이루었다. 그 순간 율리아는 나딘을 아주 조금 닮고 싶은 욕망을 느꼈다.

"안녕하세요, 초대해줘서 고마워요."

"천만에요." 나딘은 유리컵을 테이블에 내려놓고 몸을 일으켰다. "항상 진심으로 환영해요. 여기가 뒤랑 씨 자리예요." 나딘은 자신 옆의 의자를 가리키며 말했다. "오늘은 프랑크가 그릴 담당이에요. 저이도 한 번쯤은 조용히 뜨거운 열기 속에 앉아 있어도 돼요. 여보, 그래도 괜찮지?" 나딘이 빙그레 웃으며 물었다.

"그럼, 괜찮고말고. 자, 이제 뭘 하지. 율리아, 뭐 마실래요?"

율리아는 자리에 앉으며 말했다. "물. 좀 전에 벌써 맥주를 마셨거든요. 그리고 이따 운전도 해야 하고."

프랑크는 아이스박스에서 물병을 꺼내어 컵에 따랐다. 테이블 위에 반쯤 남은 맥주잔이 있었고, 나딘 앞에는 포도주잔이 놓여 있었다.

"그런데," 프랑크는 스테이크를 다섯 조각 전기그릴 위에 올려놓으며 물었다. "오늘 오후에 무슨 성과 있었어요?"

"조금." 율리아는 테이블 위의 컵을 들며 말했다. 여전히 후덥지근하게 짓누르는 더위 속에서 물컵의 서늘함이 상쾌하게 느껴졌다.

"편하게 이야기해도 돼요. 나딘도 이번 사건에 대해 알고 있으니까."

그러면 안 되지, 프랑크 헬머! 율리아는 속으로 생각하며 물을 한 모금 마셨다. 우리 내일 이 문제에 대해 이야기하자고요!

"바그너에 이어 쇠나우 부인을 만난 건 알고 있겠죠. 결과는 신통치 않았어요. 그런데 집에 도착해서 사무실에 전화했다가 반장님에게 놀라운 이야기를 들었어요. 그 직전에 하노버 근처의 한 의사가 전화해서, 반년 전 유명한 생물학자이고 화학자인 어떤 남자가 사망한 사건이 있었다고 말했다는 거예요. 그런데 그 의사가 보기에는 분명히 변사였대요. 그 죽은 남자가 어떤 종파에 속했는지 알아맞혀 봐요."

프랑크는 그릴집게를 손에 든 채로 몸을 돌려 율리아를 보았다. "어서 말해요, 혹시 엘로힘 교회?"

율리아는 고개를 끄덕였다. "맞아요. 게다가 쇠나우 부인도 그 죽은 남자를 알더라고요. 그 남자가 그 교회 신도였다는 것도 쇠나우 부인이 알려줬어요."

"그 의사는 뭐랍니까. 그 죽은 남자 이름이 뭐죠……? 그러니까 그 의사는 사망 원인이 뭐래요?"

"하우저. 그 의사가 그날 마침 당직이었는데, 바늘에 찔린 부위 주변에서 가벼운 조직괴사를 확인하고 사망진단서에 '사망 원인 불분명'이라고 기록했대요. 게다가 하우저는 로젠츠바이크처럼 당뇨병 환자였다나 봐요. 그 의사는 하우저의 사망 원인이 독극물일 거라고 추정했지만, 우리의 친애하는 니더작센 동료들은 사망 원인이 급성심부전이라고 주장했어요. 어쨌든 그 당시 경찰 측에서는 변사가 아니라는 걸 밝히기 위한 아무런 조치도 취하지 않았다는군요. 관을 열어서 한 번 더 철저하게 검시할 예정이에요."

"와우, 대단하군! 그런데 그게 우리의 살인사건과 무슨 연관이 있죠?"

"그거야 간단하잖아요. 같은 종파. 어쩌면 그 경우에도 인슐린의 독일 수 있어요." 율리아는 어깨를 으쓱했다. "내 생각에는 범인의 흔적이 교회의 심장부로 직통하고 있어요. 그리고 하우저가 다름 아닌 생물학자이고 화학자였다는 사실이 특히 수상해요."

"어째서?" 프랑크는 다시 그릴 쪽으로 몸을 돌려 스테이크를 뒤집고는 테이블에 다가와 그 사이 뜨뜻해진 맥주를 마셨다.

"그러니까 하우저도 독에 대해 잘 알았을 거라고 가정할 수 있어요. 게다가 그 물질들에 정통해서 독을 각기 구성성분으로 분해할 수 있었을 가능성도 많죠. 나는 하우저를 실마리로 삼아서 거기서부터 프랑크푸르트로 추적해야 한다고 생각해요."

프랑크는 의자에 앉아 시선을 아내에게서 율리아에게로 옮겼다. 그리고는 한 손으로 턱을 가볍게 쓰다듬으며 말했다. "그 가설이 맞는다고 한다면, 하우저가 독을 각기 독소로 분해해서……." 프랑크는 고개를 가로저었다. "그 이상은 모르겠군요. 쓸데없는 생각이에요."

"아니, 쓸데없는 생각이 아냐." 나딘이 의견을 말했다. 몸을 앞으로 숙이고서 맨살이 드러난 허벅지에 두 팔꿈치를 괴고 두 손을 한데 모으고 있었다. "잘 들어봐, 하우저가 독 전문가였다고 가정해보자고. 그는 예를 들어 뱀독에서 중요한 성분들을 추출할 수 있었어. 어떤 독소들은 덜 위험하지만, 반대로 그만큼 더 위험한 독소들이 있어. 누군가가, 어쩌면 여자일 수도 있겠지, 그의 능력에 대해 알고 그에게 접근했어. 사랑에 빠진 척 굴면서 몇 번 함께 자고는 독에 대해 설명해줄 수 있느냐고 물었어. 그러자 하우저는 선선히 설명해주었어. 그 여자는 하우저를 독으로 죽인 데 이어서 그의 독을 조금 훔쳤어. 그리고 그 여자가 지금 프랑크푸르트에 있는 거지."

"어떻게 독에 대해 그리 잘 알아요?" 율리아는 놀라서 물었다.

"우리 아버지가 뱀 애호가예요. 뱀을 여러 마리 기르시는데 물론 독뱀은 없어요. 그런데도 무엇이 뱀을 그렇게 매혹적으로 만드는지 예전에 귀에 못이 박이도록 들었어요. 그중 몇 가지는 기억에 남아 있고요. 그리고 뒤랑 씨, 내 이름은 나딘이에요. 우리 고리타분하게 서로 말을 높이는 건 인제 그만 하죠. 얼추 비슷한 나이잖아요. 왠지 조금 고리타분하게 생각돼요."

"오케이, 율리아라고 불러요. 난 사람들하고 반말하는 게 어렵지만, 이번엔 좋아."

잠깐 침묵이 흐른 후, 프랑크가 말했다. "나딘의 말을 다시 생각해보자고요. 지금까지 우리는 범인이 여자일 거라는 가정에서 출발했어요." 프랑크는 회의적인 표정으로 나딘을 바라보며 말했다. "하우저 같은 남자가 정말로 그렇게 호락호락 넘어갔을 거라고 믿어? 율리아의 말이 맞는다면, 어쨌든 평범한 사람은 아니었던 듯싶은데."

나딘 헬머는 까르르 웃었다. 웃음소리가 따사하고 부드럽게 들렸다. "당신네 남자들은 정말로 단순해. 좀 예쁘장하고 매력적인 여자가 엉덩이를 흔들며 옆을 지나가기만 하면 아랫도리가 금방 요상하게 굴잖아. 우리가 지금 이야기하는 미지의 여인이 실제로 예쁘고 지적이고 매력적이라면 어쩔 거야? 그 여자가 미소를 짓거나 조금 애교를 부리면, 제아무리 완강한 남자라도 손에 든 밀랍처럼 흐물흐물 거릴걸. 여자들이 어떻게 작전을 펼치는지 당신은 아직 전혀 모르나 보지. 당신네 남자들은 여자들의 어디를 봐? 내가 장담하는데, 남자들에게 중요한 건 가슴 크기가 적당한지, 엉덩이가 제대로 탄력이 있는지, 그런 것뿐이라고. 그렇다고 당신이나 남자들을 비난하려는 건 아니야. 원래 그렇게 타고난 걸 어쩌겠어. 당신네가 맨 마지막으로 주목하는 건, 여자들도 충분한 지성을 갖추고 있을까 하는 문제지. 하지만 별로 밖으로 드러나지 않는 지성과 미모가 조합되면, 특히 순진한 척 살짝 눈을 깜박이는 것과 짝을 이루면, 당신네 남자들은 전혀 승산이 없어. 내 말 맞지, 율리아?"

율리아는 씩 웃으며 고개를 끄덕였다. "그런 거 같아."

"하하하." 프랑크가 자리에서 일어나며 말했다. "우리 미련한 남자들이 어떻다고? 하지만 당신네 여자들이 생각하는 거만큼 우리가 미련하지는 않아……."

"아니, 그렇게 미련하지 않을지는 모르지만 여자들의 보디랭귀지에 걸려들 만큼 단순하다니까. 다만 나는 하우저의 경우에 그랬을지도 모른다는 말을 하고 싶었을 뿐이야. 그 사람, 결혼은 했었대?"

율리아는 나딘을 바라보며 말했다. "몰라, 하지만 결혼했지 않았을까. 내일 알 수 있을 거야."

"상관없어. 결혼했든 안 했든 크게 다르지 않을걸."

"맞아." 율리아는 신중하게 말했다. "그건 사실 중요하지 않아. 그런데 청자고둥이 이해가 가지 않아. 그 여자가 쇠나우에게는 살아 있는 청자고둥을 보냈어. 왜 비축해둔 독을 사용하지 않았을까?"

프랑크가 두 여자에게 등을 돌린 채 말했다. "나딘이 적절하게 말했듯이, 아주 지적인 여자일 수 있어요. 희생자 둘은 인슐린에 독을 섞는 아주 간단한 방식으로 처치했죠. 세 번째 희생자는 심장병을 앓고 있는데다가 수족관을 소유하고 있으니 고둥을 선물하는 걸로 충분했거든요. 어쨌든 미련한 여자는 아닌 겁니다."

"범인이 정말로 여자일까요." 율리아가 담뱃불을 붙이며 말했다. "그렇다는 결정적인 증거를 확보하지 못했잖아요."

"좋아요, 하지만 99퍼센트는 확실해요. 다만 살인 동기가 아직 오리무중이라는 거……."

"그리고 범인을 교회에서 찾아야 하는지 아니면 교회와는 아무 관련이 없는지도 아직 모르고 있어요. 혹시 예전에 언젠가 교회와 관련이 있었는데 교회에서 환멸을 맛본 사람이 아닐까요. 이제는 오로지 복수심만이 남았을 정도로 굴욕을 맛보았을지도 모르죠."

"어쨌든 지난 며칠 동안 우리는 그 교회에서 무척 매력적인 여자를 몇 명 알게 되었어요. 로젠츠바이크 부인, 쇠나우 부인, 라이히, 게다가 그다지 매력적이진 않지만 나름대로 인상적인 핑크도 있죠." 프랑크가 말했다. "그 여자 중 누군가가 과연 살인과 관계 있을까……. 나는 그럴 거 같지 않아요."

"아 참, 지금 생각났는데," 율리아가 말했다. "일요일 아침에 같이 교회에 가보죠. 자세히 살펴봐야겠어요."

"일요일 아침에?" 프랑크가 내키지 않는 표정으로 물었다. "아침 언제요?"

"집회가 9시에 시작해서 12시까지 계속된대요."

"젠장, 왜 하필 일요일이야. 하지만 꼭 가야 하겠죠?"

"여보, 교회가 어떻게 생겼는지, 살면서 한 번쯤 봐두는 것도 당신에게 나쁘지 않을 거야." 나딘이 놀리듯 말했다. "집에 돌아오면, 식탁에서 맛있는 음식이 당신을 기다리고 있을걸."

"알았어, 알았다고. 하지만 로젠츠바이크나 쇠나우, 하우저 이야기는 그만 하자고. 이제 먹자. 그 이야긴 이걸로 끝이야. 나딘, 샐러드 좀 가져오겠어?"

나딘은 일어나 부엌으로 갔고, 프랑크는 그녀의 뒷모습을 바라보았다.

"굉장하지 않아요? 우리 집사람!" 그러면서 목소리를 낮추어 말했다.

"이보세요, 운이 엄청 좋은 줄이나 아시라고요. 이 멋진 집만 해도……."

"샘나요?" 프랑크는 이렇게 묻고는 즉시 말을 이었다. "1년 전만 해도 이런 삶은 언감생심 꿈도 꾸지 못했어요. 하지만 인생이 그래요, 자신이 패배자 편에 설지 승리자 편에 설지 그 누구도 미리 알 수 없죠. 오랫동안 나도 내 인생에 볕 드는 날은 더 이상 오지 않을 줄만 알았어요. 그러다 나딘을 다시 만났죠. 정말 믿어지지 않는 우연이 나딘을 내게 데려다 주었어요. 아인슈타인이 뭐라고 말했더라, 신은 주사위를 던지지 않는다. 그게 정말 우연이었는지는 확실히 모르겠어요. 보이지 않는 힘이 관여한다는 생각이 이따금 들어요."

"운이 좋았죠. 그렇다고 샘나진 않아요. 다만 나도 좀 사는 게 나아지면 좋겠다는 생각은 이따금 드는군요. 하지만 아직 희망을 포기하진 않았다고요."

나딘이 샐러드 그릇을 가지고 돌아와 커다란 둥근 테이블에 내려놓았다. 그리고 샐러드를 접시에 담았고, 프랑크는 거기에 스테이크를 올려놓았다. 그들은 말없이 먹었고, 이윽고 나딘이 말했다. "방금 생각해보았는데, 나도 일요일에 같이 교회에 가면 안 될까? 내가 혹시 도움이 될지도 모르잖아. 눈 네 개보다는 여섯 개가 나아."

율리아가 씩 웃으며 말했다. "나는 반대하지 않아. 다만 살인사건과 관련해서 사람들에게 묻지는 마. 그건 나하고 프랑크에게 맡겨."

"맹세해." 나딘은 스테이크 한 조각을 잘라서 칠리소스에 찍어 입속에 넣었다.

그들은 이야기를 나누고 간간이 침묵을 지키는 것으로 남은 저녁 시간을 보냈다. 10시가 조금 넘어서 프랑크가 말했다. "우리 한 바퀴 수영하면 어떨까?"

"난 수영복이 없는데." 율리아가 아쉬워하며 말했다.

"괜찮아." 나딘이 말했다. "분명 어딘가 율리아에게 맞는 게 있을 거야."

자정을 조금 앞두고 율리아는 헬머 부부와 작별인사를 했다. 자동차에 앉아서 집을 향하는데, 정말 오랜만에 기분이 좋았다. 그날 저녁이 특별했던 건 아니었지만, 율리아는 사소한 일에서 행복을 느낄 때가 많았다.

오후 8시 45분

그들은 그리스 식당에서 만나 식사를 하고 함께 그의 집으로 갔다. 그는 5층짜리 건물의 어마어마하게 비싼 복층식 집에서 살았다. 그 건물 주민 가운데 세 사는 사람은 아무도 없었으며, 일부는 집값을 1제곱미터 당 6천 마르크 넘게 지불했다. 그의 집은 180 제곱미터로 그 건물 안에서 가장 넓었고, 아래층은 대부분 넓은 거실로 이루어져 있었다. 특히 벽에 부착된 플라스마 텔레비전과 푸른색 뱅앤올룹슨 오디오, 그리고 얼마 전에서야 새롭게 발견된 터너(조지프 말로드 윌리엄 터너. 19세기 영국 최대의 풍경화가 —역주)의 그림 두 점이 눈에 뜨였다. 2년 전, 그는 런던의 한 경매장에서 그 그림들을 구입했다. 푸른색 소파 하나와 거기 딸린 안락의자 두 개, 카라라(이탈리아 북서부에 위치한 도시로 품질이 아주 뛰어난 대리석이 생산된다. 미켈란젤로를 비롯한 많은 조각가가 그 대리석을 이용해 작품을 제작했다. —역주)산 대리석을 유리로 덮은 둥근 탁자가 거실 한복판을 차지했다. 다양한 푸른 색조들이 어우러진, 촘촘하게 짜인 페르시아산 비단양탄자가 마룻바닥 일부를 덮었다.

거실에 인접한 주방은 정방형이었고, 한가운데에 개수대와 조리대가 있었다. 그 위에는 회전 가능한 둥근 회전 장치가 부착되어 있어서, 마늘과 황동 색깔의 냄비와 프라이팬이 거기 걸려 있었다. 목조 계단이 아래층과 위층을 이어주었고, 난간은 매끄럽게 윤 나는 강철로 이루어져 있었다. 위층에는 반들반들한 검은색과 흰색이 어우러진 호화스런 욕실이 있었다. 월풀이 설치된 둥근 욕조, 잘 눈에 뜨이지 않게 자리 잡은 변기와 비데, 약 2미터 크기의 거울. 열 개의 할로겐램프가 거울에 부착되어 있었고, 거울 아래에는 화장품을 충분히 놓을 수 있는, 마찬가지로 2미터 너비의 대리석 판과 대리석 세면대가 있었다. 욕실 옆에는 3×3미터 크기의 침대와 유리 천장이 있는 침실이 위치했다. 침실 바닥에는 짙푸른 색의 양탄자가 깔려 있었다. 침실 맞은편에 손님방이 있었지만, 거의 사용한 적이 없었다. 혼자 사는 데다가 항상 그 집에 머무는 것이 아니었기 때문이다. 젊은 스페인 여자가 일주일에 세 번 와서 집을 청소했다.

그는 바에서 병과 유리잔 두 개를 가져왔다. 유리잔에 얼음을 넣고 몰트위스키를 따랐다. 함께 온 여자에게 유리잔 하나를 건네고 그 여자를 위해 건배하고 자신의 잔을 단숨에 쭉 들이켰다. 젊은 여자가 위스키를 홀짝거리는 동안, 그는 다비도프에 불을 붙이고 다시 잔에 술을 따랐다.

"자기, 이제 우리 뭐 할까?" 그는 소년처럼 씩 웃으며 물었다. 지금까지 그 미소에 넘어간 여자가 한둘이 아니었다. "밥도 먹었겠다 술도 마셨겠다 이제 남은 건 하나밖에 없네." 그는 바싹 가까이 다가와 여자의 눈을 깊이 응시했다.

"이보세요," 그녀의 눈이 짓궂게 번득였다. "그러면 이제 뭐가 남았는데요?"

"위층으로 올라가자고. 내가 알려줄게."

"괜찮으면, 그 전에 몸을 좀 씻고 싶어." 그녀는 등받이 없는 의자에서 일어나 구두를 벗고 가방을 들고 위층으로 올라갔다. 그는 그녀의 뒷모습을 바라보았다. 부드러운 리듬에 맞추어 엉덩이를 요리조리 흔들며 하늘하늘 옮기는 발걸음과 햇볕에 그을린 거의 완벽한 두 다리를 눈으로 좇았다. 그 사뿐한 걸음걸이는 아무도 흉내 내지 못할 것이었다. 그는 잔을 비우고 다시 채웠으며, 그녀가 욕실에서 돌아오기 전에 또다시 잔을 비웠다.

원피스를 벗은 여자는 이제 손바닥만 한 푸른색 실크팬티와 가슴을 가릴까 말까 한 푸른색 브래지어만 걸치고 있었다. 그는 시선을 들어 그녀를 훑어보았다. 나무랄 데 없이 완벽하고 환상적인 몸매는 번번이 그를 매료시켰다. 그는 그녀와 함께 있으면 절대 질리지 않았으며, 그녀도 자신만큼 함께 있는 자리를 즐기는 걸 알고 있었다. 그녀는 걸음을 멈추고 난간에 기댄 채, 조롱하는 듯하면서도 도발적인 시선으로 그를 내려다보았다.

"이리 올라올 거야?" 그녀는 교태부리는 목소리로 물었다. "이제 유희할 때가 된 거 같은데."

그는 고개를 끄덕이고 위층으로 올라갔다. 그녀의 등을 살짝 어루만지고 그녀의 검은 머리카락에 코를 박았다. 그는 그 머리 냄새가 정말 좋았다.

"곧 돌아올게." 그는 이렇게 말하고 욕실로 사라졌다. 그녀는 담뱃불을 붙이고 침실에 들어갔다. 침대에 다리를 꼬고 걸터앉았다. 5분 후, 그는 욕실에서 돌아와 잠시 문에 서서 그녀의 몸을 훑어보았다. 그녀는 담배를 마지막으로 한 번 더 빨고 나이트테이블 위의 대리석 재떨이에 눌러 껐다. 그러고는 침대에 벌렁 드러누웠다. 두 팔을 뒤로 쭉 뻗고 두 다리를 살짝 벌린 채. 대부분 사람이 그렇듯이 처음에 그들은 애무했다. 서로 자극하고 서로 희롱했다. 그렇게 45분쯤 지났을 무렵, 그는 온몸이 구슬땀으로 뒤덮인 채 숨을 헐떡이며 말했다. "자, 지난번처럼 해줘. 수갑을 차고 싶어. 완전히 자기의 것이 되고 싶어. 자기 하고 싶은 대로 해. 자, 어서."

"절대 후회하지 않을걸." 그녀는 교태 어린 목소리로 말하고는 가방에서 수갑을 꺼내왔다. 그의 손목에 수갑을 채우고 침대머리의 쇠기둥에 수갑을 고정시켰다. 그의 눈을 가리고 베이비오일 병을 들어 그의 상체에 방울방울 떨어뜨리고 손으로 문질렀다. 잠시 기다렸다가 그의 위에 올라앉아서 그의 고환을 특별한 방식으로 마사지했다. 그의 얼굴이 일그러졌다. 그는 신음소리를 내뱉으며 수갑을 몇 번 잡아챘다. 그녀는 자신이 원하는 대로 그를 제압했으며 한 마디도 말하지 않았다. 오로지 두 손과 머리카락,

입만이 그의 몸 위로 미끄러졌다. 그 유희는 그가 지칠 때까지 두 시간 계속되었다. 그녀는 그의 안대를 풀어주고 다시 조금 조롱기 어린 눈빛으로 그를 바라보았다.

"어때," 그녀는 물었다. "만족해?"

"자기는 정말 대단해." 그는 혀 꼬부라진 목소리로 말했다. "이런 걸 어디서 배웠어? 내가 자기랑 하는 것에 비교하면 바닐라섹스(평범한 섹스를 일컫는다. —역주)는 정말 시시해."

그녀는 고개를 저으며 말했다. "자기야, 그게 아니지. 내가 자기랑 하는 거라고 말해야 맞지. 나 같은 사람을 또다시 만날 수는 없을걸."

"알아, 안다고. 그래서 자기를 실망시키지 않기 위해 최선을 다할 생각이야. 이제 날 좀 풀어줘. 손목이 아파."

"곧 풀어줄게." 그녀는 오른손 집게손가락으로 그의 배를 가볍게 스치며 말했다. 그는 움찔했다. "정말로 나하고 하는 게 그렇게 좋아? 솔직히 말해봐."

"그래, 왜 그런 걸 물어?" 그는 말했다. 이마에 땀방울이 맺혀 있었다.

그녀의 손가락이 다시 그의 배 위로, 가슴 위로 미끄러졌다. 그녀는 두 다리를 벌리고 그의 허벅지 위에 앉아 있었다. 그녀의 다른 한 손이 그의 아랫도리를 쓰다듬었다.

"그럼 나 말고 다른 여자는 없어?" 그녀는 물었다.

"없어. 무엇 때문에 내게 다른 여자가 있겠어? 자기 하나밖에 없어. 제기랄, 이 장난은 뭐야?" 그는 발끈 화를 내며 물었다.

"자기가 내게 진실을 말하는지 확인하고 싶을 뿐이야. 알잖아, 나는 원하면 자기를 죽일 수도 있어. 자기도 샤론 스톤과 얼음송곳 나오는 영화 알지. 그 영화 제목이 아마 원초적 본능이었을걸.

그리고 자기는 아무 저항도 할 수 없어." 그녀는 소리 죽여 말했다. 목소리에 은근히 위협이 배어 있었다. "정말 다른 여자 없어? 자기가 내 전화를 받지 않거나 아니면 내가 몇 번이나 메시지를 남겼는데도 자기가 그 메시지를 묵살할 때가 있는데, 그럴 때마다 도대체 뭐 하는 거야? 어서 말해."

"당신도 알잖아. 내가 바쁘다는 거……."

"그러면 자기 고환이 팽팽하게 불면 어떻게 해? 다른 여자, 젖통이 크고 엉덩이가 빵빵한 금발머리 여자하고 자? 아니면 화장실 문을 걸어 잠그고 혼자 해결해? 말해 봐, 어떻게 하는지?"

"맙소사, 갑자기 왜 이래? 오늘 화나는 일 있었어?"

"아니, 자기가 버둥거리는 걸 보는 게 재미있을 뿐이야. 그게 다야. 하지만 한 가지는 말해둘게, 만일 우리 사이에 다른 여자가 끼어 있고 자기가 날 속인 걸 알게 되면, 사태를 명확히 하기 위해서 자기를 죽여 버릴 거야."

"이봐, 미쳤어? 이게 무슨 허튼소리야?"

"자, 안심해." 그녀는 나이트테이블 위에 놓인 열쇠를 들고 수갑을 풀었다. "우리 유희를 한 번쯤 좀 색다르게 연출할까 생각했을 뿐이야. 걱정할 필요 없어. 전부 다 농담이었어." 그녀는 웃으며 말했다.

그는 일어나 앉아서 캐묻는 듯한 눈빛으로 그녀를 바라보며 손목을 문질렀다. "빌어먹을, 왜 그렇게 사람을 겁줘?"

"상대방이 진지한지 아닌지 속수무책으로 갈피를 잡지 못할 때의 느낌이 어때? 아드레날린이 줄줄 몸속을 타고 흐르고 심장이 미친 듯이 뛰고 어린 시절이나 젊은 시절의 생각들이 쏜살같이 머릿속을 지나? 어떤지 말해봐."

"묘해." 심장박동이 진정되는 동안 그는 말했다. "무슨 생각인지 미리 말해줄 수도 있었잖아. 난……."

"아마 갓 태어난 아기보다 더 무력했을걸. 나도 알아. 다시는 그런 짓 안 하겠다고 약속할게. 맹세해. 왜 내가 자기를 죽이려고 하겠어? 자기 같은 사람은 두 번 다시 만나지 못할 거야. 우리 둘은 거의 완벽하게 서로 보완한다고 생각해. 그렇게 생각하지 않아?" 그녀는 잠깐 말을 멈추고 이마의 머리카락을 쓸어 올렸다. 그리고는 뭐라고 형용할 수 없는, 거의 우울한 눈빛으로 그를 바라보며 말했다. "정말로 나를 사랑해?"

"잘 알잖아."

"최근에는 자기에게서 그 말을 듣지 못했어."

"내가 보여주는 걸로 충분하지 않아?"

"그러니까 선물 같은 거 말이야?" 그녀는 어깨를 으쓱하고 책상다리를 하고 앉아서 두 손을 깍지 꼈다. "선물들은 근사하고 간혹 기발할 때도 있어. 하지만 나도 돈은 벌 만큼 벌어. 물론 자기처럼 많지는 않지만 살기는 나쁘지 않아."

"자기는 나를 사랑해?" 그가 물었다.

"자기도 그런 걸 물으니까 기분이 묘하네. 사랑은 정말로 어떤 걸까, 늘 궁금한 생각이 들어. 그거에 대해 생각하면 생각할수록 더 대답을 모르겠어. 나는 자기가 좋아. 자기에게 자꾸만 끌려. 자기가 땀 냄새를 풍기며 자기만의 방식으로 나를 애무하고 삽입하는 게 좋아. 나는 자기의 많은 점이 좋아." 그녀는 고개를 갸웃 숙이고 입을 찡그리며 어깨를 으쓱했다. 그리고 신중하게 미소 지으며 말했다. "자기를 사랑하는지 솔직히 말해 잘 모르겠어. 그게 그렇게 중요해?"

그는 말했다. "먼저 물은 사람은 자기라고, 나더러 자기를 사랑하느냐고 물었잖아. 질투심에 눈이 멀어서는 내가 다른 여자를 만나면 죽여 버리겠다고 위협했어. 그래놓고는 자기가 나를 사랑하는 게 그렇게 중요하냐고 묻다니! 자신이 무슨 말을 하는지 알고나 있는 거야? 자기에게 나 말고 또 다른 남자가 있는지 누가 알겠어? 나와 연락이 닿지 않으면 당신이 다른 어딘가에서 기쁨을 누리는지 누가 알아?"

"미안해." 그녀는 사과하는 뜻으로 미소 지으며 말했다. 그 미소에 녹아나지 않을 사람이 없었다. "그런 뜻이 아니었어. 그래, 맞아. 질투가 사랑과 관련 있다면, 난 자기를 사랑하나 봐. 용서해 줘, 요즘 내 감정이 혼란스러운 거 같아. 그리고 아냐, 내 인생에 다른 남자는 없어."

"그럼 됐어." 그는 침대에서 몸을 일으켜 벽장을 열고 유리잔 두 개와 위스키병을 가져왔다. 유리잔에 술을 따라 그녀에게 술잔을 내밀었다. 그들은 마셨다.

"담배 한 대 줄 수 있어?" 그녀는 물었다. 그는 나이트테이블의 서랍을 열고 다비도프 갑을 꺼냈다. 그녀에게 가까이 다가가 옆에 앉아서 입에 담배를 물려주었다. 그는 옆에서 그녀를 바라보았고, 그녀는 고개를 숙이고 있었다. 그녀의 얼굴에 눈물이 몇 방울 흐르는 거 같았다. 그는 그녀의 턱을 잡고 얼굴을 돌려 그녀의 눈을 들여다보았다. 그것은 정말로 눈물이었다. 그는 그녀의 어깨에 양팔을 둘러 그녀를 꼭 껴안았다. 왜 갑자기 슬퍼하고 왜 우는지 묻고 싶었다. 그러나 뭔가가 묻지 못하도록 그를 가로막았다. 어쩌면 그녀의 입에서 나올 말들과 그 뒤에 이어지는 것들, 질문과 더 많은 눈물, 하지 못할 답변들이 두려웠을 수 있었다.

몇 초 후, 그는 포옹을 풀고 그녀의 담배에 불을 붙이고는 자신도 담뱃불을 붙였다. 그리고 그녀의 모습, 그녀의 머리카락, 조각가의 손길이 빚어낸 듯한 옆얼굴, 젖가슴, 두 다리를 연기 사이로 보았다. 그녀는 미인이었다. 열정적이고 거침이 없는 미인. 하지만 그날 저녁, 그는 처음으로 그녀의 열정이 두려웠다. 그녀가 자신의 이중생활에 대해 안다면 정말로 자신을 죽일 것인지 생각해 보았다. 그는 마음속으로 고개를 저었고 그 물음에 아니라고 대답했다. 그녀는 아니었다, 그녀는 사람을 죽일 타입이 아니었다. 그녀는 자신이 얼마나 멀리 갈 수 있을지 늘 정확하게 알고 있는 듯한 스타일, 냉정하게 계산하는 스타일이었다. 자기주장이 뚜렷했고 자부심이 특히 강했다. 그의 경험으로 보아서, 그런 여자들은 스스로를 엄청나게 잘 통제했다. 그녀는 자기 자신과 다른 사람들을 통제했다. 그가 그녀에게 그를 통제한다는 감정을 심어주는 한, 절대 잘못될 일이 없었다. 다만 허점을 보여서는 안 되었다. 그녀가 어떻게 반응할지 예측할 수 없었다.

3년 전 그녀를 알게 된 이후, 그녀가 자제력을 잃은 순간은 단 한 번도 없었다. 그런 순간이 오면 어떤 상황이 벌어질지 그는 상상이 가지 않았다. 마구 소리를 지르고 길길이 날뛰고 닥치는 대로 때려 부수고 그릇을 내던질까? 아니면 혹시……. 아니, 그럴 리 없어. 그는 그 생각을 금방 다시 밀어내었다. 그녀는 남달랐다. 운이 좋아야 인생에서 단 한 번 만날 수 있는 여자였다. 허구한 날 사심 없이 성심껏 남편에게 헌신하고 아이들을 희생적으로 사랑하는 것만으로 일생을 보내는 수백만 명의 다른 여자들과는 비교도 할 수 없는 여자. 집에서 날이면 날마다 지루하게 똑같은 일상을 반복하는 것 말고는 아무것도 모르는 여자들, 이따금 사악한 생각이 머릿속에 출몰하긴 하지만 절대로 실천할 용기는 없는 여자들, 왜 존재하는지 이유도 모르면서 그저 단순히 살아가는 여자들, 흥분되는 다른 삶을 남모르게 은밀히 동경하지만 그 소망을 행동으로 옮길 능력이 없는 여자들. 그는 그런 여자들은 이미 많이 사귀어보았다. 그래서 그녀가 자신에게 어떤 의미가 있는지 잘 알고 있었다. 그렇게 침착하고 한결같은 여자는 과거에 본 적이 없었다. 그녀는 그가 늘 침대에서 바랐던 여자였다.

"요즘 프랑크푸르트에서 발생하는 그 희한한 살인사건에 대해 어떻게 생각해?" 침묵으로 채워진 시간이 꽤 많이 지난 후, 그녀는 지나가는 말처럼 물었다.

"그 독살사건 말이야? 잘 모르겠어. 하지만 내 생각에는, 정신이상자, 정확히 말하면 천재적인 정신이상자가 아닐까 싶어. 천재성과 광기가 나란히 공존할 가능성이 많아. 그런 방법을 생각해낸 것만 봐도 그래! 다른 사람들은 어설픈 방법을 이용한다고. 권총이나 예리한 칼을 사거든. 하지만 그 남자, 그는 독으로 사람을 죽여. 어쨌든 능란한 방법이야."

"만일 살인범이 여자라면 어떨까?" 그녀는 담배를 눌러 끄며 물었다. "그러니까, 현재 언론들은 범인이 주로 여자일 거라는 가정에서 출발한다는 뜻이야."

"범인이 남자인지 여자인지는 아직 전혀 모르겠어. 살인은 어디까지나 살인이고, 여기에서 중요한 건 누가 어떻게 살인을 하느냐는 것이 아니라 살인을 한다는 사실 그 자체라고. 왜 살인을 하는지 그 동기가 흥미로울 거 같아. 또 살인범과의 대화, 살인범으로 하여금 앙심을 품게 만든 것, 그런 것들도 흥미롭지 않겠어. 그런데 왜 그런 거에 관심을 보이지?" 그는 물었다.

"그냥." 그녀는 어깨를 으쓱하며 말했다. "자기가 어떻게 생각하는지 알고 싶었을 뿐이야. 자기는 전문가잖아."

"난 전문가가 아니야. 적어도 그런 쪽의 전문가는 아니라고." 그는 씩 웃으며 말했다. "그런데, 지금 무슨 생각해?"

"난 그런 분야에 대해서는 완전 문외한이거든." 그녀는 시계를 힐끗 보았다. 12시 직전이었다. "이제 가야 할 거 같아. 내일은 일정이 빡빡해. 최소한 여섯 시간은 자고 싶어. 우리 언제 다시 만나지?"

"여기서 자고 가지 그래?" 그는 물었다.

"아냐, 오늘은 안 돼."

"어제도 안 되고 오늘도 안 되고 내일도 안 되겠지." 그는 기분이 상해서 말했다. "여기서 한 번도 잔 적이 없어. 왜 그래? 여기가 마음에 안 들어?"

그녀는 한 손으로 그의 얼굴을 어루만졌다. 두 눈에 다시 슬픈 빛이 어렸다. 그녀는 나지막이 말했다. "이곳이 얼마나 마음에 드는데. 하지만 그럴 수 없어. 이해해줘."

"내가 이해할 수 있도록 설명해봐."

그녀는 어깨를 으쓱하고 시선을 다른 데로 돌리며 말했다. "그냥 이대로 지내. 설명할 수 없어……."

"아냐, 원하면 설명할 수 있어. 자기 문제가 뭔지 내가 말할까? 자기는 여기서 밤을 보내는 걸 두려워하고 있어. 어떤 방식으로든 얽매이고 싶지 않기 때문이야. 당연히 여기서 자고 싶은 생각이 없겠지. 언젠가는 아예 여기서 살지 않겠느냐고 내가 물을지 모르니까. 당신 안의 뭔가가 얽매이는 걸 원하지 않고 있어. 우리가 처음 만난 순간부터, 나는 그걸 직감했어. 그리고 지금은 그렇다고 확신해. 유감이야."

그녀는 당혹스러운 미소를 지으며 그를 바라보았다. "아냐, 그렇지 않아. 언젠가는 여기서 밤을 보내고, 언젠가는 더 오래 머무를 거야. 하지만 지금은 안 돼."

"그 순간이 언제 오는데? 내년, 내후년, 10년 후?"

"가야겠어." 그녀는 일어서며 말했다. 그는 그녀의 손을 꼭 잡고 눈을 응시하며 말없이 그녀를 바라보았다.

"우리 언제 다시 만날까?" 그녀는 그의 손을 놓으며 말했다.

"일요일?"

"내일은 어때? 아니면 토요일은?" 그녀는 물었다.

"내일과 모레는 카를스루에의 누나에게 가야 해. 누나가 셋째를 임신했는데, 분만예정일까지 2주일밖에 남지 않았어. 그 전에 한 번 더 보고 싶거든."

"알았어, 그럼 주말에 다른 일을 계획해야겠어." 그녀는 욕실로 가며 말했다. 그녀는 욕실 문을 열어 두었고, 물소리가 그의 귀에 들렸다. 그는 침대에 누워 머리 위의 거대한 거울을 응시했다. 그리고 빙긋이 웃었다. 12시 10분, 그는 그녀를 아래층까지 배웅했다. 작별인사로 입을 맞추고, 그녀가 거리로 통하는 계단을 내려갈 때 뒤에서 손을 흔들었다. 그녀가 알파로메오에 올라타서 차 지붕을 열고 도로를 달려 내려가고 신호등 바로 앞에서 정차했다가 신호등이 파란불로 바뀌자 왼쪽으로 구부러지는 것을 지켜보았다. 그는 집 안으로 들어가서 엘리베이터를 타고 위층으로 올라가 위스키를 한 잔 더 마셨다. 오디오를 틀어서 베토벤을 몇 소절 듣고는 오디오를 다시 끄고 잠자리에 들었다. 온 방 안에 향긋한 냄새가 진동했다. 그녀의 향수, 그녀의 피부, 그녀의 머리카락 냄새가 났다. 그는 8시 반에 근무를 시작했다. 운이 좋으면, 일곱 시간은 잘 수 있었다.

금요일

오전 12시 45분

그녀는 힘든 하루를 보낸 탓에 지치고 피곤했다. 찌르는 듯한 메스꺼움이 살짝 느껴졌다. 탁자 위의 물건들을 치우고 욕실에 가서 얼굴을 씻고 이를 닦았다. 갑자기 구역질이 치밀어서 변기 뚜껑을 열고 토했다. 순간적으로 너무 힘들어서 두 눈에 눈물이 고였다. 두 손으로 위를 살짝 누르며 진정되기를 바랐지만, 다시 구역질이 치밀면서 걸쭉한 초록색 분비물을 토했다. 변기 물을 내리고 눈을 감자 작은 불꽃들이 눈앞에서 번쩍였다. 10분쯤 지나자 구토감이 사그라졌다. 그녀는 세면대로 몸을 돌려서 차가운 물로 입안을 헹구고 얼굴의 땀을 씻었다. 거울에 비친 자신의 모습이 늙었다는 생각이 들었다. 약장에서 약갑을 꺼내어 알약 하나를 물과 함께 삼켰다. 알약은 구역질을 잠재울 뿐만 아니라 잠도 푹 자게 해줄 것이었다.

그녀는 욕실을 나와 불을 껐다. 침대에 눕기 전에 일기장을 꺼내어 몇 가지 기록했다. 간신히 몇 줄 썼다. 일기장을 나이트테이블의 서랍 안에 도로 넣어두고 침대에 누워서 두 손을 배 위로 모은 채 천장을 응시했다. 자신의 인생에서 무엇이 잘못되었기에 아직 이렇게 젊은데도 늙어 보이는지 스스로에게 거듭 물었다. 전화벨이 울렸다. 하지만 그녀는 전화를 받지 않았다. 전화벨이 두 번 울린 후 자동응답기가 작동했다. 그녀는 누가 말하는지 듣지 않았다. 중요한 일은 아니었다. 지금 침대에서 일어나야 할 만큼 중요한 일은 없었다. 그녀는 소리 죽여 말했다. "하느님 아버지, 저를 도와주소서. 이 힘든 시기도 이겨내도록 저를 도와주소서. 아버지는 저를 위해 무엇이 옳은 일인지 아십니다. 오로지 아버지만이 저를 도와주실 수 있습니다. 저를 버리지 마소서. 아버지는 저를 도울 수 있는 유일한 분이십니다."

그녀는 옆으로 돌아누워서 이불로 몸을 감고 잠을 청했다. 얼마 동안 눈을 감고 누워서 지나가는 자동차 소리를 들었다. 어디선가 들려오는 음악소리. 그녀는 잠이 들었다.

2시 반에 그녀는 잠에서 깨어났다. 목이 칼칼하게 쉬어 있었다. 그녀는 자신이 또 비명을 지른 걸 알았다. 악몽. 어린 시절부터 악몽은 그녀를 놓아주지 않았다. 그리고 그녀는 악몽이 갈수록 더 끔찍해진다고 느꼈다. 그녀는 침대에서 일어나 주방의 물병을 침대로 가져왔다. 물병 뚜껑을 열고는 조금씩 마셨다. 목의 칼칼한 느낌이 차츰 누그러졌다. 그녀는 주변을 둘러보고 물병을 침대 옆에 내려놓고 다시 몸을 눕혔다. 잠들려고 애썼다. 서랍에서 발륨 병을 꺼내 다섯 방울을 약간의 물과 함께 삼켰다. 10분 후, 그녀는 잠이 들었다. 아침에 눈을 떴을 때, 종종 그랬듯이 마치 밤을 뜬눈으로 지새운 것만 같았다. 이따금 그녀는 이 삶을 증오했다.

오전 6시 50분

아침 햇살이 열린 창문을 통해 방 안을 비추었을 때, 율리아는 잠에서 깨어났다. 지난밤, 헬머 부부와 함께 늦게까지 시간을 보내고서 잠이 오지 않아 애를 먹었다. 몇 시간이나 눈을 붙였는지 알 수 없었지만, 분명 다섯 시간 이상은 아니었다. 집으로 돌아와 맥주를 한 캔 더 마시고 담배를 한 대 피우고 새벽 1시에 잠자리에 누웠다. 그리고 종잡을 수 없는 꿈들을 꾸었다. 그렇다고 잠에서 깨어나지는 않았지만 그 꿈들은 선명하게 기억에 남아 있었다. 아무런 연관관계가 없고 또 아마 아무런 의미도 없을 기이한 꿈들. 마우스를 클릭해서 등장인물들을 바꿀 수 있을 것만 같은 생생한 꿈들.

자명종 시계가 울릴 때까지 율리아는 10분 더 누워 있었다. 그러다 자명종을 끄고는 천천히 일어나 앉았다. 두 무릎을 세워 두 팔로 안은 다음 그 위에 머리를 올렸다. 고단하고 기나긴 하루가 기다리고 있었다. 많은 대화로 점철될 하루, 아마 기적 같은 우연이 일어나지 않는 한 로젠츠바이크와 쇠나우의 죽음에 대해 특별히 새로운 사실을 밝혀내지 못할 하루. 율리아는 오늘 그런 우연이 일어날 거라고 믿지 않았다. 그 하우저라는 사람에 대해 자세히 알아보고 검찰을 통해 검시를 시도할 것이었다. 하우저가 헤센이 아니라 니더작센에서 사망했기 때문에 쉬운 일은 아닐 터였다. 하지만 무덤을 파고 자연사인지 변사인지 확인해야 하는 부득이한 이유들이 있었다.

7시 10분, 율리아는 침대에서 일어나 창가로 다가가 밖을 내다보았다. 아침에는 아직 쾌적하고 선선한 산들바람이 살랑살랑 불었다. 마치 보이지 않는 손이 부드럽게 어루만지는 듯했다. 율리아는 잠시 그 바람결을 즐기고서 몸을 돌려 욕실로 갔다. 욕조 뒤편 구석의 작은 샤워기 아래 서서 미지근한 물을 2분 동안 몸에 흘려보냈다. 수건으로 몸을 닦고 알몸으로 거울 앞에 서서 젖은 머리카락을 빗고 헤어드라이어로 말리고 이를 닦았다. 속옷을 새로 꺼내 입고 청바지와 거기에 어울리는 푸른색 블라우스를 입고 흰색 천 운동화 속에 맨발을 밀어 넣었다. 메이크업을 살짝 하고 립스틱을 엷게 바르고 살리마 향수 두 방울을 목에 뿌린 후 주방으로 갔다. 젊은 시절부터 쓰던 작은 휴대용 라디오를 켜고 인스턴트커피를 타려고 물을 올려놓았다. 콘플레이크를 무슬리 그릇에 담고 설탕과 우유를 조금 뿌려서 먹기 시작했다. 그리고 주로 정치 소식을 전하는 단신 뉴스를 들었다. 일기예보는 30도에 가까운 무더운 날씨를 예고했다. 하지만 오후에 국지적으로 강력한 천둥 번개를 예상해야 했으며, 그 후에는 좀 더 선선하고 습한 기단이 서쪽으로부터 독일로 몰려온다는 것이었다.

그렇담 기다려 봐야지, 율리아는 콘플레이크의 마지막 한 숟가락을 떠먹으며 생각했다. 그러고는 등을 뒤로 기댄 채 아직 뜨거운 커피를 천천히 마셨다. 커피잔을 식탁에 내려놓고 골루아를 꺼내 불을 붙였다. 잠을 조금 잤는데도 기분이 상쾌했다. 8시 20분 전, 담배를 눌러 껐으며 가방을 들어 내용물을 잠깐 점검하고서 집을 나섰다. 우편함에 프랑크푸르터 룬트샤우(프랑크푸르트에서 발행되는 독일의 저명 일간지 —역주)가 들어 있었다. 율리아는 신문을 팔 아래 끼고서 자동차로 향했다. 8시 10분 전, 경찰청 뜰에 도착했다. 프랑크의 BMW와 페터의 알파 로메오가 이미 주차돼 있었다. 율리아는 빠른 걸음걸이로 경찰청 뜰을 가로질러 위층으로 올라갔다.

오전 8시

프랑크와 페터는 각자 책상에 앉아 있었고, 베르거는 통화 중이었다. 그는 율리아에게 가까이 오라고 손짓했다. 율리아는 의자에 앉았다. 베르거는 "네"라고 말한 뒤, 이어서 "감사합니다"라는 말로 통화를 끝냈다.

"일단 좋은 아침일세." 베르거는 팔꿈치로 책상을 괸 채 율리아를 바라보며 말했다. "방금 검찰하고 통화했네. 검찰은 하우저 일로 어제저녁 벌써 하노버에 연락을 취했어. 그쪽에서 수선스러운 절차 없이 시신을 검시하도록 내주겠대. 그것만 해도 대단하지?"

"결과가 속 빈 강정이 아니기만 바랄 뿐이죠. 만일 그렇게 되면 우리 꼴이 우습게 되지 않겠어요." 율리아는 커피를 따르며 말했다. "다른 한편으로는 이게 우연이 아니라는 생각이 들어요. 너무나 많은 것이 맞아떨어지거든요. 같은 교회 신도, 로젠츠바이크와 같은 당뇨병 환자, 그리고 화학자이고 생물학자였어요. 어제저녁에도 벌써 말씀드렸지만, 어쩌면 여기서 단서를 발견할 수 있을 거 같아요."

프랑크와 페터가 책상 앞으로 걸어 나와 율리아와 베르거 옆에 앉았다.

"그리고 그 의사……. 이름이 뭐였죠?"

"외크찬."

"그 닥터 외크찬이라는 사람에 대해 뭐 아시는 거 있어요? 그 당시 어떻게 변사일지도 모른다는 추측을 하게 되었대요? 그 사람하고 한 번 더 통화하셨어요?" 율리아는 물었다.

"내가 어제저녁 한 번 더 전화했네." 베르거가 등을 뒤로 기대며 말했다. "원래 터키에서 태어났고 60년대 말과 70년대 초에 독일에서 의학을 전공했다는구먼. 그 후 5년 동안 아프리카 정글 속의 병원에서 일했어. 그 사람 말로는, 거기서 뱀독에 쏘인 환자들을 자주 진료했다는 게야. 그 시기에 많은 경험을 쌓았는데, 하우저에게 불려갔을 때 즉시 아프리카 시절이 생각났대. 어떤 뱀독이 하우저와 관련 있을 거 같으냐고 물었지만, 외크찬은 내 말을 가로막고서 많은 뱀독이 문제 될 수 있다고만 말하더라고. 게다가 그런 식의 부종과 조직변화 내지는 피하출혈을 야기할 수 있는 특정한 전갈류도 있다는군. 하지만 심한 괴사를 유발하는 독만은 분명하게 제외했어. 하우저의 경우에는 주삿바늘에 찔린 부위 주위에서 가벼운 피하출혈만을 확인할 수 있었기 때문이지. 사망자가 두 눈을 크게 부릅뜨고 경직된 자세로 죽어 있는 것으로 보아, 외크찬은 혈액응고를 가볍게 저해하면서 출혈을 야기하는 신경독일 거라고 추정했어. 그런데도 나는 어떤 뱀이 문제 될 것 같으냐고 그의 의견을 한 번 더 물었어. 그러자 그가 뭐라고 말했더라……. 잠깐, 여기에 적어두었는데……. 외크찬은 아프리카에서 맘바와 코브라에 물린 상처들을 많이 치료했지만, 퍼프 애더나 다른 독사들에게 물린 환자들도 치료했다는 게야. 하지만 그런 뱀들 사이에 어떤 차이가 있는지는 제발 내게 묻지 말라고. 외크찬 말로는 자신의 경험으로 보아서 어쩌면 맘바나 코브라 독이 문제 될 수도 있다는군. 하지만 하우저의 경우처럼 가벼운 피하출혈을 야기하는 형태의 독은 본 적이 없기 때문에 여러 가지 독의 특별한 합성으로 의심할 수도 있대. 그리고 피하출혈은 대부분 강한 조직파괴를 수반하는데, 하우저는 그렇지 않았다고 덧붙이더구먼. 하지만 외크찬은 성급한 결론은 이끌어내려고 하지 않았어. 반년 이상이 지난 시점에서 잠재적인 독을 확인하는 것은 상황에 따라서는 어려울 수 있다는 말도 하더라고. 그리고 자신이 경솔한 짓을 하지 않았기를 바란다며, 자신은 오로지 의사로서의 의무를 다하고 싶었을 뿐이라고 말했네."

"모든 의사가 자신의 맡은 의무를 다한다면 얼마나 좋을까!" 프랑크가 말보로를 입술 사이로 밀어 넣으며 말했다. "왜 우리의 친애하는 경찰 동료들은 외크찬의 말을 진지하게 받아들이지 않았을까? 별 볼 일 없는 터키 사람이라서? 그런 어처구니없는 이야기를 들으면 정말 돌아버릴 거 같다니까!" 프랑크는 분통을 터트렸다.

"진정하라고!" 베르거가 묘한 미소를 지으며 말했다. "외크찬은 최선을 다했어. 하우저가 자연사했는지 아니면 살해당했는지는 곧 알게 될 거 같아. 하지만 난 후자의 경우가 거의 확실하다고 생각하네. 일단은 하우저라는 인물에 대해 좀 더 자세히 파악하는 게 중요해. 우리는 아직 직업 활동과 관련해 조금 알고 있는 정도라고. 보아하니 유명했고 그 교회 신도였다는데, 하우저가 직업과 관련해 정확히 무슨 일에 종사했고 특히 교회에서 어떤 위치에 있었는지 알아봐야겠어. 내 생각에, 그다지 많은 결과가 있을 것 같지는 않지만, 그래도 그의 가족과도 이야기를 해봐야겠지. 그보다는 하우저의 행실에 더 관심을 기울여야 할 것 같단 말이야. 예를 들어 혼외정사가 있었는지, 어쩌면 쇠나우나 로젠츠바이크와 비슷할 수도 있어……."

"잠깐만요, 그가 결혼했는지 알고 있습니까?" 페터가 물었다.

"아니, 아직은 몰라." 베르거는 말했다. "하지만 자네가 그 점에 대해 조만간 우리에게 말해줄 수 있을 걸세." 그는 씩 웃으며 말을 이었다.

"알았습니다." 페터는 자리에서 일어나며 말했다. "그러면 후닥

닥 전화기로 몸을 날려서 하우저에 대해 가능한 모든 것을 알아내죠. 헬머 형사님, 다른 할 일이 없으면 저를 도와주시겠어요?"

"필요하다면 그러지." 프랑크도 몸을 일으켰다. "자, 그러면 시작해봅시다."

"그럼 자네는?" 베르거가 율리아를 돌아보며 물었다.

"저는 핑크의 삶을 조금 파헤쳐볼까 합니다. 핑크의 아들들, 특히 부모와 결별한 아들이 흥미롭거든요. 그 아들을 만나면, 뭔가 알아낼 수 있을 거 같아요. 아 참, 우리의 심리학자 슈나이더 박사와 이야기해보셨어요? 오늘 시간 있대요?"

"2시에 오기로 했네. 뒤랑 형사도 그 자리에 같이 있는 것이 좋을 게야."

"물론이죠. 그럼 저는 일단 나가보겠습니다."

"좋은 결과 얻길 비네."

율리아는 가방을 들고 사무실을 나섰다. 아래층으로 내려가는 길에 또다시 담뱃불을 붙였다. 그 이른 아침시각에 벌써 네 대째였다. 율리아는 차에 올라타서 위르겐 핑크의 주소지를 향해 차를 몰았다. 그는 골트슈타인에 살고 있었다. 율리아가 과거에 다뤘던 매우 충격적인 사건을 통해 이미 잘 알고 있는 동네였다. 제발로는 절대 이사하고 싶지 않은 지역. 종종 오갈 데 없는 사람들이 모여 사는 동네. 크고 부유한 도시의 사람들에게 쓰레기 취급을 당하는 지역들 가운데 하나였다. 율리아는 평화의 다리를 건너고 대학병원을 지나서 계속 마인 강을 따라 직진했다. 그리고 골트슈타인에 가려면 좌회전해야 하는 신호등 앞에서 잠깐 정차했다. 그다음 거리에서 오른쪽으로 꺾은 데 이어 다시 왼쪽으로 꺾어 한 블록을 달린 다음 재차 왼쪽으로 꺾었다.

하이젠라트에 이르렀다. 지저분한 회색 고층아파트 앞의 주차장은 대부분 텅 비어 있었고, 쓰레기가 넘쳐나는 컨테이너에서는 악취가 진동했다. 율리아는 자동차를 세우고 12번지를 향해 걸음을 옮겼다. 여기저기 망가진 우편함들 옆을 지나 초인종이 설치된 벽에서 위르겐 핑크라는 이름을 찾았다. 마침내 그 이름을 찾아내어 불에 그슬린 초인종 스위치를 눌렀다. 몇 초 기다리자, 우그러진 스피커에서 남자 목소리가 간신히 들렸다. 율리아가 이름을 말하자 곧이어 문을 여는 부저 소리가 들렸다. 그녀는 엘리베이터에 들어섰다. 사방 벽에는 낙서가 잔뜩 휘갈겨 있었고 바닥은 축축했으며 소변 냄새가 코를 찔렀다. 율리아는 9층을 눌렀다. 엘리베이터 문이 쾅 소리를 내며 닫혔다. 그 흉물스런 물건이 이리저리 요동치고 삐걱거리며 율리아를 9층에 데려다 주었다. 내려갈 땐 걸어가야지, 율리아는 이런 생각을 하며 오른쪽 모퉁이를 돌았다. 문패 세 개를 읽고 몸을 돌려 반대쪽으로 걸음을 옮겼다.

위르겐 핑크는 건물 왼쪽의 가운데 집에서 살고 있었다. 문이 닫혀 있었고, 율리아는 노크했다. 키가 큰 젊은 남자가 문을 열었다. 검은색 기다란 머리카락에 기름때가 번들거렸고, 지저분한 셔츠와 너덜너덜하게 해진 청바지를 입고 있었다. 면도를 하지 않아 수염이 덥수룩했고 맨발이었다. 숨을 쉴 때마다 싸구려 술 냄새가 진동했다.

"핑크 씨인가요?" 율리아는 물었다.

"무슨 일이죠?" 그는 의혹에 찬 눈길로 되물었다.

"잠깐 이야기하고 싶습니다. 들어가도 될까요?"

"꼭 그래야 한다면야." 그는 퉁명스럽게 말하고 문을 활짝 열었다. 그러고는 앞장서서 거실로 들어갔고, 율리아는 현관문을 닫았다. 실내 공기가 퀴퀴하고 곰팡내 났다. 불쾌한 냄새가 코를 찔렸다. 빈 맥주병과 화주병이 여러 개 바닥에 나뒹굴었고 재떨이가 수북했다. 창문에 커튼도 없고 벽들은 황량했다. 원래는 흰색이었을 색들이 누렇게 변했고, 몇 달 아니 몇 년은 닦지 않았는지 창문은 지저분하기 짝이 없었다. 텔레비전과 작은 오디오, 닳아해진 소파와 안락의자 하나, 작은 테이블이 하나 있었고, 벽 선반에 너덜너덜한 책이 몇 권 꽂혀 있었다.

"도대체 어디서 나오셨죠? 사회복지국? 주택국? 아니면 우리 늙은이가 보냈소?"

"다 아니에요. 나는 경찰청 형사과에서 나왔고 핑크 씨하고 이야기하고 싶습니다. 핑크 씨 주소는 누님에게서 받았어요."

"우리 누나요?" 위르겐 핑크는 미심쩍어하는 어조로 물었다.

"무슨 일이 있었습니까?" 그는 작은 주방으로 가서 맥주 캔을 가져와 뚜껑을 따고 마셨다. "미안합니다." 그는 말했다 "형사님도 마시겠어요?"

"고맙지만 사양하죠. 평소에는 즐겨 마시지만, 근무 중에는 아닙니다."

"왜 우리 누나가 형사님을 보냈죠?" 그는 지저분한 빨랫감으로 뒤덮인 소파에 앉으며 물었다. 맥주 캔을 두 손으로 감싸들고 오랫동안 예리한 눈빛으로 율리아를 응시했다.

"누님이 보낸 게 아니에요. 내가 누님에게 핑크 씨 주소를 알려 달라고 부탁했어요. 핑크 씨와 조금 이야기를 나누고 싶거든요. 그게 전부예요. 좀 앉아도 될까요?" 그는 고개를 끄덕였고, 율리아는 안락의자에 앉았다.

위르겐 핑크는 두 다리를 쩍 벌리고 등을 뒤로 기댔다. 얼굴에 경멸 어린 미소가 피어올랐다.

"나하고 이야기를 하고 싶다고요? 뭐에 대해서?"

"소식을 들었는지 모르겠어요. 핑크 씨도 틀림없이 잘 아는 두 남자가 최근에 살해된 소식 말이죠. 로젠츠바이크 씨와 쇠나우 씨, 아는 이름인가요?"

"물론 알죠. 왜요? 아 참 그래요, 나도 그 소식 들었어요. 내가 혹시 두 사람을 안타깝게 여기는지 알고 싶으시다면, 유감스럽게도 아니라고 말할 수밖에 없습니다. 또 뭐가 궁금하시죠?"

"네, 예를 들어 왜 여기 사시죠? 아버님이……."

"우리 아버지라!" 위르겐 핑크는 조소하며 내뱉었다. "우리 아버지가 나를 마음대로 할 수 있을 거 같아요! 그렇죠, 그 노인네에게는 돈이 있죠. 그것도 아주 많이. 그리고 나는 무일푼이죠. 그래서 어쨌단 말인가요? 물론 내 형편이 더 나아질 수 있을지는 모르죠. 그러니까 금전적으로 말입니다. 하지만 나는 금전적인 부유함을 포기하는 호사와 뻔뻔함을 누렸죠. 그 이유도 알고 싶으시겠죠? 우리 아버지가 '폴짝'이라고 말하면 더 이상 폴짝 뛰고 싶지 않았기 때문입니다. 오랜 세월 아버지는 '폴짝'이라고 말했고, 그러면 나는 폴짝 뛰어야 했거든요. 그리고 얼마나 자주, 얼마나 높이 뛰어야 하는지도 아버지가 결정했죠. 그러다 충분히 자주, 충분히 높이 뛰어오르지 않으면 벌을 받아야 했어요. 그건 아주 간단했어요."

위르겐 핑크는 잠시 말을 멈추고 맥주를 한 모금 더 마셨다. 이번엔 신중한 눈빛으로 다시 율리아를 바라보았다. "형사님이 우리 아버지를 알게 된다면, 그러니까 제대로 알게 된다면, 내 말이 무슨 뜻인지 아실 겁니다. 아버지는 반대를 용납하지 않아요, 절대로. 어디서 어떻게든 반드시 자신이 규칙을 결정하죠. 그리고 자신이 마음 내킬 때마다 그 규칙을 바꿉니다. 아버지 가까이에 있는 것만으로도 고통스러울 수 있어요. 애석한 일이지만, 우리

아버지는 내게 죽은 사람입니다. 그 사람 집에 다시 발을 들여놓기보다는 이 초라한 쥐구멍에서 뒈지는 게 나아요."

"아버님이 핑크 씨에게 뭘 어떻게 했죠?"

"내게요?" 위르겐 핑크는 시선을 내리떴다. "내게는 사실 덜 그랬죠. 하지만……." 그는 말을 멈추고 맥주 캔을 비워서 탁자 위에 내려놓았다. "라우라 누나나 슈테판 형 아니면 우리 어머니에게 물어보세요. 어쩌면 그 가운데 한 사람이 우리 아버지가 무슨 짓을 했는지 형사님에게 대답해줄 겁니다. 하지만 아무도 입을 열지 않을 수도 있어요. 그러기에는 너무 나약하거든요. 어쩌면 라우라 누나는 예외일지도 모르죠. 노인네가 '폴짝' 이라고 외치면, 그들은 지금도 높이 뛰어오르고 있거든요. 폴짝 뛰고 또 뛰고 또 뛰고 있죠. 식구들 모두……, 그분을 두려워하기 때문이죠. 내 말이 무슨 뜻인지 이해하셨길 바랍니다."

"가족들이 아버지를 두려워한단 말인가요?"

위르겐 핑크는 껄껄 경멸의 웃음을 터트리며 무릎을 내리쳤다. "물론 아버지도 두렵죠. 하지만 사실은 저 위에 있는 '그분' 을 두려워하죠." 위르겐 핑크는 천장 쪽을 가리키며 말했다. "전능하신 분의 무자비한 큰 벌을 두려워한단 말입니다. 왜 그 벌을 두려워하느냐고요? 우리의 사랑하는 아버지께서 끊임없이 그걸 주지시키기 때문이죠. 우리 아버지가 그 누구보다도, 아니면 최소한 대부분의 사람보다 하느님에 대해 잘 아는 것을 식구들은 명심해야 하거든요! 아버지는 하느님이 어떤 분이시고 어떤 존재이신지, 그리고 하느님이 우리의 모든 발걸음을 극히 정확하게 감시하는 것을 정확하게 알고 있어요. 우리가 단 한 번만 비틀거려도, 하느님은 완강하고 단호하게 우리를 벌하죠."

위르겐 핑크는 말을 멈추고 한숨을 내쉬더니 얼마 후 좀 더 차분하게 말을 이었다. "우리 노인네의 말이 얼마나 위선적이고 거짓인지 내가 깨닫기까지는 오래 걸렸어요. 노인네는 하느님을 빌어 위협했지만, 그건 오로지 노인네의 위협일 뿐이었어요……. 나는 여전히 하느님을 믿습니다. 하지만 그 하느님은 내 어린 시절이나 청소년 시절의 하느님하고는 완전히 달라요. 좀 독특하죠. 그 하느님은 관대하고 자비로우시죠. 관대히 봐주시고 용서해주십니다. 무엇보다도 당신의 모든 자녀를 사랑하세요. 그리고 빌어먹을, 내가 무슨 짓을 해도 나까지도 사랑하신단 말입니다!" 이 마지막 말은 그의 입 밖으로 더듬더듬 흘러나왔다. 위르겐 핑크는 몸을 앞으로 숙이고 한 손으로 눈을 훔쳤다.

"술을 많이 마시는 군요, 그렇죠?" 율리아는 조심스럽게 물었다.

"유감스럽게도 그래요. 하지만 그 말이 지금 취했느냐는 뜻이라면 그렇지 않아요. 나는 오로지 이 세상에서 벗어날 수 있는 좀 더 쉬운 길을 바랐어요. 그래서 술을 마시고 이따금 조인트(하시시나 마리화나를 담배처럼 말아 피는 것 —역주)를 피우죠. 오로지 모든 걸 잊기 위해서요. 하지만 완전한 망각이란 없다는 걸 이미 오래전에 깨달았어요. 그 야비한 인간이 날 놓아주지 않기 때문이죠. 심지어는 꿈속까지 쫓아와요. 그 인간을 떨쳐낼 수는 없어요. 내가 무엇으로 연명하는지 아세요? 정부의 생계보조금으로 겨우 살고 있습니다. 그리고 라우라 누나가 이따금 몇 푼 슬쩍 쥐여주죠. 나는 가족 중에서 유일하게 누나하고만 연락하고 지내요. 또 누나는 내가 감탄하는 유일한 여자이기도 하고요. 누나가 그 모든 일을 잘 견디어냈기 때문이죠. 누나는 무사히 이겨낸 유일한 사람입니다."

"누님이 무슨 일을 겪어야 했죠?"

"누나에게 직접 물어보세요. 하지만 대답을 얻기는 어려울 겁니다. 누나는 자존심이 세서 가족에게 일어난 일을 절대 누구에게 말하지 않아요. 누나는 자존심이 세고 강인해요. 하지만 우리 아버지와는 다르게 강인하죠. 어쩌면 누나가 우리 모두 중에서 가장 강할 겁니다. 그러면서 제일 다정하기도 하고요. 누나는 나를 비난하지 않아요. 다만 술을 좀 줄이라고 이따금 말할 뿐이죠. 빌어먹을, 그 말이 백번 맞습니다. 그래요, 나는 술을 줄여야 해요. 인생을 좀 제대로 살아야 하는데, 그게 안 된단 말입니다."

"하시는 일이 뭐죠?" 율리아가 담뱃불을 붙이며 물었다.

"나도 담배 한 대 피울 수 있을까요?" 위르겐은 물었다. "마침 담배가 떨어졌거든요."

율리아는 담배가 아직 가득 남아있는 담뱃갑을 말없이 내밀었다. 위르겐은 골루아 한 대를 꺼내 불을 붙였다. 담배 연기를 깊이 빨아들여서는 천장으로 내뿜었다.

"나는 하는 일이 없어요. 나를 위한 일자리는 이 도시에 없는 거 같아요. 일자리를 구하려고 시도해보았는데, 우리 아버지가 나를 무슨 일이 있어도 절대 채용하지 말라고 사장에게 선수 친 것 같더라고요. 이 말이 미친 소리로 들린다는 것쯤은 나도 알아요. 하지만 그럴 가능성이 다분해요. 마치 고무 벽을 향해 달려가는 것만 같아요."

"하지만 핑크 씨는 아직 젊고 무엇보다도 지성을 갖추었어요. 어딘가에 분명 가능성이 있을 거예요……."

위르겐 핑크는 다시 웃음을 터트렸다. 이번에는 웃음소리가 체념한 듯 들렸다. "물론 어딘가에 있겠죠. 다만 내가 아직 찾아내지 못했을 뿐이죠. 이봐요, 형사님. 나는 고등학교를 졸업하고 대학의 독어독문학과에 진학했어요. 그런데 그게 우리 노인네의 마음에 전혀 들지 않았단 말입니다. 노인네는 내가 수학이나 물리학, 아니면 라우라 누나처럼 의학 같은 버젓한 걸 공부하길 원했어요. 독어독문학은 시나 소설 나부랭이를 끼적거리면서 언젠가 그걸로 돈을 벌 수 있다고 생각하는 사람들, 겁쟁이나 몽상가들을 위한 것이라고 하더라고요. 난 교사가 되고 싶었을 뿐이거든요. 그런데 노인네는 오늘날은 교사가 더 이상 직업이 아니라며 교사 일로는 돈을 벌지 못한다더군요. 그래도 나는 생각을 굽히지 않고 대학에 다녔죠. 두 학기도 채 지나지 않아서, 노인네가 나보고 이야기 좀 하자고 했어요. 내가 변했다는 느낌이 든다면서, 삶과 하느님, 내 미래에 대해 일장 설교를 늘어놓더라니까요. 그리고는 왜 교회에 나가지 않느냐고 묻더라고요. 그래서 난 이제 교회에 가고 싶은 마음이 들지 않는다고 대답했죠. 가까이에서 그 위선자들을 보는 데 싫증 났다고 노인네에게 정면으로 대놓고 말했죠."

위르겐 핑크는 담배를 마지막으로 한 모금 더 빨고는 눌러 끄고 고개를 내저었다. "노인네는 벌떡 일어나더니 그 찌르는 듯 냉혹한 특유의 눈빛으로 나를 쏘아보고는 휑하니 가버렸어요. 이튿날, 결심을 바꾸지 않으면 혼자서 어떻게 삶을 꾸려나갈지 미래를 생각해야 할 것이라고 통고하는 편지가 날아들었어요." 위르겐은 거의 눈에 뜨이지 않게 살며시 한숨을 내쉬고는 다시 말을 이었다. "나는 운을 하늘에 맡기고 노인네에게 전화를 걸어서, 무엇이 나를 위한 것인지 똑똑히 알고 있다고 말해주었죠. 그리고 난 노인네의 다른 면모, 진실한 면모를 알게 되었어요. 그 길로 당장 내 학비 보조를 끊어버리더군요. 나는 그 당시 살고 있던 작은 집도 포기해야 했어요. 노인네는 유언장에서 내 이름을 삭제하겠다고 명백하게 통고했어요. 법정상속분조차 단 한 푼도 주지 않겠다고 으름장을 놓더라니까요. 그때 내 통장에는 겨우 몇 마르크 남아 있었는데, 그게 가진 전부였죠. 나를 도와줄 수 있는 사람도 없었고 또 도와주려고 하는 사람도 없었어요. 라우라 누나는 아직 대학에 다니는 중이었고, 슈테판 형은 막 화가로서 자기 생활비를 벌기 시작한 때였죠."

이 말을 마치고 위르겐은 경멸스럽다는 듯 입을 찡그리고 이마를 찌푸렸다. 어깨를 으쓱하고 조롱하듯 입을 삐죽이며 다시 말을 이었다. "그런데 웃기는 건, 아버지가 슈테판 형은 가만 내버려두더라고요. 슈테판, 우리 사랑하는 슈테판 형이 아주 특이한 그림들을 그리기 때문이죠. 슈테판 형은 그야말로 영적인 세계에 푹 빠졌다니까요! 예수 그리스도와 천상을 얼마나 장엄하게 그리는지 아세요. 아름답고 숭고한 그림들, 하느님과 핑크의 마음에 쏙 드는 그림들을 그리죠." 이 말을 하면서 위르겐 핑크는 다시 조롱의 웃음을 크게 터트리고는 계속 말을 이었다. "형이 돈을 많이 버는 건 아니지만, 노인네가 기회가 닿을 때마다 도와줘요. 엉덩이에 슬쩍 지폐를 찔러 넣어주면, 우리 사랑하는 형은 못 본 체 받죠. 슈테판 형은 아담한 집에서 상냥한 아내하고 아이와 함께 살고 있어요. 자신이 원하는 모든 걸 할 수 있죠. 어쨌든 하느님을 위해서 일하니까요……. 형사님이 해석하고 싶은 대로 해석하세요."

위르겐은 잠깐 말을 멈추고 자기 손을 바라보더니 말했다. "내 참, 생계보조금으로 연명하는 이런 신세가 되다니. 앞날이 어떻게 될지 막막합니다. 내 나이 이제 겨우 스물여덟인데 말이죠. 그리고 정말이지 나는 일하고 싶어요……. 만일 내가 속죄하고 참회하며 우리 노인네에게 다시 기어들어 가면 분명 일할 수 있을 겁니다. 하지만 누구 좋으라고 그러겠어요. 차라리 이대로 뒈지는 게 낫지."

잠시 침묵이 흘렀다. 이윽고 율리아가 말했다. "핑크 씨, 그런 일이 있었다니 유감이군요. 그런데 핑크 씨 아버님에게 과거를 거론하며 협박편지를 보낼만한 사람이 있을까요? 어제 누님 집에서 아버님을 만나 이야기했어요. 아버님은 두려워하고 있어요. 그런데도 과거에 대해서는 입을 열려 하지 않아요."

위르겐 핑크는 다시 크게 웃음을 터트리며 소파에서 일어나 창가로 갔다. 두 손을 바지 주머니에 찔러 넣은 채 길을 내려다보며 고개를 저었다.

"노인네 과거에 대해선 아무 말도 하고 싶지 않아요. 충분히 그럴 수 있어요. 그것도 아주 실감 나게 상상할 수 있죠. 그런데 우리 아버지 과거에 무슨 수상한 일이 있었는지, 지금 버림받은 아들인 내게 듣겠다는 겁니까? 그렇다면 수상한 일은 없어요. 없고말고요! 형사님은 내게서 자세한 내용을 알아낼 수 없을 겁니다. 나로서는 노인네에게 직접 물어보라는 말밖에 할 말이 없어요. 노인네에게 집요하게 캐물어 보십시오. 그러다 잘하면 몇 가지 비밀을 알아낼 수 있을지도 모르죠. 어쨌든 나는 함구할 겁니다. 노인네를 협박하는 사람이 있든 말든 나하고는 상관없는 일이죠. 누가 노인네를 죽이려 들든 말든 관심 없단 말이오. 나는 그의 장례식에도 가지 않을 겁니다. 내게는 이제 아버지가 없어요."

"유감이군요, 핑크 씨. 그런 뜻은 아니었어요. 하지만 가족에 대해 말하고 싶지 않다면, 최소한 로젠츠바이크나 쇠나우에 대해 알고 있는 거라도 좀 말해주세요."

위르겐 핑크는 몸을 돌려 창문턱에 등을 기대고 입을 꼭 다물었다. 눈빛이 진지했다.

"솔직히 말해서, 나는 그 두 사람에 대해 아는 게 별로 없어요. 교회에 발길을 끊은 지 벌써 7년 가까이 되었고, 그 사람들을 잘 몰라요. 라우라 누나나 슈테판 형은 틀림없이 많은 이야기를 해 줄 수 있을 겁니다……."

"하지만 청소년 시절에 그 사람들을 알지 않았나요?"

"물론 알았죠. 하지만 십 대들은 나이 든 사람들에게 별로 신경 쓰지 않아요. 나는 아는 게 없어요." 위르겐 핑크는 시선을 바닥으로 향한 채 말했다. "정말 아무것도 몰라요. 그리고 이제 가주시겠어요. 혼자 있고 싶습니다. 내가 알고 있는 건 전부 말했어요……."

"아니요, 전부 말하지 않았어요. 핑크 씨가 더 많은 걸 이야기해준다면, 어쩌면 더 이상의 살인이 일어나는 걸 막을 수도 있습니다."

"더는 말할 수 없어요." 위르겐은 간청하는 눈빛으로 나지막이 말했다. "정말로 더 이상은 말할 수 없습니다. 부탁입니다, 이제 가주세요. 라우라 누나나 슈테판 형과 이야기하세요. 우리 어머니와 이야기하셔도 괜찮고요. 하지만 무엇보다도 당사자하고 직접 이야기하세요. 오로지 당사자만이 자신의 모든 비밀을 알고 있지 않겠어요. 아마 로젠츠바이크나 쇠나우의 비밀도 알고 있을 겁니다."

이 사람은 두려워하고 있어, 율리아는 몸을 일으키며 생각했다. 그리고는 위르겐에게 다가가 손을 내밀었다. 그의 손바닥이 땀에 젖어 축축했다. 그는 떨고 있었다. 율리아와 눈길이 마주쳤을 때, 그의 눈에서 눈물이 흘렀다. 그는 고개를 돌려 한 손으로 얼굴을 훔쳤다.

"이거 받아요." 율리아는 그에게 명함을 내밀었다. "이야기하고 싶으면 전화해요. 잘 생각해보세요. 자신의 약점이라고 생각되는 걸 극복하면 때로는 도움이 되거든요."

위르겐은 말없이 고개를 끄덕였다. 율리아가 문에 이르렀을 때, 그가 뒤에서 소리쳤다. "담배……."

"그냥 피우세요. 나는 새로 사죠."

율리아는 8층을 걸어서 내려갔다. 벽은 낙서투성이고 콘크리트 계단은 침과 오물로 범벅되어 있었으며 두꺼운 젖빛 유리는 교도소를 연상시켰다. 소변과 쓰레기, 구토물 냄새가 진동했다. 율리아는 악취를 들이마시지 않으려고 가능한 한 숨을 참았다. 건물 밖으로 나와서야 비로소 공기를 깊이 들이마시며 자동차를 향해 빠른 걸음을 옮겼다. 차에 얼른 올라타서 시동을 걸고 그 구역을 떠났다. 다음 목표는 슈테판 핑크였다. 율리아는 가판점 앞에서 잠시 차를 멈추고 담배 한 갑을 샀다. 자동차를 모는 동안, 위르겐 핑크와 그의 두려움을 생각했다. 카를 하인츠 핑크의 커다란 비밀이 무엇일지 궁금했다. 슈테판 핑크에게서 많은 걸 알아낼 것 같지 않았다. 그래도 시도해 볼 셈이었다.

오전 10시 10분

율리아는 운터리더바흐의 작은 집 앞에서 차를 세우고 차에서 내려 하늘을 올려다보았다. 하늘은 우윳빛 구름층으로 덮여 있었다. 후덥지근한 열기가 숨 막히게 했다. 율리아는 대문으로 걸음을 옮겼다. 대문은 열려 있었고, 현관까지 10미터 정도 떨어져 있었다. 작은 문패에 핑크라고 쓰여 있었다. 율리아는 초인종을 눌렀다. 잠시 후, 키가 크고 어깨가 넓은 검은 머리의 남자가 문 앞에 나타났다. 첫눈에 호감이 가지 않았는데, 그 이유는 말할 수 없었다. 음울한 눈빛이나 태도 때문일 수 있었고, 입가의 가혹한 표정이나 아니면 그 모든 것 때문일 수도 있었다.
"무슨 일이죠?" 그는 고개를 조금 옆으로 숙이고 특이하게 날카로운 목소리로 물었다.
"경찰청 형사과의 뒤랑 형사입니다." 율리아는 말했다. "핑크 씨와 잠깐 이야기하고 싶습니다."
"무엇 때문이죠?" 슈테판 핑크는 의혹의 눈길로 물었다.
"로젠츠바이크 씨와 쇠나우 씨, 그리고 핑크 씨 아버님 때문입니다."
"들어오십시오." 슈테판 핑크는 율리아가 들어갈 수 있도록 옆으로 비켜섰다. "똑바로 가시면 거실입니다."
거실은 그다지 크지 않았지만 햇살이 가득 비쳐서 밝았다. 위르겐 핑크가 묘사한 것과 같은 그림들이 벽에 걸려 있었다. 예수 그리스도, 천사, 천상. 거실 탁자 위에는 성경이 펼쳐져 있고 그 옆에 종이 뭉치와 연필이 놓여 있었다. 그 방은 율리아가 언젠가 몇 년 전 한 번 가봤던 공간을 연상시켰다. 모든 게 삭막해 보이고, 기묘한 정적이 감돌았다. 바깥은 무더웠는데도 그 방은 특이한 냉기를 내뿜었다. 모든 게 성스러운 분위기를 연출했지만, 그것은 진정한 성스러움이었을까 아니면 성스러움의 허상에 지나지 않았을까?
"앉으시죠." 슈테판 핑크는 흰색의 가죽 안락의자 두 개 중 하나를 가리키며 말했다. "집사람은 오늘 오전 집에 없습니다. 아이를 데리고 병원에 갔죠. 그러니 저와 함께 이야기하는 걸로 만족하셔야겠습니다."
"어차피 핑크 씨하고만 이야기할 생각이었습니다." 율리아는 자리에 앉으며 말했다. 밝은색 여름 바지와 흰 남방 차림의 핑크는 비스듬히 맞은편 소파에 앉았다.

“자,” 그는 급한 일이 있는 듯 시계를 보며 말했다. “무슨 긴급한 일이 있습니까?”

“지금 동생분에게서 오는 길입니다. 동생분이…….”

“위르겐은 술꾼에다가 마약중독자입니다. 가족의 이단자이죠. 위르겐에게 너무 많은 걸 기대하지 마십시오.” 슈테판은 냉정한 눈빛과 경멸어린 어조로 서둘러 말했다. “위르겐은 이 세상과 이 세상에 살고 있는 모든 것이 사악하고 썩었다고 생각하죠. 저라면 위르겐이 술에 취해서 떠드는 말에 크게 개의하지 않을 겁니다.”

“글쎄요, 술을 많이 마시는 건 사실일지 모르지만, 마약중독자라고는 판단할 수 없습니다. 그런 인상은 받지 않았거든요. 그리고 동생분이 말하는 것에 크게 개의하지 말라는 말씀은 무슨 뜻이죠? 동생분이 무슨 말을 했을 거라고 생각하시죠?”

슈테판은 거만한 미소를 지으며 두 다리를 꼬고 앉아서 가슴 앞으로 두 팔을 팔짱 꼈다. 보디랭귀지.

“형사님이 위르겐에게 뭘 물으셨는지 저는 모르죠.”

“보아하니 동생분하고 좋은 관계는 아닌가 보군요. 하지만 형제지간 아닌가요?”

“그래서요? 오늘날 형제자매가 있다는 것에 무슨 의미가 있습니까? 형제가 형제를 죽이고 자매가 자매를 죽입니다. 위르겐은 이 지상에서 천상을 누릴 수 있었는데 천상 대신 지옥을 선택했어요. 모든 인간에게 결정의 자유가 주어졌는데, 어떤 사람들은 그 자유를 이용해 최선의 것을 이루고 또 어떤 사람들은 그 자유를 남용하죠. 위르겐은 유감스럽게도 후자를 선택했습니다. 하지만 그건 전적으로 그의 문제이죠. 아버지 말씀을 들어야 했다니까요.”

"아버님이 뭐라고 말씀하셨습니까?"

"지금 우리 가족 문제에 대해 이야기하러 오셨습니까? 그렇지 않은 것 같은데요, 아닙니까? 게다가 저는 지금 시간이 별로 없습니다."

"좋아요, 가능한 한 짧게 끝내죠. 어제 이후로 핑크 씨가 아버님과 이야기를 나누었는지 모르겠지만, 아버님은 명백히 협박하는 내용의 편지를 제게 보여주셨어요……."

"네, 네. 저도 알아요. 어제저녁에 아버지가 전화하셨습니다. 그리고 경찰이 신변보호를 거부한다는 말씀도 하시던데요, 맞습니까?"

슈테판 핑크는 냉소적으로 삐죽이 웃으며 말했다. 율리아는 그 면상에 주먹을 한 방 날리고 싶었다. 그러나 감정을 드러내지 않고서 냉정하고 침착하게 대꾸했다. "그 말은 부분적으로 맞습니다. 하지만 우리로서는 하루 스물네 시간 보호하는 신변보호는 제공할 수 없습니다. 경찰에게는 그럴 권한이 없어요. 그런데 그 편지 배후에 숨은 인물이 누구일 거라고 생각하십니까?"

"모르죠. 어떤 정신병자 아니겠습니까. 아마 제 동생일지도 모르죠. 모든 정황으로 보아 그럴 수 있습니다."

"동생분이 그런 짓을 할 수 있다고 믿나요? 로젠츠바이크와 쇠나우도 살해했을 거라고 믿습니까?"

"왜 아니겠습니까?"

"그럼 동기가 무엇이죠?"

"질투심. 아무것도 가지지 못한 사람들, 아니, 모든 걸 잃어버린 사람들이라는 편이 더 맞겠죠. 그런 사람들은 무슨 짓이든 할 수 있어요. 다른 사람들이 가지고 있는 것을 질투심에 가득 찬 눈길로 바라보죠. 그리고 자신이 그걸 얻을 수 없으면 그냥 덥석 가져갑니다. 질투심은 악마의 특성입니다……. 내가 지금 무슨 말을 하고 있죠, 형사님은 분명 종교하고는 별 관계가 없으실 텐데……."

"계속 이야기하세요. 우리 아버지가 목사세요. 저도 흥미 있습니다. 그것이 악마하고 무슨 상관있죠?

"이런, 잊어버리십시오. 중요하지 않습니다."

"하지만 핑크 씨는 방금 질투심을 살인 동기로 지적하셨어요. 그리고 동생을 의심하십니다. 그러니 그 점에 대해 더 이야기해 주셨으면 합니다."

"굳이 원하신다면 좋습니다. 악마는 질투심의 아버지입니다. 악마가 우리처럼 몸을 가지고 있는 건 아니지만 몸을 가지고 싶어 하죠. 자신은 절대 몸을 소유할 수 없는 사실을 잘 알기 때문에, 우리 모두가 자신처럼 되기를 바랍니다. 사악하고 비열하고 음험하게 타락하기를 바라죠. 그리고 그렇게 만들기 위해서 모든 수단을 마다치 않습니다. 보십시오, 위르겐은 인간으로서 꿈꿀 수 있는 모든 걸 가졌었죠. 온전한 가족, 좋은 집, 최고의 교육. 결코 돈 걱정을 할 필요가 없었고, 무엇보다도 천상의 하느님 아버지가 항상 도와줄 것이라는 확신을 가지고 있었습니다. 그런데 지금 어떻게 되었습니까? 성서의 탕자 아들이 하는 짓을 그대로 따라 했어요. 자신에게 주어진 것을 발로 차버리고 부모형제를 저버리고 무엇보다도 나쁜 일은 하느님을 저버렸어요. 그래서 지금 우리 사회의 쓰레기들이 모여 살고 있는 곳에 이르렀죠. 저도 동생을 생각하면 가슴 아프지만 도울 방법이 없어요. 그리고 그 애가 도움을 받을 수 있는지도 의심스럽습니다. 아니, 그건 사실이 아닙니다. 저는 가슴 아프지 않아요. 그건 괜한 감정의 낭비일 것입니다. 위르겐 자신이 그 삶을 선택했으니 스스로 헤쳐나가야만

합니다.”

“하지만 성서에서 아버지는 탕자 아들을 다시 품으로 받아들이지 않습니까?”

“그렇죠, 잘못을 뉘우친 후에. 위르겐도 모든 걸 마다치 않고 할 테지만, 잘못만은 절대 뉘우치지 않을 겁니다. 그 당시 가족에게 결별을 선언했을 때 자신이 올바르게 행동했다고 확신하고 있기 때문이죠. 위르겐이 얼마나 몰락했는지 형사님도 직접 보셨겠죠. 제 동생은 스스로 결정했고, 그 결정은 그를 파멸시켰습니다. 제 말이 가혹하게 들릴 줄 잘 알지만, 세상이 가혹합니다. 이것이 자연의 법칙이고, 이 법칙들은 인간이 아니라 하느님이 만드신 것이죠. 이것은 자연도태의 법칙입니다. 알곡에서 쭉정이는 가려집니다.”

율리아는 서른 살을 갓 넘긴 남자와 마주앉아 있는 걸 알고 있었다. 그런데 그 남자가 말하는 것, 그리고 무엇보다도 그것을 말하는 방식은 이미 마음이 단단히 굳어버린 늙은 남자, 더는 좌우를 살피지 않고 오로지 앞만 똑바로 바라보는 노인의 것이라고 할 수 있었다. 율리아는 경악했지만 그런 내색을 하지 않으려고 노력했다.

“동생분이 실제로 살인을 저지를 수 있다고 믿으세요?”

“무슨 짓이든 다 할 수 있다고 벌써 말했을 텐데요. 위르겐은 명확한 생각을 할 수 있는 상태가 아닙니다. 그리고 자신이 받은 부당함을 복수하려고 하죠. 그런데 사실은 아무도 동생을 괴롭히지 않았거든요. 모든 건 자초한 거죠. 위르겐은 고통을 당하고 있지만 스스로 그 고통을 선택했습니다. 그런데도 복수하겠다는 겁니다.”

“동생분이 직접 그렇게 말하던가요?” 율리아는 눈을 가늘게 뜨며 물었다.

"아니요, 그런 건 말할 필요조차 없죠." 슈테판 핑크는 경멸하듯 입을 비죽거리며 말했다. "저는 제 동생 같은 부류의 사람들을 잘 압니다. 그들의 마음속에는 증오심과 복수심이 있죠. 하지만 그들이 언젠가 완전한 사랑을 마주하는 날이 올 것이고, 그들은 그 완전한 사랑의 존재를 참아내지 못할 것입니다. 그 사랑은 태양보다도 더 밝은 빛과 같기 때문이죠. 그 빛은 어둠 속에 살고 있는 사람들을 그들이 원래 유래한 곳으로, 완전한 어둠 속으로 쫓아버릴 것입니다. 그러면 누구나 자신과 같은 부류의 사람들과 함께 있을 것입니다. 그러면 누구나 받아 마땅한 보수를 받을 것입니다. 어떤 사람들은 하느님의 영광 속에서 살 것이고, 그렇지 못한 사람들은 악마, 사탄, 루시퍼의 영광 속에서 살 것입니다. 이런 경우에도 영광이라고 말할 수 있다면 말이죠."

"좋아요." 율리아는 냉담하고 차갑게 말했다. "그렇다면 로젠츠바이크와 쇠나우는 무엇을 받아 마땅했죠? 또는 당신의 아버지는요? 그 남자들의 과거에 도대체 무슨 일이 있었기에, 누군가로 하여금 사람을 죽이거나 죽이고 싶게 만들었죠?"

"제 말을 듣지 않으셨습니까, 질투심이라고 말했을 텐데요! 그리고 증오심! 자신은 그럴 능력이 없는데 하느님의 영광을 주시하는 사람들에 대한 증오심."

"그렇다면 로젠츠바이크와 쇠나우는 완벽하게 청렴한 사람들이었군요. 핑크 씨 아버님처럼 말이죠, 맞나요?"

"분명 그럴 겁니다."

"청렴하다는 말을 어떻게 이해하시죠?" 율리아는 계속 물었다.

"청렴하다는 말의 정의는 명확하다고 생각하는데요. 하지만 형사님께서 정확히 알고 싶으시다면, 청렴하다는 말은 정직하고 성실하고 하느님의 뜻에 맞는 삶을 살아간다는 뜻이죠. 그러기 위해서는 십계명을 실천하는 것으로 충분합니다. 그리고 저는 누구나 그렇게 할 수 있다고 생각합니다."

"그들 중의 한 명이 간음했다면 어쩌죠?"

"그렇다면 무거운 죄와 과실을 저질렀습니다."

"그래도 청렴한가요?"

"한꺼번에 싸잡아서 일괄적으로 대답할 수는 없습니다. 언제나 개개의 경우에 따라 다르죠……."

"이상하군요. 동생분에 대해서는 가혹하게 비판하시면서, 그런데……."

"뭐가 이상합니까, 제 동생은 스스로 결정했고 자기 잘못을 뉘우치지 않았어요. 저는 위르겐이 무슨 짓이든 할 수 있다고 생각합니다."

"저는 그렇게 생각하지 않습니다." 율리아는 단호하게 말하며 일어났다. "말씀 감사합니다. 많은 도움이 되었습니다. 앞으로 하시는 일이 잘되길 바랍니다. 그리고 무엇보다도 잘못된 길에 빠지지 않기를 바랍니다……. 저 혼자서도 나갈 수 있어요."

율리아는 문을 향해 걸음을 옮겼다. 그리고 한 번 더 뒤돌아보며 물었다. "그런데 핑크 씨와 누님과의 사이는 어떤가요?"

"라우라 누나요? 제 누나입니다. 나머지는 형사님하고 아무 상관 없습니다."

율리아는 그 집을 나왔다. 마음속에서 제어하기 어려운 분노와 무력감이 치미는 걸 느꼈다. 당장 돌아가서 그 교만하고 독단적인 녀석에게 자신의 생각을 말해주고 싶었다. 하지만 그래 봤자 아무 소용없다는 걸 알고 있었다. 율리아는 자동차에 앉아서 골루아에 불을 붙이고 차의 시동을 걸었다. 아직 진료시간이긴 했지만 라우라 핑크에게 잠깐 들려볼 생각이었다. 미리 약속을 해두었더라면 좋았을걸. 하지만 라우라와 한 번 더 이야기해보고 싶었다. 그 비밀스러운 가족에 대해 뭔가를 알아낼 수 있다면 좋으련만. 율리아는 오로지 라우라를 통해서만 그게 가능하다는 걸 알고 있었다. 그리고 살인사건의 해결에 이르는 길이 그 가족을 관통한다고 느꼈다.

오전 11시 20분

"미안하지만, 선생님은 지금 안계세요. 응급환자에게 불려가셨어요……."

"언제 돌아올까요?"

"잘 모르겠어요. 하지만 앞으로 30분은 더 걸릴 거예요. 뭐라고 전해드릴까요?"

"오늘 중으로 제게 전화해 달라고 전해주세요. 제 전화번호는 알고 계세요." 율리아는 말했다.

"그렇게 전할게요." 그 여자는 이렇게 말하고 고개를 문 쪽으로 돌렸다. "선생님하고 직접 이야기하실 수 있을 것 같은데요. 지금 돌아오셨어요."

라우라 핑크는 완전히 녹초가 된 듯 보였다. 이마에 땀방울이 맺히고 눈에는 피곤하고 지친 기색이 역력했다. 그녀는 왕진가방을 내려놓으며 조금 짜증스럽게 말했다. "뒤랑 형사님, 무슨 일이시죠? 2시까지 진료시간인 줄 잘 아실 텐데요. 게다가 지금처럼 응급환자가 있으면……. 제 말을 오해하지는 마세요. 하지만 오늘은 제 일진이 별로 좋지 않네요."

"잠깐 이야기하고 싶을 뿐이에요." 율리아는 말했다.
"대기실에 몇 사람이나 있어요?" 라우라 핑크는 간호사를 향해 물었다.
"두 사람이요. 선생님이 헤슬러 부인에게 불려가셨을 때 두 사람은 돌아갔어요. 월요일에 다시 오겠대요."
"좋아요." 라우라는 입을 앞으로 쑥 내밀고 율리아 뒤랑을 곁눈으로 보았다. "10분 이상은 내드릴 수 없어요. 그렇지 않으면 다음 기회로 미루어야 해요."
"알겠어요." 율리아는 여의사를 따라 진료실로 들어갔다. 그녀는 문을 닫고 침상에 걸터앉았다.
"그래, 무슨 일이죠?" 라우라는 책상에 앉으며 물었다.
"좀 전에 동생분들을 만나보았어요. 완곡하게 말해서 그다지 즐거운 방문은 아니었어요. 그 이유를 짐작할 수 있겠어요?"
라우라는 진지한 표정으로 고개를 끄덕였다. "그래요, 짐작할 수 있어요. 둘 다 원래 까다로운 성격인데다가 서로 너무 달라요. 우리 남매는 각자 아주 다르죠."
"하지만 한 동생은 라우라 핑크 씨를 높이 존중하고 있어요. 그런데 가족에게 무슨 일이 있는지는 도대체 입을 열려고 하지 않더라고요. 다만 핑크 씨처럼 다른 가족에게 물어보라는 말만 거듭 했어요. 그래서 수사에 전혀 진척이 없어요. 아버님이 무엇을 두려워하시죠? 그걸 말해줘요. 범법행위가 아니라면 다른 사람들에게 절대 말하지 않겠다고 약속할게요."
라우라는 연필을 들고서 부러질 듯 연약해 보이는 손가락 사이로 돌렸다. 자신의 두 손을 바라보며 형사의 질문에는 대꾸하지 않고 부드러운 목소리로 말했다. "그래요, 위르겐은 저를 좀 특별하게 봐요. 아마 위르겐이 속수무책일 때 이따금 제가 유일하게 돌봐주기 때문일 거예요. 하지만 어제 벌써 형사님에게 말했어요, 우리 아버지하고 직접 이야기해보세요. 다른 누구보다도 아버지 스스로 자신의 삶에 대해 잘 알고 계세요."

"핑크 씨도 동생 위르겐이 알코올중독자인 것을 잘 알고 있을 거예요. 다른 동생은 위르겐이 마약도 복용한다고 주장하던데 사실인가요?"

라우라 핑크는 고개를 가로저었다. "아니요, 위르겐은 마약은 하지 않아요. 알코올로도 충분해요. 이따금 조인트를 피우는 일은 있어요……. 하지만 알코올이 조만간 끝장을 낼 거예요. 위르겐은 마지못해서 제게 진료를 받는데, 최소한 정기검진이라도 받으라고 석 달 전쯤 간신히 설득할 수 있었어요." 라우라는 고개를 내저으며 한숨을 쉬었다. "혈액수치가 엉망이에요. 특히 간 수치와 췌장수치가 나빠요. 그 애가 간경변증에 걸리지 않으려면 기적이 일어나야 해요. 위르겐의 몸이 학대, 그래요, 이 학대에 더 이상 따라주지 않을까 걱정돼요."

율리아는 이 말에는 대꾸하지 않고 말했다. "위르겐은 교회에 대해서도 그다지 긍정적으로 말하지 않더군요."

"그렇다고 위르겐을 나쁘게 생각할 수는 없어요. 위르겐이 교회와 관련해 겪은 일은 결코 즐겁지 않았어요. 많은 고통을 겪어야 했거든요."

"어떻게 고통을 겪어야 했죠? 그러지 말고 적어도 힌트라도 주세요. 그렇지 않으면 아버님을 위해 아무것도 할 수 없어요."

라우라는 다시 슬픔에 젖은 눈으로 율리아를 바라보며 어깨를 으쓱했다. "고통을 겪었다는 말은 아마 적절한 표현이 아닐 거예요. 교회에 모여 있으면 편안하게 느끼는 사람들이 있어요. 교회가 안정감과 신뢰감을 주기 때문이죠. 다만 위르겐에게 교회는 일종의 감옥이었어요. 위르겐은 우리 삼 남매 중 막내이고 늘 달랐어요. 위르겐이 반항적이었다고는 굳이 말하고 싶지 않아요. 하지만 아버지가 요구하시는 대로 늘 따르지는 않았어요……."

"예를 들어 전공 선택이 그런 경우였나요?"

"그건 다만 타오르는 불에 기름을 붓는 격이었죠. 위르겐이 언젠가 가족에게 등을 돌릴 것은 이미 여러 해 전부터 예고되었어요. 결국 올 것이 오고 만 거죠. 위르겐이 안 됐어요. 그 애는 자신의 인생이 그렇게 될 줄은 틀림없이 생각도 못 했을 거예요. 저는 누구나 품위 있는 삶을 살 권리가 있다고 생각해요. 하지만 위르겐은 품위 있는 삶을 살지 못했어요." 라우라 핑크는 잠시 말을 멈추고 두 손을 깍지 낀 다음 다시 말을 이었다. "어쩌면 형사님이 지금 생각하시는 것과는 다를 거예요. 그러니까 제 말은, 위르겐의 인생이 어긋났다는 뜻이죠. 저는 위르겐이 그걸 다시 제대로 짜 맞출 수 있을지 의심이 들어요. 그 애를 비난하진 않아요. 다만 마음이 아플 뿐이에요."

"위르겐은 자신의 불행이 아버지 책임이라고 말해요. 그 말에 동의하세요?"

라우라는 조금 시간을 끌더니 이윽고 말했다. "두 사람 모두 책임이 있어요. 둘 다 다른 사람들의 말을 듣지 않는 고집불통이죠. 근본적으로는 둘이 매우 닮았어요. 어쩌면 너무 비슷한지도 몰라요. 다만 차이가 있다면, 아버지는 돈과 세력이 있고 제 동생은 이도 저도 없다는 거죠."

"그러면 다른 동생, 슈테판은 어때요?"

라우라는 대답을 망설이며 창문을 바라보았다. "슈테판은 위르겐과 정반대예요. 슈테판은 잘 지내고 있어요. 상냥한 아내와 아이가 있고, 또 아버지의 전적인 지원을 받고 있죠……."

"아버지가 '폴짝' 이라고 말하면 늘 폴짝 뛰어오르기 때문인가요?" 율리아는 신랄하게 조소하는 어조로 물었다. "라우라 핑크 씨도 늘 그렇게 폴짝 뛰었나요?"

"형사님이 어떤 가정에서 자랐는지는 모르지만 우리 집에는 분명한 규칙이 있었어요. 그리고 때로는 살아남기 위해서 자신의 욕구는 일단 뒤로 제쳐 놓아야 해요. 또 때로는 높이 펄쩍 뛰기도 해야 하죠."

"핑크 씨, 지금으로서는 아버님을 도와드리기 어렵습니다. 핑크 씨도 동생들도 모두 침묵으로 일관하고 있어요. 모두들 제 질문을 요리조리 피하고 있어요. 심지어는 아버님이 살인명단의 다음 차례에 올라 있는데도 전혀 거기에 이의가 없는 듯 보입니다."

"이보세요, 형사님이 뭘 안다고 그러세요! 형사님은 우리와 우리의 감정에 대해 아무것도 모른다고요……."

"그거야 핑크 씨가 아무 말도 하지 않기 때문이죠. 아버님에게 무슨 일이 있었죠?"

"미안합니다, 뒤랑 형사님. 환자들이 기다리고 있어요. 그만 가 주시겠어요."

"참 어처구니없게도 간단히 끝내는군요. 좋아요, 그만 가죠. 하지만 만일 무슨 일이 발생하는 경우에는 핑크 씨 입장에 서지 않을 겁니다."

"제 입장에 대해 뭘 아세요?" 라우라는 화를 내며 물었다. 그리고 인터폰 스위치를 누르고서 뭐라고 말하려는 찰나에 율리아 뒤랑의 목소리가 그녀를 제지했다. "잠깐만요, 토르스텐 하우저를 아세요?"

라우라는 이마를 찡그리고 묻는 듯한 눈길로 율리아를 바라보았다. "물론 알죠. 하지만 토르스텐은, 그러니까 하우저 박사는 이 세상 사람이 아니에요. 지난 크리스마스 무렵에 세상을 떴어요."

"우리도 알고 있습니다. 그리고 하우저의 시신을 검시하게 했어요. 모든 정황으로 보아서 토르스텐 하우저도 로젠츠바이크나 쇠나우와 같은 방식으로 살해되었다고 추정되거든요. 어떻게 생각하세요?"

라우라 핑크는 등을 뒤로 기댔다. 이상하게도 얼굴이 창백하게 변했다.

"하우저도요? 심장마비로 사망했다고 들었는데요."

"하우저는 정확히 로젠츠바이크처럼 당뇨병 환자였어요. 그 당시 경찰에 불려간 응급의사가 인슐린 주삿바늘에 찔린 부위에서 특이한 변색과 부종을 확인했어요. 다만 유감스럽게도 현지 경찰이 그 지적에 주의하지 않았죠. 어제 그 의사가 경찰청에 전화해서 자신이 추측한 내용을 우리에게 알려왔어요. 독에 관해 아주 경험 많은 의사였어요. 몇 년 동안 아프리카의 정글 병원에서 일했거든요. 그 의사의 견해에 따르면, 모든 정황으로 보아서 뱀독이 의심된다고 해요. 그런데 핑크 씨가 하우저를 잘 알았던 듯 보이는군요."

"하우저." 라우라 핑크는 율리아의 마지막 말에는 대꾸하지 않고서 말했다. "참 이상한 일이군요. 그렇다고 그게 무슨 의미가 있겠어요."

"아마 핑크 씨에게는 의미가 없겠죠. 우리의 추정이 맞는다면 당연히 우리에겐 의미가 있어요. 하지만 핑크 씨가 협조하지 않는 한, 우리도 알려주지 않을 겁니다. 핑크 씨가 협조할 수 없는 것인지 아니면 협조할 생각이 없는 것인지 거듭 궁금한 생각이 드는군요. 제 생각에는 후자가 맞는 것 같습니다. 핑크 씨와 동생분들의 침묵 탓에 또 다른 누군가가 살해된다면 매우 유감일 겁니다. 하우저와 얼마나 잘 아는 사이였죠?"

"어차피 형사님이 알아낼 테니 말씀드리죠. 저는 하우저와 절친한 사이였어요. 형사님이 관심이 있다면, 물론 순전히 플라토닉한 관계였죠. 우리는 몇 번 함께 식사하고 연극을 보러 갔지만, 그 밖에 우리 사이에는 아무 일도 없었어요. 어쨌든 하우저는 결혼한 사람이었고, 저는 가정 있는 남자와 깊은 관계를 맺을 생각은 추호도 없었어요. 제 신앙 때문에라도 그런 일은 가능하지 않아요. 그리고 이제 다시 환자들을 진료하고 싶습니다. 그럼 안녕히 가세요."

"안녕히 계세요."

율리아는 가방을 들고 그곳을 나왔다. 그리고 밖에서 잠시 벽에 기대어 서 있었다. 한 번 더 뒤돌아보고는 고개를 내저었다. 가방에서 휴대폰을 꺼내 경찰청에 전화를 걸어서 간단히 요기를 하고 1시쯤 사무실에 도착하겠다고 말했다. 베르거 반장은 하우저에 대한 새로운 소식이 있다고만 말했지, 그게 어떤 내용인지는 자세히 말하지 않았다. 나중에 사무실에 오면 이야기해 주겠다는 것이었다.

오후 1시 10분

율리아가 사무실에 들어서자 베르거 혼자 있었다. 프랑크와 페터는 식사하러 가고 없었다. 베르거는 눈길을 들더니 마침 처리하고 있던 서류를 옆으로 밀어놓고서 등을 뒤로 기댔다. 블라인드가 내려져 있어서 사무실은 무덥고 숨 막혔다. 재떨이의 담배가 가물가물 타들어 갔다. 율리아는 손등으로 이마의 땀을 닦고 가방을 의자에 걸쳐놓고 자리에 앉았다. 그리고 담뱃불을 붙였다. 두 사람은 잠시 침묵을 지켰고, 이윽고 베르거가 입을 열었다.

“알아본 일은 어떻게 됐나?”

율리아는 손을 내저으며 불만스런 표정을 지었다. “엿 같았어요! 그 핑크 집안 식구들은 왠지 으스스해요. 아들 하나는…….”

율리아는 시선을 문으로 돌렸다. 프랑크와 페터가 들어왔고, 율리아는 두 사람이 의자에 앉을 때까지 기다렸다. “지금 핑크 집안에 대해 이야기하는 중이에요. 막내아들은 알코올중독자로 골트슈타인의 매우 허름한 집에서 살고 있는데 아버지에 대한 증오심이 굉장하더라고요. 막내아들의 말을 들어보니, 그 집안의 뭔가가 엄청 구리다는 생각이 들어요. 그런데 막내아들도 큰아들도 딸도 도대체 입을 열려고 하지를 않아요. 막내아들은 누나를 제외한 가족 모두하고 인연을 끊고 살아요. 그 아버지는 유언장에서 막내아들을 삭제했다나 봐요. 현재 막내아들은 정부의 생계보조금으로 연명하고 있어요. 큰아들은 화가인데, 사이비종교의 교리를 주저리주저리 늘어놓더라고요. 어찌나 교만하고 역겹던지, 나한테도 도덕적인 설교를 늘어놓으려고 들더라니까요. 그 길로 곧장 라우라 핑크를 한 번 더 찾아갔어요. 그 여자도 정보를 전혀 흘릴 생각을 않더라고요. 그런데 중요한 사실은, 그 여자가 하우저를 알고 있었어요. 그것도 상당히 잘 알고 있더라고요. 본인은 플라토닉한 관계였다고 주장하지만, 확인해봐야 할 거 같아요. 현재로서는 더 이상 보고드릴 게 없어요. 여기 상황은 어때요?”

프랑크가 머리 위로 두 손을 깍지 껴서 쭉 폈다. 몸을 일으켜 자신의 책상에 가서는 메모장을 가져오며 말했다. “이걸 봐요, 우리도 농땡이 부리지 않았어요. 우리가 뭘 알아냈는지 궁금할걸요.

우선 하우저의 개인적인 신상명세를 보면, 기혼이고 자녀가 둘이고 사망 시점에 43세였고 10년 이상 당뇨병을 앓고 있었어요. 박사에 대학교수였고 기타 등등. 무척 호사스런 생활방식을 고수했는데, 충분히 그럴 만하더군요. 하노버에 있는 생물학과 화학 국제연구소에서 일했어요. 하우저는 서유럽 파트의 책임자였죠. 그러니까 약 천이백 여 명의 직원이 그 아래서 일했어요. 이제 알아맞혀 봐요, 하우저와 그 직원들이 특히 무슨 일에 몰두했는지?"

율리아는 시시하다는 표정을 지으며 짧게 대답했다. "독이겠죠."

"빙고. 응모자께서는 99점을 맞으셨습니다! 물론 독에 대한 연구와 실험은 그 거대한 연구소의 많은 분야 가운데 하나에 지나지 않았어요. 그런데 그 독극물 연구의 중심이 온갖 종류의 동물독에 있었어요. 이제부터가 중요합니다, 하우저는 특수한 독극물 및 그 작용방식과 관련해 두 가지 획기적인 발견을 했어요. 이 자리에서 그 모든 걸 상세하게 설명할 필요는 없겠죠. 어쨌든 하우저는 주로 뱀독 연구에 대한 분야에서 성공을 거뒀어요. 그래서 예를 들어 5년 전, 잠깐만, 여기 쓰여 있군요, 포스포리파아제 A_2의 특수한 성분들이 특히 다발성 경화증에 신비의 묘약일 수 있다는 사실을 발견했어요. 포스포리파아제 A_2는 많은 뱀독에 존재하는데, 그 분자구조가 여러 종류의 독에서 심한 변이형을 보이는 바람에 얼마 전까지 만해도 대부분의 전문가들에게 일종의 수수께끼였거든요. 지금까지 알려진 성분들이 전부 오로지 파괴적인 특성만을 발휘하는 것과는 반대로, 그 성분들은 중추신경계의 다발성 경화증 변화에 긍정적인 영향을 미칠 수 있어요. 그러니까 그 발견 덕분에 지금까지 불치병으로 알려진 다발성 경화증의 치유 약품이 빠르면 몇 년 이내에 시장에 나올 수 있다는 뜻이죠. 간단히 말해서, 그 발견은 아무튼 센세이셔널한 것이었고, 실제로 활용되기만 하면 조만간 노벨상 후보에 오를 거라고 예견될 정도였어요. 그 발견에 대해 약품업계에서 열광적인 관심을 보였거든요. 하우저는 사망할 때까지 다섯 권의 저서를 집필하고 수많은 논문을 전문잡지에 발표했어요. 몹스가 이런 정보들을 알려주었는데, 그의 말에 따르면 흔히 천재라고 불리는 존재였다나 봐요.

하우저의 혜성과 같은 경력을 요약하면, 열일곱 살에 고등학교 졸업, 스물두 살에 약학 학사학위, 스물세 살에 화학 학사학위, 스물여섯 살에 박사 학위, 서른한 살에 이급 교수직, 서른네 살에 일급 교수직을 획득했어요. 하우저 가까이에서 일한 여직원의 말에 따르면 일벌레였지만, 일에 대한 의욕을 잘 조절할 줄 알았대요. 게다가 그 여자는 하우저가 심장마비로 사망했다는 게 처음부터 믿기지 않았다고 말했어요. 몸에 문제가 있다고 한 번도 하소연한 적이 없었다는 겁니다. 사망하기 전날, 그러니까 12월 22일에도 하우저는 컨디션이 아주 좋아 보였다는군요. 그 밖에 그 여직원은 하우저에 대해 긍정적인 말만 했어요. 하우저가 침착하고 객관적인 사람이었으며 모든 분쟁을 원만하게 해결하도록 무척 세심하게 신경을 썼다고 하더라고요. 오늘은 일단 이 정도 알아냈어요. 아 참, 하우저의 관은 오늘 오후 개봉되어서 곧바로 법의학연구소로 이송될 예정이에요. 우리는 이미 몹스에게 기별했고, 몹스는 오늘 중으로 하노버에 도착해서 그곳 검사와 의논해 직접 조사에 착수할 겁니다. 몹스가 뭘 찾아내는지 두고 보자고요."

"뭔가 찾아낼 거예요." 율리아가 침착하게 말하며 새로 담배에 불을 붙였다. "하우저의 사생활에 대해서도 뭔가 알아냈어요? 이를테면 여자문제가 있었나요?"

"아뇨."

"뭐, 아니라고요? 여자문제가 없었어요? 혹시 못 찾아낸 거 아니에요?" 율리아는 조금 언성을 높여 물었다.

"그 연구소에서 일하는 다른 절친한 친구의 말에 따르면, 하우저는 부인 말고 다른 여자를 만날 시간이 전혀 없었답니다."

"그 말만으로는 아무것도 알 수 없어요. 로젠츠바이크도 일벌레였고 가정에 충실했고 지저분한 장난질을 칠 시간이 전혀 없다고 했잖아요. 그런데 결과가 어떻던가요? 여자가 하나만 있었던 게 아니라 무더기로 있었어요. 물론 몇 년에 걸쳐서. 쇠나우도 똑같았어요. 내가 장담하는데, 하우저도 최소한 한 번은 바람피웠어요. 일벌레든 교회 신도든, 그런 타입들은 은밀히 여자를 꿰차는 방법을 늘 찾아낸다고요. 내가 늘 말하잖아요, 사회적 신분이 높을수록 그런 충동을 더 무절제하게 발산한다니까." 율리아는 담배 연기를 빨아서 코로 내뿜었다.

"핑크를 조사해봐야겠어요." 잠시 후 율리아가 말했다. "제 직감에 의하면, 핑크가 이 모든 일의 열쇠를 쥐고 있는 거 같아요. 왜 자식들이 하나같이 입을 굳게 다물고 있는지 이유를 알 수 없다니까요. 자식들이 아버지를 증오한다는 느낌이 들어요. 아마 한 아들은 아닐지도 모르죠. 하지만 위르겐 핑크의 경우는 분명히 아버지를 증오하고 있어요. 아버지의 집에 다시 발을 들여놓기보다는 차라리 뒈지는 편이 낫다고 하더라고요. 라우라 핑크도 아버지가 어떤 인간인지 암시는 하면서도 도대체 구체적으로 설명하려고 하지 않아요. 뭐라고 딱 꼬집어 설명할 수는 없지만, 아버지를 그다지 좋게 생각하지 않는다고 추측돼요. 슈테판 핑크의 경우도 진심으로 아버지를 지지하는 것인지 아니면 금전적으로든 교회와 관련해서든 자신에게 불리한 일이 있을까 봐 말하길 두려워하는 것인지 확실히 모르겠어요. 만일 그렇다면 두려워하는 게 이해가 가는데 말이죠. 어쨌든 슈테판 핑크는 무척 냉소적이라는 인상이 들었는데, 경우에 따라서는 자기방어일 수도 있어요. 핑크의 과거를 샅샅이 뒤져봐야겠어요. 알아낼 수 있는 것은 모두 빠짐없이 알아내야죠. 핑크가 받은 편지에 '당신을 결코 잊지 않았고 앞으로도 결코 잊지 않을 누군가가' 라고 서명이 되어 있었는데, 그건 과거에 대한 명백한 암시라고요."

페터가 두 팔로 허벅지를 괴고 두 손을 깍지 낀 채 몸을 앞으로 숙였다. 신중하게 고개를 가로저으며 나지막이 말했다. "핑크 한 사람이 아니라 그 가족의 과거에 무슨 일이 있었다고 가정할 수도 있지 않겠어요?"

"그게 무슨 말인가?" 베르거가 물었다.

"그냥 제 생각을 소리 내어 말했을 뿐입니다. 아직 머릿속의 생각이 정리가 안 돼요. 하지만 곰곰이 생각하는 중입니다. 생각이 정리되면 그때 말씀드리죠." 페터는 잠깐 말을 멈추고서 껌을 입안에 집어넣고 다시 말을 이었다. "어쩌면 핑크의 과거만을 조사할 게 아니라 핑크의 집안환경이 어땠었고 그의 아버지가 무엇을 했는지도……,"

"그게 무슨 소용이 있겠어?" 프랑크가 회의적인 어조로 물었다.

"알 수 없죠." 페터는 말했다. "그냥 제 생각일 뿐입니다."

"오케이." 율리아가 말했다. "그렇다면 한 번 조사해보세요."

"다른 말로 표현하면, 핑크 개인의 어두운 과거도 조사하고 그의 부모에 대한 정보도 수집하라는 말인가요?"

"자신 있으면 해보세요. 아마 엄청나게 많은 일이 기다리고 있을걸요. 다만 그 일이 헛되지 않기만을 바랄 뿐이에요." 율리아는 시계를 흘낏 보고 말했다. 2시 10분 전이었다. "그러면 슈나이더를 한 번 기다려보죠. 슈나이더가 우리의 살인범에 대해 뭐라고 말하는지 두고 보자고요."

*

슈나이더는 2시 정각에 나타났다. 그는 언제나 그렇듯이 일에 무척 쫓기는 사람처럼 보였다. 키 작고 비쩍 마른 몸이 땀에 절어 있었다. 슈나이더는 빈 의자에 자리 잡고 앉아서 다리를 꼬고는 특유의 그르렁거리는 목소리로 말했다. "자, 여러분. 무슨 다급한 일이 있기에 오늘 꼭 저와 이야기하겠다고 하셨습니까? 주말이 저를 기다리고 있습니다."

베르거는 담배에 불을 붙이고 등을 뒤로 기댔다. "무엇이 문제인지 제가 이미 대략 말씀드렸습니다. 어떤 인물이 이 두 번의 살인사건에 관계되는지 박사님의 의견을 듣고 싶습니다."

슈나이더는 얼굴을 찡그려 미소를 짓고는 손수건으로 이마의 땀을 닦았다. "이보십시오. 제가 많은 경우들을 분석할 수 있지만," 그는 고개를 가로저으며 말했다. "이번만큼은 여러분들을 도울 수 없을 것 같습니다. 일을 본격적으로 시작하기에는 정보가 너무 미미해요. 아니면 혹시 그동안에 더 많은 정보를 알아냈습니까?"

"유감스럽게도 아닙니다." 베르거가 말했다. "완곡하게 말해서, 이 사건은 우리에게 커다란 수수께끼입니다. 그래서 박사님이 도와주시지 않을까 기대했죠."

슈나이더가 입을 열려고 하는 찰나에 전화벨이 울렸다. 베르거가 수화기를 들어 전화를 받더니, 몇 초 후 율리아에게 수화기를 건네주었다. 율리아는 수화기를 들고 말했다. "네." 그리고 쪽지에 뭐라고 쓰더니 이런 말로 통화를 끝냈다. "즉시 가겠습니다."

율리아는 수화기를 내려놓고 입을 꼭 다문 채 좌중을 둘러보더니 이윽고 말했다. "친애하는 핑크 박사 시니어였어요. 초조한 목소리로 가능한 한 빨리 자기 집으로 와 달라고 부탁했어요. 방금 미스터리한 꾸러미와 함께 산뜻한 편지 한 통을 받았대요."

"무슨 꾸러미, 무슨 편지래요?" 프랑크가 물었다.

"그 말은 하지 않았어요. 하지만 무척 걱정하는 목소리던데요." 율리아는 동료들에게 의미심장한 미소를 지어 보이고는 가방을 들고 문을 향해 걸음을 옮겼다. "미안하지만 가봐야겠어요. 핑크의 의중을 좀 더 분명하게 타진해볼 기회인 거 같아요. 이따 나중에 보든지 아니면 일요일에 교회에서 만나자고요." 그리고는 프랑크를 돌아보며 말했다.

율리아는 긴 복도를 지나고 층계를 내려가 자동차로 향했다. 그 사이 하늘은 구름에 덮여 있었다. 후덥지근한 열기가 더욱 견디기 힘들게 내리눌렀고 바람 한 점 일지 않았다. 서쪽에서 먹구름이 몰려와, 율리아가 바란 대로 마침내 고대하던 비를 뿌릴 듯이 보였다. 율리아는 코르사 문을 열고서 차창 두 개를 내리고 잠시 기다렸다가 차에 올라탔다. 차 안의 온도계가 또다시 50도에 육박했다. 공기가 납덩이처럼 가슴을 짓눌렀다. 그녀는 시동을 걸고 차를 출발시켰다.

오후 2시 40분

핑크는 니더라트의 육중하고 고풍적인 집에서 살고 있었다. 바로 맞은편에 경마장이 위치했고, 집 뒤편으로는 공원 같은 정원이 펼쳐졌다. 앞쪽은 약 3미터 높이의 철제 울타리로 에워싸여 있는 데다가 보통 사람들의 눈에는 잘 띄지 않는 동작센서와 비디오카메라가 설치되어 있었다. 율리아는 대문 앞에서 잠시 걸음을 멈추고 담배를 끝까지 피운 다음 담배꽁초를 인도에 던졌다. 초인종 위에 K H F라는 이니셜이 붙어 있었다. 율리아는 초인종을 눌렀다. 곧이어 카를 하인츠 핑크가 집 밖으로 나왔다. 그의 얼굴은 진지하고 무표정했다. 핑크는 대문을 열었다. 밝은색 여름바지와 흰 남방 차림이었고, 맨 위 단추가 풀려 있었다.

"이렇게 와줘서 고맙소." 핑크는 가라앉은 목소리로 말했다. 목소리가 전날과는 완전히 다르게 들렸다. "날 따라오시죠."

현관문 위의 지붕을 두 개의 거대한 기둥이 떠받치고 있었고 다섯 개의 계단이 위로 이어졌다. 율리아가 집 안에 들어서자, 핑크는 문을 닫고 말했다. "내 사무실로 갑시다. 그곳에서 방해받지 않고 조용히 이야기할 수 있소."

"부인께서도 알고 계신가요?" 율리아는 물었다.

"왜요?"

"그냥 궁금했습니다."

"우리 집사람은 이 문제와 아무 관련이 없소. 집사람이 알게 되면 괜히 쓸데없이 걱정할게요. 괜히 그런 걱정을 안겨주고 싶지 않소. 지금 집사람은 심리적으로 그다지 좋은 상태가 아니오. 이리 오십시오."

두 사람은 크게 반원을 그리며 위로 이어지는 널찍한 층계를 지나 2층으로 올라갔다. 어두운 복도를 지나서 열려 있는 문을 향해 걸음을 옮겼다.

"들어오시죠." 여형사가 방 안에 들어설 수 있도록 핑크는 옆으로 비켜섰다. 사무실은 음울한 인상을 주었다. 흑갈색 목제가구들이 방 안을 채웠고, 창문 밖에는 철창이 쳐 있었다. 율리아는 감방 안에 있는 듯한 기분이 들었다. 율리아가 한 번도 편하게 느끼지 못한 곳이 있다면, 그건 바로 감방이었다. 수감자들을 여러 번 찾아갔었는데, 교도소를 벗어날 때마다 번번이 기뻤다.

"여기 있소." 핑크는 책상 위의 벌려진 꾸러미를 가리켰다. "좀 전에 내가 집으로 돌아오자마자 택배기사가 가져왔어요."

"그 안에 무엇이 들었습니까?" 율리아는 책상에 가까이 다가가며 물었다.

"직접 보시죠."

율리아는 꾸러미 안을 들여다보았지만 별다른 게 눈에 띄지 않았다.

"그런데요?" 그래서 핑크를 쳐다보며 물었다.

"종이를 들어 보시오."

율리아는 상자 안에 손을 집어넣어 종이를 끄집어냈다. 종이 아래 심장에 바늘이 꽂힌 남자 인형이 놓여 있었다. 그녀는 한순간 침묵을 지키며 방 안을 둘러보고는 마침내 시선을 핑크에게로 향했다.

"발송인이 있습니까?"

"네, 그렇지 않았더라면 꾸러미를 열지도 않았을 거요. 여기, 에버하르트 그리제라고 쓰여 있소. 내가 잘 아는 사람으로 예전에 함께 일하던 동료죠. 그런데 그리제는 이 소포를 보내지 않았소. 내가 곧바로 전화를 걸어 보았소. 어쨌든 그리제와 통화를 시도했는데, 그 사람 부인 말로 그리제가 일주일 전부터 병원에 입원해 있어서 소포를 보낼 상황이 전혀 아니라는 게요."

"어떻게 아파서 어디에 입원해 있습니까?"

"심근경색으로 쓰러져서 지금 회히스트 병원의 중환자실에 있소. 현재로서는 다시 회복될 수 있을지도 매우 불투명한 상태요. 누군가가 그 친구 이름을 도용했소. 나를 노린 누군가가 말이오." 핑크는 떨리는 목소리로 말했다.

율리아는 소포 뚜껑을 덮었다. 운송장이 타이프라이터로 쳐져 있었다.

"이 인형 말이오," 핑크가 말을 이었다. "부두 인형(특정인을 본 따 만들어서 바늘로 찔러 위해를 가하거나 저주하는 데 사용되는 것으로 알려져 있다. —역주) 맞죠? 이 인형은 죽이고 싶은 사람에게 보내는 거요."

"그럴 수 있습니다. 편지도 있다고 하시지 않았나요."

"여기 있소." 핑크는 책상 위의 종이를 집어서 율리아에게 내밀었다.

안녕, 목자 양반.

내겐 언제나 당신에게 접근할 가능성이 있다는 걸 알겠지. 당신 수명이 거의 다했다는 사실을 명심하라고. 하지만 그 시점은 내가 결정해. 그리고 그 전에 당신이 고통스러워하는 걸 봐야겠어. 당신이 당신 최후의 날들을 어떻게 보내는지 지켜볼 셈이거든. 당신 인생이 얼마나 근사하게 끝을 맺을 수 있을지 때로는 궁금하지 않아? 당신은 오래오래 살다가 어쩌면 어느 날 조용히 평화롭게 당신 침대에서 잠들 수도 있었지. 그런데 유감스럽게도 다른 길, 잔혹하고 고통스러운 길을 선택했어. 그리고 당신이 이 길을 끝까지 가도록 내가 도와줄 생각이지. 죽음 자체는 나쁘지 않아. 죽는다는 사실이 나쁘지. 당신이 죽는다는 사실 말이야.

곧 다시 연락하지. 내가 항상 당신을 생각한다는 걸 명심하라고.

"잠깐 앉아도 될까요?" 율리아가 물었다.

"앉으시죠." 핑크는 책상 왼쪽의 안락의자를 가리키며 말했다. 그리고 그 자신은 창가에 섰다. 두 손을 바지 주머니에 집어넣은 채 창밖의 정원을 바라보았다.

"내 신변을 보호해주셔야겠소." 얼마 후, 핑크는 뒤돌아보지 않고 말했다. "내 목숨이 지금 위태로운 게 보이지 않소."

"그건 불가능한 일이라고 어제 이미 말씀드렸을 텐데요. 우리 경찰을 박사님 경호원으로 배치할 수는 없습니다. 하지만 이런 경우를 위해 만반의 준비를 갖춘 사설 기구들이 많아요."

"이런, 맙소사! 이 정신병자로부터 나를 보호해줄 가능성이 있어야 하지 않겠소! 나는 불안하단 말이오!"

"핑크 씨, 아니, 핑크 박사님. 경우에 따라서는 박사님을 도울 가능성이 있습니다. 물론 박사님이 우리를 도와주신다는 전제하에서 말입니다. 오는 게 있어야 가는 게 있는 법이죠."

핑크는 몸을 돌렸다. 초조하게 방 안을 걸으며 한 손으로 얼굴을 훔쳤다. 실내가 서늘한 데도 땀방울이 맺혀 있었다.

"어떻게 도우란 말이오? 나는 아무 죄도 저지르지 않았소! 아무도 괴롭힌 적이 없단 말이오. 내 말을 믿어주시오! 하지만 형사님이야 물론 내 말을 믿지 않겠죠. 나 같은 사람은 무조건 구린 데가 있을 거라고 생각할 테니. 잘 생긴 사람들과 돈 많은 사람들은 늘 구린 데가 있다고 다들 말하기 때문이죠. 하지만 내게선 아무것도 찾아내지 못할 게요!"

"그렇다면 유감이지만, 저로서는 도와드릴 수 없습니다. 어쩌면 단순한 모방범죄일 수도 있고요."

"지금 웃자고 하는 소리요! 형사님 본인도 그 말을 믿지 않을 게요. 로젠츠바이크도 죽고 쇠나우도 죽었소. 그리고 내가 다음 차례라고 하지 않소. 그런데 나는 살고 싶단 말이오. 내 말 알아들었소, 나는 살고 싶단 말이오! 내가 계속 살기를 바라는 않는 사람이 저기 바깥 어딘가에 있소. 내 말이 무슨 말인지 모르겠소?"

"핑크 박사님, 오늘 오전 저는 두 아드님과 이야기를 나누었습니다……."

"이런, 맙소사." 핑크는 율리아가 이미 슈테판 핑크에게서 들은 것과 같은 냉소적인 어조로 말하며 손을 내저었다. "지금 내 사랑하는 아들 위르겐 이야기를 하실 셈이요. 위르겐이 나에 대해 뭐라고 하던가요? 그 술주정뱅이가 형사님에게 뭐라고 하소연했죠? 내가 저를 얼마나 하찮게 대하는지? 살기가 얼마나 고단한지? 위르겐에게 들은 말은 다 잊어버리시오. 무책임한 녀석이라오."

"아드님이 무슨 말을 했다고 생각하십니까?" 율리아는 물었다.

"우리는 사이가 틀어졌소. 그 녀석은 제가 옳다고 생각하는 삶을 선택했어요. 난 그 녀석 하고 싶은 대로 하라고 내버려두었소. 그리고 이제 저 꼴이 되었소. 애비 입으로 이런 말을 하면 가혹하다고 하겠지만, 결국 어떻게 살 것인지는 자식들 스스로 언젠가 결정하기 마련이요. 그 녀석은 최악의 길을 선택했소. 어쨌든 나는 더 이상 그 녀석에 대한 책임을 질 수 없소. 라우라와 슈테판은 전혀 달라요. 그 아이들은 올바른 길을 선택했으니까."

"제 질문에 아직 대답하지 않으셨습니다. 아드님이 무슨 말을 했다고 생각하십니까?"

"왜 이러시오. 그 녀석에 대해 이야기하는 건 부질없는 짓이오. 그런 이야기는 하고 싶지 않소."

"그러면 라우라와 슈테판은요? 그 둘은 무슨 이야기를 했다고 생각하시죠?"

핑크는 눈을 가늘게 뜨고 율리아를 위에서부터 아래로 훑어보았다. 그의 얼굴이 시뻘겋게 달아올랐다.

"좀 앉으시지 않겠어요? 저는 누군가를 올려다보는 걸 좋아하지 않아요."

율리아의 말에, 핑크는 말없이 책상 너머 의자에 앉아서 등을 뒤로 기댔다.

"그러니까 핑크 박사님, 우리 본론으로 들어가죠. 이제 박사님에게 몇 가지 묻겠습니다. 그리고 저는 박사님에게 분명한 답변을 듣기를 기대합니다. 세상을 떠나고 싶지 않으시다면, 저를 도와주십시오."

"좋소, 질문하시오."

"어제와 똑같은 질문을 한 번 더 반복하겠습니다. 로젠츠바이크와 쇠나우를 살해하고 박사님을 협박할 만하다고 의심되는 사람이 있습니까?"

"아니! 아니, 아니, 아니란 말이오! 아무리 생각해도 그 두 사람은 절대 잘못을 저질렀을 리가 없어요. 만일 내가 두 사람에게 품행증명서를 발급해야 한다면 흠 잡을 데 없다고 쓸 거요. 나는 두 사람을 몇십 년 전부터 알고 지냈소."

율리아는 두 손을 맞대어 손가락 끝을 코에 갖다 댔다. 마음 같아서는 당장 로젠츠바이크와 쇠나우에 대해 알고 있는 사실을 핑크에게 말해주고 싶었지만 꾹 눌러 참았다.

"핑크 박사님, 직업과 관련해서 혹시 과거에 누군가가 심한 모욕을 받았다고 느낄만한 사건이 있었습니까? 그래서 지금 복수를 계획할 수도 있지 않을까요?"

"이보시오, 형사님. 35년 전부터 나는 많은 책임감을 요하는 자리에서 일하고 있소. 그러니 때로는 어쩔 수 없이 행동을 취할 수밖에 없는 상황이 당연히 있기 마련이요. 하지만 분명히 말하는데, 그럴 때마다 항상 어느 방향으로든 심사숙고를 거듭했고 모든 대책을 강구했소. 우리 직원들에게 물어보시오, 그들이 기꺼이 확인해줄 거요."

"그러면 교회에서는 어떻습니까? 로젠츠바이크와 쇠나우도 박사님처럼 노출된 위치에 있었던 것으로 아는데요. 혹시 교회 사람일 수도 있지 않을까요?"

핑크는 고개를 가로저으며 웃었다. "아니, 절대 그럴 리 없소! 엘로힘 교회는 신도들의 행복에 주안점을 두고서 엄격하게 운영되는 조직이요. 우리 집회에 한 번 초대할 테니 직접 와서 눈으로 보시오. 혹시라도 우리 교회가 완고하고 고집스러운 작은 종파일 거라고 생각했다면, 유감스럽게도 실망할 게요. 우리 교회는 인간이 기쁨을 누리기 위해 존재한다는 모토를 추종하고 있소. 우리는 여호와의 증인도, 모르몬교도, 제7일 안식일 예수 재림교도 아니고 사이언톨로지교와도 아무 상관 없어요. 우리는 엘로힘 교회요……. 이 교회가 무슨 일을 하는지 알기나 하시요? 아니, 물론 모를 테지. 어떻게 알겠소? 하지만 내가 형사님에게 알려주죠. 이 세상 어딘가에서 심한 자연재앙이 일어나거나 기근이 휩쓸거나 사람들을 곤경에 빠뜨리는 일이 발생하면 우리가 달려간다오. 하지만 우리는 자신들의 선행을 떠벌리며 세상을 관심을 끌려고 하는 카리타스나 국제기아구호협회가 아니오. 우리는 보이지 않는 곳에서 조용히 돕소. 우리에겐 곤궁에 시달리는 사람들을 위한 특별한 자산이 준비되어 있어서, 도움을 필요로 하는 경우에 언제든 즉각 내놓죠. 일자리나 배우자를 잃어버리고 아무 이유 없이 부당하게 곤경에 처한 개개인이 문제 될 수도 있고 또는 많은 대중이 우리의 도움에 의지할 수도 있소. 우리는 많은 사람을 돕지만 세상 사람들은 아무도 그걸 모른다오. 우리가 자만하지 않고 교만하지 않기 때문이오. 하느님이 허락하시지 않는 것이 있다면, 그건 바로 자만이오."

"그 자금을 전부 어떻게 충당하죠?"

"성서의 말라기 제3장을 읽어 보시오. 십일조를 하느님에게 바치라고 거기 쓰여 있소. 하느님이 친히 그 돈을 받으실 수 없기 때문에, 그 돈을 관리하고 이른바 인도적인 목적에 사용하는 하느님의 대리인이 이 지상에 있소."

"성서의 몇 구절을 이렇게 직접 말씀해주시다니 좋습니다." 율리아는 미소를 지으며 말했다. "하지만 그것은 제 질문에 대한 답변이 아닙니다. 박사님 교회에는 틀림없이 부당한 대접을 받았다고 느끼는 사람들이 있습니다. 아니면 제가 잘못 짚었습니까?"

"좋든 나쁘든 어느 공동체에나 무슨 일에도 절대 만족하지 못하는 사람들이 있기 마련이요. 우리 교회도 마찬가지요. 하지만 우리 교회에서 살인자를 찾아낼 일은 없을 게요."

"거 참 이상하군요. 갈등의 소지는 눈곱만큼도 찾아볼 수 없는데, 지금까지 박사님 주변에서 존경받아 마땅한 듯 보이는 두 남자가 살해되었습니다……."

"냉소적인 말은 삼가시죠." 핑크가 냉정하게 율리아의 말을 잘랐다. "그들은 존경받아 마땅한 듯 보인 게 아니라 실제로 존경받았소……."

"아니요, 그렇지 않았습니다." 율리아는 단호하게 말했다. "그 말에 대한 우리의 정의가 서로 다르지 않다면 말이죠."

"그게 무슨 말이오? 뭔가를 알아낸 거요?" 핑크는 나지막하면서도 예리한 목소리로 물었다.

"죄송합니다, 저는 현재의 수사 상황에 대해 알려드릴 수 없고 또 알려드려서도 안 됩니다. 이제 마지막으로 묻겠습니다, 박사님의 인생에서 제게 꼭 말해야 하는 일이 없습니까? 또 다른 살인을 막을 수 있도록 우리와 박사님을 도울만한 일이 없습니까?

이미 발생한 살인사건들을 해결하도록 우리를 도와줄 수 없습니까? 예를 들어 박사님 결혼생활의 신의는 어떻습니까?"

핑크는 눈을 가늘게 뜨고 몸을 앞으로 쑥 굽혔다. 몇 번 힘차게 숨을 들이쉬었다가 다시 내쉬었다. 콧날이 부르르 떨렸고 눈이 사나운 황소의 눈빛을 띠었다. 핑크는 거의 속삭이듯, 그러나 오해의 여지 없이 날카롭게 말했다. "도대체 무슨 말을 하고 싶은 거요? 내 사생활과 특히 내 결혼생활이 당신과 무슨 상관이 있다는 게요?"

"특히 이 수사와 관련해 많은 것들이……."

"이 말로 충분할지 모르겠지만, 나는 내 아내와 결혼한 지 38년 되었소……."

"아니요, 그 정도로는 충분하지 않습니다." 율리아는 시선을 똑바로 핑크에게 향한 채 차갑게 말했다. "38년의 결혼생활은 현재 여자문제가 없거나 또는 과거에 없었다는 뜻은 절대 아니죠. 현재 여자문제가 있거나 아니면 과거에 있었습니까?"

율리아는 고개를 옆으로 살짝 숙이고 또다시 물었다. 그러면서 핑크의 모든 움직임과 표정, 반응을 유심히 지켜보았다. 핑크는 기도하듯 두 손을 모으고 바닥을 응시하면서 시간을 끌었다. 그는 고개를 가로저으며 단호한 목소리로 대답했다. "아니요, 나는 혼외관계는 과거에도 맺은 적이 없었고 현재도 없소……. 우리는 행복한 결혼생활을 하는 행복한 가족이요……." 핑크는 별안간 말을 멈추고 깜짝 놀란 듯 거의 당황한 표정으로 율리아를 바라보았다.

"그렇군요, 행복한 가족이군요." 율리아는 조소하는 어조로 말했다. "막내아들을 내쫓은 행복한 가족이란 말이죠? 아니면 제가 뭘 잘못 이해했습니까?"

“위르겐 일은 별개의 문제요. 그럼, 위르겐이 우리를 배반하지 않았더라면 행복한 가족이었을 거라고 말합시다. 하지만 나머지 가족은 사이좋게 잘 지내고 있어요. 아들 녀석이 우리를 버리고 떠난 걸 내가 어쩌겠소. 이미 말했듯이, 그건 그 녀석의 결정이었소.”

“그 아들이 다시 돌아오고 싶다면 어쩌시겠어요?”

“내 문은 언제나 열려 있소.” 핑크는 서둘러 단언했다.

“그렇담 조건이 무엇이죠?” 율리아는 계속 물었다.

“그건 형사님과 아무 상관 없소.” 핑크는 흥분해서 대답했다. “그건 오로지 나와 내 아들 사이의 문제요.”

“좋아요. 박사님 스스로 어떻게 인생을 일구고 또 자녀분들에게 어느 정도나 개입하는지 잘 아시고 계시겠죠. 하지만 저로서는 이 말씀밖에 드릴 수 없습니다, 현재 상황에서는 박사님을 도와드릴 수 없어요. 박사님이 제게 지금까지 단 한 걸음도 다가오려고 하시지 않았기 때문입니다. 어떤 이유에서인지는 몰라도 박사님은 혹시라도 있을 죽음을 감수하시려는 듯 보입니다. 제게 숨기시는 것이 그만한 가치가 있는지 스스로 물어보셔야 할 거예요.”

“나는 당신에게 숨기는 것이 없소!” 핑크는 시뻘게진 얼굴로 소리쳤다. “도대체 무슨 상상을 하는 게요, 당신……!”

율리아는 몸을 일으켜 소포 상자 안을 한 번 더 흘낏 바라보았다. 그리고는 비웃음을 지으며 말했다 “진짜 부두교 사제는 저걸로도 사람을 실제로 죽일 수 있다고 들었습니다. 박사님은 항상 잘 보이도록 저 인형을 벽에 걸어두셔야 할 것입니다. 다시 잘 생각해 보십시오. 제 연락처는 알고 계시죠.” 율리아는 잠깐 말을 멈추었다가 이어서 말했다. “가능하면 사모님하고 잠깐 이야기하고 싶은데요."

"왜죠?" 핑크가 의혹의 눈길로 물었다.

"사모님에게 몇 가지 물어보고 싶은 게 있습니다."

"뭘 물어본단 말이오?"

"이것저것 물어보고 싶습니다. 저는 우리의 대화에 대해 사모님에게 이야기하지 않을 것이고, 마찬가지로 사모님에게 들은 이야기도 박사님에게 말하지 않을 것입니다."

"나는 거기에 절대 관여하지 않을 거요." 핑크는 책상 앞으로 걸어 나오며 말했다. "집사람과 굳이 꼭 이야기하고 싶다면 그러시죠. 집사람은 베란다에 앉아 있어요. 층계를 내려가 거실을 지나가기만 하면 됩니다. 집사람이 거기 보일 거요."

"감사합니다, 안녕히 계십시오. 그리고 즐거운 하루가 되길 빕니다."

*

남편이 말한 것처럼 핑크 부인은 베란다의 비치체어에 앉아서 책을 읽고 있었다. 율리아가 느닷없이 불쑥 나타나자, 그녀는 눈길을 들었다. 책을 허벅지에 내려놓고 여형사를 바라보았다.

"핑크 부인이신가요?"

"그런데요?" 목소리가 부드럽고 온유했으며, 은빛 머리카락은 꼼꼼하게 뒤로 빗어 넘긴 모습이었다. 핏기없고 입술이 얇은 입과 코 주위에 주름살이 깊게 패 있었다. 특히 목에 주름이 많았다. 한때 초록빛이었을 눈은 흐릿했고 이상하게도 생기가 없었다. 낯선 여자를 보고도 한 번도 빛을 발하지 않았다.

"저는 경찰청의 뒤랑 형사입니다. 잠깐 이야기 나눌 수 있을까요?"

"로젠츠바이크 형제와 쇠나우 형제 때문인가요?" 핑크 부인은 똑바로 앉으며 물었다.
"네, 그리고 또……."
"우리 남편에게 무슨 일이 있습니까?" 핑크 부인은 계속 물었다.
"남편분께서 아무 말씀도 하시지 않던가요?"
"그게 무슨 말이죠?" 핑크 부인은 전혀 감정의 동요 없이 물었다.
"사람들에게 방해 받지 않고 조용히 이야기할 수 있을까요? 그러니까 단둘이서 말입니다."
"정원을 한 바퀴 돌까요. 도대체 무슨 일인지……."
"정원으로 가시죠. 남편분께서 우리 이야기를 듣지 않았으면 해요. 우리 이야기에 그다지 기뻐할 것 같지 않아요."
핑크 부인은 몸을 일으키고 책을 비치체어에 내려놓았다. 키가 율리아보다 조금 작았으며 몸놀림이 무거웠다. 그들은 정원을 향해 느릿느릿 걸음을 옮겨 넓은 잔디밭에 이르렀다. 왼쪽에 15×10미터 크기의 수영장이 있었다.
"집이랑 정원이 참 아름다워요." 율리아는 감탄했다. "하지만 일이 많겠어요."
"일하는 사람이 몇 명 있어서 집하고 정원을 돌봐요. 하지만 지금 그 이야기하러 오신 건 아니잖아요, 그렇죠?"
"네, 남편분 때문에 왔어요. 남편분께서는 부인에게 이야기하지 말라고 당부하셨지만, 저로서는 그런 부탁을 이따금 모른 척할 수밖에 없어요. 간단히 말해서, 남편께서는 살해 협박을 받으셨어요. 혹시 그 문제와 관련해 제게 해주실 말씀 없으세요?"
"살해 협박이라고요?" 핑크 부인은 놀라서 물었다. "그게 무슨 말인지……."
"부인도 아시다시피 로젠츠바이크와 쇠나우는 이미 사망했어요. 그리고 이제 남편분께서 살인 리스트에 오른 듯 보입니다. 그런데 유감스럽게도 남편께서는 수사에 협조하기를 거부하고 계세요. 그래서 부인께 도움을 청하게 되었죠."

"그러면 내가 어떻게 도울 수 있죠?"

"가족이나 결혼생활, 친구들과 아는 사람들, 남편이 하시는 일에 대해 이야기해주세요. 생각나는 대로."

"친구들은 빼주세요. 우리에겐 친구가 없어요. 그 사람은 친구를 사귀려고 하지 않았어요. 나는 그 이유를 지금까지도 알 수 없지만 그냥 운명으로 알고 받아들였어요. 아는 사람들," 핑크 부인은 눈에 보일락 말락 살며시 어깨를 으쓱했다. "아는 사람들은 많이 있지만, 말 그대로 그냥 아는 사람들일 뿐이죠. 그리고 38년이 지난 지금 우리의 결혼생활에 대해 말한다면……, 우리는 결혼했고 지금 이렇게 살고 있고 아무것도 부족한 게 없어요……. 나는 불평할 수 없어요." 이 마지막 말에 담긴 적지 않은 신랄함이 율리아의 주의를 끌었다. 하지만 아무 말도 하지 않았다.

"그리고 우리 가족에 대해 말하면, 라우라는 의사이고, 슈테판은 화가이죠, 우리 막내아들 위르겐은 애석하게도 잘못되었어요."

"왜죠?"

"미안하지만 그 이야기는 하고 싶지 않군요. 그건 우리 남편과 아들 사이의 일이에요. 그리고 내겐 거기에 대해 의견을 말할 권리가 없어요."

"그렇지만 어머니시잖아요. 위르겐도 부인의 아드님이에요."

"하지만 남편이 집안의 가장이에요. 그 사람이 가장으로서 모든 걸 결정해요. 위르겐이 고생하는 걸 눈으로 보고 내 마음이 아파도 어쩔 수 없어요. 내게는 그 아이를 위해 뭔가를 할 힘도 없고 권한도 없어요. 게다가 그 아이는 이제 스스로 무엇을 하는지 알 만큼 나이를 충분히 먹었어요. 저로서는 형사님을 도울 수 없을 거 같네요."

"혹시 제가 알아야 하는 가족의 비밀 같은 게 있습니까? 누군가로 하여금 살인을 저지르게 만드는 비밀 말입니다. 제가 보기에는 그런 비밀이 있는 게 거의 확실한데도 지금까지 아무도 이야기하려 하지 않고 있어요."

핑크 부인은 무겁게 침을 삼켰다. 그리고 여형사와 함께 나란히 잔디밭을 걷는 동안 내내 바닥만 바라보았다. 그동안에 구름은 더욱 짙게 하늘을 뒤덮었고 멀리에서 천둥소리가 들려왔다. 뇌우가 프랑크푸르트에 이르기까지 아직 몇 분 더 질문할 시간이 있었다.

"우리 집에 비밀은 없어요." 얼마 후, 핑크 부인은 말했다. "비밀이 있다고 믿으시면, 그건 형사님이 잘못 생각하신 거예요."

"그러니까 제가 잘못 생각했다는 말씀이군요." 율리아는 말했다. "그러니까 남편분에 대한 협박은 순전히 우연이고 그럴 만한 이유가 현실적으로 전혀 없다는 말씀이시죠?"

"분명 그럴 거예요. 로젠츠바이크와 쇠나우에게 무슨 비밀이 있었나요? 비밀이 있긴 있었나요?"

"알고 싶으시다면 말씀드리죠. 그래요, 비밀이 있었어요."

핑크 부인은 잠깐 헛웃음을 웃더니 말했다. "세상에, 사람 속은 알 수 없다니까요. 모두들 언제부턴가 자신 주변에 근사한 벽을 둘러쌓죠. 그리고 나이를 먹을수록 그 벽을 뚫고 들어가기는 더욱 어려워져요. 그 뒤에 어떤 비밀이 숨어 있는지는 그 비밀을 지키는 사람만이 말할 수 있겠죠. 그 비밀이 아무리 끔찍하더라도 말이에요."

"핑크 부인, 부탁입니다. 저를 좀 도와주세요."

"나는 도와드릴 수 없어요." 핑크 부인은 몸을 돌려 간청하는 눈길로 율리아 뒤랑을 바라보았다. "이제 그만 가주세요. 혼자 있고 싶어요. 우리 가족에 관계되는 일에 대해 형사님에게 말하고 싶지 않아요. 죄송해요."

"잠깐만요." 핑크 부인은 율리아에게 등을 돌린 채 걸음을 멈추었다. "뭐가 두려우시죠? 남편이 두려우신가요?"

핑크 부인이 대답하기까지 몇 초가 흘렀다. 율리아는 앞에 서 있는 부인이 팽팽하게 긴장하는 걸 느꼈다. "나는 두렵지 않아요. 다만 무슨 말을 해야 할지 모를 뿐이에요."

"부인은 두려워하고 계세요. 그걸 느낄 수 있어요. 만일 저하고 이야기하고 싶은 생각이 드시면 제게 전화주세요. 여기 제 명함이 있어요. 저는 언제든 부인과 이야기할 수 있어요."

"제 전화를 기다리신다면, 헛일일 거예요." 핑크 부인은 명함을 받아들며 말했다.

"안녕히 계세요."

율리아는 핑크의 집을 향해 걸음을 옮기며 위층을 흘낏 올려다보았다. 카를 하인츠 핑크가 창가에 서서 굳은 표정으로 두 사람을 내려다보고 있었다. 율리아는 자동차로 가는 길에 담뱃불을 붙이며 시계를 보았다. 4시 조금 전이었다. 무력한 분노가 치솟는 게 느껴졌다. 담배 연기를 깊이 빨아들여서 오랫동안 폐 속에 담아두었다가 다시 내뿜었다. 율리아가 자신의 직업을 증오하고 그지없이 평범한 사무실에서 소박한 여비서로 일하기를 바라는 날들이 있었다. 이를테면 오늘이 바로 그런 날이었다.

한 가지 물음이 그녀의 머릿속을 계속 두드려댔다. 로젠츠바이크와 쇠나우와 핑크는 어떤 비밀을 공유했을까? 두 남자는 이미 저세상으로 갔고, 핑크도 이 세상을 하직하는 것은 오직 시간문제였다. 율리아는 자동차에 앉아서 라디오 FFH를 틀었다. '그 두 사람'이라는 프로그램이 방송 중이었다. 뉴스가 끝나고 맨 먼저 들려온 노래는 브라이언 애덤스와 멜라니 C의 '당신이 떠났을 때(When You're gone)'였다. 율리아는 볼륨을 최대로 높였다. 집으로 가는 길에 핑크를 비롯한 사람들을 더 이상 생각하고 싶지 않았다. 오늘은 아주 넌더리가 났다. 첫 번째 번개가 번쩍 하늘을 가른 뒤를 이어 엄청난 천둥소리가 이어졌다. 도로에 차들이 많아서 다들 거북이걸음이었다. 율리아는 페니 마르크트(독일의 슈퍼마켓 —역주) 앞에서 차를 세우고 몇 가지 자질구레한 것들을 샀다. 5시 직후 집 앞에 도착하자, 굵은 빗방울이 후드득 길에 떨어지기 시작했다.

오후 5시 10분

율리아는 우편함의 우편물을 꺼냈다. 편지 두 통과 청구서 하나, 잡지 GEO(독일 함부르크에서 발행되는 월간 다큐멘터리 잡지 —역주)의 신간 호. 율리아는 층계를 올라갔다. 몸에서 열이 푹푹 났고 발은 부어 있었다. 문을 열고 집 안에 들어서서는 발로 툭 차서 문을 닫았다. 쇼핑백을 바닥에 내려놓고 가방을 소파에 던졌다. 활짝 열려 있는 거실 창문으로 달려가 창문을 닫고는 마찬가지로 열려 있는 창문을 닫으러 침실로 달려갔다. 빗방울이 순식간에 거센 소나기로 변해 있었다. 번개가 번쩍번쩍 연달아 어두운 하늘을 밝히고 우르릉 쾅쾅 요란한 천둥소리가 집을 뒤흔들었다. 율리아는 쇼핑백을 들어 주방 식탁에 내려놓고 내용물을 풀었다. 그리고 베르너 페트롤과 함께 보내기로 한 저녁에 대해 생각했다. 그는 집에서 율리아가 찾아오길 기다리고 있었다. 함께 저녁을 먹고 함께 음악을 듣고 함께 잠자기를 기대했다. 여느 때와 다름없는 저녁이 될 것이었다. 저녁 시간과 밤 시간을 베르너와 함께 보낸다는 생각은 왠지 지루했다. 다른 한편으로는 육체적인 애정에 대한 욕구가 치밀었으며, 베르너만큼 함께 자고 싶은 남자는 지금까지 없었다고 시인했다. 베르너는 재치가 풍부했고 때로는 색다른 것을 바랐다. 그는 좋은 연인이었다. 하지만 그런 것만으로는 충분하지 않았다. 율리아는 언제나 자신을 위해 곁에 있어주는 남자가 그리웠다. 모든 근심 걱정을 받아주고 어쩌다 기분 나쁜 일이 있으면 귀 기울여주는 남자. 율리아는 베르너가 이혼하겠다고 입으로는 수천 번 맹세하지만 사실은 절대 이혼하지 않을 것을 특유의 확실한 직감으로 느꼈다. 그리고 높으신 나리가 관대하게 어쩌다 한 번 시간을 내서 찾아주길 기다리는 것에 진절머리가 났다.

율리아는 어깨를 으쓱하고 냉장고 문을 닫고 담뱃불을 붙이고 맥주 캔을 땄다. 소파에 앉아서 우편물을 손에 들고 두 다리를 탁자 위에 올려놓았다. 전기요금 청구서는 뜯어보지 않은 채 옆으로 밀어놓았다. 편지 한 통은 아버지에게서 온 것이었고, 다른 한 통은 예전 학교 동창이 일 년에 한 번 모이는 동창회를 9월 초에 고향에서 개최한다고 알리는 내용이었다. 율리아는 아버지의 편지를 읽었다. 아버지는 편지를 쓰는 일이 별로 없었고, 쓰더라도 대부분 여섯 줄을 넘기지 않았다. 그녀는 미소를 지으며 과거 어린 시절에 대한 생각으로 한순간 빠져들었다. 그 시절에 어머니와 아버지는 어린아이가 바랄 수 있는 모든 걸 딸에게 주었다. 그러나 율리아 뒤랑의 기억에 남아 있는 건 물질적인 것들보다는 셋이 함께 거실이나 테라스에 앉아서 하느님과 세상에 대해 이야기를 나누었던 저녁 시간들이었다.

부모님은 딸에게 아직 어린아이라고 한 번도 면박을 준 적이 없었다. 율리아는 언제나 부모님의 삶에 참여할 수 있었다. 그리고 그 점에 대해 무한히 감사했다. 부모님에 대해 불평할 이유가 거의 없었다. 언제든 문제가 생길 때마다 부모님을 찾을 수 있었고, 부모님은 항상 딸을 진지하게 여긴다는 감정을 일깨워주었다. 어린 소녀 시절에는 한없이 느리게 흘러가는 것만 같았던 시간이 어느새 빠르게 곁을 스쳐 지나갔다. 율리아는 젊은 여인이 되었고, 첫사랑의 커다란 슬픔을 맛보았으며, 어머니가 고통스럽게 앓다가 결국 눈 감는 것을 보았다. 그리고 그 누구보다도 소중한 사람을 잃어버린 아버지의 아픔과 슬픔을 결코 잊을 수 없을 것이었다. 어머니가 쉰 살도 되지 않은 나이에 세상을 떠난 후로 어느덧 9년이라는 세월이 흘렀다.

그 무렵 율리아는 스물여섯 살이었으며, 1년 전 경찰대학을 수석으로 졸업하고 곧바로 뮌헨의 풍기단속반에 배치받았다. 그녀는 생전 처음 열렬한 사랑에 빠졌고 그래서 결혼까지 했던 남자를 생각했다. 하지만 신혼 초 행복해 보였던 결혼생활은 재앙으로 치달았다. 남편보다는 율리아의 눈에 그렇게 보였다. 6년이라는 시간이 지난 후에야 비로소 그녀는 진실을 알게 되었다. 남편의 많은 초과근무가 무엇으로 이루어졌는지 은밀한 귀띔을 받았던 것이다. 그것은 남편이 운영하는 광고 에이전시의 많은 여직원과의 외도로 점철돼 있었다. 남편이 다른 여자들과 바람을 피웠다는 사실 자체보다는 수치심과 굴욕감이 그녀의 가슴을 깊이 후벼 팠다. 오래전부터 주변 사람들 모두 알고 있었는데 그녀만 모르고 있었다. 남편을 집에서 내쫓고 이혼소송을 제기하고 나자 다시는 남자들과 관계하고 싶지 않았다. 남자들의 뇌와 감정은 오로지 페니스에만 꽂혀 있다고 확신했다. 그리고 호르몬 수치가 위험 수준으로 떨어져서 견디기 어려워지면, 자극적인 옷을 걸치고 바를 찾아갔다. 마음에 드는 남자를 하나 골라 그날 밤을 함께 보내고는 금방 다시 잊었다.

오로지 베르너 페트롤만이 달랐다. 베르너는 매력적이고 잘 생겼으며, 여자들을 묘하게도 마법적으로 끌어당기는 면이 있었다. 그게 어디에서 오는지는 알 수 없었다. 하지만 순전히 성적인 관계였을지라도 베르너는 율리아 뒤랑을 선택했다. 그는 최소한 율리아의 호르몬 조절을 정상으로 유지시켰다.

율리아는 맥주를 한 모금 마시고 새로 담배에 불을 붙였다. 그리고 시계를 보았다. 6시 15분 전이었다. 그녀는 베르너에게 전화를 걸까 말까 생각했다. 하지만 전화를 걸고 몸을 씻고 좀 특별한 옷을 걸치고 그에게 간다 해서 얽매이는 관계가 되는 것은 아니었다.

율리아는 소파에서 일어나 담뱃재를 재떨이에 털고 창가로 갔다. 여전히 뇌우가 사납게 날뛰는 바깥을 내다보았다. 빗방울이 돌풍에 내몰려 창문을 거세게 두드렸다. 창문턱에 작은 물웅덩이가 고여 있었다. 율리아는 속으로 욕설을 내뱉었다. 관리사무소에 벌써 여러 차례 그 점을 지적했지만 지금까지 아무 반응이 없었다. 물이 새는 것을 보려고 사람을 보낸 적조차 없었다. 그녀는 담배를 마지막으로 한 번 더 빨고 재떨이에 눌러 끄고 수화기를 들었다. 그리고 베르너 페트롤의 전화번호를 눌렀다. 베르너는 전화벨이 두 번 울리자마자 곧장 전화를 받았다.

"여보세요. 나야, 율리아. 그냥 한 번 전화했어……."

"이리 올래?" 베르너는 그녀의 말을 끊었다.

"제가 언제 가면 그쪽 신사분의 마음에 들까요?"

"빨리 올수록 좋아."

"먼저 샤워하고 옷을 갈아입어야 해. 7시 반에서 8시 사이에 도착할게. 나중에 봐."

"율리아, 당신을 사랑해. 오늘 저녁 만나게 돼서 기뻐."

"이따 봐." 율리아는 수화기를 내려놓고 베르너가 무척 맘에 들어 하는 검푸른 색 언더웨어와 몸에 꼭 달라붙는 미니원피스를 옷장에서 꺼냈다. 남은 맥주를 마시고 샤워기 아래서 미지근한 물로 몸을 씻었다. 머리를 헤어드라이어로 말리고 화장을 살짝 하고 샤넬 넘버 5를 뿌리고 옷을 입었다. 그 전에 뭐라도 좀 요기할까 생각했지만 그 생각을 금방 밀어내었다. 베르너를 만날 때마다 늘 그랬듯이 식사하러 갈 게 뻔했기 때문이었다.

7시 직후에 외출 준비가 끝났다. 뇌우는 물러나고 구름은 흩어지고 길에서 김이 올랐다. 율리아는 집 안을 한 번 더 휘익 둘러보고는, 내일은 어질어진 걸 좀 치우고 청소기를 돌리고 먼지를 닦고 빨래를 빨고 아마 창문도 닦아야겠다고 마음먹었다. 그러나 결정적인 청소 열병이 덮치면, 냉장고의 성에도 제거하고 욕실도 청소할 것이었다. 어디 두고 봐야지, 율리아는 가방을 들고 문을 향해 걸음을 옮기는 동안 혼자 빙긋이 웃으며 생각했다. 문손잡이에 손을 대려는 찰나에 전화벨이 울렸다. 어떻게 할까 잠시 생각했지만 결국 수화기를 들었다.

"네, 여보세요."

"베르거 반장일세. 방해되었나?"

"꼭 그렇진 않아요. 하지만 막 누군가를 만나러 가려던 참이었어요." 율리아는 말했다.

"걱정 말라고. 오늘 저녁을 망칠 생각은 없으니까. 몹스가 하노버에서 알려온 내용을 자네도 알아야 하지 않을까 생각했네. 이미 좀 부패한 하우저의 시신이 정오 무렵 관에서 꺼내어져 즉시 법의학연구소로 이송되었어. 하우저가 독살되었다는 닥터 외크찬의 말이 맞는 듯 보이네. 몹스와 하노버의 동료가 이번 주말에 독의 정체를 규명할 걸세. 이 말을 전해줄 생각이었어."

"그건 이미 알고 있었던 내용 아닌가요." 율리아는 말했다.

"알고 있었다기보다는 그럴 거라고 예감했지. 핑크를 찾아간 일은 어떻게 되었나?"

"이런, 젠장." 율리아의 입에서 자신도 모르게 이 말이 새어나왔다. "반장님께 전화로 간단히 보고할 생각이었는데, 너무 짜증이 나서 그만 깜박 잊어버렸어요. 그러니까 누군가 핑크에게 부두 인형과 편지를 보냈어요. 인형에 바늘이 꽂혀 있었고, 편지는 살해하겠다는 냉혹한 협박편지였어요. 그런데 문제는, 누가 자신을 노리는지 도대체 모르겠다고 핑크가 주장한다는 거죠. 차라리 암소가 하늘을 날 수 있다고 주장하는 농부의 말을 믿지 그 말을 믿겠어요. 게다가 핑크의 부인은 조개처럼 입을 꼭 다물고 있어요. 현재로서는 그 두 사람에게 접근할 방법이 없어요. 하지만 두 사람이 뭔가 아주 중요한 걸 감추고 있는 게 분명해요. 그런데 그게 뭔지 알 수가 없다니까요. 어쨌든 저는 알아내지 못했어요. 빌어먹을, 절망스럽더라고요. 하지만 핑크가 조심하지 않으면, 다음 희생자가 될 거예요."

"유감스럽지만 어쩌겠나. 우리는 협조적인 태도를 보이는 사람만 보호할 수 있어. 그 일로 저녁을 망칠 것까진 없네. 월요일에 보자고."

"그럴게요."

율리아는 수화기를 내려놓고 곧바로 집을 나왔다. 방해받지 않고 조용히 저녁을 보내고 싶었으며 달갑지 않은 순간에 휴대폰이 울리지 않기를 바랐다. 조용히……, 격렬한 밤을 보내길 바랐다.

오후 7시 40분

율리아가 베르너의 집 앞에 차를 세웠을 때, 하늘은 구름 한 점 없이 청명하게 개어 있었다. 상쾌하고 선선한 바람이 불어와 지난 며칠 동안의 열기를 서서히 몰아내었다. 율리아는 차에서 내려 차 문을 잠그고 초인종을 울렸다. 곧이어 현관문이 열렸고, 그녀는 현관로비에 들어섰다. 엘리베이터를 타고 베르너의 집이 있는 맨 위층으로 올라갔다. 베르너는 아주 매력적으로 보이는 특유의 표정을 지으며 문 앞에 서 있었다. 그는 그녀의 볼에 살짝 입맞추었고, 율리아는 그를 지나 집 안으로 들어갔다. 커다란 스피커에서 클래식 음악이 은은히 울려 나왔고 에어컨이 켜져 있었다. 저녁 햇살이 가볍게 선팅된 유리창을 뚫고서 고급스럽고 세련된 인테리어에 힘입어 극히 우아하게 보이는 널찍한 방 안을 비췄다.

"당신이 오니 좋군. 당신은 정말이지 항상 멋져." 베르너는 감탄하는 표정으로 고개를 끄덕였다. "당신이 그 색깔을 입으면 아주 맘에 들어. 당신에겐 푸른색이 특히 잘 어울려. 뭐 마실 거야? 샴페인, 포도주?"

"이따 마실게." 율리아는 가방을 유리 탁자 위에 내려놓으며 말했다. "솔직히 말하면, 엄청 배고프거든."

"그럼, 먼저 식사부터 하러 가자고. 시내에 에스파냐 레스토랑을 하나 알고 있는데, 작지만 매우 분위기 있어. 우리를 위해 벌써 테이블을 하나 예약해 두었어."

두 사람은 베르너의 벤츠를 타고 별말 없이 레스토랑으로 향했다. 레스토랑은 프랑크푸르트 심장부의 괴테 가에 인접한 작은 골목에 숨어 있었다. 괴테 가에는 어마어마하게 비싸고 고급스러운 가게들이 줄지어 있었다. 베르너는 그곳에서 쇼핑할 수 있었지만 율리아의 주머니 사정으로는 어림도 없었다.

레스토랑 주인이 즉각 베르너에게 다가와 그와 율리아에게 인사하고는 예약된 테이블로 안내했다. 에스파냐의 숨결이 낡은 벽에 배어 있었고 모든 게 잘 어울렸다. 향긋한 음식 내음이 보이지 않는 수증기에 실려 실내를 떠돌았다. 어딘가에 숨어 있는 스피커에서 에스파냐 민속음악이 울려 퍼졌고, 촛불과 작은 꽃꽂이 장식이 테이블 위에 놓여 있었다. 테이블 열 개 가운데 여섯 개에 이미 손님들이 앉아 있었으며, 사람들은 목소리를 낮추어 소곤소곤 대화를 나누었다. 평온하고 조용한 분위기가 감돌았다.

율리아는 가방에서 담뱃갑을 꺼내어 담뱃불을 붙이고 연기를 폐 깊숙이 빨아들였다. 그리고 메뉴를 열심히 들여다보고 있는 베르너를 연기 사이로 바라보았다.

"뭐 먹을 거야?" 베르너가 물었다.

"난 에스파냐 레스토랑은 처음이야." 율리아는 대답했다. "당신이 골라줘. 여기 단골인 모양인데."

"시간이 나면 여기 자주 오거든. 이곳에서는 적어도 평온을 누릴 수 있어."

지배인, 키 작고 포동포동한 남자가 불쑥 테이블 앞에 나타나 서투른 독일어로 물었다. 눈빛이 초롱초롱하고 서글서글해 보였다. "페트롤 교수님, 무엇을 마시겠습니까?"

"붉은 포도주를 가져다주시오, 그 병 알죠?"

"물론입니다. 음식은 뭘 드실지 벌써 고르셨습니까?"

"여기 같이 오신 숙녀분이 아직 에스파냐 음식을 드셔 보지 않았다고 하니까, 이 집의 명물인 빠에야(쌀과 고기, 해산물, 야채 등을 함께 넣어 볶은 에스파냐 전통요리 —역주)가 어떨까 해요. 율리아, 에스파냐 밖에서 빠에야를 엔리께보다 더 맛있게 만드는 사람은 없어." 베르너가 빙긋이 웃으며 목소리를 낮추어 덧붙였다. "사실은 에스파냐 사람이 아냐. 이탈리아 사람으로 원래 이름은 엔리코라고."

엔리께는 슬며시 미소를 머금고 식탁의 메뉴를 집어 들어 소리 없이 물러났다. 곧이어 붉은 포도주 병을 들고 돌아와 베르너의 잔에 먼저 한 모금 따랐다. 베르너는 포도주 맛을 보고 고개를 끄덕였다. 엔리께는 두 잔 가득히 포도주를 따랐다.

베르너가 잔을 높이 들고 율리아를 위해 건배했다. "당신의 행복을 위해." 그는 말했다. "당신과 함께 있으니 좋군. 앞으로 이런 저녁이 많이 있었으면 좋겠어."

"그건 당신에게 달린 문제잖아." 율리아는 차갑게 조소하는 미소를 지으며 말하고 포도주를 한 모금 마셨다. "오로지 당신에게 달렸다고."

"알아, 알고 있어." 베르너는 단호하게 손짓하며 말했다. "지금은 그 이야기하지 말자. 다만 오로지 당신만을 위해 살고 싶어서 내가 있는 힘껏 최선을 다하고 있다는 말만 해두지. 지금은 이 저녁을 즐기자고."

율리아는 담배를 재떨이에 눌러 끄고 등을 뒤로 기댔다. 그리고 베르너의 눈을 바라보았다. 눈빛이 진지하고 신중했다. 그에게 뭔가 말하고 싶고 자신의 감정에 대해 이야기하고 싶었지만, 선뜻 입이 열리지 않았다. 베르너가 심리학자이고 정신과의사이면서 직업과 사생활을 엄격하게 구분했기 때문이었다. 개인적인 일이 문제 되면, 베르너 페트롤은 입을 꼭 닫고 마음을 열지 않았다. 율리아는 아무 말도 하지 않았다. 베르너가 그녀의 감정을 이해하지 못했거나 아니면 이해하려고 하지 않았기 때문이었다.

"오늘 어땠어?" 베르너가 물었다.

"일만 뼈 빠지게 하고 성과는 별로 없었어. 이 직업이 늘 그래."

"그러면 그 미스터리한 살인사건은 좀 밝혀졌어?"

"유감스럽게도 아직 아냐. 하지만 계속 수사하고 있어."

"적어도 용의자는 있어?"

"잘 알잖아, 수사가 종결되지 않는 동안은 사건에 대해 말하면 안 되는 것."

"나도 당신만큼 비밀을 지켜야 하는 의무가 있는 것 잘 알 텐데. 말해봐, 그냥 호기심이 일어서 그래. 당신에게 들은 이야기 절대 한 마디도 발설하지 않겠다고 약속할게. 두 사람이 독살되었다면서. 그게 사실이야?"

"어디서 알았는지 모르지만 잘 알고 있네. 굳이 자세히 알고 싶다면, 그래, 독이 관계되었어."

"어떤 독? 비소? 청산가리?"

"둘 다 아니야. 동물독이 문제야……."

"음, 그렇다면 누군가가 무척 특별한 생각을 해냈군." 베르너는 거의 감탄하는 어조로 말했다. "아주 기발한 아이디어라고 인정해야겠어."

"기발하지. 다만 우리가 범인에 대한 단서를 지금까지 전혀 찾지 못했다는 게 문제지. 피해자들의 사생활이나 직업과 관련해 이상한 점이 별로 없다니까."

"하지만 둘 다 엘로힘 교회에 다녔다고 하던데……."

"맞아."

"나도 그 종파의 신도이거나 아니면 과거에 신도였던 사람을 만난 적이 있어. 그 여자가 지금 뭘 하는지는 모르겠어. 하지만 모범적인 신도라고 불릴 만한 사람은 아니야. 담배도 피우고 술도 잘 마시는 데다가 인물도 한몫하지. 솔직히 말해, 나는 하느님이나 종교하곤 별로 상관이 없어. 내 생각에는 그 모든 건 환상일 뿐이야. 종교 때문에 병든 환자를 얼마나 많이 봤는지 알아! 그런 환자들은 지금도 많아. 구세주라고 자처하는 사람들에 대한 그릇된 충성심과 광신 탓에 병든 사람들." 베르너는 경멸하는 표정으로 말했다. "아니, 종교는 나하고 맞지 않아. 하지만 신이 실제로 존재한다면, 늦어도 내가 삶에서 퇴장할 때는 신을 알게 되지 않을까. 하지만 그렇게 되기까지 앞으로 오래오래 걸렸으면 좋겠어."

"그거야 알 수 없는 일이지." 율리아는 의미심장한 미소를 지으며 말했다. 그리고 포도주를 홀짝이며 말을 이었다. "당신은 심리학자고 당신 분야에서는 꽤 알아주는 전문가잖아. 범인이 어떤 종류의 사람일 거 같아? 사실을 토대로 살인범의 성격 프로파일을 만들 수 있어?"

"경우에 따라서는 가능하지." 베르너는 약간 회의적인 어조로 말하고 고개를 갸웃 숙였다. "그러려면 모든 사실을 알아야 해. 지금은 신문에서 읽은 것만을 알고 있거든. 살인범이 남자인지 여자인지는 알고 있어?"

"99퍼센트 여자야. 적어도 모든 정황으로 보아서 그래."

"그 여자가 동물의 독으로 피해자들을 살해했다는 거야?"

"정확히 알고 싶다면, 한 번은 농축된 뱀독으로, 또 한 번은 청자고둥으로."

"와우, 청자고둥! 정말 대단한데! 그 분야에 대해 좀 아는 여자로군. 예전에 청자고둥에 대한 텔레비전 방송을 본 적이 있는데, 그 생물의 몇몇 종류가 사람에게 극히 위험할 수 있다고 하더라고. 그 여자가 그 남자들과 무슨 관계가 있었지? 그러니까 그 남자들과 은밀한 관계였다는 단서가 있어?"

"두 번째 희생자의 경우에는 상당히 확실해 보이는데, 첫 번째 희생자와 관련해서는 완전히 어둠 속을 헤매고 있어. 첫 번째 남자도 관능적인 즐거움을 절대 마다치 않는 사람이었지만 말이야. 그 남자가 두 번 바람피운 사실을 알아냈는데, 두 여자 모두 젊고 아주 매력적이었어. 하지만 살인자하고도 깊은 관계였는지는 아직 말할 수 없어."

"그렇군." 베르너 페트롤은 전에 없이 진지한 어조로 말하고 등을 뒤로 기댄 채 손가락 사이로 잔을 돌렸다. "온갖 종류의 독에 대해 아주 정통한 사람을 하나 알고 있어. 그 사람도 여자야. 독이 그 여자의 취미인데, 실제로 독을 다루는 게 아니라 순전히 이론적으로만 취미활동을 하고 있어. 나도 그 여자에게 몇 가지 배웠어. 여자들이 살인하는 경우에 주로 독을 선호하는 건 당신들도 잘 알고 있겠지. 내가 상황을 파악하는 데 도움이 될 만한 또다른 정보가 있어?"

율리아는 어깨를 으쓱했다. "유감스럽게도 그게 전부야. 혹시 또 있다면, 그 여자도 마찬가지로 그 교회 신도이고 죽은 두 남자와 함께 긴밀하게 일했던 아주 부유한 남자가 두 통의 협박편지를 받았다는 정도야. 살려두지 않겠다고 협박하는 내용이지. 게다가 심장에 바늘이 꽂혀 있는 부두 인형도 받았어. 지금 그 남자는 완전 공포에 질려 있어. 이게 지금까지 우리가 알고 있는 전부야. 언론은 물론 우리를 끈질기게 괴롭히고 있고."

"알 만해. 하지만 이 정도 정보로는 성격 프로파일이나 또는 당신들이 말하는 범인 프로파일 같은 건 어림도 없어. 제아무리 능수능란한 심리학자라고 해도 현장의 단서나 시신의 상태 등 더 많은 자세한 내용이 필요하다고. 계획적으로 반년에 걸쳐서 남편을 독살한 여자 환자가 있었어. 남편이 다른 여자와 바람을 피우고 술을 마시고 툭하면 손찌검을 하고 심지어는 성폭행도 서슴지 않았거든. 하지만 그 여자가 가장 참을 수 없었던 일은 남편이 친딸을 성폭행한 거였어. 그 사실을 알게 되었을 때 그 여자는 그만 모든 자제력을 상실했어. 그 파렴치한 굴욕을 더 이상 참을 수 없었어. 외도, 술주정, 폭행, 그 모든 걸 참고 견디었지만, 딸에 대한 성폭행만은 도저히 참을 수 없었지. 우리는 그 여자를 2년 동안 폐쇄병동에 입원시켰고, 그러다 나와 다른 심리학자 두 명의 의견을 근거로 퇴원시켰어. 그 여자는 다른 사람들에겐 전혀 위험하지 않았고, 내가 알기에는 더 이상 죄를 짓지도 않았어."

"그 여자 지금 몇 살이야?"

"마흔 살쯤 되었을걸. 그리고 벌써 5년도 더 지난 일이야. 그 여자는 거의 15년 동안이나 지상에서 지옥을 겪었고 그러다 본인도 어쩔 수 없는 상황에 이르렀어. 사람들이 겪는 일이 때로는 너무 끔찍해. 자, 이제 다른 이야기하자고."

엔리께가 빠에야를 가져왔다. 그들은 빠에야를 접시에 담아서 먹기 시작했다. 그리고 한동안 침묵을 지켰다. 손님들이 더 와서, 결국 모든 테이블이 찼다. 두 사람은 이야기를 나누었지만 대부분 별로 중요하지 않은 일들에 관한 것이었다. 그들은 10시에 레스토랑을 나와 베르너 페트롤의 집으로 갔다.

그들은 코냑을 한 잔 더 마시고 소파에 앉아서 음악을 들었다. 베르너가 율리아 뒤랑을 안으며 입을 맞추었다. 그들은 소파와 양탄자에서 사랑을 나누고 결국 위층의 침실로 올라가 한 시간을 더 함께 보냈다. 베르너가 지쳐서 옆으로 나가떨어졌을 때는 시곗바늘이 1시 반을 향하고 있었다.

"당신은 엄청 뜨거운 여자야." 베르너는 씩 웃으며 율리아를 옆에서 바라보았다. "게다가 엄청 힘들다니까."

"더 못하겠어?" 율리아는 조소하듯 미소 지으며 물었다. 그리고는 알몸으로 일어나 앉아서 골루아에 불을 붙였다.

"하하하." 베르너는 말했다. "난 기계가 아니야. 어쨌든 우리는 세 시간도 안 되었는데 네 번……."

"당신은 그럴지 몰라도 난 아니야." 율리아는 조금 더 조소 어린 목소리로 말했다.

"그게 무슨 뜻이야?" 그는 물었다.

"글쎄, 당신은 네 번 절정에 이르렀고, 나는 적어도 여섯 번은 이르렀을걸." 그녀는 씩 웃으며 말했다. "아주 괜찮았어."

"아주 괜찮아, 아주 괜찮았다고! 이게 무슨 소리야! 여섯 번 오르가슴을 맛보았으면 만족해야 하는 거 아냐."

"내가 언제 그렇지 않다고 했어? 농담도 못 해, 당신을 좀 약 올리려고 했을 뿐이라고. 좋아, 이보세요. 신사양반, 참 멋진 밤이었어요……. 그러면 언제 이혼할 거지?"

"이런 맙소사! 이렇게 근사한 순간에 왜 모든 걸 망치려고 해?"

"베르너, 마지막으로 말하는데, 나는 모 아니면 도야. 당신이 선택해. 당신하고 자는 게 아무리 좋고 아무리 즐겁더라도 항상 대기상태에 있고 싶은 마음은 없어. 내 말을 이해 못 하는 거야, 아니면 이해하고 싶지 않은 거야? 당신 부인을 더 이상 사랑하지 않으면, 당신이 입버릇처럼 말하듯이 당신 결혼생활이 파탄 났으면, 무엇 때문에 종지부를 찍지 못하는 거야? 내가 이해할 수 있도록 말해 봐."

침묵이 흘렀다.

율리아는 잠시 헛웃음을 웃고는 고개를 저었다. "당신답군. 당신은 상황이 진지해진다 싶으면 번번이 침묵을 지켜. 당신은 명망 있는 의사이고, 프로이트와 융, 뭐 그런 비슷한 사람들을 자면서도 불러낼 수 있어. 당신은 환자들과 이야기를 나누고 그들의 근심과 곤경에 귀를 기울이고 그들의 병을 완화시키거나 치료할 수 있지. 하지만 당신이나 우리 일이 문제 되면, 고집불통 어린애처럼 굴어. 제발 우리 이야기 좀 하자고! 내 어떤 점이 마음에 들지 않고 내가 뭘 잘못하는지 말하라고. 그건 얼마든지 참을 수 있어. 하지만 당신이 나와 이야기하지 않는 건 참을 수 없어. 당신은 입으로는 나를 사랑한다고 말해. 우리는 이따금 서로 전화하고 일주일에 한두 번 만나고 당신은 날 얼마나 그리워하는지 맹세해. 하지만 섹스할 때 외에 당신이 나한테 관심이 있는지를 내가 느끼지 못하다면, 그게 무슨 사랑이야. 나는 오로지 섹스를 위해서 날 필요로 하는 남자는 원하지 않아. 저녁에 함께 잠들고 아침에 함께 깨어나는 남자를 원한다고. 육체적으로 나를 갈망할 뿐만 아니라 내 모든 약점과 단점까지도 사랑하는 남자를 원한단 말이야. 내가 아침에 일어나서 툴툴거려도 참아줄 수 있는 남자, 사건이 발생하는 바람에 시간외 근무를 하는 것도 참아주는 남자, 나를 있는 그대로 받아주는 남자. 그리고 난 그렇게 까다로운 사람이 아니야, 당신도 잘 알잖아."

"당신은 날 사랑해?" 베르너가 물었다.

"그걸 알아내려고 하는 중이야. 지금은 당신과 자는 게 좋아. 하지만 그것만으로는 사랑이 아니야. 나는 모든 문제가 침대에서 해결될 수 있다고 믿는 부류의 여자가 아니거든. 당신도 알지, 나는 끔찍이 고약한 결혼생활을 경험했고, 남자가 날 정말로 사랑하는지 백 퍼센트 확신하지 않으면 다시 결혼생활에 뛰어들 의향이 없는 사람이라고."

"난 당신을 사랑해, 율리아."

"그 말은 벌써 골백번도 더 들었어. 베르너 페트롤, 정말로 날 사랑한다면 당신의 그 비극적인 결혼생활에 벌써 오래전에 종지부를 찍었어야 했어. 이제 사랑한다는 말은 하지 마. 아니면 적어도 내가 명백한 증거를 확보할 때까지는 하지 마."

"끝을 내고 싶어?" 베르너가 물었다.

"그런 말은 하지 않았어. 우리는 앞으로도 계속 만나고 서로 전화하고 식사하러 가고 같이 잘 수 있어. 하지만 그 이상은 할 수 없어. 나는 내 인생을 살고 당신은 당신의 인생을 살아. 어쩌면 그것도 아주 나쁜 해결책은 아닐 거야."

"오늘 밤에 여기서 잘래?"

율리아는 고개를 저으며 베르너 페트롤을 바라보았다. "아니, 지금 옷을 입고 집으로 갈 거야. 주말에 할 일이 많아."

"아쉽군, 하지만 어쩔 수 없지."

"내 말이 바로 그 말이라니까." 베르너가 누워서 지켜보는 동안, 율리아는 일어나 옷을 입었다.

"아래층까지 같이 가줄 거야?" 그녀는 가방을 들며 물었다.

"물론이지, 잠깐 기다려."

베르너는 알몸을 청바지에 밀어 넣고 티셔츠를 걸치고 율리아를 아래층까지 배웅했다. 현관문을 열고 두 팔로 그녀를 휘감아 꼭 안았다. 입을 맞추고 작별인사로 그녀의 코끝을 손가락으로 건드렸다. 그는 미소 지으며 말했다. "당신이 듣고 싶어 하지 않는 건 알아. 하지만 난 당신을 정말로 사랑해. 그리고 말했듯이,

그걸 증명해 보일 거야."

"좋아. 오늘 오후에 전화해. 잘 있어."

"잠깐만. 이거 받아." 베르너는 소년 같은 미소를 머금고 바지 주머니에서 뭔가를 꺼냈다. "나를 위해서 눈 감아봐."

율리아는 눈을 감았다. 그의 따뜻한 손이 목을 휘감는 게 느껴졌다.

"이제 눈을 떠도 돼." 베르너는 말했다.

"그게 뭐야?" 율리아가 물었다. "아무것도 보이지 않아."

"당신도 여자잖아. 여자들은 항상 거울을 가지고 다니는 걸로 알고 있는데."

율리아는 가방에서 작은 거울을 꺼내 자신을 비춰 보았다. "당신 정말 멋져." 그녀는 감동해서 자신도 모르게 말했다. "이거 엄청 비싼 거 아냐. 진짜 보석이야?"

"줄은 순금이고 알은 1캐럿이야. 맘에 들어?"

"정말 멋지다고 말했잖아……. 고마워." 율리아는 당황하며 말했다.

"당신을 위해선 하나도 아깝지 않아, 정말이야. 물건으로 당신 마음을 사거나 환심을 끌려는 건 아니야. 오로지 당신을 사랑할 수 있기만을 바랄 뿐이라고."

"당신은 나를 사랑할 수 있어. 나는 결코 그걸 당신에게 금지하지 않았어. 하지만 선물만으로는 사랑을 증명할 수 없다고. 내가 뭘 바라는지 잘 알잖아. 그럼, 잘 있어."

율리아가 자동차에 올라탈 때까지 베르너는 기다렸다. 율리아는 시동을 걸었고, 베르너는 한 번 더 손을 흔들고 자동차 후미등이 모퉁이를 돌아 사라질 때까지 지켜보았다.

그는 길 건너편의 어느 어두운 건물 입구에 서서 작별 장면을 지켜본 젊은 여자를 알아채지 못했다. 젊은 여자는 담배꽁초를 길에 내던지고는 베르너가 현관문을 닫을 때까지 기다렸다가 자신의 카브리오를 향해 몇 미터 걸음을 옮겼다. 그녀는 집으로 가는 길에 깊이 생각에 잠겼다.

토요일

오전 9시 20분

율리아는 전화벨 소리에 잠에서 깨어났다. 눈을 감은 채 옆으로 돌아누워서 수화기를 향해 손을 뻗었다.

"네?" 율리아는 잠에 취해 웅얼거렸다.

"베르거일세. 내가 잠을 깨웠나?"

"천리안이세요?" 율리아는 무거운 목소리로 말했다. "무슨 중요한 일이라도 있어요?"

"미안하군, 아직 자고 있는 줄 몰랐네……. 난 지금 사무실에 있는데……."

"이제 잠 깼어요. 반장님은 급한 일 아니면 한밤중에 전화하시지 않잖아요? 그런데 오늘 경찰청에서 뭐하고 계세요?"

"다른 할 일이 없거든. 방금 몹스에게 전화 왔다는 소식을 전해주려고 했을 뿐일세. 우리 예상이 적중했어, 하우저는 자연사하지 않았어. 하우저가 땅에 묻힌 지 벌써 반년이 지났는데도, 투

여된 독의 정체를 확인할 수 있었어. 어제 벌써 하노버 동료들이 하우저의 부인과 두 딸을 심문했어. 하우저 부인은 남편에게 혹시 여자관계가 있었느냐는 질문을 받고, 그런 일은 전혀 눈치채지 못했다고 주장했어. 게다가 남편은 일이 바빠서 그런 일은 생각도 할 수 없었다는구먼. 이 말을 뒤랑 형사에게 전해주고 싶었네."

"감사합니다. 헬머 형사도 이 소식을 알고 있나요?"

"아니, 자네가 전해줄 거라고 생각했지."

"제가 전할게요. 하지만 먼저 잠에서 완전히 깨야겠어요."

"좋아. 더 이상 방해하지 않겠네. 그리고 오늘은 당연히 누려 마땅한 휴식을 더는 훼방 놓지 않겠다고 약속하지."

"너무 많이 약속하지 마세요. 제가 당직이거든요."

"그래, 오케이. 다만 자네가 다시 어딘가로 불려 나가지 않기를 바란다는 뜻이었네. 그럼, 즐거운 하루를 보내게나." 베르거는 율리아의 대답을 기다리지 않고 전화를 끊었다.

율리아는 수화기를 손에 든 채 두 눈을 감고 반드시 누워 있었다. 온몸이 피곤했고, 가능하면 몇 시간 더 푹 자고 싶었다. 하지만 한 번 잠에서 깨어나면 다시 잠들지 못했다. 벌써 여러 번 시험해봤지만 번번이 실패했다. 머리가 조금 지끈거리고 속이 메슥거리고 등이 아팠다. 제기랄, 율리아는 생각했다. 메스꺼움과 등의 통증은 생리가 코앞으로 다가왔다는 명백한 증거였다. 시계를 흘낏 바라보았다. 9시 반이었다. 율리아는 수화기를 내려놓고 침대에 일어나 앉았다. 그리고 잠깐 지난밤을 생각했다. 한편으로는 무척 근사했지만, 다른 한편으로는 베르너 페트롤과의 관계가 곧 끝을 맺을 것을 확실하게 알 수 있었다. 그건 단순한 육감이나 예감이 아니었다. 오로지 섹스 때문에 관계를 유지하고 싶은 마음은 없었다. 적어도 침대에서는 베르너 못지않게 근사하지만, 가령 신의 같은 다른 자질들도 보여주는 수천 명의 남자가 있었다. 어쩌면 베르너에게 그의 부인은 자신이 인정하고 싶은 것 이상을 의미하는지도 몰랐다. 그리고 그는 결정을 내리지 못하고 여자들과 관계있는 모든 걸 한없이 뒤로 미루고 이런저런 핑계와 구실을 끌어대고 몇 마디 달콤한 말과 몇 개의 근사한 선물로 질질 끌며 여자를 속일 수 있다고 믿는 부류에 속할 가능성도 많았다.

하지만 난 아니라고, 율리아는 생각했다. 나를 질질 끌며 속일 수는 없어. 빌어먹을, 넌 기회가 있었는데 그걸 놓쳤어. 내가 너에게 앞으로 3개월 시간을 줄 수도 있고 주지 않을 수도 있어. 넌 재수 없는 인간이야, 베르너 페트롤! 그렇지만 이 목걸이는 받아주지.

율리아는 침대에서 일어나 기지개를 켜고 창가로 갔다. 커튼을 걷고 두 팔로 창문턱을 짚었다. 기온이 어제보다 최소한 10도 정도 떨어져 있었다. 해가 구름 사이로 간간이 비쳤다. 율리아는 몇 번 힘차게 신선한 공기를 들이마시고 길을 내려다보았다. 몇 분 후, 화장실에 가서 차가운 물로 손과 얼굴을 씻고 수건으로 닦았다. 주방에서 바나나를 하나 먹고 입술 사이로 담배를 밀어 넣었다. 주방 의자에 앉아서 왼팔은 의자 팔걸이에, 다른 팔은 식탁 위에 올려놓았다. 다리를 꼬고서 한 손으로 머리를 가볍게 쓸어 올리며 담뱃재를 재떨이에 털었다. 로젠츠바이크, 쇠나우, 그리고 이제 하우저까지. 그녀는 생각했다. 아니, 순서가 틀렸어. 처음에 하우저, 그다음 로젠츠바이크, 그다음 쇠나우. 그리고 어쩌면 앞으로 며칠이나 몇 주일 이내에 핑크. 살인범은 여자일 가능성이 훨씬 더 많았다. 핑크의 경우에는 살인녀가 서두르려 하지 않는다는 느낌이 들었다. 살인녀는 핑크를 야들야들하게 푹 삶고 졸여서, 마침내 죽음이 구원처럼 여겨질 때까지 공포 속으로 밀어 넣으려 했다. 율리아는 계속 생각했다. 핑크가 이 모든 일의 열쇠야. 그런데 젠장, 그 인간은 왜 아무 말도 하지 않을까? 핑크와 그의 가족들은 왜 결단코 소심하고 거부적인 태도를 고집할까? 무엇을 숨겨야 하는 것일까?

율리아는 담배를 다 피우고 눌러 껐다. 그것은 율리아가 짜 맞추어야 하는 극히 기묘한 퍼즐 중의 하나였다. 마치 수천 개의 작은 퍼즐 조각이 있는데, 지금까지 겨우 몇 개의 연관관계만을 밝혀냈을 뿐이고 게다가 퍼즐 조각 몇 개는 아예 처음부터 없는 듯한 느낌이 들었다. 지금까지의 희생자들은 모두 같은 교회의 교인이었다. 로젠츠바이크와 쇠나우는 상습적인 바람둥이였고, 적어도 비비엔 쇠나우만은 남편의 바람기에 대해 알고 있었던 듯 보였다. 세 사람 모두 물질적으로 유복했으며 사회적으로 명망이 높았고 교회에서 높은 위치에 있었다. 하우저가 외도를 했는지는 아직 밝혀지지 않았다. 그런데 핑크에겐 무슨 일이 있었을까? 이 미스터리하고 등골 오싹한 유희에서 핑크는 어떤 역할을 했을까? 또 그의 부인과 자식들에겐 무슨 일이 있었을까?

율리아는 갑자기 자신이 너무 무력하게 느껴졌다. 그녀는 고개를 절레절레 내저었다. 그토록 잔인하면서도 섬세하고 감탄스러운 방법으로 사람을 죽이는 여자. 율리아는 생각의 실타래를 계속 엮어나갔다. 그 여자는 도대체 누구일까? 무엇이 그녀로 하여금 보아하니 완벽하진 않지만 절대적으로 악한 것 같지도 않은 남자들을 살해하게 만들까? 동기가 무엇일까?

율리아는 다섯 손가락을 활짝 펼쳐서 다시 머리를 쓸어 올리며 눈을 감았다. 독은 어떤 경로로 로젠츠바이크의 집에 이르렀을까? 로젠츠바이크 자신이 삶에 꼭 필요한 인슐린이라고 굳게 믿고서 집에 가져왔을까? 아니면 로젠츠바이크 부인이 가져왔을까? 만일 그렇다면, 로젠츠바이크 부인은 쇠나우와, 그리고 어쩌면 심지어 하우저와도 내연의 관계를 맺어야 했다. 율리아는 웃음을 터트리며 혼잣말했다. 아니, 그건 말도 안 되는 억측이야. 그 작고 헌신적이고 왠지 사랑스럽게 느껴지는 부인이 결코 그럴 리 없어. 게다가 쇠나우가 무엇 때문에 로젠츠바이크 부인과 관계를 맺었겠어? 집에 훨씬 더 매혹적인 아내가 있는데.

아니, 퍼즐을 맞추려면 중요한 조각들이 더 많이 있어야 했다. 다만 그것들을 어떻게 입수할 수 있을 것인가? 어떻게 위르겐이나 라우라 핑크를 설득해서 범인에 대한 결정적인 단서가 될 만한 것을 털어놓게 할 수 있을 것인가?

율리아는 이런 물음들에 대한 답변을 오늘은 얻지 못할 것을 알고 있었다. 왠지 기적이 기다려졌다. 그러나 기적은 그녀가 지금까지 겪어보지 못한 것에 속했다. 율리아는 한숨을 내쉬며 혼잣말했다. 하긴, 내가 벌써 기적을 체험했는데 깨닫지 못했을 수도 있어. 이런 참, 아버지가 항상 말씀하셨잖아요. 눈을 감고 세상을 사는 사람은 기적을 보지 못한다고. 하지만 제겐 실마리가 필요하다고요. 아주 작은 실마리가!

율리아는 찬장으로 가서 그릇을 꺼냈다. 그리고 콘플레이크, 설탕과 우유, 수저를 식탁 위에 놓았다. 커피를 타고 아침 식사를 하기 시작했다. 너무 많은 생각들이 어지러이 머릿속을 오갔다. 베르너 페트롤, 그녀 자신의 미래, 살인사건들. 핑크 가족의 침묵, 도대체 그 침묵을 이해할 수 없었다. 무엇보다도 핑크 본인이 명백한 살해 협박 편지를 두 통이나 받은 마당에. 율리아는 아침 식사를 마친 후, 식탁을 치우고 두 손으로 허리를 받친 채 집 안을 둘러보았다. 그야말로 난장판이었다. 율리아는 오늘 자신의 작은 왕국을 모범적인 상태로 만들겠다는 어제의 결심을 새롭게 다졌다. 푸른색 트레이닝 바지와 티셔츠를 걸치고, 어디서부터 시작할 것인지 생각했다. 창문을 모조리 활짝 열고 빨랫감을 한곳에 수북이 쌓아놓고서 색깔 있는 옷과 흰옷을 나누어 1차로 세탁기를 돌렸다. 주방을 치우고 설거지를 하고 싱크대를 닦은 후, 청소기를 꺼내 삼십 분 동안 온 집 안을 끌고 다니다가 결국 작은 창고에 도로 갖다 두었다. 먼지를 닦고, 최소한 2주일 전부터 물 구경을 하지 못한 화초에 물을 주었다. 그 가운데 몇몇은 이미 모든 걸 체념하고서 처량하게 고개를 떨구고 있었다. 침대 시트를 갈고 세탁기의 빨래를 꺼내 세탁건조기에 넣었다. 색깔 있는 빨랫감을 세탁기에 넣고 의자에 앉아서 맥주 한 캔을 비우며 담배를 피웠다. 라디오를 켜고 조지 마이클의 음악에 맞추어 잠시 춤을 추었다. 그러고는 거실 한가운데 서서 주위를 둘러보며 만족했다. 창문, 그래, 창문도 있으니까 닦아줘야지. 창문을 닦고 나면 건조된 빨래를 꺼내어 속옷은 개고 나머지는 다림질해야지. 3시 직전에 율리아는 시계를 보았다. 담배와 맥주, 몇 가지 먹을거리를 사러 얼른 마트에 다녀와야지 생각했다. 거실 탁자에 꽂을 꽃도 살 생각이었다.

율리아는 6시 반에 모든 일을 마치고 소파에 털썩 주저앉았다. 두 다리를 탁자 위에 올려놓고 숨을 깊이 들이마셨다. 집안일을 이렇게 많이 하기는 정말 오랜만이었다. 집 안 구석구석이 깨끗하고 옷장과 서랍장이 새로 빨아 다림질한 옷으로 그득 차 있는 걸 보니 기분이 좋았다. 몸은 피곤했지만 마음은 행복했다. 소파에 앉자마자 전화벨이 울렸다. 베르너 페트롤이었다.

"안녕, 잘 있었어?" 베르너는 말했다. "그냥 한 번 전화했어. 오늘 컨디션 어때?"

"아주 좋아. 당신은 어때?"

"오늘 병원에서 몇 가지 서류를 검토했어. 어제저녁의 우리 대화에 대해 조금 생각해봤는데, 그 부분에 대해 할 말이 있어. 어쩌면 내가 도움이 될 수도 있을 거 같아. 만나서 이야기하는 게 어떨까." 그는 말했다. "당신이 너무 보고 싶어."

"미안하지만 오늘은 안 돼. 이따가 경찰청에 가야 하거든." 율리아는 거짓말로 둘러대었다. 게다가 베르너가 그 미스터리한 사건의 해명에 도움이 될 것 같지도 않았다. 그는 다만 율리아를 만나서 함께 자고 싶을 뿐이었다.

"오늘, 토요일인데?"

"당신도 알지, 내가 당직인 거. 게다가 이 살인사건의 새로운 단서가 몇 가지 나타났어. 미안해, 하지만 반장님 호출이야."

"그럼 나중에, 경찰청 일이 끝난 다음은 어때?"

"그럼 집으로 돌아와 침대에 누워서 자야지. 그것도 혼자서. 내일 꼭두새벽에 일어나야 하거든."

"아쉽군, 나는 오늘 저녁을 다르게 보낼 줄 알았는데."

"운이 나쁘셨어." 율리아는 조롱하듯 말했다. "하지만 내가 항상 당신 장단에 춤출 거라고 생각하지 마……."

"맙소사, 왜 어린아이처럼 구는 거야……."

"마음대로 생각해. 하지만 난 당신한테 더 이상 질질 끌려다닐 생각 없거든. 결과를 보고 싶다고 말했잖아, 그전에는……. 내가 더는 바보 취급당할 생각이 없다는 걸 이제 좀 깨달으시라고. 이만 전화를 끊어야겠어. 옷 갈아입고 나가봐야 하거든."

"그럼 우리 언제 다시 만날 수 있지?"

"전화해. 하긴, 전화야 어차피 늘 하는 거지. 잘 있어, 좋은 저녁 시간 보내길 빌어. 당신 부인에게 당신을 위해 시간을 낼 수 있는지 물어봐."

"율리아, 나한테 왜 그래? 무슨 일……."

그녀는 한순간 망설이다가 부드러운 목소리로 말을 이었다.

"당신은 나한테 어떻게 하는데? 누군가를 항상 그리워하는데 늘 만날 수 있는 게 아니라면, 그게 어떤 심정인지 당신도 한 번쯤 깨달을 때가 되지 않았을까. 언제 다시 당신을 만나줄 수 있는지 말해줄 수 없겠는걸. 이젠 정말 전화를 끊어야겠어. 내일 저녁에 전화해도 돼."

"내일 저녁에 전화한다고 약속할게. 8시 어때?"

"좋아, 그럼 내일 전화하자고."

율리아는 수화기를 내려놓고 입을 찡그리며 고개를 내저었다. *아니, 더 이상은 놀람감이 되지 않을 거야, 그 시기는 이제 영영 지났어.*

오후에 해가 두 시간가량 구름 뒤에서 삐쭉 얼굴을 내밀더니, 하늘이 다시 흐려지고 빗방울이 떨어지기 시작했다. 율리아는 프랑크의 전화번호를 돌렸다. 부인 나딘이 전화를 받았다.

"헬머입니다."

"나딘?" 율리아는 조심스럽게 물었다.

"그런데요."

"나야, 율리아. 프랑크하고 통화 좀 할 수 있을까?"

"잠깐만. 그 사람은 지금 정원에 있어. 금방 데려올게."

"잘 지냈어요, 율리아?" 프랑크가 말했다. "무슨 일이에요?"

"내일 아침 어떻게 할 건지 한번 확인하고 싶었을 뿐이에요. 약속대로 교회에 가는 거죠?"

"물론. 나딘은 벌써 호기심에 들떠 있어요. 몇 시에 갈까요?"

"9시 직전이 어떨까요. 그 집회를 한 번 조용히 지켜보고 싶고,

또 무엇보다도 며칠 새에 지도적인 인물 둘이 살해된 마당에 그들이 뭐라고 말하는지도 들어보고 싶거든요."

"좋아요, 나딘하고 그 시간에 도착할게요. 그럼, 내일 봅시다. 즐거운 저녁 시간 보내요."

"그래야죠, 잘 있어요."

율리아는 수화기를 내려놓고 주방으로 갔다. 먹을 것을 준비해서 텔레비전 앞에 앉았다. 며칠 전부터 요란하게 예고된 알 파치노 주연의 영화를 볼 생각이었다. 그런 후, 잠자리에 들어서 평온한 밤을 보내길 바랐다.

일요일

오전 8시 50분

율리아 뒤랑과 헬머 부부는 거의 동시에 엘로힘 교회에 도착했다. 100여 대의 차량을 수용할 수 있는 주차장은 겨우 몇 군데 비어 있었다. 율리아는 검푸른색 스커트와 하얀 블라우스를 입었고, 프랑크는 밝은색 여름 바지와 가죽 재킷, 나딘은 물방울무늬 원피스 차림이었다. 주차장에서 몇몇 사람이 흥분한 표정으로 이야기를 나누고 있었는데, 율리아가 아는 얼굴은 없는 것 같았다. 하지만 대부분의 사람은 교회 안으로 밀려들어 갔다.

"그러면 우리도 저 군중들 틈에 섞여볼까." 율리아는 걸음을 옮기며 말했다. "한 번 더 말하는데, 오늘은 질문하지 마요. 그냥 지켜보기만 하자고요. 우리더러 여기서 뭐 하느냐고 혹시 누군가가 다가와 묻는 경우에는 물론 신분을 밝히고요."

많은 신도가 널찍하고 밝은 복도에 서 있었다. 띄엄띄엄 들려오는 대화에서 율리아는 지난주 일어난 사건들에 대해 우려하는 목소리를 분명히 들을 수 있었다. 율리아나 그 동행자들에게 주의를 기울이는 사람은 아무도 없었다. 율리아가 잠시 미적거리며 서 있는데, 누군가가 뒤에서 어깨를 가볍게 쳤다. 뒤를 돌아보자 자비네 라이히의 상냥한 얼굴이 보였다. 자비네 라이히는 무릎 위로 내려올 듯 말 듯한 밝은색 원피스를 입고 있었고, 그 원피스는 거의 완벽한 몸매를 더욱 두드러지게 강조했다. 얼굴엔 은은하게 화장을 하고 있었다. 아름다움을 인위적으로 강조할 필요가 없었기 때문에, 화장을 굳이 짙게 할 이유가 없었다.

"안녕하세요." 자비네 라이히는 말했다. "오늘 여기서 형사님을 만날 거라고 예상했어요. 교회에 호기심이 있으세요? 아니면 교회보다는 사람들에 관심이 있으세요?"

"후자라고 말해야겠죠, 라이히 씨. 교회의 명망 높은 두 사람이 짧은 간격을 두고 연달아 세상을 떠나는 일을 날마다 볼 수 있는 건 아니죠. 그런데 그 사이에 세 사람으로 늘어났어요."

자비네 라이히는 이마를 찌푸리며 묻는 듯한 눈빛으로 율리아 뒤랑을 바라보았다. "왜 세 명이죠?"

"토르스텐 하우저라는 사람을 알아요?" 율리아는 다른 사람들에게 들리지 않도록 목소리를 낮추어 물었다.

"알죠. 하지만 그 사람은 6개월인가 9개월 전에 세상을 떠났어요. 하우저가 이 끔찍한 살인사건과 무슨 연관이 있죠?"

"그 사람은 정확히 6개월 전에 죽었어요. 그 남자에 대해 뭘 알고 있죠?"

"나는 개인적으로 그 사람에 대해 알지 못해요. 다만 그 사람이 명망 있고 유명한 생물학자이고 화학자라는 사실만 알아요. 그건 왜 물으시죠?"

"아주 간단해요. 로젠츠바이크가 아니라 하우저가 첫 번째 희생자이기 때문이죠. 우리는 하우저의 관을 열어 검시했고 결과는 명백해요. 다만 우리가 그 점에 대해 미리 몰랐다는 사실이 아쉬울 뿐이죠."

"하지만 하우저는 북독일 어딘가에서 살았어요. 그것이 여기 프랑크푸르트에서의 살인사건과 무슨 관련이 있길래요?"

"하우저도 독으로 사망했기 때문이죠. 그 남자도 로젠츠바이크처럼 당뇨병 환자였고, 또 로젠츠바이크처럼 인슐린 대신 뱀독을 주사했어요."

"정말 끔찍해요! 그런데 하우저가 세상을 떠난 지 6개월이 지난 지금에 와서 어떻게 그걸 알아냈어요? 그러니까 제 말은……."

"그건 중요하지 않아요. 하우저가 로젠츠바이크나 쇠나우와 같은 방식으로 살해되었다는 사실만이 중요하죠. 하지만 라이히 씨가 이 일에 대해 아직은 아무하고도 이야기하지 않았으면 좋겠어요. 저는 라이히 씨를 믿어요. 라이히 씨 말고는 라우라 핑크만이 하우저의 변사에 대해 알고 있어요."

"젠장," 자비네 라이히는 이 사이로 내뱉고는 금방 당황한 표정을 지었다. "누가 그런 짓을 하죠? 그리고 무엇 때문에?"

"우리가 그 이유를 안다고 해도, 범인에게 겨우 한 걸음 다가갈 뿐인걸요."

"그런데 오늘 여기서 뭘 하시려는 거죠? 사람들을 심문하실 건가요?"

"그냥 한 번 둘러보려고 해요. 그뿐이에요. 지금 여기 분위기는 어때요?"

"형사님도 틀림없이 상상이 가겠지만, 사람들은 무척 당황하고 있어요. 지난 며칠 동안 영문을 모르는 신도들에게서 많은 전화를 받았어요. 그리고 물론 그런 살인사건들은 온갖 소문의 이상적인 진원지잖아요…….”

“어떤 소문인가요?”

자비네 라이히는 어깨를 으쓱했다. 순간적으로 미소가 얼굴을 스쳤다. “글쎄요, 많은 외부 사람들은 우리 교회를 진지하게 받아들이지 않아요. 우리는 커다란 교회의 작은 분파가 아니라 아주 뚜렷한 목적과 교리를 지닌 독자적인 교회인데도 여전히 하나의 작은 종파로 무시당하고 있어요. 어떤 사람들은 여호와의 증인이나 또는 다른 경쟁 교회의 짓일 거라고 추측해요. 우리 교회가 지난 30년 동안 전 세계적으로 급속도로 성장한 신앙 공동체들에 속하는 걸 그 주된 이유로 꼽죠. 예를 들어 모르몬교 같은 교회들은 점점 신도들을 잃어버리는 반면에, 우리 교회의 신도 수는 급격하게 증가하고 있어요. 하지만 제 생각에는 다른 교회가 이번 살인사건과 관계있을 거 같지는 않아요. 가령 기독교가 종교전쟁을 벌이게 되면, 독으로 죽이는 게 아니라 공공연하게 특히 말로 전쟁을 수행하거든요. 지난 몇 년 동안 다른 신앙 공동체가 우리에게 적대적으로 행동했다는 암시는 없었어요. 그래서 저는 그런 이론을 터무니없는 걸로 여겨요. 그 남자들의 죽음에는 다른 배경이 있어요. 그게 어떤 배경일까요?” 자비네 라이히는 어깨를 으쓱하며 말을 이었다. “그건 형사님이 알아내셔야겠죠.”

“또 다른 이론도 있나요?” 율리아는 물었다.

“물론이죠. 하지만 모든 걸 기억할 수는 없어요. 그게 중요하다면, 한번 알아봐 드릴게요. 사람들은 충격받아서 어처구니없는 억측들을 하고 있어요. 하긴 달리 어쩌겠어요? 하지만 저는 그런 억측들에 신경 쓰지 않아요.” 자비네 라이히는 시계를 보았다.

“이제 안으로 들어가야겠어요. 시간 맞추어 자리에 앉아 있지 않으면 신도들이 곱게 보지 않거든요. 앞쪽 아니면 뒤쪽, 어디에 앉으시겠어요?"
"뒤쪽에 앉겠어요. 참, 제 동료 헬머 형사는 벌써 아시죠. 그 옆은 헬머 형사의 부인 나딘이에요."
"안녕하세요." 자비네 라이히는 나딘의 손을 잡고 악수했다.
"만나서 반가워요. 하지만 좋은 자리를 차지하려면 이제 정말 서둘러야 해요. 괜찮으시다면 저도 여러분과 함께 앉겠어요. 혹시 궁금한 게 있으시면……."
정각 9시에 커다란 홀은 일제히 쥐 죽은 듯 조용해졌다. 세 명의 다른 남자들과 함께 연단 위에 앉아 있던 마흔 살가량의 남자가 일어서서 설교대에 섰다. 그는 마이크의 위치를 바로잡고 헛기침하고 입을 열었다. "형제자매 여러분, 안녕하십니까. 우리 모임에 오신 것을 환영합니다. 먼저 찬송가 63번을 부른 데 이어서 그로스 자매가 시작 기도를 올리겠습니다."
지휘자가 오르간 연주자 옆에 서고 성가집이 펼쳐지고 신도들은 노래하기 시작했다. 그런 후, 적어도 일흔다섯은 되어 보이는 노부인이 구부정한 자세로 걸어나가 기도문을 외웠다.
아멘에 이어서, 카를 하인츠 핑크가 몸을 일으켜 일어나 진지한 표정으로 마이크에 다가갔다. 핑크는 형사들의 존재를 아직 알아채지 못한 듯 보였다. 그는 신중한 목소리로 말했다. "사랑하는 형제자매 여러분, 저는 지난주 일어난 사건에 대해 오늘 여러분들에게 잠시 이야기하고 싶습니다. 여러분들 모두 그 사이에 알게 된 바와 같이, 우리는 우리의 훌륭한 두 형제를 극히 비극적으로 빼앗겼습니다. 그 부인들은 졸지에 미망인이 되었고, 우리 교회가 생긴 이래 겪어보지 못한 부당한 일이 행해졌습니다. 초창기에는 다른 종파들의 격렬하고 때로는 잔인한 박해가 있었지만, 그 시기는 이미 오래전에 지나갔습니다, 우리는 최소한 일주일 전까지만 해도 이렇게 생각했습니다. 로젠츠바이크 형제와 쇠나우 형제는 악의적으로 잔인하게 살해되었습니다. 그리고 경찰은 아직 범인에 대한 아무런 단서도 찾아내지 못하고 있습니다. 로젠츠바이크 자매님과 쇠나우 자매님, 이 힘든 시기에 우리의 모든 기도는 자매님들과 함께 있을 것입니다. 자매님들은 도움이 필요하면 언제든 우리를 찾아올 수 있다는 것을 알고 있습니다. 이 순간에," 핑크는 한순간 말을 멈추고 바닥을 내려다보며 마음의 평정을 찾으려고 애썼다. 이제 악어의 눈물을 몇 방울 흘리겠지, 율리아는 짓궂게 미소 지으며 생각했다.

핑크는 말을 이었다. "이 순간에 제 심정을 적절하게 표현할 수 있는 말을 찾아내기는 참으로 어렵습니다. 로젠츠바이크 형제와 쇠나우 형제는 말 그대로 제 형제였습니다. 우리는 오랜 세월 동안 알고 지냈고, 더욱이 한 사람은 젊은 시절부터의 친구였습니다. 그래서 두 형제를 잃은 아픔이 제게는 뼈에 사무칩니다. 로젠츠바이크 형제와 쇠나우 형제는 우리의 주 하느님에게 헌신한 모범적인 사람들이었습니다. 그들은 오랜 세월 섬긴 교리에 충실하게 헌신했습니다. 그들을 믿고 의지했으며 근심과 고난에 시달릴 때마다 그들의 말에 귀 기울였고 필요한 경우에는 조언과 도움을 얻은 교인들에게 충실했습니다. 하지만 사랑하는 형제자매 여러분, 우리는 언제나 한 가지를 직시해야 합니다."

핑크의 목소리가 높아지면서 힘차게, 거의 천둥 치듯 우렁차게 울려 퍼졌다. "주 하느님의 길은 헤아릴 수 없습니다. 우리는 로젠츠바이크 형제와 쇠나우 형제가 왜 죽어야 했는지 모릅니다. 그러나 우리가 이 지상을 떠나서 다시 그들과 하나가 되는 날, 그 이유를 알게 될 것입니다. 하느님께서 왜 이런 범죄를 용인하셨는지, 왜 이 살인범에게서 참으로 이해할 수 없는 끔찍한 행동으로 이어진 사악한 생각을 앗아가지 않으셨는지 알게 될 것입니다. 형제자매 여러분, 두 형제를 잃은 슬픔이 우리 모두에게, 특히 그 가족들에게 뼈에 사무칠지라도, 저는 용서해야 한다는 하느님의 말씀을 상기하고 싶습니다. 우리에게는 심판하고 비난할 권리가 없습니다. 우리의 마음은 용서해야 합니다. 일부 사람들에게는 쉽지 않은 일일 것입니다. 그래서 저는 그런 행위를 저지른 사람의 불쌍한 영혼을 위해 기도할 것을 부탁드립니다. 우리가 한 마음으로 일치단결해서 기도해야만, 하느님 아버지는 지금 일어난 일을 인간적인 좁은 시야에서가 아니라 하느님 아버지의 시야에서 볼 수 있도록 마음의 평화와 힘을 우리에게 주실 것입니다. 예수 그리스도께서 제자들에게 뭐라고 말씀하셨습니까, 나는 너희에게 평화를 주고 간다. 내 평화를 너희에게 주는 것이다. 내가 주는 평화는 세상이 주는 평화와는 다르다. 걱정하거나 두려워하지 마라.(신약성서, 요한복음 14장 27-31절 —역주)

그러므로 두려워하지도 말고 걱정하지도 맙시다. 우리의 사랑하는 형제들에게 일어난 일을 우리의 이성이 이해하려 하지 않거나 이해할 수 없을지라도 앞을 바라봅시다. 저는 여러분들에게 복음 속에서 의연하게 버틸 것을 요구합니다. 이웃사랑을 실천하십시오. 언제나 하느님의 영광을 주목하십시오. 그러면 여러분들에게는 아무 일도 일어나지 않을 것입니다. 형제자매 여러분, 힘들고 일부 사람들에게는 견딜 수 없었던 일주일, 의문과 의혹과 불안으로 가득 찼던 일주일이 지나갔습니다. 왜 하느님은 이런 일을 용납하셨을까? 왜 하느님은 암살하는 손을 제지하지 않으셨을까? 많은 사람이 이런 물음들을 제기했을 것입니다. 이 물음들에 대한 답변은 없습니다. 이미 말했듯이, 하느님의 길은 헤아릴 수 없습니다. 우리 마음을 모아 일치단결합시다. 그리스도께서 재림하시기 전에 사탄은 최후의 대결전을 치르려 하고 있습니다. 사탄은 증오와 시기, 질투와 살인의 씨앗을 뿌리면서 모든 수단을 동원해 우리를 파괴하려 들 것입니다. 세상의 종말이 가까이 왔습니다, 저는 그것을 느낍니다. 밀레니엄이 한순간 앞으로 다가왔습니다. 곧 천년왕국이 도래할 것입니다. 곧 그리스도께서 오셔서 감람산에 발을 디디시면, 산이 쪼개질 것입니다. 전쟁과 전쟁에 대한 소문, 분쟁, 증오, 시기와 질투는 종말을 고할 것입니다. 지금 사탄이 최후의 대대적인 전투를 위해 군세를 모으고 있습니다. 하지만 우리는 사탄의 유혹에 저항하면서 최후의 승리자가 될 것입니다. 사탄은 우리를 파괴하려고 하지만, 우리가 틈을 보이지 않으면 절대 승리할 수 없습니다. 계명을 지키는 사람, 날마다 하느님과의 대화를 구하는 사람, 죄악을 멀리하는사람은 절대 사탄에게 공격할 여지를 주지 않을 것입니다. 사랑하는 형제자매 여러분, 우리가 그 최후의 날에 살아 있을 것을 저는 증언합니다. 우리가 유사 이래 가장 험난하고 시련 많은 시대에 살고 있다는 것을 저는 알고 있습니다. 그러나 우리는 주 하느님을 따르면서 이 험난한 시대를 이겨낼 것입니다. 저는 여러분들에게 이것을 증언합니다. 주 하느님은 항상 여러분과 함께 있을 것입니다. 아멘."

카를 하인츠 핑크는 잠깐 쉬었다가 다시 말을 이었다. "그 모든 일에도 불구하고 오늘 우리는 평소처럼 각자의 그룹으로 갈 것입니다. 아직 모르고 계신 분들을 위해서, 끝으로 로젠츠바이크 형제와 쇠나우 형제의 장례식이 내일 월요일 11시에 중앙묘지에서 개최되는 것을 알려드립니다. 지금까지 들어주셔서 감사드립니다."

카를 하인츠 핑크는 다시 자리에 앉았다. 남자들은 그대로 앉아 있는 반면, 여자들과 아이들은 일어나 홀을 나갔다. 라우라 핑크가 율리아 옆을 지나갔다. 라우라는 홀을 나가면서 대화에 너무 열중한 나머지 율리아를 알아채지 못했다. 슈테판 핑크는 맨 앞줄에 앉아 있었다.

"이제 어떻게 되죠?" 율리아가 물었다.

"아이들과 청소년들을 위한 여러 개의 그룹이 있고, 여자들과 남자들을 위한 그룹이 하나씩 있어요. 10시에 18세 이상의 남녀가 참여하는 주일학교가 시작되고, 11시에 모든 사람이 다시 이곳에 모여 예배를 드려요. 뒤랑 형사님과 헬머 형사님 부인은 괜찮으시면 저와 함께 여자들 모임에 가시겠어요." 자비네 라이히는 일어나서 가방을 들고 대답을 기다렸다.

율리아와 프랑크는 마주 보며 고개를 저었다. "감사하지만 사양하겠어요. 우리는 조금 다리 운동을 하다가 나중에 다시 이곳 예배 모임에 올게요. 한 가지만 물을게요, 이곳에 있는 사람들 가운데 몇 명이나 라이히 씨에게 치료를 받고 있죠?"

"몇 명에 지나지 않아요. 그건 왜 묻죠?"

"그냥, 관심이 있어서요. 나중에 봐요."

율리아와 프랑크, 나딘은 복도로 나갔다. 남자들과 여자들이 몇 명씩 무리 지어 복도에 서서 이야기를 나누고 있었다. 나딘은 어린 소녀들을 위한 모임에 잠깐 가보겠다고 말했고, 프랑크는 입구 옆에 놓인 널찍한 소파에 앉았다. 율리아는 바깥으로 나가 담뱃불을 붙이며 핑크의 말에 대해 곰곰이 생각했다. 그의 말은 자신의 생활이나 친아들을 대하는 방식과 심하게 모순되었다. 율리아가 담배를 거의 피워갈 무렵, 한 남자가 불쑥 옆에 나타났다. 율리아가 보기에 쉰 살가량으로 추정되었다. 그녀보다 키가 작고 땅딸막하고 머리가 반쯤 벗겨졌으며 갈색의 눈이 날카로웠다. 옷

차림과 구두로 보아서 이 세상의 유복한 자들에 속하지 않는 것을 알 수 있었다.

"제 이름은 마이어입니다, 가운데 모음을 ai로 쓰죠." 그는 자신을 소개했다. "여기 처음 오셨습니까?"

"네." 율리아는 담배꽁초를 길에 버리며 대답했다.

"복음에 관심 있어서 오신 건 같지는 않은데요, 그렇죠?"

"그건 왜 물으시죠?"

"글쎄요, 저는……." 그 남자는 바닥에 떨어진 담배꽁초를 가리키며 은근히 미소 지었다. "저는 경찰에서 나온 분이라고 추정하는데요. 제 생각이 틀렸다면 말씀하십시오."

"제게서 그런 티가 나나요?" 율리아는 미소 지으며 물었다.

"아마 그런 것 같습니다." 마이어는 빙긋이 웃으며 말했다. "잠깐 걸을까요?" 그는 물었다.

"어디로 가죠?"

"그냥 주차장을 한 바퀴 걷죠. 형사님에게 하고 싶은 말이 있는데, 다른 사람들의 귀에 들리지 않았으면 하거든요."

"흥미진진한 데요. 좋아요, 걷죠."

두 사람은 한동안 말없이 나란히 주차장을 걸었다. 갑자기 마이어가 말했다. "지금 제가 형사님에게 하는 말을 아무에게도 말하지 않겠다고 약속해 주십시오. 이 교회는 제게 아주 중요합니다. 하지만 이 교회와 공동체가 제게 아무리 중요하더라도, 혼자 가슴속에 묻어 두어서는 안 되는 일들이 있습니다. 특히 요즘 같은 시대에."

마이어는 말을 멈추었다. 그가 다시 입을 열려는 기색을 보이지 않자, 율리아가 물었다. "그게 어떤 일이죠?"

"이번 살인사건에 관계된 일입니다, 그리고 핑크에 관계된 일이

기도 하죠. 저는 핑크의 과거가 완전히 깨끗하지 않다는 걸 알고 있습니다. 쇠나우나 로젠츠바이크도 마찬가지죠. 사실 저는 누군가에 대해 나쁘게 말하고 싶지 않습니다. 그렇지만," 당혹스러워하는 미소가 그 남자의 얇은 입술을 스쳤다. "핑크는, 어떻게 표현하면 좋을까요, 하지만 다른 좋은 말이 떠오르지 않는군요. 카를 하인츠 핑크는……, 위선자입니다……. 하지만 어쩌면 그런 기질을 부모에게 물려받았기 때문에 위선자가 되었을지도 모릅니다. 핑크의 아버지가 무슨 짓을 했는지 한 번 조사해 보십시오. 형사님이 그걸 알아내기는 어렵지 않을 겁니다."

"힌트를 좀 주시겠어요?" 율리아는 긴장해서 물었다.

"제3제국(히틀러가 권력을 장악했던 1934년에서 1945년까지의 독일제국을 일컫는 말 —역주)을 일컫는 용어와 관련 있다는 것만 말씀드리죠. 그리고 간곡히 부탁드립니다, 제게 들었다는 말을 절대 아무에게도 하지 마십시오."

"걱정하지 마십시오. 그런데 더 물어볼 것이 있으면, 어디로 연락하면 될까요?"

"필기도구 있습니까?"

율리아는 가방에서 메모지와 연필을 꺼내어서 전화번호를 적었다.

"이런 힌트가 형사님에게 도움이 될지는 모르겠지만, 저는 적어도 한 번쯤 시도해볼 가치가 있다고 생각했습니다. 그럼, 형사님께서 비밀을 지켜주실 거라고 믿겠습니다. 무슨 일이 있어도 제 이름이 형사님의 수사와 연관되어서는 안 됩니다."

"좋아요, 하지만 제3제국 시절에 일어난 일이 문제 된다면, 핑크는 아무 관련이 없습니다. 그때 핑크는 태어나지 않았거나 아니면 아직 어린아이였습니다."

"하지만 아버지가 지은 죄의 대가를 자신들이 치른다고들 하지 않습니까."

"엄밀하게 말하면 핑크의 문제가 아닙니다. 핑크의 상담역들이 살해되었습니다. 핑크는 최고의 건강을 누리고 있어요."

마이어는 의미심장하게 미소 지었다. "그래요, 그의 상담역들이 죽었죠. 한 번 파헤쳐 보십시오, 연관관계를 알아낼 수 있을 겁니다. 저로서는 더 이상은 말씀드릴 수 없습니다. 아마 한 가지는 더 말씀드릴 수 있을 것 같습니다. 언젠가 오래전에 우리 지도자들 가운데 한 사람이 앞으로 교회는 외부가 아니라 내부에서 박해받을 거라고 말했죠. 저는 이번 사건이 그런 경우가 아닌가 생각합니다. 안녕히 가십시오."

"잠깐만 기다리세요. 한 가지만 더 묻겠습니다. 신도들 가운데 융이라는 사람이 있습니다. 그 사람을 아세요?"

"물론 알죠. 융 형제는 저와 친한 사이입니다. 그 사람에게 무슨 일이 있습니까?"

"아니, 아무 일도 없습니다. 제가 듣기에는 이혼했다는데, 혹시 이혼 사유를 아십니까?"

"그들 부부 사이에 넘기 어려운 의견의 차이가 있었다고 생각합니다."

"좀 더 자세히 말씀해주실 수 있겠어요? 이것도 절대 비밀에 부치겠다고 약속드리죠. 그리고 융 씨에게도 절대 말씀하시지 않기를 부탁드립니다."

마이어는 조금 주저하더니 이윽고 대답했다. "융 부인에게 남자관계가 있었다는 소문이 돌았지만, 증명되지는 않았어요. 게다가 딸인 미리암이 남편이 아니라 그 남자의 자식이라는 소문도 있습니다. 그 남자가 누구인지는 모르겠습니다. 그 소문이 어디까지 사실인지는 모르겠지만, 융에게 직접 물어보세요. 물론 융 부인은 교회에 없습니다. 사오 년 전부터 교회 집회에 나오지 않고 있어요. 양육권이 남편에게 넘어간 후로 교회에 발길을 끊었죠."

"감사합니다." 율리아는 교회 쪽으로 발걸음을 돌린 마이어의 뒷모습을 바라보았다. 프랑크와 나딘이 손을 맞잡고 율리아를 향해 걸어왔다.

"핑크를 어떻게 생각해요?" 프랑크가 물었다. "뒤랑 형사가 말한 대로라면 틀림없이 냉혹한 인간이겠죠. 그런데 이렇게 말해서 미안하지만, 내가 보기엔 전혀 그렇지 않더군요."

"내가 핑크와 단둘이 이야기하는 걸 보지 못해서 그래요. 그걸 봤더라면 내 말을 이해했을 걸요. 게다가 일요일에 기독교인으로서 하는 행동과 주중에 하는 행동을 절대 혼동하지 말라고요. 이건 내 경험에서 우러나와서 하는 말이에요. 일요일에는 거의 모든 사람이 똑같아요. 집을 나오기 전에 신심이 두터운 척 성스러운 가면을 쓰고, 교회에서의 시간이 지나면 다시 가면을 벗죠. 그런데 방금 마이어라는 남자와 흥미로운 대화를 했어요. 그 남자 말로는, 핑크 아버지 쪽의 과거를 한 번 조사해보라는 거예요. 그 남자는 다만 '제3제국'이라는 말만 하더군요. 그리고 무슨 일이 있어도 자신의 이름은 빼 달래요."

"제3제국?" 프랑크가 의혹의 눈길로 물었다. "그게 무슨 뜻이랍니까?"

"나도 몰라요. 우리는 늦어도……." 율리아의 휴대폰이 울렸다. 율리아는 가방에서 휴대폰을 꺼내어 전화를 받았다.

"네." 율리아는 말했다. 표정이 순식간에 굳었다. "제 동료 헬머와 함께 즉시 가겠습니다."

"무슨 일이야?" 나딘이 걱정하는 표정으로 물었다. "얼굴이 갑자기 백지장처럼 창백해졌어."

"순찰대 동료야." 율리아는 입을 꽉 다문 채 숨을 깊이 들이쉬고는 이윽고 잠긴 목소리로 말했다. "위르겐 핑크가 스스로 목숨을 끊었어. 9층에서 뛰어내렸다는군."

"그런데 왜 율리아에게 전화했죠?" 프랑크가 물었다.

"지난 금요일에 내가 위르겐 핑크에게 준 명함을 발견하지 않았을까요? 그쪽으로 가 봐야겠어요."

"나딘," 프랑크가 말했다. "당신은 집으로 가는 게 좋겠어. 나중에 율리아가 나를 집에 태워다줄 거야." 프랑크는 나딘에게 입을 맞추고 나딘이 자동차로 가는 모습을 지켜보았다. 그리고는 머리를 긁적이며 율리아에게로 시선을 돌렸다. "그런데, 라우라 핑크와 그 아버지에게 알려야 하지 않을까요?"

율리아는 생각에 잠겨서 손가락으로 콧등을 문질렀다. "라우라에겐 알리자고요. 하지만 그 아버지는 일단 보류하고 싶어요."

"왜?" 프랑크가 의아해하는 표정으로 물었다.

"그럴 만한 이유가 있어요. 여기서 기다려요. 라우라를 데려올게요."

율리아는 빠른 걸음으로 교회 건물에 다가가, 한 젊은 남자에게 여자들이 어디에 모여 있느냐고 물었다. 그 남자는 긴 복도 끝에 있는 문을 가리켰다. 율리아는 그곳으로 가 조심스럽게 문을 열고 안을 들여다보았다. 라우라는 어디에서도 눈에 띄지 않았다. 율리아는 어디 가면 라우라 핑크를 만날 수 있느냐고 한 여자에게 소리 죽여 물었다. 그리고 다른 집회실들이 있는 지하층에 가보라는 답변을 들었다. 라우라는 마침 열예닐곱 살 정도의 청소년들을 가르치는 데 열중해 있었다.

"핑크 씨," 율리아는 소리 죽여 말했다. "잠깐 이야기 좀 할 수 있을까요?”

라우라 핑크는 이마를 찌푸리고는 청소년들에게 말했다. “금방 돌아올게.” 그러고는 복도로 나왔다.

“형사님이 오신 걸 전혀 보지 못했어요. 집회시작모임에도 참석하셨어요?”

“네, 하지만 그건 중요하지 않아요. 방금 경찰의 전화를 받았어요. 핑크 씨 동생의 일이에요. 지금 우리와 함께 동생 집으로 갔으면 하는데요.”

“위르겐 일인가요?”

“그래요, 유감스럽게도.”

“위르겐에게 무슨 일 있어요?” 라우라는 초조한 표정으로 묻고는 오른손 엄지손가락의 살갗을 피가 나도록 잡아 뜯었다. 그리고 겁에 질린 절박한 눈빛으로 율리아를 바라보았다.

“동생이 목숨을 끊은 모양이에요. 유감입니다.”

라우라 핑크의 얼굴에서 순식간에 모든 색깔이 사라졌다. 그녀는 더듬거렸다. “학생들에게 잠깐 사정을 말하고 올게요.” 라우라는 곧 돌아왔으며, 층계를 올라가는 동안 말했다. “우리 아버지와 어머니는 어떻게 되셨죠? 부모님들도…….”

“아니요, 부모님들에겐 아직 알리고 싶지 않아요. 이유는 묻지 마세요. 그럴 만한 까닭이 있으니까요. 우리와 함께 가실래요? 아니면 핑크 씨 차로 갈래요?”

“제 차로 갈게요.” 라우라 핑크는 억양 없는 목소리로 말했다.

그들이 출발했을 때는 10시 15분 전이었고 하늘은 다시 두꺼운 구름층에 덮여 있었다. 차를 타고 가는 동안 프랑크가 이렇게 말했을 뿐이었다. “왜 하필이면 지금 목숨을 끊었을까요?”

“이유는 곧 알게 되겠죠.” 율리아는 짧게 대답했다. 두 사람은 목적지에 도착할 때까지 침묵했다.

오전 10시 5분

순찰차 두 대와 구급차 한 대가 하이젠라트 12번지 앞에 서 있었다. 구경거리에 목마른 대중들이 접근금지띠 주변에 모여 있었고, 몇 사람은 맥주나 화주를 마시고 있었다. 하지만 몇 명은 충격받은 모습이었다. 율리아와 프랑크, 라우라 핑크는 신분증을 내보이며 구경꾼들을 헤치고 나가다가, 갑자기 위르겐 핑크가 떨어진 현장에 이르렀다. 시신이 놓여 있었던 곳에 분필로 시신의 위치가 그려져 있었고, 바닥에 고인 피 웅덩이가 서서히 말라붙고 있었다. 라우라는 최면에 걸린 사람처럼 그 얼룩을 응시했다.

"맙소사, 왜 이렇게 되도록 내가 내버려두었을까?" 라우라는 다른 사람들의 귀에 들리지 않게 나지막이 속삭였다. "맙소사, 위르겐이 왜? 왜 하필이면 위르겐이?"

"어느 분이 제게 전화하셨죠?" 율리아는 치안경찰들을 바라보며 물었다. 키가 약 1미터 90센티미터에 이르는 건장한 남자가 율리아에게 다가왔다. 베르거 나이쯤 되어 보였다.

"제가 전화했어요. 거실 탁자 위에 형사님 명함이 놓여 있었고, 그래서 제 생각에는……."

"좋아요, 알려주셔서 감사합니다. 잘하셨어요. 사건은 언제 발생했죠?"

"9시 22분에 치안센터에서 전화를 받고 곧장 달려왔어요. 젊은 여자 둘이 이구동성으로 말한 것처럼, 9시 15분경에 뛰어내렸습니다. 거실 탁자 위에 유서도 남겼어요. 유서는 형사님 앞으로 쓴 것입니다."
"그 두 여자는 어디에 있습니까?"
"저기 앞쪽의 문가에 있습니다. 검은 머리의 여자들입니다."
"좋아요. 그 여자들하고 즉시 이야기해 보겠어요. 그 전에 죽은 사람의 혈액을 채취해주셨으면 합니다. 뛰어내리기 전에 마약이나 알코올을 복용했는지 알고 싶습니다."

율리아와 프랑크는 문에 기대서서 담배를 피우고 있는 여자들에게로 다가갔다. 스무 살이 될까 말까 하고 무척 멋을 부린 젊은 여자가 담배를 들고 오들오들 떨고 있었다. 좀 더 나이 들어 보이는 다른 여자는 냉담한 인상을 주었다. 라우라 핑크는 조금 떨어져 있었지만 대화 내용을 주의 깊게 들었다.

"안녕하세요. 전 경찰청의 율리아 뒤랑 형사이고, 여기는 제 동료 헬머 형사입니다. 두 사람이 남자가 뛰어내리는 장면을 목격했다고 들었는데, 좀 더 자세히 말해줄 수 있을까요?"

두 여자 중에서 좀 더 젊은 여자가 담배 연기를 한 모금 빨아 코로 내뿜고는 말했다. "우리는 이야기를 나누며 버스를 타러 가던 길이었어요. 그때 비명에 이어서 쿵 하고 떨어지는 소리가 들렸어요. 저 사람은 우리에게서 5미터도 떨어지지 않은 곳에 추락했어요."

"비명하고 쿵 떨어지는 소리밖에 듣지 못했나요? 그 전에 난간에 서서 뭐라고 말하지 않던가요?"

"아니요, 그냥 뛰어내렸어요. 세상에, 끔찍했어요." 그 여자는 흥분해서 말했다.

"그 젊은 남자를 아세요?"

"아니요, 멀리서 얼굴만 보았어요. 우리는 14번지에 살고, 이곳에서는 어차피 서로 모르고 지내거든요. 형사님도 아시잖아요,

모르는 게 편해요." 그 여자는 경멸하는 표정으로 말했다. "정말이지 망할 놈의 동네예요. 어서 이곳을 벗어났으면 좋겠다는 마음밖에 없어요. 지금은 더욱더 그래요. 가끔씩은 여기 사람들이 어떤 식으로든 전부 미쳤다는 느낌이 들어요. 하지만 놀라운 일도 아니죠. 여기 살다 보면 다들 언젠가는 분노에 사로잡히거든요."

"고마워요, 이것으로 됐어요. 아가씨들을 더 오래 붙잡지 않겠어요."

율리아는 프랑크와 라우라를 돌아보며 말했다. "갑시다, 위에 올라가서 집을 좀 살펴봅시다. 하지만 집이 그다지 깨끗하지 않더라도 놀라지들 마요."

"나는 쓰레기처리장을 벌써 여러 번 샅샅이 뒤져본 경험이 있다고요. 웬만해선 끄떡도 하지 않을 걸요." 프랑크가 씩 웃으며 대답했다.

그들은 엘리베이터를 타고 9층으로 올라갔다. 위르겐의 집 앞에 경찰이 한 명 배치되어 있었지만, 율리아가 신분증을 보여주자 말없이 통과시켰다. 비좁은 복도에 향수 냄새가 물씬 풍겼고, 금요일과는 달리 바닥이 깨끗이 청소되어 있었다. 율리아는 뒤따라오는 프랑크에게 의아해하는 시선을 보내며 어깨를 으쓱했다. 율리아는 프랑크와 라우라에 앞서서 거실로 들어갔다. 거실은 말끔하게 정돈되어 있었다. 바닥에 빈 병이나 캔도 보이지 않았고, 아주 깨끗한 게 살 만해 보였다. 그들은 거실 가운데 서서 한동안 침묵을 지켰다. 이윽고 율리아가 프랑크에게 말했다. "이상하군요, 죽기 전에 아주 깨끗하게 청소했어요. 당신이 금요일에 이곳을 봤더라면……. 이게 무슨 영문인지."

"우리가 이해할 수 없는 일들이 있어요." 헬머가 말했다. "필시 죽음을 미리 계획했을 겁니다. 집에 발을 들여놓는 사람 누구에게라도 즉시 집을 넘겨줄 수 있게 하고 싶었나 보죠. 맙소사, 끔찍하게 들리는군요. 그런데 알코올중독자라고 하지 않았나요?"

"누나에게 직접 물어봐요……."

"맞아요, 위르겐은 알코올중독자였어요." 라우라는 침울한 목소리로 말했다. 눈물이 몇 방울 주르륵 흘렀다. "하지만 원래는 알코올중독자가 아니었어요. 여러 가지 요인이 위르겐으로 하여금 술을 마시도록 압박했어요. 술은 위르겐에게 이 부당한 세상에서 벗어날 수 있는 유일한 가능성이었어요."

라우라는 잠시 말을 멈추고 침묵을 지키며 방 안을 둘러보았다. 뭐라고 형용할 수 없는 미소가 갑자기 입가를 스쳤다. 그날 오전 라우라 핑크는 정말 예뻤다. 매혹적인 젊은 여인이었다. 며칠 동안 접근하기 어려운 중성처럼 보였다면, 이제 도움을 필요로 하는 여자로 보였다. "삶은 위르겐에게 호의적이지 않았어요. 그런데 사실 우리 중에서 위르겐이 가장 나약했거든요. 하지만 세상은 원래 그래요, 가장 나약한 사람들이 가장 많은 도움을 받아 마땅한데, 제일 먼저 핍박을 받거든요. 이 세상은 공정하지 않아요. 그들은 위르겐의 나약함을 무자비하게 악용했어요."

"누가 말인가요? 아버지, 형……?"

"모두 다요. 나는 전혀 아니었다고 발뺌하고 싶지는 않아요. 비록 제가 지난 오륙 년 동안 위르겐을 돌본 유일한 사람이었지만 말이에요. 하지만 그걸 자랑할 수는 없어요. 사실은 이따금 위르겐이 저를 찾아와서 도움을 청했거든요. 그러면 나 자신은 잘 지내면서 어떻게 친동생의 도움을 거절하겠어요?" 라우라 핑크는 시선을 옆으로 돌렸다. 핸드백에서 손수건을 꺼내어 눈가를 훔치고 우아하게 코를 풀었다. "아니요, 위르겐에게 일어난 일은 공정하지 않아요. 하지만 정의란 무엇이죠? 사람들이 정의라는 개념을 각자 자신의 어휘목록과 특성에서 삭제했다는 생각이 들어요. 이제 정의는 확고부동한 개념이 아니에요. 누구든 자신이 옳다고 생각하는 바에 따라 행동해요. 개개인이 믿는 것만이 중요하죠. 유감스러운 일이에요, 그런데 기분이 고약하네요."

"우리가 어떻게 도와드릴 수 있을까요?" 율리아는 한쪽 팔로 젊은 여인을 감싸 안으며 말했다. 라우라는 고개를 가로저으며 불편한 듯 얼른 율리아의 팔을 풀었다.

"아니요, 저를 도와줄 수 있는 사람은 아무도 없어요. 위르겐은 자기 자신만을 믿었고, 저도 마찬가지예요."

율리아는 방 안을 천천히 한 바퀴 돌았다. 벽의 얼룩까지도 말끔히 지워져 있었다. 위르겐은 청소기로 집 안을 청소하고 걸레로 닦고 빨래를 빨아서 욕실의 빨래건조대에 널어놓았다. 욕실도 마찬가지로 깨끗하게 빛났고 상큼한 냄새를 풍겼다. 주방과 작은 침실도 예외가 아니었다. 심지어는 창문도 말끔하게 닦았다.

"어제 생각이 나네요." 율리아는 말했다. "나도 집 안을 정리 정돈하는 것으로 온종일 보냈거든요. 아마 위르겐도 나와 같은 시각에 청소했을 거예요. 그런데 위르겐은 세상을 떠났고 우리에게 이 편지 한 통만을 남겼군요." 율리아는 탁자 위의 편지를 집어 들었다. 편지에는 '율리아 뒤랑 형사님 친전'이라고 쓰여 있었다. 율리아는 편지봉투를 뜯고 편지를 꺼내어 읽었다.

친애하는 뒤랑 형사님

금요일에 형사님이 저를 찾아주셔서 제 말을 귀담아들어 주신 것에 다시 한 번 감사드리고 싶습니다. 제가 형사님에게 그다지 예의 바르지 않았던 것을 잘 알고 있습니다. 그 점에 대해 정식으로 사과드리고 싶습니다. 그리고 형사님의 질문에, 특히 우리 가족과 관련한 질문에 구체적으로 자세히 답변하지 않은 점에 대해서도 사과드리고 싶습니다. 지금도 우리 아버지나 다른 가족에 대한 제 의견은 말하고 싶지 않습니다. 형사님께서 비겁하다고 말씀하셔도 할 수 없습니다. 삶이 저를 부당하게 대했는지 아니면 제가 단순히 하이에나와 늑대들로 가득 찬 이 세상에 맞지 않았는지는 모르겠습니다. 몇 년 전에는 제 미래에 대한 확실한 꿈이 있었는데 어쩌다 이렇게 되었는지 모르겠습니다. 하지만 제 그런 생각과 꿈을 파괴한 사람들이 있었습니다.

형사님께 쇠나우와 로젠츠바이크의 살인사건을 밝혀주시길 부탁드립니다. 형사님이 눈을 크게 뜨고 방향만 제대로 잡으시면 반드시 범인에게로 이끌어줄 진실들에 부딪히실 것입니다. 아니, 범인이 아니라 범인들이라고 말하는 편이 더 나을 것입니다. 저는 지금까지 살면서 단 한 가지 죄를 지었습니다, 저는 충분히 강하지 못했습니다. 그 점을 부끄러워합니다. 저는 절대 사람을 죽이지 못했을 겁니다. 그리고 로젠츠바이크와 쇠나우의 살인사건에도 절대로 연관되고 싶지 않습니다.

형사님이 제 죽음 후에 발견하실 이 편지를 끝마치기 전에, 라우라 누나에게 몇 마디 하고 싶습니다. 누나, 누나는 항상 내 편이 되어준 유일한 사람이었어. 그래서 누나에게 내 작은 곰 인형을 주고 싶어. 누나만은 그 곰 인형이 어떤 의미가 있는지 잘 알지. 나를 위해 그 인형을 맡아주고 이따금 나를 생각해줘. 누나를 사랑해.

그리고 아버지께 한 말씀 드리겠습니다. 아버지가 원하시든 원하시지 않든 제게는 아버지 유산의 법정상속분이 있습니다. 그 법정상속분을 아동성범죄 예방협회에 기증하겠습니다. 그 밖에는 그 누구에게도 유산으로 남길만한 것이 없습니다. 하지만 한 가지만은 확실히 아셔야 합니다. 저는 결코 아버지를 증오한 적이 없습니다, 기껏해야 경멸했을 뿐입니다. 하지만 아버지도 한낱 인간일 뿐이라는 사실을 잘 알고 있습니다. 그리고 아버지에게 한 가지 더 말하고 싶습니다. 아버지가 금요일 저녁 말씀하신 것과는 달리, 저는 가족의 이름에 먹칠을 하지 않았습니다. 아버지가 굳이 저를 찾아오실 필요도 없었습니다. 아버지의 명백한 협박이 없었어도 저는 제 인생을 기꺼이 끝냈을 것이기 때문입니다. 하지만 아버지가 그 오랜 세월 하셨던 것처럼 이젠 더 이상 저를 협박할 수 없는 것도 잘 알고 있습니다. 저는 양심의 거리낌 없이 창조주에게로 나아갈 것입니다. 그분이 저를 아들로 맞아주실 것이기 때문입니다. 누군가가 가족의 이름에 먹칠을 했다면, 그것은 저 아닌 다른 사람들이었습니다. 저는 이 편지를 뚜렷한 의식과 맑은 정신으로 썼습니다.

그 누구보다도 사랑하는 라우라 누나, 잘 있어.

위르겐 핑크

추신. 엄마, 엄마 잘못이 아니에요. 엄마는 늘 최선을 다하려 했고 또 저에게 최선을 다하셨어요. 우리는 다시 만날 거예요, 더 좋은 세상에서. 저는 그렇게 될 거라고 굳게 믿어요.

율리아는 편지를 두 손에 들고 있다가 말없이 프랑크에게 건네주었다. 그리고 골루아에 불을 붙여서 연기를 깊이 빨아들여 열려 있는 창문으로 내뿜었다. 그 창문 밖에 위르겐 핑크가 죽음으로 뛰어든 작은 발코니가 있었다. 프랑크는 편지를 끝까지 읽고 라우라 핑크에게 넘겨주었다. 라우라 핑크는 편지를 읽는 동안 두 손을 떨더니 소파에 주저앉았다. 몇 번 크게 흐느꼈고, 눈물이 얼굴을 타고 줄줄 흘렀다. 율리아는 몸을 돌려 젊은 여의사에게 물었다.
"곰 인형에 무슨 의미가 있죠? 왜 자신의 상속분을 하필이면 이런 단체에 기부하죠?"
"곰 인형엔 아주 개인적인 의미가 있어요." 라우라 핑크는 목 메인 소리로 말했다. "오로지 위르겐과 나하고만 관계있는 일이죠. 그리고 왜 자신의 상속분을 그 단체에 기부하는지는 모르겠어요." 라우라는 울어서 퉁퉁 부은 눈으로 어쩔 줄 모르고 율리아를 바라보았다.
"좋아요. 그러면 질문을 달리할게요. 동생이 언제 성폭행당한 적이 있나요?"
라우라 핑크는 고개를 거세게 저었다. "아니요, 저도 알고 싶어요. 위르겐이 누군가에게 조건 없이 모든 걸 털어놓았다면, 그건 저예요. 저한테는 언제나 모든 걸 이야기했어요. 위르겐은 성폭행당한 적이 없어요. 아마 돈을 어디에 기증해야 할지 몰랐을 거예요."
"그러면 핑크 씨의 아버님이 금요일 저녁에 여기서 무엇을 했다고 생각하세요? 동생은 협박당했다고 썼어요. 그런 협박이 늘 있는 일이었습니까? 그리고 어떤 식의 협박이었죠?"
"저는 협박에 대해서 전혀 몰라요."
"동생이 누나에게 모든 걸 이야기했다고 알고 있는데요?"
율리아는 날카롭게 물으면서 소파에 앉았다. "그리고 제가 편지 내용을 올바로 해석했다면, 핑크 씨 아버지는 아들을 한 번만 협박한 게 아니라 상습적으로 그랬던 거 같은데요. 아니면 제가 뭘 잘못 이해했나요?"
"이런 맙소사, 저는 모르는 일이에요!" 라우라 핑크는 벌컥 화를 내며 소리쳤다. "우리 아버지에게 물어보세요, 위르겐을 협박했는지! 아버지에게 직접 물어보시라고요! 위르겐이 왜 갑자기 그만 살고 싶다는 결심을 했는지 아버지에게 물어봐요! 위르겐이 아버지에 대해 썼다면, 내가 아니라 아버지가 그 대답을 알지 않겠어요!"

"핑크 씨, 당신 동생은 죽었어요. 더 이상 어떻게 살아야 할지 막막했기 때문에 스스로 목숨을 끊었어요. 당신은 처음에 동생이 누군가에게 모든 걸 이야기했다면 그건 바로 당신이라고 말했어요. 그런데 지금은 아버님의 협박에 대해 아무것도 모른다고 주장하고 있어요. 이건 앞뒤가 맞지 않아요."

"뒤랑 형사님, 저는 지난 12개월 동안 어쩌다 드문드문 위르겐하고 연락이 있었다고 며칠 전에 벌써 말했어요. 우리가 마지막으로 만난 건 4주일 전쯤이었어요. 제가 위르겐을 찾아갔고, 그 애는 꽤 많이 취해 있었어요. 저는 위르겐에게 돈을 주었어요. 결국 그 돈을 알코올에 다 써버릴 것을 알면서도 위르겐의 수중에 돈이 한 푼도 없었기 때문이죠……."

"왜 동생을 입원시키지 않았죠? 핑크 씨에게는 그럴 가능성이 있었을 텐데요."

"자해할 급박한 위험이나 다른 사람을 해칠 위험이 있는 경우에만 그럴 수 있어요. 하지만 위르겐은 그런 적이 한 번도 없었어요. 술 취한 사람이 어느 정도 명확하게 생각할 수 있는 한, 의사라고 해도 알코올 금단치료를 위해 간단히 병원에 보낼 수는 없어요. 위르겐은 명확하게 생각할 수 있었어요. 미묘하지만 명백한 차이점들이 있거든요. 가령 제가 찾아갔을 때 위르겐이 인사불성 상태에 있었다면, 제게는 위르겐을 병원에 입원시킬 권리가 있었을 거예요. 위르겐이 자살하겠다고 협박했거나 또는 누군가 다른 사람을 해치겠다고 협박했어도, 마찬가지로 그 애를 병원에 입원시킬 수 있었을 거예요. 하지만 단순히 술에 취해 있는 동안에는, 저로서는 속수무책이죠."

"동생이 핑크 씨에게 자살 이야기를 한 적이 있습니까?"

"누구나 살면서 한 번쯤은 차라리 죽어버리고 싶다는 말을 하기 마련이에요. 형사님도 그런 적이 있지 않아요? 하지만 위르겐은 죽을 생각을 하고 있다는 내색을 한 번도 보인 적이 없어요. 저로서는 한 가지 생각밖에 할 수 없어요. 건강상태가 위르겐을 불안하게 했거든요. 위르겐은 어렸을 때부터 이미 우울증 성향이 있었어요. 지난번 제가 위르겐에게 검사 결과를 읽어주고 당장 생활방식을 바꾸지 않으면 시간문제라고 말했을 때……. 제가 형사님에게 이 말을 하든 하지 않든 상관없어요. 어쨌든 위르겐의 감마 GT는 114였고, 5와 28 사이가 정상이죠……."

"감마 GT?" 프랑크가 이마를 찌푸리며 물었다.

"그건 간수치예요. 위르겐은 과도한 알코올 섭취 탓에 극심한 지방간이었고 간경화로 급격하게 발전할 가능성이 있었어요. 췌장도 많이 약해져 있었고, 혈소판 수치도 정상에 훨씬 못 미치는 겨우 6만이었어요. 그 밖에도 문제가 많았어요. 위르겐은 알코올을 소화하지 못했어요. 위르겐의 학대받은 몸이 언제 자포자기하느냐는 오로지 시간문제였어요. 그런데 그 문제가 이제 잔인한 방식으로 저절로 해결되었네요. 어쩌면 차라리 이편이 더 나을지도 몰라요."

율리아는 고개를 저으며 두 손가락으로 콧부리를 잡고 눈을 감았다. "핑크 씨, 로젠츠바이크와 쇠나우의 살인은 사전에 용의주도하게 계획되었어요. 핑크 씨 아버님에 대한 협박편지로 보아서, 아버님도 지금 위험해요. 그런데 핑크 씨와 핑크 씨 가족이 저를 놀리고 있다는 느낌이 들어요. 어쨌든 쇠나우 부인과 로젠츠바이크 부인은 근본적으로 협조적인 태도를 보였어요. 이 살인사건들 배후에는 뭔가 체계가 숨어 있어요. 그런데 현재로서는 도대체 그게 어떤 체계인지 알 수 없어요. 다만 핑크 씨 아버님도 그 퇴출명단에 올라 있다는 것만 확실할 뿐이죠. 이 세 남자의 연결고리가 무엇인지 말해주세요."

"원래 네 명 아닌가요?" 라우라 핑크는 조롱하는 어조로 물었다. "제가 제대로 들었다면 하우저도 이 계열에 속하지 않나요? 하지만 하우저는 벌써 반년 전에 죽었고, 우리 교회의 프랑크푸르트 지부에 속하지도 않았어요. 그거에 대해서는 어떻게 생각하세요? 그 체계라고 하는 것에 대해 형사님이 좀 말씀해주세요."

"말할 수 없어요. 아직은 아니에요. 하지만 체계가 있다는 건 확실히 알고 있어요. 그리고 그건 핑크 씨도 알고 있고요. 핑크 씨는 하우저를 잘 알았어요. 어떤 식으로든 모든 일이 핑크 씨에게로 이어지고 있어요."

"제게로요?" 라우라 핑크는 분노로 눈을 번득이며 물었다. "제가 이 살인사건들과 도대체 무슨 상관이 있단 말인가요?"

"제가 핑크 씨라고 말한다면, 그건 전체적으로 핑크 씨 가족을 일컫는 거예요. 로젠츠바이크와 쇠나우는 핑크 씨 아버님의 상담역이었고, 하우저는 핑크 씨의 친구였어요. 그것만 해도 이상하죠."

"뒤랑 형사님, 지금 저는 형사님의 혐의 내용을 듣고 있을 기분이 아니에요……."

"그건 혐의가 아닙니다……."

"그렇다면 허무맹랑한 말이죠. 괜찮으시다면, 이제 저는 부모님에게 소식을 알려드리러 가야겠어요. 그분들도 아들이 죽은 걸 아셔야죠."

"좋아요, 가세요. 하지만 편지는 여기 두고 가세요. 어쨌든 동생분이 제게 쓴 것이니까요."

"복사본을 하나 얻을 수 있을까요?"

"하나 드리죠, 핑크 씨 아버님에게도 드릴 겁니다. 이 편지는 유서이기도 하니까요. 안녕히 가세요."

라우라 핑크가 가고 난 후, 프랑크가 말했다. "뒤랑 형사의 말을 이제야 알 거 같아요."

"무슨 말을요?"

"그러니까 이 핑크 가족이 뭔가 이상하다는 말. 그 존경스러운 신사분을 한 번 직접 개인적으로 만나서 이야기해보고 싶어요. 좀 전에 설교단에서 그 인간이 허세 부리며 지껄인 걸 생각하고 이 편지를 읽으면! 야비한 인간이 분명해요."

"갑자기 왜 그래요? 하긴, 이제 내 말을 이해하겠죠." 율리아는 말했다. "그가 도대체 무슨 짓을 저질렀는지 알기만 한다면! 오늘 중으로 그걸 확실하게 알아내야겠어요. 이 편지가 더없이 명백한 증거예요. 핑크와 아들 사이의 관계는 단순히 긴장된 관계 이상이었어요. 화약고였다고요……."

"그리고 젊은이가 발코니에서 뛰어내렸을 때 그 화약고가 폭발했어요."

"하지만 화약고가 또 하나 있어요. 그리고 핑크는 친히 그 화약고 위에 앉아 있죠. 나중에 프랑크가 핑크에게 같이 가주었으면 좋겠군요. 그 기회에 핑크를 알게 되고 또 어떤 사람인지도 파악할 수 있을 거예요. 이제 그 일을 혼자 하고 싶지 않아요."

"언제 갈 건데요?"

"오늘 오후. 별로 슬퍼하지도 않겠지만 그래도 슬퍼하게 두세 시간 주자고요. 그런 후 한 번 따끔한 맛을 보여주죠. 그 전에 뭐 좀 먹어야겠어요. 가요, 우린 여기에서 할 일도 없어요. 집에 태워 다줄게요."

"우리랑 같이 식사할래요." 프랑크가 말했다. "나딘이 틀림없이 기뻐할 거예요."

"또?" 율리아는 회의적인 어조로 물었다. "그러니까 내 말은 지난 목요일에 함께 식사했는데……."

"쓸데없는 소리." 프랑크가 손을 내저으며 말했다. "나딘이 율리아를 좋아해요. 그렇다고 또 한 번 분명하게 말하더라고요. 자, 내가 두 사람을 밀어줄게요."

"정 원한다면 좋아요. 함께 가죠. 하지만 이 집을 봉쇄해야겠어요. 내일 한 번 더 둘러보고 싶거든요. 어쩌면 도움이 될 만한 것들을 발견할지도 몰라요. 사람 일은 알 수 없는 법이잖아요. 그리고 핑크에게 가기 전에 편지를 복사해야겠어요."

"우리 집 팩스기로 복사할 수 있어요." 프랑크가 말했다.

두 사람은 집 열쇠를 들고 아래로 내려갔다. 구급차는 이미 출발했고, 순찰차 한 대만 아직 주차장에 있었다. 군중들은 많이 흩어졌고, 몇몇 사람들만 군데군데 무리 지어 이야기를 나누고 있었다. 율리아는 경찰관 한 명에게 위르겐 핑크의 집을 봉쇄하라고 일렀다. 차가운 서풍이 거세게 몰아치고 비가 내리기 시작했다. 그들이 프랑크의 집으로 출발했을 때는 11시 반이었다. 차를 타고 가는 길에 율리아는 말했다. "아 참, 내가 아까 주차장에서 이야기를 나누었던 마이어라는 남자 있죠. 제3제국 말을 꺼낸 남자 말이에요. 그 남자에게 융에 대해 물어봤어요……."

"융?"

"리타 융. 쇠나우 밑에서 일했죠. 지금 상황으로 보아서는, 그 여자가 쇠나우와 내연의 관계였던 게 점점 더 분명해지고 있어요.

4년 전 남편과 이혼했고, 딸의 양육권은 아버지에게 주어졌어요. 게다가, 마이어 말로는 딸이 그 내연의 관계에서 낳은 아이라는 소문이 있다지 뭐예요. 그런데도 그 아버지는 친딸이 아닐지도 모르는 딸을 키우려 했대요. 웃기지 않아요?"

"리타 융?" 프랑크는 물었다. "혹시 그 여자가……?"

"현재로서는 모든 게 가능하다고 봐야 해요. 그 여자는 나하고 이야기하는 자리에서 교회에 대해 그다지 우호적으로 말하지 않았어요. 그리고 아주 매력적인 여자예요. 누가 알아요, 그 여자도 독에 대해 일가견이 있을지. 일단 그 여자도 지켜보자고요."

오후 12시 45분

그녀는 옷을 벗어서 침대 위에 놓았다. 알몸으로 거울 앞에 서서, 앞모습과 옆모습을 자세히 비춰보았다. 봉긋하게 솟은 젖가슴과 납작한 배를 한 손으로 어루만졌다. 샤워한 후 간단히 요기하고 병원에 갈 생각이었다. 샤워를 하고 청바지와 베이지색 블라우스를 입고 운동화를 신고 거기에 어울리는 스포티한 재킷을 걸쳤다. 빵에 치즈를 얹어서 우유와 함께 먹었다. 그리고는 담뱃불을 붙이고 창가에 서서 집 뒤편의 작은 정원을 바라보았다. 생각에 잠겨 있다가 눈을 찌푸리더니 몸을 돌려 책장으로 다가갔다. 작은 병을 꺼내어 잠시 손가락으로 들고 불투명한 액체를 바라보았다. 차갑고 사악한 미소가 입가를 스쳤다. 하지만 그 입은 기이하게도 슬프고 우울해 보였다. 그녀는 다시 작은 병을 책들 뒤에 숨겼다.

그녀는 집을 나와서 자동차에 올라탔다. 라디오를 켜고 볼륨을 높였다. 도로변의 가판대에서 꽃을 파는 꽃장수 앞에서 차를 세우고 화려한 여름꽃을 한 다발 샀다. 성 발렌티우스 병원에 도착하기까지 45분 정도 걸렸다. 그녀는 자동차에서 내려 차 문을 잠그고 널찍한 병원 현관을 향해 걸음을 옮겼다. 엘리베이터를 타고서 3층으로 올라가 여성 폐쇄병동 앞에 섰다. 벨을 누르자, 하얀 옷을 입은 남자간호사가 와서 문을 열고는 오래전부터 아는 사이인 양 미소 지으며 인사했다. 그녀는 병동에 들어섰다. 여인들 몇 명이 발을 질질 끌며 복도를 걸었다. 대부분은 나이 든 여인들이었지만, 그중의 두셋은 삼사십 대였다. 휴게실에 환자 몇 명이 앉아 있었지만 그녀를 거의 알아채지 못했다. 그들은 몽롱한 눈길로 멍하니 앞을 바라보거나 이해할 수 없는 소리를 내었다.

"오늘은 좀 어떻던가요?" 그녀는 이곳 독일에서 돈을 벌려고 고향 카자흐스탄을 떠나온 남자간호사에게 물었다.

"평소와 같아요." 간호사는 대답했다.

여인은 창가에 앉아서 병원건물을 에워싼 정원을 바라보고 있었다. 방문객이 병실에 들어서도, 여인은 눈길을 들지 않았다. 다만 이해할 수 없는 말을 혼자 웅얼거렸을 뿐이다.

"잘 있었어, 나 왔어요." 방문객 여인은 몸을 숙여 여인의 뺨에 살며시 입 맞추었다. 여인은 한순간 눈을 들어 아득한 눈빛으로 방문객을 살펴보았다.

"어때요? 잘 지내면 좋겠는데." 방문객은 이렇게 말하고 침대 옆의 탁자에 놓인 꽃병에서 시들어가는 꽃을 꺼내어 휴지통에 버렸다. 꽃병의 물을 세면대에 쏟아버리고 새로 물을 받았다. 가져온 꽃을 꽃병에 꽂고 조금 보기 좋게 가다듬었다. 여인은 그것을 알아채지 못했다. 여인에게 생각이라는 게 있다면, 그 생각은 아주 멀리 가 있었다. 어쨌든 오래전에 이 세상을 벗어났다.

코르사코프증후군, 4년 전쯤 의사들은 말했다. 그리고 회복될 수 없다고 덧붙였다. 오랜 세월에 걸친 알코올 남용과 약물 남용에 의한 코르사코프증후군, 처음에는 단기기억장애로 나타나지만 결국 모든 기억을 휩쓸어서 간단히 지워버리는 병이었다. 의사들은 이 정도로 심한 코르사코프증후군은 극히 드물다고 말했다. 그런데도 그녀는 가장 극심한 경우에 속했다. 코르사코프증후군 진단이 내려진 직후 뇌졸중까지 덮쳤고, 그녀는 간신히 목숨을 건졌다. 의사들은 그녀의 뇌를 CT 촬영했고, 촬영 결과는 뇌의 많은 부분, 특히 중요한 부분이 마비되었음을 명백하게 보여주었다. 그녀의 상태를 제때에 알아채서 치료했더라면 코르사코프증후군을 치료할 수 있었을지도 모른다. 그러나 그 질병은 다른 사람들의 눈에 보이지 않게 서서히 시작되었고, 그녀가 이곳으로 인도되었을 무렵에는 이미 시기를 놓친 뒤였다.

처음에 의사들은 적어도 기억의 일부, 적어도 어린 시절과 청소년 시절을 담고 있는 기억의 일부는 돌아올지도 모른다는 희망을 품었다. 그러나 결국 치유 불가능하다는 진단이 내려질 정도로 뇌는 이미 많이 손상되어 있었다. 그녀는 더 이상 말을 할 수도 없었고 혼자 식사를 할 수도 없었다. 더 이상 스스로 행동하지도 않았고 반응하지도 않았다. 미소를 짓지도, 눈물을 흘리지도 않았다. 마치 모든 감정과 충동이 죽어버린 것만 같았다. 하지만 방문객은 그녀가 여전히 감정과 충동을 품고 있다고 믿었다. 다만 그것들은 깊이 파묻혀 있는 듯 보였다. 그것들에 이르는 길이 많은 덫과 함정으로 가로막혀 있어서 언젠가 다시 그 가장 내밀한 곳으로, 그 중심으로 뚫고 들어가는 것이 불가능해 보였다.

그녀가 아프면 통증을 느끼는지, 방광이나 대장이 배설물을 기저귀에 배출하면 그걸 알아채는지, 방문객은 알지 못했다. 사실

방문객은 그 여인에 대해 많이 알지 못했다. 대부분은 그녀가 발견한 편지와 사진을 통해 알았고, 일부는 의사들과 간호사들의 이야기를 통해 알게 되었다. 방문객은 창가에 미라처럼 꼼짝없이 앉아 있는 여인, 돌처럼 굳은 그 여인이 아주 오래전에 술을 마시기 시작했으며, 알코올만으로는 충분하지 않았을 때 약도 복용했다는 사실만을 알고 있었다. 점점 더 많이, 갈수록 더 많이 복용했으며, 그러다 어느 날 마침내 뇌가 그 고문을 더는 참아내지 못하고 지쳐서 기능을 정지하기에 이른 것이다.

그녀는 그 여인을 처음 보았을 때 경악했다. 그 여인을 아주 오랫동안 찾아 헤맸는데, 마침내 찾아냈을 때는 충격이었다. 그 여인을 찾아냈지만, 첫 만남은 오랜 세월 상상했던 것과는 완전히 달랐다.

그녀는 매주 일요일 오후 찾아왔으며, 때로는 수요일이나 목요일 오후에도 찾아왔다. 그리고 병실의 슬픈 분위기에 조금이라도 색깔을 주고 싶어서 늘 꽃을 가져왔다. 비록 그 여인이 혼자서 근근이 목숨을 부지하고 있더라도, 최소한 조금은 아늑한 분위기에서 살아야 했다.

그녀는 미동 없이 앉아 있는 여인 바로 옆에 의자를 끌어다 놓고 앉았다. 한 손으로 다른 여인의 손, 푸른색의 굵은 혈관이 불거지고 양피지처럼 핏기없는 손을 어루만지며 그 여인의 눈을 바라보았다. 그러나 여인은 시선에 응답하지 않았다.

처음 몇 개월은 힘들었다. 그 특이하면서도 사랑스러운 존재, 한때는 아름답고 생기에 넘쳤지만 지금은 핏기없고 창백한 존재를 볼 때마다 눈물을 참을 수 없었다. 그녀는 여기 병실에서 울었고, 집으로 가면서 울었고, 집에 도착해서 울었다. 하지만 언제부터인가 눈물이 멎었다. 그녀는 눈물은 아무 의미가 없고 아무리 울어도 다른 사람들은 알아채지 못하며 또 그 여인의 핏기없이 메마른 입술 밖으로 어떤 소리도, 어떤 위로의 말도 나오지 않을 것을 알고 있었다. 처음에는 의사들과 대화를 나누고 그 질병에 대한 서적들을 구해서 읽고 새로운 치료방법을 찾았지만, 전부 아무 소용이 없었다. 치유의 길은 없었다. 죽은 뇌는 죽은 상태로 있었고, 더 이상 소생시킬 방법이 없었다.

그녀는 언제나처럼 두 시간 머물렀으며 시계를 흘낏 보았다. 4시 15분이었다. 그녀는 아직 쉰세 살도 채우지 못한 여인의 허옇게 센 머리와 얼굴과 손을 한 번 더 어루만졌다. 그리고는 마치 그 여인이 자신의 말을 알아듣는 양 나지막이 명랑하게 말했다.

"잘 있어요. 시간이 나면 수요일에 또 올게. 사랑해요."

그녀는 병실을 나와서 복도를 가로질러가 간호사들과 작별인사를 했다. 카자흐스탄 남자가 문까지 따라와서 허리춤에 찬 두툼한 열쇠다발을 들어 문을 열어주었다. 그녀는 엘리베이터를 타지 않고 층계를 걸어 내려갔다. 자동차에 올라타고 집으로 향했다. 그녀는 생각에 잠겼다. 그녀는 벌써 오래전부터 울지 않았다. 그녀 안에는 오로지 한없는 분노와 활활 타오르는 증오심만이 있었다.

오후 4시 30분

율리아는 프랑크의 집에서 룰라덴(얇은 고기로 야채 등을 둘둘 말아 익힌 독일요리 —역주)과 감자, 붉은 양배추로 점심 식사를 한 후, 베르거 반장에게 위르겐 핑크의 자살에 대해 보고했다. 전화 통화를 하고 나서, 그들은 한동안 더 앉아서 커피를 마시며 대화를 나누었다. 12시 무렵부터 비가 그치지 않고 주룩주룩 내렸으며, 싸늘한 돌풍이 타우누스 산맥을 넘어 골짜기로 매섭게 몰아쳤다. 4시에 율리아는 카를 하인츠 핑크에게 전화를 걸었다. 핑크는 벨이 두 번 울리자 전화를 받았다.

"뒤랑 형사입니다." 율리아는 말했다.

"아, 이렇게 전화를 주시다니 정말 친절하시군요! 나는 내 아들이 제 스스로 목숨을 끊었다는 소식을 형사님이 아니라 내 딸에게서 들어야 했소! 게다가 오늘 아침 당신이 우리 교회에 왔었다는 말도 들었소. 당신이 교회에서 무슨 볼일이 있단 말이오? 그리고 이제 내게 뭘 원하는 게요?"

"핑크 박사님, 아드님이 죽은 소식을 누구에게 듣든 상관없는 일이 아니겠습니까? 그리고 박사님의 질문에 답하면, 제가 그 성스러운 홀에 발을 들여놓든 말든 박사님과 아무 상관 없는 일입니다. 박사님의 교회는 공공시설로 알고 있거든요. 아니면 제가 잘못 알고 있는 건가요? 그리고 제가 박사님에게 원하는 건 대화입니다. 따님이 아드님의 작별편지에 대해 틀림없이 이야기했을 텐데요, 아닌가요?"

"그런 편지가 있다는 이야기 들었소. 하지만 형사님이 가지고 있다고 했소. 그 이유를 물어도 되겠소?"

"약 30분쯤 후 제가 동료와 함께 박사님 집에 도착하게 되면, 그때 물론 물으셔도 됩니다. 저희가 4시 반에 박사님 집으로 찾아뵈어도 박사님의 안식일을 방해하지 않기를 바랍니다."

"어쩔 수 없지 않겠소. 그리고 그 편지를 가져오시오. 내 아들이 술에 취해 쓴 것을 직접 눈으로 보고 싶소."

"그럼, 곧 뵙겠습니다, 핑크 박사님." 율리아는 수화기를 내려놓고 두 주먹을 불끈 쥐며 말했다. "이 파렴치하고 비열하고 교만한 인간 같으니라고! 제 아들이 죽었다는데도 빈정대는 말밖에 할 줄 모르다니. 맙소사, 이런 인간 낯짝을 안 갈기면 누구 낯짝을 갈기겠어."

"참아." 나딘 헬머가 율리아 뒤랑을 한쪽 팔로 감싸 안으며 말했다. "그런 인간 때문에 흥분하는 건 부질없는 짓이야. 그 사람 인생이지 율리아 인생은 아니라고."

"하지만 다른 사람들의 인생을 망가뜨리고 있잖아. 우선 제 아들의 인생을 망가뜨렸잖아. 성자인 체 고고하게 구는 게 얼마나 역겨운지 오늘 아침 그자가 하는 말을 들었잖아. 이웃사랑, 도움! 죄다 허튼소리라고! 그 파렴치하기 짝이 없는 더러운 자식은 이웃사랑이라는 낱말의 이웃 자도 모를 거야. 그러니 무슨 놈의 이웃사랑을 하겠어. 그런 인간은 오로지 제 생각만 하는 놈이라고. 그러니 나머지 다른 일들은 아무래도 상관없는 거지. 하지만 기회가 오기만 하면 내가 반드시 혼쭐을 내주고 말겠어. 로젠츠바이크와 쇠나우가 어떤 인간이었는지는 모르지만, 나쁘기로 치면 핑크의 반도 못 미쳤을 거야. 사람들 앞에서는 성자인 척하고 마음속은 증오심과 선입견으로 꽉 차있는 꼴이 바리사이파를 똑 닮았어." 율리아는 어깨를 으쓱하며 고개를 내저었다.

"그런데 만약에 율리아가 잘못 생각했으면 어쩌지?" 나딘이 물었다. "그 모든 게 단지 겉모습에 지나지 않는다면?"

"나도 나딘 말이 맞았으면 좋겠어. 하지만 그럴 가능성은 없다고 봐. 핑크와 두 번 직접 이야기하면서 그의 반응을 떠보았는데, 아니야. 내가 말한 그대로야. 이제 출발해야겠어. 점심도 맛있게 먹고 대화도 즐겁게 나누어서 고마워. 정말 근사한 오후였어."

"자주 이렇게 만나자고." 나딘은 미소를 지으며 말했다. "율리아는 언제든 대환영이야."

오후 4시 30분

율리아와 프랑크가 카를 하인츠 핑크의 집에 도착했을 때는 빗줄기가 더욱 거세어져 있었다. 두 사람은 차에서 내려 집을 향해 뛰었다. 곧이어서 문이 열렸고, 핑크는 두 손을 바지 주머니에 넣은 채 문 앞에 서 있었다.

"들어오시오." 핑크는 차가운 목소리로 말했다. "우리 집사람이 지금 거실에서 목 놓아 울고 있소. 내 서재에서 이야기하는 편이 좋을 거 같소."

그는 앞장서서 발걸음을 옮기기 시작했고, 율리아는 그를 제지했다. "핑크 박사님, 저는 그렇게 생각하지 않습니다. 아니면 아드님의 이별 편지를 사모님에게는 보이지 않을 생각이신가요? 어쨌든 사모님에게 쓴 구절도 있습니다."

"그래서요? 집사람이 진정하는 즉시 편지를 보여줄 생각이요."

"저는 두 분과 함께 이야기해야겠습니다." 여형사는 냉정하게 말했다.

핑크의 눈살이 험상궂게 찌푸려지고 얼굴은 분을 이기지 못해 시뻘겋게 달아올랐으며 입이 굳게 앙다물어졌다.

"정 그래야 한다면 알겠소. 날 따라오시오."

그들은 거실에 들어섰다. 가브리엘레 핑크가 검은 가죽소파에 처량하고 가련하게 앉아 있었다. 두 손으로 손수건을 움켜쥔 채 얼굴은 울어서 퉁퉁 붓고 시선은 얼빠진 사람처럼 멍했다.

핑크는 그 옆에 앉았으며 소파에서 3미터 정도 떨어진 안락의자를 가리켰다. 율리아와 프랑크는 안락의자에 앉았다.

"가브리엘레," 핑크가 말했다. "경찰관 두 분이 우리하고 할 이야기가 있어서 오셨어. 어때, 괜찮겠어?"

핑크 부인은 다소곳이 고개를 끄덕이고 손수건으로 얼굴의 눈물을 닦았다.

"먼저 아드님에 대해 진심으로 조의를 표합니다." 율리아는 말했다.

"마음에도 없는 그런 동정의 말은 그만두시오." 핑크가 무뚝뚝하게 말했다. "왜 위르겐이 목숨을 끊었는지 원인은 알아냈소? 아니면 혹시 살해당한 게 아니오? 현재 우리 교회에서는 본격적인 살육이 자행되고 있소."

"제 생각에는, 살육이라고 말해서는 안 될 것 같습니다." 율리아가 말했다. "그리고 아드님은 벌써 여러 해 전에 교회에 발길을 끊었습니다. 게다가 우리에게는 아드님이 직접 손으로 쓰고 서명까지 한 작별 편지가 있습니다……."

"누군가가 그 편지를 강제로 받아쓰게 했다면 어쩌겠소? 킬러들이 이따금 살인을 자살로 위장하기 위해서 작별 편지를 쓰게 하는 기괴한 발상을 한다고 알려져 있소. 내 아들이 살해당하지 않았다는 구체적인 단서가 있소?"

"저는 전문교육을 받은 필적 감정가는 아니지만 그 분야에서 일한 적이 있습니다. 무엇보다도 편지 형식으로 보아서 자살이라고 추정할 수 있습니다. 그리고 글자체에서 초조함이나 불안의 징후를 찾아볼 수 없습니다. 분명하고 뚜렷한 필체입니다. 하지만 박사님께서 고집하시면, 예속되지 않은 필적 감정가에게 편지를 분석하게 할 수 있습니다. 그런 경우에 물론 비용은 박사님이 부담하셔야 합니다."

핑크는 눈을 부릅떴다. "지금 와서 그게 무슨 소용 있겠소? 이제 그만 편지를 좀 볼 수 있겠소?"

"저희가 박사님을 위해 사본을 준비해 왔습니다." 율리아는 자리에서 일어나 탁자 너머로 편지를 내밀었다.

"사본이라니? 우리에게는 원본을 가질 권리가 있다고 생각하는데."

"아니요, 그렇지 않습니다. 편지봉투에 제 이름이 쓰여 있고 또 편지 내용도 제게 쓴 것이기 때문입니다. 사본은 박사님이 보관하셔도 됩니다."

핑크는 편지를 읽기 시작했다. 그의 얼굴에는 아무런 움직임도 나타나지 않았다. 그의 부인이 같이 읽으려고 시선을 돌렸지만, 핑크는 부인에게서 편지를 멀리했다.

율리아는 가방 안에 손을 넣으며 상냥한 미소를 머금고 말했다.

"여기 사본이 하나 더 있어요, 핑크 부인. 원래 따님에게 주려던 것이에요."

핑크 부인은 편지를 읽었다. 두 손이 부들부들 떨리고 입가에 파르르 경련이 일었다. 핑크는 편지를 구겨서 바닥에 내던졌다.

"이게 무슨 헛소리요?" 그는 분통을 터트리며 물었다. "이놈은 미쳤다고 내가 말하지 않았던가요!"

"아드님이 미쳤을지도 모르죠. 하지만 금요일 저녁 아드님의 집에서 무엇을 하셨는지 말씀해주시겠습니까? 아니, 아들을 어떻게 하셨는지 묻는 게 더 나을 것 같습니다. 아버지가 명백하게 협박했다고 편지에 쓰여 있습니다."

"나는 협박하지 않았소. 하지만 그 녀석은 나와 관련 있는 모든 걸 협박이나 위협으로 받아들였소. 술을 마시고 마약을 복용한 후로는 사리 판단력이 없었단 말이오. 그리고 금요일에 내가 내 아들에게 어떻게 했느냐고 물으셨소. 친애하는 형사님, 그건 당신과 아무 상관 없는 일이요! 그건 내 아들과 나 사이의 일이란 말이오. 다만 이 말만 해둡시다, 나는 아들 녀석의 양심에 호소해서 정신 차리게 하려고 했을 뿐이요. 그 녀석도 인생의 진실한 가치가 어디에 있는지 마침내 깨달아야 하지 않겠소. 하지만 녀석은 나를 이해하려고 하지 않았소. 녀석은 저만 아는 고집불통인 데다가 비겁하기까지 했소. 얼마나 비겁한지 삶에 당당히 맞서기는커녕 은근슬쩍 도망쳐버렸소."

"그러면 박사님은 실제로 자책할 일이 하나도 없으신가요?" 율리아는 계속 물었다.

"그래요, 나는 자책할 일이 없소. 내 아내나 아직 살아 있는 다른 자식들에게 물어보시오."

"핑크 부인?"

가브리엘레 핑크는 시선을 들고 고개를 저었다. 시선이 한없이 공허했다.

"남편분의 말이 맞다는 뜻인가요?"

"네." 그녀는 작은 소리로 대답했다.

"아 참," 핑크가 말했다. "상속분 이야기 말이오. 나는 위르겐의 그 마지막 바람을 들어줄 생각이요. 원래는 내가 죽은 후에야 유산을 나누어주는 것이지만, 이 경우에는 내 관대함을 보여서 지금 그 단체에 돈을 보내겠소."

"왜 위르겐이 자신의 상속분을 아동성폭력 예방단체에 기부했다고 생각하십니까?"

"내가 그걸 어찌 알겠소?" 핑크는 자신감에 넘쳐서 삐죽이 웃으며 물었다. "아마 거기서 녀석의 사회적 핏줄이 끓겨 있었던 모양이요. 그 녀석은 소외집단이라면 가리지 않고 항상 관심이 많았소."

"좋습니다, 그 이야기는 이쯤 해두죠. 아드님의 사리 판단력에 대해 말하면, 아드님은 이 편지를 쓸 때 사리 판단력이 있었습니다. 아드님이 죽기 전에 알코올이나 마약을 복용했는지 밝히기 위해서, 오늘 아침 저는 아드님의 혈액을 검사하게 했습니다. 한 시간 전쯤 그 결과가 나왔습니다. 혈중알코올농도는 0.1프로밀이었고, 마약이나 약물 복용의 흔적도 확인되지 않았습니다. 아드님은 사망하기 전 24시간 동안 알코올을 섭취하지 않은 게 분명합니다. 그 부분에 대해선 이 정도로 해두죠."

"그게 무슨 소용 있겠소. 위르겐은 죽었고, 이 세상의 그 무엇도 그 누구도 그 녀석을 다시 살려내지는 못할 거요." 핑크는 말했다. 그의 부인은 심장만 겨우 뛰는 미라처럼 소파에 앉아서 바닥을 응시했다. 율리아와 프랑크는 핑크 부인이 남편의 말에 반대되는 뭔가를 말하고 싶어 한다는 걸 느꼈다. 그러나 보아하니 남편에게 맞설 용기도 없고 힘도 없이 겁에 질리고 주눅이 든 게 분명했다. 그는 집안의 절대적인 지배자였고, 그의 부인은 그것을 불평 없이 받아들였다.

"그 밖에 다른 할 말이 있소?" 핑크는 물었다.

"하나만 더 묻겠습니다. 지난 금요일 이후로 또다시 협박받으셨습니까?"

"아니요, 그랬더라면 틀림없이 경찰에 알렸을 거요."

"알았습니다. 그러면 저희는 이만 가보겠습니다." 율리아와 프랑크는 일어나서 문을 향해 걸음을 옮겼다. "아 참, 저희에게 하실 말씀이 있으면 언제든지 연락 주십시오."

"그 말이 무슨 뜻인지 모르겠지만, 내 아내와 나는 그 제안을 고맙게 받아들이겠소. 기다리시오, 내가 문까지 데려다 주겠소."

"굳이 그러실 필요 없습니다. 문이 어디인지 알고 있습니다." 율리아는 이렇게 말하고 프랑크와 함께 그 집을 나왔다. 낮게 깔린, 거의 먹구름에 가까운 짙은 구름으로부터 비가 여전히 억수

같이 쏟아지고 있었다. 바람이 빗방울을 거세게 채찍질했다.

자동차 안에서 율리아가 물었다. "그래, 이제 느낌이 어때요?"

프랑크는 말보로에 불을 붙여 깊게 빨아들이며 뜸을 들였다. 율리아가 자동차 시동을 거는 동안, 결국 말했다. "저런 비열한 인간은 별로 만난 적이 없어요. 저런 인간이 성자라면, 나는 신이라고 해도 될 거예요. 저보다 더 교만한 인간이 있을까요?"

율리아는 프랑크를 보고 삐죽이 웃었다. "아니, 저보다 더 교만한 인간은 보지 못했어요. 게다가 교활하기 짝이 없죠. 장담하는데, 저 작자가 가족을 꼼짝 못 하게 꽉 잡고 있어서 아무도 반항할 생각을 못 하는 거예요. 가족들 모두 저자를 두려워하고 있어요. 교회에서는 성자니까요. 권위 있게 설교할 수 있는 자. 그리고 직업에서도 수완이 뛰어난 자. 게다가 돈까지 있죠. 그것도 엄청나게 많이. 결국 중요한 건 그게 아닐까요. 영향력과 돈. 핑크는 그야말로 역겹고 비열한 타입이에요."

"나도 결혼한 후로는 돈이 많아요."

"그건 다르죠. 돈 많은 사람이라고 해서 모두 개자식은 아니라고요. 하지만 돈 많은 개자식은 몇 명 있어요. 핑크는 그중의 하나고요. 하지만 그 인간 생각은 더 이상 하고 싶지 않군요. 프랑크를 집에 데려다 주고 나서 텔레비전 앞에 앉아 편안한 저녁을 보내야겠어요."

오후 6시 15분

율리아는 트레이닝복으로 갈아입고 두 다리를 편안하게 높이 올렸다. 바로 옆에는 감자칩 봉지가, 탁자에는 맥주가 놓여 있었다. 텔레비전에서는 자연에 대한 현장르포 방송이 방영되고 있었다. 율리아는 담배를 피우면서, 8시경에 베르너 페트롤에게 전화해 오늘은 만나기 어렵다고 말하기로 마음먹었다. '라스베가스를 떠나며' 이후로 좋아하게 된 니콜라스 케이지 주연의 영화가 8시 15분에 방영될 예정이었다. 그 후 잠자리에 들어서 내리 여덟 시간 푹 잘 생각이었다. 전화나 악몽 때문에 깨어나는 일이 없기만을 바랄 뿐이었다. 율리아는 현장르포 방송에 주의를 집중하려고 했지만, 마음대로 되지 않았다. 위르겐 핑크와 그의 작별편지에 대한 생각이 끊임없이 머릿속을 맴돌았다. 7시 15분 전에 편지를 한 번 더 읽고, 어쩌면 행간 사이에 쓰여 있을지 모를 것을 찾아내려고 애썼다. 하지만 아무것도 찾아내지 못했다. 오로지 삶과 사람들에게 버림받은 젊은 남자의 충격적인 글만 눈에 들어왔다. 율리아는 담배를 눌러 껐다. 집에 돌아온 후로 벌써 세 번째 담배였다. 다시 편안하게 등을 뒤로 기대려고 하는 찰나에 전화벨이 울렸다.

"제기랄." 율리아는 혼자 나지막이 내뱉고는 일어나서 수화기를 들었다.

"여보세요. 율리아, 나야." 베르너 페트롤이 말했다. "우리 오늘 저녁에 만나는 거야?"

"솔직히 말해서, 오늘은 너무 피곤해. 내일이나 모레가 좋겠어. 지금은 할 일이 너무 많아. 난 온종일 이리저리 뛰어다녔어. 화내지 마, 하지만……."

"율리아, 당신이 옆에 없어서 허전해. 당신이 이곳으로 오면, 우리 함께 범인 프로파일을 만들어볼 수 있을 거야."

"우리 경찰 심리학자도 할 수 없는데, 당신이 어떻게 그걸 할 수 있겠어?"

"내가 말했잖아, 그 교회에 다니는 사람을 하나 안다고. 어쩌면 내가 당신에게 도움이 되는 정보를 알고 있을 수도 있어."

"그것도 내일 할 수 있을 거야. 오늘은 그 문제로 더 이상 신경 쓰고 싶지 않아. 게다가 생리 중이거든."

"정말로 당신이 옆에 없어서 허전해……."

"나도 알아. 하지만 오늘은 안 되겠어. 이해해 줘. 내일 저녁엔 만날 수 있을 거야."

"섭섭해. 나는……, 하긴 내가 바보지. 나도 알아. 하지만……, 그 얘긴 그만두자. 지금 뭐 하고 있어?"

"텔레비전 보고 있어. 일찍 잠자리에 들어서 한 번 푹 자고 싶어. 당신은?"

"아직 모르겠어. 어쩌면 이따 바에 가거나 영화 보러 갈지도 몰라. 심심해."

"당신 가족은 어떻게 되었어? 당신이 주말 내내 얼굴도 안 비치면 뭐라고 해?"

"잘 들어, 곧 내 아내가 나 없이도 혼자 잘 지낼 수 있도록 서서히 준비시키려고 해. 아내를 돌보기는 하겠지만 같이 지내지는 않을 생각이야. 내가 왜 여기 이 집을 샀다고 생각해?"

"몰라, 말해 봐."

"당신 같은 여자하고 언젠가 이 집에서 함께 살기를 바랐기 때문이라고. 내 말 알아들었어?"

"알아들었어. 하지만 아직은 때가 아니라고 생각해. 내 조건 잘 알지. 나는 그 조건에서 1밀리미터도 벗어나지 않을 거야."

"그럴 필요 없어. 당신에게 강요하지 않을 거야. 하지만 내가 얼마나 진지한지 당신에게 보여주겠어. 나는 당신을 사랑하고 또 당신이 필요해."

"베르너, 그런 말들이 지금 내게는 순전히 말뿐인 소리로 들려. 애석하게도 나는 사실만을 중요하게 여기는 가련한 현실주의자라고."

"당신, 나를 사랑해?" 베르너 페트롤은 물었다.

율리아는 대답을 망설이다가 결국 말했다. "잘 모르겠어. 반년 전엔 당신에게 푹 빠졌었어. 그건 확실해. 하지만 그건 원 나이트 스탠드일 뿐이었어……."

"원 나이트 스탠드였다고?" 베르너는 믿어지지 않는 듯 물었다.

"당신이 혹시 잊어버렸다면 알려주겠는데, 우리는 최소한 백 번은 함께 잤어."

"좋아, 그러면 6개월 동안의 원 나이트 스탠드였어. 됐어?"

"우리 관계를 끝내고 싶어?"

"베르너, 제발 부탁이야. 난 오늘 너무 끔찍한 하루를 보내서 지금 이런 이야기할 기분이 아니야. 피곤하고 생리 중이라고. 오늘은 그냥 쉬고 싶을 뿐이야. 당신이 그걸 존중해주었으면 좋겠어. 오케이?"

"오케이. 하지만 나하고 더 이상 함께 지내고 싶지 않으면 말해. 난 이겨낼 수 있어."

"물론 당신은 이겨낼 수 있고말고." 율리아는 말했다. "하지만 안심해. 아직은 그 단계 아니야. 이제 텔레비전 보고 싶어. 바에서 한잔 하든지 아니면 영화관에 가서 즐겁게 지내. 근사한 저녁을 보내길 빌어. 잘 있어."

"잘 있어, 그리고 당신을 사랑해. 잘 자."

율리아는 수화기를 내려놓고서 담뱃불을 붙이고 눈을 감았다. 그리고 베르너에게 자신의 감정을 솔직히 말하지 않은 비겁한 암탉이라고 자책했다. 이젠 실제로 그에 대한 깊은 감정이 없었기 때문이었다. 그를 좋아했지만 더 이상 사랑하지는 않았다. 율리아는 베르너에게 곧 이 사실을 말하기로 결심했다. 그가 새 여자, 더 잘 지낼 수 있는 여자를 만나기는 쉬울 것이었다. 율리아는 다시 소파에 앉아서 봉지의 감자칩을 몇 개 입안에 넣으며 입맛이 텁텁한 걸 느꼈다.

위르겐 핑크의 삶은 공정하지 못했다. 그렇다면 그녀의 삶은? 율리아는 마음속에서 우울증, 예전 같았으면 눈물을 흘리게 했을 일종의 슬픔이 치미는 걸 느꼈다. 마지막으로 언제 울었는지 생각나지 않았다. 어머니가 돌아가셨던 9년 전이 아닐까. 아니, 전 남편의 바람기를 알았을 때였다. 율리아는 남은 맥주 캔을 마저 비우고 냉장고에서 새 캔을 꺼내어 한 모금 더 꿀꺽 마셨다. 서서히 기분이 좋아지고 긴장이 풀렸다. 곧 무슨 일이 벌어지든 상관없이 오늘 저녁을 즐길 셈이었다.

오후 7시 45분

그가 피자를 배달시켜서 마지막 조각을 먹고 있는데 초인종이 울렸다. 그는 문으로 가서 인터폰 화면에 비친 젊은 여자를 보았다. 밝은색 트렌치코트를 입고 같은 색깔의 핸드백을 어깨에 메고 있었다. 문 스위치를 누르고 현관문을 여는 그의 얼굴에 빙긋이 웃음이 스쳤다. 그는 두 손을 바지 주머니에 넣은 채 문틀에 기대어 서서, 엘리베이터가 올라오고 여자가 나오길 기다렸다.

"이게 웬 깜짝 선물이야." 그는 여자에게 입 맞추며 말했다. 그녀가 그의 옆을 지나 집 안으로 들어갈 때, 그녀 특유의 관능적이고 수수께끼 같은 미소가 입가에 맴돌았다. 그녀는 코트를 벗었다.

코트 아래에는 엉덩이를 간신히 가릴까 말까 한 짙은 감색 원피스와 밴드스타킹, 지난 크리스마스에 그에게 선물 받은 금목걸이만을 걸치고 있었다. 그녀는 자극적으로 몸을 움직여 안락의자에 앉았으며 두 다리를 한쪽 팔걸이에 올려놓고 살짝 벌렸다. 그렇지 않아도 짧은 원피스가 더욱 높이 말려 올라가면서, 그녀가 팬티도 입지 않은 게 그의 눈에 뜨였다.

"내가 올 줄 전혀 예상 못 했지. 그렇지?" 그녀는 교태를 부리며 말하고 도발적으로 그를 바라보았다.

"그래, 전혀 못 했어. 평소엔 예고 없이 불쑥 나타나지 않잖아." 그는 그녀에게 바싹 가까이 다가갔다. 그녀에게서 유혹적인 향수 냄새가 풍겼고, 그녀의 눈빛과 몸은 이루 말할 수 없는 관능을 내뿜었다. 금방이라고 폭발할 듯 부글부글 끓는 화산 같았다. 후끈 달아오른 관능적인 분위기가 집 안에 퍼졌다.

그녀는 담뱃불을 붙였다. 그는 앞에 서서 그녀를 지켜보았다. 그녀에 대한 욕망이 시시각각으로 거세게 불타오르는 게 느껴졌다.

"왜 미리 전화하지 않았어?" 그는 물었다. 그의 시선이 갈색으로 그을린 탄탄한 허벅지에서 떨어질 줄 몰랐다. 그 허벅지 사이에서 검은 삼각형이 직감적으로 느껴졌다. 그는 그녀의 눈이 갑자기 조롱하듯 번득이는 걸 알아채지 못했다.

"몇 번 전화를 걸었지만, 계속 통화 중이거나 아니면 자동응답 전화기가 돌아가더라고. 어쩌겠어, 자기가 음성사서함은 생전 안 듣는 것 같던데. 날씨마저 엿 같아서 가뜩이나 쓸쓸하던 차에, 자기가 뭐 하는지 한 번 가서 보자는 생각이 들었어. 반갑지 않아? 나는 주말 내내 외롭고 쓸쓸했단 말이야. 오늘은 더 이상 못 참겠더라고."

그는 침을 꿀꺽 삼키며 그녀의 커다란 밤색 눈을 응시했다.

“물론 반갑지.” 그는 말했다. “그럼 우리 뭐 할까?”

그녀는 더욱더 관능적인 미소를 지으며 다리를 좀 더 벌리고 잠시 시간을 끌었다. 그리고는 그의 시선을 즐기며 말했다. “글쎄, 뭐가 좋을까? 좋은 생각 없어? 나는 즐기고 싶어. 정확히 말하면 섹스하고 싶어. 자기는 아냐?”

“자기는 항상 참 직선적이야. 나는 그게 마음에 들어. 자기는 절대 말을 빙빙 돌리지 않고 원하는 걸 가지거든. 내 말 맞지?” 그는 삐죽이 웃으며 말했다.

“난 다른 사람들이 자진해서 주는 것만 가져. 강요하고 싶지 않아. 자기가 원하면 그냥 갈게…….”

“아니, 아니라니까.” 그는 얼른 바를 향해 걸음을 옮겼다. “뭐 마실 거야? 마티니, 아니면 스카치?”

“마티니.” 그녀는 혀로 도톰한 입술을 핥으며, 그가 잔을 채워서 가져오는 모습을 지켜보았다.

“건배.” 그가 잔을 들며 말했다. “근사한 저녁을 위해.”

“틀림없이 근사한 저녁이 될 거야.” 그녀는 잔을 단숨에 쭉 들이켰다. “오늘처럼 터질 듯이 팽팽한 적은 별로 없었어. 이대로 터져버릴 것만 같아. 우리 괜히 시간 허비하지 말고 위층으로 올라가는 게 어때. 어쨌든 난 사흘 동안 섹스를 못 했어……. 사흘은 지독히 긴 시간일 수 있어.”

그는 그녀의 다리를 부드럽게 어루만지고 허벅지 사이에 손을 집어넣었다. 촉촉한 온기가 손가락에 느껴졌다.

“자기야, 위층으로 가자.”

그들은 키스를 하고 서로 어루만지며 전희에 많은 시간을 보냈다. 그는 사정하고 잠깐 일어나 스카치를 한 잔 더 마셨다. 그녀는 담배를 피웠다. 몇 분 후, 그들은 새롭게 그들의 유희를 시작했다.

그녀가 말했다. "지난번처럼 하고 싶어."
"수갑?" 그는 물었다. 그의 혀가 그녀의 음순 주변을 작은 원을 그리며 맴돌았다.
"수갑." 그녀는 신음소리와 함께 아랫도리를 그에게로 내밀며 대답했다.
"하지만 다시 겁주면 안 돼." 그는 말했다.
"알았어, 그땐 그냥 장난이었어. 나는 자기를 제압하는 게 좋더라."
"그럼 좋아. 나를 제압해. 나를 자기 마음대로 하라고."
그는 두 팔을 위로 쭉 뻗고 반듯이 누웠다. 그녀는 핸드백 쪽으로 몸을 숙이고 수갑을 꺼내어 그의 손목을 침대의 쇠기둥에 찰칵 채웠다. 부드러운 스카프를 꺼내어 그의 눈을 가리고 그의 고환을 힘 있게 마사지했다.
"미칠 거 같아." 그는 신음하며 속삭였다.
"그래, 내가 자기를 미치게 만들 거야." 그녀는 말했다.
"오, 이런! 자기하고의 섹스가 최고야."
그녀는 그의 위에 올라앉아서 그의 팽팽하게 발기한 페니스를 받아들여 빠르게 몸을 움직였다. 그가 곧 사정할 것을 느꼈을 때, 몸놀림을 멈추고 두 손가락으로 음경을 힘차게 누르며 기다렸다. 그리고는 자기 아래에 있는 남자의 쾌감으로 일그러진 얼굴을 지켜보았다. 마침내 조심스럽게 천천히 몸놀림을 계속했다. 그러다 별안간 몸놀림을 멈추고 그의 위에 꼼짝 않고 앉아 있었다.
"왜 그만해?" 그가 물었다. "금방 절정에 이를 텐데."
"자기에게 묻고 싶은 게 있어." 그녀는 말했다. 목소리에서 갑자기 관능적인 어조가 사라졌다. 그 대신 지난번에 들었던 어투가 되살아났다. "자기 인생에서 나 말고 다른 여자는 없다고 말했지? 그 말 사실이야?"

"그래, 다른 여자는 없어."

"자기, 왜 나한테 거짓말해?" 그녀는 부드럽게 물으며 손가락으로 그의 가슴을 쓰다듬었다.

"거짓말 아니야!" 그는 말했다. "어째서 또 이 어이없는 장난을 시작하는 거야? 분위기 망치잖아. 그걸 모르겠어. 아니면 이것도 유희의 일부인가?"

"아니, 분위기를 망치는 건 내가 아니야." 그녀는 여전히 부드럽게 말했지만 목소리에 날카로움이 뚜렷이 배어 있었다. "모든 걸 망가뜨리는 사람은 바로 자기야. 모든 걸, 정말로 모든 걸 망가뜨리고 있어! 내가 자기를 사랑하고 자기를 믿었던 거 알지. 나는 자기에게 모든 것을 주었어, 정말로 모든 것을 주었다고. 내가 남자에게 이렇게 많이 준 적은 한 번도 없었어. 당신은 내 두려움과 내 과거로부터 나를 벗어나게 해주었어. 나를 심연에서 꺼내준 사람은 자기였어. 그거 알아? 난 당신이 다른 여자하고 섹스하는 걸 확인했어. 내가 이해할 수 있도록 설명해봐."

"나는 다른 여자하고 자지 않아." 그는 말했다. 그의 목소리에는 두려움이 서려 있었다. "자기가 잘못 알았어. 엄청 잘못 알고 있다고!"

"아니. 자기야, 나는 잘못 알고 있지 않아. 내가 살면서 절대 용서할 수 없는 일들이 있어. 절대 용서할 수 없는 일들이 있다고! 그래서 난 우리 관계를 끝내기로 결심했어. 단칼에 영영 끝내기로. 유감스럽게도 자기는 아무 여자하고나 오입질하는 추잡한 돼지새끼에 지나지 않기 때문이야."

"설명할게, 정말이야, 설명할 수 있다고!" 그의 목소리가 무거웠고 이마에 땀방울이 맺혀 있었다. "전부 오해야, 내 말 믿어."

"아니, 오해가 아니야. 나는 너희 두 사람에 대해 알고 있어. 자기가 무슨 말을 하든 이젠 안 믿어."

"나를 풀어주고 내 얼굴을 좀 봐, 제발!" 그는 애원했다. "설명할 기회를 달라고……."

"자기야, 설명하기엔 이미 너무 늦었어." 그녀는 단호하고 완강하게 말했다. "이미 말했듯이, 내가 당신만큼 믿은 사람은 없었어. 나는 당신을 알게 될 때까지 신뢰가 무엇인지 몰랐어. 나는 나에 대한 모든 걸 당신에게 이야기했어. 정말로 모든 걸 이야기했다고. 나는 우리가 같은 부류의 사람인 줄 알았어. 심지어는 우리가 남매 같다고까지 생각했어. 내 말이 무슨 뜻인지 알지. 다른 한쪽이 무슨 생각을 하는지 항상 정확하게 느끼는 일란성 쌍둥이. 그걸 텔레파시든 감정이입이든 영혼의 결합이든 뭐라고 불러도 상관없어. 그래, 정말이야, 나는 우리가 천생연분이라고 생각했어. 그렇게 믿을 만큼 순진했기 때문에, 자기를 신뢰했고 자기에게 모든 걸 털어놓았어. 당신이 실제로 어떤 사람인지 알게 된 지금, 그걸 가슴 깊이 후회하고 유감으로 여기고 있어. 자기는 내게 오빠였고 아버지였고 연인이었고 남편이었어. 비록 우리가 결혼은 하지 않았지만, 우리 관계는 특별한 것이었어. 적어도 나는 그렇게 확신했어."

그녀는 그의 가슴과 배, 이제 축 늘어진 페니스를 다시 쓰다듬었다. 그는 숨을 헉헉거렸으며, 방 안이 서늘한데도 온몸이 땀에 흠뻑 젖어 있었다. 그녀의 조용한 목소리가 멀리에서 들려오는 듯했다. "그런데 자기가 나에 대해 알고 있는 것으로 나를 파멸시킬 수 있는 어처구니없는 상황이 벌어졌어. 난 그걸 용납할 수 없고 용납하지도 않을 거야……."

"나를 풀어줘. 어서 풀어달라고!" 그는 소리쳤다.

"마음대로 소리쳐. 그래 봤자 아무도 듣지 못할걸. 어마어마하게 비싼 집을 사는 바람에 제일 가까운 이웃이 두 층 아래에 있다는 게 안타까울 뿐이지."

"내가 도대체 자기에 대해 뭘 알고 있다는 거야?" 그는 다시 소리쳤다.

"아니, 왜 이러실까. 순진한 척 굴지 마." 그녀는 여전히 부드러운 목소리로 말했다. "자기도 살인사건에 대한 이야기 들었지. 그리고 내가 좀 색다른 것들에 관심 있는 것도 알고 있잖아. 자기는 나에 대해 너무 많이 알고 있어. 눈치채지 못했겠지만, 내가 금요일 저녁부터 자기 뒤를 밟았거든……. 자기, 목요일에 나한테 뭐라고 말했어. 카를스루에의 누나에게 간다지 않았어. 그 얼마나 감동적인 거짓말이야! 나도 모르게 마음속으로 뭔가 집히는 게 있어서 금요일 저녁 자기 집에 와서 불이 켜져 있는 걸 보았어. 그리고 특히 그 여자 자동차가 문 앞에 있는 걸 보았어. 그 순간부터 난 자기에게서 눈길을 떼지 않았어……. 그런데 유감스럽게도 내게는 또 다른 임무가 있거든. 그 임무에 완전히 정신을 집중해야 한다고. 자기가 이 세상에서 사라지면, 내가 남자들을 죽인 사실을 아무도 알아내지 못할 거야. 자기가 내 눈을 속이고 만난 그 애송이 계집도 알아내지 못할걸. 그 계집 침대에서는 어때? 나처럼 좋아? 그 계집이 자기의 모든 소원을 충족시켜줘? 아니면 자기가 애걸해야 해? 자기가 그토록 혐오하는 바닐라섹스를 해? 말해봐, 그 여자 어때?"

"그 여자는 그냥 잠깐 만났을 뿐이야." 그는 신음했다. "그냥 잠깐 만났을 뿐이라고! 그리고 자기에 비하면 어림도 없어. 자기가 모든 점에서 훨씬 나아."

"그 정도면 괜찮던데, 나도 인정해. 아니, 아주 잘 빠졌어. 특히 가슴이 풍만하고 엉덩이가 섹시하더라고. 바로 그것이 당신네 남자들이 중요하게 여기는 거 아냐. 다른 한편으로는 거울을 보면 내 몸매도 썩 괜찮은 거 같아."

"자기 몸매를 따라올 여자는 없어." 그는 그 상황에서 벗어날 수 있기를 바라며 필사적으로 더듬거렸다.

"아부는 그만 하시지. 그래 봤자 아무 효과 없어. 유감스럽게도 자기는 하우저에 이어 로젠츠바이크와 쇠나우가 간 길을 가게 될 거야. 내가 그들을 어울리는 곳으로, 지옥으로 보내버렸거든. 아마 거기서 영원히 고통에 시달리게 될걸. 그들의 외침을 들어주고 그들의 고통을 덜어줄 사람은 아무도 없어. 그리고 자기, 자기도 마찬가지로 지옥에 가게 될 거야. 나는 당신의 거짓말을 알게 된 금요일부터 하염없이 눈물을 흘렸어. 눈물을 흘리고 또 흘렸어. 그러다 분노가 치솟고 결국 한없는 증오심이 휘몰아쳤어. 자기는 정말 불쌍해, 한 조각의 불쌍한 쓰레기야! 어쩌면 행복할 수도 있었는데. 한때 나는 진짜로 당신과 함께 늙어갈 거라고 믿었어. 심지어는 우리가 어느 날 결혼을 하고, 내가 젊은 나이는 아니지만 어쩌면 아이도 낳을 거라고 생각했어. 나는 자기를 믿었어. 어쩜 그렇게 순진했는지! 지독히 순진했다니까!"

그녀는 몸을 일으켜 담뱃불을 붙이고는 다시 침대에 걸터앉아서 한 손으로 그의 갈색 머리카락을 쓰다듬었다. 몸을 굽혀 핸드백에서 구술 녹음기를 꺼내어 녹음 스위치를 누르고는 곧 다시 중지시켰다. 그녀는 기다렸다. 그가 말하기 시작하자 다시 스위치를 눌렀다.

녹음. "정말로 나를 죽일 생각이야?" 그는 목구멍 깊은 곳에서 나오는 목소리로 물었다. "이유가 뭐야?"

녹음 중지. "내가 벌써 설명했잖아. 아직도 모르겠어? 자기도 아깝게 되었고, 나도 아깝게 되었어. 자기처럼 멋진 섹스를 할 수 있는 남자는 많지 않거든. 하지만 늘 내 곁에 있어주고 내 모든 소원을 들어줄 남자를 언젠가는 만나지 않을까."

녹음. "나는 자기를 사랑해." 그는 속삭이듯 말했다. "지금까지 자기만큼 사랑한 여자는 없었어. 이건 진실이야!"

녹음 중지. "아니, 그건 거짓말이야. 아주 파렴치하고 지독한 거짓말이라고. 아니면 이제 거짓말과 진실 사이의 차이를 아예 모르는 거야? 로젠츠바이크와 쇠나우가 몰랐던 것처럼. 그 빌어먹을 위선자들, 신을 믿는 체하는 후레자식들. 그 인간들은 받아 마땅한 벌을 받았어."

녹음. "나는 살고 싶어!" 그는 애원했다. "오로지 살고 싶을 뿐이야."

녹음 중지. "자기야, 누구나 살고 싶어 해. 하지만 자기는 죽음으로 자기 죄를 갚아야 해. 슬프지만 어쩔 수 없는 사실이야. 하지만 당신 장례식은 근사할 거야. 틀림없이 수백 명의 조문객이 올 거라고 확신해. 그 사람들은 눈물을 흘리고 애도할 거야. 자기를 찬미하는 노래를 부르고, 자기의 죽음으로 인해 메울 수 없는 구멍이 생겼다고 말할 거야." 그녀는 냉소적으로 말했다. "인생은 원래 그런 거야. 죽음이 언제 찾아올지 그 누구도 결코 미리 알 수 없는 법이거든. 내가 자기에게 죽음의 천사가 될 줄은 생각도 못 했지?"

녹음. 그는 숨을 헐떡이고 신음을 하고 수갑을 잡아채고 두 발을 버둥거렸다.

녹음 중지. "마지막 소원 있어?" 그녀는 침대에서 일어나며 물었다. "뭐 마시거나 먹고 싶은 거 있어? 내가 너그럽게 마지막 이별의 식사를 대접하지. 어때, 뭐 갖고 싶은 거 있어? 아니면 다른 소원은? 좋아하는 노래를 한 번 들려줄까? 아니면 좋아하는 책의 한 구절을 읽어줄까? 말해, 뭐든 들어줄게."

녹음. "지옥으로 꺼져!" 그는 소리쳤다.

녹음 중지. "자기가 먼저 지옥으로 꺼져야지." 그녀는 핸드백에서 주사기를 꺼내어 뚜껑을 벗겼다.

녹음. "어떻게 할 건데? 독으로? 물론 그렇겠지!" 그는 절망적인 웃음을 터트리며 말했다. "그거 말고 또 있겠어? 하지만 네 손에 죽기 전에 말해두지. 어제 내 사무실에서 몇 가지 서류를 자세히 훑어보았어. 한순간 실제로 당신에 대한 의심이 들었지만, 믿고 싶지 않았어. 내 직감을 믿었어야 했는데."

녹음 중지. "어쩐지, 그러니까 직감을 과소평가해선 안 돼. 그리고 자기야, 특히 서류를 집으로 가져와서는 안 되지. 그럼, 이제 사랑하는 이 세상에 작별을 고해. 내가 어떻게 하는지 보도록 눈가리개를 풀어줄까?" 그녀는 물었다. "아니면 자기도 나처럼 주사기를 별로 좋아하지 않을까?" 그녀는 고개를 가로젓고는 말을 이었다. "아니, 자기한테 그런 고통을 안겨주면 안 되지. 비록 개자식이지만……."

녹음. "나한테 뭘 주사할 거지?"

녹음 중지. "신경독. 함량이 무척 많아서 호흡이 마비될 때까지 불과 몇 분밖에 걸리지 않아. 어쩌면 몇 초밖에 걸리지 않을 수도 있어. 이제 알겠지, 내가 자기를 얼마나 편하게 해주는지." 그녀는 그를 굽어보며 말했다. "곧 어디로 가게 되던 잘 지내. 어쩌면 우리는 언젠가 다시 만날지도 몰라. 그리고 내가 한 말은 사실이야. 난 당신을 사랑했어, 아마 지금도 사랑하고 있을 가능성이 많아. 하지만 자기가 한 짓 때문에 자기를 증오하기도 해."

녹음. 그는 목에 주삿바늘을 느끼고 안간힘을 다해 소리쳤다. 몇 초 후, 이미 온몸이 뭐라 형용할 수 없이 마비되고 호흡이 점점 약해지고 모든 것이 옴츠러들고 생명이 서서히 자신의 몸을 떠나는 게 느껴졌다. 그는 한 번 더 몸을 일으키려 했지만 사지가 말을 듣지 않았다. 그는 조용히 침대에 누워 있었다. 마지막으로 몇 번 더 힘들게 숨을 쉬었다. 그리고는 숨을 거두었다.

그녀는 녹음기를 끄고 카세트테이프를 처음으로 되돌리고 주사기를 핸드백에 넣고 옷을 입었다. 장갑을 끼고 그의 눈가리개를 풀고 욕실로 갔다. 욕실에서 커다란 물걸레를 가져와 시신을 닦았다. 특히 성기와 손과 입을 깨끗이 닦았다. 수갑과 컵, 자신의 손길이 닿은 모든 것을 닦았다. 재떨이를 작은 비닐봉지에 비우고 양탄자와 침대를 청소기로 빨고 모든 서랍과 장롱을 열었다. 서재에 가서 그의 스케줄이 적힌 수첩을 찾아 핸드백에 넣고, 컴퓨터의 모든 데이터를 삭제했다. 하드디스크를 새롭게 포맷하고 하드디스크와 램에 숨겨놓은 자료도 찾아내어 제거했다. 디스켓 몇 개를 핸드백에 넣고 책상을 샅샅이 뒤져서 원하는 서류를 마침내 발견했다. 자신의 신원을 암시하는 그 서류를 가방 속에 챙겼다.

그녀는 마지막으로 한 번 더 비애 어린 시선을 죽은 자에게 던졌다. 죽은 자의 눈은 멍하니 초점이 없었다. 그녀는 수갑 열쇠를 나이트테이블에 내려놓고는 수화기를 들고 전화번호를 눌렀다. 여섯 번째 벨이 울린 후 누군가 전화를 받았을 때, 구술 녹음기를 틀었다. 얼마 후, 그녀는 수화기를 내려놓고 그곳을 나왔다. 현관문은 꼭 닫지 않고 살짝 걸쳐만 놓았다. 집으로 가는 길에 음악을 크게 틀었다. 그녀는 울었다.

오후 10시 35분

율리아는 10시 조금 넘어서 잠자리에 들었다. 창문은 살짝 열려 있었다. 근 3주일 만에 처음으로 침실이 숨 막히지 않았다. 율리아는 이불을 턱까지 끌어올리고는 옆으로 돌아누워서 눈을 감았다. 몇 분 지나지 않아서 금방 깊은 잠에 곯아떨어졌다. 처음에는 아무 소리도 듣지 못했다. 그러다 결국 아득히 먼 곳에서 들려오는 듯한 전화벨 소리를 들었다. 그녀는 간신히 눈을 뜨고는 시계를 보았다. 10시 반이 조금 지나 있었다. 율리아는 하품을 하고 걸쭉한 욕설을 내뱉으며 침대 옆으로 손을 내밀어 수화기를 들었다. 잠에 취한 목소리로 전화를 받았다. 약간 금속성의 남자 목소리가 귀에 들렸다. 마침내 율리아는 벌떡 일어났으며 수화기 너머에서 말하고 소리치고 애원하는 사람이 누구인지 깨달았다. 그녀는 몸을 부들부들 떨며 전화기에 대고 외쳤다.

"여보세요, 여보세요!"

하지만 전화선 다른 편 끝에서는 그냥 수화기를 내려놓았다. 율리아는 단번에 정신이 번쩍 들었다. 목이 바싹 타들어 갔다.

맙소사, 그녀는 생각했다. 이게 사실일 리 없어. 제발 사실이 아니었으면! 그녀는 자신이 무슨 말을 들었는지 알고 있었지만, 처음 순간에는 인정하려고 하지 않았다. 부르르 떨리는 손가락으로 담뱃갑에서 담배를 한 대 꺼내어 불을 붙였다. 담배 연기를 깊이 빨아들이며 생각에 잠겼다. 머릿속의 생각들을 정리하려고 했지만 뜻대로 되지 않았다. 그녀는 일어나 냉장고에서 맥주 캔을 꺼내 벌컥벌컥 들이켰다. 프랑크에게 전화해야겠어, 그녀는 생각했다. 나 혼자 거기 가고 싶지도 않고 또 혼자 갈 수도 없어. 그녀는 전화기가 있는 곳으로 가 전화번호를 눌렀다. 나딘 헬머가 전화를 받았다.

"나딘, 프랑크 좀 바꿔줘. 급한 일이야."

"무슨 일이 생겼어? 목소리가 이상해."

"아무것도 묻지 마. 프랑크를 불러 줘."

"잠깐만, 프랑크가 벌써 왔어. 바꿔줄게."

"프랑크, 자동차를 몰고 이리로 와줘요……."

"무슨 일이에요?" 프랑크는 물었다.

"나중에 설명할게요. 부탁이니, 서둘러요."

"알았어요, 지금 출발하죠."

율리아는 안절부절못하고 방 안을 오락가락했으며 담배를 눌러 끄고 새 담배에 불을 붙였다. 그리고 자신을 내려다보며 생각했다, 옷을 입어야 해. 그녀는 청바지와 티셔츠를 걸치고 맨발을 테니스화에 집어넣었다. 화장실에 가서 얼굴을 씻고 머리를 빗었다. 두려웠다. 몇 분 후 눈으로 보게 될 것이 두려웠다. 혼자 갈 수도 있었지만 지금은 믿고 의지할 수 있는 사람, 도움을 줄 수 있는 사람이 필요했다. 다시 시계를 보았다. 11시 10분이었다. 초인종이 울렸고, 율리아는 인터폰에 대고 말했다. "내려갈게요."

율리아는 가방을 들고 문을 닫고 층계를 달려 내려갔다. 프랑크가 문밖에 서서 담배를 피우고 있었다.

"무슨 일이에요, 율리아?" 그는 걱정하는 표정으로 물었다. "얼굴이 백지장처럼 창백하잖아요! 설마 또다시 살인사건은 아니겠죠?"

"어서 가요." 율리아는 말했다. "머릿속이 좀 뒤죽박죽이에요. 당신 차를 타고 갈 수 있을까요?"

"물론이죠. 그런데 어디로 말이에요?"

"여기서 멀지 않아요. 차로 10분 정도. 내가 길을 알려줄게요."

프랑크는 율리아가 가리키는 크고 밝은 건물 앞에서 차를 멈추었다. 대부분의 창문은 이미 불이 꺼져 있었다. 그들은 차에서 내려 현관에 다가갔다.

"자, 이제 어떻게 하죠?" 프랑크가 물었다. "어떻게 안으로 들어간다?"

"초인종을 눌러야 해요. 그냥 아무 집이나 눌러봐요."

"그리고 뭐라고 말해요?"

"맙소사, 경찰이라고 말해요. 현관에 비디오카메라가 설치되어 있어서, 누구라도 우리가 악당이 아닌 걸 볼 수 있으니까요."

"그러니까 이곳을 잘 아는군요." 프랑크는 오른손 집게손가락으로 초인종을 누르면서 말했다. 여자 목소리가 들릴 때까지 한참 걸렸다.

"실례합니다. 우리는 프랑크푸르트 경찰청의 헬머 형사와 뒤랑 형사입니다." 프랑크는 현관 오른쪽에 부착되어 있는 카메라 바로 앞에 신분증을 들이밀며 말했다.

"그런데 제게 무슨 볼일이 있으신가요?"

"부인께 볼일은 없습니다. 다만 긴급하게 건물 안으로 들어가야 하는 일이 발생했습니다. 문을 열어주시면 감사하겠습니다."

여인은 프랑크의 요구를 들어주었고, 프랑크는 문을 밀었다. 두 사람은 로비에 들어섰다. 엘리베이터가 1층에 서 있었다.

"이제 어디로 가죠?" 프랑크가 물었다.

"6층으로." 율리아는 잠긴 목소리로 대답했다.

"거기 누가 살고 있길래요?"

"베르너 페트롤."

"그렇군. 그 남자가 누구이고 무슨 일이 일어났는지 지금 내가 알아맞혀야 하는 겁니까?"

엘리베이터가 멈췄고, 두 사람은 내렸다. 율리아는 머뭇거리지 않고 곧바로 살짝 기대어져 있는 문을 향해 걸음을 옮겼다. 그녀는 침을 꿀꺽 삼키며, 쇠사슬이 점점 더 세게 가슴을 조여 온다고 생각했다. 그녀는 집 안에 들어섰고, 프랑크가 그 뒤를 따랐다.

"문을 닫아요." 율리아는 말했다. "그리고 아무것도 건드리지 마요." 율리아는 아무도 없는 널찍한 거실을 힐끗 둘러보았다. 그리고 위층을 바라보았다. 침실 문이 열려 있고 불이 켜져 있었다. 그녀는 후들거리는 무릎으로 층계를 올라가 위층에서 걸음을 멈추고 숨을 깊이 들이쉬었다. 프랑크가 다가와 옆에 서서 입술을 꼭 다물었다. 그리고는 아무 말 없이 열려 있는 문을 향해 몸을 움직이더니 문지방에서 걸음을 멈추었다. 방 안을 들여다보고는 한순간 가만히 있다가 고개를 돌려 율리아를 바라보았다.

"이게 무슨 일이죠?" 그는 소리 죽여 물었다.

율리아가 프랑크 옆에서 걸음을 멈추었고, 그는 다시 죽은 사람에게로 시선을 돌렸다. 베르너는 벌거벗은 채 수갑으로 침대에 묶여 있었다. 크게 부릅뜬 눈은 천장을 멍하니 응시하고 있었고 두 다리는 벌어져 있었다. 율리아가 그 광경을 보고 실감 나기 까지는 잠시 시간이 필요했다. 주변의 모든 게 빙빙 도는 것만 같았다. 마치 저속한 영화 아니면 악몽 속에 있는 것만 같았다. 안갯속을 달리는 기분이었다.

"베르너 페트롤이 누구예요?" 프랑크가 율리아를 생각 밖으로 끌어내었다.

"성 발렌티우스 병원의 병원장."

"어디서 들어본 거 같군요. 그런데 그 사람을 어떻게 알죠? 무엇보다도 그 사람이 죽은 걸 어떻게 알았습니까?"

율리아는 곧바로 대답하지 않고 침대 앞에 섰다. 고무장갑을 끼고 시신을 만져보았다. 시신은 아직 따뜻했다.

"아는 사람이에요. 자세히 알고 싶다면, 그것도 아주 잘 아는 사람이죠."

"그 교회 신도인가요?"

"아뇨." 율리아는 눈길을 들지 않은 채 갑자기 침착하고 차분하게 대답했다. "베르너는 전혀 종교적이지 않았어요. 우리는 반년 전부터 깊이 사귀었어요. 베르너는 심지어 나 때문에 이혼까지 하려고 했죠. 적어도 말은 그렇게 했어요."

"잠깐만." 프랑크가 눈을 찌푸리며 말했다. "그러니까 율리아가 저 남자와 사귀었다는 거요? 믿어지지 않아, 믿을 수 없군요!"

"그럼 믿지 마요!" 율리아는 버럭 화를 냈다. "하지만 숨김없는 사실이에요. 혹시 최근에 여자경찰이 남자친구나 연인을 사귀는 게 법으로 금지되었던가요? 남자들만 그 특권을 누려야 하는 거예요?" 율리아는 별안간 감정을 억제하지 못하고 흐느끼기 시작했다. "빌어먹을, 이 엿 같은 직업! 더는 못 참겠어요."

"미안해요, 그런 뜻이 아니었어요." 프랑크가 율리아를 감싸 안으며 말했다. 율리아는 가만히 있었다. "그렇지만 몇 가지 물음에 대답해야 해요. 예를 들어, 이 남자가 죽은 걸 어떻게 알았죠?"

율리아는 프랑크의 팔에서 벗어나 청바지에서 손수건을 꺼내 얼굴의 눈물을 닦고 코를 풀었다. 그리고는 침착한 목소리로 말했다. "10시 반 조금 지나서 전화가 걸려왔어요. 베르너의 목소리만 귀에 들렸는데, 금속성 소리 아니면 합성한 소리 같았어요. 살인범이 베르너의 목소리를 테이프에 녹음한 거 같아요." 율리아는 말을 멈추고 프랑크의 눈을 똑바로 바라보았다. 그리고는 프랑크에게 부탁했다. "나를 좀 도와줘요. 다른 사람들에겐 나하고 페트롤 이야기하지 마요."

"그러면 우리가 여기에 어떻게 왔는지 뭐라고 설명하죠?"

"내가 말할게요. 내가 익명의 전화를 받고 프랑크에게 전화했다고 할게요. 그것으로 충분해요. 부탁이에요, 한도 끝도 없는 질문들, 무엇보다도 아무런 의미 없는 질문들에 시달리고 싶지는 않아요."

"좋을 대로 해요." 프랑크가 말했다. "하지만 즉시 동료들을 불러야 해요. 어떻게 살해된 것 같아요?"

율리아는 죽은 사람에게 몸을 굽히고 눈으로 시신을 더듬었다. 그들은 얼마나 자주 함께 잤던가? 오십 번, 백 번? 그의 애정 어린 손이 얼마나 자주 그녀에게 닿았던가? 그가 입가에 그 비길 데 없는 독특한 미소를 머금고 특유의 눈길로 바라보면 그녀는 얼마나 자주 마음이 약해졌던가? 이제 핏기없이 창백한 입술, 인공선탠으로 태운 피부가 기이하게 흐릿해 보였다.

"여기." 얼마 후 율리아는 시신 목의 조금 변색된 부위를 가리키며 말했다.

"음, 바늘에 찔린 것처럼 보여요." 프랑크가 말했다. "로젠츠바이크나 쇠나우와 같은 방식으로 살해되었다고 생각해요?"

"꼭 그렇게 보이네요. 신경독을 주사한 거 같아요. 결정적인 조직 변화는 보이지 않고, 다만 이 작은 부종만 눈에 뜨이잖아요. 그런데 왜 하필이면 이 사람이죠?"

"앞으로 그 물음 때문에 한참 골머리를 썩여야 할 거 같군요. 이런 말을 해서 미안하지만, 율리아가 이 남자 인생의 유일한 여자는 아니었어요. 그러니까 그의 부인 빼고 말이죠. 아니면 이 수갑을 어떻게 설명하겠어요?"

"이 남자는 나만 사랑한다고 맹세했어요. 오로지 나 하나만을. 나를 속였어. 젠장, 또 나를 속였다니까! 나를 속이지 않고 나한테 거짓말하지 않는 남자가 정말로 어디 있을까? 빌어먹을, 이런 빌어먹을 일이 또 있을까!" 율리아는 억지로 눈물을 참았다. 프랑크가 율리아의 어깨에 한쪽 팔을 두르려고 했지만, 이번에는 뿌리쳤다.

"이따금 삶은 정말로 아주 고약하다니까요. 이제 의사와 경찰동료들에게 전화하는 게 좋겠어요. 그들이 집을 샅샅이 뒤져야 하지 않겠어요. 우리가 살인범에 대한 단서를 끝까지 찾아내지 못할지 두고 보자고요."

"살인녀예요." 율리아가 프랑크의 말을 정정하며 손수건으로 눈가의 눈물을 훔쳤다. "왜 이 사람이죠? 젠장, 답을 모르겠어요. 잠깐 문밖에 나가서 담배 한 대 피우며 마음을 진정시켜 볼게요."

5분 후, 율리아는 다시 돌아와서 단호한 목소리로 말했다. "베르너는 어제에 이어서 오늘 저녁도 내게 전화했어요. 그리고 나더러 자기 집으로 오라고 했죠. 어쩌면 우리 사건을 해결하는 데 도움이 될 수도 있다고 말했어요. 아니 정확히 말하면, 범인 프로파일을 만들 수 있다고 말했어요. 하지만 난 오늘 그러고 싶은 기분이 아니어서 내일 만나자고 대답했죠. 베르너가 살인범의 정체를 알았다는 확신이 들어요. 하지만 베르너는 비밀스럽게 굴면서 전화로는 이야기하려 하지 않았어요……. 난 그의 말을 진지하게 귀담아듣지 않았고요. 그리고 이젠 너무 늦었네요. 베르너가 실제로 나를 도울 수 있다고는 꿈에도 생각하지 않았는데. 난 미련통이에요, 아둔하기 짝이 없는 미련통이라고요! 평소에는 늘 내 직감을 믿으면서 이번에는 믿지 않았어요. 어쩌면 베르너의 목숨을 구할 수도 있었을 텐데."

"율리아 탓이 아니에요. 설마 이런 일이 있을 줄은 짐작도 못 했잖아요……."

"아니, 베르너의 말을 들어야 했어요. 베르너의 말대로 이곳에 왔더라면 이런 일은 일어나지 않았을 거예요."

"단지 율리아와 같이 있고 싶어서 그걸 구실로 내세웠다면 어쩔 거예요?"

"난 그렇게 생각하지 않아요. 내 추측에, 베르너는 살인녀가 누구인지 알았어요. 하지만 자신이 알고 있는 것을 살인녀가 알고 있다는 사실은 몰랐죠. 그렇다면……, 이 지저분한 인간은 그 여자하고 떡을 쳤어요!"

"그리고 요상한 걸 즐겼고요." 프랑크가 수갑을 가리키며 짧게 말했다.

"우리는 저런 짓은 한 적이 없어요." 율리아는 얼굴이 시뻘게져서 말했다. "우리는……."

"됐어, 자세한 건 알고 싶지 않아요……."

"하지만 난 분명히 베르너와 헤어지려 했다고요. 끊임없이 사랑의 맹세를 하면서 행동으로 실천하지 않는 것에 넌덜머리가 났거든요."

"그가 이혼하려 했다고 하지 않았던가요?"

"입만 열면 이혼하겠다고 약속했지만, 정말 그럴 생각이 있다는 증거가 없었어요. 그저께 베르너에게 진지하게 그런 의도가 있는지 명백하게 증명할 수 있도록 석 달의 시간을 주겠다고 말했어요. 그렇지 않으면 끝을 내겠다고 했죠."

초인종이 울렸다. 프랑크가 경찰들에게 문을 열어주었고, 그 뒤를 이어서 곧 의사가 왔다. 과학수사반이 맡은 임무를 수행했고, 사진사는 모든 각도에서 사진을 찍은 데 이어 집 안을 비디오로 촬영했다. 의사는 시신을 검사하고 말했다. "모든 정황으로 보아 심근경색인 듯 보입니다." 그러고는 곧장 사망증명서를 작성하려고 하자, 프랑크가 제지했다.

"아니요." 프랑크는 베르너 페트롤의 목을 가리키며 말했다. "여기, 직접 보십시오."

"그렇군요, 저는 전혀 보지 못했습니다. 작은 부종처럼 보이는군요. 누군가가 주사를 놓은 것 같습니다. 하지만 그것은 법의학자가 밝혀야 할 문제입니다."

"독이라고 추정됩니다." 율리아가 냉정하게 말했다. "의사 선생님도 두 번의 살인사건에 대해 틀림없이 들으셨을 겁니다."

"아, 그렇다면 물론 상황이 좀 이해되는군요." 의사는 심각하게 말하고 당황한 표정으로 헛기침했다. "곧바로 그 생각을 해야 했는데, 시신이 눈을 크게 뜨고 있고……."

"정액의 흔적을 확인할 수 있겠습니까?"

"아니요, 그러려면 장비가 있어야 합니다. 저는 단순한 가정의입니다."

"됐습니다." 프랑크가 말했다. "모든 걸 알 수는 없죠. 시신을 법의학자에게 보낼 수 있도록 사망증명서에 '사망 원인 불분명'이라고만 써주십시오. 의사 선생님의 비밀엄수 의무에 대해서는 따로 말할 필요가 없다고 생각합니다."

의사는 이 말에 대답하지 않고 사망진단서를 작성해서 프랑크에게 건네주었다. 그동안 장의업체 사람들이 무정하게 베르너를 비닐백에 담아 지퍼를 채우고 집 밖으로 내갔다.

"자, 우리는 컴퓨터를 한 번 살펴보자고요." 프랑크가 율리아에게 말했다. "혹시 흥미로운 기록을 몇 가지 발견할지도 몰라요."

"설마 진짜 그럴 거라고 믿는 건 아니죠?"

프랑크는 컴퓨터를 켰다. 아무것도 없었다. 프랑크는 디스켓 오류메시지가 뜨나 살펴보았다.

"내 참나, 율리아 말이 맞나 보군요. 그 여자, 일을 철저하게 해치웠어요. 그래도 우리의 컴퓨터광들을 투입해봅시다. 최소한 몇 가지 단편적인 것이라도 확보할 수 있지 않겠어요. 피츠만 유괴 사건 때 범인들은 모든 걸 지웠다고 믿었지만 숨겨진 데이터가 남아 있었던 거 기억하죠. 결국 그 숨겨진 데이터를 근거로 범인들을 입증할 수 있었어요."

"내가 장담하는데, 이번 경우엔 숨겨진 데이터도 없을 걸요. 이 여자는 우리가 상상하는 것 이상으로 교활해요. 번번이 간발의 차이로 우리를 앞서 가고 있잖아요. 그리고 매사를 철저하게 점검하고 있어요. 내가 보기에는, 어쨌든 이 사건은 전체적으로 점점 더 오리무중이 되어가는군요. 자, 그만 가요. 여기서는 더 이상 할 일이 없어요."

"어디 한잔 마시러 갈래요?"

율리아는 고개를 가로저었다. "오늘은 아니에요. 집에 가고 싶어요."

"잠들 수 있겠어요?"

율리아는 한숨을 내쉬며 말했다. "그럴 거 같지 않아요. 하지만 아무래도 상관없어요."

프랑크는 과학수사반원들에게 마지막으로 할 일들을 알려주고 나중에 현관문을 봉쇄하라고 이르고 작별인사를 했다. 두 사람은 엘리베이터를 타고 내려가 프랑크의 BMW에 올라탔다. 프랑크가 율리아를 집 앞에 내려주었을 때는, 시계가 새벽 1시를 향해 가고 있었다.

"한 가지만 묻죠." 율리아가 차에서 내리려고 하는데, 프랑크가 말했다. "살인범이 왜 하필이면 율리아에게 전화했을까요?"

"그걸 내가 어떻게 알겠어요?" 율리아는 한숨지으며 말했다.

"지금까지 네 명의 남자가 목숨을 잃었는데, 모두 하나같이 독으로 죽었어요. 그리고 우리는 많은 사람을 심문했죠. 살인범이 율리아의 전화번호를 어떻게 알아냈는지 의문이 들어요. 율리아의 전화번호는 전화번호부에도 나와 있지 않잖아요."

"지난 며칠 동안 이야기를 나눈 거의 모든 사람에게 내 명함을 주었어요. 그리고 거기엔 집 전화번호도 적혀 있고요."

"지금 율리아의 신경을 건드리고 싶진 않지만, 지난 며칠 새 명함을 건네준 여자들 중에서 누가 살인범일 가능성이 있다고 생각해요? 특히 베르너 페트롤의 살인범이?"

"일단은 모두 그럴 가능성이 있을 수도 있고 아니면 전부 없을 수도 있어요."

"잠깐," 프랑크가 말을 계속했다. "베르너 페트롤은 율리아와 부인 말고 또 다른 제3의 여자가 있었어요. 그 점은 상당히 명백하죠. 그리고 페트롤 같은 남자는 아무 여자하고나 관계 맺지 않아요. 율리아는 상당히……." 그는 말을 멈추고 선뜻 말하려 하지 않았다.

"내가 뭐요? 어서 말해요."

"그러니까, 상당히 근사하다고 생각해요."

"칭찬해줘서 고맙군요. 그런데 도대체 무슨 말을 하고 싶어서 그래요?"

"페트롤이 비슷한 장점을 보이는 여자를 찾았을 가능성이 아주 많다고 생각해요. 내 말이 무슨 뜻인지 이해하겠어요? 그리고 이번 사건과 관련해 그런 여자들은 그리 많지 않았어요."

"넘치게 많았죠." 율리아는 말했다. "정확하게 말하면, 우리가 지난 며칠 동안 이야기를 나눈 여자들 가운데 꽤 예쁜 여자들은 모두 의심스럽다고요. 로젠츠바이크의 회사만 둘러봐도 그래요.

또 쇠나우 주변은 어땠어요. 이름을 전부 한 번 대볼까요, 노이만, 바그너, 융, 라이히, 핑크……. 그런 식으로 생각하면, 그 여자들 모두에겐 어떤 이유에서든 살인의 동기가 있을 수 있어요. 분명히 말하는데, 그건 잊어버려요. 처음부터 완전히 다른 식으로 풀어나가야 해요. 다만 어떻게 풀어나가야 할지를 모르겠어요."

"우선 그 교회에 다니는 여자들만 대상으로 하면 어떨까요?"

"전부 다 말이에요?" 율리아는 이마를 찌푸리며 물었다. "예를 들어 자비네 라이히를 생각해봐요, 참 멋진 여자죠. 그런데 무슨 살인 동기가 있을까요? 라우라 핑크, 첫눈에는 별로 눈에 띄지 않았는데, 오늘 아침 교회에서는 정말 근사해 보였어요. 변신능력이 뛰어나더군요. 그 겉모습 뒤에 어떤 화산이 부글부글 끓고 있을지 알게 뭐에요. 리타 융, 30대 중반이지만 남자들이 좋아하는 여성적인 특징들을 고루 갖추고 있어요. 그야말로 최고의 미인이죠. 마리안네 로젠츠바이크, 아직 마흔 살이 채 안 되었고, 잘만 꾸미면 틀림없이 멋져 보일걸요. 그 여자들이 침대에서 얼마나 근사할지 누가 알겠어요? 몇 사람 더 말할까요?"

"알았어, 알았다고요. 보스, 보스 말이 맞아요. 여기에 대해선 내일 다시 이야기합시다. 잘 있어요, 너무 골머리 싸매지 말고. 율리아는 잘 이겨낼 거예요."

"어쩌겠어요, 잘 이겨내야지. 나는 모든 걸 잘 이겨낸다고요. 아무튼 난 아주, 아주 강한 여자거든요!" 율리아는 자조적인 어조로 말했다. "잘 가요, 아침에 보자고요."

율리아는 천천히 계단을 올라가 문을 열고 집 안에 들어섰다. 문을 닫고는 문에 기대었다. 속이 울렁거리고 왼쪽 관자놀이가 지끈거렸다. 엉엉 울고 싶었지만, 울음이 나오지 않았다. 어쨌든 제대로 나오지 않았다. 마음 같아서는 크게 소리치며 마구 두드려 부수고 싶었다. 분노와 절망감을 울부짖음을 통해 발산하고 싶었다. 그 대신 완전히 얼빠지고 탈진하고 모욕당하고 학대당한 기분이 들었다. 율리아는 소파에 앉아서 음악을 듣고 담배를 피우고 맥주를 마셨다. 아버지에게 전화할까 생각했지만 시계를 보고는 고개를 저었다. 1시 반이었다. 절망감이 휘몰아쳤다. 그러다 어느 틈엔가 그녀의 눈이 감겼다. 아침 8시에 깨어났을 때는, 불편한 소파에서 엉거주춤한 자세로 잠든 바람에 등이 아팠다. 율리아는 경찰청에 전화해서 한 시간 정도 늦을 것 같다고 말했다.

오후 11시 20분

그녀는 인터콘티넨탈 호텔 앞에서 차를 세우고 바에 갔다. 마티니 두 잔을 마시고 담배를 세 대 피우며 생각에 잠겼다. 비참한 기분이 들었다. 자신이 벌인 짓 때문이 아니라 이젠 멈추려야 멈출 수 없는 뭔가가 가동됐다는 걸 알았기 때문이었다. 자신이 용의선상에 오르고 자신의 인생이 수사 대상이 되어서 몇 가지 수상한 점이 드러나기까지 앞으로 얼마나 걸릴까 생각해 보았다.

서른 살가량의 젊은 남자가 옆에 앉더니 한참을 말없이 그녀를 지켜보았다. 금발을 길게 기르고 유명 디자이너 청바지에 이탈리아산 구두를 신고 있었다. 그녀는 그를 슬쩍 바라보며 미소 지었다. 젊은 남자는 자신이 술을 한잔 사도 되겠느냐고 물었고, 그녀는 고개를 끄덕였다. 그들은 30분가량 이런저런 이야기를 나누고 술을 마시고 담배를 피웠다. 그러다 젊은 남자가 자신의 집에 함께 가지 않겠느냐고 물었다.

“늘 이렇게 단도직입적인가요?” 그녀는 물었다.

"대체로 그런 편이죠. 나는 인생이 너무 짧으니 좋은 기회를 놓치면 안 된다는 모토에 따라 살고 있어요. 그리고 나중에 절대로 다시 연락하지 않겠다고 약속하죠."

"오케이. 하지만 내 이름이나 주소를 알려고 하지 말아요. 나도 그쪽에 대해 전혀 알고 싶지 않아요. 그게 조건이에요. 그리고 그쪽 집으로 갈 게 아니라 여기 호텔방으로 가죠."

"좋아요."

그들은 자리에서 일어났다. 그는 술값을 치르고서 엘리베이터를 타고 아래층으로 내려갔다. 그리고 몇 분 후, 방 열쇠를 들고 돌아왔다. 그는 샴페인 한 병과 약간의 먹을 것을 방으로 가져오게 시켰다. 그녀는 3시 직후까지 우아한 스위트룸에 머물렀다. 그러다 옷을 입고 그곳을 나왔다. 그는 자고 있었다. 그럭저럭 괜찮은 남자였지만, 베르너와는 비교도 안 되었다. 베르너 페트롤은 독특했고 완전히 색달랐다. 그녀는 그런 남자를 다시는 만나지 못할 것을 알고 있었다.

3시 반, 그녀는 차를 집 앞에 세우고 잠시 더 자동차 안에 앉아 있었다. 머리를 운전대에 올려놓고 눈을 감았다. 몇 분 후 차에서 내려 집 안으로 들어갔다. 옷을 벗고 침대에 누웠다. 자명종을 8시에 맞춰놓았다. 많이 잘 필요는 없었다. 평소에도 다섯 시간 이상 자는 경우는 드물었다. 그녀는 꿈꾸지 않고 깊이 잤다.

월요일

오전 9시 10분

율리아가 사무실에 들어섰을 때, 페터와 다른 두 동료를 제외한 살인사건 수사반원 전원이 이미 모여 있었다. 율리아는 아침 인사말을 웅얼거리고는 가방을 의자 팔걸이에 걸쳐놓고 의자에 앉았다. 온몸이 쑤시듯 아팠고 여전히 울고 싶은 심정이었다. 집에 머물고 싶은 마음이 굴뚝같았다. 율리아는 골루아에 불을 붙여 연기를 깊이 빨아들였다. 연기를 밖으로 내뿜기 전에 폐에 오랫동안 담아 두었다.

"지난밤 사건에 대해선 이미 헬머 형사에게 들었네. 뒤랑 형사는 어떻게 생각하는지 말해보게나." 베르거가 의자 깊숙이 등을 기댄 채 말했다. 엄청 불룩한 배 위로 두 손을 맞잡고 있었다. 반장님이 저런 식으로 계속 나가다가는 언젠가는 폭발하고 말걸, 율리아는 생각했다.

"반장님이 이미 알고 계신 것 말고 다른 버전은 없어요. 정확히 뭘 알고 계시는데요?"

"뒤랑 형사가 전화를 받았다면서?"

"전화를 받은 건 맞아요." 율리아는 입가를 찡그리며 말했다. "제가 전화를 받았어요. 하지만 전화를 건 사람이 남자인지 여자인지는 모르겠어요. 그저 베르너 페트롤이 죽었다고만 말했어요. 그게 전부예요."

"왜 남자인지 여자인지 몰라?" 베르거는 물었다. "그러니까 남자였어 아니면 여자였어?"

"목소리가 변조되어 있었어요. 마치 합성한 소리처럼 들렸어요. 하지만 모든 정황으로 보아서 여자라고 생각되었습니다." 율리아는 자신의 사무실에서 나와 문에 서 있는 프랑크를 힐끗 쳐다보았다. 프랑크는 베르거의 눈에 뜨이지 않게 살짝 고개를 끄덕였다. 율리아는 안도의 한숨을 내쉬었다.

"그런 다음 제시된 주소로 곧장 달려가서 페트롤이라는 사람이 죽은 걸 발견했단 말이지."

"맞아요."

"그 사람도 독살되었다고 추정하나?"

"모든 정황으로 보아서 그런 거 같습니다."

"하긴, 나도 사진들을 보고 그쪽으로 생각했어. 그 친애하는 신사분께서 요상한 섹스 파티를 즐기신 듯 보이더라고. 자, 다들 무슨 일을 해야 하는지 잘 알고 있겠지. 일단은 부검결과를 기다려야 해. 내가 벌써 몹스에게 전화 걸었어. 몹스가 오늘 중으로 검사결과를 알려줄 수 있도록 최선을 다해 보겠다는구먼. 그리고 페터는 성 발렌티우스 병원에서 이것저것 알아보려고 벌써 7시 반에 브레히트와 지몬을 데리고 출발했어. 페트롤이란 사람은 가족이 있나?"

"모르죠." 율리아는 거짓말했다. "쿨머 형사가 틀림없이 곧 알아오지 않을까요? 제 생각에는……."

"자네 말을 끊어서 미안하지만, 나중에 잊어버릴지 몰라서 그러네." 베르거가 말했다. "페트롤은 그 교회 신도가 아니었어. 그가 왜 살해당했다고 생각하는가? 뭐 짐작 가는 거라도 있나?"

"아니요, 전혀 모르겠어요. 그 남자가 살인범과 아는 사이였다는 것 말고는. 어쩌면 그는 우리에게 연락을 취하려고 했을 수도 있어요. 하지만 살인녀가 그의 계획을 알아채고서 선수 쳐 재빨리 관계를 끝냈을 수도 있어요. 저는 현재로선 이런 설명밖에는 없다고 봐요."

"그럴듯하게 들리는 데요." 프랑크가 사무실 안으로 들어와 율리아 옆에 앉았다. 프랑크는 상의 호주머니에서 담배를 꺼내어 불을 붙였다. "어쨌든 집이랑 가구가 최고급이더라고요. 돈깨나 있어 보였어요."

베르거는 프랑크의 말에 대꾸하지 않고서, 죽은 베르너의 사진들이 펼쳐져 있는 책상을 신중하게 바라보았다.

"그리고 핑크, 그자는 어떻게 되었어?"

"누구 말입니까? 아버지요? 아니면 자살한 아들요?"

"아들 일은 안되었지만, 난 아버지 쪽에 관심이 있어. 그자에 대해 새로 알아낸 거 있나?"

"없어요. 참 냉혹한 작자예요. 식구들을 폭력적으로 꼼짝 못 하게 다스리더라고요. 그자에게 접근하기는 거의 불가능해요. 헬머 형사가 직접 봐서 잘 알아요. 경우에 따라서 그자를 기죽게 할 수 있는 유일한 것은 그의 두려움입니다. 그리고 그자는 분명히 두려워하고 있어요. 그자는 완전히 다른 두 개의 얼굴을 가지고 있더라고요. 하나는 교회에서 내보이는 얼굴이고, 다른 하나는 평소 집 안에서 내보이는 얼굴이죠. 제가 보기에는, 라우라 핑크를 비롯해 모두들 그 인간을 존경하고 심지어는 두려워하는 거 같아요. 어쨌든 저는 절대 마주치고 싶지 않은 부류의 인간입니다. 앞으로도 계속 그렇게 입을 꾹 다물고 있으면 우리로서는 아무것도 해줄 수 없다고 지난 금요일에 오해의 여지 없이 못 박아 두었습니다."

그날 아침 베르거는 처음으로 빙긋이 웃으며 말했다. "게다가 그자는 우리의 빅 보스와 접촉해서 뒤랑 형사에 대한 불만을 제기했어. 뒤랑 형사가 자신의 두려움을 진지하게 여기지 않고 자신에게 뻔뻔하고 교만하게 굴었다고 말했다는 게야. 그는 경찰의 신변보호를 요청하고 있어."

"그래서 우리의 빅 보스는 뭐라고 말했대요?" 율리아가 냉담하게 물었다.

"빅 보스는 일단 핑크에게 경찰의 신변보호와 관련한 일들에 대해 설명했어. 그리고 물론 뒤랑 형사와 핑크 사이에 어떤 대화가 오갔는지도 묻더라고. 뒤랑 형사가 운이 좋았어. 빅 보스가 자네에 대해 잘 알고 있어서, 뻔뻔하고 교만하다는 형용사와는 거리가 멀다는 걸 알았으니까. 심지어는 핑크에게 주눅 들어서는 안 된다는 말까지 하더라고. 벌써 몇 년 전부터 핑크가 어떤 인간인지 잘 알고 있는 모양이야. 그리고……, 어쩌겠어. 그 미련한 인간이 협조하지 않으면, 스스로 결과를 책임져야지. 어쨌든 경찰청장은 뒤랑 형사를 적극 후원하고 있다는 말을 전하라고 했네." 베르거는 잠시 말을 멈추고 담뱃불을 붙이고는 말했다. "자네는 핑크가 위험에 처했다고 믿나?"

율리아는 어깨를 으쓱했다. "저도 정확히는 판단할 수 없어요. 하지만 그럴 가능성이 상당히 크다고 믿습니다. 부두인형, 명백한 편지들. 그 모든 것으로 미루어 보아서, 핑크가 다음 희생자로 선택되었다고 추정할 수 있어요. 하지만 본인이 입을 꼭 다물고 있는 한, 우리로서는 움직일 수 없습니다. 우리는 어쨌든 핑크를 주시하고 있어요. 그의 과거에 대한 무슨 단서가 있나요? 어제 그 교회에서 마이어라는 사람이 말을 걸어왔는데, 제3제국 이야기를 하더라고요. 하지만 핑크가 전쟁 직전에 태어났기 때문에, 제3제국과 무슨 관련이 있는지 모르겠어요. 물론 그 마이어라는 사람은 아버지가 지은 죄로 아들들이 벌을 받는다는 말도 했어요. 그게 무슨 뜻인지 모르겠지만 말이죠."

"내가 벌써 몇몇 동료에게 핑크의 과거에 대해 알아보라고 지시했어. 60년도 전에 일어난 일 때문에 누군가가 이런 흉측한 살인을 저지른다고는 아무리 해도 상상이 가지 않아. 자네가 범인 프로파일을 만든다면, 어떨 것 같은가?"

"휴우, 어려운 문제예요. 아무튼 여자입니다. 나이는 25세에서 45세 사이이고 매력적이고 성적으로 유연하고 적극적인 여자죠. 교육수준이 높고 대학을 졸업했다고 추정되지만 꼭 그렇지만은 않을 수도 있어요. 어떤 종류든 독에 대한 기초 지식은 어느 정도 지성을 갖추기만 하면 문외한이라도 누구나 습득할 수 있거든요. 그리고 희생자들의 생활습관에 대해 무척 잘 알고 있어요. 다시 말해서, 아주 교묘한 방식으로 그런 신뢰를 얻었다는 뜻이죠. 아주 교묘해서, 설마 그 여자가 냉혹한 살인녀일 줄은 아무도 생각 못 했겠죠. 상냥하고 인상적인 외모이지만, 그렇다고 눈길을 확 끌 정도는 아니에요. 하지만 남자들에게 무척 매력이 있는 것만은 분명해요. 어쨌든 쇠나우하고 페트롤과 성관계를 맺은 여자. 그 점에 있어서 로젠츠바이크와 하우저의 경우에는 아직 명확하지 않아요. 하우저에 대한 검사 결과가 어떻게 나왔는지 저는 아직 모르고 있습니다…….”

“잠깐 말을 끊어도 된다면, 하노버의 동료들이 하우저 부인과 이야기했는데, 그 부인은 남편에게 절대 여자관계가 없었다고 굳게 맹세했다는 게야. 여러 가지 이유를 들었고, 그중에서도 가장 중요한 이유는 남편이 바람을 피우면 자신이 즉시 느꼈기 때문이라고 하더군. 하우저와 결혼하기 전에 이미 한 번 결혼에 실패했는데, 전남편이 끊임없이 바람을 피웠고 그럴 때마다 항상 눈치챘다나. 아 참, 내가 말을 끊었지. 어서 계속하라고.”

율리아는 자리에서 일어나 창가로 갔다. 마인츠 란트 가를 내려다보고, 벌써 몇 년 전부터 건축공사가 진행 중인데도 아직 끝이 보이지 않는 듯한 공화국 광장을 건너다보았다. 자동차 운전자들에게 짜증스럽게도 차량의 흐름이 수시로 바뀌었다. 특히 러시아워에는 종종 자동차들이 몇 블록 이상 길게 정체되었기 때문이다. 게다가 비까지 다시 내리기 시작해서, 차량들은 타우누스 정원까지 이어지는 바늘구멍 같은 길을 지나려고 고군분투했다.

“저는 사실 지쳐 떨어졌어요. 의심할 만한 여자가 너무 많아요. 교회의 여자일 수도 있지만, 로젠츠바이크나 쇠나우나 핑크의 여직원 같은 전혀 의외의 인물일 수도 있어요. 게다가 제일 대답하기 어려운 문제는 그 여자가 도대체 왜 이런 살인을 저지르느냐는 것이죠. 물론 우리는 로젠츠바이크와 쇠나우, 하우저, 핑크가 무엇을 잘못했는지 알아내야 합니다. 대관절 무슨 심한 잘못을 저질렀기에 이 여자가 완전히 돌아버렸을까요. 어쩌면 단순히 미친 정신질환자, 그 교회에서 나쁜, 아마 아주 나쁜 경험을 한 정신질환자일 수도 있어요. 어쩌면 부당한 취급을 받았다고 느낄지도 모르죠. 그렇다면 경우에 따라서는 핑크가 받은 첫 번째 편지를 이해할 수 있습니다. 그 편지는 핑크의 지난 과거를 문제 삼고 있거든요. 어쨌든 핑크는 여러 해 동안 교회의 주도적인 인물이었고 지금도 여전히 그렇습니다. 게다가 특히 우려되는 점은 그 삼인조가 오랜 세월 손을 맞잡고 함께 일했다는 사실입니다. 그 여자가 핑크와 그의 전우들에게 심한 핍박을 받아서 이제 반격에 나섰다면, 그것도 전력을 다해 반격에 나섰다면 어쩔까요? 문제는 하우저와 페트롤이에요. 하우저 부인의 말이 사실이라면 하우저에게는 여자관계가 없었고, 페트롤은 그 교회 신도가 아니거든요……."

프랑크가 두 팔꿈치로 허벅지를 괸 채 두 손을 마주대고 몸을 앞으로 숙였다. "잠깐, 잠깐, 잠깐만요. 이렇게 한 번 가정해 볼 수 있지 않을까요. 베르너 페트롤은 그 여자와 오랫동안 내연의 관계였습니다. 그는 그 여자의 삶에 대해 알고 있었습니다. 그 여자는 페트롤에게 어린 시절부터의 모든 이야기를 했습니다. 예를 들어 독에 심취하는 등의 기괴한 취미를 가지고 있는 약점도 이야기했죠. 그리고 현재 그 교회의 신도이거나 아니면 과거에 신도였으며 그 교회에서 부당한 취급을 받았다는 이야기도 했습니다. 아마 부당한 취급은 오래전의 일일 수도 있습니다. 그런데 이제 별안간 이런 살인사건들이 일어납니다. 정신병원의 병원장이고 노련한 심리학자인 페트롤은 귀가 번쩍 뜨입니다. 그는 여러 가지 상황을 토대로 추론을 전개합니다. 처음에는 인정하고 싶지 않은 추측에 불과하지만, 그렇게 멋지게 야릇한 섹스 놀이를 할 수 있는 연인, 그 여자가 살인 용의자일 수 있다는 추측은 갈수록 확신으로 변합니다. 어쩌면 페트롤은 요 며칠 새 대화하는 도중 무심코 그 살인사건에 대해 몇 마디 했고, 그 말에 그 여자는 깜짝 놀라고 그를 의심하는 마음을 품었을 수 있습니다. 이제 그 여자는 상황을 추론하지만 페트롤을 안심시킵니다. 길게 말을 늘어놓지 않고서 자신은 절대 살인범일 리 없다는 감정을 페트롤에게 심어줍니다. 그리고 최후의 일요일 저녁. 그 여자는 페트롤과 만나 평소처럼 섹스 놀이를 합니다. 아마 그 사이 페트롤은 다시 의심에서 벗어나 그 여자에게 성적으로 완전히 예속되었을 수 있습니다. 그래서 그 여자가 자신을 다시 침대에 묶도록 내버려 둡니다. 그런 다음 그 여자는 페트롤을 죽입니다. 이상 끝, 종료. 이런 식으로 전개되지 않았을까요?"

율리아는 몸을 돌려 눈을 크게 뜨고 프랑크를 바라보았다. 베르거는 한 손으로 턱을 쓰다듬으며 침묵을 지켰다.

"제 이론에 대해 한 가지 덧붙일 게 있습니다." 프랑크는 다시 말을 이었다. "그 여자가 모든 희생자들과 순전히 성적인 차원의 관계를 맺었다고 가정할 수 있습니다. 하우저 부인은 다르게 주장했지만, 저는 순전히 성적인 관계라면 얼마든지 비밀에 부칠 가능성이 있다고 확신합니다. 만나서 섹스를 하고 집에 갑니다. 서로 상대방에게서 감정을 요구하지 않습니다. 하지만 사랑이 끼어들게 되면 위험해지죠. 로젠츠바이크와 쇠나우가 호색한이었고 특히 오로지 섹스를 위한 여자를 필요로 했다는 사실이 밝혀졌습니다. 그 여자는 그 사실을 알고 있었고, 그 남자들에게 접근하기가 쉬웠습니다. 특히 필요한 외적 장점을 구비했다면 더욱 그랬겠죠. 제 생각에는 여기에 해결의 실마리가 있습니다."

율리아는 고개를 저었다. "그럴듯하고 근사하군요. 하지만 그 여자가 심하게 부당한 일을 당했다면, 왜 하필이면 그 남자들이 그 여자와 관계를 맺었을까요? 그건 말이 안 돼요."

"왜 안 된다는 거죠?" 프랑크가 삐죽이 웃었다. "대부분의 남자는 일반적으로 여성적인 매력에 아주 민감해요. 이 점에서는 맹세코 나도 예외가 아니라고요. 특히 여성적인 매력이 아주 매혹적으로 포장되어 있다면 더욱 말할 것도 없죠. 우리 모두 잘 알다시피, 남자들은 대개 빨리 잊어버리는 데 비해서 여자들은 종종 마음속에 오래 담아두잖아요. 그리고 여자가 한을 품으면 오뉴월에도 서리가 내리는 것을 지난 몇 년 동안 우리는 자주 몸으로 겪었지 않아요. 나는 그 여자가 원한을 품고 있다고 확신해요. 그리고 이번 사건이 미친 정신병자의 소행일지는 의심스러워요. 그보다는 복수전의 단계 하나하나를 극히 세밀한 부분까지 치밀하게 계획한 무척 영리한 여자의 소행이라고 봅니다. 그 여자는 어쩌면 정신병자일 수 있지만 미치지는 않았어요."

베르거는 몸을 앞으로 숙이고 책상 위에 놓인 사진들을 보았다.

"자네 생각이 맞을 수 있어." 베르거가 평소의 그답지 않게 나지막이 말했다. "우선 베르너 페트롤이 그 여자와 오랫동안 내연의 관계를 맺었는지 알아내야 해. 얼른 페터에게 전화해야겠어. 혹시 페트롤의 여자관계에 대해 알고 있는지, 의사들이나 병원 직원들에게 물어보라고 해야겠네."

베르거가 페터와 통화하면서 메모하는 동안, 율리아는 프랑크에게 다가가 조그맣게 속삭였다. "당신 이론이 맞을 수는 있지만, 베르너와 그 미지의 여자 사이의 만남은 약속된 게 확실히 아니었어요. 그랬다면 어제저녁 왜 베르너가 내게 전화해서 자기 집에 오라고 했겠어요? 그 여자는 아무런 예고 없이 불쑥 그의 집에 나타난 게 분명해요."

"그렇지만 완전히 잘못 찾아간 것만은 아니었죠. 율리아가 못 간다고 하자 다른 여자를 받아들인 거라고요. 미안해요. 하지만, 벌써 말했듯이 삶은 고약한 거라고요."

"맞아요, 빌어먹을……."

베르거가 수화기를 내려놓으며 말했다. "자, 베르너 페트롤에 대한 일차 정보가 나왔어. 병원장으로 취임한 지는 2년 되었어, 엘트빌레에 단독주택이 한 채 있고 프랑크푸르트에도 집이 있어. 동료들과 병원 직원들 사이에서 명망이 아주 높은데, 병원을 잘 운영했다고 칭송이 자자하다는구먼. 아직 미혼이고…….”

율리아는 심장이 멎는 것만 같았다. 그녀의 목소리가 잠겼다.

“죄송합니다, 잠깐 나갔다 올게요. 화장실에 좀 가야 할 거 같아요.”

율리아는 문을 뛰쳐나가 복도를 지나 화장실로 달려갔다. 속이 울렁거렸다. 그녀는 토했다. 그리고 변기 앞에 무릎 꿇은 채로 잠깐 있었다. 이윽고 몸을 일으켰지만 다리가 후들거렸다. 세면대로 가서 차가운 물을 얼굴에 뿌리고 수건으로 닦았다. 여전히 몸이 부들부들 떨렸다. 반장님이 방금 뭐라고 말했지? 베르너가 미혼이라고? 그렇다면 내게 보여준 사진 속의 여자와 아이들은 누구지? 심장이 관자놀이까지 쿵쿵 뛰는 것이 느껴졌다. 율리아는 숨을 헉헉거리며 이대로 기절할 것만 같다고 생각했다. *사무실로 돌아가야 해, 그렇지 않으면 반장님이 의심할지도 몰라.*

율리아가 다시 사무실에 들어서자, 프랑크가 고개를 돌렸다. 율리아가 그렇게 비참한 기분을 느끼기는 정말 오랜만이었다. 그녀는 가능한 한 침착하게 보이려고 애쓰면서 담뱃불을 붙이고 다시 창가에 섰다.

“몸이 안 좋은가?” 베르거가 물었다.

“이제 괜찮아요.” 율리아는 단호한 목소리로 말했다. “지난 며칠 동안 잠이 부족했다는 걸 몸으로 느끼겠어요. 모든 게 조금 힘들었어요.”

“집에 가서 쉬는 게 어떨까?”

“아닙니다, 그 정도로 나쁘진 않아요. 어디까지 이야기하다 말았죠?" 율리아는 물었다.
"베르너 페트롤에 대한 이야기를 하다 말았지. 아직 미혼이라는 이야기. 물론 깊이 사귄 여자가 있었을 게야. 다만 그 여자가 누구였는지 알아내는 게 문제라고."
"페트롤이 한 여자가 아니라 여러 여자를 동시에 만났다면 어쩌죠?" 율리아는 말했다. "반장님이 그의 펜트하우스를 보셨어야 했는데. 하긴 프랑크가 벌써 이야기했죠. 성공한 남자들의 경우에는 여자를 수시로 바꾸거나 아니면 심지어 여러 여자를 동시에 거느리는 경우가 허다하잖아요. 그런 경우에 여자들은 서로 다른 여자의 존재에 대해 모르죠."
"과장이 좀 심한 거 아닌가." 베르거가 고개를 저으며 말했다. "영화에서는 그런 일이 있을지 모르지만, 실제 삶에서는……."
"반장님, 실제 삶에서는, 우리가 상상하는 거보다 훨씬 더 많은 일이 일어나요. 저는 사람들의 행동에 대한 환상을 벌써 오래전에 버렸어요. 이 세상에는 못 일어날 일이 없어요. 제가 장담하는데, 페트롤에게는 여자가 하나만이 아니었어요. 페트롤처럼 실전을 중요하게 여기는 남자들은 대부분 여자를 하나 이상 만난다고요. 그에게는 필요한 잔돈푼이 있었는데 왜 두세 명의 여자를 마다했겠어요?"
"자네 오늘 상당히 예민해 보이는구먼." 베르거는 율리아를 곁눈으로 바라보며 말했다. "무슨 일이야?"
"그저 이 사건이 역겨울 뿐입니다. 그게 전부예요." 율리아는 퉁명스럽게 대답했다.
"어떤 사건 말인가? 독살사건, 아니면 페트롤 사건?"
"전부 다요. 정확히 일주일 전에 로젠츠바이크가 살해되었는데, 가령 독이 어떻게 그의 책상에 오게 되었는지 우리는 아직 단 하나의 단서도 발견하지 못했어요. 이러저러한 여자에게 살해 동기가 있었을 거라는 말조차 할 수 없는 상황이죠. 왜 그럴까요? 지금까지 살해 동기에 대한 방향조차 잡지 못했기 때문입니다. 좋아요, 로젠츠바이크와 쇠나우는 바람둥이였고, 페트롤도 아마 그랬을 거예요. 하우저의 경우는 아직 모르고요. 지금까지는 범인을 교회에서 찾아야 한다고 생각했지만, 갑자기 그 교회와는 단연코 아무 상관 없는 사람이 살해되었어요! 젠장, 이게 이번 사건의 제일 골칫덩어리라니까요. 우리는 발가락이 퉁퉁 부르트도록 돌아다니며 로젠츠바이크 부인, 쇠나우 부인, 핑크 집안사람들 할 것 없이 입술이 터지도록 이야기하는데 도대체 실마리가 잡혀야 말이죠. 정말 분통 터진다니까요!"

"자네 분통은 이해하네. 그런데 앞으로 어떻게 할 셈인가?" 베르거가 물었다.

"모르겠어요. 핑크 집안의 과거를 철저히 살펴봐야겠어요. 어쩌면 핑크 부인이나 특히 딸하고 한 번 더 이야기해볼 수 있지 않을까 싶어요. 무엇보다도 오늘 저녁 라우라 핑크에게 동생의 작별 편지 복사본을 가져다줄 생각입니다. 다른 동료들은 가령 핑크의 아버지가 히틀러 시대에 어떤 역할을 수행했는지, 모종의 나치 활동에 연루되었는지 밝혀줄 단서를 찾아보는 게 좋겠어요. 또 페트롤의 인생도 자세하게 살펴봐야 합니다. 이 부분은 제가 헬머 형사와 함께 맡을까 해요. 그리고 그 심리치료사와도 대화를 나누어볼 계획입니다. 그 여자는 솔직히 이야기할 수 있는 유일한 여자인 듯 보이거든요. 그 여자가 점심 시간에 시간이 있는지 알아보겠어요."

율리아는 수화기를 들고 자비네 라이히의 전화번호를 눌렀다.

"라이히 심리상담소입니다."

"저는 뒤랑입니다……."

"형사님, 운이 좋으셨어요, 조금만 늦게 걸으셨어도 전화를 못 받을 뻔했는데. 로젠츠바이크 형제와 쇠나우 형제의 장례식에 가는 길에 잠깐 상담소에 들렀거든요. 제가 뭘 도와드릴까요?"

"오늘 12시 정도에 시간 있으세요? 그러니까 장례식 끝나고 나서요."

"무슨 일이죠? 혹시 상담받으시려고요?" 자비네 라이히는 웃으며 물었다.

"아니요. 우리 오늘 또 그 이탈리아 식당에 갈까요? 이번엔 제가 사죠. 라이히 씨와 꼭 이야기하고 싶은 게 있어요."

"무슨 이야긴데요?"

"그건 식사하면서 말하고 싶은데요. 장례식이 언제쯤 끝날 거라고 생각하세요?"

"늦어도 12시 15분 전에는 끝나지 않을까 싶어요. 오늘 모든 상담을 취소했어요. 그래서 형사님을 만날 시간이 있어요. 12시 반에 이탈리아 식당에서 만나기로 하죠. 하지만 지금은 이만 전화를 끊어야겠어요. 제 환자의 남편 장례식에 늦고 싶지 않거든요. 이따 봐요."

율리아는 수화기를 내려놓았고, 베르거는 신중한 표정으로 율리아를 쳐다보았다. "대체 뭘 기대하는 건가?"

"우리에게 아직 도움이 될 만한 사람이 있다면 그건 라이히라고 생각해요. 라이히 자신은 우리에게 얼마나 중요한지 잘 모르는 정보를 가지고 있을 수도 있어요. 특히 핑크 가족에 대해 물어볼 생각입니다. 라이히가 로젠츠바이크에 대해 잘 알고 또 쇠나우에 대해 잘 안다면, 핑크 가족에 대해선 왜 할 말이 없겠어요? 아무튼 한 번 시도해볼 가치는 있어요." 율리아가 이 말을 마쳤을 때

시곗바늘이 10시를 가리키고 있었다. "프랑크, 우린 출발하자고요. 장례식을 놓치면 안 돼요. 자동차 두 대로 갑시다. 난 거기서 곧장 회히스트로 갈 생각이니까."

"좋을 대로 해요." 프랑크는 몸을 일으키며 베르거를 향해 말했다. "저희는 일단 나가보겠습니다. 그 사이에 무슨 특별한 일이 생기면, 12시 무렵까지 기다렸다가 전화하시는 편이 좋을 것 같습니다. 장례식 도중에 갑자기 휴대폰이 울리면 눈치 없어 보이지 않을까요."

베르거가 씩 웃으며 대답했다. "걱정 말게, 헬머 형사. 자네 슬픔을 방해하지 않겠네."

율리아와 프랑크 헬머는 긴 복도를 지났으며, 크게 웃고 왁자지껄 떠드는 풍기단속반의 동료 몇 명과 마주쳤다. 1층으로 이어지는 층계에서 율리아가 별안간 걸음을 멈추었다. 여형사는 층계 난간에 몸을 기대고 가방에서 담배 한 개비를 꺼내어 입에 물었다. 그리고 프랑크를 바라보았다. 프랑크가 지금껏 보지 못한 슬프고 상처 입고 왠지 절망적인 눈빛이었다.

"고맙다는 말을 하고 싶어요." 율리아는 골루아를 한 모금 빨고는 말했다. "나를 감싸주어서."

"난 감싸주지 않았어요. 다만 온 경찰청이 율리아에게 덤벼드는 걸 원하지 않았을 뿐입니다. 율리아가 베르너 페트롤과 관련 있었다는 건 아무하고도 상관없는 일이잖아요. 그런데 정말 충격이었죠?"

"뭐가요?" 율리아는 다른 생각을 하고 있었던지 되물었다.

"그러니까 페트롤이 미혼이었다는 사실 말이에요. 그때 율리아의 표정이 어땠는지 직접 봤어야 해요. 백지장처럼 하얗게 질리더군요. 그 자리에서 엉엉 소리 내어 울까 봐 겁나더라니까요."

율리아는 한숨을 내쉬고 다시 담배를 한 모금 빨았다. 율리아와 잘 아는 사이인 경찰관 두 명이 층계를 올라왔다. 율리아는 그들이 지나갈 때까지 기다렸다가 말했다. "프랑크, 당신이 내 말을 이해할지 모르겠어요. 진짜 끔찍한 건 베르너에게 다른 여자가 있었다는 사실이 아니라 처음부터 나를 속였다는 사실이에요. 그는 자신의 가족이 아닌 사람들을 자신의 가족이라며 내게 보여줬어요. 사진 속의 여자와 아이들이 누군지 알게 뭐에요. 하지만 그의 부인은 아니었어요. 베르너는 내게 엄청난 거짓말을 지어내어 들려주었고, 나는 거기에 깜빡 속아 넘어갔어요. 그는 이혼할 생각이지만 그 전에 몇 가지 해결해야 할 일들이 있다고 말했어요. 부인이 정신적으로 그다지 안정된 상태가 아니라는 등등의 말을 늘어놓았다고요……. 베르너는 나를 이용했어요. 단지 이용했을 뿐이라고요. 그게 너무 마음 아파요. 나는 그 정도 사회적 위치에 있고 그 정도 명망 있는 인물이라면 신뢰할 수 있다고 진짜 믿었거든요. 하지만 이렇게 사람에게 깜빡 속아 넘어갈 수 있다니. 베르너는 완벽한 거짓말쟁이였고, 나는 그가 실제로 어떤 사람이었는지 절대 알아내지 못했을 수도 있었어요. 하지만 이젠 알죠……. 난 이겨낼 거예요, 언젠가는. 하지만 시간이 걸리겠죠. 심지어 좀 전에는 그런 일을 당해도 싸다는 야비한 생각까지 들더라고요. 내 말이 냉혹하게 들리겠죠. 하지만 이런 굴욕감을 느끼게 되면……. 프랑크는 남자잖아요, 내가 뭘 잘못하는지 말해줘요! 내 어떤 점이 문제여서 남자 복이 없는 걸까요?"

프랑크는 당혹스러운 표정으로 어깨를 으쓱했다. "내가 벌써 말했잖아요, 율리아는 멋진 여자라고. 남자들의 마음을 끄는 뭔가가 있어요."

"그런데 왜 번번이 남자들을 잘못 만날까요?"

"그거야 알 수 없죠. 하지만 내가 도움이 된다면 언제든 도와줄게요. 그리고 나딘하고도 한 번 이야기해봐요. 여자들끼리의 대화가 많은 도움이 되지 않을까 싶은데. 나딘에게 속마음을 다 털어놓아 봐요. 두 사람은 나이도 비슷하고, 나딘도 벌써 많은 일을 겪었어요. 틀림없이 율리아 입장을 잘 헤아릴 겁니다."

"고마워요. 한번 생각해볼게요. 자, 그만 가자고요."

오전 11시

중앙묘지. 율리아는 조문객들의 수를 300명가량으로 추산했다. 비는 그쳤지만 바람은 여전히 매섭고 서늘했다. 예배당은 맨 뒷좌석까지 꽉 차 있었고, 몇몇 조문객들은 밖에 선 채로 장례식에 참석해야 했다.

"어떻게 생각해요? 범인이 여기 있을까요?" 율리아가 물었다.

"그러지 않을까요," 프랑크는 대답했다. "자신이 안전하다고 생각하는 한에는……."

"맙소사, 여기 있는 여자들 중에서 외모만 따지면 얼마나 많은 여자들을 의심해야 할지 생각해 봐요! 어쩌면 우리가 전혀 모르는 인물일 수도 있어요. 이 일은 완전히 미친 짓이에요."

"아니, 우리가 아는 사람 중 한 명이에요. 그렇지 않으면 일요일 저녁, 왜 율리아에게 전화했겠어요? 우리가 알고 있는 인물이 분명해요. 아니라면 앞뒤가 맞지 않으니까. 다만 문제는 그 여자가 늘 우리보다 한발 앞서 가는 거라고요. 과학수사반도 쓸 만한 걸 전혀 발견하지 못했고, 법의학자도 주목할 만한 걸 전혀 확보하지 못했어요……. 좋든 싫든 결정적인 우연을 기다리든지, 아니면 그 여자가 언젠가 실수를 저지르기를 기다리는 수밖에 없어요."

"말이야 쉽죠. 핑크가 실제로 그 여자 명단의 다음 타자라서 오늘이나 내일 중으로 그의 죽음을 계획하고 있다면 어쩔 거예요? 우리로서는 막을 방법이 없어요. 그 여자가 핑크에게 접근하지 못하도록 핑크를 예방 구금해야 하지 않을까요."

"얼마나 오래 예방구금할 건데요? 하루, 일주일, 일 년? 그 여자에겐 시간이 많아요. 분명 넘치게 많을걸요. 그 여자는 오래전에 거미줄을 쳐놓고 먹이가 걸려들기만을 기다리는 거미 같아요."

예배당 안의 사람들이 밖으로 나오기 시작했다. 두 개의 관을 따라 행렬이 움직였다.

"갑시다." 프랑크가 말했다. "여기서 어정거리고 싶지 않아요. 괜한 시간 낭비라고요. 뒤랑 형사는 지금 회히스트로 출발하고, 나는 친애하는 동료들을 좀 거들러 가야겠어요. 우리가 핑크에 대해 뭘 알아낼 수 있을지 두고 보자고요. 나중에 봐요."

오후 12시 30분

12시가 조금 지나서 율리아는 회히스트에 도착했다. 자동차를 역 근처에 세워놓고 역의 구내서점에서 신문을 사 들고 레스토랑으로 갔다. 테이블의 절반 정도에 이미 손님들이 앉아 있었다. 율리아는 창가의 한 테이블에 자리 잡고 앉아서 신문을 대충 훑어보았다. 미스터리한 살인사건에 대한 기사가 또다시 상세히 실려 있었지만, 다행히도 아직 경찰수사는 문제 삼지 않고 있었다. 율리아는 맥주를 작은 것으로 하나 주문하고 자비네 라이히를 기다렸다. 자비네 라이히는 12시 반이 조금 넘어서 나타났다. 무릎을 덮을 듯 말 듯한 질푸른 색 원피스와 거기에 어울리는 푸른색 구두를 신고 있었다.

"오래 기다리셨어요?" 자비네 라이히는 자리에 앉으며 물었다.

"아니요. 저도 방금 왔어요. 뭐 마실래요?" 여형사는 물었다.

"형사님하고 같은 걸로 마실게요. 단 알코올 없는 것으로. 교회에 다니기 시작한 후로 알코올은 금기거든요. 사람은 살면서 늘 뭔가를 포기해야 하나 봐요. 하지만 해로울 건 없어요. 전에는 알코올도 많이 즐기고 담배도 많이 피우고 항상 이 남자 저 남자 만났어요. 이제 그런 일들은 전부 옛일이죠. 다만 문제는 남자를 만날 기회가 없다는 거예요. 다들 저와 함께 침대로 직행하고 싶어 하지만, 저는 신앙심을 선택한 후로 성적인 욕구를 보류하기로 결심했어요. 제가 바라는 대로 저를 받아주고 존중하는 남자를 만날 때까지 말이죠. 하지만 유감스럽게도 그 일은 지금까지 성과가 없어요."

"저야말로 그래요!" 율리아는 한숨지으며 말했다. "제 인생도 상당히 남자 기근에 시달리고 있어요. 이따금 누군가가 있지만……."

"이런 말 해도 될지 모르겠지만, 형사님은 매우 멋지게 생기셨어요. 그런데 남자가 없다면……."

"칭찬해줘서 고마워요, 하지만……. 하긴, 누군가 있긴 있었어요. 하지만 전 그 사람을 완전히 믿지 않았어요. 그 사람이 자신의 끔찍한 결혼생활에 대해 들려준 이야기와……. 이런, 그게 무슨 소용 있겠어요. 전 솔로로서의 운명과 타협했어요. 그리고 앞으로도 계속 이렇게 살 거예요."

"그러니까 가정이 있는 남자와 만나셨군요. 그건 늘 고약해요.

저도 경험해봐서 알아요. 그런 남자들은 곧 이혼할 생각이거나 아니면 이혼소송이 진행 중이라고 입버릇처럼 말하지만 결국엔 모든 게 허풍일 뿐이죠. 오로지 침대에서 재미를 맛보고 싶을 뿐이라고요."

"바로 그게 문제라니까요……. 하지만 제 개인적인 이야기로 라이히 씨를 지루하게 만들고 싶진 않아요. 여기서 라이히 씨를 만나려고 한 데는 이유가 있어요. 본론으로 들어가기 전에 먼저 식사부터 주문하죠. 저는 거의 아사 직전이거든요."

자비네 라이히는 사계절 피자를, 율리아는 바질소스 탈리아텔레(얇고 길쭉한 리본파스타 요리 —역주)를 주문했다. 종업원이 주문을 받아간 후, 여형사는 말했다. "그러니까 간단히 말하면, 살인사건이 또 발생했어요. 마찬가지로 독살되었지만, 이번에는 라이히 씨가 다니는 교회의 신도가 아니에요. 그리고 핑크 씨는 살해 협박을 받았고요……."

"잠깐만요. 저는 이번 살인에 대해서는 아무것도 몰라요. 아직 발표되지 않았나요?"

"지난밤에 발생했어요. 내일 신문 아니면 오늘 오후 프랑크푸르터 룬트샤우(독일의 유명 일간지 —역주)에 기사가 나갈 거예요. 하지만 우리는 중요한 내용은 발표하지 않아요. 그런 걸 경찰전술이라고 부르죠. 지금 문제는 그게 아니고요, 그보다는 라이히 씨가 핑크 가족에 대해 무엇을 아는지가 궁금해요."

자비네 라이히는 길고 늘씬한 손가락으로 무알코올 맥주잔을 돌렸다. "형사님이 뭘 알고 싶으신지 구체적으로 말씀하시는 편이 나을 거 같아요. 게다가 위르겐 핑크의 자살 소식은 소문으로만 들었을 뿐이거든요."

"그래요, 위르겐 핑크의 자살은 비극적인 이야기지만 살인사건과 아무 관련이 없어요. 핑크 집안에 대해 얼마나 알고 계시죠? 그러니까 개인적으로 연락을 주고받는 사이냐는 뜻이에요."

자비네 라이히는 고개를 끄덕였다. "라우라는 제 절친한 친구예요. 저는 우정 이상의 것이 우리를 묶어준다고 늘 느끼고 있어요. 이런 느낌을 말로 설명하기는 어려워요. 우리는 모든 것, 정말로 모든 것에 대해 이야기할 수 있어요. 그뿐만 아니라 우리는 거의 자매지간이나 다름없어요. 교회에서도 그렇고 개인적으로도 그래요. 어쩌다 제 컨디션이 안 좋으면 어김없이 라우라가 전화해요. 저를 위해 뭔가 해야 한다고 느끼기 때문이죠. 그리고 반대로 라우라의 컨디션이 안 좋을 때는 제가 전화해요. 우리는 항상 서로를 지켜줘요. 그런데 우리가 알게 된 지는 사실 얼마 되지 않거든요. 저는 겨우 몇 년 전에야 세례받기로 결심한 반면에, 라우라는 태어날 때부터 교회에 다녔어요. 전도사들이 저를 설득하기는 쉽지 않았어요. 저는 천성적으로 반항적이고 뭐든 깊이 캐고 드는 성격이거든요. 하지만 지금은 이 신앙공동체에서 완전히 편하게 지내요. 제 자리를 찾았다고 할까요."

식사가 나왔고, 그들은 잠시 말없이 음식을 먹었다. "라우라는 어떤 사람이죠?" 율리아가 물었다.

"아직 젊은데도 삶의 장애물을 이겨낸, 그야말로 아주 특별한 여자예요. 라우라는 절대 굴복하지 않았어요. 아버지에게도 결코 굴복하지 않았죠."

"그게 무슨 뜻이죠?"

"형사님도 직접 핑크 씨를 만나보셨으니 대충 어느 정도 짐작이 가실 거예요. 참 냉혹한 사람이죠."

"지난주에 라이히 씨가 했던 말이 생각나요. 교회에 진보파, 보수파, 그리고 극단적인 보수파가 있다고 말씀하셨죠. 그리고 쇠나우는 극단적인 보수파라고 하셨어요. 카를 하인츠 핑크는 어느 파에 속한다고 보세요?"

자비네 라이히는 나지막이 웃으며 피자 한 조각을 잘랐다. "핑크는 세 진영 어디에도 속하지 않아요. 제 말을 알아들으실지 모르겠지만, 핑크는 초극단적이에요. 흔히 광신자라고 불리는 부류에 해당되죠. 핑크는 절대 좌우를 살피지 않고 오로지 앞만 봐요. 그는 자신의 가족이 가야 할 길을 결정하는데, 만일 가족 중 누군가가 그의 의중을 제대로 파악하지 못하면 정말 운수 나쁘게 돼죠. 저는 오로지 라우라의 이야기를 통해서만 위르겐을 아는데, 바로 그렇게 운 나쁜 케이스였어요. 핑크는 절대 다른 사람의 의견을 인정하지 않아요. 교회에서도 마찬가지죠. 핑크의 말은 곧 하느님의 말이고, 사람들도 대부분 그렇게 받아들여요. 어쨌든 핑크는 제가 좋아하는 교인은 아니에요. 자기 자신과 특히 다른 사람들에게 냉혹하게 구는 걸 보면 이따금 깜짝 놀랄 정도예요. 하지만 그 남자에겐 영향력이 있고, 다들 그의 말이 맞겠지 하고 넘어가요. 물론 그걸 의심하는 사람들도 많이 있긴 하지만요. 다만 문제는 아무도 핑크에게 감히 반대할 용기를 내지 못한다는 거죠. 핑크는 상대방을 정신적으로 어마어마하게 압박할 수 있는 사람이에요. 그는 자신만의 독특한 방식으로 교회를 이용해요. 전 몇몇 교인들의 이야기를 알고 있는데, 그 사실을 만일 핑크가 알면 눈썹 하나 까딱하지 않고 절 제명할 걸요."

"실례지만, 그 교인들에 대해 뭘 알고 있는지 물어도 될까요?"

"네, 괜찮아요. 형사님도 아시다시피, 우리 교인들은 담배도 안 되고 술도 안 되고 결혼 전의 섹스는 공식적으로 금기예요. 핑크가 명령권을 행사하는 우리 지역에서는 심지어 비공식적으로도 금지예요. 우리 지역에서는 혼전 순결을 지키지 않으면 강제 제

명당하게 돼요. 간음은 훨씬 더 나쁜 죄이고, 당연히 즉각 교회에서 쫓겨나는 벌을 받죠. 그 밖에 비교(秘教)에도 한눈을 팔면 안 되는데, 카드점이나 점성술, 손금, 펜듈럼(실 끝에 추를 단 도구로 수맥을 찾을 때나 점술에 사용된다. —역주) 같은 것이 여기에 해당돼요. 하지만 우리 지역이 유난히 엄격하고 권위적이라는 말을 덧붙여야 해요. 함부르크나 베를린, 뮌헨은 상당히 달라요. 훨씬 더 자유롭죠. 어떤 목자가 지역을 이끄느냐에 따라 달라요. 다행히도 목자의 임기는 최대 7년이고 그 후에 다른 사람으로 교체되죠. 그런데 형사님의 질문에 답하자면, 심각한 정신적인 문제와 싸워야 하는 교인들이 많이 있어요. 제가 보기에는, 그런 교인은 무조건 정신적으로 돌봐줘야 해요. 저는 알코올이나 마약에 의존하는 사람 몇몇을 알고 있어요. 그리고 남편이 아내를 상습적으로 폭행하는 경우도 둘이나 있고, 또 애석하게도 아이들이 정신적, 신체적 폭력에 수시로 시달리는 경우도 있어요. 이런 일들을 어떻게 해석할지는 형사님에게 맡기겠어요. 이런 식으로 계속 열거할 수 있지만, 형사님에겐 전혀 도움이 되지 않을 거예요. 저는 그런 일들에 대해 알고 있고, 라우라도 마찬가지죠. 다행히도 우리에게는 직업상 비밀을 지켜야 하는 의무가 있고, 교회의 제아무리 높은 인물이라고 하더라도 알코올중독자나 순결하지 못한 교인의 삶에 대해 털어놓으라고 우리에게 강요할 수는 없어요. 만일 우리가 털어놓는다면, 우리 지역의 신도 수는 순식간에 절반가량 줄어들고 저는 상당수의 환자를 잃게 될 거예요."

"라이히 씨의 환자들 가운데 교회 신도는 몇 명이나 되죠?"

"그건 왜 물으세요?"

"순전히 호기심 때문이죠. 몇 퍼센트나 되는지 말해줄래요?"

"한 40에서 50퍼센트 정도 돼요. 그때그때 달라요. 제가 여러 가지 치료방식을 제공하거든요. 이를테면 개별상담, 집단치료, 최면요법 등이 있어요. 최면요법을 원하는 사람은 극히 적어요. 대부분은 말하고 싶지 않은 일들을 최면상태에서 말하게 될까 봐 두려워하거든요. 하지만 최면요법을 이용하면 특정한 증상의 근원에 이를 수 있어서 가장 효과적이에요."

"라이히 씨에게 최면요법을 받은 교인들도 있나요?"

"몇 명 있어요. 유감스럽게도 최면이 마취와 비슷한 거라는 견해가 아직은 지배적이에요. 물론 그건 말도 안 되는 소리죠. 하지만 깊은 잠에 빠지는 걸 두려워하지 않는 사람은 별로 없어요. 최면이 생명을 전혀 위협하지 않고 그 밖에 어떤 형태로든 해롭거나 위험하지 않다는 걸 사람들에게 알려주세요! 비교나 다른 무슨 속임수와는 아무 상관 없어요."

"전생퇴행요법도 하나요?"

"제가 환자의 무의식을 전생으로 데려갈 수 있는지 물으시는 건가요?" 자비네 라이히는 웃으며 고개를 가로젓고는 그 사이에 차가워진 피자를 한 조각 먹었다. "아니요. 하지만 환자를 출생 시점까지 데려갔던 적은 한 번 있었어요. 그다지 오래된 일은 아닌데, 제게도 특별한 체험이었어요. 하지만 제가 하는 일에 대해 이야기하려고 만난 건 아니잖아요."

"맞아요. 흥미롭긴 하지만……. 가브리엘레 핑크, 그 부인에 대해 생각나는 거 없어요?"

"이런 맙소사, 가브리엘레 핑크!" 자비네 라이히는 한순간 이마를 찌푸린 채 접시를 응시하더니 이윽고 말했다. "우리 조심스럽게 표현하죠. 지난 40여 년 동안 핑크는 가브리엘레 핑크를 조직적으로 망가뜨렸어요. 단번에 망가뜨린 게 아니라 시간을 두고서 천천히. 이제 그 부인은 핑크가 늘 원하던 존재가 되었어요. 그의 손안에 든 꼭두각시, 자신의 의지도 자의식도 생각도 없는 여자. 생기를 잃고 오로지 껍질만 남은 개체. 그 부인은 육체적으로나 정신적으로나 폐인이에요. 언젠가는 침몰할 거예요. 결국 죽을 것이고, 그래도 아무도 알아채지 못할 테죠. 아마 핑크조차 알아채지 못할 걸요. 그 때문에 라우라는 무척 괴로워하고 있어요. 언젠가는 제 앞에서 엉엉 울기도 했어요. 처음 보는 사람은 잘 모르지만 라우라는 무척 예민한 편이에요."

율리아는 주의 깊게 듣고는 한참 있다가 다시 물었다.

"라이히 씨, 마지막으로 하나만 더 물을게요. 이 질문은 극비에 부쳐주세요. 핑크 가족 중의 누군가가 혹시 살인을 범할 수 있다고 생각하세요?"

"그런 질문을 하실 줄 알았어요." 자비네 라이히는 다시 미소 지으며 말했다. "원하시면 얼마든지 찾아보세요. 하지만 거기서는 살인범이나 살인녀를 찾아내지 못할 거예요. 이미 말했듯이, 가브리엘레 핑크는 정신적으로 죽은 사람이나 다름없어서 그런 큰 사건을 결정할 능력이 없어요. 그리고 슈테판은 아버지 쪽에 가까워요. 저는 슈테판을 별로 좋아하지 않아요. 교만하고 아부에 능하다는 느낌이 들거든요. 그것도 상당히 비굴하게. 그리고 라우라는 절대 그럴 사람이 아니에요. 저는 라우라를 위해서라면 제 목숨을 걸고 맹세할 수 있어요. 하지만 목숨을 잃어버릴 위험은 전혀 없다고 봐요. 라우라는 절대 그런 짓을 할 인물이 아니기 때문이죠. 차라리 저를 형사님의 용의 선상에 올려놓는 게 어떨겠어요."

"그럴까요? 왜요?" 율리아는 씩 웃으며 물었다.

"다만 저는 라우라가 선천적으로 순수하고 비폭력적인 본성을 타고났다는 말을 하고 싶었을 뿐이에요. 그게 전부예요. 저는 이따금 저 자신을 제어하지 못하고 부글부글 끓어오를 때가 있어요. 그렇다고 해서 누군가를 냉혹하게 살해할 수 있다는 말은 아니에요."

율리아가 자비네 라이히와 작별인사를 나누려는 찰나, 갑자기 한 가지 질문이 머릿속에 떠올랐다. "라이히 씨, 제가 보기에 라이히 씨는 삶에 대한 혜안이 있는 거 같아요. 그러니 틀림없이 융 씨와 그의 헤어진 부인도 알고 있을 거예요. 그 두 사람에 대해 뭘 알고 있죠?"

자비네 라이히는 시선을 내리깔고 잠시 대답을 망설이는 눈치더니 결국 말했다. "융 씨는 좋은 남자예요. 그 이상은 말하지 않겠어요. 성실하고 솔직하고, 그 사람에게 쉬운 일은 아니었어요. 제가 하는 일에 대해 말해선 안 되지만, 몇 년 전 융 부인이 제 환자였다는 건 말할 수 있어요. 융 부인에게 문제가 있었는데, 그 점이 과소평가되었어요."

"무슨 문제요?" 여형사는 물고 늘어졌다.

"미안해요. 더 자세히 알고 싶으시면 본인에게 직접 물어보세요."

"라이히 씨, 저는 개인적인 호기심이 아니라 순전히 직업상의 이유에서 융 부인의 삶에 관심이 있어요. 그리고 우리는 현재 네 건의 살인사건에 직면해 있는데 지금까지 아무런 단서도 확보하지 못했어요. 하지만 살인범을 교회에서 찾아야 한다고 강력하게 추정하고 있어요. 제가 필요로 하는 건 우리의 수사에 도움이 될 수 있는 약간의 정보예요. 부탁이에요, 이번만큼은 예외로 해서 융 부인에 대해 좀 알려줘요. 제가 말을 걸었을 때 융 부인은 도통 입을 열려고 하지 않더라고요."

자비네 라이히는 눈알을 굴리며 음료수를 한 모금 마시더니 말했다. "좋아요. 하지만 이번 한 번뿐이에요. 제게서 들은 말을 절대 다른 사람들에게 하시면 안 돼요. 그렇지 않으면 제 입장이 무척 곤란해져요."

"약속할게요."

"융 부인은 알코올 문제로 저를 찾아왔어요. 하지만 그런 문제가 발생하게 된 데에는 이유가 있었어요. 가정이 있는 상태에서 어떤 나이 든 남자와 내연의 관계였거든요. 그 남자가 누구였는지는 제게 말하려 하지 않았어요. 다만, 다른 사람들은 모두 딸이 남편의 아이인 줄 알고 있지만 사실은 그 관계에서 낳은 아이라는 말은 했어요. 남편이 우연히 그 사실을 알게 되어서 부인에게 답변을 요구했고, 융 부인은 불륜 사실을 인정했어요. 융 부인은 처음에 결혼생활을 유지하려 했지만, 남편이 한사코 이혼을 고집했어요. 결국 융 부인은 딸의 양육권을 갖는다는 조건으로 이혼에 동의했죠. 하지만 융 씨에게는 영리한 변호사, 즉 핑크 박사가 있었고, 핑크 박사는 융 씨를 위해 양육권을 따내는 데 성공했어요. 그 때문에 융 부인은 깊은 나락으로 추락해서 술을 마시기 시작했어요. 심지어는 술집에서 집으로 가는 도중에 너무 취해서 하마터면 자동차에 치여 죽을 뻔한 일도 있었죠. 그 일이 있고 나서 경찰이 본인의 희망에 따라 그녀를 알코올 해독을 위해 병원에 보냈고, 병원에서 한 심리학자가 부인에게 심리치료를 권했어요. 그래서 융 부인이 저를 찾아왔고, 우리는 부인의 과거와 두려움, 그동안 겪은 일들에 대해 이야기했어요. 그리고 제가 보기에, 그것은 성공적인 치료였어요. 제가 듣기로 부인은 다시 잘 지낸다고 해요."

"융 부인이 병원에 보내졌다고 했는데, 어느 병원인지는 모르시나요?"

"프랑크푸르트 서부와 마인 타우누스 지역을 통틀어 알코올 문제를 다룰 수 있는 병원은 단 한 곳뿐이에요. 성 발렌티우스 병원이죠."

"성 발렌티우스 병원이라고요?" 율리아는 물었다. "융 부인이 언제 거기 입원했었죠?"

자비네 라이히는 잠깐 생각하더니 말했다. "이혼 직후예요. 아마 4년쯤 되었을 거예요. 4년에서 플러스 마이너스 반년 정도."

"그 병원에서 환자들은 알코올 해독을 위해 일반적으로 얼마나 오래 머무르죠?"

"사람마다 달라요. 자진해서 입원하는 경우는 이삼 일만에도 다시 집으로 가기도 해요. 물론 판사의 판결에 의한 경우도 있어요. 그러면 병원에서 다시 나오기까지 3개월이 걸릴 수도 있죠. 자진해서 입원동의서에 서명을 하는가 아니면 병원 수용에 저항했다가 자신이나 타인에게 위험이 있어서 법원 판결을 받는가는, 이미 말했듯이 환자들에게 달려 있어요. 융 부인은 자진해서 그곳에 갔고 서명을 했고 정해진 시간을 채우고 다시 집으로 돌아왔어요. 결론적으로 말해서, 제가 보기에 융 부인은 딸과의 이별 때문에 여전히 괴로워하고 있어요. 남편이 친부도 아니면서 왜 양육권을 고집했는지 이해하지 못했고 또 앞으로도 절대 이해하지 못할 거예요. 그래서 아마 융 부인이 남편과 그 부당한 법을 책임지는 모든 남자들에게 걷잡을 수 없는 증오심을 품게 되지 않았나 싶어요."

"융 부인이 친부의 이름을 한 번도 언급하지 않았나요?"

"네, 한 번도 언급하지 않았어요. 제게 모든 속마음을 털어놓아도 그 비밀만큼은 혼자 가슴 속에 묻어두었어요."

율리아는 심호흡을 하고 담뱃불을 붙이고 신중한 눈빛으로 자비네 라이히를 바라보았다.

"이렇게 시간을 내주어서 고마워요, 라이히 씨. 많은 도움이 되었다고 생각해요. 언제든 기회가 닿아서 보답할 수 있기를 바랍니다. 하지만 지금은 가봐야겠어요. 경찰청에서 엄청나게 많은 일들이 저를 기다리고 있거든요. 우리가 언젠가 다시 만나게 되면 반가울 거예요. 그러면 아마 좀 다른 상황에서 만나게 되겠죠."

"좋아요." 자비네 라이히는 접시를 옆으로 밀어내며 말했다. "경찰 일을 하는 사람과 만나는 건 제게도 좀 색다른 경험이었어요. 기분 내키면 언제든 전화하세요……. 게다가 뒤랑 씨는 전혀……, 짭새처럼 보이지 않아요. 이렇게 말해도 된다면, 뒤랑 씨는 호감이 가는 사람이에요."

"고마워요. 그건 피차일반이죠. 제 전화번호 가지고 있죠?"

"네, 아마 그럴 거예요." 자비네 라이히는 대답했다. "사무실 어딘가에 있을 거예요. 하지만 한 번 더 주세요. 이번에는 핸드백에 잘 넣을게요."

두 여자는 동시에 일어나서 악수했다.

"라이히 씨하고 이야기해서 좋았어요. 그럼 또 만나요."

율리아는 종업원에게 가서 음식값을 치렀다. 그리고 차 안에서 방금 보낸 시간에 대해 곰곰이 생각했다. 자비네 라이히가 이야기한 내용이 맞는다면 용의자가 있었다. 어쩌면 곧 체포할 수 있을지도 모른다.

율리아는 경찰청으로 돌아갔다. 리타 융이라, 그녀는 자동차를 모는 동안 생각했다. 그리고 비비엔 쇠나우나 성 발렌티우스 병원을 찾아가 볼까 고려했다. 하지만 고개를 저으며 생각을 바꿨다. 어차피 일은 계획과는 다르게 벌어지기 마련이야. 율리아가 경찰청에 도착했을 때, 비가 그치고 푸른 하늘이 구름 사이로 얼굴을 디밀고 있었다.

오후 2시 15분

프랑크가 컴퓨터 앞에 앉아 전화통화를 하며 뭔가를 타이핑하고 있었다. 프랑크 앞의 재떨이에서 담배가 가물가물 타들어 갔다. 베르거는 사무실에 없었고 문은 살짝 열려 있었다. 율리아는 뭔가를 계속 메모하는 프랑크 옆에 앉아서 어깨너머로 그를 바라보았다. 가방을 의자 팔걸이에 걸쳐놓고 목을 움츠리고 눈을 감았다.

프랑크가 수화기를 내려놓고 씩 웃었다. “빙고! 깜짝 놀랄 정보가 있어요. 핑크의 아버지, 알베르트 핑크 이야긴데, 놀라 자빠지지 않도록 꽉 붙잡으라고요. 그가 히틀러 치하에서 독가스 생산에 결정적으로 관여했어요. I.G. 염료산업(제2차 세계대전 시 세계 최대의 화학회사 —역주)의 수석화학자 가운데 하나였고, 특히 수백만 명의 유대인들을 죽음으로 몰고 간 악명 높은 치클론 B의 생산 책임자였어요. 더 굵직한 정보는, 알베르트 핑크가 그 시기에 이미 엘로힘 교회의 신도였다는 사실이에요. 독실한 기독교인이라고 하는 자가 어떻게 수백만 명의 인간을 저승으로 보내는 데 일조할 수 있었는지 정말 궁금하다니까요. 십계명 중의 하나가□살인하지 말라’ 는 거 아니었나요? 방금 그 말을 듣는데, 하도 어이가 없어서 말이 나오지 않더라고요.”

프랑크는 재떨이의 서서히 꺼져가는 담배를 보고 상의 주머니에서 새 담배를 꺼내어 불을 붙였다. “그게 혹시 살해 동기일 수 있을까요? 과거 청산을 중요하게 여기는 사람의 소행일 가능성은? 어떻게 생각해요?"

"리타 융을 경찰청으로 소환해야 한다고 생각해요." 율리아는 짧게 대답했다.

"뭐라고?" 프랑크가 믿어지지 않는 듯 물었다. "왜요?"

"방금 라이히하고 이야기했거든요. 4년 전쯤 리타 융이 라이히에게 치료를 받은 적이 있대요. 융의 남편은 아이가 자신의 자식이 아니라는 사실을 알아내고 즉시 이혼소송을 제기했어요. 리타 융은 이혼에 동의하는 대신 아이의 양육권을 원했죠. 하지만 결국 양육권을 얻지 못했어요. 그때 남편의 변호사가 누구였는지 맞춰봐요."

"내가 어떻게 알아요. 그냥 말해봐요."

"핑크. 핑크가 아버지 쪽에서 딸의 양육권을 따내도록 도왔어요. 그 일 이후로 리타 융은 남자들을 증오하고 있다는군요. 이혼이 성립되고 자신이 낳은 딸의 양육권조차 인정받지 못하자, 리타 융은 알코올로 근심을 잊으려 들었어요. 심지어는 병원에 입원해야 할 정도로 과도하게 마셨죠. 다시 맞춰봐요, 그 당시 리타 융이 어느 병원에 입원했게요?"

"성 발렌티우스?"

"응모자께서는 99점을 맞으셨습니다. 성 발렌티우스, 맞아요." 율리아는 고개를 끄덕이며 말했다. "경찰청으로 돌아오는 길에 이런 시나리오를 생각해봤어요. 리타 융은 10년 전쯤 쇠나우와 내연의 관계였어요. 그러다 임신했고, 배 속의 아이가 다른 남자의 아이라는 걸 남편에게는 비밀로 했죠. 당연하지 않겠어요. 어쨌든 리타 융은 엘로힘 교회에 다니고 있었고 그 교회에서 정절은 지극히 숭고한 계명 중의 하나거든요. 하지만 딸이 태어나자,

남편은 어떤 이유에서인지 모르지만 의심을 품게 되었어요. 그래서 부인에게 답변을 요구했고, 부인은 상대방이 누구인지는 밝히지 않은 채 외도 사실을 인정했어요. 남편은 변호사, 즉 핑크를 선임해서 이혼소송을 제기했고 결국 딸에 대한 양육권을 인정받는데 성공했죠. 그런데 이게 전부가 아니에요. 그 교회에서 간음은 제명당하는 벌을 받게 되어 있어요.

지금부터가 중요해요. 핑크가 남편의 변호사였기 때문에 리타 융은 아마 핑크와 단둘이 있는 자리에서 핑크의 절친한 친구 쇠나우와 내연의 관계였다는 사실을 발설했을 거예요. 물론 핑크를 자기편으로 끌어들이려고 계산했겠죠. 그러자 핑크로서는 갑자기 태도를 바꿀 수밖에 없었어요. 자비네 라이히의 말에 의하면, 교회에서 핑크는 모든 사소한 잘못까지도 즉시 벌하는 극히 보수적인 진영에 속한대요. 하지만 그 경우에는 갑자기 생각을 달리해야 했어요. 융 부인에게서 딸을 빼앗고 교회에서 제명해 공적인 수치를 안겨주는 건 평소 같으면 정말 쉬운 일이었겠죠. 그런데 별안간 완전히 새로운 상황이 전개된 거예요. 리타 융을 교회에서 제명하면, 쇠나우에게도 같은 처분을 내려야 했거든요. 스캔들이 어디로 튈지 예측할 수 없었겠죠. 그런데 틀림없이 쇠나우는 핑크에 대한 모종의 일들을 알고 있었어요. 아마 로젠츠바이크 일도 알고 있었을 거예요. 그런 모종의 일들에 비하면, 완곡하게 표현해서 원자폭탄의 폭발력은 시시한 불꽃놀이의 폭약통 정도에 불과했을 테고요. 스캔들은 그야말로 완벽했을 것이고, 교회의 위신은 단번에 허공으로 날아가 버렸을 걸요.

그래서 핑크는 교회 차원에서 리타 융에게 조치를 취하지 않기로 결정했어요. 한편으로는 친구를 보호해야 했고, 다른 한편으로는 어쩔 수 없이 핑크 개인에게도 타격이 될 수 있는 스캔들을 피해야 했으니까요. 로젠츠바이크도 이 스캔들에 연루되었다고 장담해요. 어쨌든 우리는 처음으로 살해 동기를 찾아냈다고 할 수 있어요. 복수. 리타 융에게서 딸을 빼앗은 사람은 결국 핑크였으니까…….”

“잠깐만.” 프랑크가 두 손을 들며 말했다. “그 이론은 어딘가 좀 아귀가 맞지 않아요. 핑크가 리타 융의 인생에서 가장 중요한 것, 즉 딸을 빼앗았다면, 무엇 때문에 리타 융은 쇠나우와의 일을 공개하지 않았을까요? 단 몇 마디로 쇠나우뿐만 아니라 핑크까지도 웃음거리로 만들 수 있었을 텐데. 왜 그러지 않았죠? 그래 봤자 더 잃어버릴 것도 없었는데.”

율리아는 의자 깊숙이 기대고 앉아 생각에 잠겼다. “그 말이 맞아요. 왜 공개하지 않았을까요?” 율리아는 왼손으로 얼굴을 문지르더니 잠시 후 말했다. “리타 융이 적지 않은 금액을 받는 대가로 입을 다물라는 압력을 받고 타협했다면? 액수만 잘 맞으면 돈에 넘어가지 않을 사람은 없다고요.”

“그럴 수 있죠. 하지만 리타 융이 다시 쇠나우와의 관계를 시작했다고 진심으로 믿는 거예요? 그리고 로젠츠바이크하고도?”

“왜 안 되겠어요? 프랑크도 이미 말했듯이, 리타 융은 더 이상 잃어버릴 게 없었어요. 확실한 육체적인 매력을 동원해서 자신의 말을 곧이듣게 만들고 심지어는 경애하는 신사들을 사랑하는 척 구는 거예요. 그 과정에서 경애하는 신사들은 서로가 서로에 대해 전혀 모르는 거죠. 리타 융은 신사들을 자신이 원하는 곳, 즉 침대로 끌어들였어요. 함께 자면서 신사들을 안심시키고, 아무도 예상하지 못한 순간에 기습공격을 감행한 겁니다. 리타 융은 4년 동안 복수 계획을 짰고, 적절한 기회가 왔을 때 그 계획을 실행에 옮기기 시작했어요. 나는 불가능한 일은 없다고 봐요. 게다가 리타 융은 얼마 동안 성 발렌티우스 병원에 입원했고, 거기서 아마 베르너 페트롤을 만나 관계를 맺었을 거예요. 어쩌면 베르너를 진짜로 사랑하게 되었고 그 사랑을 통해 과거를 극복할 수 있기를 바랐을 수도 있어요. 그리고 아마 바로 그 시점에 독에 대해 관심을 가지기 시작했고, 베르너도 그 사실을 알고 있었을 가능성이 있어요. 혹시 두 사람 사이에 실제로 사랑이 있지 않았을지, 누가 알겠어요? 하지만 베르너는 살인사건 이야기를 듣고 정신이 번쩍 들었어요. 리타 융이 과거, 특히 속수무책으로 빼앗긴 딸 사건을 아직 극복하지 못한 걸 알고 있었으니까. 베르너에게는 최소한 두 명 이상의 여자가 있었고, 리타 융은 그중의 하나였어요. 리타 융은 베르너가 계속 입 다물고 있지 않을 것을 느끼고 깜짝 놀랐죠. 어쩌면 곧 경찰에 정보를 제공할 것을 직감했을 수도 있어요. 그래서 그를 제거한 겁니다. 이 정도면 논리적이지 않아요. 어때요?"

"그렇긴 하죠." 프랑크는 회의적인 표정으로 말했다. "하지만 왠지 너무 매끄러운 거 같군요. 뭐라고 딱 꼬집어 말할 수는 없지만, 그런 느낌이 들어요. 그 남자들이 전부 그렇게 눈멀었을 것 같지는 않은데."

"그래도 리타 융을 심문해봐야 해요. 수요일에 반박할 수 없는 명백한 알리바이가 있다면, 좋아요, 내가 잘못 짚은 것이고 저녁을 한 턱 근사하게 쏘죠. 하지만 저녁에 혼자 집에 있었다고 말한다면……."

"그러면 독은 어떻게 로젠츠바이크의 집에 이르렀죠?" 프랑크가 물었다.

"그 부분에 대해서도 생각해봤어요. 우리가 알고 있듯이, 로젠츠바이크의 인슐린 펜이 망가졌죠. 그래서 로젠츠바이크는 낮에도 여러 번 주사를 맞아야 하기 때문에 인슐린을 회사로 가져갔어요. 우리의 추정대로, 로젠츠바이크는 사망한 날에 노이만뿐만 아니라 다른 여자, 즉 리타 융하고도 성교를 했을 가능성이 다분해요. 로젠츠바이크가 화장실에 간 틈을 타서 병을 바꿔치기했다면 어떨까요? 그러면 그 병이 어떻게 로젠츠바이크의 집에 이르렀는지 설명이 되지 않을까요. 자, 은행에 가서 리타 융을 데려오자고요."

"이러다 실수하면 어떡하죠."

"쓸데없는 소리! 이게 왜 실수겠어요? 그리고 잘못 짚었다면 내가 책임을 지면 되잖아요. 하지만 내가 보기에, 현재 리타 융이 가장 유력한 용의자라고요. 지금까지 살해된 남자들을 전부 알았고, 또 살해 리스트의 마지막 주자로 올라 있을지 모를 핑크도 알고 있어요. 핑크마저 죽으면 복수전은 막을 내릴 거예요."

두 사람이 자리에서 일어나는데, 베르거가 사무실에 들어왔다.

"어디들 가는가?" 그는 물었다.

"쇠나우 은행에 가요. 금방 돌아올 겁니다. 융 부인을 데려와 몇 가지 물어볼 생각입니다. 나중에 자세히 설명해 드리겠어요."

베르거는 이마를 찡그리고 두 형사의 뒷모습을 바라보았다. 책상에 앉아서 맨 아래 서랍을 열고 반쯤 남은 코냑병을 꺼냈다. 마개를 열고 커피잔에 코냑을 반쯤 따라서 단숨에 들이켰다. 그리고 고개를 저으며 병을 다시 잘 숨기고 의자 깊숙이 등을 기댔다. 그는 피곤했다.

오후 3시 10분

리타 융이 막 커피를 마시려고 하는데 문이 벌컥 열렸다. 리타 융은 깜짝 놀라 눈길을 들며 커피잔을 책상에 내려놓았다. 정말로 기가 막히게 멋진 여자군, 프랑크는 파스텔 톤의 초록색 민소매 원피스 차림으로 책상에 앉아 있는 리타 융을 유심히 살펴보며 생각했다. 원피스의 목 부분이 사무실에 어울리지 않게 파격적으로 깊이 파였으며, 봉긋하게 솟은 유방의 윤곽이 분명하게 드러났다. 게다가 브래지어를 착용하지 않고 있는 걸 프랑크는 특유의 관찰력으로 확인했다.

"융 부인, 잠깐 자리를 옮겨서 경찰청까지 같이 가주셨으면 합니다." 율리아가 말했다. "부인에게 몇 가지 물어볼 것이 있습니다."

"뭐라고요? 제가 알고 있는 건 벌써 다 말했는데요."

"아니요, 다 말하지 않았습니다. 부인에게는 당연히 변호사를 선임할 권리가 있습니다. 하지만 지금부터 부인이 말하는 모든 것이 본인에게 불리하게 작용할 수 있다는 사실을 유념하십시오. 자, 같이 가시겠습니까."

"이게 무슨 황당한 소린가요? 대체 무슨 일이죠?" 리타 융은 침착한 목소리로 물었다. "무슨 일이에요?"

"자세한 이야기는 경찰청에서 하죠."

리타 융은 재킷을 걸치고 컴퓨터를 끄고 핸드백을 들었다. 율리아와 프랑크를 따라 사무실을 나서면서 고개를 절레절레 흔들었다. 차를 타고 경찰청으로 가는 짧은 시간 동안, 아무도 입을 열지 않았다. 리타 융은 취조실의 의자에 앉았고, 율리아와 프랑크는 서 있었다. 프랑크가 비디오카메라를 켰다.

"융 부인, 지난 수요일 17시에서 20시에 어디 있었습니까?"

"맙소사, 대체 뭘 원하시는 거예요? 그렇군요, 이제 알겠어요! 지금 내가 살인사건과 관계있다고 진지하게 믿고 계시는 거죠!" 리타 융은 날카롭게 웃었다. "돌아버리겠군! 어떻게 이런 어처구니없는 생각을 하게 되었죠? 믿어지지 않아요. 믿을 수 없다니까요!"

"묻는 말에 대답하세요." 율리아는 냉정하게 말하며 책상에 걸터앉았다.

"수요일에 쇠나우가 살해되었어요." 리타 융은 묘한 미소를 지으며 말했다. "어쩌죠, 친애하는 형사님, 저는 수요일에 볼링을 했는데요. 4시 반에 은행을 나와서 몇 가지 자질구레한 물건들을 샀고, 8시에 볼링 친구들과 만나기로 약속이 되어 있었어요. 증인이 적어도 열두 명은 될걸요."

"8시라고요? 8시라면 쇠나우가 죽은 지 한 시간 이상이 지났어요. 부인이 물건을 산 것을 증명할 사람이 있습니까? 부인이 집에 들어가는 걸 본 사람이 있습니까?"

"모르죠. 형사님은 집에 들어가실 때 항상 지켜보는 사람이 있나요?"

"융 부인, 우리는 부인이 쇠나우와 내연의 관계였던 사실을 알고 있습니다. 그리고 전남편과 함께 살고 있는 아이도 쇠나우와의 관계에서 낳은 아이라고 추정하고 있습니다. 펑크가 이혼소송에서 전남편의 변호를 맡았죠. 그리고 4년 전쯤 부인은 알코올 문제로 성 발렌티우스 병원에 입원했습니다. 그때 거기서 페트롤 교수와도 만났습니까?"

"페트롤이라고요? 그 사람이 누구죠?" 리타 융은 이마를 찌푸리며 물었다.

"베르너 페트롤을 아십니까, 아니면 모르십니까?"

"모른다니까요. 왜 이러세요, 정말! 페트롤 교수가 누구인지 제가 어떻게 알아요. 저는 그 병원에 겨우 6일 있었고, 겨우 두 번인가 세 번 회진을 왔었단 말이에요. 페트롤 교수가 그때 그 자리에 있었는지, 제가 어떻게 기억할 수 있겠어요."

"코노톡신에 대해 어느 정도나 아시죠?"

"코노 뭐라고요?"

"코노톡신."

"처음 듣는 말이에요. 그게 뭐죠?"

"그러면 타이폭신은요? 또는 덴드로톡신은?"

"그게 다 도대체 무슨 말이에요?" 리타 융은 화를 발끈 내며 자리에서 일어났다. "로젠츠바이크와 쇠나우를 살해했다는 죄를 제게 뒤집어씌우려면, 그렇다고 말하세요. 이리저리 빙빙 돌리지 말라고요! 진절머리가 나요! 전 아니에요! 형사님 머리통 속에서는 그게 가능해요? 저는 아직 사람을 죽여본 적이 없어요. 여태 사람을 때려본 적도 없다고요."

"하지만 남자들을 증오하지 않나요?"

리타 융은 냉소적으로 웃음을 터트렸다. "남자들을 증오하느냐고요? 맙소사, 그게 제 살해 동기란 말인가요?" 리타 융은 벽 쪽으로 걸어가 눈을 감고 숨을 깊이 들이쉬었다. "아니요, 저는 남자들을 증오하지 않아요. 적어도 모든 남자를 증오하지는 않아요. 몇 명은 증오하죠. 하지만 그 때문에 사람들을 죽이지는 않아요. 그리고 만일 죽인다면, 틀림없이 다른 방식을 택할 거예요. 그냥 총을 쏘거나 칼로 찌르지 절대 독살하지는 않을 거예요. 그리고 형사님이 다음 질문하는 수고를 덜어드릴까요. 그래요, 저는 로젠츠바이크, 그리고 쇠나우와 내연 관계에 있었어요. 그리고 친부도 아닌 전남편 곁에서 내 딸을 살게 만든 핑크와도 마찬가지예요. 전남편은 가족의 이름에 먹칠을 한 제게 복수하기 위해서 제 딸을 뺏어갔어요. 하지만 사실을 정확히 알고 싶으시다면, 핑크가 제게 거래를 제안했어요. 저는 전남편이 아니라 핑크나 쇠나우 아니면 로젠츠바이크에게서 50만 마르크를 받았어요. 아니면 셋이 함께 그 돈을 부담했는지도 모르죠. 저는 교회에서 제명당하는 대신 입을 다물기로 약속했어요. 그렇지 않으면 친애하는 쇠나우 씨께서 완전 웃음거리가 될 판이었거든요. 쇠나우의 두 친구도 마찬가지였죠. 그 경애하는 신사분들께서는 서로가 서로를 덮어주었어요. 로젠츠바이크나 핑크가 지금까지 살면서 무슨 짓들을 꾸몄는지 어떻게 알겠어요! 하지만 저 같은 시시한 창녀 하나 때문에 온 교회가 평판을 잃어버리면 안 되었죠……! 그래서 그들은 이를 바드득 갈면서 금고의 돈을 꺼내었고, 저더러 돈을 받고 조용히 있으라고 말했어요. 물론 그들은 그 거래를 문서로 입증해 두려고 했죠. 그리고 저도 그 정도 호의는 기꺼이 베풀었죠. 어쨌든 50만 마르크가 적은 돈은 아니잖아요. 게다가 저는 은행에서 승진까지 해서 두둑한 봉급 인상까지 얻어냈어요. 그 돈이면 꽤 여유 있게 살 수 있어요……. 그리고 이보세요, 저는 로젠츠바이크나 쇠나우에게 무슨 일이 생기든 눈곱만큼도 관심 없어요. 어쨌든 눈물 한 방울 흘리지 않아요. 흡족한가요?"

"그 당시 쇠나우와의 관계 후에 다시 그와 성적 관계를 맺었습니까?"

"이런, 아니라고요! 그 더러운 인간은 핀셋으로도 잡지 않았을 거예요. 로젠츠바이크나 핑크, 교회의 남자들 대부분 마찬가지예요. 저는 그 역겨운 인간들 중 누구하고도 다시는 엮이고 싶지 않았어요. 독실한 척하는 그 위선적인 무리가 어떻게 되든 저하고는 아무 상관 없어요." 리타 융은 말을 멈추고 손바닥을 비비더니 갑자기 짓궂게 삐죽 웃으며 말했다. "잠깐, 생각났어요. 수요일에 저를 본 사람이 있어요. 저는 6시 15분 아니면 6시 반쯤 집에 도착했어요. 그때 뮐러 씨라는 사람이 아침에 제 앞으로 소포가 왔다며 건네주었어요. 그 사람에게 물어보세요. 확인해줄 거예요. 남을 잘 도와주는 친절한 사람이죠."

율리아가 프랑크를 바라보았다. 프랑크는 어떻게 해야 할지 모르겠다는 듯 당혹스러운 표정이었다.

"됐어요. 우리가 융 씨의 말들을 확인해 보겠어요. 마지막으로 하나만 더 묻겠습니다. 은행에서 집까지 얼마나 걸리죠?"

"약 30분 정도. 교통 상황에 따라 달라요. 이제 그만 가도 될까요?" 리타 융은 심술궂은 미소를 지으며 물었다. 그 미소는 리타 융이 경찰에게 어떤 감정을 품고 있는지 알려주었다. 어쨌든 그녀가 이겼다.

"그러시죠. 문은 열려 있습니다. 하지만 무슨 일이 생기면 언제든 다시 연락하겠습니다." 리타 융이 가고 난 후, 율리아는 담뱃불을 붙이고 한동안 침묵을 지켰다. 그러더니 이윽고 입을 열었다. "젠장, 아무것도 아니었잖아. 확실하다고 생각했는데."

"적어도 한 번 시도해볼 가치는 있었어요." 프랑크가 율리아를 위로하려고 했다. "자, 사무실에 가서 오늘 일을 마무리하자고요. 틀림없이 페터가 돌아와 있을 거예요. 무슨 이야깃거리를 가져왔는지 보자고요. 그리고 어디로 식사하러 갈지 슬슬 생각해둬요. 나딘도 초대받은 거 맞죠." 프랑크가 씩 웃으며 말했다.

"하하. 걱정 붙들어 매요. 좋은 데 알아볼 테니까."

오후 4시 45분

그녀는 샤워하고 옷을 갈아입고 새로 화장을 하고 전화통화를 했다. 그리고 거실에 가서 텔레비전을 켰다가 금방 다시 껐다. 테라스 문을 열고 정원으로 나갔다. 거의 사흘 동안 구름 끼고 많은 비가 내리더니, 이제 정원은 밝은 햇살을 담뿍 받고 있었다. 그녀는 잔디밭으로 걸어가 걸음을 멈추었다. 담뱃불을 붙이고 맨살이 드러난 두 팔과 얼굴에 내리쬐는 햇볕을 즐겼다. 하늘에 드문드문 구름조각이 보였고, 기온은 시시각각으로 상승했다. 정성껏 가꾼 꽃들이 화사한 빛을 발했고, 그녀가 자신의 생각대로 직접 조성한 돌 정원은 뿌듯한 자랑거리였다. 그녀는 이 집에 살 수 있어서 기뻤다. 이 집에서는 아무도 그녀에게 이래라저래라 명령을 내리지 않았다. 그녀는 너무나 오랜 세월 동안 다른 사람들을 위해 지저분한 일들을 해야 했다. 하지만 몇 년 전부터는 자신이 이 집의 주인이었다. 무엇을 하고 어떻게 하고 언제 할 것인지 자신이 결정했다. 그녀는 스스로 삶을 결정했고, 다른 누군가가 간섭하는 걸 용납하지 않았다. 그녀는 하우저, 쇠나우, 로젠츠바이크, 그리고 핑크를 생각했다.

이봐, 두 시간만 더 기다리라고. 그러면 넌 네 파트너들의 말동무가 되어줄 수 있을 거야. 그녀는 우울하면서도 냉소적이고, 슬프면서도 왠지 즐거운 야릇한 미소를 지으며 생각했다. 두 시간만 있으면, 그녀의 삶을 파괴한 자들 가운데 마지막 남은 자를 응징할 것이었다. 아니, 그들은 그녀의 삶만을 파괴한 것이 아니었다. 그들 스스로 무적이라고 자처하는, 어쩌면 심지어 불멸이라고 자처하는 곳에서, 그녀는 그들을 쳐부수고 무찔렀다. 그들은 불멸이 결코 이루어질 수 없는 염원이었다는 사실을 깨달아야 했다. 그녀는 사후에 삶이 있다고 확신했지만, 그 사후의 삶이 어떨지는 상상이 가지 않았다.

그녀는 자신이 사랑했던 유일한 남자 베르너 페트롤도 생각했다. 하지만 베르너도 그녀를 실망시키고 기만하고 속이고 거짓말했다. 그 사실을 알았을 때, 한없이 슬프고 공허했다. 그 누구도 절대 이해하지 못할 공허. 그녀는 넓고 깊은 암흑 속으로, 구멍 속으로 추락했다. 그녀는 베르너가 자신을 배신했다는 걸 알고 있었으며, 무슨 일이 있어도 그걸 용인해서는 안 되었다. 무엇이든 마다치 않을 멋진 연인, 페트롤을 죽일 수밖에 없는 상황이 안타까웠다. 하지만 그를 죽이지 않았더라면, 그녀는 두 번 다시 정원에 설 수 없었을 것이다. 꽃과 덤불의 향기를 숨 쉬고 잔디밭의 아침이슬 사이를 맨발로 거닐고 발의 부드럽게 간질이는 느낌을 맛보는 일도 다시 없었을 것이다. 조용히 평온하게 소파에 앉아서 두 다리를 높이 올린 채 모든 걸 차단하고 하루를 돌아보는 일도 더는 없었을 것이다. 그리고 병원으로 더 이상 그녀를 찾아갈 수 없었을 것이다.

틀림없이 언젠가 그녀에게 사랑을 느꼈을 유일한 여자, 그녀. 하지만 사람들은 그녀의 그 감정마저 잔혹하게 파괴했다. 그들은 그녀의 모든 걸 파괴했다. 그 모든 일이 일어났을 때, 그녀는 너무 어리고 순진하고 소박했다. 그리고 이제 겨우 오십 대 초반이었다. 뇌가 알코올과 약물에 의해 파괴되고 몸이 망가진 폐인이었다. 몇 년 전부터 날이면 날마다 창문 앞의 휠체어에 미라처럼 꼼짝없이 앉아서, 더 이상 인지하지도 못하고 깨닫지도 못하는 창문 밖을 응시했다. 아직 살아 있었지만, 삶은 모든 의미를 상실했다. 예전에 밝게 빛나던 눈은 광채를 상실하고 무감각하고 공허했다. 입술은, 앙상한 뼈를 낡은 양피지처럼 감싼 회색빛 피부와 거의 구분되지 않는, 핏기없는 하나의 선(線)에 지나지 않았다.

그녀는 수요일에 병원으로 가서 그녀의 귀에 몇 마디 격려의 말을 귀에 속삭이고 그녀를 어루만질 것이었다. 그녀에게 적어도 신체적으로 약간의 따사한 온기를 주고 그녀를 사람처럼 대해주는 이는 그밖에 아무도 없었다. 간병인들과 간호사들이 최선을 다하긴 했지만 그녀에게 사랑은 주지 못했다. 기저귀를 갈아주고 음식을 먹여주고 침대에 누일 수는 있었지만, 그녀에게 사랑을 선사할 수는 없었다. 상황이 어떻든지 간에, 그녀는 그 폐쇄병동의 많은 환자 중 한 명일 뿐이었다. 정신이상에 시달리고 우울증에 걸려서 삶으로부터 소외된 많은 여자 중의 한 명. 그녀는 그 병동에서 코르사코프증후군에 걸린 유일한 사람이었다. 결코 말하지 않고 감정을 드러내지 않고 웃지 않고 울지 않고 지난 기억에 대해 말하지 않는 유일한 사람. 젊은 시절, 절절했던 첫사랑, 최초의 운명적인 사건에 대해 말하지 않는 유일한 사람. 코르사코프증후군과 뇌졸중은 그녀의 몸과 정신을 완전히 무기력하게 만들었다.

젊은 여인은 집을 향해 발걸음을 돌렸다. 테라스에서 걸음을 멈추고 담배를 재떨이에 눌러 껐다. 그녀는 더 이상 미소 짓지 않았다. 표정이 진지하고 단호했다. 그녀는 생각했다. 핑크, 너는 그중에서도 제일 비열한 인간이야. 너는 진실로 더 이상 살아 있어야 할 까닭이 없어. 네가 존재하지 않아야 나도 마침내 평온을 누리게 되고 비로소 평화가 찾아들 거야. 그리고 아무도 내 비밀을 알아내지 못할 거야.

이제 그녀가 믿는 사람은 세상에 아무도 없었다. 그리고 그녀는 두 번 다시 누군가에게 자신에 대해 누설하지 않을 것이었다. 특히 남자에게는. 남자와 잠자리를 하고 싶은 욕구가 치밀면 욕구를 해소할 남자를 찾겠지만, 또다시 누군가가 그녀의 집에서 밤을 지내는 일은 없을 것이다. 누군가 말을 걸어오면 이름도 주소도 말하지 않고 단지 섹스만 하고 사라지는, 지난 밤 같은 날만이 존재할 것이다.

그녀는 카르티에 손목시계를 보았다. 쇠나우의 선물. 고개를 끄덕이고는 집 안으로 들어갔다. 사과와 바나나를 한 개씩 먹고 오렌지 주스 한 잔을 마셨다. 앞으로 몇 시간 동안 일어날 일들을 한 번 더 면밀히 점검하고 모두를 속여 넘겼다는 생각을 했다. 그녀의 계획은 처음부터 치밀하게 짜여 있었으며, 아무도 그녀를 살인사건과 연관 지을 생각은 하지 못할 것이었다. 그녀는 오만하게 미소 지으며 생각했다. 너희가 진상을 알아내려면 기적이 일어나야 할 걸. 하지만 너희는 나를 잡지 못할 거야, 나를 암시하는 흔적이 없으니까. 내가 모든 증거를 지우고 너희를 혼란에 빠뜨렸거든. 몇 년 후에는 서류를 덮어서 캐비닛 깊숙이 처박아둘걸.

그녀는 장롱으로 가서 주사기를 꺼내 들고 밝은 표정으로 자세히 살펴보았다. 노르스름한 빛을 띤 갈색의 액체가 곧 핑크의 운명을 결정지을 것이었다. 그녀는 주사기를 핸드백에 집어넣고, 집을 나서기 전에 마지막으로 담배를 한 대 더 피웠다. 네가 마지막 주자야, 그녀는 생각했다. 고개를 젓고는 다시 미소를 지으며 그 생각을 수정했다. 아니, 네가 마지막 물건이야.

4시 반, 그녀는 알파 로메오로 가서 지붕을 열고 보드라운 가죽 의자에 앉았다. 자동차 키를 꽂고 차를 출발시켰다. 그는 벌써 애타게 기다리고 있을 것이었다. 그녀에게서 아무리 많이 받아도 질리지 않았기 때문이었다. 그의 부인은 그에게 성가신 짐이 된 지 이미 오래였다. 모든 게 너무 간단했다. 그녀가 예상했던 것보다 훨씬 더 간단했다. 존경스러운 형제들이 그렇듯 쉽게 흐물흐물 나가떨어질 줄은 생각도 못 했다. 그들은 한낱 남자일 뿐이었다. *너희는 오로지 너희의 페니스, 그 추잡하고 더러운 페니스만 생각할 뿐이지!*

그녀는 알파 로메오를 몰아 주택가를 벗어났으며, 사고가 난 진틀링겐 로터리에서 몇 분 간 서 있었다. 그녀는 서두르지 않았다. 그가 기다릴 것을 잘 알고 있었다.

오후 4시 50분

페터와 두 동료는 성 발렌티우스 병원에서 돌아와 베르거의 사무실에 앉아서 결과 보고를 했다. 페터가 막 보고를 시작했을 때, 율리아와 프랑크가 그 자리에 합세했다.

"그러면 처음부터 다시 이야기하죠." 페터는 느긋하게 의자에 앉아서 율리아에게 눈길을 주며 말했다. "베르너 페트롤은 마흔세 살이고 독신이며, 몇몇 병원 여직원들의 말에 의하면 이따금 진짜 마초였답니다. 하지만 사생활 면에서는 중요한 일을 알아내지 못했어요. 여자친구나 깊이 사귀는 사람이 있었는지 아니면 동성애 경향이 있었는지……."

"동성애 경향은 아니었어요." 율리아가 페터의 말을 잘랐다. "그런 부류의 인간은 동성애자가 아니에요. 게다가 현재 상황에 맞지도 않아요. 로젠츠바이크와 쇠나우, 하우저는 전부 부인이 있었고, 적어도 두 남자는 외부적으로 행복한 결혼생활을 영위했어요. 아니, 페트롤은 동성애자가 아니었어요."

프랑크가 은근히 씩 웃으며 말보로에 불을 붙였다. 그는 두 팔을 가슴 앞으로 팔짱 낀 채 문에 기대서 있었다.

"오케이, 그렇다면 동성애자는 아니었어요. 하지만 크게 달라질 건 없어요. 페트롤의 경력은 하우저만큼 대단하지는 않지만, 마흔세 살에 그 정도로 큰 병원의 병원장이라는 사실은 주목할 만하죠……."

"정확히 어떤 병원인가?" 베르거가 물었다.

"성 발렌티우스는 정신병원입니다. 라인마인 지역과 라인가우에서 최대 규모를 자랑하는 병원들 가운데 하나죠. 환자들 대부분은 정신적으로 상당히 큰 손상을 입었습니다. 평생을 그곳에서 보내는 환자들도 있고, 며칠만 머물렀다 가는 환자들도 있죠. 폐쇄병동과 개방병동이 있습니다. 하긴, 정신병원은 다 그렇죠."

"페트롤의 비서는 뭐라고 말하던가요?" 율리아가 물었다. "물론 페트롤의 개인 비서가 따로 있겠죠. 아닌가요?"

"당연히 있죠. 비서 말로는, 페트롤과 아주 무난하게 잘 지냈다고 합니다. 페트롤은 좋은 상사였고 대인관계가 원만했으며 대개는 기분이 좋았다고 해요. 그 밖에도 부정적인 면은 없었다고 합니다. 다만 이따금 페트롤이 자신의 외모를 좀 과신하는 게 아닌가 하는 생각이 들었답니다. 그 비서도 병원장은 늘 말끔하게 옷을 차려입고 되도록 뿔테 안경을 써야 한다는 좀 고풍적인 생각에 집착하더라니까요." 페터는 말을 멈추고 수첩을 한 장 넘겼다.

"그게 전부야?"

"아닙니다. 하지만 나머지는 별로 중요하지 않습니다. 우리는 병원을 두루 돌아다니며 많은 사람들에게 물었지만, 페트롤에게서 특이한 점을 발견한 사람은 없었습니다. 그는 병원장이었고 결코 사람들을 질책하지 않았으며 자신의 생각을 관철시키는 능력과 단호한 결단력이 있었습니다. 전체적으로 인기 있는 편이었어요."

"페트롤의 사무실은 어때? 거기도 들여다보았겠지?"

"물론이죠. 하지만 도대체 뭘 찾아야 할지 모르겠더라고요. 페트롤의 일정표와 메모지를 샅샅이 훑어보고 책상도 구석구석 살펴보고 컴퓨터도 켜보았지만 아무 성과도 없었습니다. 죄송합니다. 사실은 더 많은 걸 발견할 줄 알았거든요."

"젠장." 율리아가 이 사이로 내뱉었다. "우리 명단에 있는 이름을 하나도 발견하지 못했어요? 라이히나 융, 쇠나우나 로젠츠바이크도 없었단 말이에요? 아니면 노이만이나 바그너는? 그런 이름을 전혀 발견하지 못했나요?"

페터는 유감스런 표정으로 고개를 저었다. "컴퓨터나 일정표, 책상 어디에서도 그런 이름들을 발견하지 못했어요. 다만 사진을 한 장 발견했는데, 누구 사진인지 모르겠더라고요."

"그 사진 가져왔어요?" 율리아가 긴장한 표정으로 물었다.

"여기 있어요." 페터가 가죽재킷의 안주머니에서 사진을 꺼내며 말했다. 그는 여형사에게 사진을 건네주었고, 율리아는 사진을 오랫동안 바라보더니 말없이 프랑크에게 건네주었다. 율리아는 프랑크를 슬쩍 바라보며 거의 눈에 띄지 않게 고개를 끄덕였다.

"그러면 일에 착수해서 이게 누구인지 알아내세요." 율리아는 조금 과민하게 말했다. "이건 몽타주 사진이 아니에요. 여자와 아이 셋이 찍혔잖아요. 혹시 이 여자가 관련이 있을지 누가 알겠어요?"

"이 여자가요?" 페터가 입을 비죽거리며 물었다. "그건 아니죠, 틀림없이 이 여자는 평생 자기 남편 말고 다른 남자와는 섹스를 한 적이 없을 겁니다. 남편이 있다면 말이죠. 적어도 30킬로는 체중 초과인데, 쇠나우나 로젠츠바이크 같은 타입이 이 여자하고 관계를 맺었겠어요. 혹시 누나가 아닐까요?"

"그럴 수도 있어요. 그런데 왜 그러고 있죠? 나는 가능한 한 빨리 베르너 페트롤에 대한 모든 걸 알아야겠어요. 가능하다면 오늘 중으로."

"잠깐, 우리 몇 분만 좀 쉬면 안 될까요?" 페터도 마찬가지로 과민하게 되물었다. "이 여자가 모든 걸 해결해줄 열쇠라면, 뒤랑 형사님이 직접 나서지 그래요."

"미안해요, 그런 뜻이 아니었어요. 쉬었다 하세요. 나는 한 번 더 핑크를 찾아가서 그의 아버지에 대해 물어봐야겠어요. 나치에 연루된 일이 이번 살인사건과 관계있다고는 사실 믿지 않지만 말이에요."

"나치에 연루된 일이라니요?" 페터가 턱을 문지르며 물었다. "내가 모르는 게 있나요?"

"헬머 형사에게 설명 들으세요. 나는 그만 나가봐야겠어요." 율리아는 가방을 들며 말했다. "아 참, 프랑크, 나하고 잠깐 밖에서 이야기할 수 있어요? 개인적인 일이에요."

두 사람은 복도를 따라 몇 미터 걸었다. 이윽고 율리아가 걸음을 멈추고 프랑크를 똑바로 보았다. "좀 전에 그 사진은 베르너가 내게 보여줬던 바로 그 사진이에요. 그가 이혼하고 싶다고 말한 부인. 베르너는 그동안 만난 모든 여자들에게 그 사진을 보여주었을 가능성이 많아요……. 또는 아닐 수도 있겠죠."

"그런데 핑크를 어쩌겠다는 거예요? 핑크가 아버지의 과거에 대해 아무것도 모르면 어쩌려고요?"

"글쎄, 그러면 즉시 서비스정신을 발휘해서 그 사실을 알려줘야죠. 그 비열한 종자도 한 번 따끔한 맛을 봐야 해요!"

"말조심해요. 핑크는 말 그대로 비열한 종자일 수 있어요."

"관심 없어요. 오늘 내 기분이 그야말로 영 별로거든요. 한 번 해보라죠?" 율리아는 비웃듯이 말했다.
"잘 해봐요. 오늘 저녁에 통화합시다."
"두고 보자고요. 갈게요."

오후 5시 35분

율리아가 카를 하인츠 핑크의 집 앞에 차를 세우는데, 핑크가 마침 문을 열고 나왔다. 핑크의 옷차림이 색달랐다. 청바지에 반소매 상의를 입고 있었다. 율리아는 핑크에게 다가갔다. 시큼털털한 매우 남성적인 향수 냄새가 물씬 느껴졌다. 카를 하인츠 핑크는 차가운 눈빛으로 율리아를 훑어보며 거만한 목소리로 물었다. "형사님께서 어쩐 일로 여기까지 왕림하는 영예를 내게 베푸셨을까?"
"잠깐 할 이야기가 있어 찾아왔습니다. 몇 분만 시간을 내주시겠습니까?"
"나는 급한 일이 있소. 중요한 약속이……. 하지만 5분 이상 걸리지 않는다면 좋소. 들어오시오."
두 사람은 핑크의 서재로 갔다. 핑크가 문을 닫았다. "자, 간단히 끝내주시오."
"핑크 박사님, 박사님 아버님에 대해 할 말이 있습니다……."
"우리 아버지에 대해 말이오?" 핑크는 격분한 표정으로 율리아를 쳐다보며 물었다. "당신이 우리 아버지하고 도대체 무슨 관계가 있단 말이오?"
"박사님의 아버님이 하신 일 때문에 박사님뿐만 아니라 로젠츠바이크와 쇠나우도 곤욕을 치렀을 가능성이 있습니다. 그게 어떤 일인지 짐작이 가십니까?" 율리아는 상대방의 모든 반응을 유심히 살피며 물었다.

핑크는 율리아의 시선을 피하지 않으며 물었다. "아니, 전혀. 우리 아버지가 돌아가신지 벌써 30년 이상이 지났는데 어떻게 그런 범죄와 관련이 있을 수 있겠소?"

"박사님은 아버님의 과거에 대해 무엇을 알고 계십니까? 제가 입수한 정보에 의하면, 박사님은 1937년생이라고 하던데요. 아버님의 직업이 무엇이었죠?"

핑크는 침을 삼키며 시간을 끌었다. 그러더니 이윽고 입을 열었다. "아버지는 화학자였소. 그건 왜 물으시오?"

"그러면 박사님의 아버님은 히틀러와 그 당시 벌어진 일들에 대해 어떤 입장을 취하셨습니까?"

"좀 더 분명히 말해주겠소?"

"그러죠. 간단히 말하면, 우리는 박사님의 아버님이신 알베르트 핑크 박사께서 IG 염료산업에서 중요한 지위에 계셨던 사실을 알아냈습니다. 수석화학자로서 독가스 생산을 감독했던 논란 많은 지위에 계셨었죠. 더 정확히 말하면, 치클론 B의 생산 감독이셨습니다. 박사님도 아마 알고 계시겠지만, 그 독가스는 아리아족이 아닌 사람들, 주로 유대인들을 대량 학살하는 데 사용되었습니다. 이 부분에 대해 하실 말씀 없습니까?"

핑크의 눈이 가늘게 좁혀지고 콧날이 부르르 떨리고 얼굴이 시뻘겋게 달아올랐다. 핑크는 생각에 잠겨 몸을 돌렸으며 여형사에게 등을 돌린 채 창가로 걸어갔다. 위아래 턱이 맞부딪쳤고, 그는 갑자기 예민해진 듯 신경질적으로 보였다.

"그래요, 난 알고 있었소. 그래서 어쨌단 말이오? 아버지는 돌아가시기 직전에 내게 그 말을 하셨소. 처음에는 믿기지 않았소. 아버지에게 해명을 요구하고 왜 그랬는지 따져 물었소. 왜 히틀러 같은 집단학살자를 위해 그런 더러운 일을 했는지? 내 말을 믿으시오, 그때 아버지가 하신 답변은 지금도 내게 매우 설득력 있게 들리오. 히틀러가 권력을 잡았을 때, 오로지 두 가지 가능성만이 있었소. 히틀러를 위해 일하든지 아니면 히틀러에 대항해 일하든지. 그 당시 우리 교회 신도는 독일 국내에서만 십만 명에 이르렀고, 그 십만 명의 사람들을 보호해야 했소……. 얼마나 많은 기독교인들이 히틀러를 지지하길 거부했다가 목숨을 잃었는지 당신은 모른단 말이오? 그리고 엘로힘 교회는 기독교 교회요, 우리는 하느님과 예수 그리스도와 성령을 믿소. 우리는 사후의 삶을 믿고 삶 자체를 믿는단 말이오…….

우리 아버지는 나치를 위해 일할 것인지 고심했다고 말씀하셨소. 그 누구보다도 확고부동한 평화주의자셨고 폭력을 혐오하신 분이 오로지 폭력으로 연명하는 정권을 위해 갑자기 일해야 했소. 하지만 엘로힘 교회가 계속 독일에서 활동할 수 있을지 없을지, 교회의 사활이 걸려 있었소. 살아남기 위해서는 양보를 할 수밖에 없었소……. 그 당시 우리 아버지는 지금의 나처럼 지역 목자이셨소. 그리고 IG 염료산업의 명망 높은 화학자셨는데, 히틀러 참모부의 몇몇 남자가 아버지를 주목했소. 그들은 아버지를 찾아와, 나치를 위해 일하든지 아니면 즉각 독일 국내의 모든 교회 문을 닫든지 선택하라고 강요했소. 게다가 교회가 금지되면 교인들의 안전을 더 이상 보장할 수 없다고 명명백백하게 선포했소. 그것이 단순한 엄포가 아니었다는 것쯤은 당신도 짐작할 수 있을게요. 그건 말 그대로 협박이었소. 그래서 우리 아버지는 할 수 없이 신념을 어기고 나치에 복종하셨소. 하지만 교회와 무엇보다도 신도들을 위험에 빠뜨리지 않으려는 조치였소. 그러니 내가 우리 아버지 말씀을 믿었듯이, 당신도 내 말을 믿으시오. 아버지는 그 야비한 인간들이 무슨 계획을 하고 있는지 모르셨소. 많은 수석화학자 가운데 한 분이셨지만, 전쟁이 발발한 직후 1940년에 그 가스가 어디에 투입될 것인지 꿈에도 생각하지 않으셨소. 그들은 다만 테스트에 필요하다고만 말했소……. 우리 아버지는 드디어 진실을 알게 되셨을 때 혹독하게 자책하셨소. 아버지에겐 세상이 무너진 거나 다름없었소. 그리고 돌아가실 때까지도, 아리아족이 아닌 모든 걸 근절하겠다는 한 가지 계획만을 품고 있었던 조직을 위해 일했다는 사실을 끝내 극복하지 못하셨소. 아버지는 심신이 피폐했고 삶에 대한 기쁨을 다시는 느끼지 못하셨소. 전쟁이 끝난 후, 연합군에게 체포되어 감금당하셨으며 몇 시간씩 심문을 받고 녹초가 되셨소. 그 악마 같은 나치들의 의도를 알고 있었다는 의심을 받았기 때문이오……. 우리 아버지에게 죽음은 구원이었소. 아버지가 하신 일로 인해 목숨을 잃은 모든 사람을 내세에서 만나, 당신에겐 원래 그런 의도가 없었고 모든 게 너무 미안하다는 말을 하고 싶으셨기 때문이오. 그 문제에 대해 내가 할 수 있는 말은 이게 전부요. 우리 아버지는 그 누구에게도 절대 육체적인 고통을 안겨줄 의도가 없었소." 핑크는 다시 몸을 돌려 율리아 뒤랑을 바라보았다. 그의 눈빛은 차갑지도 않았고 냉소적이지도 않았으며 오로지 슬퍼할 뿐이었다.

"그것이 죄였고, 그래서 그 죄가 50년 이상이 지난 지금에 와서 이 끔찍한 살인을 하는 이유라고 믿는 게요? 그렇게 믿느냐는 말이오?"

"이론적으로는……." 율리아는 어깨를 으쓱했지만 고개를 저었다. "하지만 제 개인적인 생각에는 그럴 가능성은 없다고 봅니다. 핑크 박사님, 솔직히 이야기해주셔서 감사합니다. 그런데 한 가지만 더 묻겠습니다. 박사님의 친구나 지인들 가운데 이번 살인을 저질렀을 수 있다고 생각되는 사람이 있습니까?"

핑크는 고개를 가로저었다. "아니요. 아무리 머리를 짜내도 그럴만한 사람이 생각나지 않아요. 내게는 모든 게 커다란 수수께끼요." 그는 시계를 보고 미소 지었다. 율리아가 핑크를 알게 된 후로 처음 보는 미소였다. "이제 정말로 가야겠소."

그들은 함께 밖으로 나왔다. 핑크는 자신의 재규어에 올라타기 전에 물었다. "신변보호는 어떻게 될 것 같소?"

"제가 알아보겠습니다. 지금 어디 가시는지 물어도 될까요?"

"교우와 만나기로 했소. 그 사람은 전혀 위험하지 않소."

"조심하십시오." 율리아는 그의 뒷모습을 바라보았다. 유대인 일은 말도 안 되는 생각이야, 율리아는 고개를 저으며 생각했다. 그리고 골루아에 불을 붙이고는 코르사에 기대서서 방금 나눈 대화에 대해 곰곰 생각했다. 고개를 가로젓고는 자동차에 올라타서 집으로 향했다. 도중에 잠깐 차를 세우고 몇 가지 식료품과 담배를 샀다. 우편함에는 전부 광고물뿐이었다. 율리아는 그 자리에서 우편물을 쓰레기통에 버렸다. 부엌 식탁에 가방을 내려놓고 욕실에 가서 손을 씻었다. 오늘 저녁에 아버지에게 전화해야겠다고 생각했다. 비참한 기분이 들었다.

오후 6시 20분

그녀는 교회 건물에서 도보로 2분 거리에 있는 골목길에서 몇 분 동안 기다렸다. 그곳에서는 자동차가 주차장에 들어가는 게 잘 보였다. 일주일 중 월요일은 아무도 교회건물에 머물지 않는 유일한 날이었다. 월요일 저녁은 원칙적으로 가족의 몫이었기 때문에 건물관리인도 교회를 비웠다. 그들은 6시 15분에 만나기로 약속했다. 그녀의 시선이 초조하게 연거푸 시계를 향했다. 마침내 푸른색 재규어가 시야에 나타났다. 그가 시동을 끌 때까지 그녀는 기다렸다가 차에서 내려 교회건물을 향해 몇백 미터 걸었다. 그녀는 자신이 하는 일이 그 모든 것에도 불구하고 위험한 장난이라는 걸 알고 있었다. 하지만 그 위험, 그 계획의 예측 불가능한 부분이 긴장감 넘치게 했다. 그가 주차장 쪽에서는 보이지 않는 작은 옆문에 다가가 문을 열었을 때, 그녀는 이미 그의 뒤에 서 있었다.

"자, 어서 들어가자고," 그는 말했다. "사람들 눈에 띄면 안 돼."

"오늘은 아니야." 그녀는 상대방의 혼을 빼놓는 미소를 머금고 말했다. 그 미소는 벌써 여러 번 그의 이성을 잃게 만들었다. "자기도 알잖아. 월요일에 이곳에는 우리를 방해할 사람이 아무도 없어."

"그래도 마음이 아주 놓이진 않아." 그는 얼른 다시 문을 잠그고는 앞장서서 자신의 사무실로 향했다. 사무실 문에 커다란 활자로 지역목자라고 쓰인 황금빛 팻말이 붙어 있었다. 그는 그 문도 얼른 열고 방에 들어서기가 무섭게 다시 닫았다. "혹시라도 누군가가 여기에서 볼일이 있다는 생각을 하면……. 사람 일은 알 수 없는 법이라고!"

그녀는 발돋움을 하고 그의 입에 키스했다. 그를 향해 빙긋이 웃으며 고혹적인 자세로 책상 위에 앉았다. 두 다리를 꼬고서 짓궂은 눈빛으로 새빨간 입술을 오므려 앞으로 내밀었다. 두 다리를 건들거리며 도발적으로 그를 바라보았다. "혹시 겁나? 왜 그러실까, 위대한 추장께서. 자기는 겁쟁이가 아니잖아. 그리고 우리가 여기서 이러는 게 처음도 아닌데 뭘 그래."

"하지만 이곳은 하느님의 성전이라고." 그는 말했다. "우리가 이 곳을 더럽히고 있어."

"하느님의 성전!" 그녀는 조소하는 표정으로 대꾸했다. "이 집은 우리 이전에 이미 많은 사람들에 의해 더럽혀졌어. 하느님이 이 집을 아직도 당신의 집으로 여기는 게 놀라울 뿐이야. 다른 많은 집들처럼 그냥 하나의 집일 뿐이라고. 다들 성스러운 집인 양 굴지만, 사람들이 벌써 오래전에 오염시켰어. 그리고 우리가 하는 건 근본적으로 좋은 일이잖아. 나는 자기를 사랑하고, 자기는 나를 사랑해. 결혼하지 않은 남자와 여자는 함께 자면 안 된다고 언젠가 그 누군가가 말했기 때문에, 모두들 그게 죄라고 믿을 뿐이야. 그 말을 하느님이 하셨어? 아니면 사람들이 했어?"

"간음하지 말라고 하느님이 말씀하셨어." 핑크는 소리 낮추어 대답했다.

"우리가 서로 사랑하면 간음이야?" 그녀는 순진한 척 눈을 뜨며 물었다. "사랑은 결코 금지된 적이 없어. 그리고 난 자기 부인이 자기에게 벌써 오래전부터 주지 못하는 걸 주고 있어. 그게 왜 금기여야 하는지 말해 봐. 우리는 기쁨을 누리기 위해서 지상에 존재하는 거 아냐?"

"나는 당신을 사랑해." 그는 그녀 앞에 서며 말했다. "그래, 난 당신을 사랑해. 당신을 곧 잃어버릴 줄 알면서도 사랑해."

"그런 말 하지 마." 그녀는 손끝으로 그의 입을 스치며 말했다. "자기는 날 잃어버리지 않아. 난 다만 잠깐 떠날 뿐이라고. 하지만 다시 돌아올 거야."

"다른 남자하고 같이?"

"아니, 그건 절대 아냐."

"나는 더 이상 젊지 않고, 내 생체시계도 언젠가는 멈추게 되어 있어. 우리의 관계를 곧 끝내야 하지 않을까 생각해. 나는 많은 걸 후회할 거야."

"좋아, 그럼 후회해. 지금 후회하라고." 그녀는 책상에서 폴짝 뛰어내리며 말했다. "나랑 잔 게 후회스럽다고 내 얼굴을 똑바로 보고 말해. 자, 어서 말해."

그는 망설이며 그녀 앞에 어정쩡하게 서 있더니 어깨를 으쓱했다. "아니, 그건 안 돼."

"왜 안 돼? 나는 그 대답을 알고 있어, 자기가 후회하지 않기 때문이야. 자기는 규칙과 계명을 정했고 그래서 규칙과 계명이 사람들에 의해 만들어진 걸 처음부터 알고 있었던 부류에 속하기 때문이야. 자기는 결코 후회하지 않을 거야." 그녀는 말했다. 목소리가 좀 더 날카롭게 들렸다. 그녀는 몸을 돌려서 주차장이 보이는 창가에 섰다. 블라인드를 살짝 벌리고 밖을 내다보았다.

"그래, 자기는 절대 뭔가를 후회할 사람이 아니야. 자기가 지금까지 살면서 저지른 그 어떤 짓도, 나쁜 짓도 후회하지 않을 거라는 뜻이야. 자기는 뭔가를 후회하는 타입이 아니야. 자기는 외면적으로뿐만 아니라 내면적으로도 강철처럼 단단하고 냉혹해."

그는 책상 뒤편의 커다랗고 검은 가죽소파에 앉아서 등을 뒤로 기대고 창끝처럼 귀를 파고드는 그녀의 말을 들었다.

"왜 그런 말을 하지?" 그는 나지막이 물었다. "왜 하필이면 당신이 그런 말을 하지? 나는 당신이 생각하는 것처럼 단단하지 않아. 그건 다만 겉모습일 뿐이라고. 마음속은 달라. 그래, 완전히 다르다고."

그녀는 미소를 머금은 얼굴로 몸을 돌려 그의 뒤에 서서는 그의 목을 마사지했다. "그런 뜻은 아니었어." 그녀는 부드럽게 말했다. “물론 자기가 일요일에 보이는 모습과 실제는 다른 걸 잘 알고 있어. 나는 자기의 모든 걸 아니까. 어쨌든 자기를 속속들이 잘 알고 있어……. 어때, 좋아?” 그녀는 물었다.

“당신의 손길이 좋아. 몸이 실제로 조금 경직되어 있었거든. 지난 며칠 동안 흥분했던 걸 생각하면 그럴 만도 하지.”

“아들이 갑자기 죽어서 많이 상심했지, 아냐?”

“괜찮아. 사실은 그다지 많이 상심하지 않았어. 그 녀석은 세상의 온갖 기회가 주어졌는데도 다 놓쳤어. 더 이상 어떻게 해볼 도리가 없었어. 녀석의 죽음은 제 행동에 대한 당연한 결과였지. 녀석이 내 말을 들었더라면, 내 선의의 충고를 그렇듯 경솔하게 흘려듣지 않았더라면, 세상이 그 녀석의 발아래 엎드렸을 텐데. 하지만 녀석은 쥐구멍에 기어들어가서 제 인생을 고약하게 낭비하는 쪽을 선택했어. 아니, 죽어도 싸지. 그런데도 조금은 슬프더군. 어쨌든 내 아들이었으니까.”

“다른 가족들은 어떻게 생각해? 라우라, 슈테판, 자기 부인은?”

“솔직히 말하면, 잘 모르겠어. 라우라가 도대체 무슨 생각을 하고 무얼 느끼는지 알 수가 없어. 몇 년 전부터는 내 아내조차 무엇을 느끼는지 모르겠어. 슈테판의 경우에만 나와 생각이 같다고 느낄 뿐이지. 슈테판만이 유일하게 내 뒤를 잇는다고 할 수 있어. 슈테판이 대견해.”

“슈테판도 바람을 피우나?” 그녀는 조롱하는 어조로 물었다.

“모르지, 직접 물어봐. 어쩌면 슈테판도 당신 곁에서는 교리를 까맣게 잊을지 모르겠군.”

“미안하지만, 슈테판은 내가 좋아하는 타입이 아니야. 재미없고 왠지 미끌미끌해. 슈테판이 그린 그림들처럼 미끌미끌하다니까. 내 말이 무슨 뜻인지 알아?”

핑크는 몸을 돌려서 이해되지 않는다는 표정으로 그녀를 바라보았다. "아니, 무슨 말인지 모르겠어." 그는 말했다. "그 녀석은 내 아들이야."

"맞아, 내 말이 바로 그 말이야. 슈테판은 자기 아들이야. 위르겐이 자기 아들이었던 것처럼. 하지만 자기는 위르겐을 한 인간으로, 원래 있는 그대로 보려 하지 않았어. 자기는 위르겐을 자기의 모상으로 만들려고 했어. 자기의 특성을 위르겐에게 그대로 옮겨주려고 했지. 하지만 뜻대로 되지 않았고, 자기는 위르겐을 잃었어." 그녀는 차갑게 말했다. "이미 오래전에 라우라를 잃었던 것처럼 위르겐도 잃어버린 거야. 이런 생각들을 안고 어떻게 살아갈 수 있지?"

"그게 무슨 말이지?" 그는 눈을 가늘게 뜨며 물었다.

"아무것도 아냐. 자기가 먼저 이야기를 꺼냈잖아. 우리가 여기 하느님의 집에서 사랑을 나누는 게 옳지 않다고. 그래서 기분이 상했단 말이야. 내가 좀 심했다면 미안해. 다시는 그런 일 없을 거야. 그리고 부탁인데, 내 모든 말을 너무 깊이 생각하지 마. 당신도 나를 잘 알잖아. 나는 전갈이라고. 전갈들은 이따금 독침을 쏘는 특성이 있어. 자, 웃어봐. 그리고 우리에게 주어진 약간의 시간을 잘 이용하자고."

"왜 당신한테는 화가 나지 않는지 몰라." 그는 명령에 따르듯이 미소 지으며 물었다.

"내가 다른 사람들하고는 다르기 때문이야. 거기에 모든 비밀이 있어. 나는 가지고 놀 수 있는 꼭두각시가 아니야. 내가 스스로 놀이 규칙을 정하거든. 그리고 내 규칙들이 자기 마음에 드는 걸 알겠어. 잠깐 기다려." 그녀는 책상 위의 핸드백을 들어서 쪽지를 꺼내어 펼치고는 다시 비스듬히 그의 뒤쪽에 섰다. 그녀는 핸드백을 어깨에 들쳐 메었다.

"자기에게 보여줄 게 있어." 그녀는 미소를 지으며 말했다. 그의 눈에는 그 미소가 보이지 않았지만, 만일 보았더라면 소스라치게 놀랐을 것이다. 그녀는 한 손에 쪽지를 들고, 다른 한 손은 핸드백 안에 집어넣었다.

"눈을 감아봐." 그녀는 말했다. "자기에게 줄 깜짝 선물이 있으니까."

"종이 한 장?" 그는 미심쩍어하는 표정으로 웃으며 물었다. "그게 무슨 깜짝 선물이라는 거지?"

"눈을 감아. 곧 알게 될 거야. 하지만 내가 다시 눈을 뜨라고 말할 때까지 기다려."

그녀는 핸드백에서 조심스럽게 주사기를 꺼내고 쪽지를 책상 위에 놓았다.

"자, 다시 눈을 떠도 돼." 그녀는 그의 목에서 약 1센티미터 떨어진 곳에 주삿바늘을 대고 말했다.

그는 눈을 뜨고 쪽지를 보았다. 상의 주머니에서 안경을 꺼내어 썼다. 그리고는 몸을 앞으로 숙이고 쪽지를 읽기 시작했다. 갑자기 그의 얼굴에서 핏기가 사라지고 이마에 땀방울이 맺혔다. 그는 믿어지지 않는 듯 놀란 표정으로 쪽지를 읽었다. 그의 입과 목이 사막의 모래처럼 바싹 메말랐다.

"이게 뭐지?" 그는 뒤돌아보지 않은 채 당황하여 물었다.

"이게 뭘까?" 그녀는 되물었다. "잘 알면서 뭘 그래. 정확히 알고 있잖아. 계속 읽어봐."

"이거, 어디서 났지?" 그는 쉰 목소리로 물으며 뒤돌아보려 했지만 갑자기 목에 뾰족한 것이 느껴졌다.

"그대로 가만히 앉아 있어." 그녀는 차갑게 말했다. "그게 어디서 났는지 알고 싶단 말이지? 그래, 말해주지. 우리 어머니에게서. 더 정확히 말하면, 우리 어머니 집에서 발견했어. 이제 좀 감이 잡히지 않아?"

"그건 까마득한 옛날 일이야." 그는 더듬거렸다. "까마득한 옛날 일이라고!"

"아니, 까마득한 옛날 일이 아니지. 까마득한 옛날은 수학적으로 계산할 수 없거든. 그런데 여기 이건 아주 쉽게 계산할 수 있어. 내가 그 살아 있는 증거지."

"맙소사, 설마 네가……."

"그래, 감쪽같이 몰랐지!" 그녀는 경멸하는 표정으로 그에게 침을 뱉었다. "우리 어머니는 나를 낳으시자마자 곧바로 포기하셔야 했어. 당신이 나를 내놓으라고 강요했기 때문에 어쩔 수 없었어. 당신은 우리 어머니가 절대 하고 싶지 않은 일을 하라고 강요했어. 어머니는 슬럼에서 살았더라도 결코 나를 포기하지 않으셨을 거야. 그런데 당신은 모든 힘을 동원해 우리 어머니를 욕보이고 학대했어. 폭력을 휘둘러서 우리 어머니를 꼼짝 못 하게 만들었어. 우리 어머니로서는 속수무책이었고 하는 수없이 이 종이에 서명할 수밖에 없었지. 2만 마르크, 그 당시에도 그리 많은 돈은 아니었어. 그래서 우리 어머니와 내가 어떻게 되었는지 알아……? 어머니는 살아계셔. 아니, 지금 성 발렌티우스 병원에서 혼자 하루하루 연명하고 계시지. 좀비처럼. 아무 말도 못 하고 아무 감정도 느끼지 못하고 아무 충동도 느끼지 못해. 죽은 목숨처럼, 오로지 심장만 뛰고 있어. 그게 전부라고. 나는 일주일에 두 번 어머니를 찾아가. 어머니가 거기 앉아계신 모습을 볼 때마다, 아직 젊은 나이인데도 너무 늙어버린 모습을 볼 때마다 내 심장이 찢어지는 것만 같아……. 코르사코프증후군이란 말을 한 번쯤 들어봤나? 증상이 가벼운 경우에는 단기기억만을 잃어버리지만, 간혹 증상이 심한 경우에는 모든 기억력을 상실하지. 게다가 설상가상으로 뇌졸중이 최후의 일격을 가했어. 5년 전 처음으로 만났을 때, 어머니는 술에 완전히 취해 계셨어. 알코올 중독을 치료하러 병원에 모시고 갔지만, 어머니는 나를 기억하지 못하셨어. 자신이 언젠가 딸을 낳았다는 사실조차 까맣게 잊으셨어. 어리둥절한 표정으로 나를 바라보기만 하시더군. 마치 아무 상관없는 낯선 사람처럼.

우리 어머니가 당신의 아기를 임신했을 때는 열일곱 살이었고, 술을 마시기 시작했을 때는 열여덟 살이었어. 순진한 열여덟 살짜리 소녀. 술과 약물, 화주와 로힙놀(수면제의 일종 —역주)은 파괴적이고 치명적인 조합이었지. 어머니는 오로지 잊기 위해서 30년 동안 술을 마시고 약물을 복용했어. 얼마나 비참한 인생인지. 우리 어머니는 나를 낳은 후 내가 어디로 보내졌는지조차 모르셨어. 하지만 내가 당신에게 말해줄 수 있어, 아버지!" 그녀는 독사처럼 쉿 소리를 내며 바늘로 그의 목을 스쳤다. 그는 움찔했다.

"나는 고아원에서 자랐어. 가톨릭교회에서 운영하고 수녀들이 관리하는 그 산뜻한 집들 있잖아. 가톨릭 고아원은 사랑과 이해심이 넘칠 거라고 다들 생각하겠지. 그래, 마땅히 그렇게 생각하겠지. 하지만 현실은 달랐어. 우리는 접시에 음식을 남기면 두드려 맞았어. 그리고 식사 시간에 말을 하면, 스물네 시간 동안 굶주려야 했어. 적절하지 못한 시점에 적절하지 못한 말을 하면 매를 맞았지. 손바닥, 얼굴, 맨 엉덩이에. 우리가 무엇을 하든 상관없이 벌 받을 이유는 항상 있었어. 그 검은 마녀들이 우리에게 뭐라고 말했는지 알아? 왜 우리를 벌주었는지? 그들은 우리가 착한 사람이 되려면 매 순간 고아원의 규칙을 지켜야 한다고 말했어. 하느님은 항상 우리의 일거수일투족을 정확히 지켜보고 계시고, 자신들은 이 지상에서 하느님의 대리자라고 말했어. 그렇게 간단했지. 그다음이 더 가관이었어. 나는 아홉 살이 되었을 때 관리인에게 불려갔어. 그 후로 3년 동안 적어도 일주일에 한 번은 관리인에게 불려다녔어. 고아원의 몇몇 소년들이 돈 몇 푼 벌려고 여자아이들을 관리인에게 팔아넘겼기 때문이야. 검은 마녀들이 그 사실을 알고 있었는지는 모르겠어. 곰곰이 생각할수록 마녀들도 알고 있었다는 확신이 들어. 하지만 상관없어.

그러던 어느 날, 놀라운 일이 일어났어. 어느 상냥한 부부가 와서 나를 입양했거든. 그때부터 난 지상에서의 천국을 맛보았어. 지옥을 떠나서 마침내 인간이 될 수 있었어. 그 부부는 내게 자신들의 성(姓)을 주었고, 나는 나만의 커다란 방을 소유하게 되었어. 그리고 고등학교를 졸업하고 대학에 진학했지. 하지만 그 오랜 세월 동안 내 어머니와 아버지를 생각하지 않은 날이 단 하루도 없었어. 우리 부모님은 무엇을 하고 계실까, 왜 나를 버렸을까. 나는 그 물음들에 스스로 답변하고 혼잣말했어. 찢어지게 가난해서 도저히 셋이 살 수 없었을 거야, 아니면 우리 어머니는 혼자서 나를 키울 만큼 강하지 못한 싱글맘이었을 거야. 난 여러 가지 이유들을 생각해냈어. 하지만 부모님이 나를 그렇게 만든 것에 대한 미움, 증오심도 있었어. 나는 열여덟 살 때부터 친부모를 찾기 시작했어. 그리고 내 어머니의 이름을 알아내기까지 무려 12년이란 시간이 걸렸어. 일단 이름을 알고 나니 어머니를 찾아내기란 어렵지 않더군. 나머지는 당신도 알고 있지. 그 과정에서 나는 어쩔 수 없이 당신과 마주쳤어. 당신, 그리고 당신의 친구들과 마주쳤지. 당신네는 하나같이 너무 구린 데가 많아서 그 구린내로 온 프랑크푸르트가 진동할 정도야!" 그녀는 냉소적으로 말했다. "하지만 그중에서도 당신이 제일 나빠. 당신은 평생 사람들을 가지고 장난쳤어. 사람들을 이용하고 악용하고 학대했어. 당신, 위대한 카를 하인츠 핑크! 어떻게 생각해, 하느님이 있을 거 같아? 하느님이 있으면 악마도 있어. 당신이 이 세상에서 퇴장하면 어디로 갈 거 같아? 천국으로 갈까, 아니면 지옥으로 갈까?"

핑크는 뒤돌아보려 했지만 목의 주사기가 꼼짝 못 하게 가로막았다.

"내 말 들어." 그는 떨리는 목소리로 말했다. "내가 설명하마. 나는 네 어머니 일을 몰랐어. 맹세하마. 나는 전혀 몰랐어, 네 어머니가……."

"우리 어머니가 뭘?"

"그렇게 삶을 포기할 줄은……."

"다른 방법이 있었을 거 같아? 우리 어머니는 집에서 쫓겨났어. 당신 아들 위르겐이 당신한테 쫓겨났듯이 말이야. 두 사람의 운명이 왠지 비슷하다는 생각이 들지 않아? 우리 어머니는 그 힘든 시기에 도움을 청할만한 사람이 아무도 없었어. 오로지 당신하고 당신의 끔찍한 협박만이 있었지. 어머니는 분명히 당신을 사랑했을 거야, 최소한 어느 시점까지는. 만일 어머니가 나처럼 증오심을 품을 수 있었다면, 내가 지금 하려는 것처럼 당신을 죽였을 거야. 하지만 우리 어머니는 누군가를 증오할 수 있는 분이 아니셨어. 오로지 슬퍼할 수 있을 뿐이었어. 하지만 어머니가 병원에 입원하기 직전, 나는 어머니를 처음 만나서 그 이야기를 들었을 때 이미 알았어, 내 어머니가 결코 하실 수 없었던 일을 나는 할 수 있다는 것을……." 그녀는 자유로운 한 손으로 핸드백에서 담배를 꺼내어 불을 붙였다.

"지금 기분이 어때? 더러워? 후회돼? 무서워? 죽음을 마주하고 보니 마음이 차분해져 아니면 겁나? 지옥이 무서워? 내가 지금 당신이라면 너무 무서워서 바지에 오줌을 지릴 텐데."

"그래, 무섭구나." 그는 속삭였다. "하지만 지금 나한테 그게 무슨 소용이 있겠니? 돌아갈 길이 있을까?"

"없지. 이미 오래전부터 돌아갈 길은 없었어. 나는 적절한 순간을 기다리기만 하면 되었어. 처음에 로젠츠바이크, 그다음에 쇠나우, 이제 당신 차례야. 이 지역 교회의 모든 수뇌부를 일주일 안에 처치하는 것. 교인들에게 얼마나 큰 센세이션일까! 미국의 교회 지도자들에게 얼마나 큰 치욕일까. 일반 대중들이 어떤 반응을 보일지 벌써부터 흥미진진해. 당신이 그걸 더 이상 함께 체험할 수 없어서 애석할 뿐이야. 어쨌담, 우선 명성이 허공으로 날아가겠지……. 그리고 누가 너희를 저 세상으로 보냈는지 아무도 알아내지 못할 거야. 나는 앞으로도 계속 일요일마다 집회에 참석하고 젊은이들을 돌보며 지금처럼 살아갈 거야. 그리고 어쩌면 당신 가족에게도 다시 삶이 찾아올지 모르지. 아 참, 라우라와의 일도 당신의 큰 잘못이었어. 당신이 가는 길에 얼마나 많은 시신이 깔려 있는지 생각해 보면! 하지만 당신의 시신이 그 마지막을 장식할 거야."

"쇠나우와 로젠츠바이크는 왜 죽였지?" 그는 갑자기 기이하게도 조용한 목소리로 물었다.

"왜냐고? 그들이 그 일에 대해 알면서도 막지 않았기 때문이지. 너희 셋은 언제나 역청과 유황처럼 똘똘 뭉쳐 있었어. 하나가 교회의 지침이나 계명과 일치하지 않는 잘못을 저지르면, 나머지 둘이 숨겨주었어. 로젠츠바이크와 쇠나우는 막말로 오입쟁이였어. 그리고 당신은 그 사실을 알고 있었어. 리타 융이라는 이름만 말하지, 너희 셋은 짜고서 그 일을 덮었어. 다만 차이점이 있다면,

리타 융은 합의에 대한 대가로 50만 마르크를 받았단 거야. 당신이 우리 어머니에게 내놓은 것보다 수십 곱절 많아. 하지만 돈이 더 많았어도 어차피 어머니에겐 별로 도움이 되지 않았을 테지. 어쩌면 그 돈으로 몽땅 술을 마셔서 벌써 오래전에 돌아가셨을지도 모를 일이야. 그랬다면 난 어머니를 영원히 만나지 못했을 수도 있어. 그래, 누가 알겠어, 어쩌면 그편이 더 나았을지도. 하느님의 길은 헤아릴 수 없다는 근사한 말이 있으니까……."

"어찌 그렇게 냉소적이란 말이냐!" 핑크는 내뱉었다. "주저 없이 사람들을 살해하고는 하느님을 알리바이로 내세우다니? 용서하라고 성서에 쓰여 있지 않더냐? 네 용서는 어디에 있느냐?"

"난 그렇게 생각하지 않아." 그녀는 침착하게 말했다. 그리고는 담배 연기를 마지막으로 한 모금 더 빨아서 그를 향해 내뿜고는 담배꽁초를 바닥에 내던졌다. 담뱃불이 양탄자에 구멍을 냈다.

"당신이 우리 어머니를 버렸을 때, 당신이 평소에 입버릇처럼 말하는 연민과 자비는 어디에 있었지? 어디에 있었냐고? 당신이 우리에게 그런 몹쓸 짓을 했는데, 어떻게 내가 당신을 용서할 수 있겠어? 용서에도 한계가 있어. 당신과 당신의 전우들은 그 한계를 벗어났어. 그리고 이제 그에 대한 응징을 받을 차례야."

"날 살려다오." 그는 양손으로 의자 팔걸이를 꽉 움켜쥔 채 조그만 목소리로 말했다. "제발 나를 용서해줘. 모든 걸 보상하려고 노력하마. 엄숙하고 숭고하게 약속하마."

"그런 빌어먹을 약속 따위는 집어치워! 그리고 숭고하다는 말은 나한테 안 통해. 당신은 숭고한 게 무엇인지 전혀 몰라. 우리 둘 가운데 냉소적인 사람이 있다면 그건 바로 당신이야. 당신 인생은 예전부터 순전히 냉소로 가득 차 있었어……. 일이 이렇게 되어서 유감이야. 하지만 내 말 믿어, 이편이 우리 모두를 위해 더 나아. 당신이 아직 살아 있는 걸 안다면, 나는 앞으로 단 일 초도 편하게 잠잘 수 없을 거야."

"우리 계약을 맺자." 그는 애원하는 목소리로 말했다. "철통 같은 계약을. 그러면 너도 살 수 있고 나도 살 수 있어. 네가 한 일을 그 누구도 알지 못할 게야. 왜냐면 누구든……."

"어떤 계약인데?" 그녀는 차갑게 물었다. "나한테 얼마를 내놓을 건데, 백만, 이백만? 그 빌어먹을 돈 따위는 나한테 중요하지 않아. 나도 돈은 충분히 있어. 당신은 모든 사람을 돈으로 살 수 있다고 생각하는 모양인데, 그건 착각이야. 그렇지 않은 사람들도 있어. 하지만 당신은 아직 그런 사람들을 만나지 못했나 보지. 어쨌든 나를 돈으로 살 수는 없어. 그럼, 잘 가……."

"잠깐만 기다려, 제발!" 그는 절망적으로 소리쳤다. "무슨 짓을 하려는 게냐?"

"당신을 죽이겠어, 아주 간단히."

"어떻게?"

"천천히, 아주, 아주 천천히." 그녀는 그의 귀에 입을 대고 속삭였다. "어쨌든 로젠츠바이크와 쇠나우보다 더 천천히. 애석하게도 두 번 모두 너무 빨리 죽어버렸거든. 어떻게 하면 당신의 죽음을 가능한 한 고통스럽게 연출할 수 있을까 이따금 심사숙고했어. 하지만 뾰족한 수가 생각나지 않더라고. 그래도 15분, 아니 어쩌면 30분 정도면 지금까지의 삶을 조용히 한 번 돌아보기에 충분할 거라는 생각이 들어. 그리고 나는 당신의 끔찍한 두려움을 즐길 거야, 매 순간."

그가 뭔가를 말하려고 하는 찰나, 목을 따끔하게 찌르는 게 느껴졌다. 액체가 순식간에 그의 몸을 타고 퍼졌다. 그녀는 뒤로 물러나서 그를 바라보았다. 그는 바늘에 찔린 부위를 손으로 눌렀고, 그녀는 주사기를 핸드백 안에 집어넣었다.

그는 벌떡 일어나 문으로 달려갔지만 문은 잠겨 있었다. 그녀는 책상에 걸터앉아서 그의 움직임을 하나하나 지켜보았다. 그의 눈에 극도의 공포가 어려 있었다. 그녀는 다시 담뱃불을 붙이고 연기를 깊이 빨아들였다가 천천히 내뿜었다.

"당신은 여길 빠져나갈 수 없어." 그녀는 냉정하게 말했다. "내가 열쇠를 가지고 있거든. 재수 없게 되었지, 이 말밖에는 할 말이 없어. 그래, 뭔가 느낌이 와?"

"내게 뭘 주사했지?" 그는 잘 돌아가지 않는 혀로 물었다. 그는 방 한가운데 서 있었다. 두 다리가 말을 듣지 않았다. 그는 바닥에 쓰러졌다. 두 눈은 크게 떠 있었고, 시선은 멍하니 천장을 응시했다.

"덴드로톡신." 그녀는 조용히 말했다. "당신 죽음은 다른 사람들보다 좀 더 오래 걸리도록 양을 조절했어. 하지만 결국은 죽음이 찾아올 거야. 내가 이 담배를 끝까지 피우면, 당신은 손가락 하나 꼼짝할 수 없을 거야. 내가 담배를 한 대 더 피울 때까지도 당신은 살아 있을걸. 그리고 그 담배마저 다 피우고 나면, 당신 호흡은 점점 더 힘들어지고 느려지겠지만 그래도 생각은 할 수 있을 거야. 다만 애석하게도 혀가 마비되어서 무슨 생각을 하는지 내게 더 이상 말할 수 없을걸. 호흡근육도 서서히 마비되기 시작해서, 엄청난 돌덩이가 가슴을 짓누르는 것만 같을 거야. 하지만 이 세상을 당신의 마수로부터 해방시켜줄 수 있는 건 이 약간의 독약 덕분이지. 고이 잠들라, 카를 하인츠 핑크. 물론 나는 당신의 장례식에 참석할 거야. 그건 오로지 라우라를 위해서지. 당신 무덤에 백합을 놓을까 생각하고 있어. 백합은 항상 보기 좋거든."

핑크의 최후의 사투는 16분간 지속되었다. 그녀는 바닥에서 담배꽁초 세 개를 주운 데 이어 장갑을 끼고 자신의 손길이 닿은 모든 것과 책상을 닦았다. 그리고 핑크의 시신을 넘어가 문을 열었다. 그 문을 열어둔 채로 옆문을 열고 열쇠를 그대로 꽂아두었다. 주변을 살피고는 아무도 보이지 않자 자신의 자동차로 천천히 걸어갔다. 차에 올라타 시동을 걸고는 시내로 향했다. 7시 직전 옷가게에 들어가 원피스를 몇 벌 입어보았으며 노란색과 빨간색으로 결정하고 신용카드로 지불했다. 이어서 베르너와 함께 몇 번 간 적이 있는 스페인 식당에 들렀다. 포도주 한 잔을 마시고 스테이크와 샐러드를 주문했다. 드디어 일을 해치웠다. 아무도 그녀의 잔인한 비밀을 알아내지 못할 것이었다. 그녀는 미소 지었다.

오후 7시 45분

율리아는 목욕물을 틀어놓고 맥주 한 캔을 마시고 담배를 서너 대 피웠다. 정확히 몇 대를 피웠는지는 알지 못했다. 입맛이 전혀 없고 하루의 피로가 뼛속 깊이 남아 있는데도, 치즈와 살라미 소시지를 얹어 빵을 두 쪽 먹었다. 수치스럽게 베르너에게 속았다는 확신이 무엇보다도 신경을 건드렸다. 같은 물음이 계속 머릿속을 맴돌았다. 내가 무얼 잘못하는 걸까? 이 물음에 대한 해답을 찾을 수 없었다. 율리아는 맥주 캔과 재떨이를 나란히 욕조 가장자리에 놓고 욕조에 들어갔다. 반 시간쯤 물속에 몸을 담근 채 아무 생각도 하지 않고 단순히 긴장을 풀려고 애썼다. 하지만 머릿속은 온통 뒤죽박죽이었고 도대체 정리가 되지 않았다. 율리아는 몸을 닦고 팬티와 탱크톱을 입고 소파에 앉았다. 얼마 후, 수화기를 들고 아버지에게 전화를 걸었다. 율리아 뒤랑의 아버지는 벨이 세 번 울리자 전화를 받았다.

"여보세요. 아버지, 저예요, 율리아. 그냥 목소리를 듣고 싶어서 전화했어요."

"어째 목소리가 침울하게 들리는구나." 율리아의 아버지는 말했다. "어디가 안 좋으냐?"

"아버지는 항상 눈치가 빨라요, 그렇죠?" 율리아는 말했다.

"얘야, 무슨 일이냐?" 아버지는 물었다. "직장에서 언짢은 일이 있었니?"

"그렇기도 해요. 너무나 많은 일이 한꺼번에 벌어지고 있어요. 완전히 탈진한 거 같아요. 아버지도 그런 경험 있죠? 모든 걸 내팽개치고 이민이나 갔으면 좋겠어요. 경찰이나 남자들하고는 더 이상 상종하고 싶지 않아요."

"아, 무슨 말인지 알겠다. 남자구나. 어떤 남자인지 물어도 괜찮겠니?"

"반년 전부터 만나는 남자가 있었어요. 아니, 과거에 만났었다고 말하는 편이 더 맞아요……."

"어째서 과거에 만났다는 게냐?" 율리아의 아버지는 물었다.

"어제저녁에 살해되었거든요. 모든 게 역겨워요."

"네 남자친구가 살해되었다고? 왜?"

"그 이유는 저도 몰라요. 다만 그 남자가 처음부터 저를 속였다는 것만 알아요. 그 남자는 가정이 있지만 부인과 이혼하려 한다고 말했어요……."

"너 때문에?"

"아뇨. 그 사람 말대로라면, 원래 부인과 헤어질 생각이었대요. 그리고 부인과 아이들 사진까지도 보여주었어요. 그런데 오늘 알고 보니까 결혼한 적이 없다는 거예요. 우리는 그 사진 속의 여자가 누구인지 아직 모르고 있어요. 게다가 그의 죽음은 지금 프랑크푸르트를 시끄럽게 하고 있는 연쇄살인과 연관되어 있죠. 지난 주에 아버지에게 그 이야기했을 걸요."

"그 독살사건 말이냐? 그래, 또 한 사람이 살해되었다는 말을 들었어. 정말 끔찍해."

"끔찍하다는 말은 부드럽게 표현한 거예요. 지금까지 전부 네 명이 목숨을 잃었는데, 그중 세 명은 엘로힘 교회의 교인인 데 비해서 베르너는 종교와 아무 상관 없었어요. 그 사람은 이 지역에 있는 커다란 병원의 병원장인데, 도대체 왜 죽었는지 오리무중이라니까요. 많은 사람이 용의 선상에 오르고 있지만, 결정적인 살해 동기가 없어요. 만약 교인들만 살해되었다면, 경우에 따라서는 연관관계를 만들어낼 수도 있을 거 같아요. 그렇다면 베르너는 어떻게 된 거죠? 베르너는 상황에 전혀 맞지 않아요. 그리고 특히 이상한 일은, 어제저녁 베르너가 살해되고 나서 누군가가 제게 전화해서 녹음테이프를 틀어주었어요. 그 테이프에서 베르너의 목소리만이 들렸는데. 모든 정황으로 보아서 베르너가 죽기 직전에 녹음한 것 같았어요. 물론 그 즉시 동료와 함께 베르너 집에 가서 그 끔찍한 광경을 보았죠. 그리고 그 남자의 인생에 나 말고 또 다른 여자가 있었다는 사실을 확인했어요. 그 여자는 베르너의 부인이 아니었어요. 그 사이 우리는 살인범이 여자라는 사실을 알아냈어요. 하지만 그게 전부예요. 범인은 무척 매력적이고 지적이며, 희생자들은 그 여자가 검은 독거미인 줄 결코 짐작하지 못했으리라 추정돼요. 그 여자는 무척 치밀하게 움직이면서 말뜻 그대로 우리를 가지고 놀고 있어요. 하지만 조만간 그 여자를 꼭 잡고 말 거예요."

"지금까지 수사과정에서 매력적이고 지적인 여자들을 몇 명이

나 알게 되었냐?" 율리아의 아버지는 물었다.

"많아요. 그중에는 무척 수준 높은 여자들도 있어요. 천박하고 허술한 여자들이 아니라 대부분 똑똑하고 자부심 강한 여자들이에요. 우아한 여자들도 있고 스포티한 여자들도 있지만 대부분 하나같이 외모가 무척 뛰어나요. 범인의 나이가 20대 중반에서 40대 중반이라고 추정되는 탓에, 당연히 여러 여자를 의심하고 있어요. 그래서 골치가 아프다니까요."

"그렇겠구나. 내가 도울 방법이 있어야 말이지."

"도와주시지 않아도 돼요. 그냥 아버지한테 이야기하고 싶었어요……. 그런데 풀리지 않는 수수께끼가 하나 있어요. 아버지도 익명의 수사관이라고 할 수 있잖아요. 지난 월요일에 첫 번째로 죽은 남자는 뱀독이 섞인 인슐린 주사를 맞았어요. 자살일 가능성을 배제하고 보면, 어떻게 그 독이 그의 책상에 이르렀을까 하는 문제가 제기돼요. 그의 부인은 용의 선상에서 제외해야 하는 것이 확실해요. 매력적이긴 하지만 심리적으로 누군가를 죽일 만한 사람이 못 되거든요. 무엇보다도 그 부인의 심리치료사 말에 의하면, 남편에게 무척 의지했대요. 두 아들도 마찬가지고요."

"그 부인에게 어떤 정신적인 문제가 있다고 하던?"

"불안장애, 우울증이 있대요. 좀 전에 말했듯이, 현재 치료를 받고 있어요."

"그러면 심리치료사는 뭐라고 말하더냐?"

"환자 본인이 동의한다고 분명하게 의사를 밝히지 않는 한, 심리치료사는 원칙적으로 환자의 병력에 대해 절대 자세히 이야기하지 않아요. 그 심리치료사는 그 집안의 친구이고 또 같은 교회의 신도이기도 해요. 무척 호감 가는 여자예요. 아주 솔직하고 무엇보다도 신앙 면에서 고루하지 않아요. 세상을 관대하게 보는 편이에요."

"흥미롭구나." 율리아의 아버지는 이렇게 말하고 한순간 침묵을 지켰다. 전화선 반대편 끝에서 아버지의 무거운 숨소리만이 율리아의 귀에 들려왔다.

"왜 그러세요? 왜 아무 말씀도 하시지 않아요?" 율리아는 물었다.

"지금 생각하는 중이다. 그 부인이 어떤 종류의 심리치료를 받는지 아니?"

"아니요. 왜요?" 율리아는 물었다. "어떤 방법으로 치료받는가는 상관없지 않아요?"

"글쎄," 율리아의 아버지는 미소 지으며 말했다. 율리아는 아버지의 미소가 전화선을 타고 보이는 것만 같았다. "너도 알다시피, 범죄사에는 아주 황당한 경우들이 있어. 그 심리치료사가 혹시 최면술도 사용하던?"

"네, 오늘 자기 입으로 직접 그렇게 말했어요. 무슨 말씀을 하시려는 거예요?"

"그러니까 어떻게 독이 죽은 남자의 책상에 이르렀는지 아무도 모른다고 방금 말했지 않느냐. 이건 순전히 가정인데, 혹시 최면 상태에서 명령을 받아……."

"아버지! 설마 그걸 믿으시는 거예요? 그렇다면 그 심리치료사가……. 아니, 그건 아닌 거 같아요. 다른 사람들은 다 몰라도 그 여자는 아니에요……."

"그럴 가능성도 있지 않았을까 한 번 생각해보았을 뿐이다. 하지만 그 여자가 깨끗하다면……."

"아버지, 전 최면에 대해선 기본적인 개념들밖에 몰라요. 거기에 한 번도 관심을 쏟아본 적이 없거든요. 아버지는 최면에 대해 좀 아세요?"

"나도 많이는 모른단다. 하지만 의식이 또렷할 때는 절대로 하지 않을 일을 특정한 말이나 신호를 통해서 하게 할 가능성이 있어. 나라면, 치료과정에 최면을 이용하는지 적어도 한 번쯤은 물어볼 게다. 만일 그렇다면, 경우에 따라서는 그게 독이 책상에 이르게 된 길일 수도 있어. 그렇지 않다면, 계속 수사할 수밖에 없고……."

"아버지, 아버지가 경찰이 되셨으면 좋았을 걸 그랬어요……."

"아니, 아니다. 나한테는 맞지 않았을 게야." 율리아의 아버지는 웃으며 대답했다. "나는 내 직업을 선택해서 행복하다. 그리고 너한테는 경찰이 제격이야……."

"하지만 남자 복이 없어요, 유감스럽게도. 이젠 저도 한 번쯤……. 괜한 소리, 푸념해보았자 아무 소용없어요. 그렇다고 상황이 나아지지도 않고요. 그냥 아버지 목소리를 듣고 싶었어요. 주말에 연휴가 끼면 한 번 찾아뵐게요. 그러면 우리 베란다에 앉아서 커피를 마시며 밤새도록 이야기해요."

"그러면 나도 기쁠 게다. 나는 항상 너 같은 딸을 바랐어. 그리고 내가 살아 있는 한, 너를 위해서라면 무슨 일이든 할 준비가 되어 있어. 약속하마. 가슴 답답한 일이 있으면, 언제든지 전화하거나 찾아오려무나. 기운을 내, 네 좋은 점을 알아줄 남자가 언젠가는 반드시 나타날 게야. 내 말을 믿어라, 짚신도 짝이 있는 법이야."

"아버지, 사랑해요. 아버지가 계셔서 정말 다행이에요. 우리 아버지보다 더 좋은 아버지는 세상에 없을걸요. 우리 이제 수다 그만 떨어요. 몸조심하세요, 또 전화할게요. 아 참, 그리고 소설 고마워요."

"무슨 소설 말이냐?"

"아버지 편지 말이에요. 다 읽을 때까지 30분 걸렸어요."

"어쩌겠냐, 그게 내 방식인데. 혼자 집에 있다 보면, 일을 크게 벌이게 돼. 그리고 때로 나도 모르게 감정에 사로잡히면, 한도 끝도 없는 편지를 쓰게 된다니까."

"오케이, 그럼 이만 전화 끊을게요. 곧 잠자리에 들어서 좀 푹 잘 수 있었으면 좋겠어요. 안녕히 계세요."

율리아는 수화기를 내려놓고 맥주 캔을 새로 꺼내왔다. 캔 뚜껑을 따고 조금씩 홀짝홀짝 마셨다. 방금 나눈 대화 내용에 대해 곰곰 생각하고는 아버지의 말대로 해보기로 결심했다. 마리안네 로젠츠바이크에게 전화하기로 작정한 것이다. 아버지가 최면상태의 명령에 대해 한 말이 뇌리를 떠나지 않았다.

율리아는 잠시 더 기다렸다가 전호번호를 찾아서 다이얼을 돌렸다.

"로젠츠바이크입니다." 남자 목소리가 전화를 받았다.

"경찰청의 율리아 뒤랑입니다. 로젠츠바이크 부인과 통화할 수 있을까요?"

"잠깐만 기다리세요. 어머니 바꿔드리겠습니다."

잠시 시간이 흘렀다.

"로젠츠바이크입니다."

"뒤랑입니다. 또 이렇게 불쑥 전화해서 죄송합니다만, 부인에게 한 가지 물어볼 게 있어요. 라이히 씨에게 받는 치료 말인데요, 현재 최면요법을 받고 있거나 아니면 과거에 받으신 적이 있나요?"

"그건 왜 물으세요?" 마리안네 로젠츠바이크는 조심스럽게 물었다.

"그런지 아닌지만 대답해주세요."

“그래요, 우리는 이따금 최면요법도 해요.”

“알려주셔서 감사합니다. 아마 곧 다시 부인 댁에 들리게 될 것 같습니다. 안녕히 계세요. 그리고 부탁이 있어요. 이 일에 대해서는 당분간 라이히 씨에게 말씀하지 마세요. 아주 중요해요.”

“잠깐만요, 혹시 지금 무슨 생각…….”

“로젠츠바이크 부인, 저는 지금 아무 생각도 하지 않아요. 그리고 부탁입니다, 엉뚱한 추측은 하지 마세요. 다만 우리는 수사를 하고 있을 뿐입니다. 그 이상도 그 이하도 아니에요.”

“좋아요. 아무에게도 이야기하지 않겠다고 약속할게요. 하지만 라이히 씨는 절대 의심받을 사람이 아니에요.”

“저도 그렇게 생각해요. 다시 한 번 감사드립니다. 안녕히 계세요.”

율리아는 수화기를 그대로 손에 들고 있었다. 마치 전기에 감전된 것 같았다. 그것은 하나의 가능성이었다. 내일 당장 자비네 라이히를 자세히 살펴보게 할 것이었다. 율리아가 수화기를 내려놓고 화장실에 가려고 하는 찰나에 전화벨이 울렸다. 율리아는 전화를 받았다.

“저, 가브리엘레 핑크예요.” 여자 목소리가 말했다. “뒤랑 형사님, 우리 남편에 관계된 일이에요. 그 사람은 늦어도 8시까지는 집에 돌아오겠다고 말했어요. 그런데 9시 반이 되었는데도 아직 돌아오지 않았어요. 그래서 형사님에게 전화해야 한다는 생각이 들었어요.”

“남편분이 어디 가셨는지 아세요?”

“아니요, 그냥 교우하고 약속이 있다고만 말했어요.”

“그 교우 이름을 모르세요?”

“네, 유감스럽게도 몰라요. 변호사 사무실에도 전화를 걸어봤지만, 자동응답전화기가 켜져 있었어요. 휴대폰도 받지 않고, 교구 사무실도 전화를 받지 않아요. 누구에게 물어봐야 할지 모르겠어요."

"그렇다면 제게 전화 잘하셨어요. 제가 동료와 함께 먼저 교구 사무실에 가보겠어요. 남편분이 그곳에 없으면, 변호사 사무실에도 찾아가보겠습니다. 하지만 너무 걱정하지 마세요. 어쨌든 나중에 전화 드리겠습니다."

"걱정하지 않아요. 다만 좀 이상해서 그래요. 무엇보다도 남편이 살해 협박을 받았다는 말을 들어서 그런가 봐요. 어쨌든 저는 자지 않고 깨어 있을게요."

"좋습니다. 그 사이 남편분이 집에 돌아오시면 제 휴대폰으로 알려주세요. 나중에 연락하겠습니다."

율리아는 그 통화에 이어 곧바로 프랑크에게 전화를 걸었다.

"프랑크, 나예요, 율리아. 얼른 옷 입어요. 핑크를 찾아야 해요. 그가 사라졌어요."

"어디서 만날까요?"

"경찰청이 좋겠어요. 서둘러요. 왠지 느낌이 많이 안 좋아요."

"오케이. 20분 후 경찰청에서 봅시다."

율리아는 옷을 입고 머리를 빗고 가방을 들고 집을 나섰다. 핑크가 벌써 범인과 마주쳤을 거라는 불길한 예감이 들었다.

오후 10시 10분

율리아와 프랑크는 거의 동시에 경찰청에 도착했다. 두 사람은 차에서 내려서 잠깐 상의했다.

"지금까지 핑크 부인에게 전화가 없었어요. 그건 남편이 여전히 행방불명이라는 뜻이죠." 율리아는 담배꽁초를 길에 내던지며 말했다.

"그러면 이제 어디로 가죠?" 프랑크가 물었다.

"나도 모르겠어요. 하지만 먼저 교회건물을 살펴봐야 할 거 같은 느낌이 들어요……."

"왜 하필이면 거기죠?" 프랑크가 이마를 찡그리며 물었다.

율리아는 손가락으로 입술을 문지르며 고개를 갸웃 숙이고는 어깨를 으쓱했다. "지금까지의 살인들이 왠지 비열했거든요. 그 여자가 마지막으로 아주 특별한 장소를 선택했을 거라는 생각이 들어요. 아무도 생각하지 못할 장소. 마리안네 로젠츠바이크가 월요일은 가족들과 함께 지내는 날이라고 말했던 거 기억나요? 교회 건물은 비어 있어요. 핑크는 거기서 내연의 여자를 만났죠. 살아서는 그 건물을 떠나지 못할 걸 전혀 예감하지 못했을 걸요. 내 생각에 핑크는 틀림없이 거기 있어요."

"오늘 벌써 한 번 내기에서 진 거 알죠." 프랑크가 씩 웃으며 말했다.

"하지만 이번엔 아니에요. 자, 출발하자고요. 나중에 나를 여기에 내려줘요."

가는 도중에 율리아는 아버지와의 대화에 대해 프랑크에게 들려주었다. 아버지가 말한 추측에 대해서도 이야기했다. 프랑크는 귀 기울여 듣고는 고개를 끄덕이며 말했다. "그 이론이 맞는다면, 독이 어떻게 로젠츠바이크의 집에 이르렀는지 설명할 수 있어요. 그런데 그걸 어떻게 증명한다죠?"

"나는 아직도 그럴 가능성은 희박하다고 보지만, 자비네 라이히가 정말로 우리가 찾는 범인이라면 그 여자를 조사해야지 않겠어요. 먼저 그 여자의 사진을 구해서 무엇보다도 성 발렌티우스 병원 사람들에게 보여줘야 해요. 그리고 태어나서 오늘날까지 어떻게 살았는지 그 여자의 삶을 훑어봐야 하고요. 그 여자에 대한 사실들을 충분히 수합해서 가능한 동기를 추출해내면, 행동에 착수할 수 있어요. 그러려면 먼저 사실들이 필요해요. 그 여자가 겁을 먹고 또 다른 미련한 짓을 벌여서는 안 된다고요."

"단순히 미련한 짓이면 얼마나 좋겠어요." 프랑크는 냉소적으로 말했다. "하지만 솔직히 말해서, 그 이론에 그다지 많은 가능성이 있을 것 같지는 않군요. 내가 보기에도 정말 호감 가는 여자였거든요. 나는 항상 사람들 얼굴을 보고 판단해요. 어떻게 미소를 짓는가, 말하면서 상대방을 쳐다보는가, 그리고 어떻게 쳐다보는가, 그런 걸 보죠. 그 여자가 정말로 우리가 찾는 인물이라면 대단한 겁니다. 그렇게 자신을 감쪽같이 감출 수 있는 사람은 아직 못 봤어요."

"하늘과 땅 사이에……."

"하늘과 땅 사이에 우리의 학교 지식으로는 설명할 수 없는 일들이 있죠." 프랑크가 말했다. "그래요, 나도 압니다."

그들은 교회 건물이 있는 길로 접어들어서 주차장에 백 미터쯤 가까이 다가갔다.

"내 말이 맞았어요." 율리아는 나지막이 말했다. "핑크의 차예요. 젠장."

그들은 자동차에서 뛰어내렸다. 핑크의 재규어는 문이 잠겨 있었고 차 안에는 아무도 없었다. 그들은 어둠 속에서 건물 입구를 찾아냈지만 마찬가지로 잠겨 있었다.

"틀림없이 어딘가에 다른 출구가 있을 거예요." 율리아가 말했다. "손전등 있어요?"

"아뇨, 하지만 자동차에서 가져올게요."

1분 후 프랑크는 다시 돌아와서 어두운 길을 손전등으로 비추었다. "저기 뒤쪽." 그러고는 주차장에서는 보이지 않는 옆문을 불빛으로 가리켰다. 그는 문손잡이를 눌렀다. 문이 열렸다.

"열쇠가 안쪽에 꽂혀 있어요." 율리아가 말했다. "불을 켜봐요."

프랑크가 전등 스위치를 찾아서 불을 켰다. 왼편의 커다란 사무실로 통하는 문이 활짝 열려 있었다. 그들은 몇 걸음 걸어가 사무실의 전등 스위치를 눌렀다.

그는 바닥에 쓰러져 있었다. 크게 뜬 두 눈은 멍하니 위를 향해 있었고, 두 손은 부자연스럽게 굳어 있었다. 쇠나우와 베르너를 통해 이미 익숙해진 광경이었다. 두 사람은 잠시 말없이 서서 핑크를 바라보았다.

"불과 몇 시간 전에 핑크하고 이야기했는데. 급한 일이 있다고 말했어요. 교우와 약속이 있다고, 그러니 걱정하지 말라고 하더라고요. 참 근사한 약속이었군요!"

"핑크의 과거에 대해 물어보았어요?" 프랑크가 시신 위로 몸을 굽히며 물었다.

"네. 그는 조금 망설이더니 자기 아버지의 행위에 대해 알고 있었다고 시인했어요. 왜 자기 아버지가 나치를 위해 일했는지 그럴듯한 이유를 몇 가지 대더군요. 적어도 아들인 자신한테는 그럴듯한 이유였겠죠. 그 이야긴 다음에 해줄게요. 먼저 과학수사반 동료들과 의사, 사진사에게 알려야 하지 않겠어요. 어떻게 생각해요, 라우라 핑크에게 전화할까요?"

"제정신이에요? 지금 친딸더러……."

"그래요, 친딸. 다만 나는 핑크가 왜 살해되었는지 알고 싶을 뿐이에요. 그리고 라우라는 자비네 라이히의 절친한 친구이기도 했어요. 오늘 오후에 라이히가 라우라와 절친한 친구 사이라고, 거의 자매 같은 사이라고 말했거든요. 이 모든 일의 배후에 누가 숨어 있는지 알아내고 싶을 뿐이라고요. 프랑크는 동료들에게 전화해줘요. 나는 라우라에게 연락하겠어요. 어떤 반응을 보일지 무척 궁금하군요."

율리아는 장갑을 끼고서 책상 위에 놓인 수화기를 들고 라우라 핑크의 전화번호를 눌렀다. 라우라가 잠에 취한 목소리로 전화를 받기까지는 한참 걸렸다.

"라우라 핑크 씨죠?" 율리아는 물었다.

"그런데요, 무슨 일이죠?"

"뒤랑입니다. 지금 교회로 와주셔야겠어요. 핑크 씨의 도움이 필요합니다."

"왜요? 이렇게 늦은 시각에, 전 피곤해요……."

"우리도 피곤하긴 마찬가진데 이곳에 와 있어요. 핑크 씨의 아버님 일입니다. 돌아가셨어요."

"우리 아버지가요?" 라우라 핑크는 물었다. 갑자기 정신이 번쩍 든 모양이었다. "교회에서요? 무슨 일이에요?"

"하우저, 쇠나우, 로젠츠바이크와 같은 일이 벌어졌다고 추정됩니다."

"얼른 옷만 걸치고 가겠어요. 늦어도 20분 후에는 도착할 거예요."

율리아는 방 안을 둘러보았다. 경외심을 불러일으키는 크고 밝은 방이었다. 그녀는 아무것에도 손대지 않았다. 잘못하다가는 증거를 지울 수 있었다. 바닥을 바라보며 눈살을 찌푸리고는 방안을 한 바퀴 돌더니 결국 말했다. "양탄자를 좀 봐요. 불에 탄 것처럼 보여요."

"담배?" 프랑크가 물었다.

"그런 거 같아요. 하지만 교인들은 담배를 피우지 않아요. 그렇담 이상하군요. 우리의 심리치료사가 범인이 아니라는 걸까요? 그 여자를 지금까지 세 번 만났지만 알코올도 마시지 않고 담배도 전혀 피우지 않았거든요."

"이중생활을 할 수도 있지 않겠어요? 이런 일이 처음도 아니잖아요……."

"아니, 그럴 리 없어요. 그 여자가 이런 짓을 했다고는 정말 믿기지 않아요. 그런데도……."

율리아는 핑크에게로 몸을 숙이고 그의 손과 팔을 만져보고 턱관절을 움직여보면서 깊이 생각에 잠겼다.

"그런데도 뭐?" 프랑크가 물었다.

"몇 가지가 맞아떨어지거든요. 예를 들어 베르너 페트롤과 자비네 라이히는 둘 다 심리학을 전공했어요. 물론 베르너는 훨씬 더 폭넓은 교육을 받았죠. 하지만……. 젠장, 내 생각이 틀렸으면 좋겠어요."

"죽은 지 얼마나 되었다고 생각해요?" 프랑크가 물었다.

"사체경직이 서서히 시작되고 있어요. 그리고 온기도 느껴지지 않아요. 내 추측으로는 세 시간 반에서 네 시간 정도 된 거 같군요." 율리아는 핑크의 머리를 조금 옆으로 돌리고 바늘에 찔린 자국을 보더니 프랑크에게 가까이 오라고 손짓했다. "여기 봐요." 그리고 그 자리를 가리키며 말했다. "베르너의 경우와 마찬가지로 목에 주사를 놓았어요. 같은 독을 사용했다고 추정돼요. 우리의 검시관들이 뭐라고 말할지 기다려볼까요."

*

라우라 핑크는 과학수사반에 앞서 도착했다. 숨을 헐떡이며 아버지가 죽어 있는 방 안으로 뛰어들어왔다. 갑자기 걸음을 멈추고는 죽은 아버지를 내려다보았다. 얼굴에 아무런 움직임도 나타나지 않았다.

"우리 어머니에게는 연락했나요?" 라우라 핑크는 장갑을 끼면서 물었다.

"아니요, 나중에 함께 어머님에게 갈 생각이었어요."

"전 아무래도 괜찮아요. 좀 살펴봐도 될까요?" 라우라 핑크는 자기 아버지를 가리키며 물었다. "좀 자세히 살펴봐야겠어요. 언제 사망했는지 형사님도 알고 싶으시겠죠?" 라우라는 표정 변화 없이 물었다.

"물론 알고 싶죠."

"그러려면 체온을 재야 해요." 라우라 핑크는 왕진가방에서 체온계를 꺼내고, 시신의 옷을 벗길 수 있도록 도와달라고 프랑크에게 부탁했다. 그리고는 직장의 체온을 쟀다. 체온계가 삑삑거릴 때까지 2분 기다렸다가 체온계를 항문에서 꺼내어 체온을 읽었다. "33.4도." 그녀는 중얼거렸다. "세 시간에서 네 시간 전에 사망했다고 추정돼요. 플러스 마이너스 30분 정도 차이가 날 수 있어요. 정확한 사망시간은 법의학자가 밝힐 문제고요. 사망진단서에 '사망 원인 불분명'이라고 기재하겠어요. 그 밖에 나머지는 전부 형사님들에게 맡기겠어요."

"많이 충격받았죠?" 율리아는 상대방의 모든 반응을 의식적으로 유심히 지켜보며 물었다.

라우라는 사망진단서를 작성하는 동안, 보일 듯 말 듯 살짝 어깨를 으쓱하며 짧게 대답했다. "죽음이 근사한 일은 아니잖아요."

"그 말은 제 질문에 대한 답변이 아닌데요."

"아니요, 저한테는 큰 충격이 아니에요. 그리고 이제 형사님은 왜 큰 충격이 아니냐고 물으시겠지만, 그 물음엔 대답하지 않을 거예요."

"아버님을 미워하셨나요?"

"저를 살인범으로 여기시는 건가요?" 라우라 핑크는 조소하듯 미소 지으며 되물었다. "아니요, 저는 아버지를 미워하지 않았어요. 하지만 사랑하지도 않았죠. 아버지는 제게 낯선 사람일 뿐이었어요. 위르겐에게 그랬듯이……. 자, 제게 더 이상 볼 일이 없으시면……."

"잠깐만요, 우리는 라우라 핑크 씨와 함께 어머님에게 갈 생각이었어요. 하지만 과학수사반이 도착할 때까지 기다려야 해요."

율리아가 이 말을 마친 즉시 남자들이 들이닥쳤다. 율리아는 그들에게 간단히 할 일을 일러주고 자신은 프랑크, 그리고 닥터 핑크와 함께 사망인의 미망인에게 갈 것이라고 말했다.

화요일

오전 12시 5분

가브리엘레 핑크는 거실에 앉아 있었다. 두 다리를 꼭 붙이고 두 손은 기도하듯 합장한 채, 방에 들어오는 사람들을 초점 없는 눈으로 응시했다.

"어머니, 나 왔어요." 라우라 핑크는 그 옆에 앉으며 말했다.

"우리는 초인종을 누르지 않고 그냥 들어왔어요. 어머니가 화내지 않았으면 좋겠어요." 라우라 핑크는 어머니를 한쪽 팔로 꼭 끌어안았다. 프랑크와 율리아는 방 가운데 서서 침묵을 지켰다.

"그 양반 죽었구나, 그렇지?" 가브리엘레 핑크는 억양 없는 목소리로 말했다.

"네, 돌아가셨어요."

"그럴 줄 알았어. 그 양반이 집을 나설 때 이미 나는 다시는 돌아오지 않을 것을 알고 있었어. 우리가 그 오랜 세월 동안 이야기를 나누지 않았는데도, 왜 그걸 느꼈는지 모르겠구나."

"때로는 설명할 수 없는 일들이 있어요. 내가 뭘 어떻게 도와드릴까요?"

"아니다, 라우라. 괜찮아. 그 양반, 어떻게 죽었던?"

"로젠츠바이크 형제, 쇠나우 형제와 같은 방식으로 돌아가셨어요. 하지만 어머니에게 자세한 이야기는 하고 싶지 않아요. 오늘은 아니에요."

가브리엘레 핑크는 눈길을 들어 율리아를 바라보았다. "그렇게 서 계실 필요 없어요. 앉으세요."

"괜찮습니다, 핑크 부인. 우리는 부인을 따님께 맡기고 이만 가보겠습니다. 안녕히 계세요."

두 사람은 그 집을 나와 프랑크의 BMW에 기대서서 담배를 한 대 피웠다. 하늘은 구름 없이 맑았지만, 대도시의 불빛에 가려 별들은 별로 보이지 않았다. 바람 한 점 불지 않았고 담배 연기가 수직으로 올라갔다.

"감정을 느끼지 못하는 것도 감정이에요." 프랑크가 웅얼거렸다. "핑크가 죽었는데도 저 두 사람은 조금도 슬퍼하지 않아요. 마치 복권에 당첨된 사람들 같다는 느낌이 들 정도니."

"늙은 냉소주의자 같으니라고." 율리아가 삐죽이 웃으며 말했다.

"그게 냉소하고 무슨 상관이죠? 카를 하인츠 핑크의 죽음에는 우리가 지금까지 알고 있는 것보다 훨씬 더 많은 게 숨어 있어요. 핑크도 살인녀와 내연의 관계를 맺었을 가능성이 다분해요. 하지만 다른 것, 더 심각한 것이 있을 겁니다. 그리고 내가 분명히 장담하는데, 저 두 사람은 그걸 알고 있어요. 하지만 저 사람들에게서는 절대 아무것도 알아낼 수 없을 거예요……. 내가 무얼 바라는지 알아요? 그저 평범한 살인사건이었으면 좋겠어요. 누군가가 총에 맞고 우리는 스물네 시간 이내에 살인 동기와 범인을 찾아내고, 그리고…….”

“그리고 뭐요? 나도 이 사건은 정말 진저리가 나요. 무엇보다도 말 그대로 잠을 빼앗아 가고 있으니까. 하지만 아무도 거기엔 관심이 없군요. 젠장, 피곤해 죽겠어요. 가요, 내 자동차까지 좀 태워다 줘요. 어서 집에 가서 자고 싶은 맘뿐이에요. 다섯 시간! 늙은이처럼 뼈마디가 쿡쿡 쑤셔요. 게다가 배까지 고파서 쓰러질 지경이에요. 이놈의 직업 지긋지긋하네요.”

“골치 아픈 사건만 터졌다하면 꼭 그 말이 나온다니까. 그런데도 이런 사건들을 은근히 즐긴다는 느낌을 왜 떨쳐버릴 수 없을까요. 하긴, 즐긴다는 말은 적절한 표현이 아닐 거예요. 하지만 그런 사건들이 도전이란 점은 율리아도 인정할걸요. 그리고 율리아는 원래 도전을 좋아하잖아요. 나도 이제 그 정도는 눈치챌 만큼 율리아에 대해 잘 알죠. 투견 핏불테리어가 한 번 꽉 물었다 하면 절대 놓지 않듯이, 뒤랑 형사도 사건을 물고 늘어지잖아요. 내 말 맞죠?”

“젠장, 그래 맞아요. 그리고 내가 좋아하지 않는 게 딱 하나 있어요. 뭔지 알아요? 내 직업적인 태도에 대해 심리학적으로 강연을 늘어놓는 시시껄렁한 짭새라고요.” 율리아는 씩 웃으며 말하고는 자동차 반대편으로 돌아가 차에 올라탔다.

“말조심해요. 경찰청까지는 걸어서 몇 킬로미터예요…….”

“어서 출발이나 하시죠. 그렇지 않으면 여기 차 안에서 잠들어 버릴 테니. 내일은 어쩌면 결정적인 날이 될 수도 있어요. 그런 날 기진맥진해 있고 싶지 않다고요. 알아들었어요?” 율리아는 말을 멈추고 가방 안에서 휴대폰을 꺼내어 비상대기조에 전화를 걸었다. “율리아 뒤랑이에요. 내 말 잘 들어요. 내일 아침, 아니, 오늘 아침 6시부터 그리스하임에 있는 자비네 라이히라는 여자의 집 앞에 자동차를 배치시켜요. 주소는 지금 나한테 없지만 금방 알아낼 수 있을 거예요. 그리고 회히스트에 있는 라이히의 심리상담소 앞에도 마찬가지로 차를 배치해 주세요. 그 주소는 전화번호부에 나와 있어요. 그 여자 사진이 급하게 필요합니다. 나이는 서른네 살이지만 실제는 더 젊어 보이고, 키는 1미터 70정도. 머리카락은 밤색, 눈은 갈색, 그리고 늘씬해요. 사진을 찍으면 즉각 현상해서 여러 장 빼둬요. 10시경까지 사진이 책상 위에 놓여 있으면 금상첨화겠군요. 전부 알아들었어요?…… 오케이. 그래, 그럼 고생해요. 그리고 눈치채지 않게 잘해요."

율리아는 심호흡을 하며 말했다. "그러면 이제 침대로 직행하자고요."

"알았습니다, 캡틴. 그럼, 출발합니다."

오전 12시 10분

그녀는 상큼하게 샤워하고 알몸으로 거울 앞에 서 있었다. 열여덟 시간 이상 전부터 바쁘게 움직였는데도 몸이 산뜻하고 가뿐했다. 무거운 짐을 해결했으니, 인생이 앞으로는 좀 더 조용히 흘러가겠지. 그녀는 찬장의 홈바를 열고 코냑병을 꺼내어 잔에 따랐다. 담뱃불을 붙이고는 방의 불을 끈 다음 창가에 서서 어둠에 잠겨 있는 정원을 내다보았다. 지난 일주일을 돌이켜보고, 자신의 행동을 조금도 후회하지 않는다는 생각을 했다. 그녀가 용서를 빌어야 할 것은 없었다. 다른 사람들이 비겁해서 하지 못한 것을 완수했을 뿐이었다. 그녀의 복수심은 충족되었다.

그녀는 코냑과 담배를 즐겼다. 그리고 12시 반에 알몸으로 잠자리에 들었다. 침대에 반듯이 누워서 두 팔을 양옆으로 벌리고 두 다리를 꼭 붙였다. 사람들이 말하는 왕의 포즈. 그녀는 눈을 감고 잠들었다. 드디어 뜻을 이룬 것이다.

오전 7시 45분

율리아는 겨우 다섯 시간 잤는데도 푹 쉬고 난 듯한 느낌이 들었다. 경찰청에 도착하니, 베르거와 페터를 비롯해 수사에 참여한 몇몇 동료가 이미 와 있었다.

"그러니까 핑크마저 당했단 말이지?" 율리아가 사무실에 들어서자마자 베르거가 중얼거렸다. "어떻게 된 거야?"

"핑크 본인의 잘못이에요. 어제 제게 교우와 만날 약속이 있다고 말했는데, 순 거짓말이었어요. 그렇듯 위험한 상황에서 거짓말하면, 우리가 어떻게 도울 수 있겠어요. 그런데 사진은 벌써 준비되었어요?"

"지금 이쪽으로 오는 중이야. 자네는 정말로 라이히가 이번 사건과 관련 있다고 믿는 건가?"

"저는 아무것도 믿지 않아요." 율리아는 말했다. "다만 그렇게 추측할 뿐이죠."

"그럼, 왜 그런 추측을 하게 됐는지 물어도 되겠나?"

"어처구니없는 말로 들리겠지만, 어제 아버지와 통화하면서 이번 사건에 대해 몇 가지 이야기를 했습니다. 특히 독이 어떻게 로젠츠바이크의 집에 이르렀는지 아직 모른다는 말을 했어요. 어쩌다 그 이야기를 하게 되었는지는 모르겠지만, 어쨌든 우리 아버지는 라이히가 최면요법을 사용하지 않느냐고 물으셨어요. 저는 라이히에게 직접 그런 말을 들은 적이 있기 때문에, 그렇다고 대답했죠. 그러자 아버지는 경우에 따라서는 그것이 답안일 수 있다고 말씀하셨어요. 환자가 최면상태에서 병을 바꿔치기하라는 치료사의 명령에 조종당할 수 있다고……."

"그러면 로젠츠바이크 부인이 남편에게 몰래 독을 갖다 주었다는 뜻인가?"

"이 이론에 근거한다면, 그렇다고 할 수도 있고 그렇지 않다고 할 수도 있습니다. 로젠츠바이크 부인은 독을 가져다 주었지만 의도적인 게 아니었어요. 만일 그랬다면, 로봇처럼 명령을 따른 것뿐이었죠."

"좀 허무맹랑한 소리로 들리는군……."

"물론 그렇습니다. 하지만 저는 아버지와의 통화 후, 로젠츠바이크 부인에게 전화 걸어서 라이히에게 최면요법도 받느냐고 물었어요. 로젠츠바이크 부인은 그렇다고 대답했습니다. 물론 저는 다른 사람에게, 특히 라이히에게 우리의 대화 내용에 대해 절대 말하지 말라고 신신당부했고, 로젠츠바이크 부인은 그렇게 하겠다고 약속했어요. 우리가 왜 그 생각을 미처 못 했을까요?"

"우리가 사람이기 때문이죠." 페터가 늘 그렇듯이 의자에 여유있게 앉아서 껌을 씹으며 말했다.

"하지만 특히 최면요법을 치료에 사용한다는 말을 라이히에게 들었을 때는 그 생각을 할 수도 있었어요. 어쨌든 기다려 보기로 해요. 우리에게 명백한 증거가 없는 한, 아무런 조치도 취할 수 없어요."

"자네 생각에는 앞으로 어떻게 될 거 같은가?" 베르거가 물었다.

"우선 제일 선명한 사진으로 뽑아서, 지금까지 이야기해본 모든 사람에게 보여줘야죠. 물론 교인들은 빼고요. 로젠츠바이크 회사, 쇠나우 은행, 성 발렌티우스 병원……. 물론 아무도 그 여자를 모르는 경우에는, 솔직히 말해서 완전 망하는 거죠. 그런데도 라이히가 지금까지 무엇을 했는지 모든 걸 알고 싶습니다. 출생부터, 어디 출신이고 부모가 누구이고 언제부터 그 교회에 다녔는지 모든 걸 알아야겠어요. 지금까지의 인생행로에 대해 빈틈없이 알아둘 필요가 있습니다. 어쩌면 몇 가지 어긋나는 점을 발견할 수도 있어요."

율리아는 잠깐 말을 멈추고 담뱃불을 붙이고는 등을 뒤로 깊숙이 기대고 좌중을 둘러보았다. "자, 여러분, 일에 착수합시다. 첫 번째 쓸 만한 사진이 확보되면, 저는 페터와 프랑크하고 성 발렌티우스 병원으로 출발하겠어요. 마침내 이 빌어먹을 사건을 해결하고 싶어요. 한 가지 더 짚고 넘어갈 게 있어요. 라이히뿐만 아니라 페트롤에 대해서도 모든 걸 알아야겠어요. 결혼을 했는지, 형제자매가 있는지, 인생에 무슨 특이사항은 없었는지, 출생 이후 지금까지의 삶에 대해 모든 걸 알아야겠어요. 모두들 제 말이 무슨 뜻인지 알죠. 페트롤이 살았던 집주인에게 물어봐요. 오늘 점심 무렵까지 결과가 나오면 더없이 좋겠어요."

베르거가 율리아를 향해 씩 웃었다. "나는 자네의 바로 그 점을 높이 평가해. 승리를 향한 절대적인 의지."

"그건 승리가 아니에요." 율리아가 진지하게 대답했다. "그러기에는 너무 많은 패배자가 있었어요. 우리 직업은 실제로 늘 패배자하고만 관련이 있죠. 그건 이따금 사람을 정말로 우울하게 만들 수 있어요."

*

집을 나서는 자비네 라이히의 모습을 찍은 사진들이 9시 15분에 베르거의 사무실에 전달되었다. 그 가운데는 라이히의 아름다운 얼굴을 클로즈업시킨 것도 있었다. 사진은 총 스무 장이었다.

"오케이." 율리아는 프랑크와 페터에게 말하고 자리에서 일어났다. "갑시다. 마르크센과 하인츠, 두 사람은 로젠츠바이크 앤 파트너로 가고, 쿤츠와 뮐러는 쇠나우 은행을 맡아요. 나머지 사람들은 자비네 라이히의 이력을 조사해요. 우리가 돌아왔을 때 결과가 나왔으면 좋겠어요." 율리아는 단호한 표정으로 말을 이었다.

그들은 공무수행용 차량 란치아(이탈리아산 자동차 —역주)를 이용했다. 66번 고속도로를 타고 비스바덴 방향으로 달리다가 엘트빌레에서 고속도로를 빠져나와 성 발렌티우스 병원이 위치한 한적한 소도시에 이르렀다. 그들의 발걸음은 맨 먼저 베르너 페트롤의 여비서에게로 향했다. 율리아는 자비네 라이히의 사진을 여비서의 얼굴 앞에 디밀고, 그 여자를 본 적이 있느냐고 물었다.

"미안하지만, 모르는 여자인데요."

"한 번도 이곳에 온 적이 없나요?"

"형사님, 여기는 비서실이에요. 이곳에 방문객이 오는 경우는 극히 드물어요. 아마 병동에서 물어보셔야 할 거 같아요. 이미 말했듯이, 저는 한 번도 본 적이 없어요. 페트롤 교수님하고 같이 있는 건 더 말할 것도 없고요."

"고마워요." 율리아는 말했다. "하나만 더 물을게요. 여기에 병동이 몇 개나 있죠?"

"작은 병동들까지 합하면 전부 열일곱 개가 있어요. 여기 바로 맞은편에 남녀를 따로 수용하는 폐쇄병동 둘과 남녀를 함께 수용하는 개방병동 둘이 있어요. 저층건물에는 대부분의 환자가 열흘 이상 머물지 않는 알코올 치료병동이 있고, 구관에는 정신분열증이나 우울증 같은 증상들을 보이는 환자들을 위한 작은 병동들이 전부 여덟 개 있어요. 그리고 별관에는 환자들을 단 여섯 명에서 열 명까지만 수용하는 개방병동이 네 개 있죠. 그 밖에 작업요법을 위한 공간들도 있고, 본관 지하에는 체조장도 있어요. 카페테리아도 빼놓을 수 없고요. 하지만 카페테리아는 15시에서 17시까지만 문을 열죠. 그리고 우리 병원에서 전부 몇 명의 직원들이 일하는지 알고 싶으시다면, 총 180명의 의사들, 간호사들, 치료사들이 있어요."

그들이 주차장에 이르렀을 때, 율리아가 말했다. "흩어지자고요. 내가 폐쇄병동과 개방병동, 알코올 치료병동을 맡을 테니까, 나머지는 두 사람이 나눠서 해결해요. 한 시간 후 본관 입구에서 만나도록 하죠."

율리아는 사진을 손에 들고 유리문을 지나 2층으로 올라갔다. 11병동. 문이 닫혀 있었다. 복도에 몇몇 남자가 보였다. 남자간호사 한 명이 빠른 걸음으로 복도를 걸어왔다. 율리아는 문 옆의 벨을 눌렀다. 몇 초 후, 키가 크고 안경을 쓴 쉰 살가량의 여자간호사가 다가와 흰 바지의 허리춤에 매단 열쇠 다발의 열쇠 하나를 집어 자물쇠에 꽂았다.

"미안하지만," 율리아가 입을 열기도 전에 간호사는 약간 무뚝뚝한 저음의 목소리로 말했다. "방문시간은 14시에서 19시까지입니다. 여기 쓰여 있습니다."

"제가 그것을 못 읽었겠습니까." 여형사는 냉정하게 말했다. "경찰청의 뒤랑입니다. 여기 간호사들에게 사진을 하나 보여주고 사진 속의 여자를 아는지 물어보고 싶습니다. 그뿐입니다."

"어머, 죄송해요." 간호사는 당황한 표정으로 말했다. "그렇다면 물론 이야기가 다르죠. 들어오세요."

"그러니까 여기가 폐쇄병동이군요." 율리아는 말했다. "남자들이 무슨 일을 저질렀기에 여기 갇혀 있죠?"

"일을 저지른 사람은 아무도 없어요. 다만 병이 들어서 사람들 사이에서 살 수 없을 뿐이죠. 그게 전부예요……. 페트롤 교수의 죽음과 관련 있나요?"

"특히 그래요. 이 여자를 아세요?" 율리아는 사진을 내밀며 물었다. 간호사는 사진을 잠깐 들여다보더니 고개를 저었다. "유감스럽지만 처음 보는 얼굴이에요. 적어도 이 병동에서는 그래요. 하지만 제 동료들에게 물어보실 수 있어요."

"그렇지 않아도 그럴 계획이에요."

그날 오전 그 병동에서는 네 명의 간호 인력이 근무하고 있었다. 그 여자간호사와 남자간호사 세 명, 그중의 하나는 땅딸막한 남자였는데 머리를 짧게 자르고 작센 사투리를 썼다. 그 땅딸막한 남자가 조금 생각하더니 말했다. "한 번 본 거 같아요. 확실하지는 않아요. 위층 12병동이었을 거예요……. 분명하게 말할 수는 없지만……. 아니, 어쩐지 낯이 익지만 괜히 잘못 말하고 싶지 않아요. 위층에 가서 물어보세요. 한 층 바로 위예요. 반년 전쯤 간호사 세 명이 한꺼번에 빠졌을 때, 제가 12병동에서 일해야 했거든요. 그 여자가 누구인지 물어도 될까요?"

"아니, 묻지 마세요. 하지만 고마웠어요."

12병동도 11병동과 마찬가지였다. 율리아가 벨을 울리자, 이번에는 남자간호사가 문을 열었다. 그 남자는 키가 작고 불만스런 표정이었으며, 새까만 눈에서 뿜어져 나오는 매서운 눈초리로 율리아를 훑어보았다. 나이 많은 여인 세 명이 복도에 못 박힌 듯 서서는 마치 다른 세계에서 온 외계인인 양 여형사를 뚫어지게 바라보았다. 율리아는 신분을 밝히고 명찰에 미크로라고 쓰인 그 남자에게 사진을 보여주었다. 남자는 사진을 잠시 들여다보고는 율리아를 쳐다보았다.

그는 한순간 망설이는 듯했지만 결국 뚜렷한 슬래브 악센트로 말했다. "맞아요, 이 여자를 알아요. 적어도 일주일에 한 번은 이곳에 와요."

그 순간 율리아는 전기에 감전된 것 같았다. "정말요? 이름이 뭐죠?"

"이름이 뭐냐고요?" 간호사는 어깨를 으쓱했다. "서류를 살펴봐야 합니다. 하지만 누구를 찾아오는지는 말할 수 있어요. 214호실의 에렌트라우트 부인……."

"그 부인과 이야기할 수 있을까요?"

미크로는 얼굴을 찡그리며 미소 지었다. "한번 시도해볼 수는 있겠지만, 형사님 말을 못 알아들을 겁니다. 그 부인은 온종일 앉아 있기만 하거든요……. 정신이 죽었어요……."

"무슨 병이죠?"

"코르사코프증후군, 뇌졸중, 간경변증. 사실은 서서히 죽어가는데 필요한 모든 걸 갖추고 있어요. 죽을 때까지 백 퍼센트 보호가 필요한 환자입니다."

"코르사코프증후군이라고요?" 율리아는 물었다. "좀 더 자세히 설명해줄 수 있을까요?"

"쉐르머 박사님에게 물어보시는 편이 좋을 겁니다. 지금 진료실에 계세요. 잠깐만요, 제가 모셔다 드리죠."

미크로가 문을 노크하자, 안에서 들릴 듯 말 듯 "들어오세요"라는 소리가 들렸다.

"쉐르머 박사님, 경찰청의 뒤랑 형사님입니다. 박사님하고 좀 이야기하고 싶답니다."

쉐르머는 몸을 일으켜서 책상 앞으로 걸어 나와 율리아에게 한 손을 내밀었다. 율리아보다 키가 작고 비쩍 마른 남자였다. 나이는 삼십 대 후반에서 사십 대 초반으로 추정되었다. 하지만 율리아가 잘못 본 것일 수도 있었다. 머리가 훌렁 벗겨지고 근엄한 눈빛이 좀 더 나이 들어 보였기 때문이다. 쉐르머는 율리아에게 의자를 권하고 자신도 맞은편에 앉았다.

"무엇을 도와드릴까요? 페트롤 교수 문제입니까?"

"물론 그것도 관련이 있습니다. 하지만 먼저, 이 여자를 아십니까?"

쉐르머는 사진을 손에 들고 고개를 끄덕였다. "압니다, 그런데 왜 그러시죠?"

율리아는 질문에는 대답하지 않은 채 말했다. "이 여자는 이 병동의 환자 에렌트라우트 부인을 자주 방문하고 있습니다. 에렌트라우트 부인에 대해 좀 말씀해주실 수 있겠습니까? 이 병원에 온 지는 얼마나 되었고, 왜 죽을 때까지 간호가 필요한지 등등을 말입니다."

쉐르머 박사는 의자 깊숙이 등을 기대고 두 손을 맞대어 손끝을 코에 갖다 댔다. "에렌트라우트 부인은 전형적인 중독증 환자라고 불리는 케이스입니다. 원래는 10병동이 알코올중독증 병동이지만, 거기 아래층에 자리가 없으면은 이따금 이곳으로도 중독증 환자들이 오죠. 혹시 제가 잘못 말하는 일이 없도록, 잠깐 기다리시면 얼른 환자기록을 가져오죠."

쉐르머 박사는 몸을 일으켜 책장에서 두툼한 서류철을 꺼내와 책상에 내려놓고는 펼쳤다. 잠시 후, 그는 말했다. "에렌트라우트 부인은 1995년 6월 3일 이곳에 왔습니다. 처음에는 알코올중독 치료를 위해 열흘 예정으로 입원했지만, 곧 다른 이상이 있는 것으로 밝혀졌습니다. 며칠 후에는 말을 걸어도 아무 반응이 없었고 이해할 수 없는 말을 웅얼거렸죠. 그래서 신체적인 면뿐만 아니라 신경학적인 면에서도 정밀한 검사를 실시했습니다. 그 결과, 상당히 진행된 간경변증과 오랫동안 알코올을 남용하는 경우 발생하는 이른바 코르사코프증후군을 확인했습니다. 일반적으로는 단기기억만 손상을 입지만, 에렌트라우트 부인처럼 극히 심한 경우에는 거의 모든 기억력을 상실할 수 있어요. 우리는 약물을 이용해서 조금이나마 도우려고 했지만, 치료 도중인 1995년 7월 30일 설상가상으로 뇌졸중까지 겹치고 말았습니다. 머리 부위를 CT 촬영한 결과에 의하면, 에렌트라우트 부인은 다시 정상적인 생활을 할 수 없는 것으로 밝혀졌습니다. 그 부인은 사실상 살아 있는 게 아니라 속된 말로 표현해서 시름시름 죽어가고 있어요. 에렌트라우트 부인이 생각을 하는지, 느낌이 있는지, 냄새를 맡는지, 맛을 아는지……, 우리는 전혀 모릅니다. 의학은 이런 뇌질환에 대해 아는 게 별로 없습니다. 어쨌든 수십 년은 아닐지라도 수년에 걸친 알코올 남용과 약물 남용에 그 원인이 있는 게 확실합니다."

"에렌트라우트 부인은 나이가 얼마나 되죠?"

"잠깐만요, 1946년 7월 23일생입니다. 그러니까 다음 달이면 만 53세가 되겠군요. 사실 아직 세상을 뜰 나이는 아니죠."

"앞으로 얼마나 살 수 있다고 생각하십니까?"

"그건 좀 말하기 어렵습니다. 앞으로 십 년 아니면 이십 년을 살 수도 있어요. 간경변증의 경과에 달려 있습니다. 지금 식도정맥류에 걸려 있는데, 만일 정맥류가 파열하면 생존 가능성은 거의 없습니다. 말하자면 자신의 피에 질식사하게 되죠. 고통스러운 죽음입니다. 저는 그걸로 죽은 남자를 한 번 본 적이 있습니다."

쉐르머 박사는 고개를 저으며 말을 이었다. "하지만 에렌트라우트 부인이 오래 버틸 것 같지는 않아요. 이해하실지 모르겠지만 병세가 너무 깊습니다. 원칙적으로 말하자면, 언제 죽음이 찾아올지 모릅니다."

율리아는 자비네 라이히의 사진을 가리키며 물었다. "여기 이 여자가 에렌트라우트 부인을 돌봅니까?"

"제가 알기에는, 에렌트라우트 부인을 찾아오는 유일한 사람입니다. 잠깐만요, 여기 있군요. 자비네 라이히. 에렌트라우트 부인을 이 병원에 데려온 사람이기도 합니다."

"두 사람이 어떤 관계인지 아십니까?"

"여기 조카라고만 쓰여 있군요. 더는 말씀 드릴 수 없습니다."

"마지막으로 하나만 더 묻겠습니다. 혹시 자비네 라이히와 페트롤 교수 사이에 무슨 관계가 있었는지 아십니까? 혹시 연인관계나 남몰래 만나는 사이가 아니었을까요?"

"유감스럽게도, 페트롤 교수의 사생활에 대해서는 정말로 드릴 말씀이 없습니다. 우리 의사들은 사생활 면에서 서로 완전히 개의하지 않거든요."

"협조해 주셔서 감사합니다." 율리아는 몸을 일으키며 말했다.

"혹시 에렌트라우트 부인을 잠깐 볼 수 있을까요?"

"물론이죠." 쉐르머는 말했다. "잠깐 기다리십시오, 제가 모셔다 드리죠. 하지만 보시고 너무 놀라지는 마십시오……."

에렌트라우트 부인은 창가에 앉아 있었다. 두 손을 무릎에 올려놓고 시선을 밖으로 향한 채. 피부는 생기 없는 잿빛이었고, 얼굴은 주름지고 초췌해 보였으며, 허옇게 센 머리는 가지런히 뒤로 빗어 넘겼고, 목욕가운 차림에 실내화를 신고 있었다. 침대 옆 탁자에 놓인 꽃병에는 노란색, 흰색, 분홍색 장미꽃이 안개꽃에 어우러져 꽂혀 있었다. 1인실이었고, 찾아오는 사람은 유일하게 자비네 라이히뿐이었다.

"이 꽃은……." 율리아가 입을 열었지만, 쉐르머가 곧 말을 끊었다. "라이히 씨가 가져온 것입니다."

율리아는 쉐르머 박사와 헤어져서 층계를 내려가 정원 벤치에 앉았다. 골루아에 불을 붙여 담배 연기를 들이마시며 생각에 잠겼다. 담배를 눌러 끄고는 허둥지둥 새 담배에 불을 붙였다. 신경이 극도로 예민하다는 표시였다. 율리아는 시계를 보았다. 한 시간이 채 지나기도 전에, 프랑크와 페터가 밖으로 나왔다.

"잘못 짚었어!" 두 사람은 이구동성으로 말했다. "그 여자를 아는 사람이 아무도 없어요."

율리아가 눈길을 들었다. 표정이 침울해 보였다. "아니, 그 여자를 아는 사람이 있어요. 자비네 라이히는 12병동의 에렌트라우트 부인을 정기적으로 방문하고 있었어요. 그 부인은 중환자고 말을 알아듣지 못해요. 52세, 뇌가 알코올로 망가진 데다가 뇌졸중과 간경변증까지 겹쳤대요. 죽음은 시간문제일 뿐이에요."

"제기랄." 프랑크가 입술 사이로 내뱉었다. "하필이면 자비네 라이히라니."

"그 여자가 뭐 그리 특별합니까?" 페터가 물었다.

"그럼 특별하지, 이 천치야!" 프랑크는 페터에게 버럭 소리를 질렀다. "그야말로 최고의 여자라고! 하지만 유감스럽게도 검은 독거미였어!"

"아직 결정적인 증거가 없어요." 율리아가 말했다. "지금까지 아는 사실은 그 여자가 정기적으로 에렌트라우트 부인을 방문한다는 것뿐이에요. 두 사람이 친척, 그러니까 이모와 조카 사이라고 하는데. 동료들이 어떤 수사결과를 가져올지 궁금하군요."

"이 일에 신경이 많이 쓰이나 봐요, 그렇죠?" 프랑크가 말했다. 며칠 사이 많은 일을 겪은 율리아가 안 돼 보였다. 율리아는 입술을 찡그려 미소를 지으며 일어났다.

"쓸데없는 소리, 신경 쓰일 게 뭐 있어요. 그저 첫눈에 호감이 갔던 것뿐이에요." 율리아는 말했다. "그리고 왠지 모르지만 이번 살인사건들을 그 여자와 연결 지을 생각은 꿈에도 못했어요. 하지만 아직 갈 길이 멀어요. 이 병원에 다녔다는 사실만으로는 증거가 안 돼요."

"하지만 페트롤이 여기서 근무했어요. 그 두 사람은 여기서 만났을 가능성이 많아요. 갑자기 모든 게 맞아떨어지는군요."

"그럼, 왜 그 남자들을 살해했을까요?" 율리아는 자동차로 가는 동안 골루아에 불을 붙이며 물었다.

"그야 알 수 없죠. 이제 우리가 알아내야지 않겠어요. 자, 갑시다. 할 일이 산더미처럼 쌓여 있어요."

오후 1시 10분

경찰청. 수사회의.

율리아는 성 발렌티우스 병원에 다녀온 결과를 보고했다. 보고를 마치자, 베르거 반장이 진지한 표정으로 말했다. "좋아, 나도 새로운 소식이 있어. 자비네 라이히는 1964년 11월 1일 비스바덴에서 출생했어. 출생 직후 '성모 마리아의 집'이라는 가톨릭 고아원에 맡겨졌고, 열두 살에 상당히 유복한 사업가 부부 헤르만 라이히와 레나테 라이히에 의해 입양되었어. 자비네 라이히는 그 부부 슬하에서 자랐고, 열아홉 살에 고등학교를 졸업한 뒤 대학에서 심리학을 전공했어. 그 후 한 심리상담센터에서 2년 동안 일하다가 스물여섯 살에 독립했네. 8년 전부터 여기 회히스트에서 심리상담소를 운영하고 있는데, 주로 정신분석, 개인치료와 집단치료, 최면요법에 주력하고 있어. 이런 정보들은 양어머니에게서 얻었네. 양아버지는 4년 전에 암으로 세상을 떴어. 생모의 이름은 사방천지로 수도 없이 전화한 끝에 겨우 알아냈어. 자, 이제 놀라 자빠지지 않도록 꽉 붙잡으라고. 생모의 이름은 에리카 에렌트라우트, 뒤랑 형사가 성 발렌티우스 병원에서 본 여자지. 생부의 이름은 알려지지 않았어. 그리고 4년 전부터 라이히는 엘로힘 교회에 다니고 있어.

이제 페트롤에 대한 이야기로 넘어가자고. 뒤랑 형사가 모든 자료를 원했지, 여기 있네. 페트롤은 1956년 4월 3일 카를스루에에서 태어났고, 누나가 하나 있는데 결혼해서 아이가 셋이야. 어제 페터가 가져온 사진이 그 누나와 조카들 사진이었어. 페트롤은 1992년부터 엘트빌레에서 살았지만, 1996년 프랑크푸르트에도 집을 구입했어. 부모는 11년 전에 자동차사고로 세상을 떠났고, 페트롤과 그의 누나에게 상당히 많은 유산을 남겼어. 그래서 아마 그 호화스러운 생활을 누릴 수 있었을 게야. 같은 건물에 사는 사람들에게 자비네 라이히를 보았느냐고 물었지만, 기억하는 사람은 아무도 없었네."

베르거는 잠시 말을 멈추고 담뱃불을 붙이고 등을 의자 깊숙이 기댔다. 방 안에 쥐죽은 듯 정적이 감돌았다. 바늘 떨어지는 소리도 들릴 정도였다. 베르거는 좌중을 한 번 훑어보고 율리아를 향해 물었다. "그럼, 이제 어떡할 건가? 자네 생각은 어때? 자네 머릿속이 분주하게 돌아가는 게 보이는군그래."

"네," 율리아는 주춤하며 대답했다. "차츰 퍼즐이 맞아떨어지고 있어요. 그러니까 에리카 에렌트라우트는 열일곱 살에 임신을 했고, 우리는 아이의 아버지가 누구인지 모릅니다. 자비네 라이히, 아니 자비네 에렌트라우트는 고아원에 보내져서 12년을 그곳에서 보냈습니다. 그러다 언젠가 친부모를 수소문하기 시작했고 결국 어머니를 찾아냈죠. 하지만 그 어머니는 이미 오래전에 신체적, 정신적으로 폐인이었습니다. 어쩌면 그때 이미 자신이 임신을 해서 딸을 낳았었다는 사실조차 잊었을 수 있어요. 전문교육을 받은 심리학자로서 자비네 라이히는 어머니의 상태에 대해 잘 알았습니다. 그래서 병이 나을까 하는 희망을 품고서 어머니를 병원에 데려갔죠. 그러나 어머니를 돕기엔 이미 때가 늦었습니다. 어머니를 더 이상 도울 수 없다는 걸 알았을 때, 자비네 라이히는 복수심에 불타기 시작했어요. 어머니의 알코올 남용과 약물 남용이 우연히 생긴 게 아니라고 느꼈기 때문이죠. 그걸 누가 알겠어요. 그러다 자비네 라이히가 생부에 대한 단서를 발견했을 수 있어요. 바로 그 교회에 생부가 있었기 때문에, 거기 다니기 시작했습니다. 자비네 라이히는 자신의 정체를 드러내지 않고, 어떤 사람들이 거기 모이는지 일단 탐색하려고 했습니다……. 저도 더 이상은 모르겠어요. 그렇다면 생부는 누구일까요? 로젠츠바이크, 쇠나우, 핑크?"

"핑크." 페터가 언제나처럼 느긋하게 말했다. "그 여자는 특정한 체계에 따라 움직였고 핑크를 특별히 마지막 대상으로 남겨 두었습니다. 하지만 나머지 사람들이 왜 죽어야 했는지는……." 페터는 당혹스러운 표정으로 어깨를 으쓱했다.

"자비네 라이히의 상담소와 집을 수색할 수 있도록 수색영장을 발부받을 수 있을까요?" 율리아가 물었다.

베르거가 그녀를 보고 씩 웃으며 서류를 책상 너머로 밀었다.

"여기 있네. 벌써 모든 조치를 취해놓았어. 원하면, 상담소와 집을 샅샅이 조사할 수 있어. 자네가 빈손으로 돌아오지 않을 거라고 확신하네."

"좋습니다. 하지만 먼저 자비네 라이히와 단둘이 이야기해보고 싶습니다."

"그렇게 해요." 프랑크가 말했다. "우리는 그동안에 차 안에서 기다리죠."

"자, 가요. 시작하자고요."

오후 3시 5분

자비네 라이히가 막 상담을 시작했을 때 초인종이 울렸다. 그녀는 마리안네 로젠츠바이크에게 말했다. "잠깐만 기다리세요." 그리고 문으로 갔다.

"뒤랑 씨," 자비네 라이히는 미소를 머금고 말했다. "미안하지만 지금 상담 중이거든요. 괜찮으시면……."

"아니요, 괜찮지 않아요." 여형사는 다짜고짜 상담소에 들어서며 말했다. "라이히 씨, 저하고 이야기 좀 해야겠어요. 그것도 지금 당장 단둘이서. 환자를 돌려보내세요. 상당히 오래 걸릴 겁니다."

"어머, 심각한 일인 모양이죠."

"네, 그래요."

"잠깐만요, 로젠츠바이크 부인에게 얼른 사정을 말해야겠어요. 여기서 기다리세요."

"같이 가죠." 율리아는 단호하게 말하고 자비네 라이히의 뒤를 따랐다.

"죄송해요, 로젠츠바이크 자매님. 유감스럽게도 상담을 연기해야겠어요. 형사님이 저하고 하실 이야기가 있답니다. 오늘 저녁에 전화로 상담시간을 다시 잡도록 해요."

마리안네 로젠츠바이크는 일어나서 율리아에게 의미심장한 눈길을 주며 말했다. "안녕하세요." 그리고는 가방을 들고 그곳을 나갔다. 자비네 라이히는 책상 위에 걸터앉아서 두 손으로 책상을 짚었다. 율리아는 그대로 선 채, 마리안네 로젠츠바이크 등 뒤에서 문이 닫힐 때까지 기다렸다.

"라이히 씨. 왜 하우저, 로젠츠바이크, 쇠나우, 페트롤, 핑크를 죽였습니까?"

이 말을 들은 상대방의 얼굴에서 순식간에 미소가 사라졌고, 눈빛이 싸늘하게 거부감을 드러냈다.

"왜 하필이면 저라고 생각하시죠?" 자비네 라이히는 물었다.

"사실 하찮은, 정말 하찮은 우연이었어요. 또는 판단하기에 따라서는 천재적인 우연이라고 할 수도 있죠. 독이 어떻게 로젠츠바이크의 책상에 이르게 되었는지 우리는 골머리를 앓았죠. 그런데 어제 라이히 씨가 특히 최면요법을 사용한다고 제게 이야기했어요. 저는 그 말을 대수롭지 않게 여겼어요. 그러다 저녁 무렵 아버지에게 전화 걸어서 이 기이한 살인사건에 대해 이야기했어요. 그러자 아버지는 최면상태의 명령에 의해서 독이 로젠츠바이크의 책상에 이르렀을 수 있다는 기상천외의 이론을 제기하셨어요. 처음에는 그 말을 좀 터무니없다고 여겼지만, 그래도 나중에 로젠츠바이크 부인에게 전화해서 혹시 라이히 씨에 의해 최면상태에 빠진 적이 있느냐고 물었죠. 그러자 로젠츠바이크 부인은 그런 적이 있다고 대답했어요. 내 참, 한 가지 일이 해결되자 다른 일도 해결되었죠. 우리는 오늘 아침 집을 나서는 라이히 씨를 사진 찍어서 그 즉시 인화했어요. 그리고 그 사진을 들고 성 발렌티우스 병원으로 향했죠. 우리가 거기서 들은 말들은 상황을 더욱 분명하게 해주었어요……."

"그래서요," 자비네 라이히는 침착하게 말했다. "제가 최면치료를 하고 우리 어머니를 방문하는 일이 어쨌단 말이죠? 그 밖에 또 제시할 거 있어요? 그건 좀 너무 빈약한데요, 그렇게 생각하지 않아요?"

"라이히 씨의 생부가 누구죠?" 율리아가 물었다.

"모르죠. 제가 그걸 어떻게 알겠어요? 저는 태어나자마자 버려졌는걸요."

"왜 이러세요, 정확히 4년 전쯤 라이히 씨는 알코올중독 치료를 위해 어머니를 성 발렌티우스 병원에 모셔다 드렸어요. 같은 해에 라이히 씨의 양부가 암으로 세상을 떠났죠. 라이히 씨는 어머니의 불치병에 대해 알았어요. 코르사코프증후군. 그리고 어떤 식으론가 친부가 누구인지도 알아냈어요. 어쩌면 라이히 씨 어머니의 편지나 일기에서 이름을 발견했을 수도 있죠. 그거야 어떻든 상관없어요. 어쨌든 라이히 씨는 1995년부터 교회에 다니기 시작했지만, 교회에서 설교하는 것을 믿었기 때문이 아니라 모종의 계획이 있었기 때문이었죠. 그리고 이제 그 계획이 실행되었어요. 라이히 씨는 계획을 일관성 있게 끝까지 완수했어요. 대단해요."

자비네 라이히는 도도하게 빙긋이 웃었다. "뒤랑 씨, 그런 걸 가설이라고 부르죠. 아니면 억측이라고 말할까요? 증거라도 있어요?"

"어쩌면 이곳에 있겠죠." 여형사는 가방에서 수색영장을 꺼내며 말했다. “우리는 라이히 씨의 가택과 상담소를 수색할 겁니다. 모든 걸 샅샅이 뒤질 예정이죠. 그리고 뭐든 찾아낼 거라고 장담합니다. 물론 라이히 씨는 우리가 그런 수고를 면하도록 협조할 수 있습니다…….”

“제정신이 아니군요! 정말 제정신이 아니에요! 하지만 좋아요, 얼마든지 찾아보세요.”

자비네 라이히는 핸드백을 들었다. 율리아가 말했다. “아무것도 손대지 마세요. 우리 동료 몇 명이 곧 들이닥쳐서 수색을 시작할 겁니다. 다른 동료들은 벌써 라이히 씨의 집 앞에서 대기하고 있어요. 제가 잠깐 전화만 걸면 되죠. 이제 그 핸드백을 이리 주시겠어요.” 율리아는 손을 내밀며 말했다.

“제 핸드백을 어쩌시려고요? 저는 다만 립스틱을 꺼내려고 했을 뿐이에요.”

“립스틱은 제가 가방을 조사한 후에도 꺼낼 수 있어요. 이리 주시죠!”

자비네 라이히의 표정이 별안간 돌처럼 굳었다. 그녀는 망설이며 핸드백을 꼭 끌어안고는 침을 꿀꺽 삼켰다. 율리아가 단호한 눈길로 바라보자, 마침내 굴복했다.

“여기요.” 자비네 라이히는 마지못해 율리아에게 가방을 내밀며 말했다.

“그럼 동료들을 부르겠습니다.” 율리아는 무전기를 들고 출동명령을 내렸다. 몇 초 후, 경찰관 다섯 명이 방 안에 들어섰고 율리아는 수색하라는 지시를 내렸다.

자비네 라이히는 뭔가에 사로잡힌 사람처럼 꼼짝 않고 책상에 걸터앉아서 주변에서 벌어지는 일을 지켜보았다. 율리아는 핸드백을 열고 내용물을 바닥에 쏟았다.

"이런, 담배를 피우는군요! 교회에서 흡연금지인 것으로 알고 있는데요."

"한 대 피울 수 있을까요?" 자비네 라이히는 조용히 물었다.

"얼마든지, 저는 반대 안 해요." 율리아는 담뱃갑을 건네주었고, 자비네 라이히는 다비도프에 불을 붙였다.

율리아는 손수건에 싸인 물건을 핸드백 바닥에서 집어 들었다. 손수건을 풀자 작은 비닐봉지가 손에 남았다. 율리아는 말없이 자비네 라이히를 바라보며 그 물건을 높이 쳐들었다. "이게 뭐죠?" 율리아는 물었다.

"주사기. 지금 보고 계시잖아요." 심리치료사는 짐짓 지루한 표정을 지으며 대답했다.

"그럼 이 주사기를 어디에 사용했죠? 핑크에게?"

"경찰에 실험실이 있을 텐데요. 검사해보세요."

"검사할 겁니다. 그 점은 마음 푹 놓으시죠." 율리아는 몸을 일으켜 자비네 라이히 바로 앞에 섰다. "라이히 씨, 유감스럽게도 명백한 살인 혐의로 당신을 체포하겠습니다. 제 자동차로 함께 가실까요?"

"제 변호사와 이야기할 수 있을까요?" 자비네 라이히는 억양 없는 목소리로 물었다.

"경찰청에서 전화할 수 있습니다. 그리고 당신의 권리에 대해 설명하겠습니다. 당신에게는 침묵할 권리가 있고, 당신이 말하는 모든 것은 당신에게 불리하게 작용할 수 있습니다. 그리고 물론 당신은 변호사를 선임할 권리가 있습니다."

"도중에 잠깐 차를 세울 수 있을까요? 담배를 좀 사고 싶어요. 기나긴 밤이 되지 않을까 싶은데요."

"좋아요. 제게 돈을 주면 사오죠."

"고마워요. 아 참, 수색할 필요 없어요. 제가 언제 패배했는지 알아요." 자비네 라이히는 슬픈 미소를 지으며 말했다. "이것 참, 그 누구도 제 완벽해 보이는 계획을 알아채지 못할 거라고 실제로 믿었거든요. 이렇게 착각할 수 있다니까요. 인생이란 그래요. 이 빌어먹을 주사기만 어제저녁에 해결했더라면 좋았을걸. 제 실수예요. 갑시다."

자동차 안에서 자비네 라이히는 말했다. "부탁이 하나 있어요. 우리 집에 잠깐 들렀다 갈 수 있을까요?"

"왜요?" 율리아는 물었고, 프랑크는 고개를 가로저었다.

"우리 집 정원을 한 번 더 보고 싶어요. 앞으로 언제 또……." 자비네 라이히는 고개를 숙였다. 눈물 몇 방울이 얼굴을 타고 흘렀다.

"알았어요. 하지만 몇 분 이상은 안 돼요. 술수 쓸 생각은 말아요."

"걱정하지 마세요. 도망치지 않아요. 정 못 믿으시면 수갑을 채우세요."

율리아는 순간적으로 베르너를 떠올리고는 수갑과 관련해 냉소적인 말을 한마디 할까 생각했지만 그만두었다. 그들은 집 앞에 차를 세웠다. 율리아와 프랑크는 양쪽에서 자비네 라이히를 가운데 세웠다. 햇살이 내리쬐였고, 기온은 20도를 조금 웃돌았다. 가벼운 동풍이 나뭇잎들을 살랑였다.

자비네 라이히는 테라스에 서서 정원을 바라보았다. 몇 걸음 걷더니 신발을 벗고 잔디밭에 발을 디뎠다. 목을 움츠리고 신선한 공기를 깊이 들이마시더니 두 손으로 머리를 쓸어 올리며 몇 번 빙그르르 돌았다. 5분 후, 그녀는 말했다. "이 느낌을 마음속에 품고 싶었을 뿐이에요. 그게 전부예요. 이제 준비되었어요."

오후 5시

율리아는 자비네 라이히를 위해 담배 두 갑을 샀다. 심문과정은 비디오카메라로 녹화되고 녹음기로 녹음되었다.

"핑크가 제 아버지였어요. 제가 발견한 편지 뭉치 속에 제가 알아야 하는 모든 게 쓰여 있었죠. 저는 항상 어머니와 아버지를 소원했어요. 적어도 그 지긋지긋한 고아원에 있는 동안에는 그랬어요. 수녀들이 운영하는 가톨릭 고아원이었죠!" 자비네 라이히는 냉소적으로 내뱉었다. "하느님의 집, 매질과 굴욕의 집, 하느님이 조롱 받고 조소 받는 집. 어린아이들을 무참하고 비열하게 학대하는 집……. 관리인, 항상 술에 절어 있었던 그 추잡한 인간에게 처음으로 성폭행당했을 때, 전 아홉 살이었어요. 그렇게 3년이 지나갔는데, 절대 저 혼자만 그런 일을 당한 게 아니었어요. 몇몇 사내아이들이 돈 몇 푼 벌려고 했기 때문에, 거의 모든 여자아이가 언젠가는 그런 일을 당할 걸 예상해야 했어요. 그 비열한 늙은이는 우리를 여자로 만들어주겠다고 말했어요. 고아원 담 밖에서의 삶이 어떤지 보여주겠다고……. 그 개자식이 뒈지는 꼴을 얼마나 보고 싶었는지! 어쩌겠어요, 원하는 모든 걸 얻을 수는 없어요."

"그렇다면 다른 사람들, 하우저와 로젠츠바이크, 쇠나우는 어떤 역할을 했죠?" 율리아가 물었다. "하우저와도 깊은 사이였습니까?"

"그래요. 우리가 만난 건 순전히 우연이었어요. 하우저는 뱀독 연구에 대해 제게 이야기해줬어요. 전 완전히 열광했죠. 그들을 제거할 특이한 방법을 벌써 오래전부터 찾고 있었던 차에, 독으로 시도해보자는 생각이 떠올랐어요. 어느 날, 저는 하우저의 실험실을 찾아갔어요. 하우저는 모든 걸 설명해줬고, 저는 단시간에 독과 그 작용방식에 대해 상당히 많은 걸 알게 되었죠. 다만 그 방법을 사용했을 때 하우저가 살아 있으면 곤란했어요. 그러면 첫 번째 살해 후 모든 게 발각되지 않았겠어요. 하지만 전 무슨 일이 있어도 반드시 그 생각을 실행에 옮기고 싶었어요. 하우저는 말하자면 첫 번째 실험대상자였죠. 그리고 그 계획은 기가 막히게 성공했어요. 저는 괴사현상은 별로 일으키지 않고 거의 전적으로 신경만 마비시키는 독을 하우저에게 사용했어요. 하우저에게는 사실 미안한 마음이 들었어요. 하우저는 좋은 사람이었지만 그도 한낱 남자일 뿐이었어요. 제가 눈만 찡긋하면 어디든 저 있는 곳으로 달려왔죠. 간단했어요. 그의 부인은 절대 눈치채지 못했을 거예요. 그리고 그편이 더 나아요. 남편이 성실한 가장이었다고 계속 마음 편하게 믿어야지 않겠어요." 자비네 라이히는 웃음을 터트리며 담뱃불을 붙였다.

"그러면 로젠츠바이크와 쇠나우는 왜 죽였죠?"

자비네 라이히는 율리아를 바라보았다. 입가에 밝은 미소가 감돌았다. 그녀는 담배를 빨아서 연기를 내뿜고는 말했다. "저는 오로지 제 아버지만이 비열한 종자였는지 아니면 그 둘도 비슷한지 알고 싶었어요. 그리고 필요한 정보를 알아내기 위해 사설탐정에게 의뢰했죠. 로젠츠바이크는 교회의 모든 지침을 어기고 오래전부터 자신의 아내를 철저히 속였어요. 그뿐이 아니에요. 자신의 회사에 막대한 이익을 가져오고 세무서에 수백만 마르크의 손실을 입히는 몇 가지 일을 저질렀어요. 하지만 아무도 그걸 알아채지 못했죠. 로젠츠바이크와 쇠나우는 손을 잡고 일했어요. 정말로 근사하게 형제처럼 협력했죠. 한 사람은 돈을 착복하려 했고, 나머지 한 사람은 그걸 도왔어요. 그 둘은 법을 어긴 사기꾼인 동시에 가족과 교회를 속인 사기꾼이기도 해요. 둘 다 믿음이 깊은 척 위선을 떨면서 탐욕에 눈이 멀어 수중에 들어오는 모든 걸 긁어모았어요. 심지어 쇠나우는 가정이 있는 은행 여직원을 임신시키는 짓까지 저질렀죠. 유감스럽게도 여직원의 남편이 아이가 자신의 자식이 아니라는 사실을 알게 되었어요. 형사님도 그 이야기 아시잖아요. 리타 융, 설마 자신에게 그런 일이 일어날 줄은 꿈에도 생각하지 못했던 다정다감한 사람이죠. 하지만 인생은 이따금 별난 길을 가기도 해요. 지금 그 부인은 남편을 잃고 아이마저 뺏겼어요……. 어쩌겠어요, 하지만 쇠나우는 어린 소녀들 앞에서조차도 욕망을 버리지 않았어요. 그는 진짜 비열한 작자예요.

하지만 그뿐이었다면 저도 두 사람을 제거하려고 하진 않았을 거예요. 제가 정말로 고약하게 생각한 것은, 로젠츠바이크와 쇠나우가 제 아버지의 잘못을 알고 있었다는 사실이었죠. 저는 그들 셋이 서로의 잘못을 덮어준다는 걸 금방 알아챘어요. 그렇지 않다면 그들 셋이 그렇듯 오랜 세월 서로 손잡고 일한 것을 어떻게 설명할 수 있겠어요?" 자비네 라이히는 말을 멈추고 담배를 눌러 끄고 두 손을 무릎 위로 맞잡았다.

"남자들을 증오합니까?" 율리아가 물었다.

"아니요, 저는 남자들을 증오하는 여자는 아니에요. 때로는 품위 있는 남자들도 있어요." 자비네 라이히는 두 손가락으로 입술을 문지르며 기이하게 밝은 눈빛으로 율리아를 바라보았다. "적어도 베르너는 그런 남자였다고 생각했죠. 전 그 사람을 정말로 사랑했어요. 이 세상 누구보다도 사랑했어요. 그 사람이 말하는 모든 걸 믿었어요. 우리가 같은 부류의 사람이라고 확신했죠. 베르너는 제가 늘 원하던 남자였어요. 형사님과의 일이 밝혀지기 전까지 그랬어요. 목요일에 베르너는 제게 주말에 카를스루에의 누나에게 갈 예정이라고 말했어요."

자비네 라이히는 시선을 떨구고 입을 꼭 다물었다. 머릿속의 생각을 정리하는 듯 보였다. 그러다 이윽고 다시 입을 열었다. "정확히 무엇 때문이었는지는 모르겠지만, 저는 왠지 의심스러운 생각이 들었어요. 그래서 카를스루에의 누나에게 전화를 걸었죠. 그 사람과 통화하려고요. 하지만 누나는 그 사람이 오지 않았고 또 온다는 얘기도 전혀 못 들었다고 말했어요. 그래서 금요일 저녁에 그 사람 집 앞을 지켰죠. 형사님이 집으로 들어가는 걸 보았고, 무엇보다도 감동적인 이별의 장면을 목격했어요. 여기저기 입을 맞추고! 참 기분 더럽더라고요. 게다가 굴욕감도 들고, 세상이 무너지는 것 같았죠. 뿐만 아니라 그건 어떤 남자도, 정말로 그 어떤 남자도 믿을 수 없다는 걸 의미했어요. 단순히 베르너가 3년 이상 저를 속이고 거짓말했다는 것으로 그치는 문제가 아니었어요. 하필이면 형사님과 섹스를 했다는 게 무엇보다도 고통스러웠죠. 그 사람에게 저에 대해 너무 많은 걸 이야기했거든요. 사실상 그 사람은 저에 대해 모든 걸 알고 있었어요. 그 사람의 말 한마디면, 형사님은 그 즉시 저를 체포할 수 있었어요. 토요일에 저는 병원까지 그 사람 뒤를 밟았어요. 그가 서류를 가지고 나오는 걸 보았고, 그다음엔 어떤 조치를 취할지도 정확히 알았어요. 그렇게 되도록 내버려 둘 수는 없었죠. 그 순간부터 그의 일거수일투족을 감시했고, 일요일 저녁 드디어 때가 되었어요. 우리는 마지막으로……."

자비네 라이히는 말을 멈추고 눈물을 참으려고 애쓰며 한 손으로 눈을 훔쳤다. "그 사람과 함께 있으면 늘 근사했어요. 정말 너무 근사했어요. 그런 일이 없었다면, 베르너가 저를 단순히 이용할 뿐이라는 생각은 절대 하지 못했을 거예요. 저는 그를 사랑했지만, 그 사람은 저를 사랑하지 않았어요. 그것은 고아원을 나온 후로 제일 고약한 깨달음이었죠……. 늘 재수가 없는 사람들이 이따금 있어요. 하느님이 아주 작은 행복조차도 주지 않는다면, 그 존재가 어떻게 실재한다는 건지 의심이 들어요."

"라이히 씨에겐 정말 좋은 양부모님과 멋진 직업이 있었어요. 고아원은 아주 오래전의 일이었잖아요. 왜 라이히 씨에게 아무런 행복도 주어지지 않았다고 말하는 거죠? 라이히 씨는 그 행복을 보지 못했어요. 증오심에 너무 사로잡혀 있었어요……."

베르거가 문을 열고 뛰어들어왔다. 그의 눈빛이 녹음테이프를 향해 있었다. "뒤랑 형사, 나하고 단둘이 이야기 좀 할까!" 베르거의 목소리가 여지없이 날카로웠다.

"알았습니다." 율리아는 베르거의 뒤를 따라 취조실을 나왔다.

"지금 내가 제대로 들은 건가? 자네, 베르너 페트롤과 만나는 사이였나? 사실이 아니라고 말하게."

"아니요, 사실입니다." 율리아는 베르거를 똑바로 바라보며 말했다. "제 말을 믿으실지 모르겠지만, 저는 그걸 전혀 부끄럽게 여기지 않습니다. 부인이 싫고 결혼생활이 비참하다고 하소연하며 제게 결혼하자고 말했던 남자, 이혼할 생각이라고 말했던 남자가 갑자기 죽은 사실을 알게 되었을 때 저도 충격받긴 마찬가지였습니다."

"그럼 내게 미리 말했어야지!" 베르거는 버럭 화를 내며 호통을 쳤다.

"아니요, 그렇지 않습니다! 제 사생활은 다른 사람들과 아무 상관 없습니다……."

"살인과 관련해서는 사생활도 없는 법이야." 베르거는 몹시 화가 나는 모양이었다. "만일 이 일이 무사히 끝난다며 운이 좋은 줄 알게."

"그러면 저를 정직 처분시키십시오! 이따위 직업 집어치우죠. 더 좋은 일자리를 찾을지 누가 알겠어요. 정해진 근무시간, 적절한 보수……."

베르거는 눈을 부릅뜨고 하마처럼 씩씩거리더니 결국 달래듯이 말했다. "미안하게 됐네. 하지만 적어도 나한테는 털어놓았어야지. 내가 자네를 신뢰하는 걸 잘 알잖는가. 난 자네를 잃고 싶지 않아……."

율리아는 어깨를 으쓱하며 입을 삐죽였다. 그리고는 나지막이 말했다. "저한테는 너무 버거운 일이었어요. 제가 어리석게 군 걸 알고 있지만, 그렇다고 수사를 방해하진 않았어요. 오히려 그 때문에 최소한 범인이 저를 안다는 사실은 알게 되었어요. 그래서 용의자 범위가 많이 축소되었고, 결국 범인을 붙잡았잖아요."

"어서 계속하게. 이 일에 대해서는 다른 기회에 이야기하지. 그리고 자네와 페트롤의 사랑놀이에 대해서는 절대 함구하라고 동료들에게 지시함세. 자, 어서 도로 들어가게."

심장이 관자놀이까지 쿵쿵 뛰는 게 느껴졌다. 율리아는 한순간 복도에 서서 심장이 진정되길 기다렸다. 그리고 숨을 깊이 들이쉬고 다시 취조실로 들어갔다. 자비네 라이히는 창가에 서서 길을 내려다보고 있었다. 그녀는 뒤돌아보았지만 그대로 창가에 서 있었다.

"계속합시다." 율리아는 골루아를 입술 사이에 끼워 넣었다. "어디까지 이야기하다 말았죠?"

"핑크 이야기하다 말았어요. 가정에 충실하고 자상한 우리 아버지." 자비네 라이히는 지독히 냉소적으로 말했다. "핑크는 어머니의 인생을 파괴했어요. 우리 어머니를 지극히 파렴치하게 악용했어요. 심지어는 자신의 아이를 밴 사실을 사람들에게 알리면 죽이겠다고 협박했죠. 우리 어머니의 일기장에 그렇게 쓰여 있더군요. 핑크는 어머니에게 침묵에 대한 대가로 꼴같잖은 돈 2만 마르크를 내놓고는 공증까지 시켰어요. 그 문서에 따라서 어머니는 돈을 받았지만, 그에 대한 대가로 임신한 사실을 절대 발설하면 안 되었어요. 그리고 나를 낳자마자 내주고 절대 연락을 취해서도 안 되었고요. 그 고상한 변호사 나리께서는 온갖 술수를 동원했어요. 더 이야기해줄까요?" 자비네 라이히는 율리아를 도전적으로 바라보며 물었다.

"뭘요?"

"핑크 집안에 무슨 일이 있는지 알고 싶어 하시잖아요……." 자비네 라이히는 말을 멈추고 혀로 입술을 핥으며 혼자 미소 지었다. "그 이야기를 해주겠어요. 하지만 라우라가 있는 자리에서 하겠어요. 라우라를 부르세요. 하지만 제가 여기 있다는 말은 하지 마세요. 형사님은 극비에 부쳐진 일을 아시게 될 겁니다. 라우라도 마찬가지고요." 자비네 라이히는 조용히 덧붙였다.

율리아는 수화기를 들고 라우라 핑크에게 전화했다. 진료시간은 끝났고, 라우라 핑크는 전화를 받았다.

"여기는 뒤랑입니다. 지금 곧 경찰청으로 올 수 있을까요? 급한 일입니다."

"무슨 일인지 알 수 있을까요?"

"아버님의 살인범이 여기 있습니다. 그 이상은 전화로 말하기 곤란해요. 수위에게 저를 찾아왔다고 말씀하세요. 우리는 3층에 있습니다. 그러면 라우라 핑크 씨를 데리러 사람을 내려 보내죠."

"지금 가겠어요."

"라우라 핑크가 곧 올 겁니다. 원하시면 그때까지 잠깐 쉬죠."
율리아는 비디오카메라를 끄고 자비네 라이히 옆에 섰다.
"그래요, 저도 그편이 좋겠어요. 배고프고 목도 마른데, 여기 먹을 것 좀 있나요?"
"뭘 먹고 싶으세요?"
"카레소시지와 감자튀김을 먹고 싶어요. 감자튀김에 케첩을 곱빼기로 곁들였으면 좋겠어요. 그리고 콜라, 한 병 통째로."
"사람을 보낼게요. 여기 가까운 길모퉁이에 괜찮은 스낵코너가 있어요."
율리아는 제복 차림의 경찰관에게 자비네 라이히가 원하는 음식을 가져오라고 부탁하며 서두르라고 덧붙였다.
"우리 여자들끼리 하는 말인데," 율리아는 말했다. "왜 그 남자들을 전부 죽였죠?"
"지금 녹화되고 있나요?"
"아뇨, 카메라 껐어요."
"처음부터 그럴 계획이었기 때문이죠. 저는 살아남기 위해서는 철통 같은 의지를 가져야 한다고 고아원에서 배웠어요. 그리고 그런 의지를 가지고 있어요. 저는 잊어버리는 타입이 아니에요. 베르너의 일은 가슴 아파요. 진짜예요. 하지만 그는 뒤랑 씨도 이용했어요. 알고 계시겠지만……. 베르너는 멋진 연인이었어요, 그렇지 않은가요?"
"그 말에 제가 대답해야 하나요?" 율리아는 냉정하게 말했다.
"아니요, 대답하실 필요 없어요. 저도 알고 있고, 뒤랑 씨도 알고 있어요. 베르너는 가히 천재적이었어요. 여자를 만족시키는 법을 정확히 알고 있었죠. 뒤랑 씨는 아마 더불어 행복해질 수 있는 사람을 다시 만날 기회가 있을 거예요. 하지만 저는 언젠가 교도소에서 나오게 된다면 섹스에는 더 이상 관심 없을 거예요. 그렇잖아요, 인생에는 더 중요한 일들이 있어요……. 그래도 저는 왠지 처음부터 뒤랑 씨에게 호감이 갔어요. 베르너 일은 뒤랑 씨하고 개인적으로 아무 상관 없어요. 정말이에요. 저로서는 그럴 수밖에 없었어요."

율리아는 그 말에 대답하지 않았다. 자비네 라이히를 동정해야 하는지 판단이 서지 않았다. 어쨌든 뭐라고 형용할 수 없는 감정을 느꼈다. 두 사람은 말없이 5분쯤 있었고, 경찰관이 음식을 가져왔다. 자비네 라이히가 식사를 끝내자마자 문이 열리고 라우라 핑크가 허둥지둥 뛰어들어왔다. 허겁지겁 달려온 듯 보였으며, 문에 서서는 율리아와 라이히를 번갈아 바라보았다. 라우라 핑크는 침을 꿀꺽 삼키고는 가까이 다가왔다. 율리아는 다시 비디오 카메라를 켰다.

"여기서 뭐 하고 있어?" 라우라가 물었다.

"여기서 내가 뭐 하고 있을 거 같아?"

"사실이 아니라고 말해! 네가……."

"내가 했어. 나를 위해서뿐 아니라 너를 위해서도."

라우라 핑크는 한순간 침묵을 지키며 눈을 가늘게 떴다. "나를 위해서라고? 도대체 나를 위해서 뭘 했단 말이야?"

"너를 해방시켜 주었어. 이제는 두려워할 필요 없어."

"나는 두렵지 않아! 난 한 번도 두려워한 적 없어."

"그럴 필요 없어, 라우라. 아니, 내 사랑하는 자매라고 말하는 편이 낫겠지? 우리는 자매 사이잖아, 안 그래?"

"우리는 친구 사이야. 적어도 조금 전까지 나는 그렇게 믿었어. 하지만……."

"부인하려고 하지 마. 아무도 지금까지 감히 말하려 하지 않았던 걸 내가 지금 발설할 생각이거든. 우리 아버지는……."

"우리 아버지? 지금 무슨 헛소리 하는 거야?"

"라우라, 네 아버지는 내 아버지이기도 해. 그리고 무슨 운명의 장난인지 모르겠지만, 너는 1964년 10월 31일, 그러니까 나보다 하루 늦게 태어났어. 우리는 쌍둥이나 다름없다고 할 수 있을 거야. 하지만 우리는 아버지만 같을 뿐 어머니는 달라……. 많은 사람의 영혼을 냉혹하게 죽인 아버지……, 너는 아버지가 네게 무슨 짓을 했는지 이야기했어! 그리고 네 어머니도 그 사실을 알고 있었어. 심지어는 네 남동생들도. 하지만 너희는 아버지가 너무 무서워서 입도 뻥긋하지 못했지. 이제 내가 그 사실을 말할 생각이야. 뒤랑 씨, 이제 핑크 집안의 비밀을 털어놓겠어요."

"안 돼, 내가 못 하도록 막겠어! 나는 오로지 너한테만, 너 혼자에게만 그걸 이야기했어. 그리고 너는 비밀을 지켜야 할 의무가 있어! 그건 다른 사람들과는 아무 상관 없는 일이야!" 라우라 핑크는 얼굴이 시뻘게져서 소리쳤다.

"나는 이걸로 내 맹세를 깨겠어. 뒤랑 씨, 라우라는 6년 동안 친아버지에게 성폭행당했어요. 6년은 지긋지긋하게 긴 시간이에요. 그 남자는 도저히 용서받을 수 없을 정도로 많은 죄를 지었어요. 그리고 가족은 침묵했어요. 핑크 부인을 보세요, 그 늙은 부인이 슬픔으로 얼마나 여위었는지! 그리고 위르겐은 그걸 더 이상 견딜 수 없어서 절망한 나머지 고층아파트에서 뛰어내렸어요! 그건 사실이에요. 맹세코, 사실이라고요! 라우라, 내 행동은 나와 내 어머니만을 위해서가 아니라 너를 위한 것이기도 했어!"

"오, 아니야. 나는 그 일과 아무 상관 없어! 네가 무슨 짓을 했든, 그건 오로지 너 자신을 위한 것이었어. 나는 무슨 일이 일어났는지 몰라. 우리 아버지가 네 아버지라니, 나는 그것도 몰라. 나는 정말 아무것도 몰라. 하지만 잘 들어, 너는 절대 나를 위해서 아무것도 하지 않았어! 그건 내 인생이었어, 오로지 내 인생! 그리고 내가 뭔가를 해결하고 말고는 나 스스로 결정해! 네 동기가 무엇이었든 나하고는 상관없어, 절대 아무 상관 없다고."

"라우라, 너 자신을 더 이상 속이지 마. 부탁이야. 네 심정이 지금 어떻고 또 과거에 어땠는지, 그 과거의 짐이 너를 얼마나 끔찍하게 괴롭히는지, 나는 잘 알고 있어. 네 입으로 자주 이야기했잖아. 그날 저녁 기억해? 네가 우리 집에서 차를 마시며 처음으로 그 이야기를 했던 날? 너는 저녁 내내 울고 또 울고 또 울었어. 너는 그 비열한 인간을 욕하고 저주했어……. 너는 내 어깨에 머리를 기댔고, 우리는 함께 울었어. 그걸 잊지는 않았겠지? 제발 그런 감정이 변했다는 말은 하지 마. 그런 말은 순전히 거짓말일 테니까. 너 때문에 나는 마음이 너무 아팠어. 내 동생을 팔에 안고 있으면서도 내가 실제로 누구인지 말할 수도 없었어……."

"왜 말 안 했어?" 라우라는 자비네 라이히 옆에 앉으며 슬픈 표정으로 물었다. 자비네를 바라보며 한 손을 그녀의 팔에 올려놓았다. "왜 나한테 마음을 털어놓지 않았어?"

"왜냐고?" 자비네 라이히는 어깨를 으쓱했다. "아마 내가 복수만을 원했기 때문일 거야. 내 인생, 우리의 인생을 망가뜨린 인간에 대한 복수. 그리고 내 말 믿어, 로젠츠바이크와 쇠나우도 네 아버지가 한 짓에 대해 알고 있었어. 하지만 그들은 아무 말도 하지 않았어. 너도 그 이유는 짐작할 수 있을 거야."

"그렇다고 그 사람들을 전부 죽일 필요는 없었잖아! 맙소사, 왜 그랬어?"

"내 어머니를 위해서, 너를 위해서, 나를 위해서. 이제 내게는 앞날이 없다는 걸 알고 있어. 하지만 네게는 온 세상이 열려 있어.

지금까지 너는 쥐구멍만 파고들며 사람들을 전혀 가까이하지 않았어. 네 과거를 엄청나게 무거운 짐처럼 끌고 다니고 있어. 이제 남자를 찾아봐, 사람들과 어울려 살아봐…….”

“나는 날마다 사람들을 상대하고 있어!”

“내 말이 무슨 뜻인지 잘 알잖아. 우리는 자주 그런 이야기를 했어. 과거는 잊어버려.”

“누가 할 소린데! 누가 과거를 잊지 못해서 그 남자들을 죽였는데?” 라우라는 납득이 가지 않는 듯 고개를 흔들었다. “너를 내 가장 친한 친구라고 생각했어.”

“그건 지금도 변함없어. 내가 사람들을 죽인 건 확실하지만, 탐욕이나 시기심이나 질투심에서 죽인 게 아니야. 이 교회는…….”

“네가 무슨 말을 하든, 교회는 진실해. 만일 교회가 없었더라면 나는 진작 끝났을 거야. 교회에는 내 친구들이 있어.”

“모든 게 허상에 지나지 않는다는 사실을 이젠 직시해. 한 사람이 호령하고 나머지 모든 사람은 복종하는 유희를 하고 있을 뿐이야. 모두들 어느 날 낭떠러지에 이르러 바다로 뛰어드는 쥐나 다름없어. 그것이 교회야. 눈을 크게 뜨고 거기 사람들을 보라고. 그들은 다른 세상 사람들과 하나도 다르지 않아. 탐욕스럽고 권력에 굶주리고 교만하고 체면을 중시하고 시기하고 위선적이야. 간음하고 아이들을 학대하고, 하느님이 있다면 하느님의 이름을 더럽히고 있어. 일요일에는 성자인 척하고, 주중에는 이교도처럼 굴고 있어. 모두는 아니지만 많은 이들이……. 라우라, 너는 아주 특별한 여자야. 네 인생을 의미 있게 가꾸어봐. 네가 진실로 복음에 대한 확신이 있다면, 하느님을 믿거나 앞으로 하느님을 믿으려고 하는 사람들을 이끌어주고 올바른 길을 알려줘야 해. 나는 너를 정말로 많이, 아주 많이 사랑해. 우리가 자매이기 때문만은 아니야. 너라서 사랑하는 거야. 그냥 너라서."

라우라의 눈에 눈물이 고이고 입가가 실룩거렸다. 마치 옅은 안개 사이로 자비네를 보는 듯했다.

"우리는 자매야." 라우라는 무거운 목소리로 말했다. "네가 그냥 말로만 그러는 줄 알았어. 하지만 너는 항상 진심이었어. 도대체 무슨 일을 겪은 거야?"

"언젠가는 알게 될 거야. 하지만 이것만은 꼭 알아둬. 내가 늘 생각하는 사람이 있다면, 그건 바로 너일 거야. 잘 지내. 그리고 나를 잊지 마. 무엇보다도 몸조심해."

"약속할게. 늘 언니를 위해 기도할게."

"기도해볼 수는 있을 거야. 하지만 그러기에는 너무 늦은 거 같아. 어쨌든 상관없어. 내 인생은 처음부터 정해져 있었어. 난 어쩌면 이렇게 할 수밖에 없는 운명을 타고났는지도 몰라. 잘 모르겠어. 앞으로 교도소에서 이것에 대해 충분히 생각할 시간이 있겠지. 이제 그만 가봐. 그리고 더 이상 울지 마. 잘 살아, 널 위해서 살아."

라우라 핑크는 일어나서 언니를 부둥켜안았다. 그녀는 잠시 언니를 꼭 껴안고 흐느꼈다.

"어서 가. 그렇지 않으면 내가 감상적이 될 텐데 그건 나한테 어울리지 않아." 자비네 라이히는 미소를 지으며 말했다. "나중에 면회 올 수 있잖아."

"면회 오겠다고 약속할게." 라우라 핑크가 취조실을 나서려고 하는데, 자비네가 다시 불러 세웠다.

"잠깐만, 라우라." 그리고는 율리아 뒤랑을 바라보며 말했다.

"혹시 라우라하고 단둘이서 잠깐 이야기할 수 있을까요? 1분이면 돼요. 둘이서만 하고 싶은 말이 있어요. 그리고 카메라를 꺼주세요. 딱 1분만 부탁해요."

율리아가 망설이자 프랑크가 고개를 끄덕였다. "좋아요, 정확히 5분 주겠어요. 그리고 만일의 경우를 대비해 핑크 씨 가방은 이리 주세요."

"마이크도 꺼졌죠?" 자비네는 물었다. "진짜 아주 개인적인 일이에요. 제 동생하고 단둘이 이야기하고 싶을 뿐이에요."

"마음 놓고 이야기하세요."

*

율리아와 프랑크가 취조실을 나가고 문이 닫힌 후, 자비네는 책상에 걸터앉아 야릇한 미소를 머금고 라우라를 바라보았다.

"어쩌다 이렇게 되었어?" 라우라는 속삭이며 물었다. "모든 게 완벽했잖아!"

"어제 하필이면 그 빌어먹을 주사기를 처리하는 걸 깜박 잊었지 뭐야. 하지만 상관없어. 푸념해보았자 때는 늦었어. 그보다는 이제 어떻게 할지 말해봐."

"일이 잘못되는 경우를 대비해 이미 모든 걸 철저히 준비했잖아. 언니를 위해서 더 이상 바랄 수 없는 최고의 변호사를 선임할게. 언니도 그 사람이 누구인지 알지. 우리 아버지를 누구보다도 죽이고 싶어 했던 남자. 게다가 사람들이 꿈에도 생각하지 못할 몇 가지 묘책이 나한테 있어. 내가 말했잖아, 백지장도 맞들면 낫다고. 내가 곤경에 빠진 언니를 설마 모른 척하겠어."

"그건 나도 알고 있어. 우리 쇼 정말 멋있었지, 아냐?" 자비네 라이히가 씩 웃으며 말했다. "세상에, 너 어쩜 그렇게 눈물을 잘도 짜내니! 연극배우가 되었으면 좋았을 뻔했어."

"할 수 있는 건 뭐든 해야지." 라우라 핑크도 마찬가지로 씩 웃으며 대답했다.

"내가 교도소에 얼마나 있을 거 같아?"

"교도소는 잊어버려. 다른 방법을 강구할 거야. 어린 시절의 트라우마, 뭐 그런 거 있잖아. 무슨 말인지 알지. 치료감호 2년, 그리고 반년쯤 지나서 내게 큰 빚을 진 특별한 친구들에게 정신감정을 의뢰하는 거지. 그들이 언니에게 절박하게 자살할 위험이 있다고 입증할 거야. 그럼 어쩌겠어……. 늦어도 1년 후에는 다시 자유의 몸이 되지 않을까. 그런 다음 새로운 삶을 시작하자고. 남쪽 어딘가에 집을 한 채 사서 편안히 살자. 자, 나는 그만 여기서 사라져야겠어. 처리할 일들이 많아. 그리고 고마워, 나를 폭로하지 않아서."

그들은 한 번 더 부둥켜안으며 서로 눈을 보고 미소 지었다.

"이건 우리만의 비밀이야. 절대 아무도 알아내지 못할 거야. 몸조심해. 그리고 절대 굴복하지 마. 우리는 잘해낼 거야." 라우라는 눈을 찡긋하며 말했다.

그녀는 문에 가까이 다가가 두드렸다. 율리아가 밖에서 문을 열고 가방을 건네주었다. 그리고는 수심에 잠긴 젊은 여인이 긴 복도를 천천히 걸어가는 뒷모습을 바라보았다. 무거운 발걸음이 벽을 따라 울려 퍼졌다.

프랑크가 율리아 옆에 서서 신중한 눈빛으로 말했다. "잘 모르겠군, 그런데 뭔가 좀 이상하다는 느낌이 들어요……."

"그게 무슨 말이에요?" 율리아가 이마를 찌푸리며 물었다.

"저 두 사람 뭔가 좀 수상해요……. 하지만 내 느낌이 틀렸을 수도 있죠……. 이게 무슨 헛소리랍니까!"

"수상할 게 뭐 있어요? 자, 다시 들어가요. 하루가 아직 안 끝났어요."

오후 10시

율리아는 집에 도착했다. 삭신이 피곤했을 뿐만 아니라 진이 빠진 듯 완전히 공허하고 비참한 기분이 들었다. 빵을 한 조각 먹고 맥주를 한 캔 마시고는 소파에 앉아 두 다리를 위로 끌어모았다. 눈을 감고 오늘 하루를 돌이켜보았다. 프랑크와 잠시 한 번 더 통화했다. 두 사람은 이런저런 사소한 일들에 대해 이야기를 나누었다. 프랑크도 왠지 마음이 많이 공허하다고 말했다.

율리아는 목욕을 하고 맥주를 한 캔 더 마시고 담배를 피우고 브라이언 애덤스의 새 CD를 올려놓고 볼륨을 높였다. 이웃사람들이 뭐라 하든 상관없었다. 지금은 그게 필요했다. 11시 반에 침대에 누워서 이불을 턱까지 바짝 끌어당기고는 옆으로 돌아누웠다. 잠이 오지 않았다. 맥주를 한 캔 더 마시고 발륨을 몇 방울 삼켰다.

그러니까 그것이 핑크 집안의 비밀이었다. 온 가족이 오랜 세월 가슴속에 묻어두었던 끔찍한 비밀. 제대로만 짚었더라면, 그 비밀을 더 일찍 알아낼 수도 있었을 것이었다.

율리아는 눈꺼풀이 점점 무거워지는 걸 느꼈다. 그러다 자정이 훌쩍 지나서 마침내 다른 세계로 미끄러져 들어갔다. 다음 날 아침 8시까지 꿈꾸지 않고 깊이 잤다.

자비네 라이히의 다음 심문은 10시로 예정되어 있었다. 그래서 율리아는 그날을 준비할 시간이 충분했다. 저녁에 아버지에게 전화하고 틈이 나면 수잔네 톰린에게도 전화해볼 생각이었다. 다음 달 전화요금이 어마어마하게 많이 나올 테지만 개의하지 않았다.

그리고 3주일만 더 있으면, 비행기에 몸을 실을 것이었다. 남프랑스에서 오로지 자신만을 생각하며 여유를 즐기고, 프랑크푸르트는 한동안 멀리할 것이다.

율리아는 자비네 라이히, 그 무척 아름답고 지적인 여인, 여전히 호감이 가는 검은 독거미를 생각했다. 왜 여전히 호감이 가는지 이유는 말할 수 없었다. 그녀가 어린 시절에 많은 일을 겪어야 했다는 사실은 오로지 그녀의 이야기를 통해서만 증명될 뿐이었다. 그녀뿐만 아니라 다른 사람들, 그녀와 가까운 사람들도 많은 일을 겪어야 했다. 자비네의 영혼 속에서 실제로 무슨 일이 벌어졌는지, 그 누구도 알아낼 수 없을 것이었다. 율리아는 이따금 믿어지지 않을 정도로 부당해 보이는 삶을 생각했다. 그리고 그 모든 죄를 저질렀음에도, 왠지 자비네 라이히에게 관대한 판결이 내려지길 바랐다.

그러나 율리아는 자비네 라이히와 라우라 핑크의 진짜 비밀에 대해서는 전혀 알지 못했다. 그 두 사람의 모든 비밀을 알아낸 줄만 알고 있었다.

자매들.

율리아가 경찰청을 향해 집을 나섰을 때 햇살이 환히 비쳤다. 화창한 날이 될 것 같았다.

독일 미스터리 스릴러의 거장, 안드레아스 프란츠의

율리아 뒤랑 시리즈

신데렐라 카니발 /기출간

세 명의 여학생이 연 여름날의 파티. 이튿날 한 여학생이 시신으로 발견되고, 강간 살해된 여성의 전형적인 태아자세가 아닌 마치 구원받은 듯 평화로이 죽은 모습에 율리아는 의문을 느낀다. 안드레아스 프란츠의 유작이자, 프란츠가 집필한 뒤랑 시리즈의 마지막 편으로 한국에서는 유작이 가장 먼저 출간되었다.

영 블론드 데드 /기출간

십 대 금발 소녀들의 금발을 양 갈래로 땋아 붉은 리본으로 매듭지어 놓고 유령처럼 사라지는 연쇄살인범…. 이 기막힌 범죄를 해결하기 위해 여형사 율리아 뒤랑이 프랑크푸르트 경찰청으로 파견된다. 율리아 뒤랑 시리즈 제 1편.

12송이 백합과 13일간의 살인 /기출간

한 달 전 초경을 시작한 열두 살 카를라, 낯선 남자의 파티에 초대된 이후 그녀의 삶은 완전히 달라지는데……. 그로부터 8년 후 율리아에게 12송이 백합과 함께 살인 예고장이 배달되기 시작한다. 율리아 뒤랑 시리즈 제 2편.

사냥꾼 /가제

시월의 어느 날, 각기 다른 나이의 여성들이 끔찍한 모습으로 살해된 채 발견된다. 강간당하지 않은 시신들, 그러나 모두 게임의 특정한 역할을 하다 죽음을 맞았다는 사실이 밝혀지며 사건은 미궁으로 빠져든다.

거미여인 /가제

무더운 여름날, 프랑크푸르트의 한 아파트에서 고급매춘부와 그녀의 남자친구가 살해된 채 발견된다. 남자가 여자를 죽이고 자살했다는 결론에 이르려는 찰나, 율리아는 이것이 계획된 범죄임을 감지한다.

차가운 피 /가제

놀러 나갔던 열다섯 살의 소녀가 살해당했다. 사건을 수사하던 중, 소녀가 임신 중이었다는 사실이 밝혀지며 사건은 새로운 국면을 맞이한다.

지하감옥 /가제

유명 자동차 딜러가 어느 날 흔적도 없이 사라진다. 그의 아내와, 그녀와 불륜관계인 딜러의 친구가 수사 선상에 오른다.

악마의 약속 /가제

두 명의 세르비안 버스기사가 그들의 아파트에서 흰색 고리를 찬 채 살해당했다. 그리고 2년 후, 몰디비아 출신 젊은 여성이 프랑크푸르트의 어느 아파트에서 성 노예로 발견된다.

치명적 웃음 /가제

살해된 듯 보이는 희생자의 사진이 율리아에게 배달되고, 곧이어 시신이 발견된다. '창녀는 외롭게 죽는다' 는 글과 함께 연쇄살인이 시작되는데….

치명적 나날 /가제

네 건의 납치사건을 조사하던 율리아는 누군가에 의해 지하감옥으로 끌려간다. 정신을 차린 율리아의 귀에 다른 여인의 비명 소리가 들려오고, 범인은 스무 개의 방에 갇힌 희생자들을 한 명 한 명 살해하기 시작한다.

–순차적으로 출간 예정입니다.

옮긴이 _김인순

고려대학교 독어독문학과를 졸업하고, 독일 페히타 대학과 함부르크 대학에서 수학했으며, 고려대학교 독문과 대학원에서 문학박사 학위를 받았다. 현재 고려대학교와 중앙대학교에 출강 중이다. 역서로는 《깊이에의 강요》, 《꿈의 해석》, 《복수한 다음에 인생을 즐기자》, 《열정》, 《기발한 자살 여행》, 《저지대》 등이 있으며 논문으로 <로베르트 무질의 소설에 있어서 비유의 기능> 외 다수가 있다.

치사량 : 마지막 15분의 비밀

초판 1쇄 인쇄일 2014년 2월 3일 • 초판 1쇄 발행일 2014년 2월 7일
지은이 안드레아스 프란츠 • 옮긴이 김인순
펴낸곳 (주)도서출판 예문 • 펴낸이 이주현
편집 김유진 • 디자인 김지은 • 관리 윤영조 · 문혜경
표지일러스트 클로이(박용웅)
등록번호 제307-2009-48호 • 등록일 1995년 3월 22일 • 전화 02-765-2306
팩스 02-765-9306 • 홈페이지 www.yemun.co.kr
주소 서울시 강북구 미아동 374-43 무송빌딩 4층

ISBN 978-89-5659-219-0 (03850)